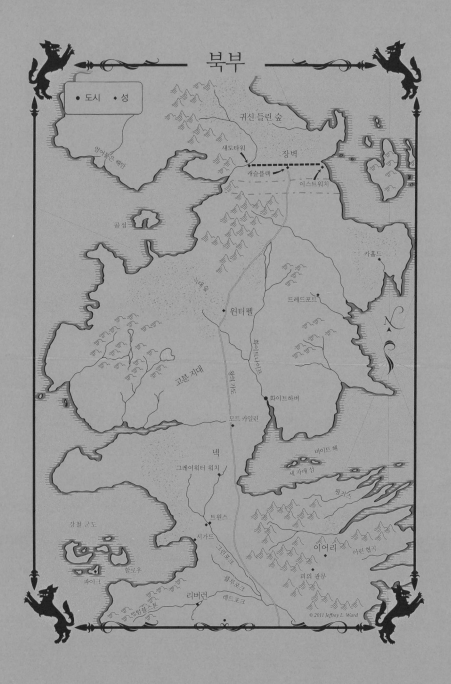

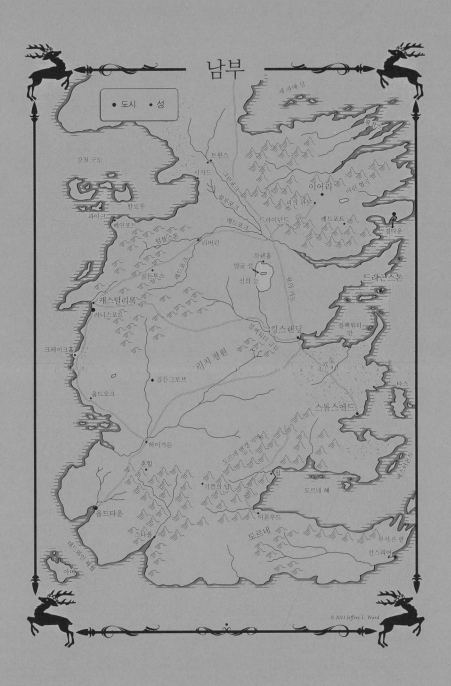

왕좌의 게임

1

GEORGE R. R. MARTIN

왕좌의 게임

조지 R. R. 마틴 장편소설

이수현 옮김

1

얼음과 불의 노래 제1부

A SONG OF ICE AND FIRE

은행나무

목차

일러두기

1 등장인물의 이름이 다른 이름이나 단어와 혼동할 여지가 있는 경우에는 최대한 혼동을 피하는 방향으로 표기했다. 또한 이름에 일반명사가 포함되어 있는 경우, 외래어 표기법을 따르되 기존 독자의 편의를 고려해 임의로 표기하기도 했다. (예: 존 스노우, 새기독, 드래곤)

2 본문의 주는 모두 옮긴이의 것으로, 괄호 안에 글씨 크기를 줄여 표기했다.

프롤로그

"그만 돌아가야 합니다." 주위 숲이 어둑어둑해지자 개러드가 독촉했다. "그 야인(Wildling)들은 죽었습니다."

"죽은 자들이 무섭나?" 웨이마르 로이스 경(Ser)이 웃음의 흔적만 띠고 물었다.

개러드는 미끼를 물지 않았다. 그는 쉰이 넘게 나이를 먹은 사내였고, 귀족 나리들이 왔다가 가는 모습을 무수히 보았다. "시체는 시체지요. 시체와는 볼일이 없습니다."

로이스는 부드럽게 물었다. "놈들이 죽었다? 그렇다는 증거는 있고?"

"윌이 봤지요. 윌이 놈들이 죽었다고 하면, 그걸로 저에게는 충분한 증거가 됩니다."

윌은 늦든 빠르든 자신이 싸움에 끌려들어갈 줄 알고 있었다. 다만 조금이라도 늦게 끌려들어가기를 바랐다. "제 어머니는 죽은 사람은 노래를 부르지 않는다고 했습니다."

"내 유모도 같은 말을 했다, 윌. 여자 젖꼭지를 물고 들은 말은 믿지 말아라. 죽은 자에게도 배울 것이 있는 법이야." 로이스의 목소리는 어스름이 깔린 숲 속에서 너무 크게 울려 퍼졌다.

개러드가 설명했다. "갈 길이 멉니다. 여드레, 어쩌면 아흐레는 말을 달려야 해요. 게다가 밤이 오고 있습니다."

웨이마르 로이스 경은 관심 없는 눈으로 하늘을 흘긋 보았다. "밤이야 매일 이 시간쯤 내리지. 자넨 어두워지면 남자다움도 잃나, 개러드?"

월은 개러드의 꽉 다문 입매와 긴 망토 위로 덮어쓴 두꺼운 검은색 두건 아래 눈동자에 깃든 억눌린 분노를 알아볼 수 있었다. 개러드는 어릴 때부터 40년을 밤의 경비대(Night's Watch)에서 보냈고, 무시당하는 데 익숙하지 않았다. 그러나 단순히 그런 문제가 아니었다. 월은 손위 남자에게서 상처 입은 자존심 외에 다른 무엇인가를 감지할 수 있었다. 거의 공포에 가까운, 불안한 긴장감이었다.

월도 같은 불안을 느꼈다. 그는 장벽에서 4년을 보냈다. 처음 장벽 너머로 나갔을 때는 온갖 옛날이야기가 다 되살아나는 느낌에 속이 뒤집혔다. 나중에 월은 그때 경험을 두고 웃었다. 이제 월은 순찰을 수없이 나가본 노련한 대원이었고, 남부인들이 귀신 들린 숲이라고 부르는 어둡고 끝없는 야생의 땅도 이제는 두렵지 않았다.

오늘 밤까지는 그랬다. 오늘 밤은 뭔가 달랐다. 이 어둠의 가장자리에는 목덜미 털이 쭈뼛 서는 구석이 있었다. 그들은 야인 약탈자 무리를 쫓아 아흐레 동안 북쪽으로, 북서쪽으로, 다시 북쪽으로 열심히 말을 달렸고 그만큼 장벽에서 멀어졌다. 상황은 날이 갈수록 더 나빠졌고, 오늘이 그중에서도 최악이었다. 북쪽에서 차가운 바람이 불어왔고, 나무들은 살아 움직이는 것처럼 바스락거렸다. 월은 하루 종일 감시받는 듯한 느낌을 받았다. 차갑고 무자비하며 그를 좋아하지 않는 무엇인가가 지켜보는 느낌……. 개러드도 같은 느낌을 받았다. 월은 안전한 장벽을 향해 전속력으로 달려가고만 싶었지만, 그런 마음을 지휘관에게 토로할 순 없었다.

특히나 이런 지휘관에게는.

웨이마르 로이스 경은 후계자가 너무 많은 오래된 가문의 막내아들이었다. 회색 눈에 품위 넘치고 단검처럼 날씬한 열여덟 살의 잘생긴 청년. 거대한 검은색 군마에 앉은 기사는 조랑말을 탄 윌과 개러드 위로 우뚝했다. 그는 검은색 가죽 장화와 검은색 양모 바지와 검은색 몰스킨 장갑에, 몇 겹의 검은색 양모와 가죽 방호구 위로 검은색 금속 고리들이 빛나는 멋지고 유연한 가죽 고리 갑옷(ringmail, 사슬 갑옷의 일종으로, 금속 고리를 사슬 형태로 연결한 게 아니라 가죽에 작은 금속 고리를 촘촘히 꿰매어 붙인 형태다.)을 차려입고 있었다. 웨이마르 로이스 경이 밤의 경비대로서 서약한 형제가 된 지 반년도 되지 않았지만, 그가 자신의 소명에 대비하지 않았다 말할 수 있는 자는 없었다. 적어도 옷장을 두고 말하자면 그랬다.

그 아름다운 옷차림의 정점은 망토였다. 흑담비 털로 만들어, 두껍고 까맣고 몹시도 부드러웠다. "보나 마나 직접 죽이셨겠지. 우리 강력한 전사께서 담비들의 작은 머리통을 직접 비틀었을 거야." 개러드는 막사에서 와인을 마시며 그렇게 말했고, 모두가 웃음을 터뜨렸었다.

술자리에서 비웃는 대상에게 명령을 받기란 힘든 일이다. 윌은 조랑말 위에서 몸을 떨면서 생각했다. 개러드도 똑같이 느낄 터였다.

개러드가 말했다. "모르몬트는 놈들을 추적해야 한다고 하셨고, 우린 그렇게 했습니다. 놈들은 죽었습니다. 이젠 골칫거리가 못 돼요. 돌아갈 길이 험합니다. 날씨가 마음에 들지 않아요. 눈이라도 내리면 돌아가는 데 2주는 걸릴 텐데, 그나마 눈이면 다행이지요. 얼음 폭풍을 보신 적이 있습니까?"

귀족은 그의 말을 듣지 않는 것 같았다. 그는 반쯤은 지루해하고, 반쯤은 다른 데 정신이 팔린 얼굴로 짙어지는 땅거미를 살폈다. 윌도 그 기사와 같이 말을 달린 시간이 적지 않다 보니, 그런 모습을 보일 때는 방해하지 않는 게 최선임을 알았다. "자네가 본 내용을 다시 말해봐, 월. 하나도 빼놓지 말고, 자세히."

월은 밤의 경비대에 합류하기 전에 사냥꾼이었다. 정확히 말하자면 밀렵꾼이었다. 그는 말리스터의 숲에서 말리스터의 사슴 가죽을 벗기다가 말리스터의 자유기수(freerider, 영주나 봉신이 아닌 기병을 폭넓게 가리키는 말)들에게 잡혔고, 한 손을 잃든지 검은 옷을 입든지 선택해야 했다. 월만큼 숲 속을 조용히 누빌 수 있는 사람은 없었고, 검은 옷의 형제들이 그 재능을 알아내기까지는 오래 걸리지 않았다.

월이 말했다. "야영지는 3킬로미터 더 가서, 산등 너머 개울가에 있습니다. 최대한 가까이 가봤습니다. 남자 여자 섞여서 여덟입니다. 어린아이는 볼 수 없었습니다. 피신처는 바위에 기대어 지어놨는데 이제는 눈이 꽤 덮였지만, 그래도 알아볼 수 있었습니다. 불은 없었지만 불구덩이는 훤히 보였습니다. 움직임은 없었습니다. 오랫동안 지켜봤는데, 산 사람이 그렇게 가만히 누워 있을 순 없습니다."

"피가 보였나?"

"음, 아니요." 월은 그 점을 인정했다.

"무기는 보였나?"

"검도 몇 자루 있었고, 활도 있었습니다. 한 놈은 도끼를 가지고 있었습니다. 무거워 보이는 양날 도끼로, 무자비한 철제 무기입니다. 땅바닥에 떨어져 있었습니다. 남자 손 바로 옆에요."

"시체들의 자세는 기억하나?"

월은 어깨를 으쓱였다. "몇은 바위에 기대앉아 있습니다. 대부분은 땅바닥에 누워 있고요. 쓰러진 것처럼요."

"자고 있을 수도 있지." 로이스가 자기 생각을 꺼냈다.

"쓰러진 겁니다." 월은 강력하게 말했다. "철나무(ironwood) 위에 나뭇가지에 반쯤 몸을 감춘 여자가 있었습니다. 망보기였겠죠." 월은 희미하게 웃었다. "전 그 여자 눈에 띄지 않게 조심했습니다. 그런데 더 가까이 가보니 그 여자도 움직이질 않더군요." 월은 저도 모르게 몸을 떨었다.

"한기가 드나?" 로이스가 물었다.

"조금은요." 월이 중얼거렸다. "바람 때문입니다."

젊은 기사는 반백의 병사를 돌아보았다. 서리 내린 잎사귀들이 속삭거렸고, 기사의 군마는 가만히 있지 못하고 들썩거렸다. "그자들을 죽인 게 뭐라고 생각하나, 개러드?" 웨이마르 로이스 경은 가볍게 묻고, 긴 흑담비 망토 자락을 여몄다.

개러드는 강철 같은 확신을 담아 대답했다. "추위이지요. 전 지난번 겨울에도, 또 제가 반은 어린아이였던 그 전 겨울에도 얼어 죽은 사람들을 봤습니다. 다들 12미터까지 쌓이는 눈이라든지, 북쪽에서 불어오는 얼음 같은 바람이 어떻게 울부짖는지 떠들지만, 진짜 적은 추위입니다. 추위가 여기 일보다 더 으히 다가들면, 처음에는 몸을 떨고 이를 딱딱 부딪치고 발을 구르면서 멀드와인(향신료를 넣어 데운 와인)과 따뜻하고 기분 좋은 불가를 꿈꾸게 되지요. 추위는 몸을 태웁니다, 그렇고말고요. 추위만큼 몸을 태우는 게 없어요. 하지만 그것도 얼마 동안입니다. 그러다가 추위가 몸 안으로 들어가서 속을 채우기 시작하면, 그렇게 조금만 있다 보면 추위와 싸울 힘이 없어지지요. 그냥 주저앉거나 잠들어버리기가 더 쉬워지는 겁니다. 끝에 가서는 고통도 느껴지지 않는다지요. 처음에는 약해지고 졸리다가, 모든 게 희미해지기 시작하고, 그러고 나면 따끈한 우유 바다 속으로 가라앉는 것 같답니다. 평화롭게요."

"참으로 달변이로군, 개러드. 그런 말솜씨가 있는 줄 몰랐어." 웨이마르 경이 말했다.

"경, 저도 추위에 당해봤습니다." 개러드는 두건을 뒤로 젖히고 웨이마르 경에게 귀가 있던 자리에 남은 그루터기를 제대로 보여주었다. "두 귀와 세 발가락, 그리고 왼손 새끼손가락을 잃었지요. 저 정도면 가볍게 넘어간 겁니다. 파수를 보다가 얼어 죽은 제 형제를 찾아내고 보니, 미소를 띠고 있더군요."

웨이마르 경은 어깨를 으쓱였다. "더 따뜻하게 입어야겠군, 개러드."

개러드는 귀족을 노려보았고, 학사(maester, 이 세계에서 학자이자 의사이며 통치자의 조언자 역할을 겸하는 이들의 칭호) 아에몬이 귀를 잘라내고 남은 흉터가 분노로 벌겋게 달아올랐다. "겨울이 오면 얼마나 따뜻하게 입을 수 있나 알게 되겠지요." 개러드는 두건을 뒤집어쓰고 말없이 음침하게 조랑말 위로 몸을 굽혔다.

"개러드가 추위 때문이라고 한다면……." 윌이 입을 열었다.

"지난주에 파수를 섰나, 윌?"

"예, 섰습니다." 윌은 한 주도 빼놓지 않고 매주 열두 번씩 파수를 섰다. 이 남자는 무슨 말을 하려는 걸까?

"장벽은 어땠지?"

"울고 있었지요." 윌은 얼굴을 찌푸렸다. 이제는 귀족이 지적하려는 바가 명확히 보였다. "얼어 죽었을 리가 없겠군요. 장벽의 얼음이 녹아서 흘러내릴 정도면, 얼어 죽을 만큼 춥진 않았던 거예요."

로이스는 고개를 끄덕였다. "똑똑한 친구로군. 지난주에는 가벼운 서리가 몇 번 내리고, 가끔 눈발이 좀 흩날렸을 뿐, 어른 여덟 명을 죽일 만큼 맹렬한 추위는 오지 않았어. 털가죽 옷을 입고, 거기다가 근처에 머물 곳을 두고, 불을 피울 수단까지 갖춘 자들을 말이야." 기사의 미소는 자신만만했다. "윌, 안내해. 그 시체들을 내가 직접 보겠다."

이렇게 되면 도리가 없었다. 명령이 내려진 이상, 명예를 걸고 따라야 했다.

윌이 맨 앞에 섰고, 그의 텁수룩한 작은 조랑말이 덤불 사이를 조심스럽게 뚫고 나갔다. 전날 밤에 가볍게 눈이 내려, 얇게 쌓인 눈 바로 밑에 도사린 돌덩이와 나무뿌리와 숨겨진 구덩이들이 부주의하고 방심한 자들을 노리고 있었다. 웨이마르 로이스 경이 그다음에 섰고, 그의 거대한 검은 군마는 조바심을 치며 힝힝거렸다. 이 군마는 순찰에 맞지 않는 말이었지만, 귀족에게 그런 말을 해봐야 무슨 소용일까. 후위를 맡은 노병 개러드는 조랑말을 달리면서 혼자 중얼거렸다.

땅거미가 짙어졌다. 구름 없는 하늘은 오래된 멍 자국같이 짙은 자줏빛으로 변했다가, 점점 검은빛으로 물들었다. 별이 보이기 시작했다. 반달이 떴다. 윌은 그 빛이 고마웠다.

"분명히 이것보다는 빨리 갈 수 있을 텐데." 달이 완전히 떠오르자 로이스가 말했다.

"이 말로는 무립니다." 윌은 두려움 때문에 불손해질 수 있었다. "경이 선두에 서시겠습니까?"

웨이마르 로이스 경은 굳이 답하지 않았다.

숲 속 어딘가에서 늑대 한 마리가 울부짖었다.

윌은 울퉁불퉁한 늙은 철나무 옆에 조랑말을 세우고 내렸다.

"왜 멈추는 거지?" 웨이마르 경이 물었다.

"남은 길은 걸어가는 편이 낫습니다. 저 산등만 넘으면 됩니다."

로이스는 잠시 멈춰 서서 생각에 잠긴 얼굴로 먼 곳을 바라보았다. 차가운 바람이 나무 사이로 속살거렸다. 로이스의 거대한 망토가 반쯤은 살아 있는 것처럼 펄럭였다.

"여긴 뭔가 잘못됐어." 개러드가 중얼거렸다.

젊은 기사는 개러드에게 경멸이 담긴 미소를 던졌다. "그런가?"

"못 느끼겠습니까? 어둠에 귀를 기울여봐요." 개러드가 말했다.

윌은 느낄 수 있었다. 밤의 경비대에서 4년을 지냈는데, 이렇게 무서웠던 적이 없었다. 무엇일까?

"바람 소리. 나무 흔들리는 소리. 늑대 소리. 어떤 소리 때문에 그렇게 쪼그라드는 건가, 개러드?" 개러드가 대답하지 않자, 로이스는 우아하게 안장에서 미끄러져 내렸다. 그는 다른 말들과 꽤 거리를 두고 낮게 늘어진 가지에 군마를 단단히 잡아맨 후, 장검을 검집에서 뽑아 들었다. 칼자루에 박힌 보석들이 반짝거렸고, 빛나는 강철 검신에 달빛이 부서졌다. 그것은 성에서 벼려낸 훌륭한 무기였고, 모양새를 보니 새로 만든 칼이기도 했다. 윌은 그 칼이 분노에 차서 휘둘린 적이 있을까 의심했다.

윌이 경고했다. "여긴 나무 사이가 좁습니다. 그런 긴 칼은 걸리기 십상입니다. 단검이 낫지요."

"가르침이 필요하다면 내가 요청하지." 젊은 귀족이 말했다. "개러드, 여기 남아. 말들을 지키게."

개러드가 말에서 내렸다. "불을 피워야겠습니다. 제가 맡지요."

"대체 얼마나 멍청한 거지, 노병? 이 숲에 적들이 있다면, 불을 피워선 안 될 일이지."

"불이 물리쳐주는 적도 있습니다. 곰과 다이어울프와 그리고…… 그리고 다른 것들도……."

웨이마르 경은 강경했다. "불은 안 돼."

개러드의 얼굴은 두건 그림자에 가려져 있었지만, 윌은 기사를 노려보는 개러드의 눈이 매섭게 반짝이는 것을 알아볼 수 있었다. 그는 잠시 개러드가 검을 뺄까 봐 조마조마했다. 개러드의 검은 짧고 못났으며, 손잡이는 땀에 절어 색이 변했고, 칼날은 심하게 써서 이가 나갔다. 그러나 개러드가 그 칼을 칼집에서 빼낸다면, 윌이 귀족에게 돈을 걸 리 없었다.

마침내 개러드가 눈을 내리깔았다. "불은 없이." 그는 들릴락 말락 하게 중얼거렸다.

　로이스는 그것을 동의로 받아들이고 몸을 돌려 윌에게 말했다. "앞장서 게."

　윌은 덤불 사이를 뚫고 이리저리 가다가 낮은 산등을 오르기 시작했다. 이곳을 오르면 어느 파수목(把守木) 아래에 찾아둔 좋은 정찰 지점이 있었다. 얇게 얼어붙은 눈 아래 땅은 진창이 되어 미끄러웠고, 바위와 감춰진 나무뿌리에 걸려 넘어지기 십상이었다. 윌은 아무 소리도 내지 않고 올라 갔다. 뒤에서 귀족의 고리 갑옷에서 나는 찰랑이는 쇳소리와 바스락거리는 나뭇잎 소리, 뻗어 나온 나뭇가지가 장검을 잡아채고 화려한 흑담비 망토를 잡아당길 때마다 불평하는 중얼거림이 들렸다.

　거대한 파수목은 산등 위에, 윌이 생각한 바로 그 자리에 서 있었다. 제일 낮은 가지들은 땅바닥에서 한두 뼘 떨어진 곳까지 늘어졌다. 윌은 몸을 숙여 눈과 진흙 속에 엎드려서 산등 아래 공터를 내려다보았다.

　심장이 멎는 느낌이었다. 윌은 잠시 동안은 숨도 쉬지 못했다. 공터에, 불구덩이에 남은 잿더미에, 눈 덮인 피신처에, 거대한 바위에, 반쯤 얼어 붙은 작은 개울에 달빛이 내렸다. 모든 것이 몇 시간 전과 똑같았다.

　다만 그들이 없었다. 시체가 전부 다 사라졌다.

　"젠장!" 뒤에서 소리가 들렸다. 웨이마르 로이스 경이 산등을 오르면서 검을 휘둘러 나뭇가지를 베었다. 그는 장검을 손에 들고, 불어오는 바람에 망토를 펄럭이는 고귀한 모습을 누구라도 볼 수 있게 별빛을 등지고 파수목 옆에 섰다.

　"몸을 숙여요!" 윌이 다급하게 속삭였다. "뭔가 잘못됐어요."

　로이스는 움직이지 않았다. 그는 공터를 내려다보고 소리 내어 웃었다. "자네가 말한 시체들이 야영지를 옮겼나 보군, 윌."

　윌은 목소리가 나오지 않았다. 할 말을 더듬었지만 떠오르지 않았다. 불

가능했다. 윌의 눈길이 버려진 야영지를 이리저리 쓸다가 도끼에 가서 멎었다. 거대한 양날 전투 도끼는 여전히 아까 보았던 자리에 얌전히 놓여 있었다. 저런 귀한 무기를 버려두다니.

"일어서게, 윌." 웨이마르 경이 명령했다. "여기엔 아무도 없어. 그러니 덤불 밑에 숨어 있는 꼴은 못 보겠다."

윌은 마지못해 그 명령에 따랐다.

웨이마르 경은 못마땅한 빛을 공공연히 드러내며 윌을 훑어보았다. "첫 순찰부터 실패하고 캐슬블랙(Castle Black, 검은 성)에 돌아가진 않겠어. 우린 이놈들을 찾을 거야." 그는 주위를 슥 둘러보았다. "나무에 올라가. 빨리. 불빛을 찾아."

윌은 말없이 몸을 돌렸다. 맞서봐야 소용없었다. 바람이 일어 윌의 몸을 파고들었다. 그는 둥근 천장처럼 가지를 늘어뜨린 회녹색 파수목으로 가서 기어오르기 시작했다. 곧 양손이 수액으로 끈적끈적해졌고, 그는 바늘 같은 잎들 사이에 파묻혔다. 공포심이 소화되지 않는 식사처럼 배 속을 가득 채웠다. 그는 숲의 이름 없는 신들에게 기도를 속삭였고, 비수를 칼집에서 빼냈다. 나무를 기어오르는 데 양손을 써야 하니 칼은 입에 물었다. 차가운 쇠 맛이 마음을 달래주었다.

아래에서 귀족이 갑자기 외쳤다. "거기 누구냐?" 윌은 그 목소리에서 반신반의하는 기색을 들었다. 그는 기어오르기를 멈추고, 귀를 기울였다. 상황을 지켜보았다.

숲이 답을 했다. 바스락거리는 잎사귀 소리, 얼음 섞인 개울물이 흐르는 소리, 멀리서 흰올빼미 우는 소리가 들렸다.

'다른자(the Other)'들은 아무 소리도 내지 않았다.

윌은 시야 가장자리로 움직임을 포착했다. 창백한 형체들이 숲 속을 미끄러지듯 움직였다. 고개를 돌리자 어둠 속을 움직이는 하얀 그림자가 언뜻 보였다. 그 형체는 곧 사라졌다. 나뭇가지들이 바람에 부드럽게 술렁이며, 나무 손가락으로 서로를 할퀴어댔다. 윌은 입을 열어 경고의 말을 외치려 했으나, 말이 목구멍에 얼어붙어버렸다. 어쩌면 잘못 보았는지도 몰랐다. 어쩌면 그냥 새, 아니면 눈에 비친 그림자, 아니면 달빛의 눈속임일지도 몰랐다. 대체 뭘 본 거란 말인가?

아래에서 웨이마르 경이 외쳤다. "윌, 어디 있나? 뭔가 보이나?" 웨이마르 경은 갑자기 경계심을 품고 검을 손에 쥔 채 천천히 원을 그리며 돌고 있었다. 그도 윌처럼 그들을 느낀 게 분명했다. 보이는 것은 없었다. "대답해! 왜 이렇게 춥지?"

정말로 추웠다. 윌은 몸을 덜덜 떨면서 올라온 자리에 더 꽉 매달렸다. 얼굴이 파수목 몸통에 세게 짓눌렸다. 뺨에 달콤하고 끈적한 수액이 느껴졌다.

숲의 어둠 속에서 그림자 하나가 나타나더니 로이스 앞에 섰다. 키가 컸고, 오래된 뼈처럼 앙상하고 단단했으며, 살빛은 우유처럼 창백했다. 갑옷은 움직일 때마다 색을 바꾸는 것 같았다. 갓 내린 눈처럼 하얗다가, 다음 순간에는 그림자처럼 까맸고, 온통 나무들의 짙은 회녹색으로 아롱졌다. 걸음을 옮길 때마다 아롱진 무늬가 물에 비친 달빛처럼 움직였다.

윌은 웨이마르 로이스 경이 잇새로 길게 숨을 내뱉는 소리를 들었다. "더 다가오지 말라." 귀족이 경고했다. 어린아이처럼 목소리가 갈라졌다. 그는 두 팔 모두 전투에 자유롭게 쓸 수 있도록 긴 흑담비 망토를 어깨 너머로 넘기고, 양손으로 검을 잡았다. 바람이 멎어 있었다. 심하게 추웠다.

다른자는 소리 없는 발로 미끄러지듯 나섰다. 그 손에는 윌이 한 번도 본 적 없는 특이한 장검이 들려 있었다. 인간이 쓰는 어떤 금속으로도 그런 칼날을 벼려내지 못했다. 칼날은 달빛을 받아 투명하게 살아났다. 날을 세우자 사라진 듯 보일 만큼 얇은 수정 조각이었다. 희미하게 푸른 광채가 나고, 칼날 주위로 도깨비불이 놀았다. 어째서인지 월은 그 칼이 어떤 면 도칼보다 날카롭다는 사실을 알았다.

웨이마르 경은 용감하게 맞섰다. "그렇다면 함께 춤을 춰주지." 그는 도 전적으로 검을 높이 치켜들었다. 무게 때문인지, 아니면 추위 때문인지 두 손이 떨렸다. 하지만 그 순간, 월은 이제 그가 어린아이가 아니라 경비대 의 남자가 되었다고 생각했다.

다른자가 멈춰 섰다. 월은 그 눈을 보았다. 파란 눈이었다. 어떤 인간의 눈동자보다 더 짙고 더 파란, 얼음처럼 타는 파란빛이었다. 그 파란 눈은 높이 솟아 흔들리는 장검에 시선을 고정하고, 금속을 따라 차갑게 흐르는 달빛을 바라보았다. 심장이 한 번 뛰는 동안, 월은 감히 희망을 품었다.

그들은 그림자 속에서 소리 없이 나타났다. 첫 번째와 쌍둥이처럼 똑같 았다. 셋…… 넷…… 다섯…… 웨이마르 경은 그들과 함께 찾아온 한기를 느꼈을지도 모르지만, 그들을 보거나 듣지는 못했다. 월이 소리쳐 알려야 했다. 그게 월의 의무였다. 그리고 소리를 친다면 죽을 터였다. 그는 몸을 부르르 떨고 나무를 끌어안은 채 침묵을 지켰다.

창백한 검이 진동하며 허공을 갈랐다.

웨이마르 경은 강철 검으로 맞섰다. 두 칼이 마주쳤을 때, 금속이 부딪 치는 소리는 울리지 않았다. 마치 고통스러워하는 짐승의 비명처럼 청각 의 한계를 시험하는 높고 가느다란 소리가 울릴 뿐이었다. 로이스는 두 번 째, 세 번째 공격을 받아내고 한 발자국 뒤로 물러섰다. 또 한 번 공격이 쏟아졌고, 로이스는 다시 뒤로 물러섰다.

그 뒤로 오른쪽 왼쪽 할 것 없이 사방에서 지켜보는 자들은 그 섬세한 갑 옷 위에 일렁이는 무늬 때문에 거의 보이지 않게 숲에 녹아든 채로, 얼굴도 없이, 소리도 없이 끈기 있게 서 있었다. 끼어들려는 움직임이 없었다.

다시, 또다시 검이 마주쳤고 월은 칼날이 부딪칠 때마다 울리는 이상하고 고통스러운 소리에 귀를 막고 싶어졌다. 웨이마르 경은 이제 헉헉거리고 있었고, 내뱉는 숨이 달빛 속에 하얗게 퍼졌다. 칼날도 서리가 덮여 하얗게 변했다. 반면 다른자의 칼에는 엷은 푸른빛이 춤을 추었다.

그러다가 로이스의 방어가 한 박자 늦었다. 창백한 검이 로이스의 팔 아래 고리 갑옷을 파고들었다. 젊은 귀족은 고통에 찬 비명을 질렀다. 고리 사이로 피가 솟았다. 한기 속에 김이 피어올랐고, 눈에 닿은 핏방울은 불꽃처럼 붉었다. 웨이마르 경의 손가락이 옆구리를 쓸었다. 몰스킨 장갑이 붉게 젖었다.

다른자는 윌이 알지 못하는 언어로 무엇인가 말을 했다. 그 목소리는 겨울 호수에 깔린 얼음이 갈라지는 소리 같았고, 그 말은 비웃음을 담고 있었다.

웨이마르 로이스 경은 분노했다. "로버트 왕을 위하여!" 그는 으르렁거리며 두 손으로 서리 덮인 장검을 들어 올리고, 온몸의 무게를 실어 검을 가로로 휘둘렀다. 다른자의 방어는 태만하기까지 했다.

칼날이 맞닿은 순간, 강철이 산산조각 났다.

날카로운 메아리가 밤의 숲 속을 관통하고, 장검은 산산이 부서져서 바늘 비처럼 흩어져 내렸다. 로이스는 새된 비명을 지르며 무릎을 꿇고 눈을 가렸다. 손가락 사이로 피가 솟았다.

지켜보던 자들이 신호라도 받은 것처럼 한꺼번에 전진했다. 죽음 같은 정적 속에서 검이 한꺼번에 올라갔다가 떨어졌다. 그것은 차가운 도살이었다. 창백한 칼날들이 고리 갑옷을 비단옷처럼 베고 잘랐다. 윌은 눈을 감았다. 아래 저 멀리에서 고드름처럼 날카로운 목소리와 웃음소리가 들려왔다.

윌은 오랜 시간이 흐른 후에야 겨우 다시 아래를 볼 용기를 냈고, 아래 산등은 텅 비어 있었다.

윌은 달이 천천히 검은 하늘을 가로지르는 동안 나무에 매달린 채, 감히 숨도 제대로 쉬지 못했다. 그는 근육이 경련을 일으키고 추위에 손가락이 마비될 지경이 되어서야 겨우 아래로 내려갔다.

로이스의 시체는 한쪽 팔을 아무렇게나 팽개친 채 눈밭에 엎드려 있었다. 두꺼운 흑담비 망토에는 십여 군데 칼자국이 났다. 그렇게 죽어서 누워 있으니 로이스가 얼마나 어린지 눈에 들어왔다. 소년이나 다름없었다.

윌은 조금 떨어진 곳에서 부서진 칼을 찾아냈다. 번개 맞은 나무처럼 끝이 쪼개지고 뒤틀려 있었다. 윌은 무릎을 꿇고 주위를 조심스럽게 살핀 다음, 그 칼을 집어 들었다. 부서진 칼이 증거물이 되어주리라. 개러드는 이것을 어떻게 해석해야 할지 알 것이다. 개러드가 모른다면 늙은 곰 모르몬트나 아에몬 학사는 알겠지. 개러드가 말들을 데리고 아직 기다리고 있을까? 서둘러야 했다.

윌은 일어섰다. 웨이마르 로이스 경이 옆에 서 있었다.

아름다운 의복은 넝마가 되고, 얼굴은 엉망이었다. 하얗게 먼 왼쪽 동공에 칼날 조각이 박혀 있었다.

오른쪽 눈은 제대로 뜨여 있었다. 눈동자가 파랗게 타올랐다. 그 눈은 앞을 보았다.

윌의 감각 없는 손가락에서 부서진 검이 떨어졌다. 윌은 눈을 감고 기도하려 했다. 길고 우아한 두 손이 윌의 뺨을 스치더니, 그의 목에 단단히 감겨왔다. 최상품 몰스킨 장갑을 끼고 끈적끈적한 피를 묻힌 채로도, 그 손길은 얼음처럼 차가웠다.

브랜

그날 아침은 맑고 차가운 데다, 여름이 끝나간다는 사실을 암시하는 상쾌함이 감돌았다. 참수형을 보러 새벽같이 길을 나선 무리는 총 스무 명이었고, 브랜은 초조할 정도로 들떠서 말을 달렸다. 브랜은 이번에 처음으로 아버지와 형들과 함께 왕이 신판을 집행하는 광경을 보러 갈 나이가 됐다고 인정받았다. 여름이 9년째, 브랜이 태어나고부터 7년째였다.

그 남자는 구릉지에 있는 작은 성채 밖에서 잡혔다. 롭은 그 남자가 '장벽 너머의 왕'인 만스 레이더에게 충성을 맹세한 야인일 거라고 여겼다. 생각만 해도 오싹했다. 브랜은 낸 할멈이 해준 난롯가 이야기들을 기억했다. 유모는 야인이 잔인무도한 노예상, 살인자, 도둑이라고 했다. 거인과 식시귀(ghoul)와 어울리고, 깊은 밤을 틈타 어린 여자애들을 훔치고, 반짝이는 뿔잔에 피를 담아 마신다고 했다. 그리고 야인 여자들은 '긴 밤'이 오면 '다른자'들과 잠자리에 들어 무시무시한 반인족 아이들을 낳는다고 했다.

하지만 성채 벽에 손발이 묶여 왕의 심판을 기다리던 남자는 늙고 앙상했으며, 롭보다 키가 많이 크지도 않았다. 동상으로 양쪽 귀와 한 손가락을 잃은 남자였는데, 온통 검은색 옷차림이었다. 모피가 다 해지고 기름에 절었다는 점만 빼면 밤의 경비대원과 똑같았다.

영주인 아버지의 명으로 그 남자가 벽에서 풀려나서 그들 앞으로 끌려오는 동안, 차가운 아침 공기 속에서 사람과 말이 내뿜는 숨결이 하얗게 뒤섞였다. 롭과 존은 말 위에 높이 앉아 가만히 기다렸고, 브랜은 조랑말을 타고 둘 사이에 서서 일곱 살보다 나이 들어 보이려고, 이 모든 광경을 이전에도 보았던 것처럼 굴려고 노력했다. 약한 바람이 성채 문을 통과해 불어왔다. 모두의 머리 위로 윈터펠(Winterfell, 겨울이 내린 곳)의 스타크 기치가 펄럭였다. 얼음처럼 하얀 바탕을 질주하는 회색 다이어울프.

브랜의 아버지는 말 위에 근엄하게 앉아서 긴 갈색 머리를 바람에 흩날리고 있었다. 공들여 다듬은 수염에 흰 털이 섞여서, 실제 나이인 서른다섯보다 더 되어 보였다. 오늘 아버지의 회색 눈에는 음울한 빛이 드리웠고, 저녁마다 불가에 앉아서 영웅 시대와 숲의 아이들에 대해 다정히 이야기해주는 아버지와는 전혀 달라 보였다. 브랜은 그가 '아버지'의 얼굴을 벗고 '윈터펠의 영주 스타크'의 얼굴을 썼다고 생각했다.

쌀쌀한 아침 공기 속에서 문답이 오갔지만, 후에 브랜은 그 자리에서 나온 말을 거의 기억하지 못했다. 마침내 브랜의 아버지가 명령을 내렸고, 위병 두 명이 남루한 남자를 광장 중앙에 있는 철나무 그루터기로 끌고 갔다. 위병들은 남자의 머리통을 단단한 검은 나무에 세게 짓눌렀다. 에다드 스타크 영주가 말에서 내렸고 그의 대자(代子, ward)인 테온 그레이조이가 검을 가져왔다. 그 검은 "얼음(Ice)"이라 불렸다. 폭은 성인 남자의 손바닥만큼 넓었고, 세우면 롭의 키보다도 높았다. 칼날은 발리리아 강철로, 주문으로 벼려냈고 연기처럼 검었다. 발리리아 강철검은 세상에서 가장 예리했다.

브랜의 아버지는 장갑을 벗어서 집안 위병대장 조리 카셀에게 건넸다.

그리고 '얼음'을 두 손으로 잡고 말했다. "바라테온 가문의 로버트 1세, 안달인과 로인인과 최초인들의 왕, 칠왕국의 주인이자 이 땅의 수호자의 이름 아래, 윈터펠의 영주이자 북부의 관리자 스타크 가문의 에다드가 그대에게 죽음을 선고하노라." 그는 대검을 머리 높이 들어 올렸다.

브랜의 이복형인 존 스노우가 가까이 다가와서 속삭였다. "조랑말을 잘 붙들고, 눈을 돌리지 마. 네가 시선을 피하면 아버지가 아실 거야."

브랜은 조랑말을 잘 붙들었고, 눈을 돌리지 않았다.

아버지는 확고한 일격으로 남자의 머리를 베었다. 여름 와인처럼 붉은 피가 눈밭에 뿌려졌다. 뒷걸음질 치는 말 한 마리는 도망가지 못하게 붙들어야 했다. 브랜은 피에서 시선을 떼지 못했다. 지켜보는 사이 그루터기 주변에 쌓인 눈이 게걸스럽게 피를 마시고 뻘겋게 물들어갔다.

머리통이 굵은 나무뿌리를 때리고 튀어 오르더니, 그레이조이의 발치까지 굴러갔다. 테온 그레이조이는 호리호리하고 가무잡잡한 열아홉 살 청년으로 세상 모든 것을 재미있어했다. 그는 소리 내어 웃으면서 장화로 머리를 짚더니 걷어찼다.

"얼간이 놈." 존이 그레이조이가 듣지 못하게 작은 소리로 중얼거렸다. 그는 브랜의 어깨에 한 손을 얹었고, 브랜은 이복형을 돌아보았다. "잘했어." 존은 엄숙하게 말했다. 존은 열네 살로, 심판 장면에 익숙했다.

윈터펠로 말을 달려 돌아가는 길은, 바람이 잦아들고 해가 하늘 높이 떴는데도 더 추운 느낌이었다. 브랜은 위병 대열에 앞서서 형들과 같이 달렸고, 브랜의 조랑말은 형들의 말을 따라잡으려고 애썼다.

"그 탈영병은 용감하게 죽었어." 롭이 말했다. 롭은 덩치가 크고 어깨가 넓었으며 나날이 다르게 성장했는데, 어머니를 닮아서 툴리 가문의 흰 피부와 적갈색 머리, 푸른 눈이 두드러졌다. "다른 건 몰라도 용기가 없진 않았어."

"아니." 존 스노우가 조용히 말했다. "그건 용기가 아니었어. 그자는 공포에 질려 있었어. 그자의 눈에서 볼 수 있었어, 스타크." 존의 눈동자는 거의 까맣게 보일 정도로 어두운 회색이었지만, 그 눈이 놓치는 것은 별로 없었다. 존은 롭과 같은 나이였지만, 생김새는 전혀 달랐다. 롭이 근육질이라면 존은 늘씬했고, 롭이 하얀 피부라면 존은 가무잡잡했으며, 이복형제 롭이 강하고 빠르다면 존은 우아하고 예리했다.

롭은 존의 말을 대수롭게 받아들이지 않았다. "그런 눈은 다른자들이 가져가라지. 그자는 훌륭하게 죽었어. 다리까지 시합할까?"

"하지." 존은 말을 걷어차서 앞으로 튀어 나가면서 말했다. 롭은 욕을 하며 그 뒤를 따랐고, 두 사람은 말발굽 소리를 울리며 달려갔다. 롭은 웃음을 터뜨렸고, 존은 말없이 집중했다. 두 사람이 달리자 말발굽에 걸어차인 눈이 우수수 쏟아졌다.

브랜은 따라가려고 하지 않았다. 어차피 조랑말로는 따라잡을 수 없었다. 브랜은 아까 본 그 남루한 남자의 눈동자에 대해 생각하고 있었다. 잠시 후, 롭의 웃음소리가 멀어지자 숲 속은 다시 고요해졌다.

어찌나 생각에 깊이 잠겼던지, 아버지가 바로 옆으로 다가들 때까지도 다른 사람들이 따라잡은 줄 모르고 있었다. "괜찮으냐, 브랜?" 아버지의 목소리는 매몰차지 않았다.

"네, 아버지." 브랜은 시선을 올렸다. 모피와 가죽에 싸여, 거대한 군마 위에 올라앉은 아버지는 브랜에게 거인처럼 보였다. "롭은 그 남자가 용감하게 죽었다고 하는데, 존은 그 남자가 무서워했다고 해요."

"너는 어떻게 생각하지?" 아버지가 물었다.

브랜은 생각해보았다. "사람이 겁에 질려서도 용감할 수 있나요?"

"사람이 용감해질 수 있는 순간은 두려울 때뿐이다." 아버지가 말했다. "내가 왜 그랬는지 이해하느냐?"

"그 남자는 야인이었죠. 야인은 여자들을 훔쳐 가서 '다른자'에게 팔아요."

아버지는 미소 지었다. "낸 할멈이 또 옛날이야기를 해줬나 보구나. 사실 그 남자는 맹세를 어긴 자, 밤의 경비대 탈영병이었다. 그보다 더 위험한 자는 없지. 탈영병은 잡히면 죽는다는 것을 알기에, 어떤 지독한 범죄 앞에서도 서슴지 않는다. 하지만 내 질문을 잘못 이해했구나. 왜 그 남자가 죽어야 했느냐가 아니라, 왜 내가 죽여야 했느냐가 질문이었다."

브랜은 답을 알지 못하고, 자신 없이 말했다. "로버트 왕에게는 참수인이 있죠."

"그래." 아버지는 인정했다. "그 전에 타르가르엔 왕들도 그랬지. 하나 우리 방식이 더 오래된 방식이야. 스타크의 핏줄에는 아직도 최초인의 피가 흐르고, 우리는 선고를 내리는 자가 칼을 휘둘러야 한다는 믿음을 간직하고 있다. 누군가의 목숨을 빼앗으려면, 그 눈을 똑바로 보고 마지막 말을 듣는 정도는 해야 해. 그것도 견디지 못한다면, 그 누군가는 죽어 마땅한 사람이 아닐지도 모르지.

브랜, 너는 언젠가 롭의 휘하 봉신으로 네 형과 네 왕을 위해 너만의 성을 지키게 될 테고, 심판을 집행해야 할 거다. 그날이 오면, 그 과업을 즐거워하지 말되, 외면해서도 안 돼. 고용한 처형인 뒤에 숨는 통치자는 곧 죽음이 무엇인지 잊게 되지."

그때 존이 앞쪽 언덕 위로 다시 나타났다. 존은 손을 흔들면서 소리를 쳤다. "아버지, 브랜, 어서 와서 롭이 뭘 찾았는지 보세요!" 존은 다시 사라졌다.

조리가 옆으로 달려왔다. "말썽입니까?"

"그런 모양이군." 브랜의 아버지가 말했다. "가세, 내 아들들이 또 무슨 장난을 찾아냈는지 봐야지." 그는 말의 속도를 올렸다. 조리와 브랜과 나머지 일행이 뒤따라갔다.

그들은 다리 북쪽 강둑에 있는 롭을 찾아냈다. 존은 그 옆에서 아직 말에 오른 채였다. 이번 달에는 늦여름 눈이 심하게 내렸다. 롭은 무릎까지 묻히는 눈 속에 서서 두건을 젖히고 햇빛에 머리카락을 반짝이고 있었다. 롭은 팔에 뭔가를 안고 흥분한 기색으로 존과 숨죽여 떠들어댔다.

기수들은 잘 보이지 않는 울퉁불퉁한 바닥에서 단단하게 디딜 곳을 찾으며 조심스럽게 눈 더미를 헤쳐나갔다. 조리 카셀과 테온 그레이조이가 제일 먼저 그들에게 다가갔다. 그레이조이는 말을 몰며 웃고 농담을 해댔다. 브랜은 그가 숨을 내뱉는 소리를 들었다. "신들이시여!" 그가 소리를 지르더니, 말을 통제하려 애쓰면서 검에 손을 뻗었다.

조리는 이미 검을 빼 들고 있었다. "롭, 떨어지세요!" 조리는 뒷걸음질 치는 말 위에서 외쳤다.

롭은 씩 웃고 팔에 안은 꾸러미에서 시선을 들었다. "저건 아무도 해치지 못해. 이미 죽었어, 조리."

브랜은 이제 호기심에 불타고 있었다. 브랜은 조랑말에 박차를 가하려 했지만, 아버지는 다리 옆에서 말을 내리고 걸어서 접근하라고 했다. 브랜은 폴짝 뛰어내려서 달려갔다.

이제는 존, 조리, 테온 그레이조이 모두 말에서 내린 후였다. "일곱 지옥이여, 대체 저게 뭐야?" 그레이조이가 말했다.

"늑대야." 롭이 말했다.

"괴물인데. 크기 좀 봐." 그레이조이가 말했다.

브랜은 쿵쾅거리는 심장으로 허리까지 올라오는 눈 더미를 헤치고 형 옆으로 갔다.

거대한 검은 형체가 죽어서 피에 물든 눈에 반쯤 묻혀 있었다. 텁수룩한 회색 털에 얼음이 맺혔고, 희미한 썩은 내가 여자 향수처럼 감돌았다. 브랜은 구더기가 기어 다니는 텅 빈 눈, 누런 이빨이 가득한 커다란 입을 흘 긋 보았다. 하지만 브랜이 헉하고 숨을 들이켠 것은 그 크기 때문이었다. 브랜의 조랑말보다 더 컸고, 아버지의 견사에 있는 가장 큰 사냥개의 두 배에 달했다.

존이 침착하게 말했다. "괴물이 아니라 다이어울프야. 다른 늑대보다 크 게 자라지."

테온 그레이조이가 말했다. "다이어울프는 200년 동안 장벽 남쪽에서 보인 적이 없어."

"지금 한 마리가 보이잖아." 존이 대꾸했다.

브랜은 괴물에게서 겨우 시선을 뗐다. 그러자 롭의 팔에 안긴 꾸러미가 보였다. 브랜은 즐거운 소리를 지르고 롭에게 다가섰다. 아직 눈도 뜨지 못한, 작은 흑회색 털 뭉치 같은 늑대 새끼였다. 녀석은 롭의 가슴팍에 안 겨 무작정 코를 비비고, 작고 구슬프게 낑낑 소리를 내며 롭의 가죽옷에서 어미젖을 찾았다. 브랜은 머뭇거리며 손을 뻗었다. "괜찮아." 롭이 말했다. "만져봐도 돼."

브랜은 불안하게 녀석을 슥 쓰다듬었다가, 존의 목소리에 고개를 돌렸 다. "여기." 이복형이 브랜의 품에 두 번째 늑대 새끼를 안겨주었다. "다섯 마리가 있어." 브랜은 눈밭에 앉아서 늑대 새끼를 꼭 끌어안았다. 뺨에 닿 은 털이 부드럽고 따뜻했다.

"이렇게 오랜 세월이 지나서 이 땅에 다이어울프가 들어오다니……." 거마장 헐렌이 중얼거렸다. "마음에 안 드는군."

"이건 징조야." 조리가 말했다.

브랜의 아버지는 얼굴을 찌푸렸다. "이건 죽은 짐승일 뿐이네, 조리." 그 러나 아버지도 당혹한 얼굴이었다. 아버지가 시체 주위를 돌자 장화에 눈 이 자박자박 밟혔다. "무엇 때문에 죽었는지 아나?"

"목에 뭔가 박혀 있어요." 롭이 아버지가 묻기도 전에 답을 찾았다는 사실에 우쭐해서 말했다. "저기, 턱 바로 밑에요."

아버지는 무릎을 꿇고 손으로 죽은 짐승의 머리 아래를 더듬었다. 그는 박힌 무언가를 확 잡아 빼어 모두가 볼 수 있게 들어 올렸다. 가지가 부러진 30센티미터 길이의 사슴뿔이 피에 흠뻑 젖어 있었다.

갑작스레 침묵이 내려앉았다. 일행 모두가 불편한 눈으로 사슴뿔을 보았고, 아무도 감히 입을 열지 못했다. 브랜마저도, 이유는 이해하지 못했지만 일행의 두려움을 느낄 수는 있었다.

브랜의 아버지는 사슴뿔을 옆으로 던지고 눈에 두 손을 닦았다. "새끼를 낳을 만큼 오래 살아남은 게 놀랍군." 그 목소리가 침묵의 주문을 깨뜨렸다.

"그게 아닐지도 모릅니다." 조리가 말했다. "그런 이야기를 들은 적이 있습니다……. 새끼들이 태어났을 때 어미 늑대는 이미 죽어 있었을지도 모릅니다."

다른 남자가 끼어들었다. "시체에서 태어나다니. 더욱 불운입니다."

"그래봐야 새끼들도 곧 죽을 거야." 헐렌이 말했다.

브랜은 경악하여 무언의 비명을 질렀다.

"차라리 빨리 죽는 게 낫지." 테온 그레이조이가 맞장구를 치며 검을 뽑았다. "그놈 이리 내, 브랜."

작은 늑대 새끼는 마치 그 말을 듣고 이해했다는 듯이 브랜의 품에서 버둥거렸다. "싫어!" 브랜은 사납게 외쳤다. "내 거야."

"검은 치워, 그레이조이." 롭이 말했다. 잠깐이지만 아버지처럼 위엄이 넘치는 목소리였다. 언젠가 영주가 되었을 때 그러할 것처럼. "우린 이 녀석들을 기를 거야."

"그럴 순 없어요, 도련님." 헐렌의 아들인 하윈이 말했다.

"죽이는 편이 자비롭습니다." 헐렌이 말했다.

브랜은 구조를 청하는 눈으로 아버지를 보았지만, 아버지는 이마에 주름이 패도록 얼굴을 찌푸릴 뿐이었다. "헐렌 말이 맞다, 아들아. 추위와 굶주림으로 힘겹게 죽느니 빨리 죽여주는 편이 낫지."

"안 돼요!" 브랜은 눈에 차오르는 눈물을 느끼고 고개를 돌렸다. 아버지 앞에서 울고 싶지 않았다.

롭은 고집을 꺾지 않았다. "로드릭 경의 빨간 암캐가 지난주에 또 새끼를 낳았어요. 살아남은 새끼는 둘밖에 없었죠. 젖이 충분히 남을 거예요."

"이 녀석들이 젖을 먹으려 들면 갈가리 찢어버릴 게다."

"스타크 영주님." 존이 말했다. 존이 아버지를 그렇게 격식 차려 부르니 이상했다. 브랜은 간절한 희망을 안고 존을 보았다. 존은 아버지에게 말했다. "새끼가 다섯 마리 있습니다. 수놈이 셋, 암놈이 둘이에요."

"무슨 말을 하려는 거냐, 존?"

"영주님께는 적통 자식이 다섯 있습니다. 아들 셋, 딸 둘이죠. 다이어울프는 스타크 가문의 상징. 영주님의 자식들은 이 다이어울프 새끼들을 가질 운명이었던 겁니다."

브랜은 아버지의 얼굴이 변하고, 다른 남자들이 눈짓을 주고받는 모습을 보았다. 그 순간 브랜은 온 마음으로 존을 사랑했다. 일곱 살의 나이로도 브랜은 이복형이 어떤 일을 했는지 이해했다. 숫자가 맞아떨어진 것은 존이 스스로를 빼버렸기 때문이었다. 존은 여자애들을 포함시키고 아기인 리콘까지 포함시키는 대신, 북부에서 아버지의 성을 이어받지 못하고 태어나는 불운을 지닌 모두에게 관습에 따라 주어지는 이름 '스노우'를 받은 서자인 자신을 제외했다.

그들의 아버지도 그 점을 파악했다. "너는 키우고 싶지 않은 거냐, 존?" 그는 부드럽게 물었다.

"다이어울프는 스타크 가문의 기치를 장식하지요. 저는 스타크가 아닙니다, 아버지." 존이 사실을 짚었다.

그들의 아버지는 생각에 잠긴 얼굴로 존을 보았다. 롭이 아버지가 남긴 침묵 속으로 뛰어들었다. "제가 직접 돌보겠습니다, 아버지. 데운 우유를 수건에 적셔서 먹일게요." 롭이 다짐했다.

"저도요!" 브랜이 따라서 말했다.

영주는 아들들을 한참, 주의 깊게 가늠해보고 말했다. "말하기는 쉽고, 행하기는 어려운 법이지. 너희는 이 일로 하인들의 시간을 낭비해선 안 된다. 이 늑대 새끼들을 갖고 싶다면, 너희가 직접 길러야 한다. 이해하겠느냐?"

브랜은 열렬히 고개를 끄덕였다. 품에 안긴 새끼가 꿈틀거리다가 따뜻한 혀로 브랜의 얼굴을 핥았다.

"훈련도 잘 시켜야 한다. 확실히 훈련시켜야 해. 견사장은 이 괴물들에게 상관하지 않을 거다. 그것은 확실히 하마. 그리고 너희가 이 녀석들을 방치하거나, 잔인하게 다루거나, 잘못 훈련시켰다간 큰일 날 줄 알아라. 이 녀석들은 먹을 것을 빌고 걷어차이면 도망치는 개가 아니야. 다이어울프는 개가 쥐를 잡아 죽일 때처럼 쉽게 사람 팔을 뜯어낼 게다. 정말로 키우고 싶으냐?"

"네, 아버지." 브랜이 말했다.

"네." 롭이 동의했다.

"너희가 온갖 노력을 다해도 죽을지 모른다."

"죽지 않을 겁니다." 롭이 말했다. "저희가 죽게 하지 않을 거예요."

"그렇다면 키우거라. 조리, 데스몬드, 다른 새끼들을 거두게. 윈터펠로 돌아갈 시간이야."

브랜은 모두 말에 올라서 출발하고 나서야 이 달콤한 승리를 만끽했다.

집까지 돌아가는 먼 길에 안전하도록 가죽옷 안에 넣은 늑대 새끼가 따뜻하게 달라붙었다. 브랜은 이름을 뭐라고 붙일까 생각했다.

다리를 반쯤 건너다가 존이 갑자기 말을 멈췄다.

"왜 그러느냐, 존?" 그들의 아버지가 물었다.

"들리지 않으세요?"

브랜은 숲 속에 부는 바람 소리, 철나무 판자 위를 내딛는 말발굽 소리, 제 품의 배고픈 새끼 늑대가 낑낑거리는 소리를 들을 수 있었지만, 존은 뭔가 다른 소리에 귀를 기울이고 있었다.

"저기예요." 존이 말을 홱 돌리더니 다리 저편으로 다시 달려갔다. 일행은 존이 다이어울프의 시체가 누운 눈밭에 내려서서 무릎을 꿇는 모습을 지켜보았다. 존은 잠시 후에 웃는 얼굴로 다시 말을 달려 왔다.

"멀리 기어가 있었나 봐요."

"아니면 내몰렸을지도 모르지." 아버지가 여섯 번째 새끼를 보고 말했다. 나머지는 회색인 반면, 이 녀석의 턱은 하얀색이었다. 눈동자는 그날 아침에 죽은 남루한 사내의 피처럼 붉었다. 브랜은 다른 녀석들은 아직 앞을 보지 못하는데 이 녀석만 눈을 뜨다니 재미있다고 생각했다.

"하얀 변종이라니." 테온 그레이조이가 재미있다는 듯이 빈정거렸다. "다른 새끼들보다 더 빨리 죽겠네."

존 스노우는 싸늘한 눈으로 오랫동안 아버지의 대자를 쳐다보고 말했다. "그렇진 않을 거야, 그레이조이. 이 녀석은 내 것이니까."

캐틀린

캐틀린은 이 신의 숲이 도무지 좋아지지 않았다.

그녀는 남쪽 멀리, 트라이던트(Trident, 삼지창) 강의 지류 레드포크(Red Fork, 붉은 갈래)에 있는 리버런(Riverrun, 강이 흐르는 곳)의 툴리 가문에서 태어났다. 그곳에서 신의 숲은 환하고 바람이 잘 통하는 정원이었고, 키 큰 붉은 나무들이 졸졸 흐르는 시냇물 위로 아롱진 그림자를 드리우고, 보이지 않는 둥지에서 새들이 노래를 하며, 꽃향기가 코를 찌르는 곳이었다.

윈터펠의 신들은 종류가 다른 숲을 두었다. 이곳은 어둡고 원시적인 장소였다. 만 년 동안 사람의 손길이 닿지 않은 3에이커 넓이의 오래된 숲을 에워싸고 음울한 성이 솟아올랐다. 이 숲에서는 축축한 흙냄새와 썩은 내가 났다. 여기에는 붉은 나무가 자라지 않았다. 여기는 회녹색 침엽을 두른 단단한 파수목과 거대한 참나무, 이 땅 자체만큼 나이 든 철나무가 모인 숲이었다. 여기에서는 굵은 검은색 나무둥치들이 서로 가까이 들어찼고 머리 위로는 뒤틀린 나뭇가지들이 얽혀 빽빽한 덮개를 이루며 흙 아래로는 보기 흉한 나무뿌리들이 엉겨 붙었다. 이곳은 깊은 정적과 음울한 그림자가 자리한 숲이었고, 이곳에 사는 신들에게는 이름이 없었다.

캐틀린은 오늘 밤 이곳에 남편이 있다는 사실을 알았다. 그는 누군가의 목숨을 빼앗을 때마다 고요한 신의 숲을 찾았다.

캐틀린은 리버런의 성소(sept, sept는 라틴어로 '7'을 의미하며 영어로는 씨족을 뜻하기도 한다. 웨스테로스의 '일곱' 신을 모시는 장소로 칠각형으로 짓는 것이 기본이다.)를 가득 채운 무지개색 빛 속에서 일곱 성유를 바르고 이름을 받았다. 그녀는 아버지와 할아버지와 그 전의 조상들과 같은 신앙을 지녔다. 그녀의 신들에게는 이름이 있었고, 그 신들의 얼굴은 부모님의 얼굴처럼 친숙했다. 예배는 성사(일곱 신을 섬기는 사제로 남성 사제(septon), 여성 사제(septa) 모두 성사로 옮겼다.)와 향로, 향냄새, 빛을 받아 살아나는 일곱 면을 지닌 수정, 노래를 부르는 목소리들로 이루어졌다. 모든 대가문이 그렇듯 툴리가에도 신의 숲이 있었지만, 그곳은 산책을 하거나 책을 읽거나 일광욕을 하는 곳이었다. 예배는 성소의 몫이었다.

네드는 그녀를 위해 신의 일곱 얼굴에 노래할 수 있는 작은 성소를 지어주었지만, 스타크의 핏줄에는 지금도 최초인의 피가 흘렀고, 네드가 섬기는 신들은 옛 신들, 지금은 사라진 '숲의 아이들'과 공유하는 이름도 없고 얼굴도 없는 초록 숲의 신들이었다.

숲 한가운데에는 아주 오래된 영목(靈木, weirwood) 한 그루가 차갑고 검은 물이 담긴 작은 연못을 굽어보고 있었다. 네드는 그 나무를 "심장 나무"라고 불렀다. 영목의 나무껍질은 뼈처럼 희고, 잎사귀는 검붉어 피에 물든 천 개의 손 같았다. 그 거대한 나무둥치에는 얼굴이 하나 새겨져 있었는데, 이목구비가 음울하고 구슬펐으며, 깊게 새긴 두 눈은 말라붙은 수액으로 붉었고 이상하게 지켜보는 느낌이 들었다. 그 두 눈은 나이가 많았다. 윈터펠 자체보다 더 오래된 눈이었다. 전해지는 이야기가 사실이라면 그 눈은 '건설자 브랜던'이 첫 번째 돌을 놓는 모습을 보았고, 주위로 화강암 성벽이 올라가는 과정을 지켜보았다. 전해지기로는 최초인들이 협해를 건너오기 전 여명 시대에 숲의 아이들이 나무들에 그런 얼굴을 새겨 넣었다.

남부에서는 마지막 영목이 베이거나 타버린 지 천 년이 지났다. 녹색인 (green men)이 고요히 감시하고 있는 '얼굴 섬(Isle of Faces)'을 제외하면 그랬다. 그러나 북부에서는 달랐다. 여기는 모든 성에 신의 숲이 있었고, 모든 신의 숲에 심장 나무가 있었으며, 모든 심장 나무에 얼굴이 있었다.

캐틀린의 남편은 영목 아래, 이끼 덮인 돌에 앉아 있었다. 그는 무릎에 대검 '얼음'을 놓고 밤처럼 새카만 물로 칼날을 닦고 있었다. 신의 숲 바닥에 천 년 동안 쌓인 두꺼운 부엽토가 캐틀린의 발소리를 집어삼켰지만, 영목의 붉은 눈은 그녀를 좇는 것 같았다. "네드." 그녀가 조용히 남편을 불렀다.

그는 고개를 들어 그녀를 보았다. "캐틀린." 거리감을 둔 정중한 말투였다. "아이들은 어디 있소?"

그는 언제나 그녀에게 그렇게 묻곤 했다. "부엌에서 늑대 새끼들의 이름을 두고 다투고 있어요." 그녀는 숲 바닥에 망토를 펼치고, 연못가에 앉았다. 영목을 등진 자세였다. 나무의 눈이 지켜보고 있다는 느낌은 여전했지만, 그녀는 최대한 그 느낌을 무시하려 했다. "아리아는 벌써 사랑에 빠졌고, 산사는 우아하게 기뻐하고 있지만, 리콘은 잘 모르겠네요."

"무서워하오?" 네드가 물었다.

"조금은요." 캐틀린은 시인했다. "겨우 세 살이잖아요."

네드는 얼굴을 찌푸렸다. "리콘도 두려움을 직시하는 법을 배워야 해요. 언제까지나 세 살일 순 없어요. 게다가 겨울이 오고 있소."

"그래요." 캐틀린은 수긍했다. 그 말을 들을 때마다 오싹했다. 스타크의 가언(家言). 모든 귀족 가문에는 가언이 있었다. 가문의 좌우명이자 기준이며 일종의 기도이기도 한 가언은 명예와 영광을 자랑하고, 충성과 진실을 약속했으며, 신뢰와 용기를 맹세했다. 스타크만 빼고 모두가 그랬다. 스타크는 '겨울이 오고 있다'고 말했다. 캐틀린은 새삼스레 여기 북부인들이 얼마나 기묘한 사람들인가 생각했다.

"오늘 그 남자는 훌륭하게 죽었소. 그 점은 인정해야지." 네드는 한 손에 기름에 적신 가죽 조각을 쥐고 있었다. 그는 그 가죽을 대검에 올리고 검은 칼날을 닦으면서 말했다. "브랜은 만족스러웠소. 부인도 브랜을 봤다면 자랑스러웠을 거예요."

"전 언제나 브랜이 자랑스러워요." 캐틀린은 네드가 닦는 대검을 바라보며 대답했다. 강철 칼날 깊숙이, 칼이 벼려지며 백 번을 접힌 흔적이 물결을 이뤘다. 캐틀린은 검을 좋아하지 않았지만, '얼음'이라는 검에 나름의 아름다움이 있다는 사실은 부인할 수 없었다. 얼음은 옛날 프리홀드 (Freehold, 자유요새)에 파멸이 닥치기 전, 대장장이들이 망치만이 아니라 주문으로 금속을 다루던 시절 발리리아에서 벼린 칼이었다. 400년이나 되고도 갓 벼려낸 칼처럼 날카로웠다. 검의 이름은 그보다 더 오래전 영웅 시대가 남긴 유산이었다. 스타크가 북부의 왕이었던 시절의.

네드는 음울하게 말했다. "올해만 네 번째였소. 그 불쌍한 남자는 반쯤 미쳤더군. 무엇 때문인지 두려움이 너무 깊이 파고들어서, 내 말이 닿지 않았어요." 그는 한숨을 내쉬었다. "벤이 편지에 적기로는 밤의 경비대 병력이 천 명 이하로 떨어졌다는군. 탈영병만 문제가 아니라, 순찰에서도 사람을 잃고 있어요."

"야인들 짓인가요?"

"달리 누구겠소?" 네드는 '얼음'을 들어 올리고 그 서늘한 강철 칼날을 내려다보았다. "그리고 앞으로 더 나빠지기만 하겠지. 내가 휘하 가문들을 불러 모아 '장벽 너머의 왕'을 영원히 처리하러 북으로 진격할 수밖에 없는 날이 올지도 몰라요."

"장벽 너머로요?" 캐틀린은 그 생각만으로도 몸서리를 쳤다.

네드는 그녀의 얼굴에서 두려움을 보았다. "만스 레이더는 두려워할 것 없어요."

"장벽 너머에는 그보다 더 어두운 것들이 있지요." 캐틀린은 등 뒤의 심장 나무를, 하얀 나무껍질과 붉은 눈을 흘긋 돌아보았다. 보고 들으며 길고 느린 생각을 이어가는…….

네드는 온화하게 미소 지었다. "낸 할멈이 하는 이야기를 너무 듣는구려. '다른자'들은 숲의 아이들과 마찬가지로 죽었어요. 사라진 지 8000년은 지났지. 루윈 학사는 그들이 살았던 적도 없다고 말할 거예요. '다른자'를 본 사람이 없으니."

"오늘 아침까지는 다이어울프를 본 사람도 없었죠." 캐틀린은 네드에게 상기시켰다.

"툴리와는 말싸움을 하는 게 아닌데." 네드는 후회스럽다는 듯 미소를 지으며 얼음을 칼집에 넣었다. "옛날이야기나 하려고 온 건 아닐 테지. 당신이 이 숲을 얼마나 꺼리는지 알아요. 무슨 일이오, 부인?"

캐틀린은 남편의 손을 잡았다. "오늘 통탄할 소식이 있었어요. 당신이 몸을 정결히 하기 전에 마음을 어지럽히고 싶지 않았어요." 충격을 약화시킬 방법이 없었기에, 그녀는 있는 그대로 말했다. "정말 안타깝지만, 여보. 존 아린이 죽었어요."

네드는 캐틀린과 눈을 마주쳤고, 그녀는 그 소식이 남편에게 얼마나 큰 타격을 입혔는지 알 수 있었다. 그럴 줄 알기도 했다. 네드는 어렸을 때 이어리(Eyrie, 매 둥지)에 의탁하여 자랐고, 자식이 없는 아린 공은 네드와 네드와 같이 대자로 들어갔던 로버트 바라테온에게 두 번째 아버지가 되었다. 미친 왕 아에리스 타르가르옌 2세가 그들의 목을 요구했을 때, 이어리의 영주는 자신이 지키겠노라 서약한 이들을 포기하는 대신 달과 매가 그려진 기치를 치켜들고 봉기했다.

그리고 15년 전 어느 날 두 번째 아버지는 형제가 되었다. 그와 네드는 리버런의 성소에 서서 호스터 툴리 공의 두 딸과 혼인을 올렸다.

"존이…… 확실한 소식이오?"

"왕의 인장이 찍혔고, 로버트 왕 본인이 쓴 편지예요. 당신이 볼 수 있게 남겨뒀어요. 빠른 죽음이었다더군요. 파이셀 학사도 속수무책이었지만, 양귀비즙을 써서 존이 오래 고통을 겪지는 않았다고 해요."

"불행 중 다행이라고 해야겠지." 네드의 얼굴에서 비탄을 볼 수 있었지만, 그런 순간에도 그는 캐틀린을 먼저 생각했다. "당신 동생, 그리고 존의 아들은 어떻다던가요?"

"편지에는 둘 다 무사하고, 이어리로 돌아갔다는 말밖에 없었어요. 차라리 리버런으로 갔다면 좋았을 텐데요. 이어리는 높고 쓸쓸한 곳이고, 그 애의 집이 아니라 언제나 그 애 남편의 집이었죠. 돌 하나하나에 존 공의 기억이 깃들어 있을 거예요. 난 내 동생을 알아요. 그 애에겐 가족과 친구들의 위로가 필요해요."

"당신 숙부님이 아린 협곡에서 기다리지 않소? 존이 그분을 '관문의 기사'로 명명했다고 들었소만."

캐틀린은 고개를 끄덕였다. "브린덴 숙부님이 그 애와 아이를 위해 할 수 있는 일은 하실 테고, 그게 어느 정도 위안은 되겠지만……."

"가봐요." 네드는 그렇게 권했다. "아이들도 데리고. 동생의 성을 소란과 고함과 웃음소리로 채워줘요. 그 집 아이도 다른 아이들과 어울릴 필요가 있고, 라이사도 외로이 슬퍼해서는 안 될 일이지요."

"갈 수 있다면 가겠지만, 편지에 다른 기별도 있었어요. 왕이 당신을 찾아 윈터펠로 달려오고 있다는군요."

네드는 그녀의 말을 바로 이해하지 못했지만, 이해하고 나자 눈에 깃든 어둠이 싹 걷혔다. "로버트가 이리로 온다고?" 그녀가 고개를 끄덕이자 네드의 얼굴에 미소가 번졌다.

캐틀린도 함께 기뻐하고 싶었다. 그러나 그녀는 성내에서 오가는 이야기를 들었다. 다이어울프 한 마리가 눈밭에 죽어 있었고, 목에 부러진 사슴뿔이 꽂혀 있더라는 이야기. 뱃속에 두려움이 뱀처럼 똬리를 틀었지만, 그녀는 사랑하는 남자에게 애써 미소를 지어 보였다. 이 남자는 징조를 믿지 않았다. "그 소식을 들으면 기뻐할 줄 알았어요. 장벽에 있는 당신 동생에게도 전언을 보내야겠네요."

"물론 그래야지. 벤도 오고 싶어 할 거요. 루윈 학사에게 제일 빠른 새를 보내라고 해야겠군." 네드는 일어서서 캐틀린을 잡아 일으켰다. "이게 몇 년 만이람? 그런데 통지는 그걸로 끝인 거요? 일행이 몇 명인지는 편지에 쓰여 있었소?"

"최소한 기사가 100명에 종자들도 있을 테고, 자유기수도 50명은 된다고 생각해야겠죠. 세르세이와 아이들도 같이 온다고 해요."

"그렇다면 느긋하게 오겠군. 오히려 다행이오. 준비할 시간이 더 주어질 테니."

"왕비의 형제들도 일행이에요."

네드는 그 말에 얼굴을 찌푸렸다. 캐틀린도 네드와 왕비 일가 사이에 애정이 별로 없다는 사실을 알고 있었다. 캐스털리록(Casterly Rock, 캐스털리의 바위 성)의 라니스터 가문은 로버트의 대의에 늦게, 승리가 확실할 때가 되어서야 참여했고, 네드는 그 점을 결코 용서하지 않았다. "흠, 로버트를 만나려면 따라붙는 라니스터도 감수해야 한다니, 할 수 없지. 로버트가 궁정의 반은 끌고 오는 것 같구려."

"왕이 가는 곳에 왕국이 따르지요."

"아이들을 보게 되는 건 좋군. 마지막으로 봤을 때는 제일 어린 녀석이 아직 라니스터 여인의 젖을 물고 있었지. 이젠 다섯 살쯤 되나?"

"토멘 왕자는 일곱 살이에요. 브랜과 같은 나이죠. 제발 말조심해요, 네드. 그 라니스터 여자가 우리의 왕비이고, 그 왕비의 자존심은 해가 갈수록 높아진다고 하니까요."

네드는 그녀의 손을 꼭 쥐었다. "물론 잔치를 벌여야겠지. 가수들도 부르고. 로버트는 사냥을 하고 싶어 할 거요. 조리에게 의장대를 이끌고 왕의 가도(kingsroad)로 남하해서 일행을 맞이해 오라고 해야겠군. 세상에, 어떻게 그 일행을 다 먹이지? 벌써 오고 있다고 했소? 그 망할 녀석. 빌어먹을 왕 녀석."

대너리스

오빠는 찬찬히 보라며 가운을 들어 올렸다. "아름답다는 건 이런 거지. 만져봐. 어서. 천을 어루만져봐."

대니는 손을 대보았다. 옷감이 어찌나 부드러운지 물처럼 손가락 사이로 흘러내리는 느낌이었다. 그렇게 부드러운 옷을 입어본 기억이 없었다. 그래서 겁이 났다. 그녀는 손을 뗐다. "이게 정말 내 옷이야?"

"마지스터 일리리오가 보낸 선물이야." 비세리스는 미소를 지으며 말했다. 그는 오늘 기분이 좋았다. "네 보라색 눈동자가 돋보일 빛깔이지. 물론 금과 온갖 보석도 걸칠 거야. 일리리오가 약속했어. 오늘 밤에 넌 공주처럼 보여야 해."

공주라니, 그게 무엇인지도 잊었다. 어쩌면 제대로 안 적이 없을지도 몰랐다. 대니는 물었다. "왜 우리에게 이렇게 많은 것을 주지? 우리에게 뭘 원하는 거야?" 그들은 거의 반년 동안 마지스터의 집에 살며 그의 음식을 먹고 그의 하인들에게 보살핌을 받았다. 대니는 열세 살이었고, 자유도시인 이곳 펜토스에서 그런 선물이 대가 없이 주어지는 일은 거의 없다는 사실을 아는 나이였다.

"일리리오는 바보가 아니야." 비세리스는 연보라색 눈동자에 초조한 빛을 띠고 불안하게 손을 떠는 수척한 청년이었다. "내가 왕좌에 오르면 친구들을 잊지 않으리란 사실을 아는 거야."

대니는 아무 말도 하지 않았다. 마지스터 일리리오는 향신료, 보석, 드래곤 뼈, 그리고 그보다 못한 다른 물건들을 취급하는 상인이었다. 들리는 말로는 아홉 자유도시 전부는 물론, 그 너머 바에스 도트락과 비취해(海) 옆에 있는 전설의 땅에도 친구를 두었다고 했다. 또한 적절한 값을 준다면 희희낙락 팔지 않을 친구가 없다고도 했다. 대니는 길거리 소문에 귀를 기울여 이런 이야기들을 들었지만, 오빠가 뜬구름 위에 집을 짓고 있을 때는 의문을 던지지 않는 게 좋다는 점을 알고 있었다. 비세리스의 분노가 솟구치면 끔찍했다. 비세리스는 그것을 "드래곤을 깨운다"라고 표현했다.

오빠는 문 옆에 가운을 걸었다. "일리리오가 몸을 씻겨줄 노예들을 보낼 거야. 마구간 냄새는 확실히 씻어내도록 해. 칼 드로고에겐 천 마리의 말이 있지만, 오늘 밤에는 다른 탈것을 찾고 있으니까." 비세리스는 비판적인 눈으로 그녀를 뜯어보았다. "아직도 자세가 구부정해. 어깨를 똑바로 펴." 그는 두 손으로 그녀의 어깨를 밀었다. "너도 이제 여인의 자태를 갖췄다는 사실을 보여줘." 그의 손가락이 봉긋하게 솟아오른 그녀의 가슴 위를 쓸더니 젖꼭지를 집었다. "넌 오늘 밤 날 실망시키지 않을 거야. 그랬다간 네가 힘들어질 테니까. 드래곤을 깨우고 싶진 않을 거야, 그렇지?" 그는 손가락을 비틀어 꼬집었다. 거친 천으로 만든 튜닉 때문에 더 아팠다. "그렇지?" 비세리스가 다시 물었다.

"응." 대니는 온순하게 대답했다.

오빠는 미소 지었다. "좋아." 그는 거의 애정이 담긴 듯한 손길로 그녀의 머리를 어루만졌다. "귀여운 동생아, 훗날 내 치세를 기록할 때가 오면 다들 오늘 밤이 시작이었다고 할 거야."

오빠가 나가자, 대니는 만(灣)이 내다보이는 창가로 가서 동경하는 눈으로 바닷물을 보았다. 지는 해를 등진 펜토스의 네모진 벽돌 탑들이 검은 그림자처럼 보였다. 대니는 밤을 위해 불을 붙이는 붉은 사제들의 노랫소리와 저택 벽 너머에서 노는 남루한 아이들의 고함을 들을 수 있었다. 그녀는 잠시 동안 그들과 함께 바깥에 있을 수 있었으면 좋겠다고 소원했다. 누더기를 입고 맨발로 숨차게 뛰어다니며, 과거도 없고 미래도 없고 칼 드로고의 저택에서 열리는 연회에 참석할 일도 없이.

　저 일몰 너머 어딘가에, 협해를 건너서 푸른 언덕과 꽃이 만발한 들판과 물이 세차게 흐르는 큰 강들이 있는 땅, 웅장한 청회색 산맥 사이로 검은 돌탑들이 솟아오르고 갑옷 입은 기사들이 각자가 섬기는 주인들의 깃발 아래에서 싸우러 달려가는 땅이 있었다. 도트락인들은 그 땅을 '라예시 안달리', 즉 안달인의 땅이라고 불렀다. 자유도시들에서는 웨스테로스 아니면 해넘이 왕국이라고 이야기했다. 그녀의 오빠는 좀 더 단순하게, "우리 나라"라고 불렀다. 그 말은 오빠에게 기도와도 같아, 많이 읊기만 하면 신들이 들으리라 믿는 것 같았다. "혈통에 따라 우리 나라야. 반역으로 빼앗기긴 했지만 그래도 우리 나라, 언제까지나 우리 나라지. 드래곤에게서는 훔쳐 갈 수 없는 법이야, 암. 드래곤은 기억하거든."

　어쩌면 드래곤은 기억할지도 모르지만, 대니는 기억할 수 없었다. 그녀는 오빠가 그들의 것이라고 말하는 땅, 협해 너머에 있다는 그 왕국을 본 적이 없었다. 오빠가 말하는 캐스털리록이니 이어리니, 하이가든이니 아린 협곡이니, 도르네니 얼굴 섬이니 하는 곳들은 대니에게 그저 말일 뿐이었다. 킹스랜딩(King's Landing, 왕이 상륙한 곳)으로 진격하는 찬탈자의 군대로부터 달아났을 때 비세리스는 여덟 살 소년이었지만, 대너리스는 어머니의 자궁 속 태동에 불과했다.

　그럼에도 오빠에게 워낙 자주 이야기를 들었기에, 대니는 가끔 그대로 과거를 그려보곤 했다. 한밤중에 드래곤스톤으로 도피하는 배의 검은 돛에 어른거리는 달빛. 사랑하는 여자 때문에 트라이던트의 핏빛 강물에서 찬탈자와 싸우다가 죽어가는 라에가르 오빠. 비세리스가 찬탈자의 개들이라고 부르는 라니스터와 스타크 영주가 벌이는 킹스랜딩 약탈. 자비를 비는 도르네의 엘리아 공녀 품에서 라에가르의 후계자를 떼어내어 그녀의 눈앞에서 살해하는 자들. 벽마다 걸린 반질반질한 마지막 드래곤 해골들이 보이지 않는 눈으로 굽어보는 알현실에서 금빛 검으로 부왕의 목을 긋는 킹슬레이어(Kingslayer, 왕 살해자)의 모습.

대니는 킹스랜딩에서 달아나고 아홉 달 후에 드래곤스톤에서, 격렬한 여름 폭풍이 그 섬 요새를 찢어발길 듯 위협하는 가운데 태어났다. 그 폭풍은 끔찍했다고 했다. 타르가르옌 함대는 정박한 채로 부서졌고, 난간에서 뜯겨 나간 거대한 돌덩이들이 협해의 격류 속에 처박혔다. 어머니는 대니를 낳다가 죽었고, 비세리스는 그 일로 영영 그녀를 용서하지 않았다.

그녀는 드래곤스톤도 기억하지 못했다. 그들은 찬탈자의 동생이 새로 만든 함대를 출항하기 직전에 다시 달아났다. 그 무렵에는 한때 그들의 나라였던 칠왕국에서 남은 곳이라곤 오래전에 그들의 가문이 자리했던 드래곤스톤뿐이었다. 그나마도 오래가지 못했다. 수비대는 남매를 찬탈자에게 팔아넘길 준비를 하고 있었으나, 어느 날 밤 윌렘 대리 경과 네 명의 충신이 아이들 방에 잠입해서 남매와 유모까지 빼내고 어둠을 틈타 안전한 브라보스 해안으로 배를 띄웠다.

윌렘 경은 희미하게 기억이 났다. 거대한 회색 곰 같은 사내로, 반쯤 눈이 먼 채 병상에 누워서 으르렁거리며 우렁찬 소리로 명령을 내렸다. 하인들에게는 두려움을 사는 윌렘 경이었지만 대니에게는 언제나 친절했다. 그는 대니를 "어린 공주님"이라고 불렀고 가끔은 "아가씨"라고도 했으며, 그의 손은 낡은 가죽처럼 부드러웠다. 하지만 그는 병상을 떠나지 못했고,

낮이고 밤이고 병자 냄새가 달라붙어 있었다. 강렬하고, 축축하고, 역겹도록 달콤한 냄새였다. 브라보스에서, 빨간 문이 달린 큰 집에 살 때였다. 그 집에는 대니의 방이 따로 있었고, 창밖에는 레몬 나무가 보였다. 윌렘 경이 죽자 하인들은 남아 있던 얼마 안 되는 돈을 훔쳐 갔고, 곧 그들은 그 큰 집에서 쫓겨났다. 등 뒤에서 빨간 문이 영영 닫혔을 때 대니는 울었다.

그 후로 그들은 브라보스에서 미르로, 미르에서 티로시로, 다시 코호르와 볼란티스와 리스로 떠돌면서 어디에도 길게 머물지 않았다. 오빠가 용납하질 않았다. 그는 찬탈자가 고용한 자객이 바싹 뒤쫓고 있다고 주장했지만, 대니는 암살자를 본 적이 없었다.

처음에는 마지스터와 집정관과 대상인들이 타르가르옌의 마지막 후손들을 자기네 집과 식탁에 기꺼이 맞아들였지만, 세월이 흐르고 찬탈자가 계속 철왕좌에 앉아 있자 열려 있던 문들이 닫히고 그들의 삶은 점점 초라해졌다. 몇 해가 지나면서 그들은 마지막으로 남은 보물까지 팔아야 했고, 이제는 어머니의 왕관을 팔아 얻은 동전마저 사라졌다. 펜토스의 뒷골목과 싸구려 술집들에서는 대니의 오빠를 "거지 왕"이라고 불렀다. 자신을 뭐라고 부르는지는 알고 싶지 않았다.

"언젠가는 모두 되찾을 거야, 귀여운 동생아." 오빠는 다짐하곤 했다. 때로는 손을 떨면서 이야기하기도 했다. "그 보석과 비단, 드래곤스톤과 킹스랜딩, 철왕좌와 칠왕국, 놈들이 우리에게 빼앗은 모든 것을 되찾을 거야." 비세리스는 그날을 위해 살았다. 대너리스가 되찾고 싶은 것은 빨간 문이 달린 큰 집과 창밖에 선 레몬 나무, 누리지 못한 어린 시절뿐이었다.

부드럽게 문 두드리는 소리가 났다. "들어와." 대니는 창가에서 몸을 돌렸다. 일리리오의 하인들이 들어와서 절을 하고는 할 일에 착수했다. 마지스터의 많은 도트락 친구들 중 한 명이 선물로 준 노예들이었다. 자유도시인 펜토스에는 노예 제도가 없었다. 그럼에도, 그들은 노예였다. 몸집이 작고 쥐 같은 회색빛을 띤 늙은 여인은 한 마디도 하지 않았지만, 어린 쪽이 두 배로 떠들었다. 일리리오가 총애하는 금발에 파란 눈의 열여섯 살짜리 계집아이였는데, 일을 하면서 쉼 없이 재잘거렸다.

그들은 부엌에서 가지고 올라온 뜨거운 물을 욕조에 채우고 향유로 좋은 향을 더했다. 계집아이가 대니의 머리 위로 거친 면 튜닉을 벗겨내고 욕조에 들어가도록 도왔다. 물은 살이 델 정도로 뜨거웠지만, 대너리스는 움찔하지도 소리를 지르지도 않았다. 대니는 그 뜨거움이 좋았다. 깨끗해지는 느낌이 들었다. 게다가 오빠는 타르가르옌에게 너무 뜨겁다는 건 있을 수 없는 일이라고 자주 말했다. "우리는 드래곤 가문이야. 우리의 핏속에 불이 흐르지."

늙은 여인은 말없이 대니의 긴 은빛 머리카락을 감기고 엉킨 머리를 부드럽게 빗었다. 계집아이는 대니의 등과 발을 문질러 닦으면서 그녀가 얼마나 운이 좋은지 재잘거렸다. "드로고는 노예들에게도 금목걸이를 채울 정도로 부자래요. 드로고의 칼라사르에선 10만 명이 말을 달리고, 바에스 노트락에 있는 궁전은 방이 200개인 데다 은으로 만든 문이 달렸다죠." 그런 식으로 계속, 계속 이어졌다. 칼 드로고는 정말 잘생겼고, 정말 키가 크고 사나우며, 전투에서 두려움이 없고, 그보다 더 말을 잘 타는 기마인은 이제까지 없었으며, 악마 같은 궁수라는 이야기들…… . 대너리스는 아무 말도 하지 않았다. 그녀는 언제나 나이가 차면 비세리스와 혼인할 줄 알았다. 정복자 아에곤이 누이들을 신부로 삼은 이후 몇 세기 동안 타르가르옌은 남매끼리 결혼했다. 비세리스는 혈통을 순수하게 지켜야 한다고 수없이 말했다. 그들의 혈통은 왕의 혈통이며, 옛 발리리아의 황금 피요, 드래곤의 피라고 했다. 드래곤은 길짐승과 짝을 짓지 않으며, 타르가르옌은 열등한 인간과 피를 섞지 않는다고 했다. 그러나 이제 비세리스는 그녀를 낯선 야만인에게 팔아넘기기로 획책했다.

대너리스가 깨끗해지자 노예들은 부축해 일으키고 수건으로 몸을 닦았다. 계집아이가 그녀의 머리카락이 녹인 은처럼 반짝일 때까지 빗어주는 동안, 늙은 여인은 도트락 평원에서 나는 향신화(香辛花, spiceflower)로 만든 향수를 발라주었다. 양쪽 손목에 한 번씩, 귀 뒤에 한 번씩, 젖꼭지에 한 번씩 두드렸다. 그리고 마지막으로 입술에 서늘하게 한 번, 다리 사이에도 한 번. 그들은 그녀에게 마지스터 일리리오가 보낸 얇은 속옷을 입힌 다음, 그녀의 보랏빛 눈동자가 돋보이는 진한 자두색 비단 가운을 입혔다. 계집아이가 그녀의 발에 금박 샌들을 신기는 동안, 늙은 여인은 그녀의 머리에 작은 왕관 장식을 고정하고, 양 손목에 자수정이 박힌 황금 팔찌를 끼웠다. 마지막은 고대 발리리아 상형문자가 새겨진 묵직한 황금 사슬 목걸이였다.

　　"이제 어딜 보나 공주님이시네요." 치장이 끝나자 계집아이가 숨을 몰아쉬며 말했다. 대니는 일리리오가 사려 깊게 제공해준 은도금 유리에 비친 자기 모습을 보았다. 공주……. 그렇게 생각하면서도 칼 드로고는 노예들에게 금목걸이를 채울 만큼 부자라던 계집아이의 말이 떠올랐다. 갑자기 오한이 들고, 드러난 팔에 소름이 돋았다.

　　오빠는 서늘한 현관 홀에서 기다리고 있었다. 그는 연못가에 앉아서 손을 물결에 맡기다가, 대니가 나타나자 일어서서 비판의 눈으로 그녀를 훑어보았다. "거기 서봐. 돌아봐. 그래. 좋아. 그만하면……."

　　"왕족답군요." 마지스터 일리리오가 아치 길을 걸어나오며 말했다. 그는 육중한 몸집에 비해 놀랄 만큼 우아하게 움직였다. 일리리오가 걸음을 옮기자 불꽃 색깔의 느슨한 비단옷 아래로 지방 덩어리가 흔들렸다. 손가락마다 보석이 반짝였고, 갈래 진 노란 수염은 시종꾼이 기름을 발라 순금처럼 반짝였다. "더없이 상서로운 오늘, 빛의 군주께서 축복을 쏟으시길 빕니다, 대너리스 공주님." 마지스터는 대니의 손을 잡으면서 말했다. 그는 고개를 숙이면서 황금빛 수염 사이로 비뚤배뚤한 누런 이를 슬쩍 드러냈다. 그는 대니의 오빠에게 말했다. "공주께선 절세미인이십니다, 전하. 절세미인이세요. 드로고가 넋을 빼앗길 겁니다."

"너무 말랐어." 비세리스가 말했다. 그의 은빛 머리는 말끔하게 뒤로 넘겨져 드래곤 뼈로 만든 브로치로 고정시켰다. 매서운 표정이 딱딱하고 수척한 얼굴선을 강조했다. 그는 일리리오가 빌려준 검 손잡이에 손을 올리고 말했다. "칼 드로고가 이렇게 어린 여자를 좋아하는 건 확실한가?"

"공주님께선 타고난 혈통이시지 않습니까. 칼에게 어울릴 만한 나이입니다." 일리리오가 그런 말을 하는 게 처음은 아니었다. "보십시오. 저 백금 같은 머리, 보라색 눈동자……. 옛 발리리아의 혈통이 분명합니다. 그렇고말고요……. 게다가 옛 왕의 따님이시고 새로운 왕의 누이인 고귀한 신분, 우리의 드로고를 홀리지 못할 리가 없습니다." 일리리오가 손을 놓았을 때, 대너리스는 저도 모르게 몸을 떨고 있었다.

"그렇겠지." 오빠는 미심쩍다는 듯 말했다. "야만인들은 취향이 괴상하니까 말이야. 사내아이들이며 말, 양……."

"칼 드로고에게는 그런 말씀을 하지 않으시는 게 좋겠습니다." 일리리오가 말했다.

오빠의 연보라색 눈동자에 분노가 스쳐 지나갔다. "나를 바보로 아는가?"

마지스터는 살짝 고개를 숙였다. "왕으로 아나이다. 왕들에게는 보통 사람 같은 조심성이 없는 법이지요. 기분이 상하셨다면 사과드리겠습니다." 그는 고개를 돌리고 손뼉을 쳐서 가마꾼들을 불렀다.

그들이 공들여 세공한 일리리오의 가마를 타고 출발했을 때는 펜토스의 길거리가 캄캄했다. 하인 둘이 연한 푸른색 유리판을 댄 화려한 기름등을 들고 앞장서서 불을 비추었고, 열두 명의 힘센 남자들이 가마 버팀대를 어깨에 들어 올렸다. 장막에 싸인 가마 안은 따뜻하고 답답했다. 대니는 심한 향수 냄새 사이로 일리리오의 생기 없는 살갗에서 나는 악취를 맡을 수 있었다.

곁에 베개를 대고 드러누운 오빠는 알아차리지 못했다. 그의 마음은 협해 너머에 있었다. "드로고의 칼라사르가 다 필요하진 않을 거야." 비세리스가 말했다. 그의 손가락은 빌린 장검 손잡이를 만지작거렸지만, 대니는 오빠가 본격적으로 검을 써본 일이 없다는 사실을 알고 있었다. "만 명이면 충분하겠지. 소리를 질러대는 도트락인 만 명이면 칠왕국을 쓸어버릴 수 있어. 적법한 왕을 위해 다들 봉기할 테니까. 티렐, 레드와인, 대리, 그레이조이, 그런 가문들은 나 못지않게 찬탈자를 싫어해. 도르네인들은 엘리아와 아이들의 복수를 하고 싶어 이글이글 타오르지. 그리고 평민들도 우리와 함께할 거야. 자기네 왕을 간절히 바랄 거야." 그는 간절한 눈으로 일리리오를 보았다. "그렇겠지?"

"전하의 백성들이고, 전하를 사랑합니다." 마지스터 일리리오는 상냥하게 말했다. "나라 전역에 깔린 성채마다 남자들은 몰래 전하의 건강을 빌며 건배하고 여자들은 드래곤 깃발을 만들어 전하가 바다를 건너 돌아오는 날을 위해 숨겨두지요." 일리리오는 육중한 어깨를 으쓱였다. "어쨌든 제 첩자들 말로는 그렇습니다."

대니에게는 첩자도 없었고, 협해 건너편에서 누가 무슨 짓을 하고 무슨 생각을 하는지 알 방법이 없었지만, 일리리오의 달콤한 말을 믿지는 않았다. 그녀는 일리리오에 대해 조금도 믿지 않았다. 하지만 오빠는 열렬히 고개를 끄덕였다. "찬탈자는 내가 직접 죽여야지." 그는 아무도 죽여본 적이 없으면서 그렇게 다짐했다. "그놈이 라에가르 형을 죽였으니까 말이야. 그리고 아버지에게 무도한 짓을 한 라니스터, 그 킹슬레이어도."

"더없이 적절한 일이 되겠지요." 마지스터 일리리오가 말했다. 대니는 일리리오의 두툼한 입술에 감도는 희미한 웃음기를 보았지만, 오빠는 알아차리지 못했다. 그는 고개를 끄덕이며 장막을 젖히고 밤을 내다보았고, 대니는 오빠가 다시 한 번 트라이던트 전투에서 싸우고 있음을 알았다.

아홉 개의 탑이 있는 칼 드로고의 저택은 바닷가 옆에 서 있었는데, 높은 벽돌 벽을 회색 담쟁이가 뒤덮고 있었다. 일리리오는 그것이 펜토스의 마지스터들이 칼에게 준 저택이라고 했다. 자유도시들은 언제나 기마전사들에게 관대했다. 일리리오는 웃으면서 설명하곤 했다. "야만인들이 두려워서가 아닙니다. 빛의 군주께서는 백만의 도트락인이 쳐들어와도 우리 도시를 지켜주실 겁니다. 어쨌든 붉은 사제들은 그렇게 장담하지요…… 하지만 이렇게 싼 값에 우정을 살 수 있는데 무엇 하러 위험을 감수하겠습니까?"

가마가 문 앞에 멈춰 서고, 저택 호위병 하나가 거칠게 장막을 젖혔다. 그는 구릿빛 피부에 도트락인처럼 아몬드 모양의 검은 눈이었지만, 얼굴에 수염이 없었고 거세병(去勢兵 the Unsullied) 특유이 뾰족뾰족한 청동모를 쓰고 있었다. 그는 일행을 차갑게 훑어보았다. 마지스터 일리리오가 매끄럽지 않은 도트락어로 몇 마디를 그르렁거렸다. 호위병은 같은 목소리로 대답하고 손짓하여 그들을 통과시켰다.

대니는 오빠의 손이 빌린 검 손잡이를 꽉 쥐고 있음을 알아차렸다. 그녀 못지않게 겁에 질린 모습이었다. "무례한 내시 놈." 가마가 저택을 향해 움직이자 비세리스가 중얼거렸다.

마지스터 일리리오의 말은 꿀처럼 달콤했다. "오늘 밤 연회에는 중요한 사람이 많이 옵니다. 그런 사람들에게는 적이 있는 법이지요. 칼은 손님들을 보호해야 하고, 전하가 그중에서도 으뜸이십니다. 찬탈자는 전하의 머리에 값을 후하게 지불할 테니까요."

"암, 그렇지." 비세리스는 험악하게 말했다. "내 장담하는데 전에도 시도

했다네, 일리리오. 찬탈자가 고용한 자객이 어딜 가나 우리를 따라다니지. 나는 마지막 드래곤이고, 내가 살아 있는 한 놈은 편히 잠들지 못할 테니까."

가마가 속도를 줄이다가 멈춰 섰다. 장막이 완전히 걷히더니, 노예 하나가 대너리스가 내릴 수 있게 손을 내밀었다. 그녀는 노예의 목걸이가 평범한 청동제라는 데 주목했다. 오빠가 칼자루를 단단히 쥔 채 따라 내렸다. 마지스터 일리리오를 일으키기 위해서는 힘센 사내 두 명이 필요했다.

저택 안에는 꼬집불(pinch-fire)과 달콤한 레몬과 계피 같은 향신료의 냄새가 짙게 풍겼다. 그들은 안내를 받아 발리리아의 파멸을 그린 채색 유리 모자이크가 박힌 출입구 홀을 가로질러 들어갔다. 벽마다 검은 철제 등잔에 기름이 타올랐다. 돌로 만든 잎사귀가 휘감긴 아치 아래에서 내시 한 명이 그들의 입장을 노래했다. 높고 달콤한 목소리였다. "타르가르엔 가문의 비세리스 3세, 안달인과 로인인과 최초인들의 왕, 칠왕국의 주인이자 수호자 드십니다. 그분의 누이인 폭풍의 딸 대너리스, 드래곤스톤의 공주 드십니다. 영광스럽게도 현재 그분을 모시는 일리리오 모파티스, 자유도시 펜토스의 마지스터 드십니다."

그들은 내시 옆을 지나서 기둥이 늘어선 중정(中庭)에 들어섰다. 달빛이 뼈와 은의 빛깔을 덧칠한 무성한 회색 담쟁이 잎 사이로 손님들이 돌아다녔다. 다수는 도트락 기마전사들로, 적갈색 피부에, 늘어진 콧수염에는 금속 고리를 묶고, 기름을 발라 땋은 검은 머리에는 작은 종을 단 거한들이었다. 그러나 그 사이에 펜토스와 미르와 티로시 출신의 무뢰한과 용병들, 일리리오보다 더 뚱뚱한 붉은 사제, 이벤 항구에서 온 털북숭이 사내들, 그리고 흑단처럼 검은 피부의 여름 군도(Summer Isles) 지배자들도 돌아다녔다. 대너리스는 놀라서 그들을 바라보다가…… 무섭게도 그녀가 이 자리에 유일한 여자라는 사실을 깨달았다.

일리리오가 두 사람에게 속삭였다. "저기, 저 세 명은 드로고의 혈맹기수(bloodrider)들입니다. 기둥 옆은 칼 모로와 그 아들인 로고로. 초록색 수염을 기른 남자는 티로시의 집정관과 형제 사이이고, 그 뒤에 있는 남자는 조라 모르몬트 경이지요."

마지막 이름이 대너리스의 주의를 끌었다. "기사?"

"틀림없는 기사이지요." 일리리오가 수염 사이로 미소를 보였다. "최고 성사(High Septon)가 직접 일곱 성유를 발라준 기사."

"저 사람은 여기에서 뭘 하고 있지?" 대너리스는 무심코 말했다.

"찬탈자가 저자의 머리를 원했거든요. 하찮은 일로 말입니다. 밀렵꾼 몇 명을 밤의 경비대에 넘기지 않고 티로시 노예상에게 팔았다나요. 우스꽝스러운 법이 아닙니까. 자기 재산이야 마음대로 할 수 있어야지요."

"이 밤이 가기 전에 조라 경과 이야기를 나누고 싶군." 오빠가 말했다. 대니는 저도 모르게 호기심 어린 눈으로 기사를 바라보고 있었다. 머리숱이 줄고 있는 마흔이 넘은 남자였지만, 여전히 강인하고 튼튼해 보였다. 그는 비단과 면직물이 아니라 모직물과 가죽을 입었다. 튜닉은 어두운 녹색이었는데, 두 발로 일어선 검은 곰 같은 그림이 수놓여 있었다.

대니가 알지 못하는 고향 땅에서 온 이 기묘한 남자를 바라보고 있는데 마지스터 일리리오가 그녀의 어깨에 축축한 손을 얹고 속삭였다. "저쪽입니다, 아름다운 공주님. 저기 칼이 있습니다."

대니는 도망쳐서 숨고 싶었지만, 오빠가 보고 있었고, 오빠의 심기를 건드렸다간 드래곤을 깨울 터였다. 그녀는 불안하게 고개를 돌려, 비세리스의 희망에 따르면 이 밤이 끝나기 전에 그녀에게 청혼할 남자를 보았다.

그녀는 노예 계집아이가 아주 틀리지는 않았다고 생각했다. 칼 드로고는 그 공간에서 제일 키가 큰 남자보다도 머리 하나가 더 컸지만, 움직임은 가벼웠고 일리리오의 동물원에 있는 표범처럼 우아하게 움직였다. 생각보다 젊어서, 서른이 넘지 않아 보였다. 피부 빛은 잘 닦은 구리와 같았고, 숱이 많은 콧수염은 황금과 청동 고리들로 묶었다.

마지스터 일리리오가 말했다. "제가 가서 인사를 드려야겠습니다. 여기에서 기다리시지요. 모셔 오겠습니다."

일리리오가 어기적어기적 칼을 향해 걸어가자 오빠는 그녀의 팔을 잡았다. 오빠의 손가락이 아프도록 파고들었다. "저 땋은 머리 보여, 귀여운 동생아?"

드로고의 땋은 머리는 한밤중처럼 새까만 데다 향유를 잔뜩 발랐는데, 작은 종이 줄줄이 달려서 움직일 때마다 부드럽게 소리를 울렸다. 머리끝은 드로고의 허리띠를 지나고, 엉덩이까지 지나서 허벅지 뒤쪽을 쓸고 있었다.

비세리스가 말했다. "얼마나 긴지 보여? 도트락인은 전투에서 지면 치욕스러움에 땋은 머리를 자르지. 온 세상이 그 수치를 알게 말이야. 칼 드로고는 단 한 번도 진 적이 없어. 드로고는 드래곤 군주 아에곤처럼 강하고, 넌 저자의 비가 될 거야."

대니는 칼 드로고를 쳐다보았다. 그의 얼굴은 엄하고 잔인했고, 그의 눈은 마노석처럼 차갑고 검었다. 오빠도 드래곤을 깨우면 가끔 그녀를 아프게 했지만, 이 남자처럼 무섭지는 않았다. "난 저 사람의 비가 되고 싶지 않아." 그녀는 작고 가냘픈 소리로 말했다. "제발, 제발, 비세리스 오빠. 난 싫어. 집에 가고 싶어."

"집?" 비세리스는 목소리를 높이지 않았지만, 그녀는 그 말투에서 격분을 감지할 수 있었다. "우리가 어떻게 집에 갈까, 귀여운 동생아? 놈들이 우리 집을 빼앗았는데!" 그는 눈을 피해 그녀를 그림자 속으로 끌고 갔다. 그의 손가락이 살을 파고들었다. "우리가 어떻게 집에 가냐고!" 그에게 집은 킹스랜딩과 드래곤스톤, 그리고 그들이 잃어버린 왕국 전체를 뜻하는 말이었다.

대니는 그저 일리리오의 사저에 있는 그들의 방을 말한 것이었다. 물론 진정한 집은 아니었지만, 그들이 가진 전부였다. 그러나 오빠는 그런 말을 듣고 싶어 하지 않았다. 그곳에 집 같은 것은 없었다. 빨간 문이 달린 큰 집도 그에게는 집이 아니었다. 그의 손가락이 그녀의 팔을 세게 파고들며 답을 요구했다. "모르겠어……." 그녀는 결국 복받친 목소리로 말했다. 눈물이 차올랐다.

"나는 알아." 오빠가 날카롭게 말했다. "우린 군대와 함께 집에 가는 거야, 귀여운 동생아. 칼 드로고의 군대와 함께. 그렇게 집에 갈 거라고. 그러기 위해 네가 드로고와 혼인하여 잠자리를 해야 한다면, 넌 그렇게 할 거야." 오빠는 미소 지었다. "필요하다면 드로고의 칼라사르 전체라도, 4만 명 모두라도 널 범하게 할 거야. 내가 군대를 얻기 위해 필요하다면 그놈들의 말도 범하게 해주지. 그러니 드로고 하나라는 데 감사해라. 때가 오면 저놈을 좋아하는 방법도 배우게 될지 몰라. 이제 눈물 닦아라. 일리리오가 놈을 데려오잖니. 네가 우는 모습을 보여선 안 되지."

고개를 돌려보니 사실이었다. 마지스터 일리리오가 만면에 미소를 머금고 굽실대면서 칼 드로고를 데리고 그들이 있는 곳으로 오고 있었다. 대니는 손등으로 맺힌 눈물을 훔쳐냈다.

"웃어." 비세리스가 칼자루에 손을 얹으면서 초조하게 속삭였다. "똑바로 서고. 너에게 가슴이 있다는 걸 보여줘. 그래봤자이긴 하다만."

대너리스는 미소를 짓고, 똑바로 몸을 세웠다.

에다드

방문객들은 금과 은과 반짝이는 강철의 강을 이루며 성문으로 쏟아져 들어왔다. 300명에 달하는 강인한 휘하 봉신과 기사와 맹약검사(sworn sword, 땅이 없는 방랑기사 혹은 기사 서품을 받지 않았으나 기사에 준하는 이들 중에서 충성을 바치고 가신처럼 일하며 의식주를 제공받는 이들을 일컫는다. 특별한 호위 역할을 서약한 이들은 맹약위사라고도 말한다.)와 자유기수 무리였다. 그들의 머리 위로 왕관 쓴 사슴을 수놓은 바라테온의 금빛 깃발 십여 개가 북부의 바람을 받아 앞뒤로 펄럭였다.

네드는 그 기수들 상당수를 알았다. 머리카락이 금박처럼 빛나는 제이미 라니스터 경이 있었고, 얼굴이 끔찍하게 불에 탄 산도르 클리게인이 있었다. 그 옆에서 말을 달리는 키 큰 소년은 왕세자일 게 분명했고, 그들 뒤에 오는 성장을 멈춘 난쟁이는 필시 꼬마 악마라 불리는 티리온 라니스터일 터였다.

그러나 킹스가드를 나타내는 눈처럼 하얀 망토를 펄럭이는 기사 두 명을 거느리고 선두를 달리는 거한은 네드에게 낯선 사람이나 다름없었다……. 그 거한이 익숙한 고함 소리를 내며 군마에서 훌쩍 뛰어내려 뼈가 으스러지도록 네드를 끌어안기 전까지는 말이다. "네드! 아, 이 꽁꽁 언 얼굴을 보게 되니 좋구면." 왕은 네드를 위아래로 훑어보고 웃음을 터뜨렸다. "자넨 하나도 변하지 않았군."

네드도 같은 말을 할 수 있었으면 좋았으련만. 15년 전, 함께 왕좌를 얻기 위해 진격했을 때 스톰스엔드(Storm's End, 폭풍의 끝)의 영주는 깨끗하게 면도한 얼굴에 맑은 눈을 지녔고, 처녀들이 꿈꿀 만한 근육질이었다. 2미터에 달하는 키는 위풍당당했으며, 갑옷을 입고 바라테온 가문 특유의 사슴뿔이 달린 거대한 투구를 쓰면 진정 거인이 되었다. 힘 또한 거인과 같아서, 네드는 들어 올릴 수도 없는 대못 박힌 강철 전투 망치를 전용 무기로 썼다. 그 시절 그에게는 가죽과 피 냄새가 향수처럼 달라붙어 있었다.

지금 그에게는 진짜 향수 냄새가 달라붙어 있었고, 허리둘레가 키와 맞먹었다. 네드가 그를 마지막으로 보았을 때는 9년 전, 수사슴과 다이어울프가 힘을 합쳐 강철 군도(Iron Islands)의 왕은 자처한 발론 그레이조이의 반란을 끝장냈을 때였다. 그들이 함락한 그레이조이의 근거지에 나란히 서서 로버트가 반란 영주의 항복을 받아들이고 네드가 그의 아들 테온을 인질 겸 대자로 데려온 그 밤과 비교하면, 로버트 왕은 적어도 50킬로그램은 불어났다. 철선처럼 굵고 검은 수염이 턱을 뒤덮어 이중 턱과 늘어진 살덩이를 가렸지만, 시커메진 눈 밑이나 튀어나온 배는 무엇으로도 가릴 수 없었다.

그러나 지금 로버트는 네드의 친구가 아니라 왕이었기에, 그는 이렇게만 말했다. "전하. 윈터펠은 전하의 것입니다."

그 무렵에는 다른 이들도 말에서 내리고, 마구간지기들이 말을 받으러 나서고 있었다. 왕비 세르세이 라니스터는 어린 자식들과 함께 걸어 들어왔다. 그들이 타고 온 거대한 이동저택은 기름 먹인 참나무와 금박 입힌 금속으로 만든 거대한 2층 마차로 40마리의 짐말이 끌 정도로 크다 보니 성문을 통과할 수가 없었다. 네드가 눈밭에 무릎을 꿇고 왕비의 반지에 입을 맞추는 사이, 로버트는 캐틀린을 오랜만에 만난 누이동생처럼 끌어안았다. 그다음에는 양쪽에서 아이들을 불러내어 소개하고 칭찬하는 시간이 이어졌다.

왕은 공식 인사가 다 끝나기가 무섭게 말했다. "지하묘지에 안내해주게, 에다드. 경의를 표하려네."

네드는 이토록 오랜 시간이 흐르고도 그 아이를 기억하는 이런 모습 때문에 로버트를 사랑했다. 그는 등불을 가져오라 외쳤다. 다른 말은 필요 없었다. 왕비는 반대 의사를 표했다. 새벽부터 말을 달려 모두가 지치고 추우니 휴식부터 취해야 한다고, 죽은 사람은 기다릴 수 있다고. 그 이상은 말하지 못했다. 왕비는 로버트가 자신을 쳐다보고, 쌍둥이 동생인 제이미가 조용히 팔을 잡자 더 말하지 못했다.

네드와, 네드가 거의 알아보지 못하게 변한 그의 왕은 함께 지하묘지로 내려갔다. 구불구불 이어지는 계단은 좁았다. 네드가 등잔을 들고 먼저 내려갔다. "영영 윈터펠에 도착을 못할 줄 알았네." 로버트는 내려가면서 불평했다. "남부에서 칠왕국에 대해 이야기하는 방식이란 게 그렇지, 자네 땅이 다른 여섯 왕국을 합친 것만큼 크다는 사실을 잊어버린다니까."

"여행은 즐거우셨겠지요, 전하?"

로버트는 콧방귀를 뀌었다. "습지와 숲과 들판만 계속되지, 넥(Neck, 목 또는 길목) 지역 북쪽으로는 변변한 여관도 잘 없더군. 그렇게 광활한 황무지는 본 적이 없어. 자네 영지민들은 어디 있는 건가?"

"수줍어서 나오질 못한 모양이지요." 네드는 농담을 던졌다. 계단을 타고 올라오는 한기가 느껴졌다. 땅속 깊은 곳에서 내뿜는 차가운 숨결 같았다. "북부에서는 왕을 볼 일이 별로 없다 보니."

로버트는 코웃음을 쳤다. "그보단 눈 속에 숨어 있다는 편이 어울리겠군. 눈이라니, 네드!" 왕은 내려가면서 한 손을 벽에 대고 몸의 균형을 잡았다.

"늦여름에 눈이 내리는 일은 흔하지요. 오는 길이 성가시진 않았다면 좋겠군요. 보통은 가볍게 내리는데요."

"그게 가벼운 눈이라니, 망할." 로버트가 욕을 했다. "겨울에 여긴 어떻게 되는 건가? 생각만 해도 몸서리가 나는군."

네드는 인정했다. "겨울은 힘들지요. 하지만 스타크는 견뎌낼 겁니다. 언제나 그랬으니까요."

"자넨 남부로 와야 해. 여름이 달아나기 전에 맛을 봐야지. 하이가든(Highgarden, 최고의 정원)에는 눈 닿는 곳 어디까지나 금빛 장미 들판이 펼쳐져 있네. 과일은 입에 넣으면 터질 정도로 무르익었지. 멜론, 복숭아, 불자두…… 그렇게 단 맛은 본 적도 없을걸. 내가 좀 가져왔으니 어디 먹어보라고. 바람이 계속 불어대는 스톰스엔드만 해두 낮에는 거의 움직인 수 없을 정도로 덥다네. 그리고 마을에 가봐야 해, 네드! 사방에 꽃이 피어 있고, 시장마다 음식이 넘쳐흐르고, 여름 와인은 숨 쉬듯이 마셔도 될 정도로 싼 데다가 맛있기까지 해. 다들 살찌고 부유하고 만취했지." 로버트는 소리 내어 웃으며 뚱뚱한 배를 두드렸다. "여자들은 어떻고, 네드!" 그가 눈을 반짝이며 외쳤다. "단언하는데, 여인네들도 더위 속에서는 단정함을 다 잃는다네. 성 바로 밑에 있는 강에서 벌거벗고 헤엄을 치지. 길거리에서도, 모직물이나 모피를 입기엔 너무 덥다 보니 짧은 가운만 입고 돌아다닌단 말이야. 은화가 좀 있으면 비단이고 없으면 면이지만, 땀을 흘리기 시작하면 옷이 살갗에 달라붙어서 벌거벗은 몸과 진배없어진다는 점은 똑같지." 왕은 즐겁게 웃어댔다.

로버트 바라테온은 언제나 식욕이 왕성하고, 쾌락을 누릴 줄 아는 남자였다. 에다드 스타크가 어떻게 할 수 있는 일은 아니었다. 그러나 네드는 그런 쾌락이 왕에게 대가를 거두고 있는 사실을 알아차릴 수밖에 없었다. 계단을 다 내려갔을 때 로버트는 힘겹게 숨을 몰아쉬고 있었고, 어두운 지하묘지로 걸어 들어가면서 등불 빛에 비친 얼굴이 시뻘겠다.

"전하." 네드는 정중하게 말하고 등불로 넓게 반원을 그렸다. 그림자가 요동을 쳤다. 일렁이는 불빛이 발아래 돌에 닿고 앞쪽 어둠을 향해 둘씩 둘씩 길게 뻗어나가는 화강암 기둥들을 쓸었다. 기둥과 기둥 사이 벽에 죽은 이들이 자기 유해가 담긴 묘를 등지고 돌 권좌에 앉아 있었다. "그 애는 저 끝에, 아버지와 브랜던과 함께 있습니다."

네드는 기둥 사이로 길을 안내했고 로버트는 지하실의 한기에 몸을 떨며 말없이 뒤를 따랐다. 이 아래는 언제나 추웠다. 스타크 가문의 죽은 이들 사이를 걷는 두 사람의 발소리가 돌에 울려 퍼지고 머리 위 둥근 천장에 메아리쳤다. 윈터펠의 영주들이 두 사람이 지나가는 모습을 지켜보았다. 묘지를 봉한 돌마다 죽은 이를 닮은 조각이 새겨져 있었다. 그들은 긴 줄을 이루고 앉아서 텅 빈 눈으로 영원한 어둠을 바라보았으며, 그들의 발치에는 거대한 석조 다이어울프가 웅크리고 앉아 있었다. 산 사람이 지나갈 때마다 일렁이는 그림자 때문에 석물들이 움직이는 것만 같았다.

오랜 관습에 따라 윈터펠의 영주였던 이들의 무릎에는 강철 장검을 올려놓아, 원혼이 무덤을 떠나지 못하게 막았다. 가장 오래된 검들은 녹슬어 사라진 지 오래였고, 금속이 돌에 닿았던 자리에 붉은 얼룩만 남았다. 네드는 그렇다면 이제 그 유령들은 자유로이 성안을 돌아다닌다는 뜻일까 궁금했다. 그렇지는 않기를 빌었다. 초기 윈터펠 영주들은 그들이 다스리는 땅만큼 엄혹한 자들이었다. 드래곤 군주들이 바다를 건너오기 전까지 몇 세기 동안 그들은 누구에게도 충성을 맹세하지 않고, 스스로를 북부의 왕이라 일컬었다.

네드는 마침내 걸음을 멈추고 기름 등잔을 들어 올렸다. 지하묘지는 어둠 속으로 계속 이어졌지만, 이 지점 너머 무덤들은 텅 빈 채로 열려 있다. 검은 구멍들이 그들의 죽음을, 네드와 그의 아이들을 기다렸다. 네드는 그런 생각을 하고 싶지 않았다. "여깁니다." 그는 그의 왕에게 말했다.

로버트는 말없이 고개를 끄덕이고, 무릎을 꿇고 고개를 숙였다.

무덤 세 개가 나란히 있었다. 네드의 아버지인 리카드 스타크 공은 엄격하고 침통한 얼굴이었다. 조각한 석공은 그를 잘 알았다. 그는 차분한 위엄을 갖추고 앉아서 돌 손가락으로 무릎에 가로놓인 검을 꽉 쥐고 있었으나, 살아생전에는 어떤 검도 그를 지키지 못했다. 양쪽의 더 작은 묘 두 개에는 그의 자식들이 있었다.

브랜던은 스무 살에 죽었는데, 리버런의 캐틀린 툴리와 혼인하기 며칠 전에 미친 왕 아에리스 타르가르옌의 명에 따라 목 졸려 죽었다. 아버지는 브랜던이 죽는 모습을 지켜보아야 했다. 브랜던은 통치자로 태어난 맏아들이며 진정한 계승자였다.

리안나는 열여섯 살밖에 되지 않은, 빼어나게 아름다운 처녀였다. 네드는 동생을 온 마음으로 사랑했다. 네드보다 로버트가 더 사랑했다. 리안나는 로버트의 신부가 될 예정이었다.

"리안나는 이보다 더 아름다웠는데." 왕은 침묵하다가 말했다. 그는 의지력으로 그녀를 되살릴 수 있다는 듯이 오래도록 리안나의 얼굴을 바라보았다. 그리고 마침내, 몸무게 때문에 힘겹게 몸을 일으켰다. "아, 젠장, 네드. 꼭 이런 곳에 묻어야 했나?" 슬픈 기억에 꽉 잠긴 목소리였다. "어둠보다는 더 나은 걸 받을 자격이 있었잖아……."

네드는 조용히 대답했다. "그 애는 윈터펠의 스타크였으니. 여기가 그 애가 있을 곳입니다."

"리안나는 어딘가 언덕 위에, 과일나무 아래에, 해와 구름이 보이고 깨끗하게 씻어줄 비가 내리는 곳에 있어야 해."

"난 그 애가 죽었을 때 곁에 있었어요." 네드는 왕에게 상기시켰다. "그 애는 집에 와서 브랜던과 아버지 옆에 눕고 싶어 했지요." 아직도 가끔 리안나의 목소리를 들을 수 있었다. 약속해줘. 리안나는 피와 장미 냄새가 나는 방에서 흐느꼈다. 약속해줘, 네드. 열병으로 기운을 빼앗기고 목소리는 속삭임처럼 희미해져 있었지만, 그래도 그가 맹세하자 동생의 눈에서 두려움이 가셨다. 네드는 동생이 그제야 미소를 짓던 모습을, 그만 삶을 놓으면서 얼마나 그의 손을 꽉 붙잡고 있었는지를 기억했다. 동생의 손바닥에서 떨어져 내린 검게 죽은 장미 꽃잎들을 기억했다. 그 후는 아무것도 기억나지 않았다. 사람들이 비탄에 잠겨 조용히 동생의 시신을 끌어안고 있던 그를 찾아냈다. 몸집 작은 호상민(湖上民, crannogman, 물 위에 집을 짓고 사는 사람들로, 넥 지역에 은둔해 산다.) 하울랜드 리드가 그의 손에서 그녀의 손을 떼어냈다. 네드는 그 기억을 차마 돌이킬 수 없었다. "가능할 때마다 꽃을 가져다 놓습니다. 리안나는…… 꽃을 좋아했으니까."

왕은 리안나의 뺨에 손을 대고, 살아 있는 사람을 대하듯 부드럽게 거친 석상을 쓸었다. "난 리안나에게 한 짓을 두고 라에가르를 죽이겠노라 맹세했지."

"실제로 죽였지요." 네드가 상기시켰다.

"한 번밖에 못 죽였어." 로버트는 비통하게 말했다.

그들은 트라이던트의 여울에서 벌어진 전투 중에 맞부딪쳤다. 로버트는 전투 망치를 들고 거대한 사슴뿔 투구를 쓰고 있었고, 타르가르옌 왕자는 검은색 갑주 차림이었다. 왕자의 흉갑에 루비로 아로새긴 타르가르옌 가문의 삼두룡이 햇빛을 받아 불꽃처럼 빛났다. 그들이 서로 맴을 돌다가 격돌하고 다시 격돌하기를 반복하자 두 군마의 발굽 주위로 트라이던트 강물이 붉게 흘렀고, 마침내 로버트의 망치가 먹인 강렬한 일격이 드래곤과 그 뒤의 가슴팍을 찌그러뜨렸다. 네드가 겨우 도착했을 때, 라에가르는 물속에 시체가 되어 누워 있었고, 양쪽 군대 병사들이 다 그의 갑옷에서 튀어나온 루비를 주우려고 소용돌이치는 물속을 뒤지고 있었다.

"난 매일 밤 꿈속에서 그놈을 죽이지. 천 번을 죽여도 그놈이 한 짓에 비하면 모자라."

네드가 할 수 있는 말은 없었다. 그는 조용히 있다가 말했다. "돌아가야지요, 전하. 왕비가 기다릴 텐데요."

"내 아내는 '다른자'에게나 잡혀가라지." 로버트는 불퉁하게 중얼거렸지만, 온 길을 돌아서 걷기 시작했다. 발걸음이 무거웠다. "그리고 그놈의 '전하' 소리를 한 번만 더 들으면 자네 머리를 창에 꿰어버리겠어. 우린 서로 그것보다는 더한 사이 아닌가."

"잊지 않았습니다." 네드는 조용히 대꾸했다. 그리고 왕이 대답하지 않자 말했다. "존에 대해 말해보시죠."

로버트는 고개를 절레절레 저었다. "그렇게 빨리 병세가 악화되는 사람은 본 적이 없어. 우린 내 아들 명명일을 기념하는 마상 시합을 했지. 그때 존을 봤다면 영원히 살겠다고 했을 거야. 그리고 2주 만에 죽었어. 병세가 불같이 번졌지. 존의 몸속을 태워버렸어." 로버트는 어느 기둥 옆, 오래전에 죽은 어느 스타크의 무덤 앞에 잠시 걸음을 멈췄다. "난 그 노인장을 사랑했네."

"우리 둘 다 그랬지요." 네드는 잠시 사이를 두고 말했다. "캐틀린이 동생을 염려하는데, 라이사는 슬픔을 어떻게 견디고 있습니까?"

로버트의 입매가 쓰게 비틀렸다. "사실, 좋진 않아. 그 여자는 존을 잃고 미친 모양이야, 네드. 아이를 데리고 이어리로 돌아가버렸네. 내 바람을 거스르고 말이야. 난 그 아이를 캐스털리록의 타이윈 라니스터에게 맡기고 싶었거든. 존에게는 형제도 없고, 다른 아들도 없어. 내가 그 아이를 여자들이 기르게 놓아둬야 하나?"

네드라면 아이를 타이윈 공에게 맡기느니 독사에게 맡길 테지만, 그런 말을 입 밖에 내지는 않았다. 어떤 상처는 결코 완전히 낫지 않아서, 아주 사소한 말에도 다시 피를 흘리는 법이었다. 그는 조심스럽게 말했다. "남편을 잃은 아내입니다. 아마 아들까지 잃을까 두려웠겠지요. 그 아이는 많이 어립니다."

"허약한 여섯 살짜리 이어리의 영주라니. 신들이여 자비를 베푸소서." 왕은 욕설을 뱉었다. "타이윈 공은 대자를 들인 적이 없어. 라이사는 영광으로 여겼어야 해. 라니스터는 고귀한 대가문이야. 그런데 듣지도 않으려고 하더군. 그러더니 허락도 구하지 않고 밤을 틈타 떠나버렸어. 세르세이는 격분했지." 그는 깊은 한숨을 내쉬었다. "그 아이는 내 이름을 땄지. 알고 있었나? 로버트 아린이라고. 난 그 아이를 보호하겠노라 맹세했네. 그런데 애 어미가 훔쳐서 달아나면 내가 어떻게 지켜줄 수 있겠나?"

"괜찮다면 제가 대자로 받아들이지요. 라이사도 동의할 겁니다. 라이사와 캐틀린은 어렸을 때 사이가 좋았고, 라이사도 여기에 와서 살아도 되니까요."

"관대한 제안이로군, 친구. 하지만 너무 늦었어. 타이윈 공도 이미 동의했다네. 이제 와서 다른 곳에 아이를 맡긴다면 심한 모욕이 될 거야."

"라니스터의 자존심보다는 내 조카의 안녕이 더 걱정입니다만." 네드가 단언했다.

"그야 자네는 라니스터와 자지 않으니까 그렇지." 로버트가 터뜨린 웃음소리가 무덤 사이로 울려 퍼지고 둥근 천장에 부딪쳐 돌아왔다. 로버트가 미소를 짓자 무성한 검은 수염 사이로 하얀 이가 번득였다. "아, 네드. 자넨 여전히 너무 심각해." 그는 거대한 팔을 네드의 어깨에 둘렀다. "원래는 며칠 기다렸다가 말하려고 했지만, 이제 보니 그럴 필요가 없겠군. 자,

같이 걷자고."

그들은 다시 기둥 사이를 걷기 시작했다. 석상들의 보이지 않는 눈이 지나가는 그들을 좇는 것 같았다. 왕은 계속 네드에게 어깨동무를 한 채로 걸었다. "왜 내가 이렇게 오랜 시간이 지나서 윈터펠까지 왔는지 궁금했을 테지."

네드는 짚이는 바가 있었지만, 소리 내어 말하지는 않았다. 그는 가볍게 말했다. "그야 저와 함께 지내는 기쁨을 위해서겠지요. 그리고 장벽 문제도 있습니다. 직접 보셔야 합니다, 전하. 그 벽을 따라 걸으며 그곳을 맡고 있는 자들과 이야기를 나눠봐야 해요. 지금 밤의 경비대는 예전의 그림자에 불과합니다. 벤젠 말로는—"

"자네 동생이 하는 말이야 곧 듣게 될 테지. 장벽이 거기 있은 지 얼마나 됐지, 8000년인가? 며칠쯤은 더 버틸 수 있을 거야. 나에겐 더 긴급한 걱정거리가 있네. 지금은 힘든 시기야. 훌륭한 사람들이 필요해. 존 아린 같은 사람. 존은 이어리의 영주로, 동부의 관리자로, 왕의 수관(手官, Hand)으로 일했지. 그 자리를 대체하긴 쉽지 않을 거야."

"존의 아들이……"

"그 아들은 이어리와 이어리의 수입 전체를 이어받을 걸세." 로버트는 퉁명스럽게 말했다. "거기까지만이야."

이 말에는 네드도 놀랐다. 그는 흠칫 놀라서 걸음을 멈추고 왕을 돌아보았다. 말이 저절로 튀어나왔다. "아린 가문은 언제나 동부의 관리자였습니다. 그 칭호는 영지와 함께 가는 겁니다."

"나이가 차면 그 영예를 다시 찾을 수도 있겠지. 난 올해와 내년을 생각해야 해. 여섯 살짜리는 전쟁 지도자가 못 돼, 네드."

"평화 시에 그 칭호는 그저 영예일 뿐입니다. 아이에게 남겨두세요. 그 아이가 못 미덥다면 아이 아버지를 위해서요. 존에게 그 정도는 해줘야 합니다."

왕은 달가워하지 않았다. 그는 네드의 어깨에 걸치고 있던 팔을 치웠다. "존이 한 일은 자기 주군에게 응당 해야 할 의무였네. 그렇다고 고맙지 않다는 건 아니야, 네드. 다른 사람도 아니고 자네는 그걸 알아야지. 하지만 아들과 아버지는 별개야. 한갓 어린애가 동부를 장악할 수는 없어." 그러더니 말투가 부드러워졌다. "이쯤 해두지. 의논해야 할 더 중요한 공직이 있는데, 자네와 말다툼을 벌이진 않겠어." 로버트는 네드의 팔꿈치를 잡았다. "난 자네가 필요해, 네드."

"분부 받들겠습니다, 전하. 언제나요." 그게 네드가 해야 할 말이었고, 그래서 그는 다음에 무슨 말이 올지 불안해하면서도 그렇게 말했다.

로버트는 거의 그의 말을 듣는 것 같지 않았다. "우리가 이어리에서 보낸 시간은…… 정말이지 좋은 시절이었지. 난 자네가 다시 내 옆에 있었으면 해, 네드. 이 세상 끝에 쓸모없이 숨어 있지 말고 킹스랜딩에 내려왔으면 좋겠어." 로버트는 잠시나마 죽은 스타크만큼 우울한 얼굴로 어둠에 눈을 돌렸다. "내 단언하는데, 왕좌에 앉아 있기란 왕좌를 손에 넣기보다 천배는 힘들다네. 법률은 지루하고 동전 세기는 더 지독하지. 게다가 백성들은…… 도무지 끝이 없어. 난 그 지긋지긋한 철의자에 앉아서 머리가 멍해지고 엉덩이가 쓰라릴 때까지 사람들 불평을 듣지. 다들 뭔가를 원해. 돈이라든가, 땅이라든가, 심판이라든가. 그놈들이 하는 거짓말이란……. 귀족들도 나을 게 없어. 난 아첨꾼과 바보들에게 둘러싸여 있어. 미칠 노릇이야, 네드. 반은 나에게 감히 진실을 말하지 못하고, 나머지 반은 진실을 찾지도 못해. 차라리 트라이던트에서 졌으면 좋았겠다고 생각하는 밤도 있다네. 아, 정말로 그렇다는 건 아니지만……."

"이해합니다." 네드는 부드럽게 말했다.

로버트는 그를 바라보았다. "그럴 줄 알았어. 아마 자네가 그걸 이해하는 유일한 사람일 걸세, 오랜 친구여." 로버트는 미소 지었다. "에다드 스타크 공, 그대를 왕의 수관으로 임명하려 하네."

네드는 한쪽 무릎을 꿇었다. 그 제안이 놀랍지는 않았다. 로버트가 이렇게 멀리까지 올 이유가 달리 있겠는가? 왕의 수관은 칠왕국에서 둘째가는 권력자였다. 그는 왕의 목소리를 대변하고, 왕의 군대를 지휘하고, 왕의 법률 초안을 세웠다. 왕이 자리에 없거나, 병중이거나, 다른 이유로 업무를 수행할 수 없을 때에는 철왕좌에 앉아서 왕의 심판을 시행하기까지 했다. 로버트는 네드에게 칠왕국 자체만큼 큰 책임을 제안하고 있었다.

네드가 가장 원하지 않는 자리였다.

"전하, 저는 그런 영예를 누릴 자격이 없습니다."

로버트는 장난스레 조바심 내며 신음했다. "자네에게 영예를 내리고 싶었다면 은퇴하게 두겠지. 난 자네가 대신 왕국을 운영하고 전쟁에서 싸우게 해놓고, 나는 먹고 마시고 계집질하다가 일찍 무덤에 들어갈 작정이야." 그는 배를 탁 치고, 씩 웃었다. "자네도 왕과 수관에 대한 속담 알지?"

네드도 아는 말이었다. "왕이 꿈을 꾸면 만들기는 '손'이 한다."

"한번은 어떤 천한 여자와 잠자리를 가졌는데 말이야, 비천한 자들에겐 그걸 더 통렬하게 표현하는 말이 있다더군. 이렇게 말한다는 거야. 왕이 먹으면 똥은 손이 받는다고." 로버트는 고개를 뒤로 젖히고 우렁차게 웃었다. 웃음소리가 어둠 속에 메아리쳤고, 윈터펠의 죽은 이들이 사방에서 차갑고 못마땅한 눈으로 그들을 지켜보는 것 같았다.

마침내 웃음소리가 잦아들다가 멈췄다. 네드는 아직도 한쪽 무릎을 꿇은 채, 눈만 들어 올리고 있었다. "젠장, 네드." 왕이 불평했다. "웃는 시늉 정도는 해줄 수도 있잖나."

"여기 북부에서는 겨울이 워낙 춥다 보니, 웃음소리가 목구멍에서 얼어붙어 사람을 질식시킬 정도라는 말이 있지요." 네드는 덤덤히 말했다. "스타크에게 웃음기가 없는 것도 그래서인가 봅니다."

"같이 남쪽으로 가세. 내가 다시 웃는 방법을 가르쳐주지." 왕이 장담했다. "자넨 내가 이 저주받은 왕좌를 차지하게 도왔으니, 이제 내가 그 자리를 유지하게 도와줘. 우린 같이 통치할 운명이었어. 리안나가 살아 있었다면 우린 애정만이 아니라 혈연으로도 묶인 형제 사이가 되었겠지. 지금도 늦지 않았네. 나에겐 아들이 있고, 자네에겐 딸이 있지. 내 아들 조프리와 자네 딸 산사가 우리 가문을 이어줄 거야. 예전에 리안나와 내가 그랬을 것처럼."

이 제안에는 네드도 놀랐다. "산사는 열한 살밖에 안 됐습니다."

로버트는 성마르게 손을 내저었다. "약혼하기엔 충분한 나이야. 결혼이야 몇 년 기다리면 되고." 왕은 미소 지었다. "이제 일어나서 알겠다고 해, 망할 놈."

"이보다 더 기쁜 일은 없을 겁니다, 전하……." 네드는 대답하고, 머뭇거렸다. "두 가지 모두 너무나 예기치 못한 영광입니다. 잠시 생각할 시간을 가져도 되겠습니까? 아내에게도 말해야 하고……."

"그래, 그래, 물론이지. 캐틀린에게 말해. 꼭 그래야 한다면 하룻밤 자면서 생각도 하고." 왕은 손을 뻗어 네드의 손을 움켜쥐고 거칠게 일으켜 세웠다. "너무 오래 기다리게 하지만 말게. 난 인내심이 넘치는 사람이 아니니까."

에다드 스타크는 잠시 끔찍한 예감에 사로잡혔다. 그가 있을 곳은 이곳 북부였다. 그는 사방에 선 석상들을 보고, 지하묘지의 싸늘한 정적을 깊이 들이마셨다. 그는 죽은 자들의 시선을 느낄 수 있었다. 그들 모두가 듣고 있었다. 그리고 겨울이 오고 있었다.

존 스노우에게는 서자로 태어났다는 사실이 기쁠 때가, 많지는 않아도 가끔은 있었다. 존은 돌고 도는 큰 와인병으로 컵을 한 번 더 채우면서, 지금이 그런 순간일지도 모른다는 생각을 했다.

그는 어린 축에 드는 종자들 사이 장의자에 펴히 앉아 술을 마셨다. 여름 와인의 달콤한 과일 맛이 입안을 채우면서 입술에 미소를 불러 일으켰다.

윈터펠의 대연회장은 연기가 껴서 흐릿한 데다가 구운 고기와 갓 구운 빵 냄새가 가득했다. 회색 돌벽에는 기치가 줄줄이 걸려 있었다. 흰색, 금색, 진홍색. 스타크의 다이어울프, 바라테온의 왕관 쓴 수사슴, 라니스터의 사자. 가수 한 명이 하프를 켜면서 발라드를 읊고 있었지만, 이쪽 끝자리에서는 타오르는 불 소리, 백랍 접시와 컵이 부딪치는 소리, 그리고 술에 취한 백여 명의 웅성거림에 묻혀 가수의 목소리가 거의 들리지 않았다.

왕을 위한 환영 잔치가 네 시간째였다. 존의 형제자매들은 스타크 영주 부부가 왕과 왕비를 대접하고 있는 연단 밑에 왕가의 아이들과 같이 앉아 있었다. 아버지는 특별한 날을 맞아 아이들에게 와인을 한 잔씩 허락했겠지만, 그 이상은 마시지 못하게 할 터였다. 이쪽 자리에서는 존이 마시고 싶은 만큼 마셔도 막을 사람이 없었다.

그리고 존은 잔을 비울 때마다 더 마시라고 부추기는 시끌벅적하고 유쾌한 젊은이들에게 둘러싸여, 어른 못지않은 주량을 확인하고 있었다. 괜찮은 술친구들이었고, 존은 그들이 늘어놓는 전투와 잠자리와 사냥 이야기를 즐겁게 들었다. 이 친구들이 왕의 자식들보다 더 재미있으리라는 점은 확실했다. 존은 귀빈들이 입장할 때 그들에 대한 호기심을 충족시켰다. 입장 행렬은 존에게 주어진 자리에서 얼마 떨어지지 않은 곳을 지나갔고, 존은 그들 모두를 찬찬히 볼 수 있었다.

존의 아버지가 왕비를 동반하고 앞장서 들어왔다. 왕비는 세간의 말대로 아름다웠다. 긴 금발 사이로 빛나는 보석관의 에메랄드가 왕비의 녹색 눈에 더없이 잘 어울렸다. 존의 아버지는 왕비가 연단에 오르게 돕고 자리로 안내했지만, 왕비는 내내 그에게 눈길도 주지 않았다. 존은 열네 살의 나이로도 왕비의 웃는 얼굴을 꿰뚫어볼 수 있었다.

그다음에는 로버트 왕이 그 팔을 잡은 스타크 부인과 함께 들어왔다. 존은 왕에게 크게 실망했다. 아버지는 왕에 대해 자주 이야기했다. 비길 데 없는 무용의 로버트 바라테온, 트라이던트의 악마, 칠왕국에서 가장 용맹한 전사, 귀족들 사이의 거인……. 존은 수염 속 얼굴이 시뻘게져서 비단옷에 땀을 흘려대는 뚱뚱한 사내밖에 보지 못했다. 왕은 반쯤 취한 사람처럼 걸었다.

그 뒤에 아이들이 들어왔다. 어린 리콘이 제일 앞에서, 세 살배기에게는 최대한의 위엄을 끌어모아 용케 긴 행진을 해냈다. 존은 리콘이 자기 앞에서 걸음을 멈추는 바람에 어서 가라고 재촉해야 했다. 리콘 뒤에 바싹 붙어서 들어온 롭은 스타크의 색깔에 맞추어 흰색 테를 두른 회색 모직 옷을 입고 있었다. 미르셀라 공주가 롭의 팔을 잡고 들어왔는데, 여덟 살도 채 되지 않은 어린 소녀로, 쏟아질 듯한 금빛 곱슬머리에 보석 머리망을 둘렀다. 존은 두 사람이 탁자 사이를 지나갈 때 공주가 롭에게 보내는 수줍은 눈빛과 소심한 미소를 알아보았다. 존은 공주가 재미없는 아이라고 판단했다. 바보처럼 웃고 있는 롭은 공주가 얼마나 멍청한지 알아차릴 만한 분별이 없었다.

존의 이복누이들은 왕자들을 안내하며 들어왔다. 아리아는 통통한 어린 토멘과 짝을 지었는데, 토멘의 옅은 금발은 아리아의 머리채보다 더 길었다. 아리아보다 두 살 위인 산사는 왕세자인 조프리 바라테온을 이끌었다. 조프리는 열두 살로 존이나 롭보다 어렸지만, 놀랍게도 키는 그들보다 더 컸다. 조프리 왕자는 누이와 같은 머리카락에 어머니와 같은 짙은 초록색 눈을 지녔다. 숱 많은 금빛 곱슬머리가 목에 꼭 끼는 금목걸이와 높이 세운 벨벳 옷깃 아래까지 떨어졌다. 왕자 옆에서 걷는 산사는 기쁨에 환해진 얼굴이었지만, 존은 조프리의 부루퉁한 입술이나 따분하다는 듯이 윈터펠의 대연회장을 보는 경멸 어린 시선이 마음에 득지 않았다.

그 뒤에 들어오는 두 사람에게는 좀 더 관심이 갔다. 왕비의 형제들, 캐스털리록의 라니스터 남자들이었다. '사자와 꼬마 악마.' 누가 누구인지는 혼동할 수가 없었다. 제이미 라니스터 경은 세르세이 왕비의 쌍둥이로, 키가 컸고 금발에 반짝이는 녹색 눈과 칼날처럼 파고드는 미소를 지녔다. 그는 진홍색 비단옷을 입고 높이 올라오는 검은 장화를 신고, 검은색 새틴 망토를 둘렀다. 튜닉 가슴팍에는 라니스터 가문의 상징인 사자가 금실로 수놓여 포효하고 있었다. 사람들은 그를 면전에서는 라니스터가의 사자라고 부르고, 등 뒤에서는 "킹슬레이어"라고 수군댔다.

존은 그에게서 눈을 떼기가 힘들었다. 그리고 지나가는 그를 보며 이것이야말로 왕의 풍모라고 생각했다.

그다음에 다른 한 명이 보였다. 자기 형제 옆에 반쯤 가려져서 뒤뚱뒤뚱

걷고 있는 남자는 티리온 라니스터, 타이윈 공의 제일 어린 자식이자 제일 추한 자식이었다. 신들이 세르세이와 제이미에게 준 모든 것이, 티리온에게는 주어지지 않았다. 그는 키가 형의 반밖에 되지 않는 난쟁이로, 성장이 덜 된 다리로 보조를 맞추려 애쓰고 있었다. 머리통은 몸에 비해 너무 컸고, 툭 튀어나온 이마 아래에 찌그러진 얼굴이 볼품없었다. 하얗게 보일 정도로 색이 옅은 금발이 곧게 뻗은 아래로 세상을 내다보는 눈 한쪽은 녹색이었고 한쪽은 검은색이었다. 존은 흥미를 가지고 그를 주시했다.

마지막으로 들어온 대귀족은 존의 숙부인 밤의 경비대원 벤젠 스타크, 그리고 아버지의 대자인 젊은 테온 그레이조이였다. 벤젠은 지나가면서 존에게 따뜻한 미소를 던졌다. 테온은 존을 완전히 무시했지만, 새로울 것도 없는 일이었다. 모두 착석하고 나자 건배가 이루어지고, 감사 인사가 오가고 나서 연회가 시작되었다.

존은 그때부터 마시기 시작해서, 멈추지 않았다.

탁자 아래에서 무엇인가가 존의 다리를 문질렀다. 존은 위를 올려다보는 붉은 눈동자를 보았다. "또 배고파?" 탁자 한가운데에 꿀을 바른 닭요리가 반 마리 남아 있었다. 존은 다리를 하나 뜯으려고 손을 뻗었다가, 더 좋은 생각이 떠올라서 아예 칼로 통째 찍어다가 다리 사이 바닥에 미끄러뜨렸다. 고스트는 사납고 조용하게 닭고기에 달려들었다. 존의 형제들은 연회에 늑대를 데려올 수 없었지만, 연회장 이쪽 끝에는 존이 헤아릴 수도 없을 만큼 많은 개가 있었고, 그의 늑대 새끼를 두고 한마디하는 사람은 없었다. 존은 속으로 그것도 이 위치의 좋은 점이라고 말했다.

눈이 따끔거렸다. 존은 연기를 욕하면서 사납게 눈을 문질렀다. 그리고는 와인을 한 모금 더 마시고 닭고기를 뜯는 다이어울프를 지켜보았다.

하녀들을 따라다니며 식탁 사이로 움직이던 개들 중 한 마리가 닭고기 냄새를 맡았다. 노란 눈이 기름한 검은색 잡종 암컷이었다. 암캐는 걸음을 멈추고 닭고기를 챙기려고 의자 밑으로 슬금슬금 다가왔다. 존은 두 마리가 대치하는 모습을 지켜보았다. 암캐가 목 안쪽으로 낮게 으르렁거리며 다가왔다. 고스트는 소리 없이 고개를 들고 타는 듯한 붉은 눈으로 그 개를 직시했다. 암캐는 이를 딱 부딪쳐서 격렬하게 도전했다. 그 암캐는 다이어울프 새끼보다 세 배는 컸다. 고스트는 움직이지 않았다. 닭고기를 발아래 두고 서서 입을 벌리고 송곳니를 드러낼 뿐이었다. 암캐는 긴장했고, 한 번 더 짖어보더니, 이 싸움은 피하는 게 좋겠다고 생각한 모양이었다. 그 개는 자존심을 지키기 위해 반항적으로 한 번 더 이를 부딪치고는, 몸을 돌려 물러났다. 고스트는 식사를 다시 시작했다.

존은 씩 웃고 탁자 아래로 손을 뻗어 텁수룩한 하얀 털을 헝클어뜨렸다. 다이어울프는 그를 올려다보고 그의 손을 슬쩍 물더니 다시 고기를 뜯었다.

"이게 내가 지겹도록 들은 그 다이어울프냐?" 친숙한 목소리가 가까이에서 들려왔다.

존이 기쁜 마음으로 고개를 들자 벤 숙부는 존의 머리에 손을 얹고 존이 늑대에게 했던 것처럼 머리를 헝클었다. "네. 이름은 고스트예요."

종자 한 명이 한창 늘어놓던 야한 이야기를 멈추고, 영주의 동생이 앉을 자리를 냈다. 벤젠 스타크는 긴 다리로 장의자를 끼고 앉아서 존이 들고 있던 와인 잔을 빼앗았다. "여름 와인이군." 그는 맛을 보고 나서 말했다. "이렇게 달콤한 게 또 없지. 몇 잔이나 마셨느냐, 존?"

존은 미소 지었다.

벤 스타크는 웃음을 터뜨렸다. "설마 했더니만. 아, 그래. 내가 처음 제대로 술을 마셨을 때는 너보다 더 어렸을 게다." 그는 가까운 쟁반에서 갈색소스가 뚝뚝 떨어지는 구운 양파를 낚아채어 베어 물었다. 와삭와삭 소리가 났다.

존의 숙부는 이목구비가 날카롭고 험준한 바위처럼 수척했지만, 청회색 눈동자에는 언제나 웃음기가 감돌았다. 그는 밤의 경비대 사람답게 검은색만 입었다. 오늘 밤에는 호화로운 검은 벨벳 옷에 긴 가죽 장화와 은제 버클이 달린 넓은 허리띠 차림이었다. 목에는 묵직한 은사슬을 걸었다. 벤젠은 양파를 먹으면서 재미있다는 눈으로 고스트를 보았다. "아주 조용한 늑대로구나."

"다른 녀석들과 달라요. 소리를 내는 법이 없어요. 그래서 고스트라고 이름 지었죠. 하얀 녀석이라서이기도 하고요. 다른 녀석들은 다 회색 아니면 검은색이에요."

"장벽 너머에는 아직도 다이어울프가 있지. 순찰 중에 울음소리를 듣거든." 벤젠 스타크는 존을 유심히 보았다. "넌 보통 형제들과 한 탁자에서 먹지 않던가?"

"대개는 같이 먹죠." 존은 덤덤한 목소리로 대답했다. "하지만 오늘 밤에는 스타크 부인께서 서자를 같이 앉히는 건 왕가에게 모욕이 될지도 모른다고 생각하셔서요."

"그렇군." 존의 숙부는 어깨 너머로 연회장 반대쪽 끝에 높이 놓인 탁자를 돌아보았다. "우리 형님은 오늘 밤에 별로 흥겨워 보이지 않는다만."

존도 알아차린 바였다. 서자는 여러 가지를 알아차리고, 사람들이 숨긴 진실을 읽는 방법을 배워야 했다. 존의 아버지는 빈틈없이 예의를 차렸지만, 어딘가 존이 이전에 거의 보지 못한 긴장감이 감돌았다. 말을 거의 하지 않았고, 내리깐 눈으로 연회장 저편을 멍하니 보았다. 아버지와 두 자리 떨어져 앉은 왕은 밤새 실컷 마셔대고 있었다. 무성한 검은 수염 아래 넙대대한 얼굴이 불콰했다. 왕은 건배를 많이 했고 농담을 들을 때마다 큰 소리로 웃어댔으며 나오는 접시마다 굶주린 사내처럼 달려들었지만, 그 옆에 앉은 왕비는 얼음 조각처럼 차가워 보였다. 존은 숙부에게 낮고 조용한 목소리로 말했다. "왕비님도 화가 나 있네요. 아버지는 오늘 오후에 왕을 모시고 지하묘지로 내려가셨죠. 왕비는 그걸 꺼렸어요."

벤젠은 주의 깊게 가늠하는 눈으로 존을 보았다. "넌 놓치는 게 별로 없구나. 안 그러냐, 존? 장벽에선 너 같은 남자가 쓸모가 많지."

존은 자부심에 부풀었다. "창 싸움엔 롭이 더 강하지만, 검은 제가 더 잘다뤄요. 그리고 헐렌은 제가 성안의 누구 못지않게 말을 잘 탄다고 했어요."

"주목할 만한 재주로구나."

"장벽으로 돌아가실 때 저도 데려가세요." 존은 갑작스레 치받아서 말했다. "숙부님이 요청하면 아버지도 절 보내주실 거예요. 분명히 그러실 거예요."

벤젠 숙부는 존의 얼굴을 주의 깊게 뜯어보았다. "장벽은 어린아이에겐가혹한 곳이다, 존."

"전 이제 어른이 다 됐어요." 존은 항변했다. "다음 명명일이면 열다섯 살이 돼요. 그리고 루윈 학사님은 서자들이 다른 아이들보다 빨리 자란대요."

"그건 사실이지." 벤젠은 입꼬리를 아래로 내리며 말했다. 그는 탁자에놓인 존의 잔을 들고 가까이 놓인 와인병으로 채운 다음, 길게 한 번 들이켰다.

"다에론 타르가르옌은 도르네를 정복했을 때 열네 살밖에 안 됐어요." 존이 말했다. 그 어린 드래곤은 존의 영웅이었다.

"여름 한 철 동안 이어진 정복이었지." 존의 숙부가 지적했다. "네가 좋아하는 소년 왕은 도르네를 치느라 만 명을 잃었고, 그 후에는 지키느라 5만 명을 잃었다. 누군가는 전쟁이 게임이 아니라는 말을 해줬어야 했는데." 그는 와인을 다시 한 모금 마시고 입가를 훔치며 말했다. "게다가 다에론 타르가르옌은 겨우 열여덟에 죽었어. 아니면 그 부분은 잊은 게냐?"

"전 아무것도 잊지 않아요." 존은 큰소리를 쳤다. 와인 때문에 대담해져 있었다. 그는 더 커 보이기 위해 허리를 펴고 앉으려고 했다. "전 밤의 경비대에서 복무하고 싶습니다, 숙부님."

존은 오랫동안 밤이면 자리에 누워서, 형제들이 자는 사이 열심히 그 문제를 생각했다. 롭은 언젠가 윈터펠을 상속하고, 북부의 관리자로서 대군을 지휘할 터였다. 브랜과 리콘은 롭의 휘하 봉신이 되어 그의 이름하에 성채를 다스릴 것이다. 누이인 아리아와 산사는 다른 대가문의 상속자와 결혼하여 성의 안주인으로 남부에 가게 될 것이다. 하지만 서자에게는 어떤 희망이 있을까?

"넌 네가 요청하는 게 무엇인지 모른다, 존. 밤의 경비대는 결의 조직이야. 우리에겐 가족이 없다. 우리 중 누구도 자식을 두지 못할 것이다. 우리의 아내는 의무, 우리의 정부(情婦)는 명예다."

"서자에게도 명예가 있을 수 있습니다. 전 서약을 할 준비가 됐어요."

"넌 열네 살짜리 소년이야. 아직은 남자가 아니지. 여자를 알기 전에는, 네가 뭘 포기하려 하는지 이해할 수 없어."

"그런 건 상관없어요!" 존은 맹렬히 외쳤다.

"그 의미를 알면 상관하게 될지도 모르지. 선서에 어떤 대가가 따르는지 안다면, 그 값을 치르고 싶은 마음이 줄어들지도 모른다, 얘야."

존은 분노가 차오르는 것을 느꼈다. "전 숙부님 아들이 아니에요!"

벤젠 스타크는 일어섰다. "안타깝게도 그렇지." 그는 존의 어깨에 한 손을 올렸다. "너도 서자 몇 명쯤 만들고 나서 다시 나에게 오거라. 그때 가서 네 마음이 어떤지 보자."

존은 몸을 떨었다. "전 절대로 서자를 두지 않을 겁니다." 그는 꾹꾹 눌러 담아, 독을 내뱉듯이 말했다. "절대로!"

존은 문득 탁자가 조용해져 있고, 모두가 그를 쳐다보고 있음을 깨달았다. 눈 안쪽에서 눈물이 왈칵 솟으려 했다. 그는 몸을 일으켰다.

"실례해야겠네요." 존은 마지막 위엄을 모아 말하고는, 우는 모습을 보이기 전에 몸을 홱 돌려 달아났다. 생각보다 술을 많이 마신 모양이었다. 자리를 뜨려다가 발이 꼬이는 바람에 휘청거리다가 옆에 있던 하녀에게 부딪쳐서 향료주 병을 바닥에 깨뜨리고 말았다. 사방에 웃음소리가 울려 퍼졌고, 존은 뺨에 흐르는 뜨거운 눈물을 느꼈다. 누군가가 그를 부축해주려고 했다. 그는 도움의 손길을 뿌리치고 반쯤 먼 눈으로 문을 향해 달렸다. 고스트가 발치에 바싹 붙어서 밤하늘 아래로 따라 나왔다.

마당은 텅 비어 고요했다. 성 내벽 위 성가퀴에 외로운 파수병 한 명이 추위에 맞서느라 망토를 단단히 여미고 서 있었다. 그곳에 홀로 옹송그린 모습이 따분하고 비참해 보였지만, 존은 당장이라도 그 파수병과 자리를 바꿀 마음이 있었다. 그 밖에는 성 전체가 어둡고 한산했다. 존은 언젠가 버려진 성채를 본 적이 있었는데, 바람 말고는 움직이는 것이 없고 돌은 어떤 사람들이 살았는지에 대해 침묵만 지키는 음울한 곳이었다. 오늘 밤 윈터펠은 그곳을 연상시켰다.

등 뒤에 열린 창문들로 음악과 노랫소리가 새어 나왔다. 존이 가장 듣고 싶지 않은 소리였다. 그는 눈물이 흐르게 두었다는 사실에 격분해서 소매로 눈물을 닦아내고, 가려고 몸을 돌렸다.

"어이." 어떤 목소리가 그를 불렀다. 존은 고개를 돌렸다.

티리온 라니스터가 대연회장 문 위 돌출부에 앉아서 가고일(주로 장식 겸 빗물받이로 지붕에 세우는 괴수 모양의 석상)처럼 온 세상을 내다보고 있었다. 난쟁이 티리온은 존을 내려다보고 히죽 웃었다. "그 짐승이 늑대냐?"

"다이어울프죠. 이름은 고스트라고 합니다." 존은 별안간 낙담을 잊어버리고 난쟁이를 올려다보았다. "그 위에서 뭘 하는 겁니까? 연회장에 있지 않고?"

"너무 덥고, 너무 시끄럽고, 와인을 너무 마셨거든. 형제에게 대고 토하는 건 무례해 보일 수 있다는 걸 오래전에 배웠지. 네 늑대를 더 가까이에서 볼 수 있을까?"

존은 머뭇거리다가 천천히 고개를 끄덕였다. "내려올 수 있겠습니까? 아니면 사다리를 가져올까요?"

"아, 됐고." 난쟁이는 허공으로 몸을 밀어냈다. 존은 헉 했다가, 티리온 라니스터가 몸을 단단히 말고 빙글 돌아서 가뿐하게 두 손으로 땅을 짚은 다음, 뒤로 뛰어 일어서는 모습을 보며 경외감을 느꼈다.

고스트가 머뭇거리며 물러섰다.

난쟁이는 먼지를 털고 웃음을 터뜨렸다. "내가 네 늑대에게 겁을 준 모양이군. 사과하지."

"겁먹지 않았습니다." 존은 무릎을 꿇고 늑대를 불렀다. "고스트, 이리 와. 이리 와. 그렇지."

늑대 새끼는 소리 없이 다가와서 존의 얼굴에 코를 비볐지만, 티리온 라니스터에게는 경계를 늦추지 않았고, 티리온이 쓰다듬으려고 손을 뻗자 물러나서 이를 드러내고 소리 없이 으르렁거렸다. "수줍음이 많군. 안 그래?" 티리온 라니스터가 말했다.

"앉아, 고스트." 존은 명령을 내렸다. "그렇지. 가만히 있어." 그는 무릎을 꿇은 채로 난쟁이를 올려다보았다. "이제 만져봐도 됩니다. 제가 움직이라고 할 때까지 가만히 있을 겁니다. 그동안 훈련을 시켰어요."

"그렇군." 티리온 라니스터는 고스트의 두 귀 사이 새하얀 털을 헝클어 뜨리며 말했다. "착한 늑대야."

"제가 이 자리에 없었다면 당신 목을 찢었을 겁니다." 아직은 사실이 아니었지만, 사실이 될 터였다.

"그렇다면 네가 바싹 붙어 있는 게 좋겠군." 난쟁이는 너무 큰 머리를 한쪽으로 기울이고 짝짝이 눈으로 존을 건너다 보았다. "난 티리온 라니스터다."

"압니다." 존은 일어섰다. 일어서니 존이 티리온보다 키가 컸다. 이상한 느낌이었다.

"넌 네드 스타크의 서자, 맞지?"

존은 온몸이 차가워지는 느낌이었다. 그는 입술을 꾹 다물고 아무 말도 하지 않았다.

"내가 기분 나쁘게 말했나? 미안하군. 난쟁이들은 눈치 있게 굴 필요가 없어서 말이야. 몇 세대에 걸쳐 알록달록한 옷을 입고 깡충거린 어릿광대들 덕분에 나도 아무렇게나 입고 떠오르는 대로 막 내뱉을 권리가 생겼거든." 티리온 라니스터는 히죽 웃었다. "하지만 넌 그 서자가 맞지."

"에다드 스타크 영주님이 제 부친입니다." 존은 딱딱하게 시인했다.

티리온 라니스터는 존의 얼굴을 살폈다. "그래. 알아보겠어. 네 형제들보다 네가 더 북부인다운 얼굴이야."

"이복형제들이겠죠." 존은 말을 바로잡았다. 난쟁이가 한 말에 기분이 좋았지만, 그런 감정을 드러내지 않으려고 애썼다.

"내가 충고 좀 할까, 서자. 절대 네가 무엇인지 잊지 말아라. 세상이 잊을 리 없으니까. 그걸 네 강점으로 삼아라. 그러면 그게 네 약점이 될 수 없을 거다. 그걸 네 갑옷으로 삼으면, 널 해치는 데 쓰이지도 않을 거다."

존은 누군가의 충고를 받을 기분이 아니었다. "당신이 서자에 대해 뭘 안다는 겁니까?"

"모든 난쟁이는 아버지 눈에 서자거든."

"당신은 라니스터가의 적자잖아요."

"내가?" 난쟁이는 냉소하며 대꾸했다. "우리 존귀한 아버지께 말해봐라. 내 어머니는 날 낳다가 돌아가셨고, 아버지는 결코 확신하지 못했지."

"전 어머니가 누구인지도 모릅니다." 존이 말했다.

"그야 어떤 여자일 테지. 대개는 그렇지 않나." 그는 존에게 서글픈 미소를 던졌다. "이 점을 기억해라, 꼬마야. 모든 난쟁이는 서자일지 몰라도, 모든 서자가 난쟁이가 될 필요는 없다는 걸." 그는 그 말을 끝으로 몸을 돌리고, 휘파람을 불면서 느긋하게 연회장으로 돌아갔다. 문을 열자, 안에서 쏟아져 나온 빛이 마당 저편까지 그림자를 드리웠다. 한 순간 티리온 라니스터는 왕처럼 당당하게 서 있었다.

캐틀린

윈터펠의 주성(Great Keep)에 있는 모든 방 중에서, 캐틀린의 침실이 가장 후끈후끈했다. 윈터펠 성은 자연 온천 위에 세워졌고, 델 정도로 뜨거운 물이 몸의 혈관을 흐르는 피처럼 성벽과 석실들을 타고 흐르며 한기를 몰아내고, 유리 정원에 습한 온기를 채우고, 땅이 얼지 않게 막았다. 십여 개의 작은 중정에 있는 노천 못에서는 밤낮으로 김이 피어올랐다. 여름에는 대수롭지 않은 일이었다. 겨울에는 그 차이가 삶과 죽음을 갈랐다.

캐틀린의 목욕물은 언제나 김이 오르게 뜨거웠고, 침실 벽은 손을 대보면 따뜻했다. 그 온기는 캐틀린에게 리버런을, 라이사와 에드무어과 함께 햇볕을 즐기던 나날을 떠올리게 했지만, 네드는 그 열을 견디지 못했다. 그는 스타크는 추위에 맞는 사람들이라고 말하곤 했고, 그녀는 웃음을 터뜨리며 정말 그렇다면 성을 지을 곳을 잘못 잡았다고 말하곤 했다.

그래서 관계가 끝나자, 네드는 이전에도 수없이 그랬듯 몸을 굴려 침대를 벗어났다. 그는 창가로 가서 무거운 태피스트리를 젖히고, 높고 좁은 창문을 하나씩 하나씩 열어서 밤공기를 안으로 들여보냈다.

빈손으로 벌거벗은 채 어둠을 마주하고 선 네드 주위로 바람이 회오리쳤다. 캐틀린은 모피를 턱 끝까지 당겨 올리고 그를 지켜보았다. 어쩐지 네드가 평소보다 작고 연약해 보여서, 까마득한 15년 전에 리버런의 성소에서 그녀와 결혼한 젊은이가 떠올랐다. 네드가 급하게 관계를 맺는 바람에 음부가 아직도 뻐근했다. 기분 좋은 아픔이었다. 그녀는 몸 안에 깃든 그의 씨를 느낄 수 있었다. 그녀는 그 씨가 자리 잡기를 기도했다. 리콘을 낳고 3년이 흘렀고, 그녀는 아직 늙지 않았다. 아들 하나는 더 낳아줄 수 있었다.

"그 제안은 거부할 거요." 네드는 그녀에게 돌아서며 말했다. 수심이 가득한 눈에, 의혹이 짙게 깔린 목소리였다.

캐틀린은 침대에 일어나 앉았다. "그럴 순 없어요. 그래선 안 돼요."

"내 의무는 이곳 북부에 있어요. 로버트의 수관이 되고 싶은 바람은 없소."

"그쪽에선 이해하지 못할 거예요. 로버트는 이제 왕이고, 왕은 다른 이들과 달라요. 당신이 거부한다면 왜인지 궁금해할 테고, 머지않아 당신이 왕에게 맞서려 한다고 의심할 거예요. 거부했다가 우리가 어떤 위험에 빠질지 모르겠어요?"

네드는 고개를 저으며 믿지 않으려 했다. "로버트가 나나 내 사람에게 해를 가할 리 없어요. 우린 형제보다 더 가까운 사이였지. 로버트는 나를 사랑해요. 내가 제안을 거부한다면 쩌렁쩌렁하게 호통을 치고 욕을 하고 엄포를 놓겠지만, 일주일만 지나면 그 일을 두고 같이 웃게 될 거요. 난 그 남자를 알아!"

"당신은 예전 그 사람을 알지요. 지금 왕은 당신이 잘 모르는 사람이에요." 캐틀린은 눈밭에 죽어 있던 다이어울프와 그 목에 깊이 꽂힌 부러진 사슴뿔을 기억했다. 네드가 상황을 직시하게 만들어야 했다. "왕에게는 자존심이 전부랍니다. 로버트가 당신을 보고 당신에게 이토록 큰 영예를 내리고자 먼 길을 왔는데, 그걸 면전에 집어던질 수는 없어요."

"영예라고?" 네드는 쓰게 웃었다.

"왕의 눈에는, 그래요."

"당신 눈에는?"

"제 눈에도 그래요." 캐틀린은 이제 노여움이 타올랐다. 왜 제대로 보질 못하나? "아들을 우리 딸과 결혼시키자는데, 그게 영예가 아니면 뭐라고 하겠어요? 산사는 언젠가 왕비가 될지도 몰라요. 그 애의 아들들이 장벽부터 도르네 산맥까지 통치하게 될 수도 있어요. 그게 뭐가 그리 잘못됐나요?"

"맙소사, 캐틀린. 산사는 겨우 열한 살이오. 그리고 조프리는…… 조프리는……."

캐틀린이 대신 말끝을 맺었다. "……왕세자이고, 철왕좌의 계승자죠. 제 아버지가 당신 형님인 브랜던에게 혼인을 약속하셨을 때 저도 겨우 열두 살이었어요."

그 말에 네드는 쓰게 입꼬리를 비틀었다. "브랜던. 그렇지. 브랜던이라면 어떻게 해야 할지 알았겠지. 언제나 그랬으니까 다 브랜던이 받아야 할 것들이었소. 당신도, 윈터펠도, 전부 다. 브랜던 형은 왕의 수관이자 왕비들의 아버지가 될 운명이었지. 난 이런 잔을 넘겨달라고 청한 적이 없어요."

"그럴지도 모르지만, 브랜던은 죽었고 잔은 넘어왔어요. 좋든 싫든 당신은 그 잔을 받아 마셔야 해요."

네드는 캐틀린에게서 고개를 돌리고 다시 밤하늘을 내다보았다. 그는 어둠을 응시하고 서 있었다. 어쩌면 달과 별을 보는지도 몰랐고, 어쩌면 성벽에 선 파수병들을 보는지도 몰랐다.

캐틀린은 그의 고통을 보자 마음이 약해졌다. 에다드 스타크는 관습대로 브랜던을 대신해서 그녀와 결혼했지만, 죽은 형의 그림자는 아직도 두 사람 사이에 드리워져 있었다. 네드가 이름을 대지 않는 여자, 그에게 서자를 낳아준 그 여자의 그림자와 마찬가지로…….

그녀가 남편에게 다가가려고 했을 때 문을 두드리는 소리가 울렸다. 크고 예기치 않은 소리였다. 네드는 찌푸린 얼굴로 몸을 돌렸다. "뭔가?"

문 너머에서 데스몬드의 목소리가 들렸다. "영주님, 루윈 학사님이 급히 접견을 청하십니다."

"내가 방해하지 말라는 지시를 내려두었다고 말했나?"

"예, 영주님. 그래도 뵈어야 한다고 하십니다."

"알겠네. 들여보내게."

네드는 옷장으로 걸어가서 무거운 로브를 걸쳤다. 캐틀린은 문득 방이 얼마나 추워졌는지 깨달았다. 그녀는 침대에 앉아서 턱 끝까지 모피를 당겼다. "창문을 닫아야 할지도 모르겠네요."

네드는 그녀의 제안에 멍하니 고개를 끄덕였다. 루윈 학사가 들어왔다.

루윈은 몸집이 작은 회색 남자였다. 기민하게 많은 것을 보는 눈동자도 회색이었고, 세월이 남겨둔 얼마 안 되는 머리카락도 회색이었다. 로브도 스타크의 색에 맞춰 가장자리에 하얀 털을 두른 회색 모직이었다. 로브의 펄럭이는 큰 소매 안에는 숨겨진 주머니가 여러 개 있었다. 루윈은 언제나 그 소매 안에 이것저것을 넣어두었다가 꺼냈다. 책, 전언, 기묘한 공예품, 아이들을 위한 장난감까지. 캐틀린은 루윈 학사가 그런 물건을 다 소매 속에 숨겨두고도 팔을 들어 올릴 수 있다고 놀라곤 했다.

루윈은 등 뒤에서 문이 닫히기를 기다려서 입을 열었다. "영주님, 휴식을 방해해서 죄송합니다. 제게 남겨진 전언이 있습니다."

네드는 짜증 난 얼굴이었다. "남겨진 전언이라니? 누가 남겼단 말이오? 파발마가 있었소? 그런 말은 못 들었는데."

"파발마는 없었습니다. 제가 낮잠을 자는 동안 관측소 탁자에 조각이 새겨진 나무 상자 하나가 남겨졌을 뿐입니다. 제 하인들은 아무도 보지 못했다지만, 분명히 왕의 일행 중 누군가가 가져다 두었을 겁니다. 남부에서 온 방문자가 달리 없으니까요."

"나무 상자?" 캐틀린이 말했다.

"안에는 관측소에서 쓸 훌륭한 새 렌즈가 있었습니다. 보아하니 미르의 물건 같더군요. 미르의 렌즈 장인들은 타의 추종을 불허하지요."

네드는 얼굴을 찌푸렸다. 캐틀린은 네드가 이런 일에 인내심이 별로 없다는 사실을 알고 있었다. "렌즈라니. 그게 나와 무슨 상관이오?"

"저도 같은 질문을 했습니다. 여기에는 보이는 것 이상이 있을 게 분명했지요."

캐틀린은 무거운 모피 아래에서 몸을 떨었다. "렌즈는 잘 보도록 도와주는 도구죠."

"바로 그렇습니다." 루윈은 자신의 신분을 나타내는 목걸이를 만지작거렸다. 로브 아래로 목에 딱 맞는 무거운 사슬이 걸려 있었는데, 고리는 다다른 금속으로 만들어져 있었다.

캐틀린은 다시 한 번 뱃속을 휘젓는 두려움을 느낄 수 있었다. "우리에게 무엇을 더 분명하게 보라는 걸까요?"

"저도 그렇게 자문해보았습니다." 루윈 학사는 소매에서 단단하게 감긴 종이를 꺼냈다. "진짜 전하고자 한 것은 렌즈가 들어 있던 상자를 해체하여 찾아낸 가짜 바닥 안에 숨겨져 있었습니다만, 제가 볼 전언이 아닙니다."

네드가 손을 내밀었다. "그렇다면 이리 주시오."

루윈은 움직이지 않았다. "죄송하지만, 영주님께 온 전언도 아닙니다. 캐틀린 마님께, 오직 마님께만 보이라고 표시되어 있습니다. 제가 가까이 가도 되겠습니까?"

캐틀린은 차마 말을 하지 못하고 고개만 끄덕였다. 루윈 학사는 종이 두루마리를 침대 협탁에 내려놓았다. 파란 밀랍을 작게 찍어서 봉한 편지였다. 루윈은 절을 하고 물러나려 했다.

"여기 남으시오." 네드가 명했다. 심각한 목소리였다. 그는 캐틀린을 보았다. "무슨 일이오? 부인, 떨고 있구려."

"두려워서요." 그녀는 인정하고, 떨리는 손을 뻗어 편지를 잡았다. 잊힌 모피가 흘러내려 벗은 몸이 드러났다. 파란 밀랍에는 아린 가문의 달과 매 인장이 찍혀 있었다. "라이사가 보낸 거예요." 캐틀린은 남편을 쳐다보았다. "기쁜 소식은 아닐 거예요. 이 편지에는 비탄이 담겨 있어요, 네드. 느낄 수 있어요."

네드는 어두워진 얼굴을 찌푸렸다. "열어봐요."

캐틀린이 밀랍을 깼다.

그녀의 눈동자가 단어들 위를 훑었다. 처음에는 전혀 말이 되지 않았다. 그러다가 기억이 났다. "라이사는 도박을 하지 않았군요. 라이사와 전 어렸을 때 둘만 쓰는 언어가 있었죠."

"지금도 읽을 수 있소?"

"그래요." 캐틀린은 인정했다.

"그렇다면 말해봐요."

"저는 물러나는 편이 좋겠습니다." 루윈 학사가 말했다.

"아니, 학사의 조언이 필요할 거예요." 캐틀린은 모피를 팽개치고 침대에서 내려섰다. 방 안을 가로지르려니 맨살에 닿는 밤공기가 무덤처럼 찼다.

루윈 학사는 시선을 피했다. 네드마저도 충격받은 얼굴이었다. "뭘 하는 거요?"

"불을 지피려고요." 캐틀린은 실내복을 찾아 걸친 다음, 차가운 난로 앞에 무릎을 꿇었다.

"루윈 학사가—"

"루윈 학사는 제 아이들 모두를 받은 분이에요. 단정한 척 할 때가 아님니다." 캐틀린은 종이를 불쏘시개 사이에 밀어 넣고 그 위에 무거운 장작을 쌓았다.

네드가 방을 가로질러 와서 그녀의 팔을 잡고 일으켰다. 그는 그녀를 잡은 채로 얼굴을 바싹 대고 말했다. "부인, 말을 해요! 전언이 무슨 내용이었소?"

캐틀린은 경직되어 조용히 말했다. "경고였어요. 우리에게 들을 만한 분별이 있다면요."

네드의 눈이 그녀의 얼굴을 살폈다. "계속해요."

"라이사는 존 아린이 살해당했다고 해요."

그녀의 팔을 쥔 손가락에 힘이 들어갔다. "누구에게?"

"라니스터에게." 그녀는 말했다. "왕비에게요."

네드는 그녀의 팔을 놓았다. 팔에 붉은 손자국이 뚜렷하게 남았다. "신들이시여." 그는 잠긴 목소리로 읊조렸다. "당신 동생은 슬픔에 넋이 나갔소. 알지도 못하고 하는 소리예요."

"그렇지 않아요. 라이사가 충동적인 건 사실이지만, 이 전언은 조심스럽게 계획하고 영리하게 숨겼어요. 이 편지가 엉뚱한 손에 떨어지면 죽음이라는 걸 알고 있었던 거예요. 그냥 의심만으로 이렇게 큰 위험을 감수할 순 없어요." 캐틀린은 남편을 보았다. "이제 우리에겐 정말로 선택의 여지가 없어요. 당신은 로버트의 수관이 되어야 해요. 같이 남부로 가서 진실을 알아내야 해요."

그녀는 즉시 네드가 정반대 결론에 도달했음을 알아보았다. "내가 아는 유일한 진실은 이곳이오. 남부는 내가 피하는 게 좋을 독사 굴이고."

루윈이 부드러운 목 피부에 상처를 입히는 사슬 목걸이를 잡아당겼다. "왕의 수관에게는 큰 힘이 있습니다, 영주님. 아린 공의 죽음이 어찌된 일인지 알아내고, 그분을 살해한 자들을 왕의 심판에 놓이게 할 힘이지요. 최악의 경우가 사실이라면, 아린 부인과 그 아드님을 지킬 힘이기도 합니다."

네드는 의지할 데 없이 침실 여기저기에 눈길을 던졌다. 캐틀린은 그에게 달려가고 싶었지만, 지금 그를 품에 안아줄 수는 없다는 사실을 알고 있었다. 아이들을 위해, 승리가 우선이어야 했다. "로버트를 형제처럼 사랑한다면서요. 라니스터에게 포위당한 형제를 내버려둘 건가요?"

"둘 다 '다른자'에게나 잡혀가기를." 네드가 어둡게 중얼거렸다. 그는 두 사람에게 등을 돌리고 창가로 향했다. 캐틀린은 아무 말도 하지 않았고, 루윈 학사도 마찬가지였다. 그들은 에다드 스타크가 사랑하는 집에 침묵의 작별을 고하는 동안 조용히 기다렸다. 마침내 창문에서 다시 몸을 돌렸을 때, 네드의 목소리는 지치고 구슬펐고, 눈가에는 희미하게 습기가 반짝였다. "내 아버지는 옛날에 왕의 부름에 응하여 남부로 내려갔지. 다시는 집에 오지 못하셨소."

"다른 시절, 다른 왕입니다." 루윈 학사가 말했다.

"그래요." 네드는 멍하니 말하고 난롯가 의자에 앉았다. "캐틀린, 당신은 여기 윈터펠에 남아야 해요."

심장을 뚫고 지나가는 찬바람 같은 말이었다. "안 돼요." 그녀는 겁에 질렸다. 이게 그녀에게 내리는 벌인가? 그의 얼굴을 다시는 보지 못하고, 그의 품에 다시는 안기지 못하는 것인가?

"그래야 해요." 네드는 반박을 용납하지 않는 어조로 말했다. "내가 로버트의 심부름을 하는 동안에는 당신이 나 대신 북부를 다스려야 해요. 윈터펠에는 언제나 스타크가 있어야 하지. 롭은 열네 살이오. 곧 어른이 될 테지. 롭이 통치를 배워야 하는데, 나는 여기 있어주지 못해요. 롭을 당신의 협의회에 넣어요. 그 아이의 때가 왔을 때, 준비가 되어 있어야 하니."

"신들께 바라노니, 앞으로 오랫동안 그때가 오지 않기를." 루윈 학사가 중얼거렸다.

"루윈 학사, 나는 학사를 내 혈연처럼 믿소. 모든 대소사에 있어 내 아내에게 조언을 하시오. 내 아들에게 알아야 할 것들을 가르치시오. 겨울이 오고 있소."

루윈 학사는 진지하게 고개를 끄덕였다. 정적 끝에 캐틀린이 용기를 내어 가장 두려운 질문을 던졌다. "다른 아이들은요?"

네드는 일어서서 그녀를 끌어안고, 그녀와 얼굴을 가까이 했다. 그는 온화하게 말했다. "리콘은 많이 어리니, 당신과 롭과 함께 여기에 남아야겠지. 나머지 아이들은 내가 데려가리다."

"전 견디지 못할 거예요." 캐틀린은 몸을 떨며 말했다.

"견뎌야 해요. 산사는 조프리와 결혼해야 한다는 점이 이제 확실해졌소. 우리의 헌신을 의심할 근거를 줘서는 안 돼. 그리고 아리아도 남부 궁중의 예절을 배울 때가 지났소. 몇 년 지나면 아리아도 결혼할 나이가 될 텐데."

산사는 남부에서 빛을 발할 테고, 아리아가 품위를 배워야 한다는 사실은 신들도 아시는 바였다. 캐틀린은 혼자 생각하고, 마지못해 마음 속에서 두 아이를 놓았다. 하지만 브랜은 아니었다. 브랜은 절대 아니었다. "그래요, 하지만 제발 네드, 날 사랑한다면 브랜은 여기 윈터펠에 남게 해줘요. 그 아이는 이제 겨우 일곱 살이에요."

"난 아버지가 이어리에 보내셨을 때 여덟 살이었어요. 로드릭 경이 말하길 롭과 조프리 왕자 사이에는 좋지 않은 감정이 있다는군. 그건 바람직하지 않아요. 브랜이라면 그 둘 사이에 다리를 놓아줄 수 있을 거요. 다정하고, 잘 웃고, 쉬이 사랑받는 아이니까. 브랜이 어린 왕자들과 같이 자라, 로버트가 내 친구가 되었듯 왕자들의 친구가 되게 합시다. 그러면 우리 가문도 더 안전해질 거요."

옳은 말이었고, 캐틀린도 알았다. 그렇다고 아픔을 견디기가 쉬워지지는 않았다. 그렇다면 넷을 모두 곁에 두지 못하게 된다. 네드와 두 딸, 그리고 다정하고 상냥한 브랜까지. 롭과 어린 리콘만 남을 것이다. 벌써 외로워지는 기분이었다. 윈터펠은 너무나 넓었다. 그녀는 용감하게 말했다. "그렇다면 브랜이 벽에 가까이 가지 못하게 하세요. 그 애가 얼마나 벽 타기를 좋아하는지 알죠."

네드는 캐틀린의 눈에 고여 떨어지기 전인 눈물에 입을 맞췄다. "고맙소, 부인." 그는 속삭였다. "당신에게 힘든 일인 줄 알아요."

"존 스노우는 어찌합니까, 영주님?" 루윈 학사가 물었다.

캐틀린은 그 이름을 듣자 긴장했다. 네드는 그녀의 분노를 느끼고 포옹을 풀었다.

많은 남자들이 서자를 두었다. 캐틀린도 그 정도는 알고 자랐다. 결혼 첫 해에 네드가 원정 중에 만난 어떤 여자로부터 자식을 보았다는 사실을 알고도 놀라지는 않았다. 그에게도 사내의 욕구가 있었고, 그해에 두 사람은 떨어져 지냈다. 네드는 남부에서 전쟁 중이었고 그녀는 리버런에 있는 아버지의 성에 안전하게 남아 있었다. 잘 알지도 못하는 남편보다는 품에 안은 아기 롭에게 더 신경이 쏠려 있었다. 남편은 전투 사이사이에 구할 수 있는 위안을 누려 마땅했다. 그리고 그 씨가 결실을 맺었다면, 그녀도 남편이 그 아이의 필요는 살펴주리라 여겼다.

그는 그 이상을 했다. 스타크는 다른 남자들과 달랐다. 네드는 서자를 집까지 데려왔고, 온 북부가 보는 앞에서 "아들"이라 불렀다. 마침내 전쟁이 끝나고 캐틀린이 윈터펠로 달려갔을 때, 존과 유모는 이미 자리를 잡고 있었다.

그 상처는 깊게 남았다. 네드는 아이 어미에 대해 한 마디도 하지 않았지만, 성에는 비밀이 없었고 캐틀린은 하녀들이 병사들에게 듣고 되풀이하는 이야기를 들었다. 그들은 아에리스의 킹스가드에 속한 일곱 기사 중에서도 가장 무적이었던 '아침의 검' 아서 데인 경에 대해, 그리고 그들의 젊은 영주가 어떻게 그 기사를 일 대 일로 죽였는가에 대해 속삭였다. 그리고 네드가 아서 경의 검을 여름해(海) 바닷가에 있는 스타폴(Starfall, 별이 내린 곳)이라는 성에서 오빠를 기다리던 아름답고 젊은 여인에게 가져다주었다는 이야기도 했다. 잊을 수 없는 보라색 눈동자를 지닌 키 크고 어여쁜 아샤라 데인. 용기를 그러모으는 데 2주가 걸렸지만, 마침내 어느 날 밤 침대에서 캐틀린은 남편에게 정면으로 진실을 물었다.

결혼 생활을 통틀어 네드가 무서웠던 순간은 그때뿐이었다. 그는 얼음처럼 차갑게 말했다. "절대 존에 대해 묻지 마시오. 존은 내 혈육이고, 당신은 그것만 알면 되오. 이제 당신이 그 이름을 어디에서 들었는지 알아야겠소, 부인." 그녀는 그 말에 따르겠노라 약속했다. 그렇게 말했다. 그리고 그날부터 소곤거림은 멈췄고, 윈터펠에서 아샤라 데인이라는 이름은 두 번 다시 들을 수 없었다.

존의 어머니가 누구였든 간에, 네드는 그 여자를 절절히 사랑한 게 틀림없었다. 캐틀린이 무슨 말을 해도 그 아이를 떠나보낼 수 없었다. 그래서 용서가 되질 않았다. 그녀는 점차 온 마음으로 남편을 사랑하게 되었으나, 존에 대해서만은 애정을 찾아낼 수 없었다. 네드의 서자가 십여 명이라 해도 묵과할 수 있었을지 모른다. 눈에 보이지만 않는다면. 그러나 존은 시야에서 사라지지 않았고, 자라면서 그녀가 낳은 어떤 적통 아들보다 더 네드를 닮아갔다. 그래서 더 나빴다. "존은 떠나야 해요." 그녀는 말했다.

"존은 롭과 친하니, 내 생각엔……."

"여기 머물 순 없어요." 캐틀린은 네드의 말을 잘랐다. "그 아이는 당신 아들이지, 내 아들이 아니에요. 내 곁에 두진 않겠어요." 매정한 줄은 알지만, 사실 그대로였다. 여기 윈터펠에 남겨둔다면 네드도 그 아이에게 좋은 일을 하는 게 아니었다.

네드는 그녀에게 고뇌에 찬 눈빛을 던졌다. "그 아이를 남부로 데려갈 수 없다는 건 알잖소. 궁정에는 그 애가 있을 자리가 없을 거요. 서자의 이름을 지닌 사내아이란…… 사람들이 뭐라고 할지 알 테지. 그 애는 소외당할 거예요."

캐틀린은 남편의 눈에 깃든 호소에 대항하여 심장에 철갑을 둘렀다. "당신 친구 로버트는 서자를 열 명도 넘게 뒀다더군요."

"그리고 궁정에는 하나도 보인 적이 없지!" 네드의 눈빛이 이글거렸다. "그 라니스터 여인이 그리 만들었으니까. 어떻게 그렇게 잔인할 수가 있소, 캐틀린? 존은 아이에 불과해. 존은―"

네드는 격분했다. 더 말했다가는 지독한 소리를 했을지도 모르지만, 루윈 학사가 끼어들었다. "다른 해결책이 저절로 나타났습니다." 그는 조용히 말했다. "영주님의 동생분이 며칠 전에 존에 대해 묻더군요. 그 아이가 검은 옷을 염원한답니다."

네드는 충격받은 얼굴이었다. "존이 밤의 경비대에 입대하길 청했다고?"

캐틀린은 아무 말도 하지 않았다. 네드가 알아서 해결하게 두자. 그녀의 목소리는 지금 환영받지 못할 터였다. 그러나 그 순간 그녀는 루윈에게 입이라도 맞추고픈 심정이었다. 완벽한 해결책이었다. 벤젠 스타크는 밤의 경비대원이었다. 존은 그가 가지지 못한 아들이 될 터였다. 그리고 때가 되면 그 아이도 서약을 할 테니, 언젠가 캐틀린의 손주들과 윈터펠을 두고 경쟁할 아들을 낳는 일도 없으리라.

학사가 말했다. "장벽에서 복무하는 것은 크나큰 명예입니다, 영주님."

"그리고 서자라 해도 밤의 경비대에서는 높이 올라갈 수 있을지 모르지." 네드는 생각에 잠겨서 말했다. 그래도 아직 괴로운 목소리였다. "존은 너무 어려. 다 큰 남자로서 이런 요청을 한다면 몰라도, 열네 살 아이에게는……"

"힘든 희생이지요." 루윈 학사가 동조했다. "그러나 지금은 힘든 시기입니다, 영주님. 그 아이의 길이 영주님이나 마님의 길보다 더 괴롭지는 않습니다."

캐틀린은 곁에 두지 못할 세 아이가 떠오르자 침묵을 지키기가 쉽지 않았다.

네드는 두 사람에게서 몸을 돌려 창밖을 내다보았다. 우울한 얼굴은 조용히 생각에 잠겨 있었다. 그는 마침내 한숨을 내쉬고 몸을 돌렸다. "좋소." 그는 루윈 학사에게 말했다. "그게 최선이겠지. 벤에게는 내가 말하겠소."

"존에게는 언제 말할지요?" 루윈이 물었다.

"말해야 할 때에. 준비부터 해야지. 우리가 떠날 준비를 마치려면 2주는 있어야 하니, 존이 남은 며칠을 즐기게 해주고 싶구려. 여름이 곧 끝날 테고, 어린 시절도 마찬가지니. 때가 오면 내가 직접 말하겠소."

아리아

아리아의 바늘땀은 이번에도 비뚤배뚤했다.

아리아는 실망하여 찌푸린 얼굴로 바느질감을 내려다보고는, 다른 소녀들에게 둘러싸여 앉아 있는 언니 쪽을 건너다보았다. 산사의 바느질은 정교했다. 다들 그렇게 말했다. 언젠가 모르데인 성사가 두 사람의 어머니에게 이렇게 말하기도 했다. "산사의 바느질은 자기 얼굴만큼 예뻐요. 정말이지 섬세하고 우아한 손을 타고났지 뭡니까." 그리고 캐틀린 부인이 아리아에 대해 묻자, 성사는 코웃음을 쳤다. "아리아는 대장장이의 손을 타고났지요."

아리아는 혹시 모르데인 성사가 자기 생각을 읽었을지 모른다는 걱정을 하며 슬쩍 방 저편을 보았지만, 성사는 오늘 아리아에게 아무 관심도 기울이지 않았다. 미르셀라 공주와 함께 앉아서 미소와 찬탄만 가득 뿌렸다. 왕비가 미르셀라를 데려왔을 때 모르데인 성사가 직접 말했다시피, 성사에게 왕가의 공주에게 여성스러운 기술을 가르칠 특권이 주어지는 일은 흔치 않다. 아리아는 미르셀라의 바늘땀도 조금 비뚤배뚤해 보인다고 생각했지만, 모르데인 성사가 정답게 속삭이는 모습을 보아서는 절대 알 수 없었다.

아리아는 다시 자기 작품을 들여다보며 어떻게든 구할 방법이 없을까 궁리하다가, 한숨을 내쉬며 바늘을 내려놓았다. 아리아는 침울하게 언니를 보았다. 산사는 바느질을 하면서 즐겁게 수다를 떨고 있었다. 로드릭 경의 어린 딸인 베스 카셀이 산사의 발치에 앉아서 모든 말에 귀를 기울였고, 제인 풀은 몸을 기울이고 산사의 귓가에 무슨 말인가를 속삭이고 있었다.

"무슨 얘길 하고 있어?" 아리아가 불쑥 물었다.

제인은 깜짝 놀라서 아리아를 돌아보더니, 키득거렸다. 산사는 겸연쩍은 표정이었다. 베스는 얼굴을 붉혔다. 아무도 대답하지 않았다.

"말해봐." 아리아가 말했다.

제인은 모르데인 성사가 듣고 있지 않다는 사실을 확인하려고 시선을 던졌다. 마침 미르셀라가 무슨 말을 했는지, 성사가 다른 여자들과 같이 웃음을 터뜨렸다.

"왕자님 이야기를 하고 있었어." 산사가 입맞춤처럼 부드러운 목소리로 말했다.

아리아는 산사가 말하는 왕자가 누구인지 알았다. 당연히 조프리였다. 크고 잘생긴 왕자. 산사는 연회에서 조프리와 같이 앉았다. 아리아는 작고 뚱뚱한 왕자와 같이 앉아야 했다. 늘 그런 식이었다.

"왕자님이 언니분을 좋아하세요." 제인이 마치 그게 자기와 무슨 상관이라도 있다는 듯이 뿌듯해하며 속삭였다. 제인은 윈터펠의 집사 딸이었고 산사가 제일 아끼는 친구였다. "산사 보고 정말 아름답다고 했어요."

"왕자님은 산사와 결혼하실 거예요." 어린 베스가 제 몸을 끌어안으며 꿈꾸듯이 말했다. "그러면 산사는 칠왕국 전체의 왕비님이 되겠죠."

산사는 예의상 얼굴을 붉혔다. 산사는 얼굴도 예쁘게 붉혔다. 산사는 무엇이든 예쁘게 한다고, 아리아는 무딘 분노와 함께 생각했다. "베스, 이야기를 지어내면 안 돼." 산사는 손아래 소녀의 말을 바로잡으면서, 말에 깃든 엄혹함을 걷어내기 위해 베스의 머리카락을 부드럽게 쓰다듬었다. 그리고 아리아를 보았다. "넌 조프리 왕자에 대해 어떻게 생각했니, 동생아? 아주 멋지다고 생각하지 않니?"

"존은 조프리가 여자애 같다던데." 아리아가 말했다.

산사는 바느질을 하면서 한숨을 내쉬었다. "가엾은 존. 서자라서 질투하는 거야."

"존은 우리 오빠야." 아리아는 너무 크게 말해버렸다. 아리아의 목소리가 오후 탑 방의 고요함을 갈랐다.

모르데인 성사가 눈을 들었다. 앙상한 얼굴에 날카로운 눈, 그리고 찌푸린 표정에 딱 어울리는 얇은 입술이 특징이었다. 그리고 지금 찌푸린 표정을 짓고 있었다. "무슨 이야기들을 하고 있나요, 어린이 여러분?"

"우리의 이복 오빠지." 산사는 부드럽고 정확하게 아리아의 말을 바로잡고, 성사에게 미소를 지었다. "아리아와 저는 오늘 공주님과 함께 있어서 얼마나 기쁜지 말하고 있었어요."

모르데인 성사는 고개를 끄덕였다. "정말 그래요. 우리 모두에게 대단한 영광이지요." 찬사를 들은 미르셀라 공주가 자신 없게 미소 지었다. "아리아, 왜 바느질을 하지 않고 있지요?" 성사가 묻더니, 일어서서 풀 먹인 치마를 바스락거리며 방을 가로질렀다. "바느질을 좀 볼까요."

아리아는 비명을 지르고 싶었다. 산사가 가서 성사의 관심을 끌어온 것과 마찬가지였다. "여기요." 아리아는 바느질감을 포기하고 내어주었다.

성사는 천을 찬찬히 보더니 말했다. "아리아, 아리아, 아리아. 이건 못 써요. 이건 도무지 못 쓰겠네요."

모두가 아리아를 쳐다보고 있었다. 너무 심했다. 산사는 워낙 품행이 바르다 보니 동생이 망신당하는 모습을 보고 웃지 않았지만, 제인이 산사 대신 웃었다. 미르셀라 공주마저도 아리아를 안쓰럽게 여기는 얼굴이었다. 아리아는 눈에 차오르는 눈물을 느끼고 의자를 박차고 일어나서 문으로 달려갔다.

뒤에서 모르데인 성사가 외쳤다. "아리아, 당장 이리 돌아와요! 한 발자국만 더 디뎠다간 봐요! 어머님께서 이 일을 듣게 되실 테니. 우리 공주님 앞에서 무슨 짓입니까! 우리 모두를 부끄럽게 할 작정인가요!"

아리아는 문 앞에 멈춰 서서 입술을 꾹 깨물고 몸을 돌렸다. 이제는 눈물이 뺨을 따라 흘러내리고 있었다. 아리아는 겨우 미르셀라에게 뻣뻣하게 절을 하는 데 성공했다. "이만 물러가겠나이다, 공주님."

미르셀라는 아리아를 보고 눈을 껌벅이다가 지도를 바라고 수행인들을 쳐다보았다. 하지만 미르셀라는 자신이 없을지 몰라도, 모르데인 성사는 아니었다. "어딜 간다는 건가요, 아리아?" 성사가 물었다.

아리아는 성사를 노려보았다. "말편자를 갈아줘야 해요." 아리아는 짐짓 상냥하게 대답하고, 성사의 얼굴에 번지는 충격을 보며 짧은 만족감을 얻었다. 그런 다음 몸을 홱 돌려 문밖으로 튀어 나갔고, 최대한 빨리 발을 움직여 계단을 달려 내려갔다.

불공평했다. 산사는 모든 것을 가졌다. 산사가 두 살 위였으니, 아리아가 태어날 때쯤엔 남은 게 없었을지도 모르겠다. 그렇게 느껴질 때가 많았다. 산사는 바느질을 하고 춤을 추고 노래를 부를 줄 알았다. 시도 썼다. 옷도 잘 입었다. 하프를 켜고 종을 연주했다. 더 나쁜 건, 산사가 아름답다는 점이었다. 산사는 어머니의 보기 좋게 높은 광대뼈와 툴리 가문의 숱 많은 적갈색 머리카락을 이어받았다. 아리아는 아버지를 닮았다. 머리카락은 윤기 없는 갈색이었고, 얼굴은 길고 근엄했다. 제인은 말상 아리아라고 부르곤 했고, 아리아가 가까이 가면 히힝 소리를 냈다. 아리아가 언니보다 나은 유일한 재주가 말타기라는 점을 퇴색시키는 일이었다. 음, 집안 관리도 아리아가 낫기는 했다. 산사는 숫자에 밝은 머리를 타고나지 못했다. 만약 산사가 조프리 왕자와 결혼한다면, 아리아는 왕자를 위해서라도 좋은 집사가 딸려 있기를 빌었다.

니메리아가 계단 밑 위병소에서 기다리고 있었다. 니메리아는 아리아를 보자마자 껑충 뛰어올라 일어났다. 아리아는 씩 웃었다. 아무도 아리아를 사랑하지 않는다 해도, 니메리아만은 그녀를 사랑했다. 그들은 어디든 함께 갔고, 니메리아는 그녀의 방에서, 침대 발치에서 잤다. 어머니가 금지하지만 않았다면 아리아는 바느질을 하러 갈 때도 기꺼이 늑대를 데려갔을 것이다. 어디 모르데인 성사가 바늘땀을 두고 불평을 해보라지.

아리아가 묶어둔 줄을 풀자 니메리아가 열렬히 그 손을 깨물었다. 니메리아의 눈은 노란색이어서, 햇빛을 받으면 금화처럼 반짝였다. 아리아는 늑대에게 백성들을 이끌고 협해를 건너온 로인족 전사 여왕의 이름을 붙였다. 그것도 꽤 물의를 일으킨 사건이었다. 산사야 물론 자기 늑대에게 '레이디'라는 이름을 붙였다. 아리아는 우울한 표정으로 늑대 새끼를 꽉 끌어안았다. 니메리아는 아리아의 귀를 핥아 키득거리게 만들었다.

지금쯤 모르데인 성사가 분명 어머니에게 말을 전했을 터였다. 방으로 돌아간다면 바로 발견되겠지. 발견된대도 상관은 없지만 더 좋은 생각이 있었다. 성내 훈련장에서 사내아이들이 수련 중이었다. 아리아는 롭이 그 멋진 조프리 왕자를 때려눕히는 광경을 보고 싶었다. "가자." 아리아는 니메리아에게 속삭이고 일어나서 뛰었고, 늑대는 그녀를 바싹 따라갔다.

무기고와 주성 사이를 잇는 지붕 다리에 훈련장이 훤히 내려다보이는 창이 하나 있었다. 아리아는 그리로 향했다.

둘이 숨을 헐떡이며 홍조를 띤 얼굴로 도착해보니, 존이 한쪽 다리를 느른하게 턱 가까이 접어 올리고 창틀에 앉아 있었다. 존은 아래를 바라보는

데 열중한 나머지, 하얀 늑대가 아리아와 니메리아를 맞이하러 움직이기 전까지는 둘의 접근을 알아차리지 못하는 듯 보였다. 니메리아는 조심스럽게 슬슬 다가갔다. 이미 한배 형제들보다 몸집이 큰 고스트는 니메리아의 냄새를 맡아보더니 귀를 조심스럽게 깨물고 물러났다.

존은 아리아에게 호기심 어린 눈빛을 던졌다. "넌 바느질을 하고 있어야 하지 않니, 귀여운 동생아?"

아리아는 얼굴을 찡그렸다. "싸우는 걸 보고 싶었어."

존은 미소 지었다. "그렇다면, 이리 와."

아리아는 창틀 위로 기어 올라가서 존 옆에 앉았다. 아래 훈련장에서는 쿵쿵거리는 소리, 투덜거리는 소리가 요란했다.

아리아에게는 실망스럽게도, 더 어린 소년들의 수련이었다. 브랜은 방어구를 어찌나 두껍게 댔는지 깃털 침대에 벨트를 두른 꼴이었고, 애초에 통통했던 토멘 왕자는 거의 둥그레 보였다. 둘은 거대한 술통 같은 몸에 하얀 구레나룻이 위풍당당한 늙은 훈련대장 로드릭 카셀 경이 지켜보는 가운데 씩씩거리고 헐떡거리면서 천을 감싼 목검으로 서로를 때리고 있었다. 십여 명의 어른 남자와 소년들이 구경하면서 격려의 소리를 질렀는데, 그중에서 롭의 목소리가 제일 컸다. 아리아는 롭 옆에 자기 가문의 문장인 금빛 크라켄이 장식된 검은 더블릿을 입은 테온 그레이조이가 삐딱한 미소를 짓고 선 모습을 보았다. 전투 중인 두 명은 모두 비틀거리고 있었다. 아리아는 꽤 오래 싸웠나 보다고 생각했다.

"바느질보다 약간 더 진을 빼는데." 존이 말했다.

"바느질보다 약간 더 재미있어." 아리아가 되받아쳤다. 존은 씩 웃으며 손을 뻗어 아리아의 머리를 헝클어뜨렸다. 아리아는 얼굴을 붉혔다. 그들은 언제나 친했다. 존도 아리아처럼 아버지를 닮았다. 그렇게 둘뿐이었다. 롭과 산사와 브랜과 심지어는 어린 리콘까지도 툴리의 편안한 미소와 불

같은 머리카락을 닮았다. 아리아는 어렸을 때 그게 자기도 서자라는 뜻일까 무서웠다. 아리아가 무서울 때 찾아간 사람이 존이었고, 아리아를 안심시킨 사람도 존이었다.

"왜 훈련장에 내려가지 않았어?" 아리아가 물었다.

존은 희미하게 웃었다. "서자는 어린 왕자에게 해를 입혀서는 안 되거든. 수련장에서 왕자가 얻는 멍 자국은 언제나 적자의 칼에 맞아서 생겨야 하지."

"아." 아리아는 부끄러워졌다. 미리 알았어야 했는데. 아리아는 오늘만 두 번째로, 삶이 불공평하다는 생각을 했다.

아리아는 남동생이 토멘을 치는 모습을 지켜보았다. "나도 브랜만큼은 할 수 있어. 브랜은 겨우 일곱 살이야. 난 아홉 살이고."

존은 열네 살짜리의 지혜를 한껏 담아서 아리아를 훑어보았다. "넌 너무 말랐어." 그는 아리아의 팔을 잡고 근육을 가늠했다. 그런 다음 한숨을 내쉬고 고개를 저었다. "네가 장검을 휘두르긴 고사하고 들어 올릴 수나 있을지 모르겠다, 동생."

아리아는 팔을 홱 잡아 빼고 존을 노려보았다. 존은 다시 아리아의 머리를 헝클었다. 그들은 브랜과 토멘이 원을 그리며 도는 모습을 지켜보았다.

"조프리 왕자 보여?" 존이 물었다.

첫눈에 알아보지는 못했지만, 다시 보니 뒤쪽 높은 돌벽 그늘 아래 조프리가 서 있었다. 그는 아리아가 알지 못하는 남자들에게 둘러싸여 있었다. 라니스터와 바라테온의 제복을 입은 젊은 종자들, 모두 이방인들이었다. 그중에는 조금 더 나이가 많은 남자도 몇 명 있었는데, 아마 기사일 터였다.

"전포(戰袍)에 새겨진 문장을 봐." 존이 말했다.

아리아는 보았다. 왕자의 두꺼운 전포에는 장식 방패가 수놓였고, 바느질 솜씨는 두말할 나위 없이 훌륭했다. 문장은 방패 가운데에서 둘로 나뉘었는데, 한쪽은 왕가의 왕관 쓴 사슴이었고, 다른 한쪽은 라니스터의 사자였다.

존이 말했다. "라니스터는 자부심이 강하지. 왕가의 문장이면 충분하다고 생각할 법도 한데, 아니야. 조프리는 어머니의 가문에 왕가와 동일한 경의를 표하고 있어."

"여자도 중요해!" 아리아는 항의했다.

존은 쿡쿡 웃었다. "너도 똑같이 하면 어떨까, 동생아. 네 문장에서는 툴리와 스타크를 맺어주는 거야."

"입에 물고기를 문 늑대?" 아리아는 웃고 말했다. "바보 같아 보일 거야. 게다가, 여자애가 싸울 수 없다면 문장이 들어간 옷을 가져서 뭐해?"

존은 어깨를 으쓱였다. "여자들은 문장은 가져도 검은 못 가지고, 서자들은 검은 가져도 문장은 못 가지지. 규칙을 만든 건 내가 아니야, 동생."

아래 안마당에서 고함 소리가 울렸다. 토멘 왕자가 흙바닥을 뒹굴며 일어서려다가 실패했다. 보호구 때문에 뒤집힌 거북처럼 보였다. 브랜은 토멘이 일어서면 다시 칠 태세로 목검을 들고 서 있었다. 남자들이 웃기 시작했다.

"그만!" 로드릭 경이 외쳤다. 그는 왕자에게 손을 내밀어 일으켜 세웠다. "잘 싸우셨습니다. 루, 도니스, 두 분의 갑옷을 벗겨드려라." 그는 주위를 둘러보았다. "조프리 왕자님, 롭, 한 번 더 하시겠습니까?"

이미 이전의 시합으로 땀투성이가 된 롭이 열렬히 앞으로 나섰다. "기꺼이."

조프리가 로드릭의 부름에 응하여 햇빛 속으로 나섰다. 머리카락이 금실처럼 반짝였다. 조프리는 지루해하는 얼굴이었다. "이건 애들이나 하는 놀이야, 로드릭 경."

테온 그레이조이가 불쑥 웃음을 터뜨리더니, 조소하며 말했다. "애들 맞는데."

"롭은 어린아이일지 몰라도, 난 왕자야. 그리고 놀이 칼로 스타크를 때리는 덴 질렸어."

"때린 것보다 맞은 게 더 많았지, 조프리. 겁먹으셨나?" 롭이 말했다.

조프리 왕자는 롭을 보고 말했다. "아아, 무섭군. 나이가 워낙 많으셔야지." 라니스터 몇 명이 소리 내어 웃었다.

존은 찌푸린 얼굴로 그 장면을 내려다보며 아리아에게 말했다. "조프리는 정말 재수 없는 놈이야."

로드릭 경은 생각에 잠겨서 하얀 구레나룻을 잡아당겼다. "제안하시는 바가?" 그는 왕자에게 물었다.

"진검."

"좋아." 롭이 응수했다. "후회하게 될걸!"

훈련대장은 롭의 어깨에 한 손을 올리고 진정시켰다. "진검은 너무 위험합니다. 날이 무딘 시합용 검이라면 허락해드리지요."

조프리는 아무 말도 하지 않았지만, 아리아가 처음 보는 화상 흉터가 난 얼굴에 검은 머리의 키 큰 기사가 왕자 앞으로 나섰다. "이분은 왕자이시다. 누군데 왕자의 검이 뭉툭해야 하네 마네 하는 건가?"

"윈터펠 훈련대장이다, 클리게인. 그 점을 잊지 않는 게 좋을 거야."

"여기선 여자들을 훈련시키나?" 진심으로 알고 싶다는 듯이 구는 화상 입은 사내는 황소 같은 근육질이었다.

"기사들을 훈련시키지." 로드릭 경은 날카롭게 말했다. "준비가 되면 진검이 주어진다. 나이가 차면."

화상 입은 사내가 롭을 보았다. "몇 살이라고?"

"열넷." 롭이 말했다.

"난 열두 살에 사람을 죽였지. 뭉툭한 검이 아니었다는 건 믿어도 좋아."

아리아는 롭이 발끈하는 것을 알아볼 수 있었다. 롭은 자존심에 상처를 입었다. 그는 로드릭 경에게 돌아섰다. "쓰게 해줘요. 내가 쓰러뜨릴 수 있어요."

"그렇다면 시합용 검으로 쓰러뜨리시지요." 로드릭 경이 말했다.

조프리는 어깨를 으쓱였다. "나이를 더 먹거든 찾아오지 그래, 스타크. 그때 가선 너무 늙었을지도 모르지만 말이야." 라니스터 남자들이 폭소를 터뜨렸다.

롭의 욕설이 훈련장을 울렸다. 아리아는 충격을 받아 입을 막았다. 테온 그레이조이가 롭의 팔을 잡고 왕자에게 가까이 가지 못하게 막았다. 로드릭 경은 경악하여 구레나룻만 잡아당겼다.

조프리는 하품을 하는 척 하더니 동생에게 돌아섰다. "가자, 토멘. 놀이 시간은 끝났어. 애들 장난은 애들이나 하게 둬야지."

이 말은 라니스터 남자들에게 웃음을, 롭에게는 욕설을 더 끌어냈다. 허연 구레나룻에 감싸인 로드릭 경의 얼굴은 분노로 시뻘게졌다. 테온은 왕자와 그 일행이 충분히 멀어질 때까지 롭을 꽉 붙들고 있었다.

존은 왕자 일행이 떠나는 모습을 지켜보았고, 아리아는 존을 지켜보았다. 그의 얼굴은 신의 숲 한가운데에 있는 연못처럼 고요했다. 존은 마침내 창문 아래로 내려갔다. "구경거리는 끝났어." 존은 허리를 굽혀 고스트의 귀 뒤를 긁었다. 하얀 늑대는 일어서서 존에게 몸을 비볐다. "넌 얼른 방으로 돌아가는 게 좋겠다, 동생. 모르데인 성사가 기다리고 있을 게 뻔해. 네가 오래 숨으면 숨을수록 벌도 가혹해질 거야. 겨울 내내 바느질을 하게 되겠지. 봄이 오고 얼음이 녹으면 얼어붙은 손가락에 바늘을 꽉 쥐고 있는 네 시체를 발견하게 될 테고."

아리아는 그런 농담이 우습지 않았다. "바느질은 질색이야!" 아리아는 격하게 말했다. "이건 불공평해!"

"세상에 공평한 건 없단다." 존은 아리아의 머리를 다시 한 번 헝클더니, 소리 없이 따라붙는 고스트를 거느리고 멀어져갔다. 니메리아도 따라 나섰다가 아리아가 오지 않는다는 사실을 알고는 멈춰 서더니 돌아왔다.

아리아는 마지못해 반대 방향으로 몸을 돌렸다.

존이 생각했던 것보다 더 나빴다. 아리아의 방에서 기다리는 사람은 모르데인 성사만이 아니었다. 모르데인 성사와 어머니가 함께 있었다.

브랜

사냥대는 새벽에 출발했다. 왕은 오늘 밤 연회에 멧돼지를 내고 싶어 했다. 조프리 왕자가 왕과 함께 말을 달렸기에, 롭도 합류할 수 있었다. 벤젠 숙부, 조리, 테온 그레이조이, 로드릭 경, 심지어는 왕비의 희한한 난쟁이 동생까지 모두 함께 말을 타고 나갔다. 어쨌거나 마지막 사냥이었다. 내일이면 남쪽을 향해 떠날 테니.

브랜은 존과 여자들과 리콘과 함께 뒤에 남겨졌다. 하지만 리콘은 아기에 불과했고 여자들이야 여자들일 뿐이었으며 존과 존의 늑대는 어디에서도 찾을 수가 없었다. 브랜은 존을 찾으려고 많이 애쓰지 않았다. 존은 브랜에게 화가 나 있는 것 같았다. 최근에 존은 모두에게 화가 나 보였다. 브랜은 그 이유를 알지 못했다. 존은 벤 숙부와 같이 장벽에 가서 밤의 경비대에 합류할 예정이었다. 그건 왕과 같이 남쪽으로 가는 것 못지않게 좋은 일이지 않은가. 그들이 뒤에 남겨두고 가는 건 존이 아니라 롭이었다.

지난 며칠 동안, 브랜은 떠날 날을 간절히 기다렸다. 조랑말이 아니라 진짜 말을 타고 왕의 가도를 달리게 될 터였다. 아버지는 왕의 수관이 될 테고, 그들은 드래곤 군주들이 지은 킹스랜딩의 붉은 성에 살게 될 예정이었다. 낸 할멈은 그곳에 유령들이 있고, 끔찍한 일이 일어났던 지하감옥이 있으며, 벽에는 드래곤 머리통이 걸려 있다고 했다. 생각만 해도 몸이 떨렸지만, 겁나지는 않았다. 어떻게 겁을 낼 수가 있겠는가? 아버지가 함께 있을 테고, 왕과 왕의 기사들과 맹약검사들이 다 있을 텐데.

브랜도 언젠가 정식 기사가 되리라. 그것도 킹스가드. 낸 할멈은 킹스가드가 칠왕국 전체에서 제일가는 검사들이라고 했다. 킹스가드는 일곱 명뿐이었고, 하얀 갑옷을 입었으며 아내도 자식도 두지 않고 오직 왕을 섬기기 위해서만 살았다. 브랜은 그들에 대해 모르는 이야기가 없었다. 그들의 이름은 음악과도 같았다. 거울 방패의 세르윈. 리암 레드와인 경. 드래곤 기사 아에몬 왕자. 수백 년 전, 가수들이 '드래곤들의 춤'이라고 부르는 전쟁에서 남매가 싸웠을 때 서로가 서로의 검에 죽은 쌍둥이 기사 에릭 경과 아릭 경. 하얀 황소 제럴드 하이타워. 아침의 검 아서 데인 경. 대담한 바리스탄.

킹스가드 두 명은 로버트 왕과 같이 북부까지 왔다. 브랜은 넋 놓고 그들을 바라보았지만, 결코 말을 걸 용기를 내지는 못했다. 보로스 경은 턱살이 있는 대머리였고, 메린 경은 축 처진 눈에 녹슨 색깔의 수염을 길렀다. 제이미 라니스터 경은 좀 더 이야기 속에 나오는 기사들처럼 생겼고, 역시 킹스가드였지만, 롭은 그가 예전의 미친 왕을 죽였으니 더는 킹스가드로 헤아려선 안 된다고 말했다. 살아 있는 사람 중에 가장 위대한 기사는 바리스탄 셀미 경, '대담한 바리스탄'이라는 별명으로 불리는 킹스가드의 단장이었다. 아버지는 킹스랜딩에 도착하면 바리스탄 경을 만나게 해주겠다고 약속했고, 브랜은 벽에 날짜를 표시하며 열렬히 출발을 기다렸다. 꿈꾸기만 했던 세상을 보고, 거의 상상도 못할 삶을 시작하기 위해서.

하지만 이제 마지막 날이 다가오자 브랜은 갑자기 어쩔 바를 모르게 되었다. 윈터펠은 브랜이 아는 유일한 집이었다. 아버지는 브랜에게 오늘 작별 인사를 해두어야 한다고 말했고, 브랜은 그러려고 노력했다. 사냥대가 달려 나간 후에 늑대를 데리고 성안을 쏘다니면서 남을 사람들을 찾아가려 했다. 낸 할멈과 요리사 게이지, 대장간의 미켄, 싱글벙글 웃으며 브랜의 조랑말을 돌보며 "호도" 말고 다른 말은 할 줄 모르는 마구간지기 호도, 그리고 브랜이 찾아갈 때마다 블랙베리를 주던 유리 정원의 정원사들…….

하지만 잘되지 않았다. 브랜은 마구간부터 찾아갔고, 칸막이 안에 있는 조랑말을 보았는데, 이제는 진짜 말을 받고 조랑말은 남겨두고 갈 테니 그 조랑말은 브랜의 것이 아니었고, 갑자기 그냥 주저앉아서 울고 싶어졌다. 브랜은 호도와 다른 마구간지기들이 그의 눈에 맺힌 눈물을 보기 전에 몸을 돌려 달아났다. 작별 인사는 그걸로 끝이었다. 대신 브랜은 오전 내내 혼자 신의 숲에서 늑대에게 막대기 물어 오기를 가르치려고 했지만 실패했다. 늑대 새끼는 아버지의 견사에 있는 어떤 사냥개보다 더 똑똑했고, 장담하건대 사람들이 하는 말을 모두 이해할 수 있었기만, 막대기를 쫓아다니는 일에는 도통 관심을 보이지 않았다.

브랜은 아직도 이름을 결정하지 못했다. 롭은 자기 늑대를 '그레이윈드(Grey Wind, 회색 바람)'라고 불렀는데, 워낙 빨리 달리기 때문이었다. 산사는 자기 늑대를 '레이디(Lady, 아가씨)'라고 불렀고, 아리아는 노래 속에 나오는 늙은 마녀 여왕의 이름을 따서 붙였다. 리콘은 '섀기독(Shaggydog, 복슬개)'이라고 불렀는데, 브랜이 생각할 때 다이어울프에게 붙이기엔 바보 같은 이름이었다. 존의 하얀 늑대는 '고스트(Ghost, 유령)'였다. 그 이름을 자기가 먼저 생각했더라면 좋았겠다 싶었다. 그의 늑대는 흰색이 아니긴 했지만. 아무튼 지난 2주 동안 이름을 백 개는 생각해봤는데, 딱 맞는 이름이 없었다.

브랜은 마침내 막대기 놀이에 싫증이 나서 벽을 타기로 마음먹었다. 온

갓 일이 일어나는 바람에 '무너진 탑'에 몇 주 동안 올라가지 못했는데, 이번이 마지막 기회일지도 몰랐다.

브랜은 신의 숲을 가로질러 달렸다. 심장 나무가 선 연못을 피하기 위해 멀리 돌아가는 길을 택했다. 심장 나무를 보면 언제나 겁이 났다. 브랜은 나무에 눈이 있거나, 손처럼 보이는 잎사귀가 달려선 안 된다고 생각했다. 브랜의 늑대가 바짝 쫓아서 달렸다. "넌 여기 있어." 브랜은 무기고 벽 근처에 있는 파수목 밑에서 말했다. "엎드려. 그렇지. 이제 가만히 있어."

늑대는 브랜이 시키는 대로 했다. 브랜은 늑대의 귀 뒤를 긁어준 다음, 몸을 돌려 껑충 뛰어올라서 낮은 가지를 잡고 몸을 끌어 올렸다. 브랜이 쉽사리 가지에서 가지로 옮겨가며 나무를 반쯤 올랐을 때, 늑대가 일어서서 울부짖기 시작했다.

브랜은 아래를 내려다보았다. 늑대는 울음을 그치고 가늘게 뜬 노란 눈으로 그를 올려다보았다. 이상한 한기가 몸을 관통했다. 브랜은 다시 올라가기 시작했다. 다시 늑대가 울부짖었다. "조용히 해. 앉아. 가만히 있어. 넌 어머니보다 더 지독하구나." 울부짖는 소리는 브랜이 나무를 다 오르고, 마침내 무기고 지붕으로 뛰어내려 늑대의 시야에서 사라질 때까지 그를 쫓았다.

윈터펠의 지붕 위가 브랜의 두 번째 집이었다. 어머니는 그가 걷기도 전에 벽을 타고 기어오르기부터 했다는 말을 자주 했다. 브랜은 언제 처음 걷는 법을 익혔는지 기억할 수 없었지만, 언제 벽을 타기 시작했는지도 기억할 수 없었으니, 그 말이 맞을 거라고 생각했다.

소년에게 윈터펠은 벽과 탑과 마당과 통로들이 사방으로 뻗어나가는 회색 돌 미궁이었다. 성내에서 더 오래된 곳에서는 바닥이 위아래로 기울어져서 몇 층인지 확실히 알 수도 없었다. 언젠가 루윈 학사는 이 성은 오랜 세월 동안 무시무시하게 큰 나무처럼 성장했고, 그 가지는 울퉁불퉁하고 굵고 뒤틀렸으며, 뿌리는 땅속 깊이 파고들었다고 말하기도 했다.

성에서 빠져나와서 하늘 가까이로 기어 올라가면 온 윈터펠을 한눈에 볼 수 있었다. 브랜은 그렇게 발아래 펼쳐진 모습이, 오직 새들만 머리 위를 맴도는 가운데 밑에서는 성의 그 모든 삶이 이어지는 모습이 좋았다. 브랜은 '최초의 아성(First Keep)' 위에서 생각에 잠겨 있는, 비바람에 닳아 형태를 잃은 가고일들 사이에 걸터앉아서 몇 시간이고 그 풍경을 지켜볼 수 있었다. 마당에서 목검과 철검을 들고 훈련하는 남자들, 유리 정원에서 채소를 돌보는 요리사들, 가만히 있지 못하고 견사 안을 뛰어다니는 개들, 고요한 신의 숲, 빨래터 옆에서 소문을 주고받는 여자들. 보고 있노라면 롭조차 절대 알지 못할 방식으로 이 성의 주인이 된 기분이 들었다.

지붕 위에서 보낸 시간은 브랜에게 윈터펠의 비밀도 가르쳐주었다. 이 성을 지은 사람들은 땅을 고르지도 않아서, 윈터펠의 성벽들 안에는 언덕과 골짜기들이 있었다. 종탑 4층에서 까마귀 방이 있는 건물 2층으로 이어지는 지붕 다리도 있었다. 브랜은 알고 있었다. 그리고 브랜은 남문을 통해 내성벽 안으로 들어간 다음, 3층을 기어올라서 돌 속에 난 좁은 터널을 통해 윈터펠을 빙 돌면, 땅 높이에 있는 북문으로 나가서 30미터 높이의 벽을 올려다볼 수 있다는 사실도 알았다. 이것만은 루윈 학사도 모르는 게 분명했다.

어머니는 언젠가 브랜이 벽에서 미끄러져서 죽을 거라는 두려움에 사로잡혔다. 브랜이 그럴 일 없다고 해도 믿지 않았다. 한번은 어머니가 그에게 땅에만 있겠다는 약속을 받아낸 적이 있었다. 브랜은 매일을 우울하게 보내며 2주 가까이 약속을 지켜냈지만, 어느 날 밤 형제들이 깊이 잠든 사이에 침실 창문을 통해 나갔다.

브랜은 죄책감에 빠져서 다음 날 범죄를 고백했다. 에다드 공은 브랜에게 신의 숲에 가서 죄를 씻어내라 명했다. 브랜이 밤새 숲에 홀로 남아 자신의 불복종에 대해 반성하는지 지켜보도록 위병들을 배치하기도 했다. 다음 날 아침 브랜은 어디에서도 보이지 않았다. 그들은 마침내 숲에서 제일 큰 파수목의 높은 가지에서 잠들어 있는 브랜을 찾아냈다.

아버지는 화가 난 채로도 웃을 수밖에 없었다. 위병들이 브랜을 불러 내리자 그는 말했다. "넌 내 아들이 아니라 다람쥐로구나. 할 수 없지. 정 벽을 타야겠거든 올라가라. 하지만 네 어머니는 보지 못하게 해라."

브랜은 최선을 다했지만, 정말로 어머니를 속이지는 못했다고 생각했다. 아버지가 금지하지 않자, 어머니는 다른 사람들에게 의지했다. 낸 할멈은 브랜에게 너무 높이 기어올랐다가 번개에 맞은 말 안 듣는 어린 소년에 대한 이야기를 해주고, 까마귀들이 그 후에 어떻게 그 아이의 눈을 파 먹었는지 설명했다. 브랜은 별로 흔들리지 않았다. 브랜 말고는 아무도 가지 않는 무너진 탑 꼭대기에는 까마귀들의 둥지가 있었는데, 가끔 브랜은 주머니에 곡식알을 꽉 채워서 올라갔고, 그러면 까마귀들은 브랜의 손바닥에 놓인 곡식을 먹었다. 눈알을 파 먹는 데 조금이라도 관심을 보이는 까마귀는 없었다.

그 후에는 루윈 학사가 브랜이 떨어지면 무슨 일이 생길지 시연하기 위해, 도자기로 어린 소년을 만들어서 브랜의 옷을 입힌 후 벽에서 마당으로 떨어뜨렸다. 재미는 있었지만, 나중에 브랜은 루윈을 보고 이렇게 말할 뿐이었다. "난 진흙으로 만든 아이가 아니에요. 게다가 어차피 떨어질 일도 없어요."

그러고는 한동안 위병들이 지붕 위에 있는 브랜을 볼 때마다 쫓아다니면서 끌어 내리려고 애쓰는 시기가 이어졌다. 브랜은 그때가 제일 좋았다. 형들과 게임을 할 때와 비슷한데, 언제나 이긴다는 점만 다르달까. 위병 중에는 브랜의 반만큼도 벽을 잘 타는 사람이 없었다. 조리조차 그랬다. 위병들은 대개 브랜을 아예 보지 못했다. 사람들은 위를 올려다보지 않았다. 그게 브랜이 벽 타기를 좋아하는 또 다른 이유였다. 거의 눈에 보이지 않는 존재가 되는 느낌이었다.

돌과 돌 사이에 난 작은 틈에 손가락과 발가락을 단단히 끼우고 차근차근 벽 위로 몸을 끌어 올리는 기분도 좋았다. 브랜은 벽을 탈 때면 언제나 신발을 벗고 맨발로 올라갔다. 그러면 손이 둘이 아니라 넷이 달린 것처럼 느껴졌다. 그 후에 남는 깊고 달콤한 근육통도 좋았다. 높은 곳에서 맛보는, 겨울 복숭아처럼 달고 차가운 공기도 좋았다. 새들도 좋았다. 무너진 탑에 사는 까마귀들, 돌 사이 틈에 둥지를 튼 작디작은 참새들, 옛 무기고 위 먼지투성이 고미다락에서 자는 나이 많은 올빼미. 브랜은 그런 새들을 다 알았다.

무엇보다도, 브랜은 다른 누구도 가지 못하는 곳에 가고, 다른 누구도 본 적 없는 방식으로 드넓은 회색 윈터펠을 보는 게 좋았다. 그렇게 성 전체가 브랜의 비밀 장소가 되었다.

브랜이 제일 자주 가는 곳은 무너진 탑이었다. 그곳은 옛날에 윈터펠에서 제일 높은 감시탑이었다. 오래전, 아버지가 태어나기 백 년도 전에 번개가 그 탑을 쳐서 불이 났다. 위부터 3분의 1이 안쪽으로 무너졌고, 그 탑을 재건하는 일은 없었다. 가끔 아버지는 쥐잡이들을 탑 기단부로 보내어 무너진 돌 더미와 시꺼멓게 타고 썩은 들보 사이에서 늘 찾을 수 있는 둥지들을 청소하게 했다. 하지만 브랜과 까마귀들 말고는 아무도 들쭉날쭉한 탑 위까지 올라가지 않았다.

브랜은 무너진 탑에 오르는 방법을 두 가지 알았다. 우선 탑 옆면을 바로 타고 오를 수가 있는데, 벽을 고정시켜준 모르타르도 재가 된 지 오래라 돌이 헐거웠기에, 브랜도 몸무게를 다 싣기는 내키지 않았다.

제일 좋은 방법은 신의 숲에서 출발해서, 키 큰 파수목을 기어오른 다음, 위병들이 머리 위에서 나는 소리를 듣지 못하게 맨발로 지붕에서 지붕으로 건너뛰어 무기고와 위병대 본부를 가로지르는 것이었다. 그러고 나면 '최초의 아성' 사각지대를 타고 오를 수 있는데, 이 아성은 윈터펠 성에서 제일 오래된 땅딸막하고 둥근 요새로 보기보다 높았다. 지금은 쥐와 거미들만 사는 곳이지만 오래된 돌벽은 아직도 기어오르기 좋았다. 쭉 올라가면 가고일들이 보이지 않는 눈으로 텅 빈 허공에 몸을 내밀고 있는 곳에 이르는데, 가고일에서 가고일로 손을 옮겨가며 건너가서 북쪽 면에 이를 수 있었다. 거기서 무너진 탑이 가깝게 기울어져 있어 제대로 길게 몸을 뻗으면 손이 닿았고, 그대로 몸을 끌어 올릴 수 있었다. 마지막으로 시커멓게 탄 돌들 위를 3미터쯤 기어올라 둥지에 이르면, 까마귀들이 혹시 곡식 낟알이라도 가져왔나 보러 모여들었다.

브랜은 오랜 경험 덕에 손쉽게 가고일에서 가고일로 옮겨가다가 그 목소리를 들었다. 처음 들었을 때는 너무 놀라서 손을 놓칠 뻔했다. 최초의 아성은 브랜이 기억하는 한 언제나 비어 있었다.

"마음에 들지 않아." 어떤 여자가 말하고 있었다. 브랜의 아래쪽으로 창문이 한 줄 나 있었고, 그 목소리는 이쪽 벽면 마지막 창문에서 흘러나왔다. "수관이 되어야 할 사람은 너야."

"어림도 없는 소리." 남자 목소리가 한가로이 대꾸했다. "그런 영예는 사양하고 싶은데. 할 일이 너무 많은 자리라서."

브랜은 매달린 채로 귀를 기울이다가 더 나아가기가 무서워졌다. 몸을 움직여 옆으로 옮겨 가려고 했다간 저들이 발을 보게 될지도 몰랐다.

여자가 말했다. "이 일로 우리가 어떤 위험에 처하는지 모르겠어? 로버트는 그 남자를 형제처럼 사랑해."

"로버트는 자기 형제들을 거의 못 참잖아. 탓할 수도 없는 일이지. 스타니스를 옆에 두면 누구든 속이 거북해질 테니."

"멍청한 척 하지 마. 에다드 스타크는 스타니스나 렌리와는 완전히 다른 문제야. 로버트도 스타크 말은 들을 거야. 둘 다 저주받을 놈들이지. 널 지명하라고 주장했어야 하는 건데, 스타크는 당연히 거절할 줄 알았지."

남자가 말했다. "우린 운이 좋다고 봐야 해. 왕은 동생 중에 하나를, 아니면 심지어 리틀핑거를 지명할 수도 있었어. 신들이시여 우리를 도우소서! 야심 찬 적보다야 명예로운 적이 낫지. 밤에 더 편하게 자려면."

브랜은 두 사람이 아버지에 대해 이야기하고 있음을 깨달았다. 더 듣고 싶었다. 조금만 더 다가가면…… 하지만 창문 앞에서 몸을 움직였다간 눈에 띌 것이다.

"그자를 주의 깊게 지켜봐야 해." 여자가 말했다.

"그보단 널 보는 게 좋은데." 남자는 지겹다는 듯한 목소리로 말했다. "이리로 돌아와."

"에다드 공은 넥 지역 남쪽에 일어나는 일에 관심을 둔 적이 없어. 한 번도. 분명히 우리에게 맞서려는 거야. 그렇지 않고서야 왜 자기 권좌를 떠나겠어?"

"이유야 차고 넘치지. 의무. 명예. 역사책에 커다랗게 이름을 적어 넣고 싶다거나, 아내에게서 달아나고 싶다거나, 둘 다이거나. 그냥 일생 한 번쯤은 따뜻하게 살아보고 싶을 수도 있지."

"에다드 공의 부인은 아린 부인의 언니야. 라이사가 고발장을 들고 여기에서 우릴 맞이하지 않은 게 놀랍지."

브랜은 아래를 내려다보았다. 창문 아래에 폭이 얼마 되지 않는 좁은 창턱이 있었다. 브랜은 그리로 몸을 내리려고 했다. 너무 멀었다. 발이 닿지 않았다.

"넌 조바심이 너무 심해. 라이사 아린은 겁먹은 암소야."

"그 겁먹은 암소는 존 아린과 침대를 같이 썼어."

"라이사가 뭐라도 알았다면, 킹스랜딩에서 달아나기 전에 로버트부터 찾아갔겠지."

"로버트가 이미 그 여자의 허약한 아들을 캐스털리록에 보내기로 승낙했는데? 어림없지. 그 여자는 아들이 인질이 되면 침묵을 지켜야 하리란 사실을 알았어. 이젠 이어리 꼭대기에 안전하게 올라앉았으니 전보다 대담해질지도 몰라."

"어머니들이란." 남자는 어머니라는 말을 마치 욕설처럼 뱉었다. "아무래도 출산이 머리에 뭔가 장난을 치나 봐. 당신네들은 하나같이 미쳤어." 남자는 소리 내어 웃었다. 씁쓸한 웃음소리였다. "아린 부인이야 마음껏 대담해지라고 해. 그 여자가 뭘 알든, 뭘 안다고 생각하든 증거는 없어." 남자는 잠깐 멈칫했다. "혹시 증거가 있나?"

"왕이 증거를 요구할 것 같아? 말해두는데, 왕은 날 사랑하지 않아."

"그게 누구 탓이지, 사랑스러운 누이여?"

브랜은 창턱을 살펴보았다. 뛰어내릴 수 있었다. 내려서기 좁기는 했지만, 실패해도 손으로 잡고 몸을 끌어 올릴 수 있을 것이다⋯⋯. 다만 그러다가 소리가 나서 두 사람을 창가로 불러올지도 몰랐다. 지금 듣는 내용을 잘 이해하지는 못했지만, 분명히 들어도 될 말은 아니었다.

"넌 로버트만큼이나 눈이 멀었어." 여자가 말하고 있었다.

"내가 같은 걸 보고 있다는 뜻이라면, 맞아. 자기 왕을 배신하느니 차라리 죽을 남자가 보이지."

"그자는 이미 한 번 왕을 배신했어. 잊어버린 거야? 아, 로버트에게 충성한다는 점을 부인하진 않겠어. 그건 분명해. 하지만 로버트가 죽고 조프리가 왕좌를 차지하면 어떻게 될까? 그리고 빨리 그렇게 될수록 우리 모두가 더 안전해지지. 내 남편은 갈수록 가만히 있질 못해. 스타크가 옆에 있으면 그게 더 심해질 뿐이야. 로버트는 스타크의 여동생, 그 죽어버린 시시한 열여섯 살짜리를 아직도 사랑하거든. 새로운 리안나를 찾아내고 날 치우려 할 때까지 얼마나 걸릴까?”

브랜은 덜컥 겁이 났다. 이제는 왔던 길로 돌아가서 형제들을 찾고 싶은 마음뿐이었다. 다만 형제들에게 무슨 말을 한단 말인가? 브랜은 더 가까이 가야 했다. 이야기하는 사람이 누구인지 봐야 했다.

남자가 한숨을 내쉬었다. “넌 미래에 대한 걱정을 줄이고 눈앞의 즐거움을 더 생각해야 해.”

“그만해!” 여자가 말했다. 브랜은 살과 살이 갑자기 부딪치는 소리와, 이어지는 남자의 웃음소리를 들었다.

브랜은 몸을 끌어 올려 가고일 위로 올라간 다음, 지붕을 기었다. 이게 더 쉬운 길이었다. 기어서 다음 가고일이 있는 곳으로, 아래 두 사람이 이야기를 나누고 있는 방 창문 바로 위로 이동했다.

“이 모든 대화가 점점 성가셔지는데, 이리 와서 조용히 좀 있어봐.” 남자가 말했다.

브랜은 가고일 위에 걸터앉은 다음, 다리에 힘을 주어 거꾸로 매달렸다. 브랜은 다리로 버티며 천천히 머리를 창문 쪽으로 내렸다. 뒤집힌 세상은 이상하게 보였다. 아직도 녹은 눈에 축축하게 젖어 있는 안마당 돌바닥이 저 멀리서 어지럽게 빙빙 돌았다.

브랜은 창문 안을 들여다보았다.

방 안에서는 어떤 남자와 여자가 드잡이질을 하고 있었다. 둘 다 벌거벗은 몸이었다. 브랜은 그들의 정체를 알 수 없었다. 남자는 브랜을 등지고 여자를 벽에 밀어 올리고 있었는데 그 몸에 여자가 가렸다.

부드럽고 질척한 소리가 났다. 브랜은 두 사람이 입 맞추고 있음을 알았다. 브랜은 눈을 휘둥그레 뜨고 겁에 질려 숨이 탁 막힌 채로 두 사람을 지켜보았다. 남자가 여자의 다리 사이로 한 손을 내렸는데, 뭔가 아프게 했는지 여자가 목 안쪽으로 낮게 신음하기 시작했다. “그만해. 그만, 그만해.

아, 제발……." 하지만 그 목소리는 나지막하고 약했고, 여자는 남자를 밀어내지 않았다. 여자의 두 손이 남자의 헝클어진 금발 사이에 묻히더니, 남자의 얼굴을 자기 가슴 쪽으로 끌어내렸다.

브랜은 여자의 얼굴을 보았다. 여자는 눈을 감고 입은 벌린 채 신음하고 있었다. 머리통이 앞뒤로 움직이면서 금빛 머리 타래가 이리저리 흔들렸다. 그래도 브랜은 왕비를 알아볼 수 있었다.

브랜이 무슨 소리를 낸 모양이었다. 여자가 눈을 번쩍 뜨더니 브랜을 똑바로 바라보았다. 그리고 비명을 질렀다.

이어서 모든 일이 한꺼번에 일어났다. 여자는 거칠게 남자를 밀어내고 소리를 지르며 손가락질을 했다. 브랜은 몸을 끌어 올리려고 허리를 구부리고 가고일에 손을 뻗었다. 지나치게 서둘렀다. 손은 매끈한 돌을 헛되이 긁었고, 당황한 나머지 다리까지 미끄러졌으며, 어느새 브랜은 떨어지고 있었다. 현기증이 일고, 속이 요동을 치는 가운데 창문을 획 스쳤다. 브랜은 손을 확 뻗어서 창턱을 잡았다가, 놓치고, 반대쪽 손으로 다시 잡았다. 몸이 흔들리면서 건물에 세게 부딪쳤다. 충격에 숨이 멎었다. 브랜은 한 손으로 창턱에 매달려서 숨을 헐떡였다.

머리 위 창문에 두 개의 얼굴이 나타났다.

왕비. 그리고 이제는 그 옆에 있는 남자도 알아볼 수 있었다. 거울에 비친 것처럼 서로 닮은 얼굴이었다.

"우리를 봤어." 여자가 날카롭게 말했다.

"그렇군." 남자가 말했다.

브랜의 손가락이 미끄러지기 시작했다. 브랜은 반대쪽 손으로 창턱을 잡았다. 손톱이 단단한 돌을 팠다. 남자가 손을 아래로 뻗었다. "내 손 잡아라. 떨어지기 전에."

브랜은 그 팔을 잡고 온 힘으로 매달렸다. 남자가 브랜을 창턱 위로 끌어 올렸다. "무슨 짓을 하는 거야?" 여자가 물었다.

남자는 여자를 무시했다. 그는 무척 힘이 셌다. 그는 브랜을 창틀 위에 세웠다. "몇 살이지, 꼬마야?"

"일곱 살이요." 브랜은 안도감에 떨면서 대답했다. 브랜의 손가락은 남자의 팔뚝에 깊은 자국을 남겨놓았다.

남자는 여자 쪽을 보았다. "사랑 때문에 하는 짓." 그는 혐오감을 담아서 말하고, 브랜을 밀었다.

브랜은 비명을 지르며 창밖 허공으로 밀쳐졌다. 붙잡을 것이 없었다. 마당이 무서운 속도로 다가왔다.

어딘가 먼 곳에서 늑대가 울부짖고 있었다. 까마귀들이 먹이를 기다리며 무너진 탑 주위를 맴돌았다.

티리온

윈터펠의 거대한 돌 미로 안 어딘가에서 늑대 한 마리가 울부짖었다. 그 소리는 마치 애도의 깃발처럼 성 위에 매달려 있었다.

티리온 라니스터는 책에서 눈을 들고 몸을 부르르 떨었다. 도서관이 아늑하고 따뜻했는데도 그랬다. 늑대 울음소리에는 어딘가 사람을 지금 여기에서 들어내어, 어두운 마음의 숲 속에서 벌거벗은 채 늑대 무리에게 쫓기게 만드는 구석이 있었다.

다이어울프가 다시 울부짖자 티리온은 읽고 있던 무거운 가죽 장정 표지를 닫았다. 오래전에 죽은 어느 학사가 계절 변화에 대해 적어놓은 백년 묵은 담론이었다. 티리온은 손등으로 입을 가리고 하품을 했다. 독서등은 기름이 다 닳아 깜박거리고 있었고, 높은 창문으로 새벽빛이 새어 들어왔다. 밤을 꼴딱 샌 셈인데, 새로운 일은 아니었다. 티리온 라니스터는 잠을 즐기는 사람이 아니었다.

장의자에서 내려서려니 다리가 뻐근하고 아팠다. 티리온은 다리를 주물러 풀고는 힘겹게 절뚝거리면서 성사가 펼쳐놓은 책을 베개 삼아 머리를 대고 조용히 코를 골고 있는 탁자로 다가갔다. 책 제목을 슬쩍 보았다.

《대학사 애설무어의 생애》. 놀랍지도 않았다. "차일." 티리온은 조용히 말했다. 젊은 성사는 퍼뜩 놀라 일어나서 멍하니 눈을 깜박였고, 일곱 신을 섬기는 성직자임을 나타내는 수정이 은사슬 끝에서 마구 흔들렸다. "난 아침을 먹으러 나가네. 책은 모두 책장에 꽂아주게. 발리리아 두루마리는 조심해서 다뤄야 해. 양피지가 바싹 말랐으니까. 에어미돈의 《전쟁의 기관》은 굉장한 희귀본이고, 여기 갖춘 책은 내가 이제까지 본 유일한 완전판이야." 차일은 아직 잠이 덜 깬 채로 입을 헤벌리고 티리온을 보았다. 티리온은 인내심을 갖고 지시 사항을 되풀이한 다음, 성사의 어깨를 두드리고 자리를 떠났다.

밖으로 나간 티리온은 차가운 아침 공기를 한껏 들이마시고, 도서관 탑 외벽을 나선형으로 휘감은 가파른 돌 계단을 힘겹게 내려가기 시작했다. 속력은 느렸다. 계단은 높고 좁게 나 있고, 그의 다리는 짧고 뒤틀렸으니. 뜨는 해는 아직 윈터펠의 성벽을 다 밝히지 못했건만, 아래 훈련장에서는 이미 훈련에 착수했다. 귀에 거슬리는 산도르 클리게인의 목소리가 온라왔다. "그 꼬마 놈 오래도 죽어가네요. 빨리 좀 끝냈으면 좋겠구면."

아래를 내려다보니 '사냥개' 클리게인이 어린 조프리와 함께 서 있고 주위에는 종자들이 우글거렸다. 왕자가 대꾸했다. "그 녀석은 조용히 죽기나 하지. 시끄러운 건 늑대야. 어젯밤엔 잠도 제대로 못 잤어."

단단하게 굳은 땅 위로 긴 그림자를 드리우고 서 있는 클리게인에게 종자가 검은 투구를 씌웠다. "원하신다면 제가 그놈을 조용히 시킬 수 있습니다." 클리게인은 열린 면갑 사이로 말했다. 종자가 그 손에 장검을 쥐여주었다. 클리게인은 장검의 무게를 가늠해보고, 차가운 아침 공기를 베었다. 그 뒤에 보이는 훈련장에서는 강철과 강철이 부딪치는 소리가 울려 퍼졌다.

왕자는 그 생각에 기뻐하는 듯했다. "개를 죽이러 개를 보낸다! 윈터펠이야 늑대가 들끓는 곳이니, 스타크도 한 마리쯤 없어진다고 그리워하진 않겠지."

티리온은 마지막 계단에서 마당으로 뛰어내렸다. "내 생각은 좀 다르다, 조카야. 스타크는 여섯이 넘는 수를 셀 수 있거든. 내가 아는 어떤 왕자들과는 달리 말이야."

조프리도 얼굴을 붉히기는 했다.

"허공에서 목소리가 들리네." 산도르 클리게인이 투구 속에서 이쪽저쪽을 보며 말했다. "유령인가!"

왕자는 개인 경호원이 이런 익살극을 펼칠 때마다 그랬듯이 이번에도 웃음을 터뜨렸다. 티리온은 익숙했다. "여기 아래야."

키가 큰 산도르는 땅을 내려다보고 그제야 티리온을 알아본 척했다. "작은 티리온 나리. 이거 미안하군. 거기 서 계신 걸 못 봤소."

"오늘은 네놈의 무례함을 참아줄 기분이 아니야." 티리온은 조카에게 돌아섰다. "조프리, 에다드 공과 그 부인에게 가서 위로의 말을 해야 할 때가 지났다."

조프리는 소년 왕자만이 지을 수 있는 심통 사나운 표정을 지었다. "내 위로가 무슨 소용이 있겠어?"

"없지. 그래도 네게 기대되는 행동이다. 네가 없다는 점이 주목을 끌었어."

"그 스타크 꼬맹이는 나한테 아무 의미도 없어. 여자들 우는 소리도 못 참아주겠고."

티리온 라니스터는 손을 올려 조카의 얼굴을 세게 후려쳤다. 소년 왕자의 뺨이 붉어졌다.

"한 마디만 더하면, 한 대 더 맞는다." 티리온이 말했다.

"어머니께 말할 거야!" 조프리가 외쳤다.

티리온은 조프리를 한 대 더 쳤다. 양쪽 뺨이 다 붉어졌다.

"어머니에게 말하든 말든, 우선은 스타크 영주 부부에게 가서, 두 사람 앞에 무릎을 꿇고, 얼마나 안타까운지 말하고, 이 절박한 시기에 두 분이나 두 분 자식들을 위해 조금이라도 할 수 있는 일이 있다면 얼마든지 돕겠다고, 그리고 두 분과 함께 기도하겠노라고 말해. 이해했느냐? 이해했어?"

소년은 울어버릴 것 같은 얼굴이었다. 하지만 울지 않고 약하게 고개를 끄덕였다. 그러고는 몸을 돌려, 뺨을 감싼 채로 황급히 달아났다. 티리온은 조카가 뛰어가는 모습을 지켜보았다.

티리온의 얼굴 위로 그림자가 떨어졌다. 고개를 돌려보니 산도르 클리게인이 절벽처럼 머리 위에 버티고 서 있었다. 그의 새까만 갑옷은 태양을 완전히 가리는 것 같았다. 면갑은 내려져 있었다. 투구는 으르렁거리는 검은 사냥개를 본떠 만들어 무시무시했지만, 티리온은 언제나 그 투구가 클리게인의 흉측하게 불탄 얼굴보다 훨씬 낫다고 생각했다.

"왕자는 잊지 않을 거요, 작은 나리." 사냥개가 경고했다. 투구에 막혀 돌아간 웃음소리가 허허롭게 메아리쳤다.

"그러길 비네." 티리온 라니스터는 대꾸했다. "혹시 잊는다면 충견답게 자네가 다시 한 번 말해주게나." 그는 성 안마당을 휘 둘러보았다. "내 형님을 어디에서 찾을 수 있는지 아나?"

"왕비님과 같이 아침 식사 중이오."

"아." 티리온은 산도르 클리게인에게 형식적인 목례를 남기고, 성장이 덜 된 다리가 허락하는 한 빠르게 그에게서 멀어졌다. 휘파람을 불면서. 오늘 사냥개를 상대할 첫 번째 기사가 불쌍했다. 사냥개는 다혈질이었다.

영빈관의 아침 식당에는 차갑고 음울한 식사가 펼쳐져 있었다. 제이미는 세르세이와 아이들과 같은 탁자에 앉아서 나지막이 소리를 낮춰 말하고 있었다.

"로버트는 아직 침대야?" 티리온은 초대받지 않고도 그 탁자에 앉으면서 물었다.

그의 누나는 그가 태어난 날부터 지었던 희미한 혐오감을 드러내는 표정으로 티리온을 노려보았다. "왕은 아예 잠을 자지 않았어. 에다드 공과 같이 있지. 그 부부의 슬픔을 가슴 깊이 받아들이면서 말이야."

"우리의 로버트는 마음도 넓으셔." 제이미는 나른하게 미소 지으며 말했다. 제이미는 거의 아무것도 진지하게 받아들이지 않았다. 티리온은 형이 그렇다는 사실을 알고, 용납했다. 길고도 끔찍했던 어린 시절을 통틀어 티리온에게 약간의 애정이나 존중이라도 보여준 사람은 제이미가 유일했고, 그 점 때문에 티리온은 형에 대해 거의 무엇이든 용납할 마음이 있었다.

하인 하나가 다가왔다. 티리온은 하인에게 말했다. "빵과 저 작은 생선 두 마리, 그리고 입안을 씻어낼 맛있는 흑맥주 한 잔. 아, 그리고 베이컨도. 까맣게 탈 정도로 구워서." 하인은 절을 하고 물러났다. 티리온은 손위 형제들을 다시 돌아보았다. 남녀 쌍둥이. 그들은 오늘 아침에 녹아든 듯 보였다. 둘 다 눈 색깔과 잘 어우러지는 진한 초록색 옷을 골랐고, 금빛 곱슬머리는 보기 좋게 늘어뜨렸으며, 손목과 손가락과 목에서는 금장신구가 반짝거렸다.

티리온은 쌍둥이가 있다면 어떨까 생각했다가, 모르는 편이 낫겠다는 결론을 내렸다. 매일 거울로 보는 모습만으로도 충분히 나빴다. 그가 또 한 명 있다는 건 생각하기도 끔찍했다.

토멘 왕자가 입을 열었다. "브랜에 대한 소식 있어요, 외삼촌?"

"어젯밤에 병실에 들렀지. 아무 변화가 없었어. 학사는 그게 희망적인 조짐이라고 생각하더구나."

"브랜던이 죽지 않으면 좋겠어요." 토멘이 소심하게 말했다. 토멘은 사랑스러운 아이였다. 제 형과는 달랐다. 하지만 제이미와 티리온도 한배에서 났다고는 믿기 힘든 형제였다.

제이미가 혼잣말처럼 말했다. "에다드 공에게도 브랜던이라는 형이 있었지. 타르가르옌이 살해한 인질 중에 한 명이었어. 불운한 이름인가 봐."

"아, 그 정도로 운이 나쁘진 않아." 티리온이 말했다. 하인이 접시를 가져왔다. 티리온은 검은 빵을 한 움큼 뜯어냈다.

세르세이가 신중하게 그를 살피고 있었다. "무슨 뜻이지?"

티리온은 누나에게 비틀린 미소를 던졌다. "그야 토멘의 소원대로 될지도 모르니까. 학사는 그 아이가 살지도 모른다고 생각해." 그는 맥주를 한 모금 마셨다.

미르셀라가 기쁘게 숨을 들이켰고, 토멘은 초조하게 미소를 지었지만, 티리온이 살피는 상대는 아이들이 아니었다. 제이미와 세르세이 사이에 눈빛이 오간 건 1초도 안 됐지만, 티리온은 놓치지 않았다. 이어서 세르세이가 탁자에 시선을 떨구었다. "무자비한 일이야. 어린아이가 그런 고통을 계속 겪게 하다니, 여기 북부의 신들은 잔인하구나."

"학사가 뭐라던?" 제이미가 물었다

베이컨을 물자 와작와작 소리가 났다. 티리온은 잠시 동안 생각에 잠겨서 베이컨을 씹다가 말했다. "학사는 그 아이가 죽을 목숨이라면 진작 죽었을 거라고 생각해. 나흘 동안 아무 변화도 없었지."

"브랜이 나을까요, 외삼촌?" 어린 미르셀라가 물었다. 제 어미의 아름다움은 다 이어받고, 성격은 닮지 않은 아이였다.

"브랜은 등이 부러졌단다, 아가야. 추락으로 다리도 박살이 났지. 꿀과 물로 목숨을 부지시키지 않는다면 굶어 죽을 거야. 혹시 깨어난다면 제대로 된 음식을 먹을 수 있을지도 모르지만, 두 번 다시 걷지는 못할 거다."

"깨어난다면 말이지." 세르세이가 그 말을 곱씹었다. "그럴 가능성이 있을까?"

"신들만 아시겠지. 학사는 희망할 뿐이고." 티리온은 빵을 더 씹었다.

"그 늑대가 아이를 살려놓고 있는 게 틀림없어. 그 짐승은 아이의 창밖에서 낮이고 밤이고 울어대고 있지. 쫓아버릴 때마다 돌아와. 학사 말로는 그 소리를 막으려고 창문을 닫은 적이 있는데, 브랜이 쇠약해지는 것 같더라나. 다시 창문을 열었더니 심장이 강하게 뛰더래."

왕비는 몸서리를 쳤다. "그 짐승들에겐 뭔가 괴이한 데가 있어. 위험한 짐승이야. 한 마리도 우리와 같이 남하하지 못하게 할 거야."

제이미가 말했다. "막기 힘들걸. 여자애들이 가는 곳마다 따라다니는데."

티리온은 생선을 먹기 시작했다. "그럼 누나네는 곧 떠나는 건가?"

"충분히 빨리는 아니지." 세르세이가 말하고 나서 얼굴을 찌푸리며 되물었다. "우리가 떠나느냐고? 너는 어쩌고? 신들이시여, 설마 여기 남겠다는 소린 아니겠지?"

티리온은 어깨를 으쓱였다. "벤젠 스타크가 자기 형의 서자를 데리고 밤의 경비대로 돌아가거든. 같이 가서 귀가 닳도록 듣기만 했던 장벽을 직접 볼까 해."

제이미가 미소 지었다. "설마 우리 집안에서 검은 옷이 나오는 건 아니길 바란다, 사랑하는 동생아."

티리온은 웃음을 터뜨렸다. "설마, 내가, 순결 서약을 한다고? 도르네부터 캐스털리록까지 창녀들이 다 구걸하러 다니게. 아니, 그냥 장벽 꼭대기에 서서 세상 끝에 대고 오줌을 갈기고 싶을 뿐이야."

세르세이가 불쑥 일어섰다. "아이들이 이런 더러운 소리를 들을 필요는 없지. 토멘, 미르셀라, 가자." 세르세이는 빠른 걸음으로 아침 식당을 나섰고, 그녀의 수행원과 강아지들이 그 뒤를 따랐다.

제이미는 서늘한 녹색 눈으로 신중하게 동생을 바라보았다. "아들이 죽음의 그림자 속에 머물러 있는 한 스타크는 절대 윈터펠을 떠나지 않을 거야."

티리온이 대꾸했다. "로버트가 명한다면 떠날 거야. 그리고 로버트는 명하겠지. 어차피 에다드 공이 아들을 위해 할 수 있는 일은 아무것도 없어."

"아들의 고통을 끝내줄 수는 있지. 내 아들이라면 그러겠어. 그러는 편이 자비로울 거야."

"에다드 공에게 그런 제안을 하진 말라고 충고할게, 사랑하는 형. 기분 좋게 받아들이지 않을 거야."

"그 아이는 살아남는다 해도 불구자가 될 거야. 불구자보다 더 나쁘지. 기형이 될 테니. 깔끔하고 친절한 죽음이 나아."

티리온이 어깨를 으쓱이자, 뒤틀린 어깨가 두드러졌다. "기형 하니 말이지만, 내 생각은 달라. 죽음은 완전한 끝인 반면에, 삶은 온갖 가능성으로 가득 차 있지."

제이미는 미소 지었다. "이 비딱한 꼬마 악마."

"아, 물론이지." 티리온은 인정했다. "나 그 아이가 깨어났으면 좋겠어. 그 아이가 할지도 모르는 말을 듣고 싶은 마음 간절하거든."

제이미의 미소가 상한 우유처럼 굳었다. 그는 험악하게 말했다. "티리온, 내 사랑하는 동생아. 가끔은 네가 대체 어느 편인지 궁금해지는구나."

티리온의 입안에는 빵과 생선이 가득했다. 티리온은 진한 흑맥주를 마셔서 같이 삼킨 후에 제이미를 보고 늑대처럼 히죽 웃었다. "저런, 사랑하는 제이미 형, 나 상처받았어. 내가 우리 가족을 얼마나 사랑하는지 알잖아."

존

존은 이번이 마지막일지도 모른다는 생각을 하지 않으려고 노력하며 천천히 계단을 올랐다. 고스트가 옆에서 소리 없이 걸었다. 밖에서는 눈발이 성문 안으로 소용돌이치고, 안마당은 시끄럽고 혼란스럽기 그지없었지만, 두꺼운 돌벽 안은 여전히 따뜻하고 고요했다. 존은 지나친 고요함이 마음에 들지 않았다.

존은 층계참에 이르자 오랫동안 그대로 서 있었다. 두려웠다. 고스트가 그의 손에 코를 비볐다. 존은 용기를 얻어 몸을 똑바로 펴고, 방 안으로 들어갔다.

스타크 부인이 침대 옆에 있었다. 그녀는 2주 가까이 낮이고 밤이고 그 자리에 있었다. 한시도 브랜 곁을 떠나지 않았다. 식사를 그리로 가져오게 했고, 침실용 변기도 들여놓았고, 작고 딱딱한 침대도 들였는데, 잠은 거의 자지 않는다고 했다. 브랜의 목숨을 지탱해주는 꿀과 물과 약초 혼합물도 직접 먹였다. 단 한 번도 그 방을 떠나지 않았다. 그래서 존은 와볼 수가 없었다.

하지만 이제는 시간이 없었다.

존은 입을 열기도 두렵고, 가까이 다가가기도 두려워서 잠시 문간에 서 있었다. 창문이 열려 있었다. 밑에서 늑대가 울부짖었다. 고스트가 그 소리를 듣고 고개를 들었다.

스타크 부인이 시선을 돌렸다. 그녀는 잠시 동안 존을 알아보지 못하는 것 같더니, 겨우 눈을 깜박였다. "네가 여기서 뭘 하는 거냐?" 그녀는 이상하리만큼 단조롭고 무감정한 목소리로 물었다.

"브랜을 보러 왔습니다. 작별 인사를 하러요."

부인의 얼굴은 달라지지 않았다. 긴 적갈색 머리는 윤기를 잃고 엉켜 있었다. 20년은 나이를 더 먹은 느낌이었다. "인사했으니 이제 가거라."

도망치고 싶기도 했지만, 다시는 브랜을 보지 못할지 몰랐다. 존은 불안한 걸음을 방 안으로 내디뎠다. "부탁드립니다."

부인의 눈에 차가운 기운이 스쳤다. "나가라고 했다. 우린 널 여기에 들이고 싶지 않다."

예전이었다면 그 말만으로도 도망쳤을 것이다. 예전이었다면 울기까지 했을지도 모른다. 하지만 이제는 화가 날 뿐이었다. 존은 곧 밤의 경비대원이 될 테고, 캐틀린 툴리 스타크보다 더한 위험에 직면할 터였다. "제 동생입니다."

"위병을 부르랴?"

"부르시죠." 존은 도전적으로 말했다. "제가 브랜을 보지 못하게 막으실 순 없습니다." 존은 방을 가로질러 침대 반대편에 서서, 누워 있는 브랜을 내려다보았다.

부인은 브랜의 한쪽 손을 잡고 있었다. 손이 아니라 갈고리 같았다. 이건 존이 기억하는 브랜이 아니었다. 살이 다 내렸다. 막대기 같은 뼈 위에 거죽만 잡아당겨 씌워놓은 꼴이었다. 담요 아래 다리가 구부러진 모양을 보자 속이 울렁거렸다. 눈은 움푹 꺼져서 검은 구멍 같았다. 뜨이기는 했으나, 아무것도 보지 않았다. 추락은 어떻게인가 브랜을 오그라뜨렸다. 마치 센 바람이 불면 바로 무덤으로 날려 갈 낙엽처럼 보이기도 했다.

그럼에도 엄청난 충격을 받은 빈약한 갈빗대 아래로 가슴팍이 오르내리며 얕은 호흡을 유지하고 있었다.

"브랜, 더 일찍 오지 못해서 미안하다. 두려웠어." 존은 뺨을 타고 흘러내리는 눈물을 느낄 수 있었다. 이젠 상관없었다. "죽지 마, 브랜. 제발. 다들 네가 깨어나길 기다리고 있어. 나도 롭도 누이들도, 다들……."

스타크 부인은 지켜보고 있었다. 소리를 지르지 않았다. 존은 그것을 수용으로 받아들였다. 창밖에서 다이어울프가 다시 울부짖었다. 브랜이 미처 이름을 붙이지 못한 늑대였다.

"난 이제 가야 해. 벤젠 숙부가 기다려. 난 북쪽에 있는 장벽으로 갈 거야. 우린 오늘, 눈이 내리기 전에 떠나야 해." 존은 브랜이 여행을 할 생각에 얼마나 신이 나 있었는지 기억했다. 이런 모습으로 두고 간다고 생각하니 견디기 힘들었다. 존은 눈물을 털어내고, 몸을 굽혀 동생의 입술에 가볍게 입을 맞췄다.

"브랜이 나와 같이 여기에 남았으면 했지." 스타크 부인이 조용히 말했다.

존은 조심스럽게 그쪽을 보았다. 그녀는 존을 쳐다보지도 않았다. 존에게 말하고는 있었지만, 한편으로는 존이 그 방에 존재하지도 않는 것 같았다.

그녀는 멍하니 말했다. "기도도 했어. 브랜은 특히 아끼는 아이라서. 성소에 가서 신의 일곱 얼굴에게 일곱 번이나 네드가 마음을 바꿔 브랜을 두고 가게 해달라고 기도했지. 가끔은 기도가 응답을 받기도 해."

존은 무슨 말을 해야 할지 몰랐다. 그래서 어색한 정적이 흐른 후에 겨우 말했다. "스타크 부인 잘못이 아닙니다."

부인의 눈동자가 존을 찾았다. 독이 가득한 눈이었다. "네 사면은 필요 없다, 서자."

존은 눈을 내리깔았다. 부인은 브랜의 한쪽 손을 부드럽게 잡고 있었다. 존은 반대쪽 손을 잡고 꼭 쥐었다. 손가락이 새 뼈처럼 느껴졌다. "잘 있어." 그는 말했다.

존이 문 앞까지 갔을 때 부인이 그를 불렀다. "존." 그대로 나갔어야 하는 건데, 부인이 그의 이름을 부르기는 처음이었다. 고개를 돌리니 부인이 그의 얼굴을 쳐다보고 있었다. 마치 처음 본다는 듯한 눈빛이었다.

"네?"

"너였어야 했다." 부인은 그렇게 말하고 다시 브랜에게 몸을 돌려 흐느끼기 시작했다. 온몸을 떨면서 울었다. 스타크 부인이 우는 모습을 보기는 처음이었다.

내려가는 길은 길었다.

바깥은 온통 시끄럽고 혼란스러웠다. 마차에 짐을 싣고, 남자들은 소리를 지르고, 마구간에서는 마구를 매고 안장을 얹은 말들이 끌려 나왔다. 아까부터 가벼운 눈이 내리기 시작한 터라, 모두가 떠날 준비에 야단법석이었다.

롭은 그 소란 한가운데에서 누구 못지않게 큰 소리로 명을 내리고 있었다. 롭은 최근에 부쩍 성장했다. 마치 브랜이 추락하고 어머니가 무너지면서 더 강해진 것 같았다. 곁에는 그레이윈드가 있었다.

"벤젠 숙부가 널 찾고 있어. 이미 한 시간 전에 떠나고 싶어 하셨어." 롭이 말했다.

"알아. 곧 갈 거야." 존은 온갖 야단법석을 둘러보았다. "떠난다는 게 생각보다 힘드네."

"나도 그래." 롭의 머리에 내려앉은 눈이 체온에 녹고 있었다. "봤어?"

존은 차마 말을 하지 못하고 고개만 끄덕였다.

"죽지 않을 거야. 난 알아." 롭이 말했다.

"너희들 스타크가 어디 쉽게 죽으려고." 존이 맞장구를 쳤다. 맥없이 지친 목소리였다. 조금 전의 방문이 모든 힘을 빼앗아갔다.

롭은 뭔가 잘못됐음을 알았다. "어머니가……"

"네 어머님은…… 무척 친절하셨어."

롭은 안도한 눈치였다. "다행이네." 그가 미소 지었다. "다음에 볼 땐 검은 옷차림이겠구나."

존은 억지로 미소를 끌어냈다. "검은색은 언제나 내 색깔이었지. 다시 볼 때까지 얼마나 걸릴 것 같아?"

"금방 보게 될 거야." 롭이 약속했다. 그는 존을 잡아당겨 격하게 끌어안았다. "잘 가라, 스노우."

존이 롭을 마주 안았다. "너도, 스타크. 브랜 잘 보살펴."

"그래." 두 사람은 포옹을 풀고 어색하게 서로를 보았다. "벤젠 숙부가 널 보거든 마구간으로 보내라고 하셨어." 마침내 롭이 말했다.

"인사하러 갈 곳이 한 군데 더 있어."

"그렇다면 난 널 못 본 거야." 롭이 대꾸했다. 존은 눈밭에서 마차와 늑대와 말들에 둘러싸인 롭을 두고 자리를 떴다. 무기고까지는 금방이었다. 존은 부탁해둔 꾸러미를 찾아 들고 지붕 다리를 건너 주성으로 갔다.

아리아는 자기 방에서 제 몸보다 큰 반질반질한 철나무 상자를 채우고 있었다. 니메리아도 돕고 있었다. 아리아가 가리키기만 하면 경중경중 방 안을 가로질러 비단 조각을 입에 물고 가져오는 식이었다. 하지만 고스트의 냄새를 맡자 니메리아는 그대로 주저앉아서 짖어댔다.

아리아는 뒤를 돌아보고 존을 보더니 펄쩍 뛰어 일어섰다. 그러고는 깡마른 팔로 존의 목을 꽉 끌어안았다. "가버렸을까 봐 걱정했어." 아리아는 목이 메어 말했다. "인사하러 나가게 해주지도 않잖아."

"이번엔 무슨 짓을 했어?" 존은 재미있어 했다.

아리아는 존에게 매달린 손을 풀고 얼굴을 찡그렸다. "아무것도. 짐도 다 쌌단 말이야." 아리아는 3분의 1도 차지 않은 커다란 상자와, 온 방에 흩어진 옷가지를 가리켰다. "모르데인 성사가 전부 다시 싸래. 제대로 접질 않았다고. 제대로 된 남부 귀부인은 옷가지를 걸레짝처럼 상자에 던져 넣지 않는다나."

"정말로 그런 거야, 동생?"

"어차피 다 엉망이 될 텐데 뭐. 어떻게 접혀 있든 누가 신경 쓴대?"

"모르데인 성사가 신경 쓰지. 니메리아가 돕는 것도 좋아하지 않을걸." 암늑대는 어두운 금빛 눈으로 조용히 존을 올려다보았다. "오히려 다행이야. 네가 가져갈 물건이 하나 있는데, 아주 조심스럽게 싸야 하거든."

아리아의 얼굴이 환해졌다. "선물?"

"그렇게 부를 수도 있겠지. 문 닫아봐."

아리아는 조심하면서도 들떠서 복도를 확인했다. "니메리아, 여기서 지켜." 아리아는 늑대를 밖에 두고 밥 형괴이 오면 알리다고 시킨 나음 문을 닫았다. 존은 그 사이에 선물에 감아놓은 헝겊을 풀고, 아리아에게 내밀었다.

아리아의 눈이 휘둥그레졌다. 존과 마찬가지로 검은 눈이었다. "검이네." 아리아는 숨죽여 말했다.

칼집은 탄력이 넘치는 부드러운 회색 가죽제였다. 존은 강철의 시퍼런 광택을 볼 수 있게 천천히 칼을 뽑았다. "이건 장난감이 아니야. 베이지 않게 조심해. 면도를 해도 될 만큼 날이 서 있으니까."

"여자들은 면도하지 않아." 아리아가 말했다.

"해야 할지도 모르지. 성사의 다리를 본 적이 있어?"

아리아는 키득키득 웃었다. "칼이 되게 가늘어."

"너도 너무 말랐어." 존이 말했다. "미켄에게 특별히 만들어달라고 했어. 펜토스와 미르와 다른 자유도시에서는 자객들이 이런 검을 쓰지. 사람 머리통을 잘라내진 못해도 사람을 구멍투성이로 만들어줄 순 있어. 충분히 빠르게 움직인다면."

"난 빨라질 수 있어." 아리아가 말했다.

"매일 열심히 연습해야 해." 존은 아리아의 손에 검을 들려주고, 어떻게 잡는지 보여준 다음 뒤로 물러섰다. "느낌이 어때? 균형감은 괜찮아?"

"그런 것 같아."

"첫 번째 규칙. 뾰족한 끝으로 찌를 것."

아리아는 칼날을 눕혀서 존의 팔을 찰싹 때렸다. 아팠지만, 존은 어느새 바보처럼 웃고 있었다. "나도 어느 쪽 끝을 쓰는지 알아." 아리아의 얼굴에 불안한 표정이 스쳐 지나갔다. "모르데인 성사가 빼앗을 거야."

"너에게 그 칼이 있는지 모르면 괜찮아." 존이 말했다.

"누구랑 같이 연습하지?"

"누군가 찾아낼 거야." 존은 장담했다. "킹스랜딩은 윈터펠보다 천배는 큰 진짜 도시니까. 연습 상대를 찾을 때까지는 훈련장에서 어떻게 싸우는지 잘 봐. 달리기를 하고, 말을 타고, 몸을 단련해. 그리고 뭘 하든……."

아리아는 그다음 말이 무엇인지 알았다. 그들은 입을 모아 말했다.

"……산사에겐 ……말하지 마!"

존은 아리아의 머리를 헝클어뜨렸다. "보고 싶을 거야, 동생아."

아리아는 갑자기 울음을 터뜨릴 듯한 얼굴을 했다. "오빠도 우리랑 같이 갔으면 좋겠어."

"때로는 서로 다른 길이 같은 성으로 이어지기도 해. 혹시 알아?" 존은 이제 기분이 나아졌다. 슬픔에 잠기지 않을 작정이었다. "난 가봐야겠다. 벤 숙부를 더 기다리게 했다간 장벽에서 보내는 첫 1년 동안 침실 변기만 비우게 될 거야."

아리아는 마지막으로 끌어안으려고 존에게 달려들었다. "검부터 내려

놔야지." 존이 소리 내어 웃으면서 경고했다. 아리아는 겸연쩍게 검을 내려놓고 존에게 입맞춤을 퍼부었다.

존이 문가에서 돌아보았을 때, 아리아는 다시 한 번 검을 들고 균형을 잡으려 하고 있었다. "깜박할 뻔했는데, 최고의 검에는 다 이름이 있지."

"아버지의 '얼음'처럼 말이지." 아리아는 손에 들린 검을 보았다. "이 검에도 이름이 있어? 아, 말해줘."

"못 맞히겠어?" 존이 놀렸다. "네가 아주 좋아하는 물건이 있지."

아리아는 처음에는 어리둥절했다가, 알아차렸다. 아리아는 그렇게 눈치가 빨랐다. 둘은 입을 모아 말했다.

"바늘(Needle)!"

아리아의 웃음소리에 대한 기억은 북으로 달려가는 오랜 여정 내내 존의 마음을 데워주었다.

대너리스

대너리스 타르가르옌은 야만적인 호화로움 속에서 두려움에 질린 채 펜토스 성벽 바깥 들판에서 칼 드로고와 혼인했다. 도트락인은 남자의 인생에서 중요한 일은 모두 창공 아래에서 해야 한다고 믿었기 때문이었다.

드로고는 혼인식에 참석하라고 자신의 '칼라사르'를 소집했다. 바로 그들, 4만 명의 도트락 전사와 셀 수 없이 많은 여자와 아이와 노예들은 막대한 가축 떼를 몰고 와서 도시 벽 바깥에 진을 치고, 풀을 꼬아 궁전을 짓고, 보이는 것은 모조리 먹어치우고, 펜토스의 선량한 시민들을 나날이 불안에 떨게 만들었다.

"제 동료 마지스터들은 도시 경비를 두 배로 늘렸습니다." 일리리오는 어느 날 밤 원래 드로고의 것이었던 저택에서 꿀 바른 오리에 주황색 깍지고추를 곁들인 요리 접시를 앞에 두고 말했다. 칼은 자기 칼라사르와 합류하면서 혼인식 전까지 대너리스와 그 오빠에게 저택을 넘겼다.

"마지스터들이 펜토스의 재산 절반을 용병과 무뢰한들에게 넘기기 전에 얼른 대너리스 공주님을 혼인시키는 편이 좋겠군요." 조라 모르몬트가 농담을 던졌다. 이 망명자는 대니가 칼 드로고에게 팔려 간 날 밤에 그녀의 오빠에게 검을 바쳤다. 비세리스는 열렬히 그 제안을 받아들였다. 모르몬트는 그 후로 줄곧 그들과 동행했다.

마지스터 일리리오는 갈라진 수염 속으로 가볍게 웃었지만, 비세리스는 미소도 짓지 않았다. "원한다면 내일이라도 가질 수 있지." 비세리스가 대니를 흘긋 쳐다보며 말했고, 대니는 시선을 내리깔았다. "대가만 지불한다면 말이야."

일리리오가 허공에 나른하게 손짓을 하자 살찐 손가락에 낀 반지들이 반짝거렸다. "말씀드렸듯이 합의는 다 됐습니다. 저를 믿으시지요. 칼은 전하께 왕관을 약속했으니, 가지게 되실 겁니다."

"그래. 하지만 언제란 말인가?"

"칼이 택한 때에요. 칼은 아내를 먼저 얻을 테고, 혼인한 후에는 평원을 가로질러 바에스 도트락까지 가서 아내를 '도시 칼린' 앞에 보여야 합니다. 아마 그 후가 되겠지요. 징조가 전쟁을 지지한다면요."

비세리스는 참을성 없이 속을 끓였다. "도트락의 징조 따위. 찬탈자가 내 아버지의 왕좌에 앉아 있다. 얼마나 오래 기다려야 한단 말인가?"

일리리오는 어깨를 한껏 으쓱였다. "거의 평생을 기다리셨습니다, 위대한 왕이시여. 몇 달, 몇 년쯤이야 어떻습니까?"

동쪽 멀리 바에스 도트락까지도 여행해본 조라 경이 고개를 끄덕여 동의했다. "인내심을 가지시라 조언하겠습니다, 전하. 도트락인들은 약속을 꼭 지키지만, 무슨 일이든 저들이 원하는 때에 합니다. 힘이 모자란 사람은 칼에게 청을 할 수 있을지언정, 결코 질타하려 해서는 안 됩니다."

비세리스가 발끈했다. "입조심하지 않으면 그 혀를 잘라내겠다, 모르몬트. 난 도트락 칼보다 못한 남자가 아니다. 칠왕국의 정당한 군주다. 드래곤은 간청하지 않는다."

조라 경은 공손히 시선을 내렸다. 일리리오는 알 수 없는 미소를 지으며 오리 날개를 뜯어냈다. 일리리오가 부드러운 고기를 물어뜯자 꿀과 기름이 손가락을 타고 흘러 수염에 뚝뚝 떨어졌다. '이제 드래곤은 없어.' 대니는 오빠를 바라보며 생각했지만, 감히 큰 소리로 말하지는 않았다.

그러나 그날 밤 대니는 드래곤이 나오는 꿈을 꾸었다. 비세리스가 그녀를 때리고, 아프게 했다. 그녀는 벌거벗은 채, 겁을 먹어 쭈뼛거렸다. 오빠에게서 달아났지만, 몸짓이 둔하고 어색했다. 오빠가 다시 그녀를 때렸다. 그녀는 비틀거리다가 쓰러졌다. "넌 드래곤을 깨웠어." 비세리스가 그녀를 걷어차면서 소리를 질렀다. "네가 드래곤을 깨웠어. 네가 드래곤을 깨웠다고." 그녀의 허벅지에 피가 번들거렸다. 그녀는 눈을 감고 흐느꼈다. 마치 응답이라도 하듯 끔찍하게 귀를 찢는 소리가 나고 거대한 불길이 타오르는 소리가 들렸다. 다시 눈을 뜨자 비세리스는 사라지고, 사방에 거대한 불기둥이 솟아올라 있었으며, 불기둥 가운데에 드래곤이 있었다. 드래곤은 거대한 머리를 천천히 돌렸다. 그 이글거리는 눈동자와 눈이 마주친 순간, 그녀는 땀에 젖은 몸을 떨며 깨어났다. 그렇게 무서웠던 적이 없었다…….

……더 무서운 혼례의 날이 오기 전까지는.

혼인식은 동 틀 녘에 시작하여 해 질 녘까지 이어졌고, 사람들은 하루 종일 끊임없이 먹고 마시고 싸웠다. 풀로 만든 궁전들 한가운데에 흙으로 만든 웅장한 비탈이 있었고, 대니는 그 위에 칼 드로고와 나란히 앉아서 넘실거리는 도트락인들의 바다를 내려다보았다. 한곳에 이렇게 많은 사람이 모인 모습도, 이렇게 이상하고 무서운 사람들도 본 적이 없었다. 기마전사들이 자유도시를 방문할 때는 값비싼 천을 걸치고 달콤한 향수를 뿌릴지 몰라도, 탁 트인 하늘 아래에서는 오래된 방식을 고수했다. 남자고 여자고 할 것 없이 맨가슴 위에 색칠한 가죽조끼를 입고 말 털로 짠 레깅스에 청동 메달 허리띠를 맸으며, 전사들은 녹여서 추출한 동물 지방으로 길게 땋은 머리에 기름칠을 했다. 그들은 꿀과 후추를 발라 구운 말고기를 배 터지게 먹고, 발효한 말 젖과 일리리오가 제공한 질 좋은 와인을 거나하게 마시고, 대니의 귀에는 낯설고 거슬리는 목소리로 화톳불 너머로 서로에게 농담을 던져댔다.

비세리스는 가슴팍에 진홍색 드래곤을 넣어 새로 지은 검은색 모직 튜닉을 아름답게 차려입고 대니 바로 아래 단에 앉았다. 일리리오와 조라 경이 그 옆에 앉았다. 칼의 혈맹기수들 바로 아래라는 명예로운 자리였지만, 대니는 오빠의 연보랏빛 눈동자에 깃든 분노를 알아볼 수 있었다. 그는 누이의 아랫자리라는 사실에 언짢아했고, 노예들이 모든 접시를 칼과 그 신부에게 먼저 바친 다음에 그들이 거절한 음식을 그에게 제공하자 씩씩거렸다. 분한 마음을 다스릴 수밖에 없었기에 다스리기는 했지만, 모욕을 받을 때마다 심기가 점점 더 상했다.

대니는 그 어마어마한 유목민 무리 한가운데 앉아서 더없는 외로움을 느꼈다. 오빠가 꼭 웃고 있어야 한다고 했기에, 대니는 얼굴이 땅기고 웃하지 않은 눈물이 고일 때까지 미소를 지었다. 비세리스가 그 눈물을 보았다간 얼마나 화를 낼지 알고, 또 칼 드로고가 어떻게 반응할지 겁이 났기에 최선을 다해 눈물을 숨겼다. 노예들이 김이 오르는 고기구이며 굵은 검은 소시지며 도트락 방식으로 피를 채운 파이, 나중에는 과일과 단풀(sweetgrass) 스튜와 펜토스의 주방에서 만든 섬세한 페이스트리를 가져왔지만, 대니는 모두 손을 저어 물렸다. 속이 울렁거렸고, 아무것도 소화할 수 없을 게 뻔했다.

이야기를 나눌 사람이 아무도 없었다. 칼 드로고는 큰 소리로 명령을 내리고 혈맹기수들에게 농담을 던지고는 그들의 답변에 웃음을 터뜨렸지만, 옆에 앉은 대니는 거의 쳐다보지도 않았다. 둘에겐 공통 언어가 없었다. 대니는 도트락어를 이해할 수 없었고, 칼은 자유도시들에서 쓰는 잡종 발리리아어를 몇 마디 알 뿐, 칠왕국의 공용어는 전혀 몰랐다. 대니는 일리리오와 오빠와의 대화마저 반가울 지경이었지만, 그들은 대니의 목소리를 듣기에는 너무 아래쪽에 있었다.

그래서 대니는 비단 혼례복을 입고, 뭔가 먹기는 겁이 나서 꿀을 탄 와인만 손에 든 채로 소리 없이 혼잣말을 하고 있었다. '나는 드래곤의 핏줄이야. 난 폭풍에서 태어난 대너리스, 드래곤스톤의 공주, 정복자 아에곤의 자손이야.'

태양이 아직 하늘을 4분의 1밖에 올라오지 않았을 때, 대니는 처음으로 죽는 사람을 보았다. 북소리 아래 여자들이 칼을 위해 춤을 추고 있었다. 칼 드로고는 표정 없이 보고 있었지만 눈동자는 그 여자들의 움직임을 따랐고, 가끔 한 번씩 청동 메달을 아래로 던져 여자들이 다투게 만들었다.

전사들도 보고 있었다. 그러다가 전사 한 명이 춤추는 여자들의 원 안으로 걸어 들어가서 한 무희의 팔을 잡고 땅에 눕히더니, 마치 종마가 암말에게 하듯 그 자리에서 여자에게 올라탔다. 일리리오는 대니에게 그런 일이 일어날지도 모른다고 했었다. "도트락인들은 짐승처럼 짝을 짓습니다. 칼라사르에는 사생활이 없고, 죄라든가 수치심을 우리처럼 생각하지 않습니다."

대니는 무슨 일이 벌어지는지 알아차리고 겁에 질려 성교 장면에서 눈을 돌렸지만, 두 번째 전사가 나서고, 세 번째가 나서고, 곧 눈을 피할 방법이 없어졌다. 그러다가 두 남자가 같은 여자를 움켜잡았다. 고함 소리가 들리고, 서로 밀치는 모습이 보이더니, 눈 깜짝할 사이에 '아라크'가 튀어나왔다. 아라크는 반은 검에 가깝고 반은 낫에 가까운 길고 날카로운 날붙이였다. 죽음의 춤이 시작되었다. 전사들은 원을 그리며 칼날을 긋고, 서로에게 뛰어들고, 머리 주위로 무기를 빙빙 돌리고, 칼날을 부딪칠 때마다 새된 소리로 서로를 모욕했다. 아무도 끼어들려 하지 않았다.

싸움은 시작했을 때만큼이나 빨리 끝났다. 두 개의 아라크는 대니가 따라갈 수 없을 만큼 빨리 휘둘렸고, 한 남자가 발을 헛디디자 다른 남자가 아라크를 수평으로 그었다. 강철 칼날은 도트락인의 허리 바로 위를 파고들어, 등뼈부터 배꼽까지 가르고 창자를 흙바닥에 쏟아놓았다. 패자가 죽자, 승자는 제일 가까이 있는 여자를 잡고 그 자리에서 취했다. 아까 두 전사가 두고 다투던 여자조차 아니었다. 노예들이 시체를 치웠고, 춤은 다시 시작되었다.

마지스터 일리리오는 대니에게 그 부분도 미리 경고했다. "도트락의 혼례는 적어도 셋은 죽지 않으면 지루한 행사였다고 여겨진답니다." 대니의 혼인은 특히 축복받은 게 틀림없었다. 그날이 끝나기 전에 십여 명은 죽었으니.

시간이 흐를수록 두려움이 심해지다 못해, 비명을 지르지 않기만도 어려워졌다. 대니는 마치 인간의 거죽을 쓴 짐승이지 진짜 사람이 아니라는 듯이 이질적이고 끔찍하게 구는 도트락인들이 무서웠다. 오빠도 무서웠다. 자신이 실망시키면 오빠가 무슨 짓을 할지 무서웠다. 무엇보다도 오빠가 지금 옆에 앉아서 청동 가면처럼 고요하고 잔혹한 얼굴로 술을 마시고 있는 거인에게 그녀를 넘겨주고 나면 오늘 밤 별들 아래에서 무슨 일이 일어날지 무서웠다.

'나는 드래곤의 핏줄이야.' 대니는 다시 한 번 되뇌었다.

마침내 해가 저물어가자 칼 드로고가 두 손을 탁 마주쳤고, 북소리와 고함 소리와 잔치 소리가 딱 멎었다. 드로고는 일어서서 대니를 잡아 일으켰다. 이제 신부가 선물을 받을 시간이었다.

그리고 선물을 받고 나면, 해가 다 지고 나면, 처음으로 말을 달리고 첫날밤을 치러 혼인을 완성해야 했다. 밀어두려고 해도 그 생각이 머릿속을 떠나지 않았다. 대니는 떨지 않으려고 제 몸을 끌어안았다.

비세리스는 시녀 세 명을 선물했다. 대니는 오빠가 한 푼도 들이지 않았으리라는 것을 알았다. 보나 마나 일리리오가 제공했을 터였다. 이리와 지키는 구릿빛 피부에 머리가 까맣고 눈이 아몬드처럼 생긴 도트락인이었고, 도리아는 금발에 푸른 눈의 리스 여자였다. "이들은 평범한 하녀가 아니란다, 사랑스런 누이야." 시녀들이 하나씩 앞으로 나오자 그가 말했다. "일리리오와 내가 너를 위해 직접 골랐다. 이리는 너에게 기마술을 가르쳐줄 것이고, 지키는 도트락어를, 도리아는 네게 여성스러운 사랑의 기술을 알려줄 것이다." 그는 엷게 미소 지었다. "솜씨가 아주 좋다는 점은 일리리오도 나도 확언할 수 있다."

조라 모르몬트 경은 자기 선물에 대해 사과했다. "약소한 물건이지만, 가난한 망명자가 드릴 수 있는 게 이것뿐이군요, 공주님." 그는 대니 앞에 오래된 책 몇 권을 쌓았다. 공용어로 쓴 칠왕국의 역사와 노래 책들이었다. 대니는 진심으로 그에게 감사했다.

마지스터 일리리오가 한마디 중얼거리자, 건장한 노예 네 명이 청동 테를 두른 거대한 삼나무 상자 네 귀퉁이를 들고 서둘러 앞으로 나섰다. 뚜껑을 열자 자유도시들에서 구할 수 있는 가장 좋은 벨벳과 다마스크 직물이 겹겹이 쌓인 가운데…… 그 부드러운 천에 감싸인 거대한 알 세 개가 보였다. 대니는 숨을 들이켰다. 그 알들은 일찍이 본 어떤 물건보다 더 아름다웠고, 각기 달랐으며, 처음에는 껍질에 보석을 붙인 줄 알았을 정도로 화려한 빛깔로 무늬진 데다가, 하나 들려면 두 손을 다 써야 할 정도로 컸다. 대니는 섬세한 도자기 아니면 정교한 법랑, 그도 아니면 입으로 불어 만든 유리 알이라 생각하고 조심스럽게 들어 올렸지만, 그렇게 생각하기에는 너무나 무거웠다. 마치 단단한 돌로만 이루어진 알 같았다. 알껍데기 표면에는 자잘한 비늘이 덮였고, 두 손으로 잡고 돌리자 지는 햇빛을 받아 광택을 낸 금속처럼 번득였다. 알 하나는 짙은 녹색이었는데, 어떻게 방향을 돌리느냐에 따라 구릿빛 얼룩이 반짝였다가 사라졌다. 다른 알 하나에는 엷은 크림색에 금빛 줄이 들어갔다. 마지막 알은 한밤중의 바다처럼 새카만 색이었지만, 진홍색 잔물결과 소용돌이가 생생했다. "이게 무엇이오?" 대니는 경이에 차 잠긴 목소리로 물었다.

마지스터 일리리오가 대답했다. "아사이 너머 그림자 땅(Shadow Lands)에서 온 드래곤 알이옵니다. 기나긴 세월이 흘러 돌이 되었으나, 여전히 아름다움으로 밝게 빛나지요."

"언제나 소중하게 여기지요." 대니는 그런 알이 있다는 이야기를 들어는 보았지만, 실제로 보기는커녕 생각해본 적도 없었다. 그것은 진정 격조 높은 선물이었으나, 대니는 일리리오가 그렇게 후할 수 있는 이유를 알았다. 일리리오는 그녀를 칼 드로고에게 판 대가로 말과 노예를 한 재산 받았다.

칼의 혈맹기수들은 그녀에게 전통 무기 세 개를 바쳤고, 실로 훌륭한 무기였다. 하고는 은손잡이가 달린 큰 가죽 채찍을, 고골로는 금으로 부늬를 아로새긴 훌륭한 아라크를, 쿼토는 대니의 키보다 큰 데다 활대가 쌍봉을 이루는 드래곤 뼈 활을 선물했다. 마지스터 일리리오와 조라 경이 이런 선물을 받았을 때 관례에 따르는 겸양의 말을 이미 가르쳐주었다. "오 내 피 중의 피여, 이는 위대한 전사에게 어울리는 선물이며, 나는 여인에 지나지 않노라. 내 대신 내 주인이자 남편이 지니도록 하자." 그리고 칼 드로고도 자기가 받을 "신부 선물"을 받았다.

대니는 다른 도트락인들에게 또 다른 수많은 선물을 받았다. 슬리퍼와 보석과 머리에 끼울 은고리, 메달 허리띠와 색칠한 조끼와 부드러운 모피, 모래 비단(sandsilk, 모래로 씻어낸 거친 비단)과 동이에 든 향신료, 바늘과 깃털과 작은 자주색 유리병들, 그리고 천 마리 쥐의 가죽을 벗겨 만든 가운. "훌륭한 선물입니다, 칼리시." 마지스터 일리리오는 마지막 선물에 대해 말했다. "행운을 부른다고 하지요." 선물이 대니 주위에 무더기로 쌓였다. 상상할 수도 없을 만큼 많은 선물, 원하기도 쓰기도 버거울 정도로 많은 선물들이었다.

그리고 마지막으로 칼 드로고가 그녀에게 직접 주는 신부 선물을 가져왔다. 드로고가 그녀 곁을 떠나자 야영장 한가운데에서부터 기대에 찬 숨 죽임이 퍼져 나가 온 칼라사르를 집어삼켰다. 드로고가 돌아오자 빽빽하게 모여 있던 도트락의 선물 진상인들이 그 앞에서 쫙 갈라졌고, 드로고는 말을 끌고 왔다.

생기 넘치고 아름다운 암망아지였다. 대니도 이 말이 범상하지 않다는 정도는 알아보았다. 숨을 멈출 만한 말이었다. 털은 겨울 바다 같은 회색이었고, 갈기는 은빛 연기 같았다.

대니는 망설이며 손을 뻗어 암말의 목을 쓰다듬고, 손가락으로 은빛 갈기를 빗었다. 칼 드로고가 도트락어로 무슨 말을 하자 마지스터 일리리오가 통역을 했다. "그대의 은빛 머리에 어울리는 은빛이라고, 칼이 말씀하십니다."

"아름다워." 대니가 중얼거렸다.

"이 말은 자기 칼라사르의 자랑이랍니다." 일리리오가 말했다. "관습이 명하기를 칼리시는 반드시 칼 옆자리에 어울리는 말을 타야 한다고 합니다."

드로고가 나서서 대니의 허리를 두 손으로 잡았다. 그는 대니를 어린아이처럼 번쩍 들어 올려 얇은 도트락 안장에 얹었다. 대니에게 익숙한 안장보다 훨씬 작았다. 대니는 잠시 동안 머뭇거리고 앉아 있었다. 이 부분에 대해서는 아무도 가르쳐주지 않았다. "내가 어찌해야 하나요?" 그녀는 일리리오에게 물었다.

대답한 사람은 조라 모르몬트 경이었다. "고삐를 잡고 말을 달려요. 멀리 가진 않아도 됩니다."

대니는 불안하게 두 손에 고삐를 모아 쥐고 짧은 등자에 발을 밀어 넣었다. 그녀는 어느 정도 말을 탈 줄 알 뿐이었다. 말을 타기보다는 배와 마차와 가마를 타고 여행한 시간이 훨씬 많았다. 그녀는 떨어져서 망신당하지 않게 해달라고 기도하고, 무릎으로 더없이 가볍고 소심하게 암망아지를 건드렸다.

그리고 그녀는 몇 시간 만에 처음으로 두려움을 잊었다. 아니, 어쩌면 평생 처음일지도 몰랐다.

은회색 암망아지는 비단처럼 매끄럽게 걸었고, 군중들은 모두 그녀를 쳐다보며 앞을 틔웠다. 대니는 생각보다 빨리 움직이고 있음을 깨달았지만, 어쩐지 그게 무섭기보다는 신이 났다. 망아지가 빨리 걷기 시작하자 그녀는 미소 지었다. 도트락인들이 서로를 밀쳐대며 길을 열었다. 암망아지는 옆구리에 아주 가벼운 압력만 넣어도, 고삐를 아주 살짝만 당겨도 반응했다. 망아지가 달리기 시작했고, 이제 도트락인들은 펄쩍 뛰어 물러서면서 환호하고 웃고 고함을 질렀다. 대니가 다시 돌아가려고 밀을 돌려보니 바로 앞에 불구덩이가 하나 있었다. 양쪽에 사람들이 빽빽하게 서 있어서 말을 세울 공간이 없었다. 전에 알지 못했던 용기가 내면을 채웠고, 대너리스는 암망아지에게 자신을 맡겼다.

은빛 말은 날개라도 달린 것처럼 불길을 뛰어넘었다.

대니는 마지스터 일리리오 앞에 말을 세우고 말했다. "칼 드로고께서 내게 바람을 주셨다고 말씀드려요." 뚱뚱한 펜토스인은 노란 수염을 쓸면서 그녀의 말을 도트락어로 통역했고, 대니는 남편이 처음으로 미소 짓는 모습을 보았다.

그때 마지막 햇살이 서쪽에 보이는 높은 펜토스 성벽 뒤로 사라졌다. 대니는 잠시 시간의 흐름을 잊고 있었다. 칼 드로고가 혈맹기수들에게 그의 애마인 늘씬한 붉은 종마를 끌고 오라 명했다. 칼이 말에 안장을 얹는 동안, 비세리스가 은색 말을 탄 대니에게 다가와 그녀의 다리를 꽉 잡고 말했다. "저자를 기쁘게 해줘라, 사랑하는 누이야. 그렇지 않았다간 드래곤이 일찍이 없었던 강도로 깨어나는 걸 보게 될 거다."

오빠의 말을 듣자 두려움이 돌아왔다. 대니는 다시 겨우 열세 살에, 의지할 곳도 없고 이제부터 일어날 일에 준비가 되지 않은 어린아이로 돌아간 느낌이었다.

별이 하나둘씩 나오는 가운데 그들은 함께 말을 달려 칼라사르와 풀 궁전들을 떠났다. 칼 드로고는 대니에게 한 마디도 하지 않은 채, 짙어가는 어스름 속으로 종마를 힘껏 몰았다. 드로고가 달려가자 길게 땋은 머리에 달린 작은 은종들이 잔잔하게 울렸다. "나는 드래곤의 핏줄이야." 대니는 따라가면서 용기를 북돋우려 소리 내어 읊조렸다. "나는 드래곤의 핏줄이야. 나는 드래곤의 핏줄이야. 나는 드래곤의 핏줄이야." 드래곤은 결코 겁을 내지 않았다.

그들이 얼마나 멀리 달려갔는지, 얼마나 오래 달렸는지는 기억할 수 없었지만, 그들이 작은 개울 옆에 있는 풀밭에 멈췄을 때는 완전히 어두웠다. 드로고는 말에서 훌쩍 내려서 대니를 잡고 내려주었다. 그의 손에 잡히면 몸이 유리처럼 부서지기 쉬워지고, 팔다리는 물처럼 흐느적거리는 느낌이었다. 그녀는 드로고가 두 마리 말을 안전하게 매어두는 동안 비단 혼례복 차림으로 무력하게 서서 몸을 떨다가, 드로고가 돌아다보자 울기 시작했다.

칼 드로고는 표정이 없는 묘한 얼굴로 그녀의 눈물을 빤히 보다가 말했다. "안 돼." 그는 손을 들어 올려 못이 박인 엄지손가락으로 거칠게 그녀의 눈물을 닦아냈다.

"공용어를 하네요." 대니는 놀라서 말했다.

"안 돼." 드로고가 다시 말했다.

드로고는 그 말밖에 모르는 모양이었지만, 그래도 대니가 생각했던 것보다는 더 아는 셈이었고, 어쩐지 조금 기분이 나아졌다. 드로고는 그녀의 머리를 가볍게 만지더니, 은발 가닥가닥 사이로 손가락을 미끄러뜨리며 도트락어로 조용히 중얼거렸다. 대니는 그 말을 이해하지 못했지만, 따뜻한 음색이었고, 이 남자에게 기대도 하지 못한 상냥함이 담겨 있었다.

드로고가 그녀의 턱 아래 손가락을 대고 고개를 들어 올리는 바람에, 대니는 그의 눈을 똑바로 올려다보게 되었다. 누구와 견주어도 큰 남자인 만큼 대니보다는 많이 컸다. 그는 그녀의 겨드랑이에 살짝 손을 넣어 들어 올리고는 개울 옆에 있는 둥근 바위 위에 앉혔다. 드로고가 그녀를 마주보고 땅바닥에 앉자, 겨우 두 사람의 얼굴이 같은 높이에 놓였다. "안 돼." 그가 말했다.

"그 말밖에 모르나요?" 대니가 물었다.

드로고는 대답하지 않았다. 그의 길게 땋은 무거운 머리가 흙바닥에 똬리를 틀고 있었다. 그는 그 머리채를 오른쪽 어깨 너머로 가져와 매달린 종을 하나씩 풀기 시작했다. 잠시 후에는 대니도 몸을 앞으로 기울이고 거들었다. 종이 다 풀리자 드로고가 손짓을 했다. 그녀는 이해했다. 그녀는 천천히, 조심스럽게 그의 머리를 풀기 시작했다.

오랜 시간이 걸렸다. 그동안 드로고는 말없이 앉아서 대니를 바라보았다. 대니가 작업을 끝내자 드로고는 고개를 흔들었고, 기름을 발라 반짝이는 머리카락이 새까만 강물처럼 흘러내렸다. 그렇게 길고, 그렇게 까맣고, 그렇게 숱 많은 머리카락은 본 적이 없었다.

다음은 드로고 차례였다. 그는 그녀의 옷을 벗기기 시작했다.

그의 손가락은 능숙하면서도 신기하게 상냥했다. 그가 그녀의 비단옷을 조심스럽게 한 겹씩 벗겨내는 동안, 대니는 꼼짝도 하지 않고 말없이 앉아 그의 눈을 들여다봤다. 그래도 작은 가슴이 드러났을 때는 참을 수가 없었다. 대니는 시선을 피하고 두 손으로 몸을 가렸다. "안 돼." 드로고가 말했다. 그는 부드럽지만 단호하게 가슴을 가린 두 손을 떼어내더니, 다시 그녀의 얼굴을 들어 올려 눈을 마주쳤다. "안 돼." 그는 되풀이해 말했다.

"안 돼." 그녀는 드로고의 말을 메아리처럼 반복했다.

그는 그녀를 일으켜 세워 가까이 끌어당기고 마지막 남은 비단옷을 벗겼다. 맨살에 닿는 밤공기가 싸늘했다. 그녀는 몸을 떨었고, 팔다리에 소름이 돋았다. 다음에 무슨 일이 일어날지 두려웠지만, 잠시 동안은 아무 일도 일어나지 않았다. 칼 드로고는 바닥에 앉아 그녀를 바라보고, 눈으로 그녀의 몸을 마셨다.

그는 잠시 후에 그녀를 만지기 시작했다. 처음에는 가볍게, 다음에는 세게. 그의 두 손에서 격렬한 힘을 느낄 수 있었지만, 결코 아프지는 않았다. 그는 그녀의 손을 쥐고 손가락을 하나씩 쓸었다. 한 손으로 그녀의 다리를 부드럽게 쓸어내렸다. 그녀의 얼굴을 어루만지고, 귀의 곡선을 따라가보고, 손가락으로 입 주위를 둥글게 쓸었다. 두 손을 그녀의 머리카락 사이에 넣고 손가락으로 빗질을 했다. 그는 그녀의 몸을 돌리고 어깨를 주무르다가, 손가락 마디를 척추에 대고 쭉 미끄러뜨렸다.

마침내 그의 두 손이 그녀의 가슴에 이르렀을 때는 몇 시간이나 지난 것 같았다. 그는 가슴 아래 부드러운 피부를 얼얼할 때까지 어루만졌다. 엄지손가락으로 젖꼭지를 둥글게 매만지고, 엄지와 집게손가락으로 집은 다음 잡아당겼다. 처음에는 아주 가볍게, 그러다가 점점 세게 당겼고 젖꼭지가 단단해지며 아파왔다.

그는 그제야 손을 놓고, 그녀를 자기 무릎에 앉혔다. 대니는 붉게 상기되어 숨을 헐떡이고 있었고, 심장이 팔딱거렸다. 그는 커다란 두 손으로 대니의 얼굴을 감싸고 그녀의 눈을 들여다보았다. "안 돼?" 그녀는 그것이 질문임을 알아들었다.

그녀는 그의 손을 잡고 허벅지 사이 촉촉한 곳으로 이끌었다. "돼요." 그녀는 그의 손가락을 몸 안으로 밀어 넣으며 속삭였다.

에다드

네드는 해도 뜨기 전, 세상이 아직 고요한 회색빛에 잠겨 있을 때 불려 나갔다.

알린이 거칠게 흔들어 깨우는 바람에 잠에 취한 채로 비틀거리며 동트기 전의 추위 속으로 걸어 나가보니, 네드의 말에 안장이 얹혀 있고 왕은 이미 자기 말에 올라 있었다. 두꺼운 갈색 장갑을 끼고 무거운 털 망토를 입고 귀를 다 가리는 두건을 쓴 로버트 왕은 그야말로 말에 올라앉은 곰 같았다. "말에 오르게, 스타크!" 왕은 쩌렁쩌렁하게 외쳤다. "얼른 올라타! 상의할 문제들이 있다네."

"부디 안으로 드시지요, 전하." 네드의 말에 알린이 천막 덮개를 들어 올렸다.

"아니, 아니, 아니야." 로버트가 말을 할 때마다 입김이 하얗게 뿜어져 나왔다. "야영지엔 귀가 너무 많아. 게다가 달려보고 자네 땅을 경험해보고 싶네." 그 뒤에 보로스 경과 메린 경이 위병 십여 명을 거느리고 기다리는 모습이 보였다. 이렇게 되면 눈을 비벼 잠을 털어내고, 옷을 갖춰 입고, 말에 오르는 수밖에 없었다.

로버트가 선두에 서서 거대한 검은색 군마를 휘몰고, 네드는 그 옆을 질주하며 보조를 맞추려 했다. 네드는 달리면서 소리쳐 질문을 던졌지만, 바람이 그 목소리를 날려버렸고 왕은 질문을 듣지 못했다. 그 후부터 네드는 말없이 달렸다. 그들은 곧 왕의 가도를 떠나 안개 속에 잠긴 굽이치는 평원을 가로질렀다. 그 무렵에는 근위대도 조금 뒤처지면서 그들의 말을 듣지 못할 거리로 멀어졌으나, 로버트는 여전히 속력을 늦추지 않았다.

　　그들이 낮은 산등성이에 오르자 동이 텄고, 왕은 마침내 말을 세웠다. 이제 그들은 본대로부터 몇 킬로미터는 남쪽에 있었다. 신이 나서 상기된 로버트 옆으로 네드가 고삐를 당겨 섰다. 로버트는 소리 내어 웃으며 말했다. "신들이시여, 밖에 나와서 남자답게 말을 달리니 기분 좋구먼! 정말이지 네드, 지금처럼 기어가다 보면 사람이 미치고도 남아." 로버트 바라테온은 결코 인내심 넘치는 남자가 아니었다. "그 저주받을 이동저택이 삐거덕거리는 소리 하며, 길에 뭐만 튀어나와 있어도 산이라도 오르는 것처럼 힘겨워하는 끝이란……. 약속히는데 그 끔찍한 물긴이 안 빈반 너 사숙을 부러뜨리면 확 태워버리겠어. 세르세이도 걸을 순 있겠지!"

　　네드는 웃음을 터뜨렸다. "기쁘게 횃불을 붙여드리지요."

　　"잘 말했네!" 왕은 네드의 어깨를 두드렸다. "반쯤은 다 떨쳐버리고 이대로 계속 달리고 싶기도 하군."

　　네드의 입가에 미소가 스쳤다. "진심이라 믿어 의심치 않습니다."

　　"암, 그렇지. 어떤가, 네드? 자네와 나 둘이서만, 옆구리에는 검을 차고 앞에는 무엇이 기다릴지 모르는 채로 왕의 가도를 달리는 방랑기사가 되는 거야. 어쩌면 오늘 밤엔 농부의 딸이나 여인숙 어느 계집이 우리 침대를 데워줄지 모르지."

　　"그럴 수만 있다면요." 네드가 말했다. "하나 지금 우리는 의무가 있습니다, 주군……. 이 나라에, 우리 자식들에게, 저는 제 아내에게, 전하는 왕비께. 우린 예전 그 젊은이들이 아니에요."

"자넨 젊어서도 그런 사람이 아니었지." 로버트는 투덜거렸다. "더 안타까운 일이야. 그래도 한 번은 있었지……. 그 여자, 자네가 좋아한 그 평민 여자애 이름이 뭐였더라? 베카였나? 아니지, 베카는 내 여자였지. 신들이 사랑하사, 검은 머리에 그 사랑스러운 큰 눈이라니, 그 눈에서 헤엄이라도 칠 수 있었어. 자네 여자는…… 알리나였나? 아니야. 자네가 한 번 말했는데. 메릴이었나? 내가 누굴 말하는지 알지? 자네 서자의 어미 말이야."

"윌라였습니다." 네드는 냉담하게 예의를 갖추어 대꾸했다. "그 사람 이야기는 하지 않는 편이 좋겠습니다."

"윌라. 그래." 왕은 히죽 웃었다. "에다드 스타크 공이 한 시간이라도 명예를 잊게 만들 수 있었다면 참으로 진귀한 계집이었을 거야. 자넨 그 여자가 어떻게 생겼는지 말한 적이 없지……."

네드의 입매가 분노로 굳었다. "앞으로도 말하지 않을 겁니다. 말하신 만큼 저를 위하신다면 그냥 내버려둬요, 로버트. 전 신들 앞에서나 인간 앞에서나 제 명예를 손상하고 또 캐틀린의 명예를 손상했습니다."

"신들이여 자비를 베푸소서, 그때 자넨 캐틀린을 잘 알지도 못했잖나."

"그 사람을 아내로 맞이했고, 그 사람은 제 자식을 배고 있었습니다."

"자넨 스스로에게 너무 엄격해, 네드. 언제나 그랬지. 젠장, 성왕(聖王) 바엘로르 같은 인간을 침대에 들이고 싶어 하는 여자는 세상에 없다고." 로버트는 한 손으로 무릎을 쳤다. "뭐, 그렇게 완강하다면 더 밀어붙이진 않겠네만, 맹세코 가끔 자네는 고슴도치를 문장으로 쓰면 딱이겠다 싶게 가시가 돋아 있어."

떠오르는 태양이 흐릿한 새벽안개 밭 사이로 빛의 손가락을 뻗었다. 발 아래에 드넓은 평원이 펼쳐졌는데, 헐벗은 갈색 평지에 도드라지는 것이라곤 여기저기 길고 낮은 흙무더기뿐이었다. 네드는 왕에게 그 흙무더기를 가리켜 보였다. "최초인들의 고분입니다."

로버트는 얼굴을 찌푸렸다. "우리가 묘지 안을 달린 건가?"

"북부는 어디에나 고분이 있습니다, 전하. 오래된 땅이라서요."

"그리고 춥지." 로버트는 망토를 단단히 여미며 투덜거렸다. 근위대는 한참 뒤처져서 산등성이 밑에 말을 세우고 서 있었다. "흠, 무덤 이야기를 하거나 자네 서자에 대해 언쟁을 하자고 여기까지 끌고 나온 건 아니야. 밤에 킹스랜딩의 바리스 공이 보낸 파발마가 있었네. 여기." 왕은 허리띠에서 종이를 꺼내어 네드에게 내밀었다.

내시 바리스는 왕의 첩보관이었다. 그는 예전에 아에리스 타르가르옌을 섬겼던 것처럼 로버트를 섬겼다. 네드는 라이사와 라이사의 끔찍한 고발을 생각하며 두려운 마음으로 종이를 풀었지만, 그 내용은 아린 부인과 관계가 없었다. "이 정보의 출처는 어딥니까?"

"조라 모르몬트 경을 기억하나?"

"잊을 리가 있겠습니까." 네드는 기탄없이 대답했다. 곰 섬(Bear Island)의 모르몬트가는 오래된 가문으로 자부심 강하고 명예를 알았지만, 그들의 영지는 춥고 외딴 곳인 데다 가난했다. 조라 경은 밀렵꾼들을 티로시의 노예상에게 팔아서 가문의 금고를 불리려 했다. 모르몬트는 스타크 휘하 봉신이었기에, 그의 범죄는 북부의 명예를 떨어뜨렸다. 네드는 서쪽으로 먼 길을 여행하여 곰 섬까지 갔으나, 도착했을 때 조라 경은 배를 타고 '얼음'의 칼날도 왕의 심판도 닿지 않는 곳으로 가버린 후였다. 그 후로 5년이 흘렀다.

"조라 경은 지금 펜토스에서, 망명에서 돌아와도 좋다고 해줄 왕의 사면장을 간절히 얻고 싶어 하고 있다네. 바리스 공이 잘 써먹고 있어." 로버트가 설명했다.

"그러니까 노예상이 첩자가 된 거군요." 네드는 혐오감을 담아 말하고,

편지를 다시 건넸다. "저라면 시체로 만들겠습니다만."

"바리스는 시체보다 첩자가 더 쓸모 있다더군. 조라는 제쳐놓고, 보고 내용은 어떻게 생각하나?"

"대너리스 타르가르옌이 어느 도트락 기마군주와 혼인을 했다. 그래서요? 혼인 선물이라도 보낼까요?"

왕은 얼굴을 찌푸렸다. "칼이라면 또 모르지. 날카롭고 잘 드는 칼에, 그 칼을 휘두를 대담한 사내를 딸려서."

네드는 놀란 척 하지 않았다. 타르가르옌 가문을 향한 로버트의 증오심은 광기나 다름없었다. 네드는 타이윈 라니스터가 로버트에게 라에가르의 아내와 자식들의 시신을 충성의 징표로 내놓았을 때 주고받은 분노의 말들을 기억했다. 네드는 그것을 살인이라 했다. 로버트는 그것이 전쟁이라 했다. 네드가 어린 왕자와 공주는 한낱 아기에 불과했다고 항변하자, 새로운 왕은 이렇게 대꾸했다. "아기는 안 보이는데. 드래곤 새끼들만 보이지." 존 아린조차도 그 폭풍을 가라앉힐 수는 없었다. 에다드 스타크는 그날 차가운 분노에 휩싸여서 말을 타고 나갔고, 홀로 남부에서 마지막 전투를 치렀다. 두 사람은 또 한 명이 죽고 나서야 화해했다. 리안나가 죽고, 리안나의 죽음에 대해 공유한 비탄 덕분에.

이번에는 네드도 화를 참기로 했다. "전하, 대너리스는 어린아이에 불과합니다. 전하는 무고한 이들을 도륙하는 타이윈 라니스터가 아닙니다." 라에가르의 어린 딸은 울면서 침대 밑에서 끌려 나와 검을 맞이했다고 했다. 어린 아들은 품에 안긴 아기에 불과했는데도, 타이윈 공의 병사들은 그 아이를 어미 가슴에서 떼어내어 벽에 머리를 박살 냈다.

"얼마나 오랫동안 무고하게 남아 있겠나?" 로버트의 입이 걸어졌다. "그 어린아이는 곧 다리를 벌리고 날 괴롭힐 드래곤 새끼들을 낳기 시작할 거란 말이야."

"그렇다 해도, 아이들을 살해하는 것은…… 용납하기 어려운…… 입에 담기 힘든……."

"입에 담기 힘들어?" 왕이 포효했다. "아에리스가 자네 형 브랜던에게 한 짓이야말로 입에 담을 수 없지. 자네 아버님이 돌아가신 방식이야말로 입에 담을 수 없어. 그리고 라에가르는…… 그놈이 자네 누이를 몇 번이나 범했다고 생각하나? 몇백 번이나?" 로버트의 목소리가 어찌나 큰지 타고 있는 말이 불안하게 히힝거렸다. 왕은 고삐를 세게 잡아채어 말을 조용히 시키고, 성난 손짓으로 네드를 가리켰다. "내 손댈 수 있는 모든 타르가르 옌을 죽이고, 놈들이 드래곤들처럼 죽어 없어지면 그 무덤에 대고 오줌을 누겠다."

네드도 격노에 사로잡힌 로버트를 거역하지는 않았다. 세월도 로버트 의 복수심을 풀어주지 못했다면, 어떤 말인들 도움이 될까. 그는 조용히 말했다. "이 타르가르옌에게는 손을 댈 수 없지 않습니까?"

왕은 입꼬리를 일그러뜨리며 더욱 얼굴을 찌푸렸다. "그래, 서푼받을 신들 같으니. 어느 매독 걸린 펜토스 치즈 장수 놈이 그 계집과 그 오라비를 자 기 장원 벽 안에 넣고 뾰족 모자를 쓴 내시들을 둘러놓더니만, 이제는 둘 다 도트락 놈들에게 넘겨줬지. 몇 년 전에, 아직 손대기 쉬웠을 때 둘 다 죽여버렸어야 하는 건데 존도 자네만큼 형편없었어. 존의 말을 들은 내가 더 바보지."

"존 아린은 현명한 사람이자 훌륭한 수관이었습니다."

로버트는 콧방귀를 뀌었다. 분노는 왔을 때처럼 갑작스레 사라졌다. "그 칼 드로고란 놈은 십만 군단을 거느렸다는군. 이걸 들으면 존이 뭐라고 했 을까?"

"백만의 도트락인이라도 이 나라에는 위협이 되지 않는다고 했겠지요. 협해 건너편에만 있다면 말입니다." 네드는 차분하게 대꾸했다. "그 야만족에게는 배가 없습니다. 놈들은 바다를 싫어하고 두려워하지요."

왕은 안장 위에서 불편한 듯 몸을 움직였다. "그럴지도 모르지. 하지만 자유도시들엔 배가 있어. 네드, 난 이 혼인이 마음에 들지 않아. 칠왕국 안에는 아직도 날 찬탈자라 부르는 자들이 있네. 전쟁 때 얼마나 많은 가문이 타르가르옌 편에서 싸웠는지 잊었나? 지금은 때를 기다리고 있다 뿐이지, 놈들에게 틈만 보였다간 침대에 누운 날 살해하고 내 아들들도 같이 죽일 걸세. 거지 왕이 도트락 군단을 등에 업고 건너온다면, 배신자들은 바로 그놈에게 붙을 거야."

"건너오지 못할 겁니다." 네드는 장담했다. "설령 운 나쁘게 건너온다 해도, 우리가 그놈을 다시 바다에 처넣을 겁니다. 일단 동부의 새로운 관리자만 결정하시면—"

왕은 끙 소리를 냈다. "마지막으로 말하지만 아린 꼬마를 관리자로 임명하진 않을 거야. 그 꼬마가 자네 조카인 줄은 알지만, 타르가르옌이 도트락과 같은 침대에 들어가는데 나라의 4분의 1을 병약한 어린애 어깨에 얹을 만큼 미치진 않았어."

네드는 대비하고 있었다. "그래도 동부의 관리자는 꼭 필요합니다. 로버트 아린이 안 된다면, 동생들 중에서 임명하시죠. 스타니스는 스톰스엔드 포위전에서 실력을 증명했습니다."

네드는 그 이름을 언급한 후 잠시 말을 잇지 않고 기다렸다. 왕은 얼굴을 찌푸릴 뿐 아무 말도 하지 않았다. 불편해 보였다.

네드는 그 모습을 지켜보며 조용히 말을 맺었다. "……이미 다른 사람에게 그 명예를 약속하지 않으셨다면 말입니다."

로버트가 잠시 동안 놀란 표정을 짓기는 했지만, 그 표정은 순식간에 짜증으로 변했다. "그랬다면 어쩔 텐가?"

"제이미 라니스터로군요. 아닙니까?"

로버트는 말을 걷어차서 산등성이 아래 고분 쪽으로 내려가기 시작했다. 네드가 보조를 맞춰 움직였다. 왕은 똑바로 앞만 보면서 달리다가 마침내 말했다. "그래." 이 문제를 마무리 짓기 위한 힘든 한 마디였다.

"킹슬레이어는……." 네드가 말했다. 소문이 사실이었다. 그는 이제 위험한 걸음을 딛고 있음을 알고 조심스럽게 말했다. "뛰어나고 용기 있는 사내임에는 틀림없으나, 그 부친이 서부의 관리자입니다, 로버트. 때가 되면 제이미 경이 그 명예를 이어받을 테고요. 그 누구도 동부와 서부를 다 쥐어선 안 됩니다." 그는 진짜 걱정거리를 말하지 않았다. 그렇게 되면 왕국의 군사력 절반이 라니스터가의 손에 들어간다는 점 말이다.

"전장에 적이 나타나면 내가 직접 싸울 거야." 왕은 고집스럽게 말했다. "당장 타이윈 공이야 캐스털리록처럼 만고불변이니, 제이미가 그 자리를 이어받을 날이 곧 오진 않을 테고. 이 문제로 귀찮게 굴지 말게, 네드. 바꿀 수 없는 일이야."

"전하, 솔직히 말씀드려도 되겠습니까?"

"내가 그걸 막을 수 있겠나." 로버트는 툴툴거렸다. 두 사람은 키 큰 갈색 풀 사이를 달렸다.

"제이미 라니스터를 믿을 수 있습니까?"

"제이미는 내 아내의 쌍둥이 형제이자 킹스가드로 서약한 몸, 목숨도 재산도 명예도 나에게 묶여 있네."

"아에리스 타르가르옌에게도 묶여 있었지요." 네드가 지적했다.

"내가 왜 제이미를 믿지 말아야 하나? 내가 하라는 일은 다 했고, 내가 앉은 왕좌를 얻어내는 데 도움을 줬는데."

'그 왕좌를 더럽히는 데 도움을 줬지.' 네드는 그렇게 생각했지만, 그 말을 입 밖에 내지는 않았다. "제이미 경은 자기 목숨으로 왕의 목숨을 지키겠노라 서약했습니다. 그러고는 검으로 왕의 목을 베었지요."

"일곱 지옥이여, 누군가는 아에리스를 죽여야 했어!" 로버트가 고삐를 확 잡아당겨 오래된 고분 옆에 말을 세우며 말했다. "제이미가 하지 않았다면 자네나 내가 해야 했다고."

"우린 왕을 지키겠다고 서약한 킹스가드가 아니었습니다." 네드가 말했다. 그는 그 자리에서 로버트도 사실을 있는 그대로 들을 때가 됐다는 결정을 내렸다. "트라이던트 강을 기억하십니까, 전하?"

"난 거기서 왕관을 얻어냈지. 어떻게 그걸 잊겠나?"

"전하는 라에가르에게 부상을 입었지요. 그래서 타르가르옌 군대가 패하여 달아났을 때, 전하는 제게 추격을 맡겼습니다. 라에가르의 남은 군대는 킹스랜딩으로 도망쳤습니다. 우리는 따라갔지요. 아에리스는 몇천의 충성파와 같이 레드킵(Red Keep, 붉은 성)에 있었습니다. 그러니 저는 성문이 닫혀 있을 줄 알았지요."

로버트는 조바심을 내며 고개를 저었다. "그런데 알고 보니 우리 군사가 이미 성을 점령한 후였지. 그게 뭐?"

"우리 군사가 아니었습니다." 네드는 끈기 있게 말했다. "라니스터 군사였지요. 성곽에 나부끼는 깃발은 왕관을 쓴 사슴이 아니라 라니스터의 사자였습니다. 그리고 그자들은 배신으로 도시를 차지했습니다."

전쟁이 1년 가까이 이어진 상황이었다. 대소 영주들이 로버트의 휘하에 모여들었고, 어떤 영주들은 남아서 타르가르옌에게 충성했다. 서부의 관리자, 캐스털리록의 강대한 라니스터 가문은 반란군과 충성파 양쪽에서 날아오는 동원령을 무시하고, 분쟁에서 거리를 두고 있었다. 타이윈 라니스터 공이 1만 2000명의 강력한 군대를 이끌고 킹스랜딩 성문 앞에 나타나서 충성을 공언했을 때, 아에리스 타르가르옌은 필시 신들이 기도를 들어주셨다고 생각했으리라. 그래서 미친 왕은 마지막 미친 명령을 내리고 말았다. 사자들에게 도시를 열어준 것이다.

"배신이야 타르가르옌이 잘 아는 화폐였지." 로버트는 다시 분노가 쌓이는 기색으로 말했다. "라니스터가 똑같이 갚은 셈이야. 놈들이 당해도 싼 배신이었다. 그 일로 잠을 설치진 않겠어."

"전하는 그곳에 없었습니다." 네드는 쓰디쓴 목소리로 말했다. 그에게는 잠을 설치는 밤이 낯설지 않았다. 14년간 거짓 위에 살아왔으나, 아직도 밤이면 그때 본 광경에 시달렸다. "그 정복에는 명예라곤 없었습니다."

"명예 따위 다른 자가 거둬 가라지!" 로버트가 욕을 했다. "어느 타르가르옌이 명예를 알았다던가? 드래곤의 명예에 대해서라면 지하묘지에 내려가서 리안나에게 물어보게!"

"전하께선 트라이던트에서 리안나의 복수를 하셨습니다." 네드는 왕 옆에 말을 세우고 말했다. '약속해, 네드.' 리안나가 속삭였었다.

"그래도 리안나를 되찾진 못했지." 로버트는 눈을 돌려 먼 회색 하늘을 보았다. "저주받을 신들 같으니. 신들이 나에게 준 건 공허한 승리였어. 왕관……. 내가 신들에게 빈 건 리안나였다. 자네 누이를, 안전하게…… 그리고 원래대로 내 품에 안게 해달라 빌었지. 네드, 대체 왕관을 써서 좋은 게 뭔가? 신들은 왕의 기도나 목동의 기도나 똑같이 비웃는데."

"신들을 대신하여 답할 수는 없습니다만, 전하…… 제가 그날 알현실로 말을 몰고 들어갔을 때 무엇을 보았는지는 말할 수 있습니다. 아에리스는 바닥에 쓰러져, 자기 피에 빠져 죽어 있었습니다. 드래곤 머리뼈들이 벽에서 내려다보더군요. 사방이 라니스터들이었습니다. 제이미는 황금 갑옷 위에 킹스가드의 흰 망토를 걸치고 있었습니다. 아직도 그 모습을 떠올릴 수 있습니다. 검에도 금을 입혔더군요. 제이미는 사자 머리 모양의 투구를 쓰고, 자기 기사들 머리 높이, 철왕좌에 앉아 있었습니다. 얼마나 눈부시던지요!"

"그거야 잘 알려진 얘기 아닌가." 왕이 불평했다.

"저는 아직 말에 올라 있었습니다. 알현실 양 옆에 길게 늘어선 드래곤 해골들 사이로 말없이 말을 달렸지요. 마치 그 드래곤들이 어떻겐가 저를 지켜보는 것 같았습니다. 저는 왕좌 앞에 멈춰 서서 제이미를 올려다보았습니다. 왕의 피로 붉게 물든 금빛 검을 무릎 위에 올려놓고 있더군요. 제 뒤로 우리 군사가 알현실을 채웠고, 라니스터 군사는 뒤로 물러났습니다. 저는 한 마디도 하지 않았습니다. 왕좌에 올라앉은 제이미를 쳐다보며, 기다렸지요. 마침내 제이미가 웃음을 터뜨리며 일어섰습니다. 투구를 벗고는 말하더군요. '두려워 마시죠, 스타크. 우리 친구 로버트를 위해 데워두고 있었을 뿐입니다. 유감스럽게도 별로 편한 의자는 아니네요.'"

왕은 고개를 젖히고 우렁차게 웃음을 터뜨렸다. 그 웃음소리에 놀란 까마귀들이 키 큰 갈색 풀밭 위로 날아올랐다. 까마귀들은 거칠게 날갯짓하며 하늘로 날아갔다. "몇 분 동안 내 왕좌에 앉아 있었다고 라니스터를 믿지 말아야 한다는 건가?" 왕은 다시 웃음을 터뜨리며 고개를 저었다. "제이미는 겨우 열일곱 살이었어, 네드. 어린애 티나 겨우 벗은 셈이었지."

"어린애든 어른이든, 그 왕좌에 앉을 권리는 없었습니다."

"피곤했는지도 모르지. 왕을 죽이는 건 피곤한 일이거든. 신들은 아시겠지만, 그 망할 곳에는 엉덩이 붙일 자리가 달리 없어. 게다가 제이미가 맞는 말을 했네. 그건 끔찍하게 불편한 의자야. 여러 가지 의미로." 왕은 고개를 절레절레 저었다. "흠, 이제 내가 제이미의 어두운 죄를 알았으니 그 문제는 잊을 수 있겠군. 난 비밀과 말다툼과 나랏일들이 정말 신물이 나, 네드. 동전 세는 일과 다를 바 없이 지루하다고. 자, 말을 달리세. 자네도 예전엔 말을 탈 줄 알았잖아. 다시 머리에 바람을 맞고 싶군." 왕은 말 옆구리를 걷어차고, 흙먼지를 흩뿌리며 고분을 넘어 달려갔다.

네드는 잠시 동안 따라가지 않았다. 할 말은 다 떨어졌고, 무력감이 가득했다. 처음도 아니지만, 그는 다시 한 번 여기에서 무엇을 하고 있으며,

왜 따라온 걸까 생각했다. 그 자신은 왕의 난폭한 성정을 누르고 지혜를 가르치는 존 아린이 아니었다. 로버트는 언제나처럼 자기 좋을 대로 할 테고, 어떤 말이나 행동으로도 그걸 바꾸지 못할 터였다. 윈터펠에 있었어야 했다. 슬픔에 잠긴 캐틀린과, 브랜과 함께 있어야 했다.

그러나 사람이 언제나 자기가 있어야 할 곳에 있을 수는 없는 법. 에다드 스타크는 체념하고 말 옆구리를 걷어차 왕을 뒤쫓아 갔다.

티리온

북부는 끝도 없이 이어졌다.

티리온 라니스터는 누구 못지않게 지도를 잘 알았지만, 이 북부에서 왕의 가도라고 부르는 조악한 길에서 2주를 보내다 보니 지도와 실제 땅은 전혀 다르다는 교훈을 얻었다.

그들은 왕과 같은 날에 윈터펠을 떠났다. 왕실의 출발이 일으키는 온갖 소란 한가운데에서, 남자들의 고함과 히힝거리는 말 울음소리, 짐마차가 덜그럭거리는 소리와 왕비의 거대한 이동저택이 삐걱거리는 소리를 타고 흩날리는 가벼운 눈 속으로 말을 달렸다. 왕의 가도는 이리저리 뻗은 윈터펠 성과 마을 바로 너머였다. 그곳에서 깃발과 마차와 기사와 자유기수들의 행렬은 남쪽으로 방향을 틀어 소란스럽게 떠나갔고, 티리온은 벤젠 스타크와 그의 조카와 함께 북쪽으로 방향을 돌렸다.

그 후부터는 전보다 더 추워졌고, 엄청나게 조용해지기도 했다.

도로 서쪽은 회색 수석으로 이루어진 바위투성이 야산으로, 암벽 정상마다 높은 감시탑이 서 있었다. 동쪽은 더 낮았고, 땅이 넓게 펼쳐지며 눈 닿는 곳 끝까지 오르락내리락하는 평원이 이어졌다. 빠르게 흐르는 좁은 강에는 돌다리들이 놓였고, 작은 농장들이 나무와 돌로 벽을 두른 성채들을 둘러싸고 흩어져 있었다. 도로는 제법 붐볐고, 밤이면 쉴 만한 허름한 여관들이 있었다.

그러나 윈터펠을 떠나 사흘을 달리자 농지는 빽빽한 숲에 자리를 내어주고, 왕의 가도에는 인적이 드물어졌다. 수석 야산들이 갈수록 높아지고 야생 그대로가 된다 싶더니, 닷새째에는 산맥으로 변했다. 들쭉날쭉하게 머리를 들고 어깨에는 눈을 얹은 차가운 회청색 거인들이었다. 북쪽에서 바람이 불어오자, 높은 봉우리에서 얼음 결정들이 마치 깃발처럼 길게 휘날렸다.

산맥이 서쪽을 가로막고 버텨 서자, 길은 북동쪽으로 방향을 틀어, 참나무와 상록수와 검은 찔레나무 숲을 통과하여 북으로 올라갔다. "늑대 숲이오." 벤젠 스타크는 티리온이 본 적도 없을 만큼 오래되고 어두운 그 숲을 그렇게 불렀고, 실제로 밤마다 멀리 늑대 무리가 울부짖는 소리가 그곳을 채웠다. 소리가 별로 멀지 않을 때도 있었다. 존 스노우의 하얀 번종 나이어울프는 밤에 울려 퍼지는 소리를 들을 때마다 귀를 쫑긋 세웠지만, 소리 내어 답하는 일은 없었다. 티리온은 그 짐승에겐 어딘가 마음이 불안해지는 구석이 있다는 생각을 했다.

그 무렵 일행은 늑대를 빼고도 여덟이었다. 티리온은 라니스터의 이름에 걸맞게 부하 두 명을 데리고 여행했다. 벤젠 스타크는 서자 조카와 밤의 경비대에 전달할 새로운 말 한 무리만 이끌고 출발했지만, 그들은 늑대 숲 가장자리에 위치한 숲 속 성채의 나무 벽 안에서 하룻밤을 보냈고, 그곳에서 요렌이라는 다른 경비대 형제가 합류했다. 요렌은 구부정하고 음산했으며, 이목구비는 옷만큼이나 시커먼 수염 안에 감춰져 있었지만, 오래된 나무뿌리처럼 억세고 돌처럼 단단해 보였다. 요렌은 핑거스(Fingers, 손가락) 곳에서 데려온 남루한 농민 소년 둘과 같이 있었다. "강간범이지."

요렌은 그들을 차갑게 바라보며 말했다. 티리온은 이해했다. 장벽에서의 삶이 힘들다고 하지만, 거세형보다야 나을 터였다.

성인 남자 다섯 명, 사내아이 세 명, 다이어울프 한 마리, 말 스무 마리, 그리고 루윈 학사가 벤젠 스타크에게 맡긴 까마귀장 하나. 왕의 가도 아니라 어떤 도로에서도 호기심을 끌 만한 일행이었다.

티리온은 존 스노우가 묘하게 실망한 듯한 언짢은 얼굴로 요렌과 그의 음침한 동행들을 바라보는 모습을 눈치챘다. 요렌은 어깨가 비틀렸고 시큼한 냄새가 풍겼으며, 머리와 수염은 기름에 절어 엉겨 붙은 데다가 이가 들끓었고, 옷은 낡고 누덕누덕하고 별로 빤 적이 없어 보였다. 요렌이 데려온 젊은 신병 둘은 냄새가 더 고약했고, 잔인한 만큼 멍청하기도 해 보였다.

소년은 밤의 경비대가 자기 숙부 같은 남자들로 이루어져 있다고 오해한 게 분명했다. 그랬다면 요렌과 그 동행자들은 예상치 못한 깨달음을 주었으리라. 티리온은 그에게 안타까움을 느꼈다. 힘든 삶을 선택했구나…… 혹은 힘든 삶이 그를 선택했다고 말해야 할지도 몰랐다.

그 숙부에 대해서는 연민하는 마음이 별로 없었다. 벤젠 스타크는 라니스터 가문을 싫어하는 마음을 형과 공유하는 모양이었고, 티리온이 장벽에 가려고 한다고 말하자 좋아하지 않았다. "경고해두는데, 라니스터, 장벽에서 여관을 찾진 못할 거요." 그는 티리온을 내려다보며 이렇게 말했다.

"나 하나쯤 집어넣을 자리야 찾을 수 있겠지. 혹시 알아차렸나 모르겠는데, 난 몸집이 작다오." 티리온은 이렇게 대꾸했다.

물론 왕비의 동생에게 안 된다고 말하는 사람은 없기에 그 문제는 그렇게 정리가 되었지만, 스타크는 기분 좋게 넘어가지 않았다. "장담하는데 달리는 길이 마음에 들진 않을 거요." 그는 무뚝뚝하게 말했고, 출발한 순간부터 그 말을 증명하려고 온 힘을 다했다.

첫 일주일이 지났을 무렵, 험하게 말을 달린 탓에 티리온은 허벅지가 쓰라렸고, 두 다리는 심한 경련을 일으켰으며, 뼛속까지 한기가 스몄다. 그는 불평하지 않았다. 벤젠 스타크에게 만족감을 줄 생각은 손톱만큼도 없었다.

티리온은 승마용 모피 문제로 작게 복수했다. 스타크는 밤의 경비대원다운 배포를 과시하며 그에게 낡고 퀴퀴한 냄새가 나는 너덜너덜한 자신의 곰 가죽을 권했다. 티리온이 우아하게 거절하리라 생각한 모양이었지만, 티리온은 웃으면서 받았다. 티리온은 윈터펠을 떠날 때 제일 따뜻한 옷가지를 입고 나왔지만, 곧 그 정도 옷으로는 어림도 없다는 사실을 알았다. 북쪽은 추웠고, 점점 더 추워졌다. 이제는 밤마다 기온이 빙점 아래로 떨어졌고, 바람이라도 불면 제일 따뜻한 양모 사이로 단검이 파고드는 느낌이었다. 지금쯤은 스타크도 괜한 예의를 베풀었다고 후회할 게 뻔했다. 아마 벤젠 스타크도 한 가지 교훈을 얻었으리라. 라니스터는 우아하게든 아니든 결코 거절하지 않았다. 라니스터는 주는 대로 받았다.

북으로 더 올라가고, 늑대 숲의 어둠 속으로 더 깊이 들어갈수록 농가와 성채가 드물어지고 작아지더니, 마침내는 바람을 피해 들어갈 지붕이 없어졌고, 그들은 자기들만의 힘으로 버텨야 했다.

티리온은 야영지를 마련하거나 정리할 때 별로 쓸모가 없었다. 너무 작고, 너무 다리를 절었고, 너무 방해됐다. 그래서 스타크와 요렌과 나머지 사람들이 조잡한 피신처를 세우고 말을 돌보고 불을 피우는 동안, 티리온은 모피와 가죽 술 부대를 챙겨서 책을 읽으러 갔다.

여행한 지 열여드레째 밤, 와인은 캐스털리록에서부터 북부까지 가져온 여름 군도의 진귀하고 달콤한 호박색 술이었고, 책은 드래곤의 역사와 특성을 파고드는 내용이었다. 티리온은 에다드 스타크 공의 허락을 받아 윈터펠 도서관에 있는 희귀본을 몇 권 빌려서 북으로 달려가는 길에 챙겨 넣었다.

티리온은 야영지의 소음에서 벗어난 편안한 자리를 찾아냈다. 얼음처럼 맑고 차가운 물이 콸콸 흘러가는 개울 옆이었다. 기괴하게 생긴 오래된 참나무가 살을 에는 바람으로부터 보호해주었다. 티리온은 나무둥치에 등을 대고 모피 두른 몸을 웅크려 앉은 다음, 와인을 한 모금 마시고, 드래곤 뼈의 특성에 대해 읽기 시작했다. 책은 이렇게 말했다. '드래곤 뼈는 철분 함유량이 높아 검은 색을 띤다. 강철처럼 단단하지만, 강철보다 가볍고 훨씬 유연하며, 당연히 불에 아무런 영향을 받지 않는다. 드래곤 뼈로 만든 활은 도트락인들이 귀하게 여기는 물건인데, 그럴 만도 하다. 궁수가 드래곤 뼈 활을 쓰면 어떤 나무 활보다 더 멀리 쏠 수 있다.'

티리온은 전부터 드래곤에게 병적으로 심취했다. 누나와 로버트 바라테온의 혼례에 참석하기 위해 처음 킹스랜딩에 갔을 때, 티리온은 타르가르옌의 알현실 벽에 걸려 있었던 드래곤 머리뼈를 기어코 찾아 나섰다. 로버트 왕이 알현식 벽을 기치와 태피스트리로 대신 장식했지만 티리온은 머리뼈들을 옮겨둔 눅눅한 지하실로 가서 보고야 말았다.

인상적이리라 생각했고, 어쩌면 무서우리라 생각하기도 했다. 아름다울 줄은 생각도 하지 못했다. 그러나 아름다웠다. 마노석처럼 까맣게 반들거리는 드래곤의 뼈는 티리온의 햇불 빛을 받아 번득이는 것처럼 보였다. 드래곤들이 불을 좋아했다. 그도 느꼈다. 커다란 머리뼈 하나의 입에 햇불을 밀어 넣자 티리온의 등 뒤 벽에서 그림자가 뛰놀았다. 이빨은 검은 다이아몬드로 만든 길고 구부러진 단검 같았다. 햇불의 불길은 그들에게 아무것도 아니었다. 그들은 훨씬 더 강력한 불길 속에서 씻었던 존재였다. 티리온은 물러섰을 때 드래곤의 텅 빈 눈구멍이 그가 떠나는 모습을 지켜보았다고 맹세라도 할 수 있었다.

머리뼈는 열아홉 개였다. 제일 오래된 드래곤은 3000년도 더 묵었고, 제일 최근 드래곤은 한 세기 반밖에 되지 않았다. 제일 최근 드래곤이 크기도 제일 작았다. 마스티프 견종의 머리통보다 크지 않고, 이상하게 일그러진 한 쌍의 머리뼈는 드래곤스톤에서 마지막으로 태어난 두 새끼 용이 남긴 유해였다. 그 둘은 마지막 타르가르옌 드래곤이자 아마도 세상 마지막 드래곤이었을 것이고, 별로 오래 살지 못했다.

그 둘로 시작해서 머리뼈가 점점 커지더니 노래와 이야기 속에 나오는 세 마리의 거대한 괴물, 아에곤 타르가르옌과 그 누이들이 옛 칠왕국에 풀어놓았던 그 드래곤들의 머리통에 이르렀다. 가수들은 그들에게 신들의 이름을 붙였다. 발레리온, 메락세스, 바가르. 티리온은 경외심에 사로잡혀 말을 잃은 채 그들의 쩍 벌린 턱 사이에 서 있었다. 바가르의 목구멍은 말을 타고 내려갈 수 있을 정도였다. 다시 달려 나오지는 못하겠지만……. 메락세스는 더 컸다. 셋 중에서도 제일 큰 발레리온, '검은 공포'는 야생 소를 통째로 삼킬 수 있었다. 아니, 예전에 이벤 항구 너머 차가운 황야를 돌아다녔다고 하는 털투성이 매머드도 집어삼킬 수 있을 정도였다.

티리온은 그 눅눅한 지하실에 오랫동안 서서, 눈구멍이 뻥 뚫린 발레리온의 거대한 머리뼈를 횃불 빛이 잦아들도록 바라보며 살아 있을 때의 크기를 가늠해보고, 거대한 검은 날개를 펼치고 하늘을 가르며 불을 뿜어낼 때는 어땠을지 상상해보려 했다.

티리온의 먼 조상인 바위 성(Rock)의 왕 로렌은 그 불에 맞서려고 했었다. 리치 평원(Reach)의 왕 머른과 연합하여 타르가르옌의 정복에 대항하던 때의 일이다. 거의 300년 전, 칠왕국이 지금처럼 거대한 한 왕국이 아니라 각기 다른 일곱 개 왕국을 이루었던 시절이었다. 두 왕은 600개의 기치를 휘날리고, 5000명의 말 탄 기사, 그리고 그 열 배의 자유기수와 병사들을 거느렸다. 연대기 저자들은 드래곤 군주 아에곤에게는 5분의 1 정도 병력이 있었으며, 그나마도 대부분 아에곤이 죽인 왕의 사병들을 징집했기에 충성심이 확실하지 않았다고 적었다.

양쪽 군대는 드넓은 리치 평원에서, 추수를 기다리며 무르익은 황금빛 밀밭 한복판에서 맞닥뜨렸다. 두 왕이 돌격하자 타르가르옌 군대는 벌벌 떨며 흩어져 달아나기 시작했다. 연대기 저자들은 몇 분 동안은 정복이 끝장난 것 같았다고 적었다…… 아에곤 타르가르옌과 그 누이들이 전투에 뛰어들기 전, 단 몇 분 동안 말이다.

바가르, 메락세스, 발레리온이 한꺼번에 풀려난 것은 그때가 유일했다. 가수들은 이를 '불의 들판(Field of Fire)'이라 불렀다.

그날 거의 4000명이 불에 타 죽었고, 그중에는 리치의 머른 왕도 있었다. 로렌 왕은 도망쳐서 항복하고, 타르가르옌 가문에 충성을 맹세하고, 아들을 볼 만큼 오래 살았다. 티리온으로서는 고마운 일이었다.

"왜 그렇게 책을 많이 읽습니까?"

티리온은 목소리를 듣고 고개를 들었다. 존 스노우가 조금 떨어진 곳에 서서 신기한 듯이 그를 바라보고 있었다. 티리온은 읽던 곳에 손가락을 끼우고 책을 덮었다. "날 보고 뭐가 보이는지 말해봐."

소년은 미심쩍은 눈으로 그를 보았다. "무슨 장난이죠? 티리온 라니스터가 보이는데요."

티리온은 한숨을 내쉬었다. "넌 서자치고는 놀랍도록 예의 바르구나, 스노우. 네 눈에 보이는 건 난쟁이야. 네가 몇 살이지, 열두 살인가?"

"열넷요."

"열네 살. 그런데 넌 이미 내가 따라잡을 수 없을 만큼 크지. 내 다리는 짧은 데다 뒤틀렸고, 걷기도 힘들어. 말에서 떨어지지 않으려면 특수한 안장을 얹어야 하지. 혹시 궁금할지 모르겠는데, 내가 직접 설계한 안장이야. 내가 직접 만들지 않으면 조랑말을 타야 했거든. 팔 힘은 그래도 나쁘지 않지만, 역시 너무 짧아. 절대 검사가 되진 못하겠지. 내가 농민으로 태어났다면, 부모가 날 그냥 죽게 내버려뒀거나 어느 노예상에게 기형 구경거리로 팔았을 거야. 안타깝게도 난 캐스털리록의 라니스터로 태어났고, 구경거리가 될 만큼 가난하질 않아. 나에겐 주어진 기대치가 있지. 내 아버지는 20년간 왕의 수관이었어. 내 형이 바로 그 왕을 죽이긴 했지만, 삶이란 게 이런 사소한 역설로 가득한 법이지. 내 누나는 새로운 왕과 결혼했고 내 혐오스러운 조카는 그 뒤를 이어 왕이 될 거야. 나도 내 가문의 명예를 위해 내 몫을 해야 하지 않겠나? 그런데 어떻게? 흠, 내 다리는 내 몸에 비해 너무 작을지 모르지만, 내 머리는 너무 크지. 나야 내 지성에 걸맞은 크기라고 생각하는 편이 좋지만 말이야. 난 내 강점과 약점을 현실적으로 파악하고 있어. 내 지성이 내 무기야. 내 형에게는 검이 있고, 로버트 왕에게는 전투 망치가 있다면, 나에겐 머리가 있지……. 그리고 검의 날에는 숫돌이 필요하듯이 지성에는 책이 필요하거든." 티리온은 가죽 장정을 두드렸다. "그래서 난 책을 많이 읽는 거야, 존 스노우."

소년은 그 모든 말을 조용히 흡수했다. 이름은 받지 못했을지 몰라도 얼굴은 스타크 자체였다. 길고, 엄숙하고, 신중해서 아무것도 비치지 않는 얼굴. 누군지 모를 어미는 아들에게 자기 모습을 별로 물려주지 않은 셈이었다. "뭘 읽고 있어요?" 그가 물었다.

"드래곤에 대해서." 티리온이 대답했다.

"그게 무슨 쓸모가 있죠? 드래곤은 이제 없는데요." 소년은 젊은이답게 서슴없는 확신을 담고 말했다.

"그렇다고들 하지. 슬프지 않나? 내가 네 나이였을 땐 드래곤을 갖는 꿈을 꾸곤 했는데."

"그랬어요?" 의심하는 말투였다. 티리온이 자기를 놀린다고 생각하는지도 몰랐다.

"아, 물론이지. 성장이 덜 된 뒤틀린 몸의 못생긴 꼬마라도 드래곤의 등에 타면 세상을 내려다볼 수 있으니까 말이야." 티리온은 곰 가죽을 밀어내고 일어섰다. "난 캐스털리록 안에 불을 피워놓고 몇 시간이고 불꽃을 바라보면서 그게 드래곤의 불이라고 생각하곤 했지. 가끔은 아버지가 불타는 모습을 상상하기도 했어. 가끔은 누나로 상상했고." 존 스노우는 경악과 매혹이 반씩 섞인 얼굴로 그를 쳐다보고 있었다. 티리온은 시끄럽게 웃었다. "그렇게 쳐다보지 말아라, 서자. 난 네 비밀을 알아. 너도 비슷한 꿈을 꿨을 테지."

"아니요." 존 스노우는 충격받은 얼굴로 말했다. "난 그런……."

"아니라고? 한 번도?" 티리온은 한쪽 눈썹만 올렸다. "흠, 스타크 가문이 너에게 끝내주게 잘해줬나 보구나. 스타크 부인은 널 자기 자식처럼 대했을 테지. 그리고 네 형제 롭은 언제나 친절했겠지. 안 그럴 이유가 있나? 그 녀석은 윈터펠을 얻고 넌 장벽으로 가는데. 그리고 네 아버지에게야…… 짐을 싸서 널 밤의 경비대로 보내버릴 훌륭한 이유가 있었겠지……."

"그만해요." 존 스노우는 시커멓게 분노를 피워 올리며 말했다. "밤의 경비대는 고귀한 소명입니다!"

티리온은 웃었다. "넌 그 말을 믿기엔 너무 똑똑하지 않나? 밤의 경비대는 이 나라의 온갖 부적응자가 모여드는 두엄 더미야. 네가 요렌과 요렌이 데려온 애들을 보는 눈빛을 봤지. 그게 네 새로운 형제들이다, 존 스노우. 마음에 드나? 음침한 농민들, 빚진 사람들, 밀렵꾼에 강간범에 도둑들, 그리고 너 같은 사생아들이 다 장벽에 모여서 그럼킨과 스나크와 네 유모가 이야기했던 다른 온갖 괴물들을 감시하는 거야. 좋은 점은 실제로 그럼킨이나 스나크 같은 건 없고, 그러니 별로 위험한 일은 아니라는 거지. 나쁜 점은 불알이 떨어질 정도로 춥다는 거지만, 어차피 씨를 뿌리지도 못할 테니 그게 문제가 되진 않겠지."

"그만!" 소년은 버럭 소리를 질렀다. 그리고 금방이라도 울 것 같은 얼굴로 주먹을 쥐고 한 걸음을 내디뎠다.

갑자기, 터무니없게도, 티리온은 죄책감을 느꼈다. 그는 괜찮다고 소년의 어깨를 두드려주거나, 사과의 말이라도 중얼거릴 생각으로 한 걸음을 내디뎠다.

티리온은 늑대를 보지 못했다. 늑대가 어디에 있었는지, 어떻게 다가왔는지 보지 못했다. 조금 전까지만 해도 스노우를 향해 걸어가고 있었는데, 다음 순간 그는 딱딱한 바위 바닥에 누워 있었다. 쓰러지면서 책은 손에서 날아갔고, 갑작스러운 충격에 숨이 턱 막혔으며, 입에는 흙과 피와 썩은 낙엽이 가득했다. 몸을 일으키려고 했더니 등이 고통스럽게 경련했다. 쓰러지면서 허리를 삔 모양이었다. 티리온은 좌절감에 이를 갈고, 나무뿌리를 하나 잡고, 몸을 당겨 앉은 자세를 취했다. "도와줘." 티리온은 한 손을 뻗으며 말했다.

어느새 늑대가 두 사람 사이에 있었다. 으르렁거리지는 않았다. 그 저주받을 짐승은 소리를 내는 법이 없었다. 늑대는 그저 번쩍이는 붉은 눈으로 티리온을 바라보며 이를 드러낼 뿐이었고, 그것으로 충분하고도 남았다. 티리온은 끙 소리를 내며 바닥에 털썩 주저앉았다. "그럼 도와주지 말아라. 네가 갈 때까지 여기 앉아 있을 테니까."

존 스노우는 이제 미소 띤 얼굴로 고스트의 숱 많은 흰 털을 쓰다듬고 있었다. "정중하게 부탁해봐요."

티리온 라니스터는 속에 똬리를 트는 분노를 느꼈고, 의지력으로 그 분노를 짓밟았다. 살면서 굴욕을 당한 일이 처음도 아니었고, 마지막도 아닐 터였다. 이번에는 심지어 자초하기도 했다. "친절하게 도움을 베푼다면 아주 고맙겠네, 존." 그가 부드럽게 말했다.

"앉아, 고스트." 소년의 말에 다이어울프는 엉덩이를 대고 앉았다. 붉은 눈은 티리온에게서 떨어지지 않았다. 존은 뒤로 돌아가서 티리온의 양쪽

겨드랑이에 손을 넣고 쉽게 들어 올려 세웠다. 그런 다음에는 책을 집어 돌려주었다.

"저 녀석이 왜 날 공격한 거지?" 티리온은 다이어울프를 곁눈질하며 묻고, 손등으로 입가에 묻은 피와 흙을 닦았다.

"그럼킨인 줄 알았나 보죠."

티리온은 존을 흘낏 쏘아보고는, 웃고 말했다. 있는 그대로의 즐거운 코웃음이 허락도 없이 터져 나왔다. 그는 제 웃음에 숨이 막혀서 고개를 절레절레 흔들었다. "아, 신들이시여. 내가 좀 그럼킨같이 생기긴 했지. 저 녀석이 스나크에겐 무슨 짓을 하려나?"

"알고 싶지 않을걸요." 존은 술 부대를 집어서 티리온에게 넘겼다.

티리온은 마개를 따고, 고개를 젖혀 입안에 길게 와인을 짰다. 와인은 서늘한 불처럼 목구멍을 넘어가서 배 속을 데웠다. 그는 존 스노우에게 술 부대를 내밀었다. "좀 마실래?"

소년은 술 부대를 받아서 조심스럽게 한 모금을 넘겼다. 그는 술을 마시고 나서 말했다. "그건 사실이죠? 밤의 경비대에 대해 한 말."

티리온은 고개를 끄덕였다.

존 스노우는 입을 굳게 다물었다가 말했다. "사실이 그렇다면 받아들여야죠."

티리온은 씩 웃었다. "훌륭하다, 서자. 대부분 사람들은 힘든 진실을 직시하느니 부인해버리지."

"대부분 사람들은요. 당신은 아니고."

"그래." 티리온은 인정했다. "나는 아니야. 이젠 드래곤에 대한 꿈도 거의 꾸지 않지. 드래곤은 세상에 없어." 그는 떨어진 곰 가죽을 주워 들었다. "가자, 네 숙부가 부르기 전에 야영지로 돌아가는 편이 좋겠다."

걷는 거리는 짧았지만, 발아래 땅은 거칠었고 도착할 때쯤 티리온의 다리는 심하게 경련하고 있었다. 빽빽하게 얽힌 나무뿌리를 넘어갈 때는 존 스노우가 도와주겠다고 손을 내밀었지만, 티리온은 그 손을 떨쳐냈다. 평생 그랬듯이 혼자 헤치고 나아갈 터였다. 그래도 야영지가 보이자 반가웠다. 피신처는 오래전에 버려진 성채의 허물어져가는 벽을 바람막이 삼아 세워졌다. 말들은 먹이를 먹었고 불도 피워져 있었다. 요렌은 바위에 앉아서 다람쥐 가죽을 벗기고 있었다. 기분 좋은 스튜 향기가 티리온의 콧구멍을 채웠다. 티리온은 스튜 냄비를 젓고 있는 하인 모렉에게 발을 끌고 다가갔다. 모렉은 말없이 국자를 내밀었다. 티리온은 맛을 보고 돌려주며 말했다. "후추를 더 넣어."

벤젠 스타크가 조카와 함께 쓰는 피신처에서 튀어나왔다. "거기 있었구나. 젠장, 혼자 돌아다니지 말아라, 존. 다른 자들에게 잡혀갔나 했다."

"그럼킨에게 잡혀갔었지." 티리온이 웃으면서 말했다. 존 스노우는 미소 지었다. 벤젠 스타크는 당황한 눈빛으로 요렌을 보았다. 늙은 요렌은 끙 소리를 내고 어깨를 으쓱이너니 하던 일로 놀아갔다.

다람쥐 고기가 스튜에 맛을 더해주었고, 그들은 그날 밤 불가에 둘러앉아 검은 빵과 딱딱한 치즈와 함께 스튜를 먹었다. 티리온은 요렌마저 말랑말랑해질 때까지 술 부대를 돌렸다. 일행은 그날 밤 첫 번째 경계를 맡은 존 스노우만 남기고 하나씩 하나씩 자기 피신처에 들어가서 잠들었다.

티리온은 언제나처럼 마지막에 물러났다. 그는 부하들이 지어준 피신처에 발을 들이다가 말고 존 스노우를 돌아보았다. 소년은 고요하고 단단한 얼굴로 불 가까이 서서 불꽃 속을 지그시 들여다보고 있었다.

티리온 라니스터는 서글픈 미소를 짓고 잠자리에 들었다.

캐틀린

네드와 딸들이 떠난 지 여드레가 지난 어느 날 밤, 루윈 학사가 독서 등과 회계장부를 들고 브랜의 병실로 그녀를 찾아왔다. "회계를 검토할 때가 지났습니다. 왕가 일행의 방문으로 얼마가 들었는지 알고 싶으실 텐데요."

캐틀린은 침대에 누운 브랜을 보며 그 이마에 흘러내린 머리가락을 걷었다. 머리가 많이 자라 있었다. 곧 잘라줘야 했다. "숫자를 볼 필요는 없어요, 루윈 학사." 그녀는 브랜에게서 눈을 떼지 않고 말했다. "그 방문으로 우리가 어떤 대가를 치렀는지 압니다. 장부는 치워요."

"왕가 일행은 식욕이 왕성했습니다. 창고를 다시 채워두어야―"

그녀는 말을 잘랐다. "장부는 치우라 했습니다. 필요한 부분이야 집사가 처리하겠지요."

"여기엔 집사가 없습니다." 루윈 학사가 상기시켰다. 회색 쥐 새끼처럼 물고는 놓지 않을 모양이었다. "풀 집사는 킹스랜딩에서 에다드 공의 가사를 돌보러 남쪽으로 갔습니다."

캐틀린은 멍하니 고개를 끄덕였다. "아, 그래요. 기억나네요." 브랜은 너무나 창백했다. 그녀는 브랜이 아침 햇살을 받을 수 있게 창문 아래로 침대를 옮길 수 있을까 생각했다.

루윈 학사는 등불을 문가 벽감에 내려놓고 심지를 만지작거렸다. "즉각 처리해주셔야 할 임명안이 몇 가지 있습니다. 집사 외에도 조리 카셀을 대신할 위병대장과 새로운 거마장―"

캐틀린의 시선이 홱 돌아갔다. "거마장?" 그 목소리는 채찍 같았다.

학사는 동요했다. "그렇습니다. 헐렌은 에다드 공과 함께 남쪽으로 갔으니……."

"내 아들은 여기에 망가진 채로 누워서 죽어가는데, 새로운 거마장을 의논하고 싶다는 겁니까, 루윈 학사? 내가 마구간이 어떻게 되든 상관할 것 같아요? 조금이라도 관심이 있을 것 같아요? 브랜의 눈만 뜨게 해준다면 윈터펠의 모든 말을 내 손으로 기꺼이 도살할 겁니다. 무슨 말인지 이해해요? 알아듣겠냐고요."

학사는 고개를 숙였다. "예, 마님. 하나 임명은―"

"임명은 제가 하지요." 롭이 말했다.

캐틀린은 롭이 들어오는 소리를 듣지 못했지만, 롭은 어느새 문간에 서서 그녀를 바라보고 있었다. 그녀는 퍼뜩 자신이 소리를 지르고 있었음을 깨닫고 부끄러워졌다. 어쩌다 이렇게 된 걸까? 너무나 피곤했고, 내내 머리가 아팠다.

루윈 학사는 캐틀린에게서 그녀의 아들에게 시선을 옮겼다. "빈자리에 고려할 만한 인물들의 명단을 준비했습니다." 그는 롭에게 소매에서 꺼낸 종이를 내밀었다.

그녀의 아들은 명단을 훑어보았다. 캐틀린은 아들이 밖에 나갔다 왔음을 알아보았다. 추위 때문에 뺨이 붉었고, 머리는 바람에 날려 부스스했다. "괜찮은 사람들이군요. 내일 의논하기로 하지요." 그는 명단을 돌려주었다.

"알겠습니다." 종이는 학사의 소매 속으로 사라졌다.

"이제 물러가세요." 롭이 말하자 루윈 학사는 절을 하고 밖으로 나갔다. 롭은 문을 닫고 캐틀린에게 돌아섰다. 그녀는 아들이 검을 차고 있음을 알아보았다. "어머니, 뭘 하고 계신 겁니까?"

캐틀린은 언제나 롭이 자신을 닮았다고 생각했다. 브랜과 리콘과 산사처럼 롭도 툴리 가문의 적갈색 머리와 푸른 눈을 이어받았다. 그러나 지금 처음으로 롭의 얼굴에 에다드 스타크를 닮은 면이, 북부의 엄하고 냉정한 모습이 비쳤다. 당황한 그녀는 그 말을 되풀이했다. "뭘 하고 있느냐고? 어떻게 그런 걸 물을 수 있지? 내가 뭘 하고 있다고 생각하느냐? 네 동생을 돌보고 있다. 브랜을 돌보고 있어."

"돌본다는 게 이런 건가요? 어머니는 브랜이 다친 후 이 방을 떠나지 않으셨어요. 아버지와 누이들이 남쪽으로 떠날 때도 성문까지 나와보지도 않으셨죠."

"이 방에서 인사를 했고, 청기에서 떠나는 모습을 지켜보았다." 그녀는 네드에게 가지 말라고, 지금은 안 된다고, 이런 일이 일어난 후에는 안 된다고 애걸했다. 이젠 모든 것이 달라졌는데, 그게 보이지 않는 거냐고. 소용없었다. 네드는 선택의 여지가 없다고 말하고, 떠나기를 선택했다. "난 한시도 브랜 곁을 떠날 수 없어. 언제라도 마지막이 될 수 있는데…… 같이 있어야 해. 혹시…… 혹시라도……." 그녀는 브랜의 축 늘어진 손을 깍지 껴 잡았다. 브랜은 너무나 마르고 연약했고, 손에 힘도 남아 있지 않았지만, 그래도 닿은 살갗을 통해 생명의 온기를 느낄 수는 있었다.

롭의 목소리가 부드러워졌다. "브랜은 죽지 않을 거예요, 어머니. 루윈 학사님이 가장 위험한 때는 지나갔다고 하잖아요."

"루윈 학사가 틀렸다면? 브랜이 날 필요로 하는데 내가 여기에 없다면?"

"리콘에게도 어머니가 필요해요." 롭은 날카롭게 말했다. "이제 겨우 세 살이라, 무슨 일이 일어나는 건지 이해하지 못하고 있어요. 모두가 자길 버렸다고 생각하고 하루 종일 절 따라다니면서 제 다리를 붙들고 울어요. 전 리콘을 어째야 할지 모르겠어요." 롭은 잠시 말을 멈추고, 어렸을 때처럼 아랫입술을 씹었다. "어머니, 저도 어머니가 필요해요. 노력하고 있지만 도저히…… 도저히 저 혼자서는 못해요." 롭의 목소리가 북받친 감정에 갈라졌고, 캐틀린은 롭이 열네 살밖에 되지 않았음을 상기했다. 일어나서 롭에게 가고 싶었지만, 브랜이 아직 그녀의 손을 잡고 있었기에 움직일 수가 없었다.

탑 바깥에서 늑대가 울부짖기 시작했다. 캐틀린은 잠시 몸을 떨었다.

"브랜의 늑대예요." 롭이 창문을 열고 답답한 탑 안에 밤공기를 들였다. 울부짖는 소리가 더 크게 들렸다. 비애와 절망이 가득 담긴 차갑고 고독한 소리였다.

"그러지 말아라. 브랜은 몸을 따뜻하게 해야 해."

"브랜은 저 소리를 들어야 해요." 롭이 말했다. 윈터펠 어딘가에서 두 번째 늑대가 첫 번째 늑대와 입을 모아 울부짖기 시작했다. 더 가까운 곳에서 세 번째 늑대가 합세했다. "새끼독과 그레이윈드예요." 롭은 세 마리의 울음소리가 함께 오르내리자 말했다. "잘 들으면 구분해낼 수 있어요."

캐틀린은 몸을 떨고 있었다. 비탄 때문이었고, 추위 때문이었고, 다이어 울프들의 울음소리 때문이었다. 밤이면 밤마다 늑대 울음소리와 차가운 바람과 텅 빈 회색 성만 변함없이 이어졌고, 그녀의 아들은 망가진 채 누워 있었다. 잘 웃고 벽 타기를 좋아하고 기사가 되기를 꿈꾸던 브랜, 자식들 중에서 가장 다정하고 상냥한 아이가 말이다. 이제는 다 끝났다. 다시는 이 아이의 웃음소리를 듣지 못하리라. 그녀는 흐느끼며 브랜의 손을 놓고 그 끔찍한 울음소리를 듣지 않으려 귀를 막았다. "저 소리를 멈춰다오!

견딜 수가 없구나. 저 소리를 멈춰, 멈추란 말이다. 다 죽여야 한다면 죽여서라도 그만 울게 해!"

쓰러진 기억도 없었지만 캐틀린은 어느새 바닥에 쓰러져 있었고, 롭이 강인한 두 팔로 그녀를 안아 들었다. "무서워하지 마세요, 어머니. 늑대들은 결코 브랜을 해치지 않아요." 롭은 그녀를 부축해서 병실 구석에 놓인 좁은 침대로 데려갔다. 롭은 부드럽게 말했다. "눈을 감고 쉬세요. 루윈 학사에게 어머니가 브랜이 떨어진 후 거의 주무시지 않았다고 들었어요."

"잘 수가 없어." 캐틀린은 흐느꼈다. "신들이여 용서하소서. 롭, 난 잘 수가 없어. 내가 자는 사이에 브랜이 죽으면, 혹시라도 브랜이 죽는다면, 브랜이 죽는다면……." 늑대들은 여전히 울부짖고 있었다. 캐틀린은 절규하며 다시 귀를 막았다. "아, 창문을 닫아다오!"

"주무시겠다고 약속하시면요." 창가로 다가간 롭이 덧문에 손을 뻗는데 다이어울프들의 구슬픈 울음소리에 다른 소리가 더해졌다. "개들이네요." 롭은 귀를 기울이며 말했다. "개들이 다 짖고 있어. 이런 적이 없는데……." 캐틀린은 롭이 헉 하고 숨을 들이켜는 소리를 들었다. 올려다보니 등불 빛을 받은 롭의 얼굴이 창백했다. "불이에요." 롭이 읊조렸다.

불이라니. 브랜! "도와다오." 캐틀린은 일어나 앉으며 황급히 말했다. "브랜을 옮기게 도와다오."

롭은 그녀의 말을 듣고 있지 않는 듯했다. "도서관 탑에 불이 났어요."

캐틀린도 이제 열린 창밖으로 가물거리는 붉은 빛을 볼 수 있었다. 그녀는 안도감에 어깨를 늘어뜨렸다. 브랜은 안전했다. 도서관은 안뜰 맞은편에 있으니, 불이 여기까지 번질 일은 없었다. "신들이시여 고맙습니다." 그녀는 속삭였다.

롭은 실성한 사람 보듯 그녀를 쳐다보았다. "어머니, 여기 계세요. 불이 꺼지는 대로 돌아올게요." 롭은 달려 나갔다. 방 밖에서 롭이 위병들에게 외치는 소리가 들리고, 다들 한 번에 두세 계단씩 급하게 달려 내려가는 소리가 들렸다.

바깥마당에서 "불이야!"라는 외침이며 비명, 달려가는 발소리, 겁에 질린 말들이 히힝거리는 소리, 성안의 개들이 미친 듯이 짖어대는 소리가 들려왔다. 그 불협화음에 귀를 기울이던 캐틀린은 문득 늑대 소리가 멎었음을 알아차렸다. 다이어울프들이 입을 다물었다.

캐틀린은 신의 일곱 얼굴에게 소리 없이 감사 기도를 올리며 창가로 걸어갔다. 안뜰 저편에서는 도서관 창밖으로 긴 불길이 뿜어져 나왔다. 그녀는 하늘로 올라가는 연기를 바라보며 슬픈 마음으로 스타크 가문이 몇 세기에 걸쳐 모아들인 모든 책들을 생각했다. 그리고 덧문을 닫았다.

캐틀린이 창문 앞에서 몸을 돌렸을 때, 방 안에 웬 남자가 있었다.

"당신은 여기 있으면 안 되는 거였어." 남자가 뚱하니 중얼거렸다. "여기엔 아무도 없어야 했어."

더러운 갈색 옷을 입은 작고 지저분한 사내로, 말 냄새가 지독히게 풍겼다. 캐틀린은 마구간에서 일하는 남자들을 모두 알았는데, 이 남자는 아니었다. 야윈 몸, 앙상한 얼굴에 금발 머리카락은 힘없이 늘어졌고 쑥 들어간 눈은 흐릿했으며, 손에는 단검을 쥐고 있었다.

캐틀린은 단검을 보고, 브랜을 보았다. "안 돼." 말이 목에 탁 걸려서 속삭임밖에 나오지 않았다.

남자는 그 말을 들은 모양이었다. "이건 자비야. 이미 죽은 애야."

"안 돼." 캐틀린은 목소리를 되찾고 아까보다 큰 소리로 말했다. "안 돼, 그럴 순 없어." 도움을 청하기 위해 창문으로 몸을 돌렸지만, 남자가 생각보다 빨리 움직였다. 남자는 한 손으로 그녀의 입을 틀어막고 머리를 뒤로 젖히며 목에 단검을 가져다 댔다. 남자의 몸에서 풍기는 악취는 압도적이었다.

캐틀린은 두 손을 뻗어 온 힘을 다해서 칼날을 움켜쥐고 목에서 떼어냈다. 귓가에서 남자가 욕하는 소리가 들렸다. 손가락이 피로 미끌거렸지만, 그녀는 단검을 놓지 않았다. 남자의 손이 그녀의 입을 더 단단히 틀어막고, 공기를 차단했다. 캐틀린은 고개를 옆으로 비틀고 가까스로 살점을 물었다. 그녀는 남자의 손바닥을 힘껏 깨물었다. 남자는 아파서 끙끙거렸다. 그녀가 턱에 힘을 주고 살을 찢어내자 갑자기 남자가 손을 놓았다. 남자의 피 맛이 입안을 채웠다. 그녀는 공기를 들이마시고 비명을 질렀고, 남자는 그녀의 머리채를 잡고 밀쳐냈다. 그녀는 비틀거리며 쓰러졌고, 남자는 우뚝 서서 거친 숨을 몰아쉬며 몸을 떨었다. 남자의 오른손에는 아직도 피에 젖은 단검이 단단히 쥐여 있었다. "당신이 여기 있으면 안 되는 거였어." 남자는 멍청하게 그 말을 되풀이했다.

캐틀린은 남자의 등 뒤 열린 문으로 미끄러져 들어오는 그림자를 보았다. 으르렁거리는 소리보다도 더 조용한 위협의 속삭임이 낮게 깔렸다. 그럼에도 남자는 뭔가를 들었는지 늑대가 뛰어오른 순간에 몸을 홱 돌렸다. 둘이 함께 넘어지면서 쓰러진 캐틀린을 반쯤 덮치다시피 했다. 늑대가 남자를 제압하고 있었다. 남자의 새된 비명 소리는 늑대가 고개를 틀어 남자의 목을 반쯤 뜯어내기까지 1초도 이어지지 않았다.

캐틀린의 얼굴에 흩뿌려진 피가 따뜻한 빗물 같았다.

늑대가 그녀를 바라보고 있었다. 턱은 붉게 젖었고 눈은 어두운 방 안에서 황금빛으로 번쩍였다. 브랜의 늑대였다. 당연히 그랬다. "고맙다." 캐틀린은 작고 희미한 목소리로 속삭였다. 그녀는 떨면서 손을 들어 올렸다. 늑대가 가까이 다가오더니 그녀의 손가락에 코를 킁킁거리고, 축축하고 거친 혀로 피를 핥았다. 늑대는 그녀의 손에 묻은 피를 다 닦아내고는 소리 없이 몸을 돌려 브랜의 침대에 뛰어올라 브랜 옆에 엎드렸다. 캐틀린은 발작처럼 웃음을 터뜨렸다.

그것이 롭과 루윈 학사와 로드릭 경이 윈터펠의 위병 절반을 이끌고 뛰어 들어와서 보게 된 광경이었다. 웃음소리가 겨우 잦아들자, 사람들이 캐틀린에게 따뜻한 담요를 두르고 주성에 있는 그녀의 방으로 데려갔다. 낸 할멈이 그녀의 옷을 벗기고 살이 데도록 뜨거운 목욕물에 앉힌 다음, 부드러운 천으로 피를 닦아냈다.

그 후에는 루윈 학사가 상처를 돌보러 왔다. 손가락은 뼈가 드러날 정도로 깊게 베였고, 남자가 머리카락을 한 줌 뜯어낸 자리는 벗겨지고 피가 흘렀다. 학사는 통증은 이제 겨우 시작이라고 말하고 잠을 도와줄 양귀비 즙을 먹였다.

그녀는 마침내 눈을 감았다.

다시 눈을 떴을 때는 나흘 동안 잔 후라고 했다. 캐틀린은 고개를 끄덕이고 침대에 일어나 앉았다. 이제는 브랜의 추락 이후에 일어난 모든 일이 피와 슬픔으로 채워진 끔찍한 악몽 같았지만, 손에 남은 통증이 실제로 일어난 일임을 상기시켰다. 맥이 빠졌고 현기증이 났지만, 묘하게도 임청난 무게를 벗어난 것처럼 의연해졌다.

그녀는 하인들에게 말했다. "빵과 꿀을 가져오고, 루윈 학사에게 붕대를 갈아야 한다고 전해라." 하인들은 놀라서 그녀를 보다가 달려 나갔다.

캐틀린은 이전에 자신이 어떤 모습이었는지 기억하고 부끄러움을 느꼈다. 그녀는 자식들과 남편과 가문까지 다 실망시켰다. 다시는 그런 일이 없을 것이다. 이 북부인들에게 리버런의 툴리가 얼마나 강해질 수 있는지 보여주리라.

식사보다 롭이 먼저 도착했다. 로드릭 카셀과 남편의 대자 테온 그레이조이, 마지막으로 갈색 수염을 각이 지게 다듬은 근육질의 위병 할리스 몰렌이 같이 들어왔다. 롭은 할리스가 새로운 위병대장이라고 말했다. 캐틀린은 아들이 가죽과 고리 갑옷을 입고, 허리에 검을 차고 있음을 보았다.

"그놈은 누구였지?" 캐틀린이 물었다.

할리스 몰렌이 대답했다. "이름을 아는 자가 없었습니다. 윈터펠 사람은 아니지만, 지난 몇 주 동안 성 안팎에서 그놈을 봤다는 소리가 있습니다."

"그렇다면 왕의 일행이었겠군. 아니면 라니스터 사람이거나. 다른 사람들이 떠날 때 남아 있었을 수 있지." 그녀가 말했다.

할리스가 말했다. "그럴지도 모르겠습니다. 최근까지 온갖 이방인들이 윈터펠을 채웠던 탓에 그놈이 어디 소속이다 말할 방법이 없습니다."

"마구간에 숨어 있었던 거죠. 냄새가 진동을 하더군요." 그레이조이가 말했다.

"그런데 어떻게 눈에 띄지 않을 수 있었지?" 캐틀린은 날카롭게 말했다.

할리스 몰렌은 겸연쩍은 얼굴이었다. "에다드 공께서 남쪽으로 데려가신 말들에다가, 북쪽 밤의 경비대로 보낸 말까지 더해서 마구간이 반은 비어 있었습니다. 마구간지기들에게 몸을 숨기기는 별로 어렵지도 않았겠지요. 호도가 그놈을 봤는지 이상하게 굴었다고는 합니다만, 워낙 단순한 녀석이라······." 할리스는 고개를 저었다.

롭이 끼어들었다. "그놈이 자던 곳을 찾아냈습니다. 지푸라기 밑에 은화 90닢이 든 가죽 주머니를 묻어뒀더군요."

"내 아들의 목숨이 싸게 팔리지 않았다는 점은 다행이구나." 캐틀린은 신랄하게 말했다.

할리스 몰렌이 어리둥절해서 그녀를 보았다. "외람되오나, 그놈이 아드님을 죽이러 왔다는 말씀이십니까?"

그레이조이는 회의적이었다. "그건 미친 짓입니다."

"그놈은 브랜을 노렸다. 내가 거기 있으면 안 되는 거였다고 계속 중얼거리더구나. 내가 위병을 데리고 불을 끄러 달려갈 줄 알고 도서관에 불을 지른 거야. 내가 슬픔에 반쯤 미쳐 있지 않았더라면 통했겠지."

롭이 말했다. "왜 브랜을 죽이고 싶어 하겠어요? 세상에, 브랜은 무력하게 잠든 어린아이에 불과한데……."

캐틀린은 맏아들에게 도전의 눈빛을 던졌다. "북부를 통치하려면 이런 일을 제대로 생각해야 한다, 롭. 네가 던진 질문에 답해보거라. 대체 누가 잠자는 아이를 죽이고 싶어 할까?"

롭이 답하기 전에 하인들이 주방에서 갓 나온 음식 접시를 들고 돌아왔다. 캐틀린이 시킨 것보다 훨씬 많았다. 따끈한 빵, 버터와 꿀과 블랙베리 잼, 얇게 저민 베이컨과 반숙 달걀, 치즈 한 조각, 박하 차 한 주전자까지. 그리고 루윈 학사도 같이 왔다.

"내 아들은 어떤가요, 학사?" 캐틀린은 그 모든 음식을 보고도 식욕을 찾을 수 없었다.

루윈 학사는 시선을 내리깔았다. "변함 없습니다."

딱 그녀가 예상한 답변 그대로였다. 두 손이 아직도 칼날이 깊이 박힌 것처럼 욱신거렸다. 그녀는 하인들을 물리고 롭을 다시 보았다. "이제 답이 떠올랐느냐?"

"누군가가 브랜이 깨어날지 모른다고 두려워하는 거군요. 브랜이 말하거나 할지도 모르는 일을, 브랜이 무엇을 알고 있는지를 두려워하는 거예요." 롭이 대답했다.

캐틀린은 아들이 자랑스러웠다. "잘했다." 그녀는 새로운 위병대장을 돌아보았다. "우린 브랜을 안전하게 지켜야 하네. 살인자가 하나 왔다면, 더 올 수도 있지."

"호위병을 얼마나 붙일까요, 마님?" 할리스가 물었다.

"에다드 공께서 떠나 계신 동안에는 내 아들이 윈터펠의 주인이네." 그녀는 위병대장에게 말했다.

롭은 조금 더 당당하게 몸을 폈다. "낮이고 밤이고 한 명은 병실에 두고,

한 명은 문밖에, 두 명은 계단 밑에 두게. 나나 어머니의 허락 없이는 아무도 브랜을 보지 못하게 하고."

"말씀대로 하겠습니다."

"당장 시행하게." 캐틀린이 말했다.

"그리고 브랜의 늑대는 방 안에 함께 둬." 롭이 덧붙였다.

"그래." 캐틀린이 말하고, 다시 말했다. "그래야지."

할리스 몰렌은 절을 하고 방을 나섰다.

위병대장이 나가자 로드릭 경이 말했다. "스타크 부인, 혹시 살인자가 쓴 단검을 눈여겨보셨습니까?"

"상황상 자세히 볼 수는 없었지만, 날카로움에 대해서는 보증할 수 있지요." 캐틀린은 건조한 미소를 지으며 대꾸했다. "왜 물으시오?"

"그 악한이 손에 단검을 쥐고 있었습니다. 제가 보기에 그런 놈이 쓰기에는 너무 좋은 무기인지라, 자세히 살펴보았지요. 칼날은 발리리아 강철이고, 칼자루는 드래곤 뼈였습니다. 그런 놈의 손에 들어갈 일이 없는 물건입니다. 누군가가 준 겁니다."

캐틀린은 생각에 잠겨 고개를 끄덕였다. "롭, 문을 닫아라."

롭은 이상하다는 듯이 그녀를 보았지만, 시키는 대로 했다.

"지금 여러분에게 하려는 말은 이 방을 벗어나선 안 됩니다. 맹세를 받고 싶군요. 내 의심의 일부만 사실이라 해도 네드와 내 딸들은 치명적인 위험 속으로 뛰어든 격이고, 엉뚱한 귀에 한 마디만 잘못 들어가도 목숨이 위험할 수 있어요."

"에다드 공은 제게 두 번째 아버지이십니다. 맹세합니다." 테온 그레이조이가 말했다.

"제 맹세를 받으시지요." 루윈 학사가 말했다.

"제 맹세도요." 로드릭 경이 맞장구쳤다.

그녀는 아들을 쳐다보았다. "너는, 롭?"

롭은 고개를 끄덕여 동의했다.

"내 동생 라이사는 라니스터가 남편이자 왕의 수관이었던 아린 공을 살해했다고 믿고 있어요. 제이미 라니스터는 브랜이 떨어진 날 사냥에 참여하지 않았지요. 여기 성안에 남아 있었어요." 방 안은 무덤처럼 고요했다. 캐틀린은 그 정적에 대고 말했다. "난 브랜이 탑에서 떨어졌다고 생각하지 않습니다. 내던져졌다고 생각해요."

다들 얼굴에 충격이 역력했다. 로드릭 카셀이 말했다. "마님, 그건 말도 안 됩니다. 아무리 킹슬레이어라 해도 무고한 아이를 살해하려 하진 않을 겁니다."

"아, 과연 그럴까요?" 테온 그레이조이가 말했다.

"라니스터의 자만심이나 라니스터의 야망엔 한계가 없지요." 캐틀린이 말했다.

루윈 학사가 생각에 잠겨서 말했다. "브랜은 과거에 언제나 벽 타는 솜씨가 좋았지요. 윈터펠을 돌 하나까지 샅샅이 알았어요."

"신들이시여." 롭의 미성숙한 얼굴이 분노로 어두워졌다. "그게 사실이라면, 그자는 대가를 치를 겁니다." 롭은 검을 뽑아 허공에 휘둘렀다. "내가 직접 죽여버릴 거예요!"

로드릭 경이 노기를 띠었다. "그 칼 치우십시오! 라니스터가는 천 리 밖에 있습니다. 정말로 쓸 때가 아니면 절대 검을 뽑지 말라고 몇 번이나 말해야겠습니까, 어리석은 도련님?"

롭은 갑자기 다시 어린아이가 되어 부끄러운 얼굴로 검을 집어넣었다. 캐틀린은 로드릭 경에게 말했다. "내 아들이 이제 철검을 차고 있군요."

늙은 훈련대장은 말했다. "때가 되었다 생각했습니다."

롭은 불안한 얼굴로 그녀를 보고 있었다. 그녀가 말했다. "그럴 때가 지났지요. 윈터펠은 곧 모든 검을 다 필요로 할지 모르고, 그럼 목검은 안 될 일이오.”

테온 그레이조이가 칼자루에 한 손을 대고 말했다. “그런 때가 온다면, 저희 가문이 스타크가에 엄청난 빚을 지고 있다는 것을 기억하십시오.”

루윈 학사는 목을 조이는 사슬 목걸이를 잡아당겼다. “우리에겐 추측밖에 없습니다. 우리가 고발하려는 사람은 왕비의 사랑하는 형제입니다. 왕비가 좋게 받아들이진 않을 겁니다. 증거를 손에 넣거나, 아니면 영영 침묵해야 합니다.”

“증거야 그 단검에 있지요. 그런 좋은 칼이라면 누군가가 눈여겨봤을 겁니다.” 로드릭 경이 말했다.

캐틀린은 단검의 진실을 알아낼 곳이 하나뿐임을 깨달았다. “누군가가 킹스랜딩으로 가야 해요.”

“제가 갈게요.” 롭이 말했다.

“아니. 네 자리는 여기나. 윈터펠에는 언제나 스타크가 있어야 해.” 캐틀린은 하얀 구레나룻을 위엄 있게 기른 로드릭 경을, 회색 로브를 입은 루윈 학사를, 마르고 가무잡잡한 몸에 충동적인 성격의 젊은 그레이조이를 보았다. 누굴 보낸다? 누굴 믿는다? 캐틀린은 이제 답을 알았다. 그녀는 붕대를 감아 돌처럼 뻣뻣하게 굳은 손가락으로 힘겹게 담요를 젖혔다. 그녀는 침대에서 내려서며 말했다. “내가 직접 가야겠다.”

루윈 학사가 말했다. “그게 현명할까요? 라니스터는 마님의 도착을 의심스럽게 받아들일 게 뻔합니다.”

“브랜은 어쩌고요?” 롭이 물었다. 가엾은 롭은 이제 어찌할 바를 모르는 얼굴이었다. “브랜을 두고 가실 순 없어요.”

“브랜을 위해 내가 할 수 있는 일은 모두 다 했다.” 캐틀린은 아들의 팔에 상처 입은 손을 얹고 말했다. “브랜의 목숨은 신들과 루윈 학사의 손에 달렸어. 롭, 네가 직접 일깨워줬듯이 나에겐 지금 생각해야 할 다른 아이들이 있다."

"강한 호위가 필요하실 겁니다." 테온이 말했다.

"할리스와 위병 한 분대를 딸려 보내겠습니다." 롭이 말했다.

"안 된다. 규모가 크면 달갑지 않은 관심을 끌게 돼. 라니스터에게 내가 간다는 사실을 알리지 않겠다."

로드릭 경이 나섰다. "저라도 동행하게 해주시지요. 왕의 가도는 여인 혼자 다니기엔 위험할 수 있습니다."

"왕의 가도로 가진 않을 거요." 캐틀린은 대답하고 나서 잠시 생각하더니 고개를 끄덕여 동의했다. "둘이라면 하나처럼 빨리 움직일 수 있을 테고, 짐마차와 이동저택이라는 부담이 있는 긴 행렬보다야 훨씬 빠를 테지요. 로드릭 경의 동행을 환영하오. 우리는 화이트나이프(White Knife, 하얀 단검) 강줄기를 따라 바다로 가서 화이트하버(White Harbor, 백색 항만)에서 배를 빌릴 기예요. 힘센 밀과 빠른 바람이 따라주면 네드와 라니스터들에 앞서서 킹스랜딩에 도착할 겁니다." 캐틀린은 생각했다. '그리고 도착하면, 보게 될 일을 보게 되겠지.'

산사

에다드 스타크는 해가 뜨기 전에 떠났고, 모르데인 성사는 아침을 먹으면서 산사에게 그 사실을 알렸다. "왕이 부르셨답니다. 또 사냥이겠지요. 이 지역에는 아직 야생 들소가 있다고 들었어요."

"들소는 본 적이 없어요." 산사는 탁자 아래로 레이디에게 베이컨 조각을 먹이며 말했다. 다이어울프는 왕비처럼 우아하게 베이컨을 받아먹었다.

모르데인 성사는 못마땅하게 코를 벌름거렸다. "귀부인은 식탁에서 개에게 먹이를 주지 않는 법입니다." 성사는 벌집을 또 한 조각 떼어 빵 위로 벌꿀을 떨어뜨렸다.

"레이디는 개가 아니라 다이어울프예요." 레이디가 거칠거칠한 혀로 손가락을 핥는 가운데, 산사는 틀린 점을 지적했다. "어쨌든, 아버지께서 우리가 원한다면 데리고 다닐 수 있다고 하셨어요."

성사는 누그러들지 않았다. "산사는 착한 아가씨이지만, 단언하는데 그 짐승 문제에 있어서는 아리아 못지않게 제멋대로예요." 그녀는 얼굴을 찌푸렸다. "그런데 아리아는 이 아침에 어디 있나요?"

"배고프지 않대요." 산사는 아마 동생이 몇 시간 전에 부엌에 몰래 내려가서 요리사 조수라도 꾀어 아침을 먹었을 줄 알면서 그렇게 말했다.

"오늘은 잘 차려입으라고 일깨워주도록 하세요. 회색 벨벳이 좋겠군요. 우리 모두 초대를 받아 왕비님과 미르셀라 공주님과 함께 왕가의 이동저택에 오를 테니, 가장 아름다운 모습을 보여야 합니다."

산사는 이미 가장 아름다운 모습이었다. 긴 적갈색 머리는 빛이 날 때까지 빗었고, 제일 좋은 푸른 비단옷을 골랐다. 오늘을 고대한 지 일주일이 넘었다. 왕비와 함께 마차를 타는 것은 대단한 영광인 데다가, 조프리 왕자도 있을지 몰랐다. 산사의 약혼자 말이다. 결혼하려면 몇 년이 걸리겠지만, 생각만 해도 마음이 이상하게 떨렸다. 산사는 아직 조프리를 제대로 알지 못하면서도 이미 사랑에 빠져 있었다. 그는 산사가 꿈꾸는 왕자님의 모습을 모두 갖췄다. 키가 크고 잘생기고 힘이 센 데다가 황금 같은 머리카락까지. 산사는 드물게나마 조프리와 함께 시간을 보낼 기회를 소중히 여겼다. 다만 오늘은 아리아가 걱정이었다. 아리아에겐 모든 것을 망치는 재주가 있었다. 아리아는 무슨 짓을 할지 몰랐다. 산사는 자신 없게 말했다. "말은 하겠지만, 그 애는 언제나처럼 입을 거예요." 너무 당혹스럽게 입지만 않기를 빌었다. "나가봐도 될까요?"

"그러시지요." 모르데인 성사는 빵과 꿀을 더 먹었고, 산사는 자리에서 일어났다. 산사가 여관의 휴게실 밖으로 달려 나가자 레이디가 따라붙었다.

밖으로 나간 산사는 사람들이 또 하루 행진을 위해 천막과 가설 건물을 해체하여 마차에 짐을 싣는 와중에 터져 나오는 고함과 욕설과 나무 바퀴 삐걱대는 소리 한가운데에 잠시 서 있었다. 여관은 하얀 돌로 만든 넓은 3층 건물로, 산사가 이제껏 본 여관 중에 제일 컸지만, 그래도 왕의 일행을 3분의 1도 수용하지 못했다. 일행은 산사의 아버지가 데려온 가솔들과 도중에 합류한 자유기수들을 더하여 400명이 넘는 수로 불어나 있었다.

산사는 아리아를 트라이던트 강둑에서 찾아냈는데, 니메리아를 움직이지 못하게 붙잡고 털에 말라붙은 진흙을 털어내려 하고 있었다. 다이어울프는 그 과정을 즐기지 않았다. 아리아는 전날에도, 그 전날에도 입었던 승마용 가죽옷을 입고 있었다.

산사가 아리아에게 말했다. "예쁜 옷을 입는 게 좋을 거야. 모르데인 성사가 그러라고 하셔. 우린 오늘 미르셀라 공주님과 함께 왕비님의 이동저택을 타고 갈 거야."

"난 됐어." 아리아는 니메리아의 엉겨 붙은 회색 털을 빗어내려 애쓰며 말했다. "미카랑 난 말을 타고 상류 여울에 가서 루비를 찾을 거야."

산사는 어리둥절했다. "루비라니, 무슨 루비?"

아리아는 산사를 그렇게 멍청할 수 있냐는 눈빛으로 보았다. "라에가르의 루비 말이야. 여기가 로버트 왕이 라에가르를 죽이고 왕관을 차지한 데잖아."

산사는 깡마른 여동생을 믿지 않는다는 눈으로 바라보았다. "루비를 찾아다닐 순 없어. 공주님이 우릴 기다려. 왕비님이 우리 둘 다 초대하셨단 말이야."

"알 게 뭐야. 그 이동저택엔 창문도 없어. 아무것도 볼 수 없다고."

"뭘 보고 싶다는 거야?" 산사는 짜증이 나서 말했다. 산사는 이 초대에 흥분해 있었는데, 걱정한 대로 멍청한 동생이 다 망쳐버릴 참이었다. "온통 들판과 농가와 성채뿐인데."

"아니야. 가끔 우리랑 같이 달린다면 언니도 알 텐데." 아리아는 고집스럽게 말했다.

"난 말타기가 싫어." 산사는 강하게 말했다. "달리다가 흙과 먼지와 때만 묻잖아."

아리아는 어깨를 으쓱이고 니메리아를 다그쳤다. "가만히 있어. 아프게 안 해." 그리고는 산사에게 말했다. "난 넥 지역을 가로지르면서 한 번도 본 적 없는 꽃을 서른여섯 종류나 세었고, 미카는 도마뱀사자(lizard-lion)를 보여줬어."

산사는 몸서리를 쳤다. 넥을 가로지르느라 그들은 끝없는 검은 습지를 통과하는 굴곡진 둑길을 12일이나 덜컹거려야 했고, 산사는 매순간이 다 싫었다. 공기는 습하고 끈적거렸고, 둑길이 너무 좁아서 밤에도 제대로 야영지를 치지 못하고 왕의 가도 위에 멈춰 서야 했다. 주위에는 반쯤 물에 잠긴 빽빽한 잡목 숲이 가까이 밀려들었고, 나뭇가지마다 희끄무레한 곰팡이 장막을 떨어뜨렸다. 거대한 꽃이 진흙 속에 피어나고 물웅덩이 속을 떠다녔지만, 그 꽃을 따겠다고 둑길을 벗어나는 것은 바보짓이었다. 유사가 집어삼키려 들었고, 나무에서는 뱀들이 지켜보았으며, 물속에서는 도마뱀사자들이 눈과 이빨이 달린 검은 통나무처럼 반쯤 잠긴 채로 떠다녔다.

물론 그 무엇도 아리아를 막지는 못했다. 어느 날은 아리아가 온통 헝클어진 머리에 진흙투성이가 되어서 말처럼 히죽거리는 얼굴로 돌아왔는데, 아버지에게 드리겠다며 너저분한 자주색과 녹색 꽃다발을 쥐고 있었다. 산사는 아버지가 아리아에게 처신 잘하고 숙녀답게 행동하라고 꾸짖기를 빌었지만, 아버지는 아리아를 끌어안고 고맙다고 할 뿐이었다. 덕분에 아리아는 더 나빠졌다.

알고 보니 그 자주색 꽃은 '독입맞춤'이라는 풀이었고, 아리아는 두 팔에 발진이 돋았다. 산사는 발진이 아리아에게 교훈을 줄지도 모른다고 생각했지만, 아리아는 웃어버렸고, 다음 날에는 친구인 미카가 가려움이 멈추게 해줄 거라고 말했다는 이유만으로 무식한 습지 여자처럼 온 팔에 진흙을 문질러 발랐다. 아리아의 팔과 어깨에는 멍 자국도 있었다. 아리아가 자려고 옷을 벗을 때 보았는데, 짙은 자주색으로 부어오른 곳도 있었고 황록색으로 옅어진 자국도 있었다. 어쩌다가 그런 멍이 들었는지는 일곱 신만 아실 일이었다.

아리아는 아직도 니메리아의 엉킨 털을 빗으며 남쪽으로 오는 길에 본 것들에 대해 재잘거리고 있었다. "지난주에는 귀신 들린 감시탑을 발견했고, 그 전날에는 야생마 떼를 쫓아갔어. 야생마들이 니메리아의 냄새를 맡고 달려가는 모습을 봤어야 하는 건데." 아리아는 잡고 있던 늑대가 꿈틀거리자 꾸짖었다. "그만해, 반대쪽도 해야 해. 넌 진흙투성이야."

"대열에서 벗어나면 안 돼. 아버지도 그러셨어." 산사가 일깨웠다.

아리아는 어깨만 으쓱였다. "멀리 가진 않았어. 어차피 니메리아가 늘 같이 있는걸. 늘 대열에서 벗어나는 것도 아니야. 가끔은 그냥 마차들과 같이 달리면서 사람들과 이야기를 나누는 것도 재미있어."

산사는 아리아가 대화하기 좋아하는 부류에 대해 잘 알고 있었다. 종자들과 마부들과 하녀들, 노인과 벌거벗은 어린아이들, 출신이 불확실한 입이 거친 자유기수들. 아리아는 아무나 친구로 삼았다. 미카라는 그 아이가 최악이었다. 열세 살 난 미개한 푸주한의 아들로, 고기 마차에서 자고 도살장 냄새를 풍겼다. 산사는 미카를 보기만 해도 구역질이 났는데, 아리아는 산사보다 그 아이와 함께 있기를 더 좋아하는 것 같았다.

산사는 이제 인내심이 다해서 단호하게 말했다. "넌 나랑 같이 가야 해. 왕비님 명을 거절할 순 없어. 모르데인 성사가 기다릴 거야."

아리아는 그 말을 무시하고 빗을 홱 잡아당겼다. 니메리아가 화가 나서 으르렁거리며 몸을 틀어 달아났다. "이리 돌아와!"

"레몬 케이크와 차가 나올 거야." 산사는 어른스럽고 사리에 맞게 말을 계속했다. 레이디가 그녀의 다리에 몸을 비볐다. 산사는 레이디가 좋아하는 방식으로 귀를 긁어줬고, 레이디는 산사 옆에 엉덩이를 대고 앉아서 니메리아를 쫓아다니는 아리아를 바라보았다. "왜 깃털 베개에 기대앉아서 왕비님과 함께 케이크를 먹을 수 있는데 냄새나는 늙은 말을 타고 땀투성이에 상처투성이가 되려는 거야?"

"난 왕비가 마음에 들지 않아." 아리아는 아무렇지도 않게 말했다. 아무리 아리아라지만 그런 말을 하다니, 산사는 충격에 숨을 들이켰지만, 동생은 경솔하게 계속 지껄였다. "니메리아를 데리고 가지도 못하게 할 거 아냐." 아리아는 빗을 허리띠에 꽂고 살금살금 늑대에게 다가갔다. 니메리아는 접근하는 아리아를 경계하는 눈으로 보고 있었다.

산사가 말했다. "왕가의 이동저택은 늑대가 있을 곳이 아니야. 게다가 미르셀라 공주님이 늑대를 무서워하는 건 너도 알잖아."

"미르셀라는 어린애야." 니메리아는 끌어안겨 있다가 아리아가 빗을 다시 꺼내자 몸을 비틀어 풀고 뛰어가버렸다. 아리아는 좌절해서 빗을 집어 던지고 외쳤다. "못된 늑대야!"

산사는 미소를 지을 수밖에 없었다. 언젠가 견사장이 짐승은 주인을 닮는다고 말한 적이 있었다. 산사는 레이디를 살짝 끌어안았다가 놓았다. 레이디는 그녀의 뺨을 핥았다. 산사는 키득거렸다. 아리아가 그 소리를 듣더니 빙글 돌아서서 노려보았다. "뭐라고 하든 상관없어. 난 말 타러 갈 거야." 아리아의 긴 말상 얼굴이 꼭 제멋대로 하고 말겠다는 고집스러운 표정을 짓고 있었다.

"솔직히 아리아, 가끔 넌 정말 어린아이처럼 굴어. 그럼 나 혼자 갈게. 그 편이 훨씬 좋아. 네가 없으면 레이디와 내가 레몬 케이크를 다 먹고 최고의 시간을 보낼 거야."

산사는 걸어가려고 몸을 돌렸지만, 등 뒤에서 아리아가 외쳤다. "언니도 레이디를 데리고 타진 못할걸." 아리아는 산사가 대꾸할 말을 생각하기도 전에 니메리아를 쫓아 뛰어가버렸다.

산사는 창피당한 기분으로 혼자 모르데인 성사가 기다리고 있을 여관까지 먼 길을 돌아갔다. 레이디는 곁에서 조용히 걸었다. 산사는 눈물이 날 것 같았다. 그녀는 모든 것이 노래 속에서처럼 즐겁고 멋지기만을 원할 뿐이었다. 왜 아리아는 미르셀라 공주처럼 다정하고 섬세하고 상냥할 수 없는 걸까? 그런 동생이라면 좋아했을 텐데.

산사는 겨우 두 살 차이밖에 나지 않는 자매가 이렇게 다를 수 있다는 사실을 도무지 이해할 수 없었다. 차라리 아리아가 이복 오빠 존처럼 사생아였다면 이해하기 쉬웠으리라. 아리아는 긴 얼굴과 스타크 가문의 갈색 머리까지도 존과 비슷했고, 얼굴이나 머리나 어머니는 전혀 닮지 않았다. 그리고 존의 어머니는 평민이었다. 적어도 사람들은 그렇게 속삭였다. 산사는 어렸을 때 어머니에게 혹시 실수가 있었던 건 아니냐고 물어보기까지 했다. 진짜 동생은 그럼킨이 훔쳐 갔는지도 모른다고 말이다. 하지만 어머니는 웃기만 하고 아니라고, 아리아는 자신의 딸이고 산사의 진짜 자매라고, 어긋남 없는 혈연이라고 말했다. 어머니가 그 문제에 대해 거짓말을 할 이유는 없었으니, 아마 그 말이 맞을 터였다.

야영지 중앙이 가까워지자 괴로움은 금세 잊혔다. 왕비의 이동저택 주위에 사람들이 모여 있었다. 흥분한 목소리들이 벌 떼처럼 웅웅거렸다. 이동저택의 문이 활짝 열려 있었고, 왕비가 나무 계단 위에 서서 누군가를 내려다보며 미소 짓고 있었다. 왕비의 목소리가 들렸다. "협의회에서 우리를 명예로이 맞이해주는구려, 공들."

"무슨 일인가요?" 산사는 얼굴을 아는 종자에게 물었다.

"협의회가 나머지 길에 함께하라고 킹스랜딩의 기수들을 보냈어요. 왕의 의장대로요."

보고 싶어서 안달이 난 산사는 레이디를 앞세워 사람들 사이에 길을 냈다. 사람들은 다이어울프 앞에서 황급히 비켜섰다. 좀 더 가까이 가자 눈이 부실 정도로 아름답고 훌륭한 갑옷을 입은 기사 두 명이 왕비 앞에 무릎 꿇은 모습이 보였다.

기사 하나는 갓 눈이 쌓인 설원처럼 눈부신 하얀색 법랑을 입힌 정교한 미늘 갑옷을 입었는데, 은제 걸쇠와 양각 무늬가 햇빛을 받아 반짝였다. 기사가 투구를 벗자 머리가 갑옷만큼 하얗게 센 노인이라는 사실을 알아볼 수 있었지만, 그래도 그는 강하고 우아해 보였다. 어깨에는 킹스가드의 순백색 망토가 흘러내렸다.

그의 동행자는 스무 살 가까운 청년으로, 숲의 짙은 초록색을 띤 강철 판금 갑옷을 입었다. 산사는 이런 미남을 본 적이 없었다. 큰 키에 몸은 탄탄했고, 어깨까지 내려오는 새까만 머리가 깨끗하게 면도한 얼굴을 감쌌으며, 웃음기를 띤 녹색 눈은 갑옷과 잘 어울렸다. 한쪽 옆구리에는 사슴뿔 모양이 장식된 투구를 끼고 있었는데, 웅장한 뿔이 금빛으로 번득였다.

산사는 세 번째 사람을 뒤늦게 알아차렸다. 그 남자는 다른 둘과 같이 무릎을 꿇지 않았다. 그 과정을 그들의 말 옆에 비켜서서 말없이 지켜보고 있는 수척하고 음울한 남자. 얼굴에는 수염이 없고 얽은 자국이 있었으며, 눈은 움푹 패었고 뺨은 쑥 들어갔다. 노인은 아니었는데도 머리카락이 귀 위에 몇 줌밖에 남지 않았고, 그 머리를 여자처럼 길게 길렀다. 여러 겹의 가죽 위에 밋밋하고 장식 없는 철회색 사슬 갑옷을 덧입었는데, 세월을 보내고 험하게 쓴 티가 났다. 오른쪽 어깨 위로 등에 비그러맨 칼의 얼룩진 가죽 손잡이가 보였다. 허리에 차기에는 너무 큰 양손 대검이었다.

"왕은 사냥을 나가시고 없소만, 돌아오시면 여러분을 보고 기뻐하실 거요." 왕비는 앞에 무릎 꿇은 두 기사에게 말하고 있었지만, 산사는 세 번째 남자에게서 눈을 떼지 못했다. 그 시선의 무게를 느꼈는지 남자가 천천히 고개를 돌렸다. 레이디가 으르렁거렸다. 갑자기 한 번도 느껴본 적 없는 압도적인 공포가 산사 스타크를 채웠다. 산사는 뒷걸음질 치다가 누군가에게 부딪쳤다.

강인한 두 손이 그녀의 어깨를 잡았고, 잠시 동안 산사는 아버지라고 생각했지만, 돌아보니 산도르 클리게인의 화상 입은 얼굴이 입을 비틀어 끔찍한 비웃음을 흘리며 그녀를 내려다보고 있었다. 그는 쉰 목소리로 말했다. "떨고 있구먼, 아가씨. 내가 그렇게 무섭나?"

처음 그 불에 탄 얼굴을 보았을 때부터 그가 무서웠지만, 지금은 아까 그 남자의 반도 무서워 보이지 않았다. 그래도 산사는 몸을 비틀어 떼어냈고, '사냥개'는 웃음을 터뜨렸으며, 레이디가 둘 사이에 끼어들어 낮게 경고의 소리를 흘렸다. 산사는 무릎을 꿇고 늑대를 끌어안았다. 모여든 사람들 모두가 입을 딱 벌리고 보고 있었다. 산사는 그녀에게 꽂히는 시선을 느낄 수 있었고, 여기저기에서 중얼거리는 소리와 킥킥거리는 웃음소리도 들었다.

"늑대로군." 어떤 남자의 말에 다른 누군가가 말했다. "일곱 지옥이여, 저건 다이어울프야." 그러자 첫 번째 남자가 말했다. "저게 이 야영지에서 뭘 하고 있지?" 그러자 '사냥개'의 쉰 목소리가 대답했다. "스타크 가문은 다이어울프를 유모로 쓴다오." 산사는 아까 두 낯선 기사가 손에 검을 든 채로 그녀와 레이디를 내려다보고 있음을 깨닫고, 다시 겁에 질렸을 뿐 아니라 부끄럽기도 했다. 눈물이 가득 고였다.

왕비의 목소리가 들렸다. "조프리, 저 아이에게 가보거라."

그리고 그녀의 왕자님이 왔다.

"건드리지 말아라." 조프리가 말했다. 산사 옆에 선 조프리는 푸른색 양모와 검은 가죽을 아름답게 차려입고, 금빛 곱슬머리를 햇빛 아래 왕관처럼 반짝였다. 그는 산사에게 손을 내밀어 일으켜 세웠다. "무슨 일이지, 내 사랑스러운 연인이여? 왜 겁에 질렸소? 아무도 당신을 해치지 않아. 다들 검을 치우시오. 늑대는 이 아가씨의 귀여운 애완동물일 뿐이야." 조프리는 산도르 클리게인을 쳐다보았다. "개, 물러서라. 내 약혼녀에게 겁을 주고 있지 않느냐."

언제나 충실한 사냥개는 절을 하고 조용히 사람들 사이로 물러났다. 산사는 마음을 가라앉히려 애썼다. 너무나 바보스러운 기분이었다. 그녀는 윈터펠의 스타크요, 귀족 숙녀였으며, 언젠가는 왕비가 될 몸이었다. "그 사람 때문이 아닙니다, 다정하신 왕자님." 산사는 설명을 하려 했다. "다른 분 때문이었습니다."

낯선 두 기사가 눈빛을 주고받았다. "페인 말인가?" 녹색 갑옷을 입은 젊은이가 쿡쿡 웃었다.

하얀 갑옷을 입은 나이 든 기사가 산사에게 부드럽게 말했다. "일린 경이라면 나도 가끔 무섭다네, 귀여운 아가씨. 무시무시한 구석이 있는 인물이지."

"그래야 마땅하지요." 왕비가 이동저택에서 내려와 있었다. 구경꾼들이 왕비 앞에 길을 냈다. "사악한 자들이 왕의 집행관을 두려워하지 않는다면, 엉뚱한 사람을 앉힌 격이니."

산사는 마침내 할 말을 찾아냈다. "그렇다면 정확한 분을 선택하셨습니다, 왕비님." 산사가 말하자 사방에서 웃음소리가 터져 나왔다.

하얀 갑옷의 노인이 말했다. "잘 말했네. 에다드 스타크의 딸에 걸맞은 발언이야. 변칙적인 만남이지만, 만나게 되어 영광이네. 나는 킹스가드의 바리스탄 셀미 경이라네." 그는 허리를 숙였다.

산사는 그 이름을 알고 있었고, 이제 모르데인 성사가 몇 년 동안 가르친 예의를 되찾고 말했다. "킹스가드의 단장이자 로버트 왕의 협의회원이며 아에리스 타르가르옌의 협의회원이었던 분이시군요. 저야말로 영광입니다, 훌륭한 기사님. 저 먼 북쪽에서도 가수들은 대담한 바리스탄의 업적을 칭송한답니다."

녹색 기사가 다시 웃음을 터뜨렸다. "노장 바리스탄이겠지. 너무 치켜세우지 말아라. 이미 스스로를 너무 대단하게 여기시거든." 그는 산사를 보고 미소 지었다. "자, 늑대 아가씨, 내 이름도 맞출 수 있다면 정녕 우리 수관의 딸이로구나 인정해야겠는데."

조프리가 옆에서 완고하게 말했다. "내 약혼녀에게 말을 걸 때 조심해 주시죠."

"답할 수 있습니다." 산사는 왕자의 분노를 누그러뜨리기 위해 재빨리 말하고, 녹색 기사에게 미소 지었다. "투구에 금빛 사슴뿔이 달려 있군요. 수사슴은 왕가의 상징. 로버트 왕께는 동생이 두 분 계시죠. 워낙 젊으시니 스톰스엔드의 영주이자 왕의 협의회원인 렌리 바라테온이실 수밖에 없겠습니다. 그리 고하겠나이다."

바리스탄 경이 클클 웃었다. "워낙 젊어 거들먹거리는 건방진 놈일 수밖에 없겠지. 나라면 그리 부르겠네."

그 말에 렌리 공 본인이 앞장서서 웃음을 퍼트렸다. 몇 분 전의 긴장감은 사라졌고, 산사는 편안한 기분을 느꼈다...... 일린 페인 경이 두 남자를 밀치고 웃음기 없는 얼굴로 산사 앞에 서기 전까지만 해도 그랬다. 그는 한 마디도 하지 않았다. 레이디가 이를 드러내고 적의를 담아 낮게 으르렁거렸지만, 이번에는 산사도 늑대의 머리를 부드럽게 쓰다듬어 조용히 시켰다. "저 때문에 기분 상하셨다면 죄송합니다, 일린 경."

산사는 답변을 기다렸지만, 아무 말도 들려오지 않았다. 사형 집행인이 산사를 바라보는데, 색이 엷은 눈동자가 그녀의 옷가지들을 벗겨낸 후 피부마저 벗기고 벌거벗은 영혼만 앞에 남겨두는 것 같았다. 그는 말없이 몸을 돌려 걸어가버렸다.

산사는 이해할 수 없었다. 그녀는 왕자를 쳐다보았다. "제가 뭔가 잘못 말했나요, 저하? 왜 일린 경은 제게 말을 하지 않지요?"

"일린 경은 지난 14년 동안 말을 하고 싶어 하질 않았지." 렌리 경이 장난스러운 미소를 지으며 말했다.

조프리는 숙부에게 혐오의 눈빛을 가감 없이 던진 다음, 산사의 두 손을 잡았다. "아에리스 타르가르엔이 달군 집게로 혀를 뽑아버렸거든."

"하나 혀 대신 검으로 더없이 유창하게 말하는 데다가, 우리 왕국에 대한 헌신은 의심할 수가 없지." 왕비가 말하더니 우아하게 미소 지었다. "산사, 여기 훌륭한 협의회원들과 나는 왕이 네 아버님과 같이 돌아오실 때까지 대화를 나눠야겠구나. 안타깝지만 미르셀라와 함께 보내는 시간은 미뤄야겠다. 네 사랑스러운 동생에게도 내 사과의 말을 전해다오. 조프리, 네가 친절을 베풀어 오늘 우리 손님을 즐겁게 해주면 어떨까."

"제게도 기쁜 일입니다, 어머님." 조프리는 격식을 차려 말했다. 조프리가 팔을 잡고 이동저택에서 멀리 이끌고 가자 산사의 마음은 날아갈 듯했다. 왕자님과 온종일 함께라니! 산사는 흠모의 눈으로 조프리를 보았다. 산사는 조프리가 정말 용맹하다고 생각했다. 일린 경과 사냥개에게서 그녀를 구해준 모습은, 그야말로 노래 속에 나올 법했다. 거울 방패 세르윈이 거인들에게서 대리사 공주를 구했을 때, 혹은 드레곤 기사 아에곤 왕자가 사악한 모르길 경의 모략에 맞서 나에리스 왕비의 명예를 위해 싸웠을 때처럼 말이다.

소매에 닿은 조프리 왕자의 손 때문에 산사의 심장이 더 빠르게 뛰었다. "뭘 하고 싶지?"

'함께 있고 싶어요.' 산사는 그렇게 생각하면서 말했다. "왕자님이 하고 싶으신 일이라면 무엇이든 좋습니다."

조프리는 잠시 생각해보더니 말했다. "말을 탈 수도 있겠군."

"아, 전 말타기를 좋아한답니다."

조프리는 발치에 따라오는 레이디를 흘긋 보았다. "그대의 늑대는 말에게 겁을 주기 쉽고, 내 개는 그대에게 겁을 주는 것 같으니, 둘 다 뒤에 남겨두고 우리끼리 떠나면 어떨지?"

산사는 머뭇거리다가 자신 없이 말했다. "원하신다면 레이디는 묶어둘 수 있습니다." 하지만 왕자의 말을 제대로 이해하지는 못했다. "왕자님에게 개가 있는 줄은 몰랐는데요……."

조프리는 웃음을 터뜨렸다. "사실은 내 어머니의 개지. 날 지키라고 붙여두셔서, 그렇게 하는 거고."

"'사냥개' 말씀이시군요." 이렇게 이해가 느리다니 스스로를 한 대 때리고 싶었다. 멍청해 보인다면 왕자님이 그녀를 사랑할 리가 없지 않은가. "뒤에 두고 가도 안전할까요?"

조프리 왕자는 그런 질문을 한다는 사실 자체에 짜증이 난다는 얼굴이었다. "두려워 마시오. 난 성인이 다 됐고, 그대의 오라비처럼 목검으로 싸우지 않거든. 이것만 있으면 문제없지." 그는 검을 뽑아 보여주었다. 열두 살 소년에게 맞도록 솜씨 좋게 줄여 만든 장검으로, 성에서 벼려낸 시퍼렇게 빛나는 강철 양날에 칼자루에는 가죽을 대고 그 끝에는 황금 사자 머리가 달려 있었다. 산사는 감탄사를 외쳤고, 조프리는 만족스러운 얼굴로 말했다. "난 이 칼을 '사자 이빨(Lion's Tooth)'이라 부르지."

그렇게 해서 그들은 산사의 다이어울프와 왕자의 개인 경호원을 뒤에 남겨두고, 사자 이빨 외에는 아무 동행도 없이 트라이던트 북쪽 강둑을 따라 동쪽으로 달려갔다.

찬란하고 황홀한 날이었다. 공기는 따뜻했고 꽃향기가 그득했으며, 이곳의 수목에는 산사가 북부에서 본 적 없는 온화한 아름다움이 있었다. 조프리 왕자의 말은 바람처럼 날랜 암갈색 준마였는데, 자유분방하게 모는 말의 속도가 어찌나 빠른지 산사가 탄 암말로는 따라잡기가 힘들었다. 모험을 하기에 딱 좋은 날이었다. 그들은 강둑에 있는 동굴들을 탐험했고, 그림자삵(shadowcat) 한 마리를 그놈 굴까지 추적했으며, 배가 고파지자 조프리가 연기를 보고 성채를 하나 찾아내어 왕자와 그 약혼녀를 위한 음식과 와인을 가져오게 했다. 그들은 강에서 갓 잡아 올린 송어로 식사를 했고, 산사는 와인을 전에 없이 많이 마셨다. "제 아버지는 연회가 있을 때만, 그것도 한 잔만 허락하세요." 그녀는 왕자에게 고백했다.

"내 약혼녀는 마시고 싶은 만큼 마실 수 있지." 조프리는 그녀의 잔을 다시 채우며 말했다.

식사를 한 후에는 좀 더 천천히 움직였다. 조프리는 말을 달리면서 산사에게 노래를 불러줬는데, 높고 달콤하고 깨끗한 목소리였다. 산사는 와인 때문에 살짝 어지러웠다. "이제 그만 돌아가야 하지 않을까요?"

"곧 돌아갈 거요. 바로 앞에 강이 구부러지는 곳에 전장이 있어. 내 아버지가 라에가르 타르가르옌을 죽인 곳이지. 아버지는 그놈의 갑옷을 뚫고 가슴팍을 박살 냈지." 조프리는 상상 속의 전투 망치를 휘둘러 그 모습을 재현했다. "그 후에 제이미 외삼촌이 늙은 아에리스를 죽이고, 내 아버지는 왕이 됐지. 저게 무슨 소리지?"

산사두 숲 속을 떠도는 소리를 들었다. 나무끼리 부딪치는 듯한 소리였다. 딱, 딱, 딱. "모르겠는데요." 하지만 그 소리에 불안해지기는 했다. "조프리, 돌아가요."

"무슨 일인지 보고 싶어." 조프리는 소리가 들리는 방향으로 말 머리를 돌렸고, 산사는 따라갈 수밖에 없었다. 나무 부딪치는 소리는 점점 더 크고 뚜렷해졌고, 소리가 가까워지자 헉헉대는 숨소리에 앓는 소리도 간혹 들렸다.

"누군가가 있어요." 산사가 걱정스럽게 말했다. 그녀는 저도 모르게 레이디를 떠올리고, 그녀의 다이어울프가 같이 있었으면 좋겠다고 생각했다.

"나와 함께 있으니 그대는 안전해." 조프리는 사자 이빨을 검집에서 뽑아들었다. 강철이 가죽에 스치는 소리를 듣자 산사는 몸이 떨렸다. "이쪽이야." 조프리는 나무 사이로 말을 달렸다.

나무 사이를 통과한 그들은 강을 굽어보는 공터에서 기사 놀이를 하고 있는 소년 소녀와 맞닥뜨렸다. 두 아이의 칼은 모양새로 보아 빗자루 손잡이 같은 나무 막대기였는데, 둘은 그 나무칼을 힘차게 휘두르며 풀밭을 뛰어다니고 있었다. 소년은 몇 살 위로 머리 하나는 더 컸고, 그만큼 힘도 세서 공격을 강행하고 있었다. 흙투성이 가죽옷을 입은 깡마른 소녀는 재빨리 움직이며 나무 막대기로 소년의 타격을 대부분 막아냈지만, 전부 다 막지는 못했다. 소녀가 돌진하려 하자 소년은 막대기로 그 막대기를 받아 옆으로 제치더니, 소녀의 손가락을 세게 내리쳤다. 소녀는 비명을 지르며 무기를 놓쳤다.

조프리 왕자가 소리 내어 웃었다. 소년은 깜짝 놀라 눈을 휘둥그레 뜨고 돌아보더니, 나무 막대기를 풀밭에 떨어뜨렸다. 소녀는 아픈 손마디를 빨면서 두 사람을 노려보았고, 산사는 경악해서 외쳤다. "아리아?"

"저리 가." 아리아는 화가 나서 눈물이 고인 채 마주 외쳤다. "언니가 여기서 뭘 하는 거야? 우릴 내버려둬."

조프리는 아리아와 산사를 번갈아 보았다. "그대의 동생인가?" 산사는 얼굴을 붉히고 고개를 끄덕였다. 조프리는 주근깨가 있는 거친 얼굴에 숱 많은 붉은 머리의 볼품없는 소년을 살펴보았다. "너는 누구냐, 소년?" 그는 상대가 손위라는 사실을 무시하고 명령조로 물었다.

"미카⋯⋯." 소년은 중얼거리다가 왕자를 알아보고 눈을 피했다. "⋯⋯이옵니다, 나리."

"푸주한의 아들입니다." 산사가 말했다.

"내 친구야." 아리아가 날카롭게 말했다. "내버려둬."

"기사가 되고 싶은 푸주한 아들이라?" 조프리는 검을 손에 들고 말에서 훌쩍 뛰어내렸다. "검을 집어라, 푸주한 아들." 그는 재미있다는 듯 눈을 반짝이며 말했다. "네 솜씨가 얼마나 좋은지 보자."

미카는 두려움에 얼어붙은 채로 서 있었다.

조프리는 미카에게 걸어갔다. "어서, 집으라니까. 아니면 어린 여자애들하고만 싸우나?"

"아리아가 부탁했습니다, 나리. 부탁했어요." 미카가 말했다.

산사는 아리아를 슬쩍 보고 동생의 붉어진 얼굴만으로도 소년의 말이 사실임을 알 수 있었지만, 조프리는 그런 말을 들을 기분이 아니었다. 그는 와인에 취해 흥분한 상태였다. "검을 집을 거냐?"

미카는 고개를 저었다. "나무 막대기일 뿐입니다, 나리. 검이 아니라 나무 막대기일 뿐이에요."

"그리고 넌 기사가 아니라 푸주한 아들일 뿐이지." 조프리는 사자 이빨을 들어 올려 그 끝을 벌벌 떨고 선 미카의 눈 아래에 가져다 댔다. "네가 때리고 있었던 건 내 약혼녀의 동생이다. 알고 있느냐?" 그의 검 끝이 미카의 살을 뚫고 들어가자 선명한 핏자국이 피어났고, 천천히 뺨을 따라 붉은 줄이 떨어져 내렸다.

"그만해!" 아리아가 소리치며 떨어뜨린 나무 막대기를 집어 들었다.

산사는 두려웠다. "아리아, 넌 끼어들지 마."

"해를 입히진 않을 거다…… 많이는." 조프리 왕자는 푸주한 아들에게서 눈을 떼지 않은 채 아리아에게 말했다.

아리아가 조프리에게 달려들었다.

산사가 말에서 내렸지만, 너무 늦었다. 아리아는 두 손으로 막대기를 휘둘렀다. 나무 막대기가 왕자의 뒤통수를 때리고 쩍 소리를 내며 쪼개졌고, 산사의 경악한 눈앞에서 모든 일이 한꺼번에 일어났다. 조프리는 비틀거리다가 욕설을 내뱉으며 몸을 홱 돌렸다. 미카는 있는 힘껏 숲 쪽으로 내달렸다. 아리아가 다시 막대기를 휘둘렀지만, 이번에는 조프리가 사자 이빨로 타격을 받아내고 아리아의 손에서 부러진 막대기를 날려버렸다. 뒤통수는 피투성이였고 눈은 불이 붙은 듯 이글거렸다. 산사는 새된 비명을 질렀다. "안 돼, 안 돼, 그만, 그만해요. 둘 다 그만해. 다 망치겠어." 하지만 아무도 듣지 않았다. 아리아는 돌을 집어 들고 조프리의 머리에 던졌다. 돌은 조프리 대신 그의 말을 때렸고, 암갈색 말은 뒷걸음질 치다가 미카가 달아난 쪽으로 달려가버렸다. "그만, 그만, 그만해!" 산사는 비명을 질렀다. 조프리는 고래고래 끔찍한 말, 더러운 말을 쏟아내며 아리아를 베려 했다. 아리아는 이제 겁에 질려서 뒤쪽으로 몸을 피했지만, 조프리는 그 뒤를 따라 숲으로 쫓아가서 아리아를 어느 나무에 몰아붙였다. 산사는 어떻게 해야 할지 몰랐다. 눈물 때문에 앞이 제대로 보이지 않는 상태로 무력하게 지켜볼 뿐이었다.

그때 회색 그림자 하나가 산사 옆을 스쳐 지나갔고, 느닷없이 나타난 니메리아가 껑충 뛰어올라 검을 쥔 조프리의 팔을 물었다. 조프리는 강철검을 떨구고 쓰러졌고, 둘은 풀밭을 뒹굴었다. 늑대는 으르렁거리며 왕자를 물어뜯었고, 왕자는 고통스러운 비명을 질렀다. "이거 떼어내. 떼어내라고!"

아리아의 목소리가 채찍처럼 울렸다. "니메리아!"

다이어울프는 조프리를 놓고 아리아 옆으로 갔다. 왕자는 엉망이 된 팔을 붙들고 흐느끼며 풀밭에 누워 있었다. 셔츠가 피에 흠뻑 젖었다. 아리아가 말했다. "해를 입히진 않았어…… 많이는." 아리아는 떨어진 사자 이빨을 주워 들고 두 손으로 검을 쥔 채 조프리 앞에 섰다.

조프리는 아리아를 올려다보고 겁에 질려 훌쩍거렸다. "안 돼. 해치지 마. 어머니에게 말할 거야."

"왕자님을 내버려둬!" 산사는 동생에게 소리쳤다.

아리아는 몸을 획 돌리고, 온몸의 힘을 실어서 허공으로 검을 던졌다. 검이 빙글빙글 돌면서 강으로 날아가자 시퍼런 강철이 햇빛을 받아 번득였다. 검은 수면을 때리고 첨벙하고 사라졌다. 조프리는 신음했다. 아리아는 자신의 말을 향해 달려갔고, 니메리아는 그 뒤를 따랐다.

산사는 아리아가 사라진 후에 조프리 왕자에게 달려갔다. 왕자는 아픔에 눈을 꼭 감고 거친 숨을 몰아쉬고 있었다. 산사는 그 옆에 무릎을 꿇고 흐느꼈다. "조프리. 아, 이게 무슨 짓이람. 이런 짓을 하다니. 불쌍한 왕자님. 두려워 마세요. 제가 성채로 달려가서 도울 사람을 데려올게요." 산사는 상냥하게 손을 뻗어 조프리의 부드러운 금발을 쓸어 넘겼다.

조프리가 눈을 번쩍 뜨고 산사를 쳐다보았다. 그 눈에는 혐오밖에, 극도로 불쾌한 경멸의 표정밖에 없었다. 조프리는 뱉듯이 말했다. "그럼 가. 날 건드리지 말고."

에다드

"찾았습니다, 영주님."

네드는 바로 일어섰다. "우리 쪽인가, 라니스터 쪽인가?"

"조리였습니다." 집사 바욘 풀이 대답했다. "다치지 않았습니다."

"신들이시여 고맙습니다." 네드가 말했다. 그의 부하들이 나흘째 아리아를 찾고 있었지만, 왕비의 부하들도 찾고 있었다. "아리아는 어디 있나? 조리에게 즉시 이리로 데려오라 이르게."

"죄송합니다. 문을 지키는 병사들은 라니스터 군사였고, 조리가 데리고 들어오자 바로 왕비에게 알렸습니다. 아가씨는 바로 왕 앞에……."

"그 저주받을 여자가!" 네드는 성큼성큼 문으로 걸어갔다. "산사를 찾아서 접견실로 데려오게. 그 아이의 목소리가 필요할지도 몰라." 네드는 있는 대로 화가 나서 탑의 계단을 내려갔다. 그는 첫날부터 사흘 동안 직접 수색을 이끌었고, 아리아가 사라진 후로 거의 한 시간도 제대로 자지 못했다. 오늘 아침에는 너무 피곤하고 상심한 나머지 제대로 서 있을 수가 없을 정도였으나, 지금은 분노가 그에게 힘을 채워주었다.

성 안뜰을 가로지르자 사람들이 큰 소리로 말을 걸었지만, 네드는 급한 마음에 그들을 무시했다. 뛰어가고 싶은 기분이었지만, 그는 여전히 왕의 수관이었고, 수관은 위엄을 지켜야 했다. 그는 따라오는 시선들, 그가 어떻게 할지 궁금해하며 중얼거리는 목소리들을 의식했다.

그 성은 트라이던트에서 반나절만 남쪽으로 달려가면 나오는 평범한 성채였다. 강 양쪽에서 아리아와 푸주한의 아들을 찾는 동안, 왕의 일행은 이 성의 주인인 레이먼 대리 경의 불청객으로 눌러앉았다. 그들은 환영받는 손님이 아니었다. 레이먼 경은 왕의 보호 아래 살았지만, 그의 가문은 트라이던트에서 라에가르의 드래곤 기치 아래에서 싸웠고, 그의 세 형은 그곳에서 죽었다. 로버트도 레이먼 경도 잊지 않은 사실이었다. 왕의 군사와 대리의 군사, 라니스터 군사, 스타크 군사까지 너무 좁은 성에 몰려들어 있으니 긴장 상태가 뜨겁고 무겁게 이어졌다.

왕은 레이먼 경의 접견실을 전용하고 있었고, 네드가 그들을 찾은 곳도 거기였다. 네드가 뛰쳐 들어갔을 때 접견실은 꽉 차 있었다. 지나치게 사람이 많았다. 둘만 있다면 그와 로비드가 이 문제를 원만하게 해결할 수도 있으련만.

로버트는 방 안쪽 끝에 놓인 대리의 상석에 폐쇄적이고 부루퉁한 얼굴로 늘어져 앉아 있었다. 세르세이 라니스터와 그 아들은 왕 옆에 서 있었다. 왕비는 조프리의 어깨에 손을 얹고 있었고, 조프리의 팔에는 아직도 두꺼운 비단 붕대가 감겨 있었다.

아리아는 조리 카셀 외에는 아무도 없이 혼자 방 한가운데에 서서 모두의 눈길을 받고 있었다. "아리아." 네드가 큰 소리로 외쳤다. 그는 돌바닥에 장화 소리를 울리며 딸에게 갔다. 아리아는 그를 보자 울음을 터뜨리고 흐느끼기 시작했다.

네드는 한쪽 무릎을 꿇고 딸을 품에 안았다. 아리아는 떨고 있었다. "죄송해요. 죄송해요, 죄송해요."

"안다." 품에 안긴 아리아는 너무나 작았다. 깡마른 어린아이에 지나지 않았다. 그런 아이가 어떻게 그토록 큰 말썽을 일으켰는지 이해하기 힘들었다. "다쳤느냐?"

"아니요." 아리아의 얼굴은 지저분했고, 눈물을 흘리자 두 뺨에 분홍색 줄이 생겼다. "배가 고프긴 해요. 열매를 좀 따 먹긴 했는데, 다른 게 없었어요."

"곧 제대로 먹게 해주마." 네드는 약속하고 일어서서 왕을 마주했다. "이게 무슨 뜻이오?" 네드의 눈은 우호적인 얼굴을 찾아 방 안을 쓸었다. 그의 가신들을 빼고 나면 너무 적었다. 레이먼 대리 경은 표정을 잘 감추고 있었다. 렌리 공의 반쯤 웃는 얼굴은 어떤 의미일지 몰랐고, 늙은 바리스탄 경은 음울했다. 나머지는 다 라니스터의 사람들이었고, 적대적이었다. 유일한 행운은 제이미 라니스터와 산도르 클리게인 둘 다 트라이던트 북쪽 수색을 이끄느라 자리를 비웠다는 점뿐이었다. 네드는 쩌렁쩌렁 울리는 목소리로 물었다. "왜 내가 딸이 발견되었다는 소식을 듣지 못한 겁니까? 왜 내 딸이 즉시 나에게 오지 못한 겁니까?"

그는 로버트에게 말했지만, 대답한 사람은 세르세이 라니스터였다. "어찌 감히 그대의 왕에게 그런 식으로 말하는가!"

왕이 그 말에 움직였다. "조용히 하게, 여자여." 왕은 날카롭게 말하고 앉은 자세를 바로 했다. "미안하네, 네드. 아이에게 겁을 줄 생각은 없었네. 이리로 데려와서 일을 빨리 처리하는 편이 최선이라 보았지."

"그 일이란 게 뭡니까?" 네드는 목소리에 얼음을 실었다.

왕비가 앞으로 나섰다. "잘 알 텐데, 스타크. 그대의 딸이 내 아들을 공격했소. 그 아이와 그 아이의 푸주한 아들이 말이오. 그 아이의 짐승은 내 아들의 팔을 뜯어내려 했고."

아리아가 큰 소리로 반박했다. "그렇지 않아요. 살짝 물었을 뿐이에요.

조프리가 미카에게 상처를 입히고 있었단 말이에요."

왕비가 말했다. "조프리가 무슨 일이 있었는지 말했다. 네가 늑대로 조프리를 기습해놓고 그 푸주한 아들과 둘이 곤봉으로 때렸다지."

"그렇게 된 게 아니에요." 아리아는 다시 눈물이 그렁그렁해서 말했다. 네드는 딸의 어깨에 한 손을 올렸다.

"그랬어!" 조프리 왕자가 우겼다. "한꺼번에 날 공격하더니, 사자 이빨을 강에 던져버렸어!" 네드는 조프리가 말하면서 아리아를 거의 쳐다보지 않는다는 사실을 알아차렸다.

"거짓말쟁이!" 아리아가 외쳤다.

"닥쳐!" 왕자가 마주 외쳤다.

"그만!" 왕이 자리에서 일어서면서 짜증 가득한 목소리로 노호를 터뜨렸다. 정적이 내려앉았다. 왕은 빽빽한 수염 속으로 얼굴을 찡그리며 아리아를 보았다. "자, 아이야, 네가 무슨 일이 있었는지 말해라. 전부 다, 사실대로 말해라. 왕에게 거짓말을 하는 것은 중대한 범죄이니." 그런 다음 왕은 아들을 보았다. "저 아이가 이야기를 끝내거든 네 차례다. 그때까지는 입 다물고 있어라."

아리아가 이야기를 시작하는데, 네드의 등 뒤로 문이 열리는 소리가 들렸다. 슬쩍 돌아보니 바욘 풀과 산사였다. 그들은 아리아가 이야기하는 동안 접견실 뒤쪽에 조용히 서 있었다. 아리아가 조프리의 검을 트라이던트 한가운데에 던진 대목에 이르자, 렌리 바라테온이 웃음을 터뜨렸다. 왕은 노기를 띠었다. "바리스탄 경, 내 동생이 숨넘어가기 전에 데리고 나가게."

렌리 공은 웃음을 눌렀다. "형님은 지나치게 친절하시군요. 문은 직접 찾을 수 있습니다." 렌리는 조프리에게 인사를 했다. "혹시 나중에 어떻게 젖은 생쥐만 한 몸집의 아홉 살짜리 여자애가 빗자루 손잡이로 왕자를 무장해제하고 그 검을 강에 내던졌는지 이야기해주든지." 네드는 렌리가 등 뒤로 문이 닫히기 전에 하는 말을 들었다. "'사자 이빨'이라니." 그러더니 그는 다시 한 번 크게 웃었다.

조프리 왕자는 창백한 얼굴로 완전히 다른 이야기를 시작했다. 아들이 이야기를 끝내자, 왕은 여기만 아니면 어디든 가고 싶다는 얼굴로 육중한 몸을 일으켰다. "일곱 지옥이여, 내가 대체 어떻게 받아들여야 하나? 둘이 완전히 다른 이야기를 하는데."

네드가 말했다. "그 둘만 있었던 게 아닙니다. 산사, 이리 오너라." 네드는 아리아가 사라진 날 밤에 산사에게 이야기를 들었다. 그는 진실을 알고 있었다. "무슨 일이 있었는지 말하거라."

네드의 큰딸은 머뭇거리며 나섰다. 산사는 하얀색으로 가장자리를 장식한 푸른 벨벳 옷을 입고, 목에는 은목걸이를 걸었다. 숱 많은 적갈색 머리는 빛이 나도록 빗었다. 산사는 동생을 보고 눈을 깜박이다가, 어린 왕자를 보았다. "모르겠어요." 산사는 달아나고 싶다는 듯 울먹이며 말했다. "기억이 안 나요. 모든 일이 너무 빨리 일어나서, 보지도 못했고……."

"이 더러운 배신자야!" 아리아가 빽 소리를 질렀다. 아리아는 화살처럼 언니에게 달려가서 넘어뜨리고 주먹으로 때렸다. "거짓말쟁이, 거짓말쟁이, 거짓말쟁이, 거짓말쟁이."

"아리아, 그만해라!" 네드가 외쳤다. 조리가 발로 언니를 걷어차는 아리아를 떼어냈다. 네드가 일으켜 세운 산사는 창백한 얼굴로 몸을 떨고 있었다. "다쳤느냐?" 네드가 물었지만, 산사는 그 목소리도 들리지 않는 듯 아리아만 바라보고 있었다.

세르세이 라니스터가 말했다. "저 아이는 지저분한 제 짐승만큼 거칠군요. 로버트, 전 처벌을 원합니다."

"일곱 지옥이여." 로버트가 욕을 했다. "세르세이, 좀 보시오. 어린아이요. 나더러 뭘 어쩌라는 거요, 길거리에서 채찍질이라도 할까? 빌어먹을,

애들 싸움이오. 다 끝났소. 돌이킬 수 없는 피해도 없고."

왕비는 격분했다. "조프리는 평생 팔에 흉터를 달고 살게 될 거예요."

로버트 바라테온은 맏아들을 쳐다보았다. "그러라지. 그 흉터가 교훈을 줄지도 모르지 않나. 네드, 자네 딸 교육 좀 시키게. 나도 아들 교육을 시킬 테니."

"기꺼이 받들겠습니다, 전하." 네드는 한시름 놓으며 대답했다.

로버트는 걸어 나가려 했지만, 왕비의 볼일은 끝나지 않았다. "다이어울 프는 어떻게 하나요?" 왕비는 왕의 뒤에 대고 외쳤다. "당신 아들을 공격한 짐승은 어떻게 합니까?"

왕은 걸음을 멈추고, 찌푸린 얼굴로 몸을 돌렸다. "그 망할 늑대에 대해선 잊고 있었군."

네드는 조리의 품에 안긴 아리아가 긴장하는 모습을 볼 수 있었다. 조리가 얼른 말했다. "다이어울프의 흔적은 찾지 못했나이다, 전하."

로버트는 별로 불만스러워하는 것 같지 않았다. "그래? 그럼 됐군."

왕비가 언성을 높였다. "나에게 그 늑대 가죽을 가져오는 자에게 금화 백 닢을 주겠다!"

"비싼 가죽이로구면." 로버트가 투덜거렸다. "난 끼고 싶지 않네. 라니스터의 금으로 원하는 털가죽을 얼마든 살 수 있겠지."

왕비는 싸늘한 눈으로 왕을 보았다. "그렇게 인색하신 줄 몰랐네요. 해가 저물기 전에 제 침대에 늑대 가죽을 깔아주실 만한 왕과 결혼한 줄 알았습니다만."

로버트의 얼굴이 분노로 시커메졌다. "늑대도 없이 그러자면 훌륭한 재주겠소."

"늑대는 있습니다." 세르세이 라니스터가 말했다. 목소리는 아주 차분했지만, 녹색 눈동자에는 승리의 빛이 번득였다.

모두가 그 말을 이해하는 데 잠시 시간이 걸렸다. 왕은 짜증 난다는 듯 어깨를 으쓱였다. "원하는 대로. 일린 경에게 시키시게."

"로버트, 이럴 순 없습니다." 네드가 항의했다.

왕은 입씨름을 더 할 기분이 아니었다. "그만하지, 네드. 더 듣지 않겠네. 다이어울프는 흉포한 짐승이야. 늦든 빠르든 그 늑대도 자네 딸에게 덤벼들 거야. 다른 늑대가 내 아들에게 덤볐던 것처럼 말이야. 딸에게 개를 선물하게. 그 편이 더 행복할 테니."

산사는 그제야 겨우 이해한 것 같았다. 자기 아버지를 찾는 눈이 겁에 질려 있었다. "레이디를 말씀하시는 건 아니죠, 그렇죠?" 산사는 그의 얼굴에서 진실을 보았다. "안 돼요. 안 돼요, 레이디는 안 돼요. 레이디는 아무도 물지 않았어요. 착한 아이에요……."

아리아가 분개해서 외쳤다. "레이디는 거기 있지도 않았어요. 레이디는 내버려둬요!"

"막아주세요." 산사가 호소했다. "그러지 못하게 해주세요, 제발, 제발, 레이디가 아니었어요, 니메리아였어요, 아리아가 한 짓이에요. 그럴 순 없어요. 레이디가 아니었어요. 레이디를 해치지 못하게 해주세요. 제가 착하게 길들일게요. 약속해요. 약속할게요……." 산사는 울기 시작했다.

네드는 흐느끼는 산사를 끌어안고 있을 수밖에 없었다. 그는 방 저편에 선 로버트를 보았다. 형제보다 더 가까웠던 옛 친구를. "제발, 로버트. 나에 대한 애정을, 내 동생에게 품었던 애정을 생각해서라도. 제발."

왕은 오랫동안 그들을 바라보다가, 아내에게 시선을 돌렸다. "제기랄, 세르세이." 그는 혐오감을 담아 말했다.

네드는 산사의 손을 부드럽게 떼어내고 일어섰다. 지난 나흘 동안 쌓인 피로가 돌아왔다. "그렇다면 직접 하시오, 로버트." 그는 강철처럼 차갑고 날카로운 목소리로 말했다. "하다못해 직접 할 용기는 발휘해요."

로버트는 죽은 듯 생기 없는 눈으로 네드를 보더니 한 마디도 더 하지 않고, 납덩이처럼 무거운 발걸음으로 그 자리를 떠났다. 정적이 접견실을 채웠다.

"다이어울프는 어디 있지?" 남편이 나가자 세르세이 라니스터가 물었다. 그 옆에서 조프리 왕자는 웃고 있었다.

"그 짐승은 문루 밖에 사슬로 묶여 있습니다, 왕비 전하." 바리스탄 셀미 경이 마지못해 대답했다.

"일린 페인을 부르게."

"아니." 네드가 말했다. "조리, 아이들을 방에 데려가고 내 검을 가져오게." 목구멍 안에 쓴맛이 느껴졌지만, 네드는 용케 그 말을 밀어 올렸다. "꼭 해야 한다면, 내가 하겠다."

세르세이 라니스터는 의심스러운 눈으로 그를 보았다. "스타크, 그대가 말이오? 이건 무슨 속임수지? 왜 그런 짓을 직접 한단 말이오?"

모두가 그를 바라보고 있었지만, 그를 파고드는 시선은 신사의 것이었다. "북부의 짐승이오. 도살자보다는 나은 대접을 받을 자격이 있소."

그는 딸의 울음소리가 귓가에 쟁쟁한 가운데 타는 듯한 눈으로 그 방을 나서서 묶여 있는 다이어울프 새끼를 찾았다. 네드는 잠시 동안 그 옆에 앉아 있었다. "레이디." 그는 그 이름을 음미했다. 지금까지는 아이들이 고른 이름에 별로 관심을 두지 않았지만, 지금 이렇게 보니 산사가 이름을 잘 골랐음을 알 수 있었다. 레이디는 형제들 중에서 가장 작고, 가장 예쁘고, 가장 순하고, 가장 잘 따랐다. 레이디는 밝은 금빛 눈동자로 그를 바라보았고, 그는 레이디의 숱 많은 회색 털을 쓰다듬었다.

곧 조리가 '얼음'을 가져왔다.

일을 끝내고 나서 그는 말했다. "네 명을 골라서 시체를 북부로 가져가게 하게. 윈터펠에 묻어주도록."

"그 먼 길을 말입니까?" 조리가 놀라서 말했다.

"그 먼 길이라도." 네드는 단호하게 대답했다. "라니스터 여인은 결코 이 가죽을 갖지 못할 것이다."

네드가 마침내 잠을 자기 위해 탑으로 돌아가는데 산도르 클리게인과 그의 기수들이 수색에서 돌아와 말발굽 소리 요란하게 성문을 통과했다.

그의 군마 등에는 피투성이 망토에 싸인 묵직한 시체가 얹혀 있었다. 사냥개는 쉰 목소리로 말했다. "수관의 딸은 찾지 못했지만, 완전히 허탕 치진 않았소. 따님의 귀여운 애완동물을 잡았지." 그는 손을 뒤로 뻗어 짐을 밀어냈고, 망토에 싸인 시체는 쿵 소리를 내며 네드 앞에 떨어졌다.

네드는 아리아에게 무슨 말을 해야 할지 걱정하며 허리를 굽혀 망토를 젖혔지만, 그건 니메리아의 시체가 아니었다. 마른 피에 뒤덮인 푸주한 아들, 미카였다. 위에서 내려친 무시무시한 일격으로 어깨부터 허리까지 거의 반으로 갈라져 있었다.

"말에서 내리쳤고." 네드기 말했다.

강철로 만든 섬뜩한 개 머리 투구 사이로 사냥개의 눈이 번쩍였다. "도망 쳤거든." 그는 네드의 얼굴을 보고 웃어젖혔다. "하지만 썩 빠르진 않았어."

브랜

몇 년은 계속 추락한 것 같았다.

'날아.' 어둠 속에서 어떤 목소리가 속삭였지만, 브랜은 나는 방법을 몰랐기에, 떨어질 수밖에 없었다.

루윈 학사가 진흙으로 어린 남자애를 만들어서, 굳이 깨지기 쉽도록 구운 다음, 브랜의 옷을 입히고 지붕에서 떨어뜨렸다. 브랜은 도자기 인형이 박살 나던 모습을 기억했다. "하지만 난 결코 떨어지지 않아." 브랜은 떨어지면서 말했다.

땅바닥은 주위를 휘도는 회색 안개 너머 알아볼 수 없을 정도로 까마득히 아래에 있었지만, 그래도 브랜은 얼마나 빨리 떨어지고 있는지 느낄 수 있었고, 저 아래에서 무엇이 기다리는지 알았다. 아무리 꿈속이라도 영원히 떨어질 수는 없었다. 땅바닥을 때리기 직전에 깨어날 것이다. 언제나 바닥을 때리기 직전에 깨어나니까.

'그런데 깨어나지 않는다면?' 목소리가 물었다.

이제 바닥이 더 가까워졌다. 아직도 천 킬로미터도 더 떨어진 멀고 먼 거리였지만, 그래도 아까보다 가까웠다. 여기 어둠 속은 추웠다. 태양도,

별도 없이, 그저 브랜을 향해 달려오는 땅바닥과 회색 안개, 그리고 속삭이는 목소리뿐이었다. 울고 싶었다.

'울지 말고. 날아.'

"난 날 수 없어. 난 못해. 못한다고…….."

'그걸 어떻게 알아? 시도는 해봤어?'

높고 가느다란 목소리였다. 브랜은 그 목소리가 어디에서 나는지 보려고 주위를 둘러보았다. 까마귀 한 마리가 손이 닿을락말락한 거리에서 나선을 그리며 추락하는 브랜을 따라 내려오고 있었다. "도와줘." 브랜이 말했다.

'노력하고 있어.' 까마귀가 대꾸했다. '혹시 먹이 있니?'

브랜은 어지럽게 빙빙 도는 어둠 속에서 주머니에 손을 넣었다. 손을 꺼내자 손가락 사이로 금빛 낟알이 미끄러졌다. 옥수수 낟알들이 브랜과 같이 떨어졌다.

까마귀는 그의 손에 앉아서 먹기 시작했다.

"넌 진짜 까마귀니?" 브랜이 물었다.

'넌 진짜 떨어지고 있니?' 까마귀가 마주 물었다.

"꿈일 뿐이야." 브랜이 말했다.

'그럴까?' 까마귀가 물었다.

"땅바닥을 때리면 깨어날 거야." 브랜은 까마귀에게 말했다.

'땅바닥을 때리면 죽을 거야.' 까마귀는 말하고서 다시 옥수수를 먹었다.

브랜은 아래를 내려다보았다. 이제는 산맥이 보이고, 눈 쌓인 하얀 봉우리들이, 어두운 숲 속을 누비는 은빛 강줄기가 보였다. 브랜은 눈을 감고 울기 시작했다.

'그래봐야 소용없어. 말했잖아. 답은 우는 게 아니라 나는 거야. 어려워봤자 얼마나 어렵겠어? 나도 날잖아.' 까마귀는 허공으로 떠올라서 날갯

짓을 하며 브랜의 손 주위를 돌았다.

"너에겐 날개가 있어." 브랜은 지적했다.

'너에게도 있을지 몰라.'

브랜은 혹시 깃털이 있나 어깨를 더듬어보았다.

'다른 종류의 날개도 있어.' 까마귀가 말했다.

브랜은 팔다리를 빤히 바라보았다. 몸이 너무 앙상해서, 뼈와 가죽밖에 없어 보였다. 원래 이렇게 말랐던가? 기억해보려고 했다. 회색 안개 속에서 금빛으로 반짝이는 얼굴 하나가 솟아올랐다. "사랑 때문에 하는 짓." 그 얼굴이 말했다.

브랜은 비명을 질렀다.

까마귀가 까악거리며 날아올랐다. 그리고 새된 소리로 말했다. '그건 안 돼. 잊어버려. 지금은 필요하지 않으니까 치워둬. 밀어 넣어.' 까마귀가 브랜의 어깨에 내려앉아서 쪼아대자 빛나는 금빛 얼굴이 사라졌다.

브랜은 전보다 더 빨리 떨어지고 있었다. 브랜이 아래 땅으로 곤두박질치자 주위에서 회색 안개가 울부짖었다. "나한테 무슨 짓을 하는 거야?" 브랜은 울먹이며 까마귀에게 물었다.

'너에게 나는 법을 가르치고 있지.'

"난 날지 못해!"

'지금 날고 있잖아.'

"난 떨어지고 있어!"

'모든 비행은 추락으로 시작해.' 까마귀가 말했다. '아래를 봐.'

"무서워……."

아래를 봐!

아래를 보자, 속이 다 출렁거리는 느낌이었다. 이제는 땅바닥이 맹렬히 올라오고 있었다. 아래에 온 세상이 흰색과 갈색과 녹색 태피스트리처럼 펼쳐졌다. 모든 것이 너무나 선명하게 보여서 잠시 두려움도 잊을 정도였다. 브랜은 왕국 전체를, 그리고 그 안의 모든 사람을 볼 수 있었다.

윈터펠이 독수리의 눈으로 보는 것처럼 보였다. 이 위에서 높은 탑들은 땅딸하고 뭉툭해 보였고, 성벽은 흙에 그은 선으로밖에 보이지 않았다. 루윈 학사가 발코니에서 반질반질한 청동 원통으로 하늘을 보고 얼굴을 찌푸리며 책에 뭔가를 끼적이는 모습이 보였다. 기억 속에서보다 더 크고 강한 롭 형이 진검을 손에 쥐고 훈련장에서 검술 연습을 하는 모습이 보였다. 마구간에서 일하는 단순한 거인 호도가 다른 남자들이 짚 더미를 들어올리듯 수월하게 모루를 들어 올려 어깨에 짊어지고 미켄의 대장간으로 가는 모습이 보였다. 신의 숲 중심부에서는 거대한 흰색 영목이 검은 연못에 비친 제 모습을 굽어보며, 서늘한 바람에 잎을 바스락거렸다. 영목은 브랜의 시선을 느끼고는 고요한 수면에서 눈을 들어 다 안다는 듯이 마주 보았다.

동쪽을 보자, 바이트(the Bite, 베어 물기) 바닷물을 빠른 속도로 가로지르는 갤리선이 한 척 보였다. 어머니가 선실에 홀로 앉아서 탁자에 놓인 피 묻은 단검을 바라보고 있었고, 노잡이들은 노를 당기고, 로드릭 경은 난간 위로 몸을 내밀고 몸을 떨며 구역질을 하고 있었다. 저 앞에서 폭풍이, 번개의 채찍질에 몰린 검은 포효가 엄청난 기세를 올리고 있었지만 어째서인지 다들 보지 못했다.

남쪽을 보자, 트라이던트의 거대한 청록색 급류가 보였다. 아버지가 비탄이 역력한 얼굴로 왕에게 항변하는 모습이 보였다. 산사가 밤에 울면서 자는 모습이 보였고, 아리아가 말없이 지켜보면서 가슴속에 비밀을 꼭 끌어안는 모습이 보였다. 세 사람 주위를 그림자가 둘러싸고 있었다. 어떤 그림자는 잿더미처럼 검고, 사냥개 같은 무서운 얼굴이었다. 또 어떤 그림자는 태양처럼 아름다운 금빛 갑옷을 입었다. 그 둘 위로 돌로 만든 갑옷을 입은 거인이 솟아올랐는데, 면갑을 열자 그 안에는 어둠과 찐득한 검은 피밖에 없었다.

눈을 들자 협해 너머가 뚜렷하게 보였다. 자유도시들과 도트락의 초록색 초원과 그 너머까지, 산 아래 자리한 바에스 도트락까지, 비취해의 전설 속 나라들까지, 떠오르는 태양 아래에서 드래곤들이 꿈틀거리는 그림자 땅 옆 아사이까지.

마지막으로 브랜은 북쪽을 보았다. 푸른 수정처럼 반짝이는 장벽이 보이고, 따뜻한 기억이 다 빠져나가면서 갈수록 창백하고 단단해져가는 이복형 존이 차가운 침대에 홀로 잠든 모습이 보였다. 그리고 브랜은 장벽 너머, 눈을 뒤집어쓴 끝없는 숲 너머, 얼어붙은 해안과 거대한 청백색 얼음 강들과 아무것도 자라거나 살지 못하는 죽은 들판 너머로 시선을 던졌다. 북으로 북으로 북으로, 세상 끝에 있는 빛의 장막으로, 그리고 그 장막 너머로. 브랜은 겨울의 심장부를 깊숙이 들여다보았고, 두려움에 비명을 질렀다. 뺨에 흐른 눈물이 얼기기 될을 대었다.

'이제 알 거야.' 어깨에 앉은 까마귀가 속삭였다. '이제 네가 살아야 하는 이유를 알 거야.'

"왜?" 브랜은 이해하지 못하고 떨어지고 또 떨어지면서 말했다.

'겨울이 오고 있으니까.'

브랜은 어깨에 앉은 까마귀를 보았고, 까마귀도 브랜을 마주 보았다. 그 까마귀에겐 눈이 세 개 달렸고, 세 번째 눈에는 끔찍한 지식이 가득했다. 브랜은 아래를 내려다보았다. 이제 아래에는 눈과 추위와 죽음뿐, 들쭉날쭉한 청백색 얼음 첨탑들만이 그를 끌어안으려 기다리고 있는 얼어붙은 황무지뿐이었다. 얼음 탑들이 창처럼 다가왔다. 천여 명의 꿈꾸는 자들이 뼈가 되어 얼음 끝에 꽂혀 있었다. 끔찍하게 무서웠다.

"사람이 겁에 질려서도 용감할 수 있나요?" 자신의 목소리가 작게 멀리

들렸다.

그리고 대답하는 아버지의 목소리가 들렸다. "사람이 용감해질 수 있는 순간은 두려울 때뿐이다."

'자, 브랜. 선택해. 날거나, 죽거나야.' 까마귀가 재촉했다.

죽음이 비명을 지르며 손을 뻗었다.

브랜은 두 팔을 펴고 날았다.

보이지 않는 날개가 바람을 빨아들여 부풀고 브랜을 위로 끌어 올렸다. 무시무시한 얼음 바늘들이 아래로 멀어졌다. 머리 위로 하늘이 열렸다. 브랜은 솟구쳐 올랐다. 벽 타기보다 더 좋았다. 그 무엇보다 더 좋았다. 저 아래로 세상이 작아졌다.

"난 날고 있어!" 브랜이 즐겁게 외쳤다.

'나도 알아.' 세눈박이 까마귀가 말했다. 까마귀는 허공에 날아올라 브랜의 얼굴 앞에서 날개를 퍼덕이며 브랜의 속도를 늦추고, 눈을 가렸다. 날개 끝이 뺨을 때리자 브랜은 허공에서 비틀거렸다. 까마귀의 부리가 브랜을 맹렬히 쪼았고, 브랜은 갑자기 미간에 눈이 멀 듯한 통증을 느꼈다.

"뭐하는 거야?" 브랜이 새된 소리를 질렀다.

까마귀가 부리를 열어 까악 소리를 냈다. 날카로운 공포의 비명 소리였다. 회색 안개가 진동하며 소용돌이치다가 면사포처럼 찢겨 나가고, 이제 보니 까마귀는 사실 여자였다. 긴 검은 머리의 하녀였고, 어딘가에서, 그래, 윈터펠에서 그 여자를 알았다. 이제 기억이 났고…… 이어서 브랜은 자신이 윈터펠에, 어느 차가운 탑 안 높은 침대에 누워 있으며 검은 머리 하녀가 물그릇을 바닥에 떨어뜨려 박살을 내고 소리치며 계단을 뛰어 내려가고 있음을 깨달았다. "깨어났어요, 깨어났어요, 깨어났다고요."

브랜은 미간을 만져보았다. 까마귀가 쪼았던 자리가 아직도 타는 듯 아팠지만, 그 자리엔 피도 상처도 없었다. 힘이 없고 어지러웠다. 침대에서 벗어나려 했지만, 아무 일도 일어나지 않았다.

침대 옆에 움직임이 일더니, 무엇인가가 브랜의 다리 위에 가볍게 내려앉았다. 브랜은 아무것도 느끼지 못했다. 태양처럼 빛나는 한 쌍의 노란 눈이 브랜의 눈을 들여다보았다. 창문이 열려 있었고 방 안은 추웠지만, 브랜을 감싼 늑대가 뿜어내는 온기는 뜨거운 목욕물 같았다. 그의 늑대 새끼……가 맞을까? 이제는 새끼라기엔 정말 컸다. 늑대를 도닥이려고 뻗는 손이 나뭇잎처럼 흔들렸다.

형 롭이 탑의 계단을 단숨에 올라오느라 숨이 찬 채 방 안으로 뛰어들었을 때는 다이어울프가 브랜의 얼굴을 핥고 있었다. 브랜은 차분하게 형을 보고 말했다. "이 녀석 이름은 서머(Summer, 여름)야."

캐틀린

"곧 킹스랜딩에 도착합니다."

캐틀린은 난간에서 몸을 돌리고 억지로 미소를 지었다. "자네 노잡이들이 잘해줬네, 선장. 내 감사의 표시로 각각 은화 한 닢씩을 내리지."

모레오 투미티스 선상은 허리를 반쯤 굽혀 인사했다. "지나치게 관대하십니다, 스타크 부인. 이렇게 고귀한 귀부인을 모시게 된 영광만으로도 놈들에게는 충분한 보상입니다."

"어쨌든 은화도 받겠지."

모레오는 미소 지었다. "원하신다면요." 그는 티로시 억양이 거의 느껴지지 않는 유창한 공용어로 말했다. 그는 30년 동안 협해를 왕복하며 노잡이에서 조타수가 되었다가 마침내 무역 갤리선을 갖게 되었다고 했다. '스톰댄서(Storm Dancer)'는 그의 네 번째 배이자 가장 빠른 배로, 돛대가 두 개에 노가 60개인 갤리선이었다.

스톰댄서는 확실히 캐틀린과 로드릭 경이 하류로 빠르게 달려 화이트하버에 도착했을 때 그곳에서 구할 수 있는 가장 빠른 배였다. 티로시인들은 탐욕을 부리기로 악명 높았고, 로드릭 경은 세 자매 섬(The Three

Sisters)에서 나온 고기잡이 범선을 빌리자고 주장했지만, 캐틀린은 이 갤리선을 고집했다. 그러기를 다행이었다. 대부분의 항해 시간 동안 맞바람이 불었고, 갤리선의 노가 아니었다면 그들은 킹스랜딩으로 미끄러져 들어가 여정을 끝내기는커녕 아직도 핑거스를 지나려고 아등바등하고 있었을 터였다.

'다 왔어.' 캐틀린은 생각했다. 붕대를 감은 손가락은 단검이 파고들었던 자리마다 아직도 지끈거렸다. 캐틀린은 그 고통이 잊지 말라는 채찍질이라고 느꼈다. 왼손 마지막 두 손가락은 굽힐 수가 없었고, 나머지 손가락도 다시는 능란하게 움직이지 못하리라. 그래도 브랜의 목숨 값이라고 생각하면 쌌다.

로드릭 경은 바로 그 순간을 택해서 갑판에 나타났다. "훌륭한 친구여." 모레오가 끝이 갈라진 녹색 수염 사이로 말했다. 티로시 인들은 밝은 색을 좋아해서, 얼굴 털까지 그렇게 물을 들였다. "나아진 모습을 보니 정말 좋소."

로드릭 경은 동의했다. "그렇지. 거의 이틀째 죽고 싶은 생각이 들지 않으니 말이오." 그는 캐틀린에게 허리를 굽혔다. "마님."

실제로 나아진 모습이었다. 화이트하버에서 출발할 때에 비하면 조금 말랐지만, 그래도 거의 원래의 모습을 찾았다. 바이트 해의 강한 바람과 협해의 거친 물결은 로드릭 경에게 잘 맞지 않았고, 드래곤스톤에서 예기치 않은 폭풍에 붙들렸을 때는 거의 뱃전에서 떨어질 뻔했다. 그는 용케 밧줄에 매달려 있다가 모레오의 부하 세 명에게 구출받아 무사히 선창으로 들어갔다.

"선장이 우리의 항해가 거의 끝났다는 말을 하고 있던 참이에요."

캐틀린의 말에 로드릭 경은 장난스러운 미소를 지었다. "벌써 말입니까?" 풍성하던 하얀 구레나룻이 없으니 이상해 보였다. 어쩐지 더 작고,

덜 사납고, 10년은 더 늙어 보였다. 그래도 바이트 해에서 난간 너머로 몸을 내밀고 소용돌이치는 바닷물에 토하다가 세 번이나 구레나룻을 더럽혔을 때는 선원의 면도칼에 수염을 헌납하는 것이 분별 있는 행동 같았다.

"두 분 사무를 논의하시게 비켜드리지요." 모레오 선장은 절을 하고 그 자리를 떴다.

갤리선은 노를 일사불란하게 들어 올렸다가 내리면서 잠자리처럼 물 위를 미끄러졌다. 로드릭 경은 난간을 잡고 스치는 해안을 내다보았다. "제가 별로 용맹한 보호자는 되지 못했지요."

캐틀린은 그의 팔을 살짝 잡았다. "로드릭 경, 우린 여기에 안전하게 도착했어요. 중요한 건 그것뿐이오." 캐틀린은 뻣뻣하고 서투른 손짓으로 망토 아래를 더듬었다. 단검은 여전히 그녀의 허리에 매달려 있었다. 그녀는 가끔 그 단검을 만져보고 마음을 가다듬어야 했다. "이제 우린 왕의 훈련대장에게 연락해야 해요. 부디 믿을 수 있는 사람이길 기도해야지요."

"아론 산타가르 경은 허영심이 강하지만, 그래도 정직한 사냅니다." 로드릭 경은 구레나룻을 쓰다듬으려고 손을 올렸다가 다시 한 번 수염이 없어졌음을 확인했다. 그는 어찌할 바를 모르는 표정이었다. "아론 경이라면 그 단검에 대해 알지도 모르지요……. 하지만 우리는 뭍에 오르는 순간 위험에 노출됩니다. 그리고 궁정에는 마님을 알아볼 사람들이 있지요."

캐틀린의 입매에 힘이 들어갔다. "리틀핑거(Littlefinger, 새끼손가락)." 그녀의 눈앞에 그의 얼굴이 떠올랐다. 이제는 소년이 아니건만, 떠오르는 것은 소년의 얼굴이었다. 몇 년 전에 아버지를 여의고 베일리시 공의 이름을 이었으나 사람들은 여전히 그를 리틀핑거라고 불렀다. 캐틀린의 남동생 에드무어가 오래전 리버런에서 붙인 별명이었다. 피터의 가문이 소유한 보잘것없는 영지는 핑거스의 다섯 손가락 중에서도 제일 작은 땅에 있었고, 피터는 그 나이 또래보다 작고 말랐었다.

로드릭 경이 헛기침을 했다. "예전에 베일리시 공은, 아……." 그는 정중한 말을 찾다가 애매하게 말끝을 흐렸다.

캐틀린은 세심하게 굴 상태가 아니었다. "내 아버지의 대자였지요. 우린 리버런에서 함께 자랐어요. 난 형제처럼 생각했지만, 그 사람의 나에 대한 감정은…… 형제 이상이었어요. 내가 브랜던 스타크와 혼인한다는 사실이 공표되자 피터는 내 손을 잡을 권리를 두고 도전했어요. 미친 짓이었지. 브랜던은 스무 살이었고, 피터는 열다섯이 될까 말까였으니. 난 피터의 목숨을 살려달라고 브랜던에게 애걸해야 했지요. 브랜던은 흉터 하나만 남기고 피터를 풀어줬고, 그 후에 아버지가 피터를 다른 곳으로 보냈지요. 그러고는 한 번도 못 봤군요." 캐틀린은 상쾌한 바람이 그 기억을 날려보낼 수 있다는 듯이 물보라 쪽으로 얼굴을 들어 올렸다. "브랜던이 살해당한 후에 피터가 리버런으로 편지를 한 통 썼지만, 그 편지를 읽지 않고 태웠어요. 그 무렵 나는 형을 대신하여 네드가 나와 혼인하리란 사실을 알고 있었지요."

로드릭 경의 손가락이 다시 한 번 존재하지 않는 구레나룻을 만졌다. "리틀핑거는 이제 소협의회에 앉습니다."

"출세할 줄 알았어요. 피터는 어렸을 때부터 영리했지. 하지만 영리함과 현명함은 다른 법이니, 세월이 피터에게 어떻게 작용했을지 모르겠군요."

머리 위 높은 삭구에서 망보기들이 노래하듯 외쳤다. 모레오 선장이 재빨리 갑판을 가로지르며 명령을 내렸고, 킹스랜딩의 높은 언덕 세 개가 시야에 들어오면서 스톰댄서호는 폭발하듯 바쁘게 나아가기 시작했다.

캐틀린은 300년 전에 저 언덕들이 숲으로 덮여 있었으며, 깊고 빠른 강물이 바다로 흘러나오는 블랙워터 급류(Blackwater Rush, 검은 물 급류) 북쪽 해안에는 고기잡이 어민들 몇 명밖에 살지 않았음을 알았다. 그러다가 드래곤스톤에서 정복자 아에곤이 배를 몰고 왔다. 그의 군대는 바로 여기에 상륙했고, 제일 높은 언덕에 나무와 흙으로 조잡한 첫 번째 보루를 쌓았다.

이제는 눈 닿는 해안 어디나 도시였다. 저택과 정자와 곡물 저장고와 벽돌로 된 창고와 목재 여관과 상인들의 가판대와 선술집과 묘지와 매음굴이 차곡차곡 쌓여 있었다. 이 거리에서도 어시장의 떠들썩한 소리를 들을 수 있었다. 건물들 사이로 양쪽에 나무를 심은 넓은 도로, 곱사등이처럼 굽이진 길, 남자 둘이 나란히 걸을 수 없을 정도로 좁은 골목길들이 보였다. 비세니아 언덕 꼭대기에는 일곱 개의 수정 탑을 거느린 바엘로르 대성소(Great Sept)가 왕관처럼 얹혀 있었다. 시내 반대편에 있는 라에니스 언덕에는 드래곤핏(Dragonpit, 드래곤의 구덩이)의 시커멓게 탄 벽과 폐허가 되어 무너진 거대한 돔, 1세기 동안 닫혀 있는 청동 문이 보였다. 그 둘 사이에 '자매들의 거리'가 화살처럼 곧게 뻗었고, 멀리 높고 튼튼한 도시 벽이 솟아 있었다.

불가에는 백 개의 신창이 줄을 지었고, 항만에는 배가 가득했다. 원양어선과 강배들이 오가고, 나룻배가 블랙워터 급류를 왕복했으며, 무역 갤리선들은 브라보스와 펜토스와 리스에서 실어 온 상품들을 부렸다. 캐틀린은 이븐 항구에서 온 뚱뚱한 고래잡이배의 타르로 시커메진 선체 옆에 묶인 왕비의 화려한 배를 알아보았다. 그 위쪽으로는 늘씬한 금빛 군선 십여 척이 돛을 접고 무자비한 철제 충각을 물에 늘어뜨린 채 저마다의 요람에서 쉬고 있었다.

그리고 높이 솟은 아에곤 언덕 위에 그 모든 것을 내려다보는 레드킵이 있었다. 철벽을 두른 거대한 원형 방어탑 일곱 개, 어마어마한 크기의 음침한 옹성, 아치 회랑과 지붕 다리, 막사와 지하감옥과 곡물 창고, 궁수석이 배치된 거대한 외벽 모두 연한 붉은색 돌로 만들었다. 정복자 아에곤이 건축을 명했고, 그 아들인 잔혹 왕 마에고르가 완성을 보았다. 완성 후에

마에고르는 건축에 참여한 모든 석공과 목공과 건축가들의 머리를 베었다. 그는 드래곤 군주들의 요새가 지닌 비밀은 오직 드래곤 혈통만이 알리라 맹세했다.

그러나 지금 그 성벽에 날리는 깃발은 검은색이 아니라 금색이었고, 예전에 삼두룡이 불을 뿜어내던 자리에는 바라테온 가문의 왕관을 쓴 수사슴이 활보했다.

여름 군도에서 온 돛대 높은 백조선이 바람을 받아 하얀 돛을 크게 부풀리며 항구를 빠져나오고 있었다. 스톰댄서호는 그 배 옆을 지나쳐서 계속 부둣가로 다가갔다.

로드릭 경이 말했다. "마님, 누워 있으면서 어떻게 진행하면 좋을지 생각해봤습니다. 마님은 성에 들어가셔선 안 됩니다. 안전한 곳에 계시면 제가 대신 들어가서 아론 경을 데리고 가겠습니다."

갤리선이 부두에 다가가는 가운데 캐틀린은 노(老)기사를 찬찬히 보았다. 모레오는 자유도시들에서 쓰이는 저속한 발리리아어로 고함을 지르고 있었다. "경도 나만큼이나 위험할 텐데요."

로드릭 경은 미소 지었다. "아닐 겁니다. 아까 물에 비친 제 얼굴을 봤는데 저도 못 알아보겠더군요. 마지막으로 구레나룻 없는 제 얼굴을 본 사람은 제 어머니인데, 돌아가신 지 40년이 지났습니다. 저는 안전하리라 믿습니다."

모레오가 큰 소리로 명령을 내렸다. 60개의 노가 하나처럼 올라갔다가 거꾸로 물을 저었다. 갤리선이 느려졌다. 다시 고함 소리가 올랐다. 모든 노가 선체 안으로 미끄러져 들어갔다. 선체가 쿵 소리를 내며 부두에 부딪치는 사이 티로시 선원들이 밧줄을 묶으려고 뛰어내렸다. 모레오가 만면에 미소를 띠고 부산스레 다가왔다. "명하신 대로 킹스랜딩입니다, 마님. 어떤 배도 이보다 더 빠르거나 확실하게 모시진 못했을 겁니다. 짐을 성으로 실어가시도록 도와드릴까요?"

"우린 성으로 가지 않네. 선장이 어딘가 강에서 너무 멀지 않으면서 깨끗하고 편안한 여관을 추천해줄 수도 있겠지."

티로시 선장은 갈라진 녹색 수염을 쓰다듬었다. "분부대로 하지요. 원하시는 바에 맞을 만한 곳을 몇 군데 압니다. 다만 실례를 무릅쓰고 말씀드리자면 먼저 합의했던 대금의 절반이 남아 있습니다. 물론 친절하게 약속하신 웃돈도 있지요. 은화 60닢이었을 텐데요."

"노잡이들에게 주는 돈이지." 캐틀린은 다시 일깨웠다.

"아, 물론입니다. 다만 티로시로 돌아갈 때까지는 제가 가지고 있는 편이 좋겠습니다. 노잡이들의 아내와 아이들을 위해서요. 지금 은화를 주면 노름으로 날리거나 하룻밤 쾌락에 써버릴 겁니다."

"돈이야 그보다 더 나쁜 곳에 쓰일 수도 있지." 로드릭 경이 끼어들었다. "겨울이 오고 있소이다."

캐틀린이 말했다. "선택은 직접 해야 하는 것. 그들이 번 은화요. 어떻게 쓸지는 내가 상관할 바가 아니오."

"원하는 대로 하시지요, 마님." 모레오는 허리를 굽히고 미소 지었다.

캐틀린은 확실하게 하기 위해 노잡이들에게 직접 은화를 한 닢씩 주고, 비세니아 언덕을 반쯤 올라간 곳에 있는 모레오의 추천 여관까지 짐 상자를 나른 두 남자에게 동화 한 닢을 줬다. '장어 골목'에 있는 쓰러져가는 낡은 여관이었다. 여관 주인인 심술궂은 노파는 종잡을 수 없는 시선으로 의심스럽게 그들을 훑어보고 캐틀린이 내민 동전을 깨물어 진짜인지 확인했다. 어쨌거나 캐틀린에게 내어준 방은 널찍하고 바람이 잘 통했다. 모레오는 주인 노파의 생선 스튜가 칠왕국을 통틀어 제일가는 맛이라고 장담했다. 무엇보다도 그 노파는 그들의 이름에 관심이 없었다.

로드릭 경은 짐을 풀고 나서 말했다. "휴게실에는 가지 않으시는 편이 좋겠습니다. 이런 곳이라 해도 누가 볼지 모르니까요." 그는 사슬 갑옷을 입고, 단검과 장검을 차고 머리를 다 덮을 수 있는 두건이 달린 검은 망토를 둘렀다. "밤이 되기 전에 아론 경과 같이 돌아오겠습니다. 쉬십시오, 마님."

캐틀린은 피곤했다. 항해는 길고 고되었으며, 그녀는 예전처럼 젊지 않았다. 열린 창밖으로 골목길과 지붕들, 그 너머로 블랙워터가 보였다. 그녀는 로드릭 경이 여관을 나서서 빠른 걸음으로 붐비는 길거리로 들어가 군중들 사이로 사라지는 모습을 지켜보고 나서, 그의 충고를 받아들이기로 했다. 깃털이 아니라 짚을 채운 침구였지만, 캐틀린은 문제없이 잠에 빠져들었다.

그녀는 문을 두드리는 소리에 깨어났다.

캐틀린은 화들짝 일어나 앉았다. 창밖에 보이는 킹스랜딩의 지붕들은 지는 햇빛을 받아 붉게 물들어 있었다. 생각보다 더 오래 잔 모양이었다. 쾅쾅쾅 주먹으로 문을 두드리는 소리가 다시 나고, 목소리가 들렸다. "왕의 이름으로, 여시오."

"잠시만 기다리시오." 그녀는 소리치고 망토를 둘렀다. 단검은 침대 옆 탁자에 놓여 있었다. 그녀는 그 단검을 낚아채고 나서 육중한 나무 문의 걸쇠를 풀었다.

방 안으로 밀고 들어온 사내들은 검은색 고리 갑옷에 도시 경비대(City Watch)의 금색 망토 차림이었다. 그들의 지휘관은 캐틀린의 손에 들린 단검을 보고 말했다. "칼은 필요 없습니다. 성으로 모셔 가려고 왔습니다."

"누구 권한으로?"

그는 휘장을 하나 보였다. 캐틀린은 숨이 턱 막혔다. 회색 밀랍에 찍힌 인장은 흉내지빠귀 모양이었다. "피터." 이렇게 빨리 찾아오다니. 로드릭 경에게 무슨 일이 생긴 게 틀림없었다. 그녀는 지휘관을 쳐다보았다. "내가 누구인지 아는가?"

"모릅니다. 리틀핑거 공께서 모셔 오라고 이르시며, 혹시라도 홀대하지 말라고만 하셨습니다."

캐틀린은 고개를 끄덕였다. "내가 옷을 갖춰 입는 동안 밖에서 기다리게."

캐틀린은 물그릇에 손을 닦고 깨끗한 천을 감았다. 그녀는 뻣뻣하고 서툴게 움직이는 손가락으로 힘겹게 보디스 끈을 매고 칙칙한 갈색 망토를 여몄다. 여기 있는 줄 리틀핑거는 어떻게 알았을까? 로드릭 경은 절대로 말하지 않았을 텐데. 로드릭 경은 늙었을지 몰라도 고집스러웠고, 지나칠 정도로 충성스러웠다. 혹시 너무 늦게 와, 라니스터가 킹스랜딩에 먼저 도착했나? 아니다. 그렇다면 네드도 여기에 있을 테고, 직접 찾아왔을 것이다. 어떻게……?

그러다가 생각이 났다. 모레오. 그 티로시인은 그들의 정체를 알고 어디에 있는지도 알았다. 캐틀린은 모레오가 이 정보를 비싼 값에 팔았기를 빌었다.

경비대원들은 캐틀린이 탈 말을 끌고 왔다. 그들이 출발할 때쯤엔 길거리에 등불이 켜지고 있었고, 캐틀린은 금빛 망토를 두른 경비대원들에게 둘러싸여 말을 달리는 그녀에게 꽂히는 이 도시 사람들의 시선을 느꼈다. 레드킵에 도착했을 때는 밤을 맞이하여 입구 쇠창살을 내리고 대문을 봉쇄한 후였지만, 성의 창문들엔 불빛이 깜박거렸다. 경비대원들은 말을 성벽 밖에 두고 그녀를 호위하여 좁은 샛문을 통과한 후, 끝없이 계단을 올라 어느 탑으로 향했다.

그는 방에 혼자 있었다. 묵직한 나무 탁자 앞에 앉아서, 기름등잔을 옆에 두고 무엇인가를 쓰고 있었다. 경비대원들이 캐틀린을 안으로 안내하자 그는 펜을 놓고 그녀를 보았다. "캣." 그는 조용히 말했다.

"왜 날 이런 방식으로 데려온 거지?"

그는 일어서서 경비대원들에게 무뚝뚝하게 손짓했다. "나가보게." 경비대원들이 나가고 나자 그는 말했다. "당신을 함부로 대하지는 않았으리라 믿어. 확실하게 일러뒀으니." 그는 캐틀린의 붕대를 보았다. "당신 손이……."

캐틀린은 그 말에 담긴 질문을 무시하고, 얼음처럼 차갑게 말했다. "난 하녀처럼 불려 다니는 데 익숙지 않아. 어렸을 때 당신은 아직 예의가 무엇인지 알았는데."

"나 때문에 화가 났군. 그럴 의도는 전혀 없었어." 그는 깊이 후회하는 표정을 지었다. 그 표정에 기억이 선명하게 살아났다. 예전에 그는 교활한 아이였지만, 나쁜 짓을 하고 나면 늘 깊이 뉘우치는 얼굴을 보였다. 그게 그의 재능이었다. 세월이 흘렀어도 그는 많이 변하지 않았다. 피터는 몸집 작은 소년이었고, 성장해서 몸집 작은 어른이 되었다. 캐틀린보다 5센티쯤 작았고, 날씬하고 기민했으며, 그녀가 기억하는 날카로운 이목구비와 웃음기 머금은 회녹색 눈동자는 예전 그대로였다. 이제는 뾰족한 턱수염을 길렀고, 아직 서른이 되지 않았는데도 검은 머리에 새치가 섞였다. 그 흰머리가 망토를 여민 은제 흉내지빠귀와 잘 어울렸다. 피터는 어렸을 때부터 늘 은을 사랑했다.

"내가 이 도시에 온 건 어떻게 알았지?" 캐틀린이 물었다.

"바리스 공은 모르는 게 없지." 피터는 의뭉스러운 미소를 지으며 말했다. "곧 바리스 공도 올 테지만, 내가 먼저 만나고 싶었어. 정말 오랜만이야, 캣. 얼마만이지?"

캐틀린은 그의 친근한 질문을 무시했다. 더 중요한 질문이 있었다. "그러니까 왕의 거미가 날 찾아낸 거로군."

리틀핑거는 얼굴을 찌푸렸다. "그렇게 부르지 않는 게 좋을걸. 아주 섬세한 사람이야. 내시라서 그런지도 모르지. 이 도시에 바리스가 알지 못하는 일은 없어. 심지어 일이 터지기 전에 알 때도 많지. 바리스는 사방에 정보원을 두고 있는데, 작은 새들이라고 불러. 그런 작은 새 하나가 당신의 방문에 대해 들었지. 고맙게도 바리스는 나에게 먼저 찾아왔고."

"왜 당신에게?"

그는 어깨를 으쓱였다. "왜 아니겠어? 난 재무관이고, 왕의 협의회원이야. 셀미와 렌리 공은 로버트를 마중하러 북으로 달려갔고, 스타니스 공은 드래곤스톤에 가 있으니 파이셀 학사와 나만 남았지. 둘 중에서야 내가 뻔한 선택 아니겠어. 내가 당신 동생 라이사의 친구였다는 걸 바리스도 알고 있고."

"바리스가 혹시……."

"바리스 공은 모르는 게 없지……. 당신이 왜 여기 왔는지만 빼고." 그는 한쪽 눈썹을 올렸다. "왜 여기 있는 거야?"

"아내는 자유로이 남편을 그리워할 수 있지. 게다가 어머니가 딸들을 가까이 두고 싶다면 누가 안 된다고 할 수 있겠어?"

리틀핑거는 웃음을 터뜨렸다. "아, 아주 좋아. 하지만 부디 내가 그 말을 믿으리라 생각하진 말아줘. 난 당신을 너무나 잘 알아. 툴리의 가언이 뭐였더라?"

캐틀린은 목이 말랐다. "가족, 의무, 명예." 그녀는 딱딱하게 읊었다. 그는 그녀를 너무 잘 알았다.

"가족, 의무, 명예." 그는 그 말을 되풀이했다. "무엇을 적용해도 당신은 우리의 수관이 남겨둔 대로 윈터펠에 있어야 해. 아니지, 무슨 일이 일어난 거야. 이렇게 갑작스러운 여행 자체가 긴급한 일이 있다는 뜻이야. 부탁인데, 내가 돕게 해줘. 다정한 옛 친구끼리는 망설임 없이 서로에게 기대야 하는 법." 조용히 문을 두드리는 소리가 났다. "들어오시오." 리틀핑거가 외쳤다.

문을 열고 들어온 남자는 통통한 몸에 향수와 분을 발랐으며, 머리통은 달걀처럼 매끈했다. 그는 느슨한 자주색 비단옷 위에 금실로 짠 조끼, 부드러운 벨벳으로 만든 뾰족한 슬리퍼 차림이었다. "스타크 부인." 그는 두 손으로 그녀의 손을 잡으며 말했다. "이토록 오랜 세월이 흐른 후에 다시 뵈니 어찌나 기쁜지요." 그의 살은 보드랍고 촉촉했고, 숨결에서는 라일락 향이 풍겼다. "아, 이런 안타까운 손이라니요. 화상을 입으셨나요, 다정하신 부인? 손가락이란 참으로 섬세한데……. 우리 학사이신 파이셀이 놀라운 연고를 만듭니다만, 한 단지 가져오라 이를까요?"

캐틀린은 그의 손에서 손가락을 뺐다. "공의 뜻은 고맙지만 저희 학사인 루윈이 이미 상처를 살폈습니다."

바리스는 고개를 끄덕였다. "아드님에 대해 듣고 어찌나 슬프던지요. 그렇게 어린데 말입니다. 신들은 잔인하십니다."

"그것만은 같은 의견입니다, 바리스 공." 공이라는 칭호는 바리스가 협의회위원이기에 주어진 예의에 불과했다. 바리스는 기미골 외에 어느 곳의 영주도 아니었고, 첩보원들을 빼면 누구의 주인도 아니었다.

내시는 부드러운 두 손을 펼쳐 보였다. "그것만이 아니길 바랍니다, 다정하신 부인. 저는 우리의 새로운 수관이신 부군을 대단히 존경하는 데다가, 우리 둘 다 로버트 왕을 사랑한다는 사실을 아니까요."

"그래요, 틀림없이 그렇군요." 캐틀린은 그렇게 대답할 수밖에 없었다.

"우리 로버트 왕만큼 사랑받은 왕은 없지." 리틀핑거가 빈정거리며 교활하게 웃었다. "적어도 바리스 공이 듣기로는 그렇다지요."

"훌륭하신 부인." 바리스가 근심이 역력한 얼굴로 말했다. "자유도시에는 경이로운 치유력을 지닌 사람들이 있답니다. 한 말씀만 하시면 부인의 소중한 브랜을 위해 치유자를 불러오겠습니다."

"루윈 학사가 브랜을 위해 할 수 있는 일은 다 하고 있습니다." 캐틀린은 말했다. 여기에서, 이 자들 앞에서 브랜에 대해 말할 생각은 없었다. 그녀는 리틀핑거를 조금밖에 믿지 않았고, 바리스는 조금도 믿지 않았다. 그들에게 그녀의 슬픔을 드러낼 순 없었다. "베일리시 공에게 듣자니 제가 여기 오게 된 것은 바리스 공 덕분이라고요."

바리스는 어린 소녀처럼 키득거렸다. "아, 그럼요. 제 탓이지 싶군요. 용서하시길 빕니다, 상냥하신 부인." 바리스는 의자에 앉아서 두 손을 모았다. "이제 큰 실례가 되지 않는다면 그 단검을 보여주실 수 있을지요?"

캐틀린 스타크는 놀라고 믿기지 않는 기분으로 내시를 바라보았다. 그녀는 마구잡이로 생각했다. '저자는 거미야. 요술사거나 그보다 더 나쁜 존재야.' 바리스는 아무도 알 수 없는 일을 알았다. 아니 혹시⋯⋯. "로드릭 경에게 무슨 짓을 한 겁니까?" 그녀는 묻고 말았다.

리틀핑거는 갈피를 잡지 못하는 얼굴이었다. "창도 없이 전장에 도착한 기사가 된 기분인데. 무슨 단검 얘길 하는 거지? 로드릭 경은 누구고?"

"로드릭 카셀 경은 윈터펠의 훈련대장이랍니다." 바리스가 대답했다. "스타크 부인, 제가 보장하는데 그 훌륭한 기사분에게는 아무 일도 일어나지 않았답니다. 그분은 오늘 오후에 여기에 오셨지요. 무기고에 있는 아론 산타가르 경을 방문하셨고, 두 사람은 어떤 단검에 대해 이야기했습니다. 두 사람은 해 질 녘에 함께 성을 떠나 스타크 부인께서 머무시던 그 끔찍한 가축우리로 걸어갔습니다. 지금도 그곳 휴게실에서 술을 마시며 부인의 귀환을 기다리고 있지요. 로드릭 경은 당신이 안 계신 것을 알고 무척 괴로워했답니다."

"어떻게 그 모든 것을 알 수가 있지요?"

"작은 새들이 속삭여줬지요." 바리스는 미소 지으며 말했다. "저는 안답니다, 다정하신 부인. 그것이 제가 하는 일이라서요." 바리스는 어깨를 으쓱였다. "그래서, 단검을 가져오셨지요?"

캐틀린은 망토 아래에서 단검을 뽑아 바리스 앞에 있는 탁자에 던졌다. "자. 당신의 작은 새들이 이 단검의 주인이 누구인지 속삭여줄지도 모르겠군요."

바리스는 지나치게 섬세한 몸짓으로 칼을 들어 올리고 엄지손가락으로 칼날을 쓸었다. 피가 솟았고, 그는 빽 소리를 내고 단검을 다시 탁자에 떨어뜨렸다.

"날카로우니 조심하세요." 캐틀린이 말했다.

"발리리아 강철처럼 날카로운 칼은 없지." 바리스는 피가 솟는 엄지손가락을 빨고, 리틀핑거는 그렇게 말하며 침울하게 꾸짖는 듯한 표정으로 캐틀린을 보았다. 리틀핑거는 단검을 손에 쥐어보고 무게도 가늠해보았다. 그는 단검을 허공에 던졌다가 반대쪽 손으로 잡았다. "정말이지 달콤한 균형감이야. 이 칼의 주인을 찾고 싶다고, 그래서 여기까지 왔다고? 그런 목적이라면 아론 경을 만날 필요가 없어. 나에게 왔어야지."

"당신을 찾아왔다면 무슨 말을 해줬을까?"

"킹스랜딩에 이런 칼은 딱 하나뿐이라고 했겠지." 리틀핑거는 엄지와 집게손가락으로 칼날을 꽉 잡고 어깨 뒤로 팔을 젖혔다가, 손목을 능숙하게 털어 방 저편으로 던졌다. 단검은 문을 때리고 참나무 깊숙이 박혀 진동했다. "내 칼이야."

"당신 칼이라고?" 말이 되질 않았다. 피터는 윈터펠에 온 적이 없었다.

"조프리 왕자의 명명일에 열린 마상 시합 전까지는." 그는 문으로 걸어가서 나무에 박힌 단검을 뽑으며 말했다. "난 그 창시합에서 제이미 경을 응원했지. 궁정의 반과 함께." 피터가 멋쩍게 웃자 반쯤은 다시 소년처럼 보였다. "로라스 티렐이 제이미 경을 말에서 떨어뜨렸을 때, 많은 궁정 사람들이 전보다 가난해졌어. 제이미 경은 금화 백 닢을 잃었고, 왕비는 에메랄드 펜던트를 잃었고, 나는 단검을 잃었지. 왕비 전하는 에메랄드 펜던트를 돌려받았지만, 나머지는 승자가 다 가졌어."

"승자가 누구였지?" 캐틀린은 두려움에 입이 말랐다. 손가락이 되살아난 아픔에 욱신거렸다.

바리스 공이 그녀의 얼굴을 지켜보는 가운데, 리틀핑거가 말했다. "꼬마 악마, 티리온 라니스터."

안마당에 검과 검이 부딪치는 소리가 울려 퍼졌다.

존은 공격을 밀어붙였고, 검은색 모직과 가죽옷, 금속 갑옷을 두른 가슴팍에 차가운 땀이 흘러내렸다. 그렌은 서툴게 방어하면서 비틀비틀 뒤로 물러섰다. 그렌이 검을 들어 올리자, 존은 이레로 파고들면서 휘두른 검으로 그렌의 다리 뒤쪽을 때려서 비틀거리게 만들었다. 그렌이 아래로 내리치면 위를 공격해 투구를 찌그러뜨렸다. 그렌이 옆을 때리려 하자 존은 칼을 쳐내고 무장한 팔로 가슴을 때렸다. 그렌은 발을 헛디디고 눈밭에 엉덩방아를 찧었다. 존이 손목을 후려쳐서 검을 날려버리자 고통스러운 비명소리가 올랐다.

"그만!" 알리서 쏜 경의 목소리는 발리리아 강철같이 날카로웠다.

그렌은 팔을 감싸 안았다. "저 잡종 새끼가 내 손목을 부러뜨렸어."

"그 잡종은 네 오금을 끊고, 빈 머리통을 열고, 네 손을 잘랐다. 날이 살아 있었다면 말이다. 경비대에 순찰자만이 아니라 마구간지기도 필요해서 다행인 줄 알아라." 알리서 경은 제렌과 토드에게 손짓했다. "저 들소녀석을 일으켜 세워라. 장례 절차를 치러야지."

존은 두 소년이 그렌을 일으키는 사이 투구를 벗었다. 얼굴에 닿는 싸늘한 아침 공기가 기분 좋았다. 존은 검에 몸을 기대고 깊이 숨을 들이마신 후, 잠시 승리를 만끽했다.

"그건 장검이지, 노인용 지팡이가 아니다. 다리가 아프신가, 스노우 나리?" 알리서 경이 날카롭게 말했다.

존은 그 별명이 싫었다. 존이 연습을 시작한 첫날에 알리서 경이 붙여준 조롱의 이름이었다. 아이들이 그 말을 듣고 따라 했고, 이제는 사방에서 그 별명이 들렸다. 존은 장검을 검집에 밀어 넣으며 대답했다. "아닙니다."

쏜은 빳빳한 검은색 가죽 방호복이 스치는 소리와 함께 존에게 걸어왔다. 그는 50살의 다부진 사내로, 마르고 단단했으며 검은 머리는 희끗희끗했고 눈은 마노 조각 같았다. "사실대로 말해라." 쏜이 명령했다.

"지쳤습니다." 존은 인정했다. 장검의 무게 때문에 팔이 아팠고, 싸움이 끝나고 나니 멍든 곳들이 느껴졌다.

"약한 놈."

"제가 이겼습니다."

"아니. 들소 놈이 진 거지."

다른 소년 하나가 키득거렸다. 존은 대구하지 않는 게 상책임을 알았다. 존은 알리서가 붙여준 모든 상대를 거꾸러뜨렸지만, 그래봐야 얻은 게 없었다. 훈련대장 알리서 쏜은 오직 조롱만 내놓았다. 존은 쏜이 그를 싫어한다는 결론을 내렸다. 물론 쏜은 다른 아이들은 더 싫어했다.

"오늘은 이만 한다." 쏜이 말했다. "하루에 어설픈 짓거리는 이만하면 족하다. '다른자'들이 몰려온다면 궁수들을 데리고 오길 빈다. 네놈들은 화살받이 이상은 어울리질 않으니 말이다."

존은 무기고로 향하는 나머지를 따라 혼자 걸어갔다. 여기에서는 혼자 걸을 때가 많았다. 존과 같이 훈련받는 무리가 스무 명에 달했지만, 친구라고 부를 수 있는 사람은 없었다. 대부분이 존보다 두세 살 위였지만, 롭의 절반만큼 싸우는 사람도 없었다. 대리언은 빨랐지만 맞기를 무서워했다. 핍은 검을 단검처럼 썼고, 제렌은 계집애처럼 약했으며, 그렌은 굼뜨고 어설펐다. 할더의 타격은 혹독하도록 강했지만, 그는 공격에 정면으로 뛰어들었다. 존은 같이 시간을 보내면 보낼수록 그들을 경멸하게 되었다.

무기고에 들어간 존은 주위에 있는 다른 사람들을 무시하고 돌벽에 박힌 갈고리에 검과 검집을 걸었다. 존은 갑옷, 가죽옷, 그리고 땀에 전 모직옷을 차례로 벗었다. 긴 방 양쪽 끝에 놓인 철제 화로에서 석탄이 타고 있었지만, 존은 몸이 덜덜 떨렸다. 이곳에서는 언제나 한기가 느껴졌다. 몇 년만 더 있으면 따뜻하다는 게 어떤 느낌인지도 잊고 말리라.

평상복인 조잡한 검은 옷을 입는데 갑자기 피로가 밀려왔다. 존은 의자에 앉으며 더듬더듬 망토를 잠갔다. '너무 추워.' 존은 뜨거운 물이 사람 몸속을 도는 혈관처럼 벽 안에 흐르던 윈터펠의 따뜻한 홀을 떠올리며 생각했다. 캐슬블랙에서는 온기를 기의 찾을 수 없었다. 이곳의 벽은 차가웠고, 사람들은 더 차가웠다.

아무도 밤의 경비대가 이런 곳이라고 말해주지 않았다. 티리온 라니스터만 빼고는 아무도……. 그 난쟁이는 북으로 오는 길에 진실을 말해줬지만, 그때는 너무 늦었다. 존은 아버지도 장벽이 이런 곳인 줄 알고 있었을까 궁금했다. 분명히 알고 있었겠지. 그렇게 생각하니 더 아팠다.

숙부조차도 세상 끝의 이 차가운 곳에서 그를 버렸다. 여기까지 오자 존이 알던 상냥한 벤젠 스타크는 전혀 다른 사람으로 변했다. 그는 제1순찰자였고, 존을 애정이라곤 없는 알리서 쏜 경에게 맡겨놓고 모르몬트 사령관과 아에몬 학사와 다른 고위직들과 시간을 보냈다.

존은 도착하고 사흘이 지났을 때 벤젠 스타크가 여섯 명을 이끌고 귀신 들린 숲으로 순찰을 떠난다는 소식을 들었다. 존은 그날 밤 거대한 목조 휴게실에서 숙부를 찾아 같이 가게 해달라고 애원했다. 벤젠은 단박에 거절했다. "여기는 윈터펠이 아니다." 그는 포크와 단검으로 고기를 썰며 말했다. "장벽에서는 누구나 자기가 한 만큼 얻는다. 존, 너는 순찰자가 아니라 아직 여름 냄새가 남은 풋내기 어린아이에 지나지 않아."

존은 바보같이 항변했다. "저도 명명일이 오면 열다섯 살이 돼요. 어른이 다 됐다고요."

벤젠 스타크는 얼굴을 찌푸렸다. "넌 어린아이고, 알리서 경이 네가 밤의 경비대에 어울리는 남자라고 말할 때까진 어린아이일 거다. 스타크 핏줄이라고 쉽게 특권을 얻을 줄 알았다면 틀렸다. 우린 서약을 할 때 예전 가족을 제쳐놓는다. 네 아버지는 언제나 내 마음속에 존재하지만, 지금은 이들이 내 형제야." 그는 단검으로 주위에 보이는 남자들을 가리켰다. 다들 검은 옷을 입은 매섭고 차가운 사내들이었다.

존은 다음 날 새벽에 일어나서 숙부가 떠나는 모습을 보았다. 숙부의 순찰대원 중에서 크고 못생긴 남자 하나가 조랑말에 안장을 얹으면서 외설적인 노래를 불렀는데, 차가운 아침 공기에 입김이 하얗게 피어올랐다. 벤 스타크는 그 모습을 보고 미소 지었지만, 조카에게는 미소를 보이지 않았다. "안 된다고 몇 번을 말해야 하는 거냐, 존? 돌아오면 이야기하자."

존은 숙부가 말을 타고 터널 속으로 들어가는 모습을 보면서 티리온 라니스터가 왕의 가도에서 했던 이야기를 떠올렸고, 마음의 눈으로 벤젠 스타크가 피로 눈밭을 붉게 물들이고 죽어 누운 모습을 보았다. 속이 메스꺼웠다. 왜 이렇게 되어가는 걸까? 그 후에 존은 외로운 방에서 고스트를 찾아 그 무성한 하얀 털에 얼굴을 묻었다.

외로울 수밖에 없다면, 고독을 갑옷으로 삼을 셈이었다. 캐슬블랙에는 신의 숲도 없고 작은 성소 하나와 술 취한 성사 한 명이 있을 뿐이었는데, 존은 옛 신들에게든 새로운 신들에게든 기도할 마음을 찾을 수 없었다. 존은 신들이 정말로 있다면 그들이 겨울만큼이나 잔혹하고 무자비하다고 생각했다.

진짜 형제들이 그리웠다. 단 것을 달라고 조르면서 눈을 반짝이던 어린 리콘. 그의 경쟁자이자 가장 친한 친구이자 변함없는 동지였던 롭, 고집 세고 호기심이 많아서 존과 롭이 하는 일마다 따라다니며 끼고 싶어 하던 브랜. 여자애들도, 심지어 서자가 무슨 뜻인지 알고부터는 그를 "이복 오빠"라고만 부르던 산사마저 보고 싶었다. 그리고 아리아…… 아리아는 롭보다 더 그리웠다. 깡마르고 작은 몸에, 무릎은 다 까지고 머리는 엉키고 옷은 찢어지기 일쑤였던, 난폭하고 제멋대로인 아리아. 아리아는 존 못지 않게 겉도는 것 같았지만…… 그래도 언제나 존을 웃게 만들 수 있었다. 지금 아리아와 함께 있을 수 있다면, 한 번만 더 아리아의 머리를 헝클어 뜨리고 얼굴을 찌푸리는 모습을 볼 수 있다면, 그와 한목소리로 문장을 끝 맺는 아리아의 음성을 들을 수 있다면 무엇이든 줄 텐데.

"넌 내 손목을 부러뜨렸어, 잡종 녀석."

손은 골이 난 목소리에 시선을 들었다. 굵은 목과 시뻘건 얼굴의 그렌이 친구 셋을 뒤에 거느리고 존 앞에 서 있었다. 한 명은 듣기 싫은 목소리에 키가 작고 못생긴 소년 토더였다. 신병들은 모두 토더를 토드(toad, 두꺼비)라고 불렀다. 다른 두 명은 요렌이 핑거스에서 징집하여 북쪽으로 데려 온 강간범들이었다. 이름은 잊어버렸다. 존은 가능하면 그들에게 거의 말을 걸지 않았다. 그들은 망나니에 깡패들이었고, 명예도 신의도 없었다.

존은 몸을 일으켰다. "공손하게 부탁하면 나머지 팔도 부러뜨려주지." 그렌은 열여섯 살이었고 존보다 머리 하나는 더 컸다. 넷 다 존보다 덩치가 컸지만, 아무도 무섭지 않았다. 존은 훈련장에서 네 명 모두를 때려 눕힌 적이 있었다.

"우리가 널 박살 낼지도 모르지." 강간범 하나가 말했다.

"해봐." 존은 검을 잡으려고 손을 뒤로 뻗었지만, 한 놈이 그의 팔을 잡고 등 뒤로 비틀어 꺾었다.

"너 때문에 우리가 형편없어 보이잖아." 토드가 불평했다.

"넌 내가 만나기 전에도 형편없어 보였어." 존이 대꾸했다. 존을 잡고 있던 소년이 꺾은 팔을 위로 세게 비틀었다. 아픔이 몸을 관통했지만, 존은 소리를 지르지 않았다.

토드가 가까이 다가섰다. "쪼끄만 귀족 나리께서 입 좀 놀리시네." 토드의 눈은 작고 반짝이는 것이 돼지 눈 같았다. "네 엄마한테 물려받은 입이냐, 서자? 엄마가 창녀나 그런 거였어? 이름을 말해봐. 내가 한두 번 해봤을 수도 있잖아." 토드가 소리 내어 웃었다.

존은 뱀장어처럼 몸을 비틀고, 팔을 잡은 소년의 발등을 발꿈치로 쾅 소리 나게 내리찍었다. 고통스러운 비명 소리가 오르고, 존은 자유로워졌다. 그는 토드에게 달려들어 장의자 너머로 쓰러뜨리고, 가슴팍에 올라타서 두 손으로 목을 잡고 흙바닥에 머리를 쾅쾅 찧었다.

핑거스 출신 두 명이 존을 떼어내어 거칠게 땅바닥에 팽개쳤다. 그렌이 존을 걷어차기 시작했다. 존이 몸을 굴려 타격을 피하는데 어두운 무기고 안에 쩌렁쩌렁한 목소리가 울렸다. "그만해라! 당장!"

존은 몸을 일으켰다. 무기제조인 도날 노이가 그들을 노려보고 서 있었다. "싸움은 훈련장에서 하고, 내 무기고에선 다투지 마라. 또 그랬다간 날 상대하게 될 텐데, 별로 좋지 않을 거야."

토드는 바닥에 앉아서 뒤통수를 조심스럽게 만져보고 있었다. 토드의 손가락에 피가 묻어났다. "저놈이 절 죽이려고 했어요."

"맞아요. 제가 봤어요." 강간범 하나가 거들었다.

"제 손목도 부러뜨렸어요." 그렌이 노이에게 손목을 들어 보이며 다시 말했다.

무기제조인은 내민 손목을 흘끗 보았다. "멍들었네. 기껏 해야 삐었을까. 아에몬 학사께서 연고를 주실 거다. 너도 같이 가라, 토더. 그 머리는 치료해야 해. 나머지는 방으로 돌아가. 스노우, 넌 빼고. 넌 남아라."

존은 다른 아이들이 나가면서 던지는 표정도, 나중에 보복하겠다는 무언의 맹세도 의식하지 못한 채 장의자에 주저앉았다. 팔이 욱신거렸다.

"경비대는 구할 수 있는 사람 모두를 필요로 하지." 둘만 남게 되자 도날 노이가 말했다. "토드 같은 놈이라도 말이다. 그 녀석을 죽인다고 얻을 영예는 없다."

존은 분노에 타올랐다. "그 녀석이 제 어머니가—"

"창녀라고 했지. 나도 들었다. 그래서 뭐?"

"에다드 스타크 공은 창녀와 자는 남자가 아닙니다." 존은 차갑게 말했다. "그분의 명예—"

"—로도 서자를 만들긴 했지. 아니냐?"

존은 차가운 분노에 사로잡혔다. "기도 됩니까?"

"내가 가랄 때 가는 거다."

존이 부루퉁하게 화로에서 피어오르는 연기를 노려보자, 노이가 굵은 손가락으로 존의 턱을 잡고 머리를 돌렸다. "내가 말할 땐 날 보거라, 애야."

존은 노이를 보았다. 무기제조인은 술통 같은 가슴팍과 그에 걸맞은 배짱의 소유자였다. 코는 넓고 평평했고, 언제나 수염이 덥수룩했다. 검은색 모직 튜닉의 왼쪽 소매는 장검 모양의 은제 핀으로 어깨 부분에 고정돼 있었다. "그런 말을 한다고 네 어머니가 창녀가 되진 않아. 토드가 무슨 말을 해도 네 어머니가 어떤 사람인지가 변할 순 없지. 너도 알겠지만 장벽에는 실제로 어머니가 창녀인 사람들이 있다."

'내 어머니는 아니야.' 존은 고집스레 생각했다. 존은 어머니에 대해 알지 못했다. 에다드 스타크는 아무 말도 하지 않았다. 그래도 존은 한 번씩 어머니에 대한 꿈을 꾸었다. 자주 꾸다 보면 어머니의 얼굴도 볼 수 있을 것 같았다. 꿈속에서 존의 어머니는 아름답고 고귀한 태생이었으며, 눈빛은 다정했다.

무기제조인이 말을 이었다. "넌 네가 힘들었다고 생각하지? 대귀족의 서자여서? 제렌은 성직자의 사생아고, 코터 파이크는 선술집 여자의 미천한 아들로 태어났는데 지금은 바닷가 이스트워치(Eastwatch, 동쪽 감시소)의 지휘관이야."

"상관없어요. 그 사람들도 상관없고 아저씨도 상관없고 쏜이나 벤젠 스타크도 아무래도 좋아요. 난 여기가 싫어요. 여긴 너무…… 추워."

"그래. 춥고 인정머리 없고 혹독하지. 장벽도 그렇고, 장벽을 걷는 사내들도 그래. 네 유모가 해준 이야기들과는 다르지. 옛날이야기나 유모나 꺼지라고 해. 여긴 이런 곳이고, 넌 여기에서 인생을 보낼 거야. 다른 사람들과 마찬가지로."

"인생." 존은 씁쓸하게 그 말을 되뇌었다. 무기제조인은 인생에 대해 말할 수 있었다. 그는 스톰스엔드 포위전에서 한쪽 팔을 잃은 후에야 검은 옷을 입었다. 그 전에는 왕의 동생인 스타니스 바라테온의 대장장이로 일했다. 칠왕국을 이쪽 끝부터 저쪽 끝까지 보았다. 마음껏 먹고 계집질을 하고 백 개의 전투에서 싸웠다. 사람들은 로버트 왕이 트라이던트에서 라에가르 타르가르옌을 으스러뜨리는 데 썼던 전투 망치를 만든 사람이 도날 노이라고 했다. 그는 존이 결코 하지 못할 온갖 일을 했고, 서른이 넘게 나이가 들어서 도끼에 비껴 맞았는데, 상처가 곪아서 팔을 다 잘라내야 했다. 도날 노이는 그제야, 불구가 된 몸으로, 인생이 거의 끝난 후에 장벽에 왔다.

"그래, 인생. 그 인생이 길지 짧을지는 너에게 달렸다, 스노우. 지금처럼 살다간 네 형제 중 누군가가 밤에 네 목을 그어버릴 거다."

"그놈들은 제 형제가 아닙니다." 존은 날카롭게 말했다. "제가 자기들보다 낫다는 이유로 절 싫어한다고요."

"아니. 그 녀석들이 널 싫어하는 건 네가 더 낫다는 듯이 굴기 때문이야. 그 녀석들이 널 보면, 자기가 귀족이라고 생각하고 성에서 자란 서자가 보이지." 무기제조인은 몸을 가까이 기울였다. "넌 귀족이 아니다. 그걸 기억해라. 너는 스타크가 아니라 스노우야. 약한 애들이나 괴롭히는 서자지."

"괴롭혔다고요?" 존은 말문이 막힐 지경이었다. 너무나 부당한 비난이어서 숨이 턱 막혔다. "절 괴롭힌 건 그놈들이었어요. 넷이나 달려들었다고요."

"네가 훈련장에서 망신을 준 네 명이지. 아마 널 무서워할 네 명이고. 난 네가 싸우는 모습을 봤다. 네가 하는 건 훈련이 아니었어. 네 칼에 날만 살아 있었다면 다 고깃덩이가 됐을 거다. 너도 알고, 나도 알고, 그 녀석들도 알아. 넌 그 녀석들에게 아무것도 남겨주지 않았어. 창피만 줬지. 그래서 뿌듯하냐?"

존은 머뭇거렸다. 이겼을 때는 분명히 뿌듯했다. 왜 그러면 안 된단 말인가? 하지만 무기제조인은 그 뿌듯함을 앗아가고, 마치 존이 잘못된 짓을 했다는 듯이 말했다. 존은 방어적으로 말했다. "다들 저보다 나이가 많아요."

"나이가 많고 덩치도 크고 힘도 세지. 그건 사실이야. 하지만 윈터펠의 훈련대장은 너에게 덩치가 더 큰 남자들과 싸우는 방법을 가르쳐줬다고 장담하겠다. 누구였냐, 늙은 기사였나?"

"로드릭 카셀 경요." 존은 조심스럽게 대답했다. 여기엔 함정이 있었다. 올가미가 조여오는 느낌이 들었다.

도날 노이는 존에게 얼굴을 바싹 들이댔다. "이제 생각해봐라. 여기에 온 다른 녀석들은 알리서 경 이전에 훈련대장을 만나본 적이 없다. 저 녀석들의 아버지는 농부와 마부와 밀렵꾼, 대장장이와 광부와 갤리선 노잡이야. 저 녀석들이 아는 거라곤 갑판에서, 올드타운과 라니스포트 골목길에서, 왕의 가도 길가에 있는 매음굴과 선술집에서 배운 싸움뿐이야. 여기 오기 전에 막대기를 좀 부딪쳐봤을 순 있지만, 장담하는데 진검을 손에 들 만큼 부자였던 놈은 스무 명에 하나도 안 될 거다." 그의 표정은 엄숙했다. "그래 이제 네 승리의 맛이 어떠냐, 스노우 나리?"

"그렇게 부르지 말아요!" 존은 날카롭게 말했지만, 힘이 빠진 분노였다. 갑자기 부끄럽고 죄책감이 들었다. "전 한 번도…… 그렇게는 생각을……."

"이제 생각해보는 게 좋을 거다." 노이가 경고했다. "아니면 단검을 품고 자든지. 이제 가봐라."

존이 무기고를 떠났을 때는 정오가 가까웠다. 구름 사이로 해가 나와 있었다. 존은 해를 등지고, 햇빛을 받아 수정처럼 파랗게 타오르는 장벽을 올려다보았다. 몇 주가 지나고도 여전히 장벽을 보면 몸이 떨렸다. 몇백 년 동안 바람에 날려 온 먼지에 벽이 얽고 깎이고 얇은 막이 덮여서 구름 낀 하늘 같은 회색으로 보일 때가 많았지만…… 맑은 날 햇빛이 제대로 비추면 하늘의 절반을 채우는 거대한 청백색 절벽으로 되살아나 번쩍였다.

사람 손으로 이제까지 만든 구조물 중에 가장 큰 구조물이라고, 벤젠 스타크는 왕의 가도에서 처음으로 멀리 장벽이 보였을 때 존에게 그렇게 말했다. "그리고 분명히 가장 쓸모없는 구조물이기도 하겠지." 티리온 라니스터는 히죽 웃으면서 덧붙였지만, 꼬마 악마도 말을 더 가까이 몰아가면서 조용해졌다. 멀리서도 북쪽 지평선을 가로지르는 흐릿한 푸른 선을 볼 수 있었다. 동쪽으로도 서쪽으로도 끝없이 뻗어나가다가 보이지 않는 곳으로 사라지는, 헤아릴 수도 없고 끊어지지도 않는 선. 그 선은 여기가 세상 끝이라고 말하는 것 같았다.

　마침내 캐슬블랙이 눈에 들어왔을 때, 목재 성과 석조 탑들은 거대한 얼음 벽 아래 눈밭에 흩어진 장난감 건물로밖에 보이지 않았다. 검은 형제들의 이 오래된 근거지는 윈터펠과 달랐고, 제대로 된 성도 아니었다. 남쪽이나 동쪽, 서쪽은 성벽이 없으니 방어할 수가 없었다. 하지만 밤의 경비대가 신경 쓰는 곳은 북쪽뿐이었고, 북쪽에는 장벽이 버티고 서 있었다. 장벽은 200미터에 달하는 높이로, 장벽의 보호를 받는 근거지에서 가장 높은 탑보다도 세 배는 높았다. 벤젠 숙부는 장벽 위는 무장한 기사 십여 명이 나란히 말을 달릴 수 있을 만큼 넓다고 했다. 장벽 위에는 거대한 투석기와 괴물처럼 큰 나무 기중기 등 삭막한 윤곽이 지키고 서 있었고, 뼈만 남은 거대한 새 같은 그 그림자들 사이로 개미처럼 작은 검은 옷의 남자들이 돌아다녔다.

　무기고 밖에 서서 올려다보니 왕의 가도에서 처음으로 장벽을 보았을 때처럼 압도당하는 기분이 들었다. 장벽은 그랬다. 가끔은 하늘이나 발밑의 땅에 대해 잊는 것처럼 장벽이 그곳에 있다는 사실을 잊을 수도 있었지만, 그러다가 세상에 장벽 말고는 아무것도 없다는 느낌이 들기도 했다. 장벽은 칠왕국 자체보다 더 오래됐고, 그 밑에 서서 올려다볼 때면 존은 현기증이 일었다. 존은 마치 금방이라도 무너질 것처럼 그를 짓누르는 얼음의 엄청난 무게를 느낄 수 있었고, 장벽이 무너지면 세상도 같이 무너진다는 사실을 그냥 알았다.

　"저 너머엔 뭐가 있을까 궁금해지지." 익숙한 목소리가 말했다.

　존은 돌아보았다. "라니스터. 미처 못 보— 아니, 저 혼자인 줄 알았어요."

　티리온 라니스터는 작은 곰처럼 보일 정도로 모피를 둘둘 말고 있었다. "사람들이 눈치채지 못하게 다가가는 덴 그럴 만한 이유가 있지. 뭔가 예상치 못한 것을 배울 수 있거든."

"저한텐 배울 게 없을 텐데요." 존이 말했다. 여행이 끝난 후에는 이 난쟁이를 별로 보지 못했다. 왕비의 남동생인 티리온 라니스터는 밤의 경비대에서도 귀빈이었다. 모르몬트 사령관은 '왕의 탑'(백 년 동안 왕이 방문한 적이 없긴 하지만, 그래도 그렇게 불렸다)을 내어주었고, 라니스터는 모르몬트의 식탁에서 식사를 하고 낮이면 장벽을 달리고 밤이면 알리서 경과 보웬 마시와 다른 고위직들과 같이 술을 마시고 노름을 했다.

"아, 어디에나 배울 건 있어." 난쟁이는 울퉁불퉁한 검은색 지팡이로 장벽을 가리켰다. "하던 말로 돌아가면…… 왜 누가 벽을 쌓으면, 다음 사람은 바로 벽 반대편에 뭐가 있는지 알고 싶어지는 걸까?" 그는 고개를 기울이고 묘한 짝짝이 눈으로 존을 보았다. "너도 반대편에 뭐가 있는지 알고 싶지. 안 그래?"

"특별한 건 없어요." 존이 말했다. 벤젠 스타크와 함께 순찰을 나가 신비스러운 귀신 들린 숲 깊숙이 말을 달리고, 만스 레이더의 야인들과 싸우고 '다른자'들이 칠왕국에 들어오지 못하게 막고 싶었지만, 원하는 것은 입 밖에 내지 않는 편이 좋았다. "순찰자들 말로는 숲과 산맥과 얼어붙은 호수가 있을 뿐이고 눈과 얼음만 잔뜩 있다죠."

"그리고 그럼킨과 스나크가 있겠지. 잊지 말자고, 스노우 나리. 그렇지 않다면 저 큰 게 무슨 쓸모가 있겠어?"

"스노우 나리라고 부르지 말아요."

난쟁이는 한쪽 눈썹을 치켜올렸다. "그럼 꼬마 악마라고 불리는 편이 좋나? 사람들의 말이 널 상처 입힐 수 있다는 걸 보여주면, 영영 조롱을 피하지 못할 거다. 사람들이 너에게 별명을 붙이고 싶어 하면, 받아들여서 네 것으로 만들어. 그러면 그런 말로 널 해치지 못할 거야." 티리온은 지팡이로 방향을 가리켰다. "자, 같이 걸어가자. 지금쯤이면 휴게실에서 엉터리 스튜를 내놓을 텐데, 뜨거운 걸 한 그릇 먹을 수 있겠지."

존도 배가 고팠기에, 라니스터 옆으로 가서 난쟁이의 어색하고 뒤뚱거리는 걸음걸이에 맞춰 천천히 걸었다. 바람이 심해지더니 오래된 목재 건물이 삐거덕거렸고, 멀리서 무거운 덧문이 잊힌 채로 몇 번이고 쾅쾅 닫히는 소리가 들렸다. 한번은 지붕에 쌓인 눈이 미끄러져 떨어지면서 둔탁한 소리를 울리기도 했다.

"네 늑대가 보이지 않는군." 걸어가면서 라니스터가 말했다.

"훈련 시간에는 옛 마구간에 묶어놓거든요. 이젠 말을 다 동쪽 마구간에 맡겨서, 거기라면 신경 쓸 사람이 없어요. 나머지 시간엔 저와 같이 있고요. 제 침실은 '하딘의 탑(Hardin's Tower)'에 있죠."

"성가퀴가 다 무너진 탑 말인가? 아래 마당에 돌이 흩어져 있고, 우리 귀하신 로버트 왕께서 밤새도록 술을 마신 후처럼 기울어진? 그쪽 건물은 다 버려진 줄 알았는데."

존은 어깨를 으쓱였다. "아무도 잠자리에 신경 쓰시 않아요. 오래된 아성은 대부분 비어 있으니, 원하는 대로 아무 방이나 골라잡을 수 있죠." 한때 캐슬블랙은 말과 하인과 무장을 갖춘 5000명의 전투원이 머무는 곳이었다. 지금은 사람이 그 시절의 10분의 1 정도밖에 없었고, 성 여기저기가 무너져 폐허가 되어갔다.

티리온 라니스터가 웃어젖히자 차가운 공기에 김이 피어올랐다. "네 아버지에게 석공을 더 잡아들이라고 말하마. 네가 자는 탑이 무너지기 전에 말이야."

존은 그 말에 담긴 조롱을 느낄 수 있었지만, 사실을 부인할 순 없었다. 경비대는 장벽을 따라 열아홉 개의 강력한 성채를 건설했지만, 아직까지 사람이 있는 곳은 셋뿐이었다. 바람이 몰아치는 회색 바닷가의 이스트워치, 장벽이 끝나는 산맥 옆에 단단히 버텨 선 섀도타워(Shadow Tower, 그림자 탑), 그리고 둘 사이, 왕의 가도 끝에 자리한 캐슬블랙. 오래전에 버려진 다른 요새들은 차가운 바람이 휘파람 소리를 내며 시커먼 창문을 통과하고 죽은 이들의 영혼이 난간을 차지한 외로운 흉가였다.

존은 고집스레 말했다. "저 혼자 있는 편이 나아요. 다른 애들은 고스트를 무서워하니까."

"현명한 녀석들이로군." 라니스터는 그렇게만 말하고 화제를 바꿨다. "듣자 하니 네 숙부가 떠난 지 너무 오래됐다던데."

존은 화가 나서 빌었던 소원을, 눈밭에 죽어 있는 벤젠 스타크의 환영을 떠올리고 재빨리 시선을 피했다. 라니스터 난쟁이에게는 감지력이 있었고, 존은 자기가 느낀 죄책감을 보이고 싶지 않았다. "제 명명일까진 돌아온다고 하셨는데 말이죠." 존은 인정했다. 그의 명명일은 2주 전에 특별할 것 없이 지나갔다. "웨이마르 로이스 경을 찾으러 나간 순찰대였죠. 로이스 경의 아버지가 아린 공의 휘하 영주예요. 벤젠 숙부님은 섀도타워까지 수색을 할지도 모른다고 했어요. 섀도타워라면 산맥까지 먼 길을 가야 하고요."

"최근 들어서 순찰자가 많이 사라졌다고 들었다." 라니스터는 휴게실 계단을 오르며 말했다. 그는 히죽 웃으면서 문을 당겨 열었다. "아무래도 올해는 그럼킨들이 배가 고픈가 보지."

휴게실 안은 널찍했고, 거대한 난로에서 맹렬히 불이 타올라도 외풍이 심했다. 높은 천장 들보에는 까마귀들이 둥지를 틀었다. 존은 그날의 요리사에게 스튜 한 그릇과 검은 빵 한 덩어리를 받으면서 머리 위의 까마귀 울음소리를 들었다. 그렌과 토드와 다른 몇 명이 제일 따뜻한 자리에 앉아서 거친 목소리로 웃어대고 서로를 욕했다. 존은 잠시 생각에 잠겨서 그쪽을 보다가, 다른 사람들과 멀찍이 떨어진 제일 구석 자리를 골랐다.

티리온 라니스터가 맞은편에 앉아서 의심스럽다는 듯 스튜를 킁킁거렸다. "보리, 양파, 당근." 그는 중얼거렸다. "누가 요리사들에게 순무는 고기가 아니라고 말해줘야겠군."

"이건 양고기 스튜예요." 존은 장갑을 벗고 그릇에서 올라오는 온기에 손을 데웠다. 냄새를 맡자 침이 고였다.

"스노우."

존은 알리서 쏜의 목소리를 알고 있었지만, 이번에는 전에 듣지 못한 호기심이 섞인 목소리였다. 존은 뒤를 돌아보았다.

"사령관께서 보자고 하신다. 지금."

존은 잠시 동안 움직이지도 못할 만큼 겁을 먹었다. 왜 사령관이 보자고 할까? 존은 미친 듯이 벤젠에 대한 소식이 온 거라고, 숙부님이 죽었다고, 환영이 사실이 되었다고 생각했다. 그래서 불쑥 말해버렸다. "숙부님 소식인가요? 안전하게 돌아오셨어요?"

"사령관님은 기다리는 데 익숙하지 않다." 이것이 알리서 경의 대답이었다. "그리고 난 서기들이 내 명령에 질문을 던지는 데 익숙하지 않아."

티리온 라니스터가 장의자에서 풀쩍 뛰어내려 섰다. "그만해, 쏜. 아이에게 겁을 주고 있잖나."

"상관없는 일엔 빠지시지, 라니스터. 여긴 네가 낄 자리가 아니야."

"하지만 궁정에는 자리가 있지." 난쟁이는 웃으며 말했다. "적절한 귀에 한 마디만 들어가면 당신은 훈련시킬 아이를 하나 더 받기 전에 심술궂은 늙은이로 죽을걸. 이제 스노우에게 늙은 곰이 왜 보려고 하는지 말해. 이 녀석 숙부 소식인가?"

"아니, 완전히 다른 일이다. 오늘 아침 윈터펠에서 새가 한 마리 왔다. 이 녀석 동생에 대한 전언이지." 알리서 경은 말하고 나서 바로잡았다. "이복동생 말이야."

"브랜." 존은 숨을 들이켜며 황급히 일어섰다. "브랜에게 무슨 일이 생긴 거예요."

티리온 라니스터가 존의 팔에 한 손을 얹었다. "존, 정말 안됐다……."

존은 그 말도 제대로 듣지 못했다. 그저 티리온의 손을 떨치고 성큼성큼 휴게실을 가로질렀다. 문에 도착했을 때쯤에는 뛰고 있었다. 존은 오래 쌓인 눈 더미를 헤치고 사령관의 아성으로 달려갔다. 보초병들이 입구를 통과시켜주자 존은 한 번에 두 계단씩 탑을 올랐다. 사령관이 있는 방으로 뛰어들었을 때 존은 신발이 흠뻑 젖고, 눈을 크게 뜬 채 숨을 헐떡이고 있었다. "브랜. 브랜에 대해 뭐라고 합니까?"

밤의 경비대 사령관인 제오 모르몬트는 큰 머리는 벗어지고 회색 수염이 덥수룩한 우락부락한 노인이었다. 그는 팔에 까마귀를 한 마리 올려놓고 옥수수 낟알을 먹이고 있었다. "넌 글을 읽을 줄 안다고 들었다." 사령관이 팔을 흔들어 떨치자 까마귀는 날개를 퍼덕이며 창문으로 날아올랐고, 창틀에 앉아서 모르몬트가 허리띠에서 돌돌 만 종이를 꺼내어 존에게 건네는 모습을 지켜보았다. "옥수수." 까마귀가 쉰 소리로 중얼거렸다. "옥수수, 옥수수."

존의 손가락이 부서진 하얀 밀랍에 남은 다이어울프의 윤곽을 더듬었다. 존은 롭의 필체를 알아보았지만, 정작 읽으려고 했더니 글자가 뭉개져서 흘러 다니는 것 같았다. 그는 자신이 울고 있음을 깨달았다. 그리고 눈물 사이로 편지 내용을 알아보고 고개를 번쩍 들었다. "브랜이 깨어났어요. 신들이 브랜을 돌려주셨어요."

"불구로 말이지. 안됐구나, 얘야. 나머지 내용을 읽어봐라."

존은 나머지 내용을 보았지만, 그건 중요하지 않았다. 아무것도 중요하지 않았다. 브랜이 살았다. "제 동생이 살았어요." 존은 모르몬트에게 말했다. 사령관은 고개를 절레절레 젓고는, 옥수수를 한 줌 모아 쥐고 휘파람을 불었다. 까마귀가 그의 어깨로 날아 앉으면서 울어댔다. "살아! 살아!"

존은 얼굴에 미소를 띠고, 손에는 롭의 편지를 쥔 채 계단을 달려 내려갔다. "제 동생이 살았어요." 존은 보초병들에게 말했다. 그들은 서로를 쳐다보았다. 존은 다시 휴게실로 달려갔고, 티리온 라니스터가 마침 식사를 끝내고 있었다. 존은 작은 남자의 겨드랑이에 손을 넣고 허공에 번쩍 들어 올려 빙그르르 돌렸다. "브랜이 살았어요!" 존은 환성을 질렀다. 라니스터는 깜짝 놀란 얼굴이었다. 존은 그를 내려놓고 손에 편지를 쥐여주었다. "여기, 읽어봐요."

다른 사람들이 주위에 모여들어 신기하다는 눈으로 존을 보고 있었다. 존은 조금 떨어진 곳에 선 그렌을 알아보았다. 한쪽 손에 두꺼운 모직 붕대를 감고 있었다. 그렌은 불안하고 불편해 보일 뿐, 조금도 위협적으로 보이지 않았다. 존은 그렌에게 다가갔다. 그렌은 뒷걸음질을 치며 양손을 들어 올렸다. "가까이 오지 마, 잡종 자식."

존은 그렌에게 미소를 지었다. "손목은 미안하게 됐어. 롭이 언젠가 나한테도 똑같은 공격을 한 적이 있어. 나무칼로 맞았어도 일곱 지옥처럼 아팠는데, 넌 더 아프겠지. 이봐, 혹시 원한다면 그걸 어떻게 막는지 가르쳐 줄 수 있어."

알리서 쏜이 그 말을 듣고 냉소했다. "스노우 나리께서 이젠 내 자리를 노리시는군. 네가 이 들소를 훈련시키는 것보단 내가 늑대에게 공 던지기 곡예를 가르치는 게 더 쉽겠다."

"그 내기 받아들이죠, 알리서 경. 저도 고스트가 곡예하는 모습을 보고 싶거든요."

존은 그렌이 충격을 받아 숨을 들이켜는 소리를 들었다. 정적이 깔렸다.

그리고 티리온 라니스터가 웃음을 터뜨렸다. 근처 탁자에 앉아 있던 검은 형제 셋이 합세했다. 웃음소리가 퍼져나가더니 결국에는 요리사들마저 웃었다. 대들보에 앉은 새들이 퍼드덕거렸고, 마침내는 그렌마저 큭큭

거리고 웃기 시작했다.

알리서 경은 존에게서 시선을 떼지 않았다. 웃음소리가 퍼져나가자 그의 얼굴은 어두워졌고, 검을 잡는 손은 주먹을 쥐었다. "넌 지독한 실수를 저지른 거다, 스노우 나리." 그는 마침내 매섭고 적대적인 투로 말했다.

에다드

에다드 스타크는 몸이 쑤시고, 피곤하고, 배고프고, 짜증 난 상태로 말을 몰아 레드컵의 우뚝 솟은 청동 문을 통과했다. 아직 말에서 내리지 않은 채로 느긋한 목욕과 구운 새 요리와 깃털 침대를 꿈꾸고 있을 때, 왕실 집사가 대학사(Grand Maester) 피아셀이 긴급 회의를 소집했다고 알렸다. 수관이 편할 때 회의에 참석해줬으면 한다고 했다. "내일이 편하겠네만." 네드는 말에서 내리면서 매섭게 말했다.

집사는 허리를 깊이 숙였다. "협의회에 유감스러운 마음을 전하겠습니다, 수관님."

"제기랄, 됐네." 네드는 말했다. 업무를 시작하기도 전에 협의회를 거슬러서는 안 될 터였다. "보러 가지. 잠시 좀 흉하지 않은 옷으로 갈아입을 시간만 주게."

"알아 모시겠습니다. 수관 탑에 아린 공께서 이전에 쓰시던 방을 배정해 드렸습니다, 괜찮으실는지요. 그리로 짐을 옮기겠습니다."

"고맙네." 네드는 승마용 장갑을 찢듯이 벗어서 허리띠에 끼웠다. 뒤에서 나머지 가솔들이 성문을 통과해 들어오고 있었다. 네드는 바욘 풀 집사를 보고 외쳤다. "협의회에서 긴급히 날 필요로 하는 모양이네. 내 딸들의 침실을 찾아주고, 조리에게 지키라 이르게. 아리아가 탐험을 나가선 안 돼." 풀은 허리를 굽혀 절했다. 네드는 왕실 집사를 돌아보았다. "내 짐마차는 아직도 시내에 뒤처져 있군. 적당한 옷이 필요한데."

"도움이 될 수 있다면 더없이 기쁘겠습니다." 집사가 말했다.

그렇게 해서 네드는 뼛속까지 피곤에 전 몸에 빌린 옷을 입은 채로 성큼성큼 회의실에 들어섰고, 그를 기다리는 소협의회 구성원 네 명을 발견했다.

회의실은 호화롭게 꾸며져 있었다. 바닥에는 골풀 깔개 대신 미르의 카펫을 깔았고, 한쪽 구석에 놓인 여름 군도에서 온 조각 병풍에는 우화 속 백여 가지 짐승이 선명한 색채로 뛰어다녔다. 벽마다 노보스와 코호르와 리스에서 온 태피스트리가 걸렸고, 문 양쪽으로 검은 대리석 얼굴에 타는 듯한 석류석 눈동자를 반짝이는 발리리아의 스핑크스 한 쌍이 놓였다.

들어가자마자 협의회원 중에서도 네드가 가장 꺼리는 내시 바리스가 다가와서 말을 걸었다. "스타크 공, 왕의 가도에서 일어난 말썽에 대해 듣고 얼마나 슬펐는지 모릅니다. 우리 모두 성소를 찾아 조프리 왕자님을 위해 촛불을 켰답니다. 왕자님의 회복을 기도합니다." 바리스의 손은 네드의 소매에 분 자국을 남겼고, 무덤에 핀 꽃처럼 불쾌하고 달콤한 향기를 풍겼다.

"신들께선 그 기도를 들어주셨소." 네드는 싸늘하지만 정중하게 대답했다. "왕자는 날마다 강해지고 있다오." 그는 내시의 손에서 팔을 빼내고 방을 가로질러 렌리 공이 리틀핑거가 분명한 키 작은 남자와 조용히 대화를 나누고 있는 병풍 옆으로 갔다. 로버트가 왕좌를 차지했을 때 렌리는 여덟 살 소년이었지만, 이제는 네드가 당황할 정도로 형을 꼭 닮은 남자로 성장했다. 렌리를 볼 때마다 세월이 사라지고, 막 트라이던트에서 승리한 로버트가 앞에 서 있는 것만 같았다.

"무사히 도착하셨군요, 스타크 공." 렌리가 말했다.

"자네도 마찬가지로군. 용서를 구해야겠네만, 가끔은 자네가 형님이신 로버트와 너무 닮아 보인다네."

"형편없는 복사본이지요." 렌리는 한쪽 어깨를 으쓱이며 말했다.

"옷은 훨씬 잘 입지만 말입니다." 리틀핑거가 빈정거렸다. "렌리 공은 어지간한 궁정 귀부인들보다 옷에 시간을 더 쓰시지요."

사실이었다. 렌리 공은 진녹색 벨벳 옷에, 금빛 수사슴 십여 마리를 수놓은 더블릿 차림이었다. 한쪽 어깨에는 금실을 섞어 짠 짧은 망토를 에메랄드 브로치로 고정해 비스듬히 늘어뜨렸다. 렌리는 웃으면서 말했다. "그보다 더 나쁜 죄악도 있지요. 이를테면 공의 옷차림이라든가."

리틀핑거는 자신에게 날아온 비아냥거림을 무시했다. 그는 입가에 오만불손에 가까운 미소를 띄우고 네드를 바라보았다. "전부터 만나보고 싶었습니다, 스타크 공. 분명히 캐틀린 부인이 저에 대해 말한 적이 있을 테지요."

"그랬소." 네드는 냉기가 떨어지는 목소리로 대꾸했다. 리틀핑거의 말에 교묘하게 담긴 오만함이 마음을 들쑤셨다. "공은 브랜던 형님도 잘 알았을 텐데요."

렌리 바라테온이 웃음을 터뜨렸다. 바리스가 대화를 들으려고 발을 끌고 다가왔다.

"지나치게 잘 알았지요. 아직도 그분이 주신 존중의 징표를 지니고 있는걸요. 브랜던도 제 이야기를 했습니까?"

"자주, 그것도 열기를 담아서 했지요." 네드는 그 정도로 끝나기를 바라며 말했다. 그에게는 이 사람들이 즐기는 말솜씨 겨루기를 계속할 인내심이 없었다.

"열기는 스타크 사람들에게 잘 맞지 않는다는 생각을 제가 했어야 했는데 말입니다. 여기 남부에서는 스타크는 다 얼음으로 만들어져서, 넥 지역 남쪽으로 오면 녹는다고 하지요." 리틀핑거가 말했다.

"곧 녹을 계획은 없소, 베일리시 공. 그 점은 믿을 수 있을 거요." 네드는 회의석으로 이동해서 말했다. "파이셀 대학사, 무탈하셨으리라 믿습니다."

대학사는 회의 탁자 끝에 높은 의자에 앉아서 온화하게 미소 지었다. "이 나이치고는 정정합니다만, 아무래도 쉽게 지치는군요." 상냥한 얼굴 위로 넓게 벗어진 이마 주위에 하얀 머리카락 몇 가닥이 붙어 있었다. 파이셀의 학사 목걸이는 루윈의 목걸이처럼 단순하고 목에 꼭 끼는 것이 아니라, 무거운 금속 고리를 스무 개도 넘게 엮어서 목부터 가슴까지 덮는 묵직한 것이었다. 사슬 고리는 인간이 아는 모든 금속을 동원하여 만들었다. 검은 철과 붉은 금, 반짝이는 구리와 광택 없는 납, 강철과 주석과 색이 엷은 은, 놋쇠와 청동과 백금까지. 그런 금속을 석류석과 자수정과 흑진주로 장식했고, 여기저기에 에메랄드나 루비도 보였다. "어서 시작하는 편이 좋겠습니다." 대학사는 불룩한 배 위로 두 손을 마주 잡으며 말했다. "더 기다리다간 제가 잠들어버릴까 두렵군요."

"그러시다면." 탁자 상석에 놓인, 머리 받침에 금실로 바라테온 가문의 왕관을 쓴 수사슴이 수놓인 왕의 자리는 비어 있었다. 네드는 왕의 오른팔로 그 옆자리에 앉았다. 그는 공식적으로 말했다. "여러분, 기다리게 해서 미안합니다."

바리스가 말했다. "공은 왕의 수관이십니다. 우리는 수관의 뜻대로 직무를 수행한답니다, 스타크 공."

다른 이들이 늘 앉던 자리에 착석하는 동안, 에다드 스타크에게는 자신이 여기 이 방에, 이 사람들과 어울리지 않는다는 생각이 강하게 솟구쳤다. 그는 로버트가 윈터펠 지하묘지에서 했던 말을 떠올렸다. '난 아첨꾼과 바보들에게 둘러싸여 있네.' 왕은 그렇게 단언했다. 네드는 회의석을 보고 누가 아첨꾼이고 누가 바보일까 생각했다. 이미 답을 알 것 같았다.

"다섯 명밖에 안 되는군요." 네드가 그 사실을 짚었다.

바리스가 말했다. "스타니스 공은 왕이 북부로 가시고 얼마 지나지 않아 드래곤스톤으로 가셨고, 우리의 용맹한 바리스탄 경이야 킹스가드의 단장답게 도시를 통과하는 왕 옆에서 말을 달리시겠지요."

"바리스탄 경과 왕의 합류를 기다리는 편이 좋을지도 모르겠군요." 네드가 제안했다.

렌리 바라테온이 큰 소리로 웃었다. "우리 형님이 그 장엄하신 몸으로 이 자리를 빛내주길 기다리다간 오래 앉아 있어야 할걸요."

바리스가 말했다. "우리 훌륭하신 로버트 왕에겐 돌볼 일이 많으시지요. 그 짐을 덜고자 사소한 일들은 저희를 믿고 맡기신답니다."

"바리스 공 말인즉 우리 형님 전하는 재정이니 농작물이니 재판이니 하는 온갖 정사를 눈물 나게 지겨워하셔서, 왕국을 다스리는 일은 우리 몫이라는 겁니다. 가끔 명령을 내리시기는 하시만요." 렌리 공이 말하더니 소매에서 돌돌 말린 종이를 꺼내어 탁자 위에 놓았다. "오늘 아침 제게 먼저 말을 달려서 당장 대학사 파이셀에게 이 회의를 소집하라 이르라고 명하셨지요. 우리가 해야 할 급한 일이 있답니다."

리틀핑거가 미소 지으며 네드에게 그 종이를 넘겼다. 국왕의 인장이 찍혀 있었다. 네드는 엄지손가락으로 봉랍을 깨고 왕의 긴급 명령이 담긴 편지를 풀었고, 읽어 내려갈수록 그 내용이 믿기지 않았다. 로버트의 어리석음엔 끝이 없는 걸까? 그리고 이런 일을 네드의 이름으로 시행한다는 점이 상처에 소금을 뿌렸다. "신들이시여." 그는 탄식했다.

렌리 공이 대신 발표했다. "에다드 공께서 하시려는 말씀은, 전하께서 우리에게 에다드 공을 왕의 수관으로 임명한 것을 기념하여 큰 마상 시합을 준비하라 하신다는 겁니다."

"얼마나 크게요?" 리틀핑거가 부드럽게 물었다.

네드는 편지에서 답을 읽었다. "마상 시합 우승자에게 금화 4만 닢. 준우승자에게 2만, 난전 우승자에게도 2만, 그리고 궁술 대회 승자에게 1만."

"금화 9만 닢이군요." 리틀핑거가 한숨을 내쉬었다. "그리고 다른 비용도 무시해선 안 되겠지요. 로버트는 놀랄 만한 잔치를 원할 겁니다. 그렇다면 요리사, 목수, 하녀들에 가수, 곡예사, 어릿광대……."

"어릿광대야 많지요." 렌리 공이 말했다.

대학사 파이셀이 리틀핑거를 보고 물었다. "국고로 그 비용이 감당이 되겠습니까?"

"무슨 국고 말입니까?" 리틀핑거가 입매를 비틀며 대꾸했다. "어리석은 척 하지 마시지요, 대학사님. 국고가 빈 지 몇 년째라는 사실은 저 못지않게 잘 아실 텐데요. 돈은 빌려야 할 겁니다. 라니스터가 협조해주겠지요. 현재 타이윈 공에게 금화 300만을 빚졌는데, 10만을 더 빌린다고 문제가 되겠습니까?"

네드는 경악했다. "지금 왕실이 금화 300만의 빚을 지고 있다는 겁니까?"

"왕실은 600만이 넘는 빚을 지고 있습니다, 스타크 공. 라니스터가 가장 큰 채권자입니다만, 티렐 공과 브라보스 강철은행, 그리고 티로시의 무역연합 몇 군데에서도 돈을 빌렸지요. 최근에는 종단에도 손을 벌려야 했습니다. 최고성사는 도르네의 생선 장수보다 더 지독한 흥정꾼입니다."

네드는 아연실색했다. "아에리스 타르가르옌은 황금이 흘러넘치는 국고를 남겼을 텐데. 어떻게 이런 일이 일어나게 할 수 있소?"

리틀핑거는 한쪽 어깨를 으쓱였다. "재무관이 돈을 찾아내면, 왕과 수관이 그 돈을 쓰지요."

"존 아린이 로버트가 왕국을 거덜 내도록 놓아두었다니 못 믿겠소." 네드는 맹렬히 말했다.

대학사 파이셀이 거대한 대머리를 흔들자 사슬 목걸이가 부드럽게 차르랑거렸다. "아린 공은 신중한 분이었습니다만, 안타깝게도 전하께서 현명한 조언을 늘 귀담아듣진 않으십니다."

"우리 형님 전하께선 마상 시합과 연회를 사랑하시죠." 렌리 바라테온이 말했다. "소위 '동전 세기'는 혐오하시고요."

"내가 전하와 이야기해보겠소. 이 마상 시합은 왕국이 감당할 수 없는 사치예요."

"원하신다면 말씀해보세요. 그래도 일단은 계획을 세우는 게 좋을 겁니다." 렌리 공이 말했다.

"다음에 하겠소." 네드는 말했다. 모두의 표정을 보니 너무 날카롭게 말했는지도 몰랐다. 그는 윈터펠과 달리 여기서는 왕을 제외한 모두가 그의 아랫사람인 것은 아니라는 사실을 기억해야 했다. 여기에서 그는 동등한 이들 중에 우선할 뿐이었다. 그는 좀 더 부드러운 말투로 말했다. "용서하세요, 여러분. 피곤하군요. 오늘은 이만 멈추고, 활력을 찾으면 회의를 재개합시다." 그는 다른 이들의 동의를 구하지 않고 벌떡 일어서서 모두에게 목례를 한 후, 문으로 향했다.

바깥에서는 여전히 짐마차와 기수들이 성문으로 쏟아져 들어오고 있었고, 마당은 진흙과 말과 소리치는 사내들로 혼란스러웠다. 네드는 왕이 아직 도착하지 않았다는 보고를 들었다. 트라이던트에서 일어난 추악한 일 이후로 스타크와 그 가솔들은 본대를 한참 앞서 달렸다. 라니스터와 그들 사이에 높아가는 긴장감으로부터 거리를 벌리는 편이 나았다. 로버트는 거의 보이지 않았다. 들은 바로는 거대한 이동저택을 타고 오는데, 맨 정신일 때보다 취해 있을 때가 많다고 했다. 그렇다면 몇 시간은 뒤처져 있을 테지만, 그래도 네드에게는 달갑지 않을 만큼 빨리 도착할 터였다. 산사의 얼굴만 보면 속을 뒤집는 분노를 다시 느꼈다. 지난 2주간의 여행은 고통스러웠다. 산사는 아리아를 탓하고 니메리아가 죽었어야 했다고 말했다. 아리아는 푸주한 아들에게 일어난 일을 듣고 망연자실했다. 산사는 혼자 울다가 잠들었고, 아리아는 온종일 말없이 생각에 잠겼으며, 에다드 스타크는 윈터펠의 스타크에게 예약된 얼음 지옥을 꿈에서 보았다.

네드가 바깥 마당을 가로지르고, 내리닫이 쇠창살문을 지나 내벽 안뜰로 들어가서 수관의 탑으로 통하지 싶은 방향으로 걷고 있을 때 앞에 리틀핑거가 나타났다. "반대 방향으로 가고 있군요, 스타크. 같이 가시죠."

네드는 주저하다가 그 뒤를 따랐다. 리틀핑거는 앞장서서 어느 탑으로 들어가더니, 계단을 내려가고, 움푹 꺼진 작은 중정을 가로지른 다음, 벽을 따라 늘어선 빈 갑옷들이 보초를 서고 있는 황량한 복도를 통과했다. 빈 갑옷들은 까만 강철로 만들어서 투구에 용 비늘을 장식한 타르가르옌의 유물로, 지금은 잊힌 채 먼지투성이가 되어 있었다. "이건 내 거처로 가는 길이 아닌데." 네드가 말했다.

"내가 거처로 간다고 했던가요? 공의 목을 베고 벽 뒤에 시신을 숨길 지하감옥으로 안내하는 중입니다만." 리틀핑거는 비야냥이 뚝뚝 떨어지는 목소리로 대꾸했다. "이럴 시간 없습니다, 스타크. 당신 아내가 기다려요."

"무슨 장난을 치는 거지, 리틀핑거? 캐틀린은 수천 리 떨어진 윈터펠에 있네."

"오?" 리틀핑거의 회녹색 눈이 재미있다는 듯 반짝였다. "그렇다면 누군가가 놀랍게도 똑같이 흉내를 냈나 보군요. 마지막으로 말하는데, 따라와요. 아니면 내가 독차지하게 따라오지 않아도 좋고." 리틀핑거는 서둘러 계단을 내려갔다.

네드는 이 하루가 끝나기는 하는 걸까 생각하며 조심스럽게 그 뒤를 따라갔다. 이런 모의는 구미에 맞지 않았지만, 이제는 네드도 리틀핑거 같은 남자에게는 음모와 계략이 고기와 술과 같다는 사실을 깨달아가고 있었다.

계단 밑에는 참나무와 철로 만든 무거운 문이 있었다. 피터 베일리시는 빗장을 들어 올리고 네드에게 통과하라는 몸짓을 했다. 그들은 불그레한 석양빛 속으로 걸음을 내디뎌, 강 위로 높이 솟아오른 바위 절벽에 섰다. "성 밖으로 나왔군." 네드가 말했다.

"속이기 힘든 사람이로군요, 스타크." 리틀핑거가 삐딱하게 웃으며 말했다. "태양이 누설한 겁니까, 아니면 하늘입니까? 따라와요. 바위에 발 디딜 곳이 나 있습니다. 떨어져 죽지 않도록 해요. 캐틀린이 절대 이해해주지 않을 테니까." 그는 그렇게 말하고 절벽 옆면을 원숭이처럼 잽싸게 내려갔다.

네드는 바위 절벽 표면을 잠시 살펴보다가, 천천히 따라갔다. 리틀핑거가 장담한 대로, 아래에서 올려다본다면 정확히 어디를 봐야 할지 모르고서는 보이지 않을 얕은 틈이 패어 있었다. 깅줄기는 현기증이 날 정도로 까마득히 아래에 있었다. 네드는 얼굴을 바위에 붙이고 꼭 필요할 때가 아니면 아래를 보지 않으려고 했다.

마침내 다 내려가서 물가를 따라 이어지는 좁은 진흙 길에 도착했을 때, 리틀핑거는 바위에 느긋하게 기대앉아서 사과를 먹고 있었다. 거의 사과 심만 남아 있었다. "늙고 느려지고 있군요, 스타크." 그는 사과 심을 가볍게 물살에 던져 넣으며 말했다. "상관없겠지요. 나머지 길은 말을 타고 갈 테니." 말이 두 마리 대기하고 있었다. 네드는 말을 몰아 흙길을 따라서 도시 안으로 들어갔다.

마침내 피터 베일리시는 금방이라도 무너질 듯한 3층짜리 목재 건물 앞에서 고삐를 당겼다. 어둠이 짙어가는 가운데 창문마다 불빛이 환하게 새어 나왔다. 음악 소리와 시끌벅적한 웃음이 흘러나와 물 위를 떠돌았다.

문 옆에는 묵직한 사슬에 화려한 기름등이 매달렸는데, 붉은색 납땜 유리 공이 함께 달려 있었다.

네드 스타크는 격분하여 말에서 내렸다. "사창가로군." 그는 리틀핑거의 어깨를 잡고 돌려세우면서 말했다. "사창가에 오자고 이 먼 길을 데려온 건가."

"당신 아내가 안에 있습니다." 리틀핑거가 말했다.

결정적인 모욕이었다. "브랜던이 네놈에게 너무 친절했지." 네드는 몸집 작은 사내를 벽에 밀어붙이고 단검을 뾰족한 턱수염 아래 갖다 대며 말했다.

"영주님, 안 됩니다." 다급한 목소리가 외쳤다. "그 말은 사실입니다." 뒤에서 발소리가 들렸다.

네드가 단검을 손에 쥔 채 돌아보는데, 흰머리의 노인이 서둘러 다가왔다. 노인은 조잡하게 짠 갈색 옷을 입었고, 급하게 달리자 턱 아래 부드러운 살이 출렁였다. "이건 상관할 일이 아니……." 네드는 말하다가 갑자기 상대를 알아보았다. 그는 놀라서 단검을 내렸다. "로드릭 경?"

로드릭 카셀이 고개를 끄덕였다. "마님께서 위층에서 기다리십니다."

네드는 갈피를 잡지 못했다. "캐틀린이 정말로 여기에 있다고? 리틀핑거의 이상한 장난이 아니란 말인가?" 그는 단검을 칼집에 넣었다.

"원컨대 그랬으면 좋겠군요, 스타크." 리틀핑거가 말했다. "따라와요. 그리고 좀 더 호색한처럼 굴고 조금이라도 덜 수관처럼 보이도록 해봐요. 누가 당신을 알아보면 곤란하거든. 누군가의 가슴을 만지고 지나갈 수도 있겠지요."

그들은 안으로 들어가서 붐비는 휴게실을 통과했다. 뚱뚱한 여자 하나가 야한 노래를 부르는 동안 리넨 치마를 두르고 색색의 비단 조각을 걸친 예쁘고 젊은 여자들이 애인에게 몸을 붙이고 무릎에 앉아 몸을 흔들고 있었다. 아무도 네드에게 아무런 관심도 두지 않았다. 로드릭 경이 아래에서 기다리는 동안 리틀핑거는 네드를 데리고 3층으로 올라갔고, 복도를 따라가서 문을 열었다.

안에서는 캐틀린이 기다리고 있었다. 캐틀린은 네드를 보자 소리를 지르며 달려와서 꽉 끌어안았다.

"부인." 네드는 놀라움에 차서 속삭였다.

리틀핑거가 문을 닫으며 말했다. "아, 알아보니 다행이로군요."

"오지 않을까 두려웠어요." 캐틀린은 네드의 가슴팍에 대고 속삭였다. "그동안 피터가 소식을 전해줬어요. 아리아와 왕자 사이에 일어난 말썽도 말해줬죠. 우리 딸들은 어떤가요?"

"둘 다 슬픔에 잠겼고, 분노에 가득 차 있지. 캣, 이해가 가지 않는구려. 당신이 킹스랜딩에서 뭘 하고 있는 거요? 무슨 일이 있었소?" 네드는 아내에게 물었다. "브랜 때문인가? 브랜이……." 죽었냐는 말이 목구멍까지 올라왔지만, 차마 그 말을 할 수는 없었다.

"브랜 일이긴 하지만, 당신 생각 같은 일은 아니에요." 캐틀린이 말했다.

네드는 갈피를 잡지 못했다. "그렇다면 어떻게? 왜 여기 있는 거요, 여보? 여긴 뭘 하는 곳이고?"

"보이는 그대로지요." 리틀핑거가 창가 의자에 앉으며 말했다. "사창가. 캐틀린 툴리를 찾기에 이보다 더 어울리지 않는 장소를 생각할 수 있을까요?" 그는 미소 지었다. "마침 내가 이 시설을 소유하고 있어서, 쉽게 장소를 마련할 수 있었지요. 캣이 라니스터에게 여기 킹스랜딩에 있다는 사실을 알리지 않으려고 애쓰고 있어서요."

"왜지?" 네드가 물었다. 그때 캐틀린의 손이, 캐틀린이 두 손을 어색하게 쥔 모습이, 새로 생긴 흉터가, 왼손 마지막 두 손가락이 뻣뻣하게 굳은 모양이 보였다. "당신 다쳤구려." 네드는 아내의 손을 잡고 이리저리 돌려

보았다. "맙소사. 깊이 베였군……. 검에 베인 상처 아니면…… 어쩌다가 이렇게 된 거요, 부인?"

캐틀린은 망토 아래에서 단검을 하나 빼내어 그의 손에 올려놓았다. "누군가가 브랜의 목숨을 끊으려고 이 칼을 보냈어요."

네드는 머리를 홱 들어 올렸다. "하지만…… 누가…… 대체 왜……."

캐틀린은 그의 입술에 한 손가락을 대고 말했다. "내가 다 말하게 해줘요, 여보. 그 편이 더 빠를 거예요. 들어봐요."

그래서 네드는 듣기만 했고, 그녀는 도서관 탑에 난 화재부터 바리스와 경비병들과 리틀핑거에 이르기까지 다 이야기했다. 이야기가 끝나자 에다드 스타크는 단검을 손에 든 채 멍하니 탁자 옆에 앉았다. 그는 흐리멍덩하게 떠올렸다. 브랜의 늑대가 그 아이의 목숨을 구했다. 눈밭에서 그 늑대 새끼들을 발견했을 때 존이 뭐라고 했던가? '영주님의 자식들은 이 다이어울프 새끼들을 가질 운명이었던 겁니다.' 그런데 그는 산사의 늑대를 죽였다. 무엇을 위해서? 지금 느끼는 감정이 죄책감일까? 아니면 공포일까? 신들이 이 늑대들을 보내줬다면, 그는 무슨 어리석은 짓을 한 걸까?

네드는 힘겹게 단검과 그 의미로 생각을 돌렸다. "꼬마 악마의 단검이라." 그는 그 말을 되새겼다. 말이 되질 않았다. 그는 매끄러운 드래곤 뼈 손잡이를 감아쥐고 쿵 소리나게 탁자에 박아 넣었다. 칼날이 나무를 파고들고, 단검은 그를 비웃으며 서 있었다. "왜 티리온 라니스터가 브랜이 죽기를 바란단 말이오? 그 아이는 아무 해도 끼치지 않았는데."

"스타크 사람들은 두 귀 사이에 눈덩이만 채워놨습니까?" 리틀핑거가 물었다. "꼬마 악마가 혼자 행동했을 리가 있나요."

네드는 일어서서 방 안을 걸어 다녔다. "이 일에 왕비의 역할이 있었다면, 아니 만에 하나 왕이 직접 관여했다면…… 아니야, 그건 못 믿겠어." 그렇게 말하면서도 네드는 고분 지대를 달렸던 서늘한 아침과, 타르가르옌 공주에게 자객을 보내자던 로버트의 말을 떠올렸다. 라에가르의 갓 난 아들, 붉은 잔해만 남긴 그 아이의 머리통, 그리고 왕이 외면했던 모 습…… 마치 얼마 전에 대리의 접견실에서 외면했던 것처럼. 네드는 아직 도 산사가 애원하는 소리를 들을 수 있었다. 언젠가 리안나가 애원하던 목 소리처럼.

리틀핑거가 말했다. "왕은 몰랐을 가능성이 높아요. 처음도 아닐 겁니 다. 우리의 선량한 로버트는 보고 싶지 않은 일에 눈을 감아버리는 경험이 풍부하신지라."

네드에겐 대꾸할 말이 없었다. 몸이 거의 반으로 갈라져 있던 푸주한 아 들의 얼굴이 눈앞에 어른거렸다. 그 후에 왕은 한 마디도 하지 않았다. 네 드는 머리가 울렸다.

리틀핑거가 탁자로 어슬렁거리며 다가와서 나무에 박힌 칼을 뽑았다. "어느 쪽을 고발해도 반역이로군요. 왕을 고발한다면 말을 꺼내기도 전에 일린 페이과 춤을 추게 될 테지요. 왕비는…… 혹시 증서를 찾을 수 있다 면, 그리고 로버트가 듣게 만들 수 있다면, 그때는 어쩌면……."

"증거는 있소. 단검이 있지." 네드가 말했다.

"이거요?" 리틀핑거는 무심히 단검을 빙글빙글 돌렸다. "귀여운 강철 조 각이지만, 양날의 검입니다. 꼬마 악마는 보나 마나 윈터펠에 있을 때 칼 을 잃어버렸거나 도난당했다고 맹세할 테고, 고용된 자객이 죽은 이상 누 가 그 거짓말을 가려내겠습니까?" 그는 단검을 가볍게 네드에게 던졌다. "내 조언은 그 칼을 강에 던져버리고 그런 칼이 있었다는 사실도 잊으라 는 겁니다."

네드는 그를 차갑게 바라보았다. "베일리시 공, 나는 윈터펠의 스타크 요. 내 아들이 불구가 되어, 어쩌면 죽어가고 있소. 우리가 눈밭에서 찾아 낸 늑대 새끼가 아니었다면 이미 죽었을 테고, 캐틀린도 같이 죽었을 거요. 내가 이 일을 잊을 수 있다고 믿는다면 당신은 지금도 내 형을 상대로 검을 들었을 때 못지않은 바보요."

"내가 바보일진 몰라도…… 나는 여전히 여기에 있고, 당신 형님은 14년째 얼어붙은 무덤 속에서 썩어가고 있지요, 스타크. 그렇게 형님 곁에서 썩고 싶다면야 만류하고 싶은 마음은 전혀 없지만, 나까지 거기 끼고 싶진 않군요. 사양하겠습니다."

"어디든 당신을 끼우고 싶은 마음은 없소, 베일리시 공."

"이런 상처를 주시다니요." 리틀핑거는 가슴 위에 손을 올렸다. "나로서는 언제나 스타크 가문이 짜증스러울 뿐이지만, 캣은 내가 이해할 수 없는 이유로 당신에게 애착을 갖게 된 모양입니다. 그러니 캣을 위해 당신을 살려두도록 노력해야지요. 바보나 할 짓이라는 점은 인정하지만, 당신 아내에게는 도무지 거절을 할 수가 없어서요."

"피터에게 존 아린의 죽음에 대한 우리의 의심을 이야기했더니, 당신이 진실을 찾도록 돕겠다고 약속했어요." 캐틀린이 말했다.

환영할 소식은 아니었지만, 그들에게 도움이 필요한 것은 사실이었고, 리틀핑거는 예전에 캣과 형제 같은 사이였다. 네드가 경멸하는 사람과 손을 잡아야 하는 일이 처음도 아니었다. 그는 단검을 허리띠에 찔러 넣으며 말했다. "좋소. 바리스 이야기를 했는데, 그 내시가 상황을 다 아는 거요?"

캐틀린이 대답했다. "제가 말한 건 아니에요. 당신은 바보와 결혼하지 않았어요, 에다드 스타크. 하지만 바리스에겐 아무도 알 수 없는 일을 알아내는 재주가 있어요. 네드, 맹세하는데 바리스에겐 어두운 마법이 있어요."

"바리스에게 첩자들이 있다는 사실은 유명하지." 네드는 그녀의 말을 일축했다.

"그 이상이에요. 로드릭 경이 아론 산타가르 경과 비밀리에 나눈 대화인데도 거미는 다 알았어요. 전 그 사람이 두려워요."

리틀핑거가 미소 지었다. "바리스 공은 나에게 맡겨둬요, 상냥하신 부인. 약간 지저분한 표현을 써도 된다면— 그 편이 더 어울릴 텐데, 난 그 남자의 불알을 쥐고 있거든." 그는 미소 지으며 손으로 움켜쥐는 시늉을 했다. "바리스가 남자라면, 혹은 불알이 있다면 말이지만요. 파이가 쪼개지면 새들이 노래하기 시작할 텐데, 바리스에겐 달갑지 않은 일이지요. 내가 당신이라면 내시에 대해서보다는 라니스터에 대해 더 걱정하겠습니다."

네드는 리틀핑거에게 그런 말을 들을 필요가 없었다. 그는 아리아가 발견된 날, 왕비가 너무도 부드럽고 조용하게 "늑대는 있습니다"라고 말하던 표정을 돌이키고 있었다. 그는 푸주한의 아들 미카를, 존 아린의 급작스러운 죽음을, 브랜의 추락을, 금빛 칼날에 묻은 피가 마르는 동안 알현실 바닥에서 죽어가던 늙고 미친 아에리스 타르가르옌을 생각했다. 그는 캐틀린에게 돌아섰다 "당신이 여기에서 할 수 있는 일은 이제 없어요. 즉시 윈터펠로 돌아가줬으면 좋겠구려. 자객이 한 명 왔다면 또 올 수도 있어요. 브랜의 죽음을 지시한 자가 누구든 간에 아이가 아직 살아 있다는 사실을 곧 알게 될 거요."

"딸아이들을 볼 수 있을 줄 알았는데……." 캐틀린이 말했다.

"그건 현명하지 못한 일이 될 거야." 리틀핑거가 끼어들었다. "레드킵에는 호기심 어린 눈이 가득하고, 아이들은 말을 하지."

"그 말이 맞아요, 여보." 네드가 말하고 캐틀린을 끌어안았다. "로드릭 경을 데리고 윈터펠로 달려가요. 딸아이들은 내가 돌보리다. 집에 있는 아들들을 안전하게 지켜요."

"말씀대로 할게요." 캐틀린이 얼굴을 들어 올렸고, 네드는 그녀에게 입을 맞췄다. 캐틀린의 망가진 손가락이 필사적으로 그의 등을 붙잡았다. 마치 그녀의 품이라는 피난처에 언제까지나 보호하고 싶다는 듯이…….

"영주 부부께서 침실을 사용하고 싶으신지?" 리틀핑거가 물었다. "주의를 주자면 스타크, 보통 이 동네에서는 그런 일에 요금을 청구한답니다."

"잠시만 둘이 있게 해주면 돼." 캐틀린이 말했다.

"좋아." 리틀핑거는 느긋하게 문으로 걸어갔다. "너무 오래 있지는 마. 수관과 난 없어졌다는 사실을 들키기 전에 성으로 돌아가야 하니까."

캐틀린이 리틀핑거에게 달려가서 두 손을 잡았다. "당신이 준 도움은 잊지 않을게, 피터. 당신 부하들이 왔을 때는 내가 친구에게 가는지, 적에게 끌려가는지 몰랐어. 그리고 친구 이상의 존재를 발견했지. 잃어버린 줄 알았던 형제를 찾았어."

피터 베일리시가 미소 지었다. "난 어찌할 도리가 없이 감상적이거든. 아무에게도 말하지 않는 편이 좋겠어. 궁정에 내가 사악하고 잔인하다는 믿음을 주려고 몇 년을 보냈는데, 그 모든 힘든 일이 허사로 돌아가는 꼴을 보고 싶진 않아."

네드는 그 말을 한 마디도 믿지 않았지만, 정중함을 유지하며 말했다. "나도 고마움을 표하오, 베일리시 공."

"아, 보물을 얻었네요." 리틀핑거는 나가면서 말했다.

문이 닫히자, 네드는 아내에게 몸을 돌렸다. "일단 집에 도착하면 헬만 톨하트와 갤버트 글로버에게 내 인장이 찍힌 서신을 보내요. 둘이 궁수 100명씩을 차출하여 모트 카일린(Moat Cailin)을 요새화하도록 해요. 군센 궁수 200명이면 군대를 상대로도 넥 지역을 지켜낼 수 있지. 맨덜리 공에게 화이트하버의 방어 시설을 모두 보수 강화하고, 사람을 적절히 배치하라 일러요. 그리고 오늘부터 테온 그레이조이를 주의 깊게 지켜봤으면 좋겠소. 전쟁이 난다면 그레이조이의 함대가 꼭 필요할 테니."

"전쟁이라고요?" 캐틀린의 얼굴에는 두려움이 역력했다.

"그렇게 되진 않을 거요." 네드는 장담하면서 정말 그러기를 빌었다. 그는 아내를 다시 끌어안았다. "아에리스 타르가르옌이 죽어가면서 배운 대로 라니스터는 약자를 마주하면 인정사정없지만, 왕국의 모든 힘을 등에 업지 않고서야 감히 북부를 공격하지 않을 테고, 그런 힘을 가지지도 못할 거요. 난 아무 문제도 없다는 듯이 이 바보 같은 가장무도회를 계속해야 해요. 내가 왜 여기에 왔는지 명심해요, 내 사랑. 라니스터가 존 아린을 살해했다는 증거를 찾아낸다면……."

네드는 품에 안은 캐틀린이 떨고 있음을 느꼈다. 그녀의 흉터 진 손이 그를 꼭 붙잡았다. "만약 찾아낸다면…… 어떻게 되는 건가요, 내 사랑?"

네드는 그게 가장 위험한 부분임을 알고 있었다. "모든 정의는 왕으로부터 나오지. 진실을 알아낸다면 난 로버트에게 가야 해요." 그는 소리 없이 말을 이었다. '그리고 로버트가 내가 생각하는 남자이길 빌어야겠지. 내 걱정처럼 변해버린 남자가 아니라.'

티리온

"정말로 이렇게 빨리 떠나야겠소?" 사령관이 물었다.

"그렇고말고요, 모르몬트 공." 티리온이 대답했다. "제이미 형이 제게 무슨 일이 있나 궁금해할 겁니다. 모르몬트 공에게 설득당해서 검은 옷을 입은 줄 알지도 몰라요."

"그럴 수 있다면야." 모르몬트는 게 집게발을 하나 들고 주먹을 쥐어 부쉈다. 나이는 많을지 몰라도 사령관은 아직 곰 같은 힘을 갖고 있었다. "그대는 약삭빠른 사람이오, 티리온. 장벽에는 그대 같은 사람이 필요하지."

티리온은 히죽 웃었다. "그렇다면 칠왕국의 난쟁이들을 찾아내어 모조리 배에 실어 보내야겠군요, 모르몬트 공." 그는 사람들이 웃는 동안 게 다리에서 살을 빨아 먹고 다시 손을 뻗었다. 이스트워치에서 눈을 채운 통에 넣어 보낸 게가 오늘 아침에 들어왔는데, 살이 꽉 차 있었다.

식탁에서 웃음기도 보이지 않는 사람은 알리서 쏜 경 하나뿐이었다. "라니스터가 우릴 비웃는군."

"당신만이야, 알리서 경." 티리온이 말했다. 이번에는 식탁을 도는 웃음소리에 불안하고 자신 없는 기색이 섞였다.

쏜의 검은 눈이 혐오감을 담아 티리온을 노려보았다. "반쪽짜리 사내도 못 되는 주제에 혀는 대담하군. 같이 훈련장에 가봐야 할지도 모르겠어."

"게는 여기 있는데 왜?"

티리온의 반문에 웃음소리가 더 터져 나왔다. 알리서 경은 입을 꾹 다물고 일어섰다. "와서 손에 쇠붙이를 쥐고 그런 농담을 해보시지."

티리온은 오른손을 보란 듯이 쳐다보았다. "흠, 내 손엔 쇠붙이가 쥐어져 있는데, 알리서 경. 게 포크로 보이긴 하지만 말이야. 이걸로 결투라도 할까?" 티리온은 의자에 뛰어올라서 작은 포크로 쏜의 가슴을 향해 찌르기 시작했다. 요란한 웃음소리가 방을 채웠다. 사령관은 컥컥거리느라 입에서 게살이 튀어나왔다. 사령관의 까마귀까지 끼어들어서 창가에서 큰 소리로 울어댔다. "결투! 결투! 결투!"

알리서 쏜 경은 마치 엉덩이에 단검이라도 넣은 사람처럼 뻣뻣하게 방을 걸어 나갔다.

모르몬트는 아직도 숨을 헉떡이고 있었다. 티리온이 그의 등을 두드리며 외쳤다. "승자에게 전리품을! 쏜이 남긴 게를 전리품으로 요구합니다."

마침내 회복한 사령관이 꾸짖었다. "우리 알리서 경에게 그렇게 도발하다니, 사악하구먼."

티리온은 앉아서 와인을 마셨다. "가슴팍에 과녁을 그려 넣으면 늦든 빠르든 누군가가 화살을 날리기 마련이지요. 죽은 사람이라도 알리서 경보다 유머 감각이 있을걸요."

"그렇지 않아요." 석류처럼 둥글고 붉은 집사장 보웬 마시가 반박했다. "그 친구가 훈련하는 젊은이들에게 붙이는 우스꽝스러운 이름을 들어봐야 해요."

티리온은 그 우스꽝스러운 이름을 몇 개 들어보았다. "그 청년들이 알리서 경을 부르는 이름도 적지 않으리라 장담하지요. 눈에 붙은 얼음을 떼어내요, 여러분. 알리서 쏜 경은 여러분의 젊은 전사들을 훈련할 게 아니라 여러분의 마구간을 청소해야 합니다."

"경비대에 마구간지기는 모자라지 않소." 모르몬트 공이 푸념했다. "요새는 그런 녀석들만 보내는 것 같아. 마구간지기와 비열한 도둑과 강간범들. 알리서 경은 정식 서임을 받은 기사요. 내가 사령관이 된 후에 검은 옷을 입은 몇 안 되는 기사 중 한 명이지. 킹스랜딩에서도 용감하게 싸웠소."

"편을 잘못 골랐지요." 제레미 라이커 경이 무미건조하게 말했다. "그 흉벽에서 알리서 경 옆에 내가 있었다는 걸 자각해야겠지만요. 타이윈 라니스터는 우리에게 훌륭한 선택지를 줬죠. 검은 옷을 입든가, 저녁이 오기 전에 머리통이 창에 꿰이든가. 나쁘게 받아들이진 마시오, 티리온."

"전혀 기분 나쁘지 않습니다, 제레미 경. 제 아버지는 창에 꿴 머리통을 아주 좋아하시죠. 특히나 어떤 식으로든 짜증을 일으키는 사람들의 머리를요. 제레미 경의 얼굴처럼 고상한 얼굴이라면 분명히 왕의 문 위 성벽에 장식해놓고 싶어 하셨을 겁니다. 그 위에 걸렸다면 아주 눈부신 얼굴이었을 거예요."

"고맙구려." 제레미 경은 조소하며 대꾸했다.

모르몬트 사령관이 헛기침을 했다. "가끔 알리서 경이 그대를 옳게 보았나 싶어지는군, 티리온. 그대는 우리와 이곳에서 우리가 추구하는 고귀한 목적을 비웃고 있소."

티리온은 어깨를 으쓱였다. "우리 모두가 가끔씩은 비웃음을 살 필요가 있습니다, 모르몬트 경. 그러지 않으면 스스로를 너무 심각하게 여기게 되거든요. 와인 좀 더 주시겠습니까." 티리온은 잔을 내밀었다.

제레미 라이커 경이 잔을 채워주자, 보웬 마시가 말했다. "사람은 작은데 주량은 대단하군요."

"아, 난 티리온 공이 상당히 큰 사람이라고 생각하네." 식탁 끝에서 아에몬 학사가 말했다. 그는 나직이 말했지만, 밤의 경비대 고위직들은 모두 노인이 하는 말을 잘 듣기 위해 조용해졌다. "여기 세상 끝에 찾아온 거인이라고 생각해."

티리온은 부드럽게 대답했다. "저는 많은 이름으로 불려봤습니다만, 거인이라는 말은 거의 듣지 못합니다."

아에몬 학사의 구름이 낀 듯 희부연 눈동자가 티리온의 얼굴로 향했다. "그래도, 나는 정말 그렇게 생각한다네."

이번만은 티리온 라니스터도 할 말을 잃었다. 그저 정중하게 고개를 숙이고 말할 수밖에 없었다. "지나치게 친절하십니다, 아에몬 학사님."

눈먼 노인은 미소 지었다. 그는 백 년이라는 세월의 무게 아래 쪼그라든 나머지 여러 금속으로 만든 학사의 목걸이가 헐렁하게 늘어진, 주름이 자글자글하고 머리털이 없는 자그마한 노인이었다. "나도 많은 이름으로 불려봤지만, 친절하다는 말은 거의 듣지 못하지." 이번에는 티리온이 앞장서서 웃음을 터뜨렸다.

시간이 흐르고, 식사라는 중대한 일이 끝나고 다른 이들이 떠나고 나자 모르몬트는 티리온에게 난롯가 의자를 내어주고 눈물이 맺힐 정도로 독하고 따뜻한 술을 한 잔 권했다. "이 먼 북쪽에서는 왕의 가도도 위험할 수 있소." 사령관은 술을 마시면서 말했다.

"제겐 지크과 모렉이 있고, 요렌도 다시 남쪽으로 갑니다."

"요렌 하나 느는 거 아니오. 경비대가 윈터펠까지 호위하겠소." 모르몬트는 반박을 허용하지 않는 말투로 선언했다. "세 사람이면 충분할 거요."

"말씀대로 따르지요, 모르몬트 공. 스노우를 보내주셔도 좋겠군요. 형제들을 볼 기회가 생긴다면 기뻐할 겁니다."

모르몬트는 숱 많은 회색 수염 사이로 얼굴을 찡그렸다. "스노우? 아, 스타크의 서자 말이군. 그건 안 되겠소. 젊은이들은 형제든 어머니든 뒤에 남겨두고 온 삶을 잊어야 해. 집에 찾아가봤자 혼자 남겨진 기분만 심해질 거요. 난 알지. 내 피붙이도…… 내 누이동생 매기는 내 아들이 불명예를 저지른 이후 지금까지 곰 섬을 다스리고 있소. 나에겐 본 적도 없는 조카들이 있지." 그는 술을 한 모금 삼켰다. "게다가 존 스노우는 어린아이에 불과해. 그대를 안전하게 지킬 강한 검사 셋을 딸려 보내겠소."

"배려에 감동했습니다, 모르몬트 공." 티리온은 독주 때문에 머리가 약간 어지러웠지만, 늙은 곰이 원하는 게 있다는 사실을 알아차리지 못할 정도로 취하지는 않았다. "친절에 보답할 수 있다면 좋겠는데요."

"할 수 있소." 모르몬트는 직설적으로 말했다. "그대의 누님은 왕 옆에 있고, 형님은 위대한 기사이며, 부친은 칠왕국에서 가장 강력한 영주요. 그분들에게 우리 이야기를 해주시오. 이곳의 곤궁함을 전해주시오. 그대도 직접 보았을 테지. 밤의 경비대는 죽어가고 있소. 지금 우리 전력은 천 명이 안 돼. 여기에 600명, 섀도타워에 200명, 이스트워치에는 더 적소. 게다가 전사는 전체의 3분의 1이 안 되지. 장벽의 길이는 천 리요. 생각해보시오. 공격이 오면 난 1.5킬로미터에 세 명씩 배치해서 막아야 할 거요."

"셋과 3분의 1명이고요." 티리온이 하품을 하며 말했다.

모르몬트는 그 말을 듣지 못한 것 같았다. 노인은 불 앞에서 두 손을 데웠다. "난 첫 순찰을 나갔다가 사라진 욘 로이스의 아들을 찾으라고 벤젠 스타크를 보냈소. 로이스의 아들은 여름 풀 같은 풋내기였지만, 기사로서의 책임이 있다면서 자기가 직접 지휘하겠다고 고집했지. 그 녀석 아비를 기분 나쁘게 하기 싫어서 굽혔소. 대신 경비대에서 가장 실력이 좋은 두 명을 딸려 보냈지. 내가 바보였소."

"바보." 까마귀가 맞장구를 쳤다. 티리온은 위를 슬쩍 보았다. 까마귀가 구슬 같은 까만 눈으로 그를 내려다보며 날개를 뽑냈다. "바보." 까마귀가 다시 외쳤다. 저 짐승의 목을 비튼다면 늙은 모르몬트가 불쾌하게 받아들이겠지. 안타깝게도.

사령관은 짜증스러운 새에게 아무 관심도 두지 않았다. "개러드는 거의 나만큼 늙은 데다가 장벽에는 더 오래 있었지. 그런데도 서약을 저버리고 달아난 모양이오. 나로서는 도저히 믿지 못할 노릇이지만, 에다드 공이 윈터펠에서 개러드의 머리통을 보내왔소. 로이스에 대해서는 아무 소식도 없고. 탈영병 한 명에 실종 두 명, 그리고 이제는 벤 스타크도 실종되어버렸소." 그는 깊은 한숨을 내쉬었다. "벤을 찾으러 누굴 보낸단 말이오? 난 2년 후면 70살이오. 지금 같은 짐을 지기엔 너무 늙고 지쳤지만, 내가 내려놓으면 누가 그 뒤를 이을까? 알리서 쏜? 보웬 마시? 그자들이 어떤지 보지 못한다면 아에몬 학사보다 내가 더 눈이 멀었겠지. 밤의 경비대는 침울한 소년들과 지친 늙은이들의 군대가 되어버렸소. 오늘 밤 내 식탁에 앉았던 이들을 빼면 읽을 줄 아는 대원이 스무 명이나 될까 싶고, 생각을 하거나 계획을 짜거나 이끌 수 있는 수는 그보다 더 적어. 한때 경비대는 여름을 건설 작업으로 보냈고, 새 영지들마다 장벽을 더 높이 쌓아 올렸소. 지금 우리가 할 수 있는 일은 살아남는 것뿐이오."

티리온은 사령관이 더없이 진심이라는 사실을 깨달았다. 그는 노인에 대해 약간은 난감한 기분을 느꼈다. 모르몬트 사령관은 인생의 절반 이상을 장벽에서 보냈고, 그 세월에 무슨 의미라도 있다고 믿어야 했다. 티리온은 엄숙하게 말했다. "약속하는데, 왕은 사령관님의 곤란함을 듣게 될 겁니다. 제 아버지와 제 형 제이미에게도 말하겠습니다." 진심이었다. 티리온 라니스터는 약속을 잘 지켰다. 다만 나머지 부분은 말하지 않았다. 로버트 왕은 그의 말을 무시할 테고, 타이윈 공은 정신이 나갔냐고 물어볼 것이며, 제이미는 웃기만 하리라는 사실을.

"그대는 젊지, 티리온. 겨울을 몇 번이나 보았소?" 모르몬트가 물었다.

그는 어깨를 으쓱였다. "여덟, 아홉 번쯤. 기억이 나지 않는군요."

"하나같이 짧은 겨울이었겠지."

"굳이 따지자면 그렇지요." 티리온은 학사들이 거의 3년 동안 이어졌다고 말하는 끔찍하고 잔인한 겨울 한중간에 태어났지만, 가장 이른 기억은 모두 봄의 것들이었다.

"내가 어렸을 땐, 긴 여름에는 언제나 긴 겨울이 뒤따른다고들 했소. 이번 여름은 9년 동안 이어졌고, 이제 곧 10년째요. 생각해보시오, 티리온."

티리온이 대꾸했다. "제가 어렸을 때 유모는 사람들이 선하면 언젠가 신들이 끝없는 여름을 내리는 날이 온다고 말한 적이 있지요. 어쩌면 우리가 생각보다 착해서 마침내 '크나큰 여름'이 왔을지도 모르잖습니까." 그는 히죽 웃었다.

사령관은 재미있어하는 것 같지 않았다. "공이 그 말을 믿을 만큼 바보는 아니지 않소. 이미 낮이 점점 더 짧아지고 있소. 착오는 있을 수 없소. 아에몬이 시타델(Citadel, 대피 요새)에서 편지를 계속 받았는데, 아에몬의 생각에 들어맞는 내용이었소. 여름의 끝이 목전에 있소." 모르몬트는 손을 뻗어 티리온의 손을 꽉 잡았다. "반드시 그분들을 이해시켜주오. 말해두는데, 어둠이 오고 있소. 숲 속엔 다이어울프와 매머드와 들소만 한 눈곰이 있고, 난 꿈속에서 그보다 더 어두운 것들을 보았소."

"꿈속에서요." 티리온은 독주를 한 잔 더 마시고픈 마음이 간절하다는 생각을 하며 그 말을 따라 했다.

모르몬트는 티리온의 목소리에 담긴 신랄함을 듣지 못했다. "이스트워치 근처에 사는 어민들은 해안에서 백귀(white walker)들을 보았다 하오."

이번에는 티리온도 입단속을 하지 못했다. "라니스포트(Lannisport, 라니스터 항구)의 어민들은 인어를 자주 보죠."

"데니스 말리스터가 쓰기를 산사람들이 남으로 이동하고 있으며, 그 어느 때보다 많은 수가 섀도타워 부근에서 빠져나간다고 하오. 그자들은 도망치고 있소……. 하지만 무엇으로부터?" 모르몬트 공은 창가로 가서 어둠을 내다보았다. "라니스터, 늙은 뼈마디이지만 지금처럼 한기를 느낀 적은 없소. 부디 왕에게 내 말을 전하시오. 겨울이 오고 있고, 긴 밤이 내리면 왕국과 북쪽에서 휘몰아친 어둠 사이에는 오직 밤의 경비대만 버텨 서게될 거요. 우리가 준비를 해두지 못한다면 모두가 신들의 도움을 빌 수밖에 없소."

"오늘 밤에 잠을 자지 못한다면 저도 신들의 도움을 빌 판입니다. 요렌이 해가 뜨자마자 출발한다는 결심을 굳혀서요." 티리온은 술 때문에 졸리고 파멸 이야기에 진절머리가 나서 일어섰다. "제게 베풀어주신 모든후의에 감사드립니다, 모르몬트 공."

"가서 말하시오, 티리온. 사람들에게 말하고 믿게 하시오. 나에게 필요한 보답은 그것뿐이오." 모르몬트가 휘파람을 불자 까마귀가 날아 내려와서 어깨에 앉았다. 모르몬트는 미소 지으며 주머니에서 꺼낸 옥수수를 먹였고, 티리온은 그 모습을 보며 지리를 떴다.

바깥은 혹독하게 추웠다. 모피를 겹겹이 두른 티리온 라니스터는 장갑을 끼면서, 사령관의 아성 밖에서 얼어붙은 불운한 보초병들에게 고개를 끄덕였다. 티리온은 왕의 탑에 마련된 침실로 돌아가기 위해 다리가 허용하는 한 빨리 마당을 가로질렀다. 그의 장화에 밤이 되어 얼어붙은 눈이 깨져 바삭거렸고, 뿜어내는 입김은 깃발처럼 길게 늘어졌다. 그는 두 손을 겨드랑이에 끼고, 모렉이 잊지 않고 불에 달군 뜨거운 벽돌로 침대를 데워놓았기를 빌면서 걸음을 재촉했다.

왕의 탑 뒤편에 선 장벽이 달빛을 받아 거대하고 신비스럽게 빛났다. 티리온은 잠시 걸음을 멈추고 장벽을 올려다보았다. 추운 데다 서두른 탓에 다리가 아팠다.

갑자기 기묘한 광기가, 다시 한 번 세상 끝을 내다보고 싶다는 갈망이 그를 사로잡았다. 이것이 마지막 기회가 되리라. 내일이면 그는 남쪽으로 말을 달릴 테고, 이 얼어붙은 황야에 돌아오고 싶을 만한 이유를 생각하기 힘들었다. 온기와 부드러운 침대를 약속하는 왕의 탑이 바로 앞에 있었지만, 티리온은 어느새 탑을 지나쳐서 장벽의 넓고 희부연 벽면을 향해 걸었다.

대충 자른 나무 기둥을 얼음 깊이 박아 넣고 고정해서 그 위로 놓은 나무 계단이 남쪽 면을 타고 올랐다. 계단은 방향을 이리저리 바꾸면서 번개 모양으로 길을 냈다. 검은 형제들은 그 계단이 보기보다 훨씬 튼튼하다고 장담했지만, 티리온의 다리로는 올라가볼 엄두도 낼 수 없었다. 그는 대신 우물 옆에 놓인 쇠우리로 기어 들어가서 종이 달린 밧줄을 힘껏, 빠르게 세 번 당겼다.

그는 장벽을 등지고 쇠창살 안에 서서 영원 같은 시간을 기다려야 했다. 왜 이런 짓을 하나 다시 생각할 만한 시간이었다. 티리온이 갑작스러운 충동을 잊고 자러 가자는 결정을 내리기 직전에 우리가 덜컹거리더니 올라가기 시작했다.

그는 천천히 위로 올라갔다. 처음에는 올라가다 말다 하더니 갈수록 움직임이 매끄러워졌다. 땅이 아래로 멀어져가고, 쇠우리는 흔들리고, 티리온은 두 손으로 쇠창살을 잡았다. 금속의 한기가 장갑을 뚫고 들어왔다. 그는 모렉이 그의 침실에 불을 피워놓았음을 나타내는 불빛을 기꺼운 마음으로 확인했지만, 사령관의 탑은 어두웠다. 늙은 곰이 티리온보다 더 분별이 있는 모양이었다.

이윽고 티리온은 탑들 위로 올라갔고, 조금씩 계속 올라가고 있었다. 발아래로 달빛 속에 아로새겨진 캐슬블랙이 펼쳐졌다. 이 위에서는 캐슬블랙이 얼마나 삭막하고 텅 비었는지 볼 수 있었다. 창문이 없는 아성들, 무너져가는 벽, 무너진 돌이 채워버린 중정……. 더 올라가자 왕의 가도를 따라 2.5킬로쯤 떨어진 작은 마을 몰스타운(Mole's Town, 두더지 마을)의 불빛을 볼 수 있었고, 여기저기 산에서 내려와서 평원을 가로지르는 차가운 개울물이 달빛에 반짝이는 모습도 볼 수 있었다. 나머지 세상은 비바람에 시달린 황량한 언덕들과 눈으로 얼룩진 돌밭이었다.

마침내 등 뒤에서 걸걸한 목소리가 말했다. "일곱 지옥이여, 난쟁이잖아." 쇠우리가 덜컹거리며 멈춰 서더니, 끽끽대는 밧줄과 함께 천천히 앞뒤로 흔들렸다.

"젠장, 올려줘라." 툴툴거리는 소리가 들리고 나무가 크게 삐걱이면서 쇠우리가 옆으로 미끄러지더니 장벽이 발밑으로 다가왔다. 티리온은 흔들림이 멈추기를 기다려서 우리 문을 밀어 열고 얼음 위로 뛰어내렸다. 검은 옷을 입은 큰 그림자가 권양기에 몸을 기울이고 있었고, 두 번째 그림자는 장갑을 낀 손으로 쇠우리를 잡고 있었다. 둘 다 얼굴은 모직 스카프를 둘둘 감아서 눈만 보였고, 모직과 가죽으로 검은색 위에 검은색을 뚱뚱하게 껴입었다. "이런 밤중에 뭘 원하쇼?" 권양기 옆의 사내가 물었다.

"마지막으로 한 번 보려고."

두 남자는 언짢은 눈짓을 주고받았다. 다른 남자가 말했다. "원하는 만큼 보쇼. 떨어지지만 않게 조심하시고. 그랬다간 늙은 곰이 우리 껍질을 벗길 테니." 거대한 도르래 장치 밑에 작은 나무 집이 있었고, 티리온은 권양기 담당들이 문을 열고 안으로 다시 들어갈 때 그 안의 흐릿한 화로 불빛을 보았고 짧게나마 불어오는 온기를 느꼈다. 그리고 그는 혼자 남았다.

이 위는 살을 에도록 추웠고, 바람이 끈질긴 연인처럼 옷자락을 잡아끌었다. 장벽 위는 왕의 가도의 웬만한 길보다 더 넓었기에 떨어질 걱정은 없었지만, 발밑은 달갑지 않을 만큼 미끄러웠다. 검은 형제들이 통로에 부서진 돌 조각을 뿌려놓았지만, 수많은 발걸음의 무게가 바닥을 녹이는 바람에 돌 조각은 주위에 자라난 얼음에 먹혀버리고, 그러다 보면 통로가 다시 횡댕그렁해지고 돌을 더 부숴야 할 때가 되기 마련이었다.

그래도 티리온이 감당 못할 일은 아니었다. 그는 동쪽, 서쪽으로 뻗어나가는 장벽을 보았다. 양쪽에 어두운 심연을 거느린 넓고 하얀 길이 시작도 끝도 없이 이어졌다. 그는 특별한 이유도 없이 서쪽으로 그나마 돌 조각이 새것 같아 보이는 통로 북쪽 면 가장자리를 따라 걷기 시작했다.

드러난 뺨이 추위에 붉게 물들었고, 다리는 한 걸음 디딜 때마다 더 크게 불평했지만, 티리온은 무시했다. 바람이 주위를 휘감았고, 장화 아래로 돌 조각이 부서졌고, 앞에 보이는 하얀 끈 같은 장벽 길은 산등성이를 따라 점점 높이 올라가다가 서쪽 지평선 너머로 사라졌다. 그는 기단부가 장벽 속에 깊이 묻힌, 도시 성벽만 한 높이의 거대한 투석기 옆을 지났다. 투석 지레는 수리를 위해 떼어낸 후 잊었고, 남은 투석기는 얼음에 반쯤 묻혀 망가진 장난감처럼 놓여 있었다.

투석기 반대편에서 스카프에 묻힌 음성이 외쳤다. "거기 누구냐? 멈춰라!"

티리온은 걸음을 멈췄다. "오래 멈춰 있다간 이 자리에서 얼어버리겠어, 존." 말하는 사이에 하얀 털북숭이가 소리 없이 다가와서 그의 모피 옷 냄새를 맡았다. "안녕, 고스트."

존 스노우가 다가왔다. 모직과 가죽을 껴입고 망토에 달린 두건을 푹 덮어쓰니 더 크고 육중해 보였다. 그는 스카프를 잡아당겨 입을 드러내며 말했다. "라니스터, 여기에서 보게 될 줄은 생각도 못 했는데요." 그는 끄트머리에 철을 댄, 자기 키보다 더 큰 무거운 창을 손에 쥐고 옆구리에는 가죽 칼집에 넣은 검을 차고 있었다. 가슴팍에서는 은띠를 두른 검은색 전투 나팔이 번쩍였다.

"나도 여기에 모습을 보이게 되리라곤 생각 못 했어." 티리온도 인정했다. "변덕에 사로잡혀서 말이야. 혹시 고스트를 건드리면 내 손을 씹어 먹을까?"

"내가 여기 있으니 안 그래요." 존이 약속했다.

티리온은 하얀 늑대의 귀 뒤를 긁었다. 붉은 눈동자는 무표정하게 그를 바라보았다. 늑대는 이제 티리온의 가슴까지 올라왔다. 1년만 더 있으면 이 녀석을 올려다보게 될 거라는 음울한 예감이 들었다. "넌 오늘 밤 이 위에서 뭘 하는 거냐? 네 남성을 얼려 떼어내는 것 말고……."

"야간 감시근무죠. 또요. 알리서 경의 배려로 파수대장에게 특별한 관심을 받고 있어서요. 밤 시간 절반을 깨어 있게 만들면 아침 훈련 중에 잠이 들 거라고 생각하나 봐요. 아직까지는 알리서 경을 실망시키고 있죠."

티리온은 씩 웃었다. "고스트는 아직 곡예를 배우지 못했고?"

"네." 존은 미소 지으며 말했다. "하지만 그렌은 오늘 아침 할더를 상대로 버텨냈고, 핍은 이제 전처럼 자주 검을 떨어뜨리지 않아요."

"핍?"

"본명은 피파예요. 귀가 크고 몸집은 작은 녀석이죠. 세가 그렌과 연습하는 걸 보고는 도와달라고 해서요. 쏜은 핍에게 검을 제대로 쥐는 방법을 가르쳐주질 않았어요." 존은 북쪽으로 몸을 돌렸다. "전 1킬로미터가 넘는 장벽을 감시해야 하는데, 같이 걷겠습니까?"

"천천히 걷는다면." 티리온이 말했다.

"파수대장은 피가 얼어붙지 않으려면 걸어야 한다고만 했지, 빨리 걸으라고 하진 않았어요."

그들은 걸었고, 고스트는 하얀 그림자처럼 존 옆을 따랐다. "난 내일 떠난다." 티리온이 말했다.

"압니다." 존의 목소리는 이상하게 슬펐다.

"남쪽으로 가는 길에 윈터펠에 들를 계획이야. 혹시 전해줄 말이 있다면……."

"롭에게 내가 밤의 경비대를 지휘해서 안전하게 지켜줄 테니, 그 녀석은 여자애들과 같이 바느질이나 하고 검은 미켄이 녹여서 말편자나 만들게 해도 된다고 전해주세요."

티리온은 웃으면서 대답했다. "네 형은 나보다 몸집이 크거든. 전했다가 내가 죽을지도 모르는 전언은 거부하겠다."

"리콘은 제가 언제 집에 오느냐고 물을 겁니다. 가능하다면 제가 어디로 갔는지 설명해줘요. 제가 없는 동안 제 물건은 다 가져도 된다고 해요. 좋아할 겁니다."

티리온 라니스터는 오늘따라 사람들이 그에게 부탁하는 게 많다고 생각했다. "그런 내용은 네가 편지에 다 쓸 수 있을 텐데."

"리콘은 아직 글을 못 읽어요. 브랜은⋯⋯." 존은 말을 딱 멈췄다. "브랜에겐 무슨 말을 전할지 모르겠네요. 그 애를 도와줘요, 티리온."

"내가 무슨 도움을 줄 수 있을까? 고통을 덜어줄 학사도 아니고. 다리를 돌려줄 주문도 알지 못하는데."

"당신은 제게 도움이 필요했을 때 도와줬어요." 존 스노우가 말했다.

"난 네게 해준 게 없다. 말만 했지."

"그렇다면 브랜에게도 말을 해줘요."

"절름발이더러 다리 불구에게 춤추는 법을 가르치라고 부탁하는구나. 아무리 진지하게 가르친대도 결과는 기괴하기 십상이야. 그래도 나 또한 형제를 사랑한다는 게 어떤 건지 안다, 스노우 나리. 아무리 작은 도움이라도 브랜에게 내 힘 닿는 대로 주마."

"감사드립니다, 라니스터 공." 존은 장갑을 벗고 맨손을 내밀었다. "친구여."

티리온은 이상하게도 감동했다. 그는 비틀린 미소를 지으며 말했다. "내 친족들은 대부분 사생아 소리를 들어 마땅한 개자식들이지만, 진짜 사생아를 친구로 삼기는 네가 처음이군." 그는 이로 장갑을 물어 벗겨내고 맨손으로 스노우의 손을 잡았다. 소년의 손아귀는 단단하고 강했다.

티리온이 장갑을 다시 끼자, 존 스노우는 몸을 홱 돌려 낮고 얼음에 뒤덮인 북쪽 난간으로 걸어갔다. 존 스노우 너머에서 장벽은 확 떨어져 내려갔다. 그곳에는 어둠과 야생의 땅밖에 없었다. 티리온은 그 뒤를 따라갔고, 그들은 나란히 세상 가장자리에 섰다.

밤의 경비대는 숲이 장벽 북면으로 800미터 이상 가까이 오지 못하게 했다. 옛날에 그곳에 숲을 이루었던 철나무와 파수목과 참나무를 몇백 년 전에 베어내어 적이 눈에 띄지 않고는 건너오지 못할 넓은 공터를 만들었다. 아직 기능하는 세 개의 요새 사이에 놓인 나머지 장벽에서는 원시림이 몇십 년에 걸쳐 슬금슬금 돌아오고, 회녹색 파수목과 창백한 영목이 아예 장벽의 그림자에 뿌리를 내린 곳도 있다고 들었지만, 캐슬블랙은 장작을 태울 일이 엄청나게 많았고 이곳에서 숲은 여전히 검은 형제들의 도끼에 밀려 거리를 유지했다.

하지만 결코 멀지는 않았다. 이 위에서 티리온은 공터 너머에 솟아오른 어두운 숲을 볼 수 있었다. 마치 장벽과 나란히 지어진 두 번째 벽, 밤의 장벽 같았다. 그 검은 숲에는 도끼가 휘둘린 일이 거의 없었고, 달빛조차도 오래도록 뒤엉킨 나무뿌리와 가시덤불과 나뭇가지 사이를 꿰뚫지 못했다. 저 바깥에서 나무들은 거대하게 자랐고, 순찰자들은 그 나무들이 사람을 알지 못하며 깊은 생각에 잠긴 느낌이라고 했다. 밤의 경비대가 그곳을 귀신 들린 숲이라 부르는 것도 놀랍지 않았다.

그곳에 서서, 불어오는 바람과 배 속을 찌르는 창과 같은 추위 속에서 어디에도 불기라곤 타오르지 않는 캄캄한 어둠을 보고 있노라니, 티리온 라니스터도 밤의 주적인 '다른자들' 이야기를 믿을 수 있을 것만 같았다. 그럼킨과 스나크에 대해 던지던 농담도 이제는 별로 우스꽝스럽지 않았다.

"저 바깥에 숙부님이 있어요." 존 스노우는 창에 몸을 기대고 어둠을 바라보며 조용히 말했다. "이 위에 올라오게 된 첫날 밤에 전, 그날 밤에 벤젠 숙부님이 말을 타고 돌아올 거라고, 그러면 내가 처음으로 숙부님을 보고 나팔을 불 거라고 생각했죠. 하지만 숙부님은 오지 않았어요. 그날 밤에도, 다른 어느 날 밤에도."

"시간을 줘봐라." 티리온이 말했다.

북쪽 멀리서 늑대 한 마리가 울부짖기 시작했다. 다른 하나가 뒤따랐고, 또 하나가 합세했다. 고스트가 고개를 젖히고 귀를 기울였다. 존 스노우는 다짐했다. "숙부님이 돌아오지 않는다면, 고스트와 제가 찾으러 갈 겁니다." 존은 다이어울프의 머리에 손을 얹었다.

"그럴 거라 믿는다." 그렇게 말했지만, 티리온은 속으로 생각했다. '그리고 너는 누가 찾으러 가지?' 오싹하니 몸이 떨렸다.

아리아

아버지는 또 협의회와 싸우고 있었다. 아리아는 식탁으로 다가오는 아버지의 얼굴에서 알아볼 수 있었다. 자주 그랬지만 아버지는 이번에도 늦게 왔다. 네드 스타크가 소연회장에 걸어 들어왔을 때는 이미 첫 번째 요리인 달고 걸쭉한 호박 수프가 치워진 다음이었다. 왕이 친 명에게 연회를 베풀 수 있는 대연회장과 구분하기 위해 소연회장이라고 부르기는 했지만, 그곳은 높고 둥근 천장 아래 200명이 앉을 수 있을 만큼 기대 식탁들을 놓은 긴 방이었다.

"영주님." 아버지가 들어오자 조리가 말하면서 일어섰고, 나머지 위병들도 일어섰다. 다들 묵직한 회색 모직물에 하얀 새틴으로 가두리를 댄 새 망토를 걸치고 있었다. 망토의 주름을 움켜쥔 은제 손 모양은 그 망토를 입은 자가 수관의 사병임을 표시했다. 위병은 50명밖에 되지 않았기에, 장의자는 거의 비어 있었다.

"앉게. 나 없이 식사를 시작했군. 아직 이 도시에 분별 있는 사람들이 있다는 사실을 알게 되어 기쁘네." 에다드 스타크는 그렇게 말하고 식사를 계속하라는 신호를 보냈다. 하인들이 마늘과 향초(香草)를 덮어 구운 갈비를 내오기 시작했다.

"훈련장에 도는 이야기론 곧 마상 시합이 열린다던데요." 조리가 자리에 다시 앉으면서 말했다. "영주님이 왕의 수관으로 임명된 것을 기념해 칠왕국 전역에서 기사들이 와서 마상 창시합을 하고 연회를 즐길 거라고요."

아리아는 아버지가 그 일에 대해 별로 좋아하지 않는다는 사실을 알 수 있었다. "이게 내가 세상에서 제일 바라지 않는 일이라는 말도 돌던가?"

산사의 눈이 접시만큼 커졌다. "마상 시합이라니." 산사는 나직이 말했다. 산사는 모르데인 성사와 제인 풀을 양옆에 두고, 아버지의 책망을 받지 않는 선에서 최대한 아리아와 멀리 떨어져 앉아 있었다. "저희도 가도 될까요, 아버지?"

"내 심정을 알 텐데, 산사. 아무래도 내가 로버트의 놀이를 마련하고 로버트를 위해 영광스러운 척을 해야 할 모양이다만, 그렇다고 내 딸들을 이런 어리석은 짓에 동참시켜야 하는 건 아니다."

"아, 제발요. 진 보고 싶어요." 산사가 말했다.

모르데인 성사가 의견을 냈다. "미르셀라 공주님도 나오실 텐데, 그분은 산사 아가씨보다 어립니다. 이렇게 큰 행사에는 궁정의 귀부인 모두가 나타남이 마땅하고, 이 시합이 수관님의 명예를 위해 열리는 이상, 가족분들이 참석하지 않는다면 이상해 보일 겁니다."

아버지는 괴로운 얼굴이었다. "그렇겠지. 좋다, 네가 앉을 자리를 마련하마, 산사." 그는 아리아를 보았다. "너희 둘 다 앉을 자리를."

"전 그 멍청한 시합에 신경 안 써요." 아리아가 말했다. 조프리 왕자가 나올 테고, 아리아는 조프리 왕자가 싫었다.

산사가 고개를 들었다. "훌륭한 행사가 될 거야. 넌 없는 편이 좋아."

아버지의 얼굴에 노기가 스쳤다. "그만해라, 산사. 더하면 내 마음이 바뀔 줄 알아라. 너희 둘의 이 끝없는 싸움에 죽도록 지쳤다. 너흰 자매야. 너희가 자매처럼 행동하길 바란다, 알아들었느냐?"

산사는 입술을 깨물고 고개를 끄덕였다. 아리아는 얼굴을 숙이고 접시를 뚱하니 노려보았다. 눈물 때문에 눈이 쓰렸다. 울지 않겠다고 결심한 아리아는 분연히 눈을 문질러 닦았다.

들리는 소리라곤 칼과 포크가 부딪치는 소리뿐이었다. 아버지가 식사 중인 사람들에게 알렸다. "실례하겠네. 오늘 밤엔 식욕이 별로 없군." 그러고는 소연회장을 걸어 나갔다.

아버지가 나간 후, 산사는 흥분해서 제인 풀과 속닥거렸다. 식탁 저편에서는 조리가 농담을 듣고 소리 내어 웃었고, 헐렌은 말에 대해 이야기하기 시작했다. "자네 군마는 말이야, 마상 시합에 제일 좋은 말이 아닐 수도 있어. 이건 다른 거라고. 암, 다르지." 다들 전에도 들은 소리이다 보니 데스몬드와 잭스와 헐렌의 아들 하윈이 일제히 소리를 질러 그 이야기를 묻어버렸고, 포터는 와인을 더 달라고 외쳤다.

아무도 아리아에게 말을 걸지 않았다. 상관없었다. 그 편이 좋았다. 가능하기만 하다면 침실에서 혼자 식사했을 터였다. 가끔, 아버지가 왕이나 어떤 영주나 여기저기에서 온 사절과 식사해야 할 때는 가능하기도 했다. 다른 때에는 아버지와 아리아와 산사 셋이서만 아버지의 개인 방(solar, 중세 주택에서 개인적인 일을 주로 보는 공간이며 응접실에 가까운 기능까지 담당했다.)에서 식사를 했다. 형제들이 제일 보고 싶을 때가 그런 때였다. 아리아는 브랜을 놀리고 아기 리콘과 놀고 롭의 미소를 보고 싶었다. 존이 그녀의 머리를 헝클어뜨리고 "동생아"라고 부르고 그녀와 한목소리로 문장을 끝내는 순간이 간절했다. 하지만 다들 없어졌다. 이제는 산사밖에 남지 않았고, 산사는 아버지가 시키지 않으면 아리아에게 말도 걸지 않았다.

윈터펠에 있을 때는 반쯤은 대연회장에서 식사를 했다. 아버지는 영주가 부하들을 자기 사람으로 두고 싶다면 그들과 같이 식사를 해야 한다고 말하곤 했다. 한 번은 아버지가 롭에게 하는 말을 들었다. "너를 따르는 이들을 알고, 그들도 너를 알게 해라. 부하들에게 낯선 사람을 위해 죽으라고 요구하지 말아라." 윈터펠에서 아버지는 언제나 식탁에 한 자리를 더 마련해두고, 매일 다른 사람을 앉혀 함께 식사하곤 했다. 어느 날 밤에는 바욘 풀이었고, 돈과 빵 가게와 하인에 대한 대화가 오갔다. 다음 날에는 미켄이 앉았고, 아버지는 미켄이 갑옷과 검에 대해, 용광로가 얼마나 뜨거워야 하며 강철을 담금질하는 제일 좋은 방법은 무엇인지에 대해 늘어놓는 이야기에 귀를 기울였다. 또 다른 날에는 말에 대해 끝없이 떠드는 헐렌일 수도 있었고, 도서관에서 일하는 차일 성사, 아니면 조리, 아니면 로드릭 경, 심지어는 옛날이야기를 하는 낸 할멈일 수도 있었다.

아리아는 아버지의 식탁에 앉아서 그런 대화에 귀 기울이기를 무척이나 좋아했다. 억센 자유기수들과 우아한 기사들과 대담한 젊은 종자들, 반백의 노병들이 장의자에 앉아 나누는 이야기를 듣는 것도 좋았다. 아리아는 그런 사람들에게 눈덩이를 던지고, 그들이 부엌에서 파이를 슬쩍하게 도와주곤 했다. 그들의 아내들은 아리아에게 스콘을 주었고, 아리아는 그들의 아기 이름을 생각해주고 아이들과 '괴물과 처녀 놀이'며 보물찾기며 '우리 성에 놀러와 놀이'를 하곤 했다. 뚱보 톰은 아리아가 늘 발에 걸린다며 "발밑의 아리아"라고 불렀다. 아리아는 그 별명이 "말상 아리아"보다는 훨씬 마음에 들었다.

다 윈터펠에 있을 때 이야기였다. 이제는 모든 게 달라졌다. 킹스랜딩에 도착한 후 이들과 같이 저녁을 먹는 것도 이번이 처음이었다. 아리아는 이 시간이 싫었다. 이제는 사람들의 목소리도, 웃는 모습도, 하는 이야기도 싫었다. 예전에 이들은 아리아의 친구였고, 이들과 함께 있으면 안전하다고 느꼈지만, 이제는 그게 거짓임을 알았다. 왕비가 레이디를 죽이게 놓아둔 것만으로도 충분히 끔찍했는데, '사냥개'가 미카를 찾아냈다. 제인 폴은 아리아에게 사냥개가 미카를 얼마나 심하게 토막을 냈던지, 푸주한에게 자루에 담아 돌려줘야 했고, 그 가엾은 남자는 처음에 그게 도살한 돼지인 줄 알았다고 전했다. 그런데 아무도 목소리를 높이거나 검을 뽑지 않았다. 언제나 그토록 용감한 척하던 하윈도, 기사가 되겠다는 알린도, 위병대장인 조리도. 심지어 그녀의 아버지조차도.

"내 친구였는데." 아리아는 아무도 들을 수 없게 작은 소리로 접시에 대고 속삭였다. 아리아의 갈비구이는 고스란히 남은 채 식어서, 접시 아래에 얇은 기름 막이 엉기고 있었다. 그 접시를 보자 속이 울렁거렸다. 아리아는 의자를 밀어냈다.

"저런, 어딜 가려는 건가요, 어린 아가씨?" 모르데인 성사가 물었다.

"배가 고프지 않아요." 아리아는 애써 예절을 기억해냈다. "물러나도 될까요?" 아리아는 딱딱하게 할 말을 읊었다.

"그럴 순 없어요. 음식에 거의 손도 대지 않았군요. 앉아서 접시를 비우도록 해요."

"당신이 비워요!" 아리아는 누가 막기 전에 문으로 쏜살같이 달려갔다. 남자들이 소리 내어 웃었고 뒤에서 그녀를 부르는 모르데인 성사의 목소리가 점점 높아졌다.

뚱보 톰이 수관의 탑으로 이어지는 문을 지키고 있었다. 그는 자기를 향해 달려오는 아리아를 보고 눈을 껌벅이다가 성사의 목소리를 들었다. "여기 봅시다, 아가씨, 가만." 뚱보 톰이 말하면서 손을 뻗었지만, 아리아는 그의 다리 사이로 빠져나가서 꼬불꼬불한 탑 계단을 달려 올라갔다. 뚱보 톰이 뒤에서 헉헉거리는 동안 아리아의 발은 돌계단을 두드렸다.

아리아의 침실은 킹스랜딩을 통틀어 그녀가 좋아하는 유일한 장소였고, 제일 좋은 부분은 색이 짙은 육중한 참나무 판에 검은 쇠테를 두른 문이었다. 문을 쾅 닫고 무거운 빗장을 내리면 아무도 방에 들어올 수 없었다. 모르데인 성사도, 뚱보 톰도, 산사나 조리나 '사냥개'도, 아무도! 아리아는 그 문을 닫았다.

빗장을 내리자 마침내 울어도 될 만큼 안전해진 기분이 들었다.

아리아는 창가 자리로 가서 코를 훌쩍이며 앉았다. 모두가 미웠고, 그중에서도 스스로가 제일 미웠다. 지금까지 일어난 나쁜 일은 모두 다 자신의 잘못이었다. 산사도 그렇게 말했고, 제인도 그랬다.

뚱보 톰이 문을 두드리며 외쳤다. "아리아 아가씨, 무슨 일이에요? 안에 있어요?"

"아니!" 아리아가 소리쳤고, 문을 두드리는 소리가 멈췄다. 잠시 후 뚱보 톰이 멀어져가는 소리가 들렸다. 뚱보 톰은 언제나 만만한 데가 있었다.

아리아는 침대 발치에 놓인 상자로 걸어갔다. 무릎을 꿇고, 뚜껑을 열고, 두 손으로 비단과 새틴과 벨벳과 모직물을 한 움큼씩 집어서 바닥에 던졌다. 아리아가 숨겨둔 그대로, 상자 바닥에 그게 있었다. 아리아는 다정하기까지 한 손길로 들어 올리고, 칼집에서 가느다란 칼날을 뽑았다.

바늘.

다시 미카가 떠오르며 눈물이 차올랐다. 아리아 잘못이었다. 같이 칼싸움을 하자고 부탁하지만 않았더라도…….

문을 두드리는 소리가 아까보다 크게 울렸다. "아리아 스타크, 당장 이 문 열어요. 알겠어요?"

아리아는 바늘을 손에 든 채 몸을 빙글 돌렸다. "들어오지 않는 게 좋을 거예요!" 아리아는 경고하고 사납게 허공을 그었다.

"수관님에게 말하겠어요!" 모르데인 성사가 화를 냈다.

"상관없어요." 아리아는 빽 소리쳤다. "가버려요."

"약속하는데 이 무례한 행동을 후회하게 될 겁니다, 아리아 아가씨." 아리아는 성사가 물러나는 발소리가 들릴 때까지 문 앞에서 귀를 기울였다.

아리아는 바늘을 손에 들고 창가로 돌아가서 아래 안마당을 내려다보았다. 브랜처럼 벽을 탈 수만 있다면, 창문으로 나가서 탑을 내려가 이 끔찍한 곳에서 달아날 텐데. 산사와 모르데인 성사와 조프리 왕자 모두에게서 달아날 텐데. 주방에서 음식을 조금 훔쳐서, 바늘을 차고 좋은 장화를 신고 따뜻한 망토를 걸치고. 트라이던트 강 아래 야생림에서 니메리아를 찾아서 함께 윈터펠로 돌아가거나, 장벽에 있을 존에게 달려갈 수 있을 텐데. 존이 지금 여기 있다면 얼마나 좋을까. 그러면 이렇게 외롭지는 않을지도 모르는데.

가만히 문을 두드리는 소리에 아리아는 창문에서 고개를 돌리고, 달아나려는 꿈에서도 몸을 돌렸다. "아리아." 아버지의 목소리가 외쳤다. "문 열어라. 이야기 좀 해야겠다."

아리아는 방을 가로질러 빗장을 들어 올렸다. 아버지 혼자였고, 화가 났다기보다는 슬퍼 보였다. 그래서 아리아는 기분이 더 나빠졌다. "들어가도 되겠느냐?" 아리아는 고개를 끄덕이고 나서 부끄러운 마음에 눈을 내리깔았다. 아버지는 문을 닫았다. "그 검은 누구 거냐?"

"제 거예요." 아리아는 손에 쥔 바늘에 대해 거의 잊고 있었다.

"이리 다오."

아리아는 다시 그 검을 손에 쥐게 될까 생각하며 마지못해 내밀었다. 아버지는 검을 불빛에 이리저리 돌려보며 칼날 양면을 살폈다. 그리고 엄지손가락으로 칼끝을 시험해보았다. "자객용 칼이구나. 그런데 이 칼을 만든 솜씨를 알 것 같다. 이건 미켄의 작품이지."

아리아는 거짓말을 할 수 없어 눈만 내리깔았다.

에다드 스타크 공은 한숨을 내쉬었다. "아홉 살짜리 딸이 내 대장간에서 무기를 갖췄는데 내가 모르고 있었다니. 왕의 수관은 칠왕국을 다스려야 하건만, 나는 내 집안도 다스리지 못하는 모양이다. 어떻게 검을 갖게 된 거냐, 아리아? 어디에서 얻었느냐?"

아리아는 입술만 씹으며 말을 하지 않았다. 아무리 아버지라 해도 존을 배신할 순 없었다.

잠시 후에 아버지가 말했다. "사실 그건 중요하지 않겠지." 그는 손에 쥔 검을 음울한 눈으로 내려다보았다. "이건 어린아이 장난감이 아니다. 여자 아이야 말할 것도 없지. 네가 검을 가지고 논다는 사실을 알면 모르데인 성사가 뭐라고 할까?"

"놀지 않았어요." 아리아는 고집했다. "전 모르데인 성사가 싫어요."

"그만하면 됐다." 아버지의 목소리는 무뚝뚝하고 엄했다. "성사는 그저 의무를 다하고 있을 뿐인데, 네가 그 불쌍한 여인의 일을 악전고투로 만들어버렸지. 네 어머니와 내가 모르데인 성사에게 너를 숙녀로 만든다는 불가능한 과업을 맡겼어."

"전 숙녀가 되고 싶지 않아요!" 아리아는 버럭 소리쳤다.

"이 장난감을 지금 이 자리에서 무릎에 대고 부러뜨린 다음, 이 말도 안 되는 짓거리를 끝내야 마땅하겠지."

"바늘은 부러지지 않을걸요." 아리아는 도전적으로 말했지만, 목소리는 말의 내용을 배신했다.

"이름도 있구나?" 아버지는 한숨을 내쉬었다. "아, 아리아. 네 안에는 난폭한 기운이 있다. 내 아버지는 그걸 '늑대의 피'라고 부르시곤 했지. 리안나도 그런 면이 있었고, 브랜던 형님은 그저 있는 정도가 아니었어. 그 기질 때문에 둘 다 일찍 무덤에 들어갔다." 아리아는 아버지의 목소리에 밴 슬픔을 들었다. 아버지가 할아버지에 대해서나, 아리아가 태어나기 전에 죽은 백부나 고모에 대해 이야기하는 일은 잘 없었다. "리안나도 내 아버지께서 허락하셨다면 검을 가지고 다녔을지 몰라. 널 보면 가끔 리안나가 생각난다. 외모도 닮았고."

"리안나 고모는 아름다웠잖아요." 아리아는 깜짝 놀라서 말했다. 다들 그렇게 말했다. 아리아를 두고 아름답다고 말하는 사람은 아무도 없었다.

"그랬지." 에다드 스타크는 동의했다. "아름답고, 고집 세고, 이른 나이에 죽었어." 그는 검을 들어 올려 둘 사이에 내밀었다. "아리아, 이…… 바늘이라고 했나? 이걸로 뭘 할 생각이었느냐? 누굴 찌르고 싶었느냐? 네 언니? 모르데인 성사? 칼싸움에 대해 기본은 아느냐?"

아리아가 생각할 수 있는 답이라곤 존이 가르쳐준 내용뿐이었다. "뾰족한 끝으로 찔러요." 아리아는 불쑥 말해버렸다.

아버지는 큰 소리로 웃어젖혔다. "그게 핵심이긴 하구나."

아리아는 설명하고, 아버지를 이해시키고 싶은 마음이 절실했다. "배우려고 했지만, 그렇지만……." 눈에 눈물이 가득 찼다. "미카에게 같이 연습하자고 부탁했어요." 삽시간에 슬픔이 덮쳤다. 아리아는 몸을 떨면서 고개를 돌렸다. "제가 부탁했어요. 제 잘못이에요. 저 때문에……."

갑자기 아버지의 팔이 아리아를 감쌌다. 아버지가 가만히 안아주자 아리아는 고개를 돌려 아버지의 가슴팍에 얼굴을 대고 흐느꼈다. 아버지가 나직이 말했다. "아니다, 애야. 네 친구를 위해 슬퍼하되, 결코 스스로를 탓하지 말아라. 너는 그 푸주한 아들을 죽이지 않았어. 살인을 저지른 건 사냥개고, 그놈이 섬기는 그 잔인한 여자다."

아리아는 빨개진 얼굴로 코를 훌쩍이며 털어놓았다. "전 그 사람들이 미워요. 사냥개와 왕비와 왕과 조프리 왕자요. 다 미워요. 조프리는 거짓말을 했어요. 그렇게 된 게 아니에요. 산사도 미워요. 무슨 일이 있었는지 기억하면서 조프리 마음에 들려고 거짓말을 했어요."

"모두가 거짓말은 하지. 아니면 정말로 내가 니메리아가 달아났다는 말을 믿을 줄 알았느냐?"

아리아는 죄책감에 얼굴을 붉혔다. "조리가 말 안 한다고 약속했는데."

"조리는 약속을 지켰다." 아버지는 미소 지으며 말했다. "듣지 않고도 알 수 있는 게 있지. 장님이라도 그 늑대가 자기 뜻으로 네 곁을 떠날 리가 없다는 건 알아볼 수 있었을 게다."

"조리와 제가 돌을 던져야 했어요." 아리아는 비참한 심정으로 말했다. "도망가라고, 자유로운 몸이 되라고, 나한테는 네가 필요 없다고 말했어요. 늑대 우는 소리가 났으니까 같이 놀 다른 늑대들도 있었고, 조리가 그 숲엔 사냥감이 가득하니까 사슴을 잡을 수 있을 거랬어요. 그런데 자꾸만 따라오는 거예요. 결국엔 우리가 돌을 던져야 했어요. 제가 두 번이나 맞췄어요. 니메리아는 낑낑거리면서 절 쳐다봤고, 전 너무 부끄러웠지만…… 그래도 그게 옳은 결정이었죠? 왕비가 니메리아를 죽여버렸을 거예요."

"옳은 결정이었다. 그리고 그 거짓말조차도…… 신의 없는 거짓말은 아니었어." 아버지는 아리아를 끌어안느라 옆에 두었던 바늘을 다시 집어들고 창가로 걸어갔다. 그는 잠시 그 자리에 서서 안마당을 내다보았다. 다시 몸을 돌린 아버지는 생각에 잠긴 눈빛이었다. 그는 창가 자리에 앉아서 바늘을 무릎에 올려놓았다. "아리아, 앉아라. 너에게 몇 가지 설명을 해줘야겠다."

아리아는 불안한 마음으로 침대 끝에 걸터앉았다. "너는 내 걱정거리를 모두 짊어지기엔 너무 어리다만, 그렇다 해도 윈터펠의 스타크다. 너도 우리 가언을 알지."

"겨울이 오고 있다." 아리아가 속삭였다.

"혹독하고 잔인한 시간이다. 애야, 우리는 트라이던트에서, 그리고 브랜이 추락했을 때 그 시간을 맛보았지. 너는 긴 여름에 태어났기에 다른 계절을 알지 못하지만, 지금은 정말로 겨울이 오고 있다. 우리 집안의 문장을 기억해라, 아리아."

"다이어울프요." 아리아는 니메리아를 생각하며 말했다. 갑자기 겁이 난 아리아는 두 무릎을 가슴에 끌어안았다.

"늑대들에 대해 말해주마. 눈이 내리고 하얀 바람이 불면, 외로운 늑대는 죽지만, 늑대 무리는 살아남는단다. 다툼은 여름에나 하는 것. 겨울에 우리는 서로를 보호하고, 서로를 따뜻하게 해주고, 힘을 나누어야 해. 그러니 미움을 떨칠 수 없다면, 정말로 우리에게 해를 끼친 자들을 미워하거라, 아리아. 모르데인 성사는 선량한 사람이고, 산사는…… 산사는 네 언니야. 너희가 해와 달처럼 다를지는 몰라도, 너희 둘의 심장에는 같은 피가 흐른다. 너에겐 산사가 필요하고, 산사에게도 네가 필요해……. 그리고 신들이시여…… 나에겐 너희 둘이 다 필요하구나."

아리아가 슬퍼질 만큼 지친 목소리였다. "산사를 미워하진 않아요. 정말로는요." 반만 거짓말이었다.

"겁을 주고 싶지는 않다만, 거짓말을 하지도 않겠다. 우린 어둡고 위험한 곳에 왔다, 얘야, 여긴 인티펠이 아니야. 우리에 나쁜 뜻을 품은 적들이 있어. 우리끼리 싸울 때가 아니야. 제멋대로 구는 네 행동…… 달아나고, 성난 말을 뱉고, 불복한다 해도 집에서였다면 어린아이의 여름 놀이에 불과했겠지. 겨울이 곧 닥칠 지금, 여기에서는 다른 문제가 된다. 이제 너도 성장해야 할 때야."

"성장할게요." 아리아는 맹세했다. 그 순간 아리아는 그 어느 때보다 더 아버지를 사랑했다. "강해질 수도 있어요. 롭만큼 강해질 수 있어요."

아버지는 바늘의 손잡이 쪽을 아리아에게 내밀었다. "자."

아리아는 놀란 눈으로 검을 보았다. 잠깐이지만 손을 대기가 두려웠다. 잡으려고 손을 뻗으면 다시 빼앗기지 않을까 두려웠다. 하지만 곧 아버지가 말했다. "어서, 네 칼이다." 그 말에 아리아는 검을 손에 쥐었다.

"제가 갖고 있어도 돼요? 정말로요?"

"정말이다." 그는 미소 지었다. "빼앗아봐야 2주 안에 네 베개 밑에 감춰 놓은 철퇴를 찾아내게 될 테지. 아무리 화가 나도 네 언니를 찌르진 말아라."

"안 그래요. 약속해요." 아리아는 아버지가 나가는 모습을 보며 바늘을 품에 꼭 안았다.

다음 날 아침, 아침 식사를 하면서 아리아는 모르데인 성사에게 사과하고 용서를 구했다. 성사는 의심스러운 눈으로 보았지만, 아버지는 고개를 끄덕였다.

사흘 후 정오, 아버지의 집사 바욘 풀이 아리아를 소연회장으로 보냈다. 가대 식탁은 모두 분해했고 장의자는 다 벽 쪽으로 밀어놓은 상태였다. 소연회장은 텅 빈 듯 보였지만, 낯선 목소리가 들려왔다. "늦었구나, 소년." 호리호리한 몸에 대머리와 큰 매부리코가 눈에 띄는 남자가 가느다란 목검을 두 개 쥐고 그림자 속에서 걸어 나왔다. "내일은 정오에 맞춰 오도록." 자유도시 쪽, 브라보스 아니면 미르 사람 같은 어양이 배어 나왔다.

"누구예요?" 아리아가 물었다.

"네 춤 선생이지." 그는 아리아에게 목검 하나를 던졌다. 아리아는 목검을 받으려다가 놓쳤고, 바닥에 달그락 떨어지는 소리를 들었다. "내일은 받는 거다. 이제 집어 들어라."

그냥 나무 막대기가 아니라 손잡이와 날밑과 손잡이 머리까지 완벽하게 구현한 진짜 목검이었다. 아리아는 목검을 집어 들고 불안하게 두 손으로 움켜쥔 채 몸 앞에 내밀었다. 보기보다 무거웠고, 바늘보다는 훨씬 무거웠다.

대머리 남자가 이를 딱 부딪쳤다. "그렇게 하는 게 아니로다, 소년. 이건 두 손으로 잡고 휘둘러야 하는 대검이 아니야. 한 손으로 잡도록."

"너무 무거운데요." 아리아가 말했다.

"너를 강하게 만들기 위해, 그리고 균형을 위해 필요한 무게로다. 빈 속을 납으로 채웠지. 이제 필요한 건 한쪽 손뿐."

아리아는 오른손을 손잡이에서 떼어내고 땀이 배어 나온 손바닥을 바지에 문질렀다. 아리아는 왼손으로 검을 들었다. 남자는 좋은 선택이라고 보는 것 같았다. "왼손 좋다. 모든 게 거꾸로가 되니 적을 더 당황시킬 것이야. 그런데 잘못 서 있구나. 몸을 옆으로 돌려라. 그렇지. 너는 창대처럼 깡말랐구나. 그것도 좋다. 상대가 겨눌 곳이 작아지니. 이제 쥐는 방식이다. 내가 보여주마." 그는 다가와서 아리아의 손을 들여다보고, 손가락을 하나씩 떼어내어 다시 배치했다. "그렇지, 그래. 너무 꽉 쥐지 말거라, 그래. 칼을 쥘 때는 섬세하고 유연해야 한다."

"떨어뜨리면 어떻게 해요?"

"강철이 네 팔의 일부가 되어야 한다. 네 팔을 떨어뜨릴 수 있겠느냐? 아니 되지. 시리오 포렐은 9년 동안 브라보스 바다 군주의 제일검, 이런 것들을 잘 아나니. 잘 새겨들어라, 소년."

남자가 아리아를 '소년'이라고 부른 게 세 번째였다. "전 소녀예요." 아리아가 항의했다.

"소년이건 소녀건, 너는 검이다. 그게 전부로다." 그는 이를 딱딱 부딪쳤다. "그대로, 그렇게 잡는 거다. 넌 전투 도끼를 쥐고 있는 게 아니다. 네가 쥐고 있는 건—"

"—바늘이죠." 아리아는 사납게 말끝을 맺었다.

"그대로다. 이제 우린 춤을 시작한다. 기억하거라, 아이야, 우리가 배우는 건 웨스테로스의 철의 춤이 아니다. 패고 자르는 기사의 춤이 아니지. 이것은 자객의 춤, 빠르고 갑작스러운 물의 춤이다. 모든 사람은 물로 만들어졌다는 사실을 아는가? 사람을 꿰뚫으면 그 물이 흘러나와 죽게 되지." 그는 한 걸음 물러서서 손에 든 목검을 들어 올렸다. "이제 나를 때려

보아라."

아리아는 남자를 때리려고 해보았다. 온몸의 근육이 다 아프고 뻐근할 때까지 몇 시간이고 시도했다. 그동안 시리오 포렐은 이를 딱딱 부딪치며 아리아에게 어떻게 할지 지시했다.

다음 날에 진짜 수업이 시작되었다.

대너리스

"도트락의 바다입니다." 조라 모르몬트 경이 고삐를 당겨 산등성이에 선 대너리스 옆에 서면서 말했다.

아래로 아무것도 없는 드넓은 평원이 펼쳐졌고, 그 광활한 땅은 먼 지평선 너머까지 뻗어나갔다. '정말 바다로군.' 대니는 생각했다. 이 산등성이를 지나면 언덕도, 산도, 나무도, 도시도, 길도 없이 끝없는 풀밭뿐이었다. 바람이 불자 풀잎들이 파도처럼 물결쳤다. "이렇게 푸르를 수가." 대니가 말했다.

"지금 여기는 그렇지요." 조라 경이 맞장구를 쳤다. "꽃이 필 때 봐야 합니다. 지평선 이쪽 끝부터 저쪽 끝까지 검붉은 꽃이 흐드러진 모양이 피의 바다 같지요. 건기에 오면 세상이 오래된 청동 색깔로 변합니다. 그리고 이건 '흐라나'만 있는 겁니다. 저 바깥에는 백 가지 풀이 있지요. 레몬처럼 노란 풀과 짙은 쪽빛의 풀, 파란 풀과 오렌지색 풀과 무지개 같은 풀. 아사이 너머 그림자 땅에는 말 등에 탄 남자보다 더 높이 자라고 줄기는 젖빛 유리처럼 창백한 유령 풀의 바다가 있다고 합니다. 다른 풀은 모두 죽여버리고 어둠 속에서 그 저주받은 영혼의 빛을 뿜지요. 도트락인들은 언젠가 유령 풀이 온 세상을 덮으면, 모든 생명이 끝날 거라 주장합니다."

그렇게 생각하자 몸에 오한이 났다. "지금은 그런 이야기를 하고 싶지 않군요. 여기가 이렇게 아름다운데, 모든 것의 죽음에 대해 생각하고 싶진 않아."

"분부대로 하지요, 칼리시." 조라 경은 공손하게 말했다.

대니는 두런거리는 목소리를 듣고 뒤를 돌아보았다. 대니와 모르몬트가 나머지 무리를 한참 앞서 왔고, 이제 다른 사람들이 산등성이를 올라오고 있었다. 시녀인 이리와 대니의 '카스'에 속한 젊은 궁수들은 반인반마처럼 우아하게 달렸지만, 비세리스는 아직도 짧은 등자와 평평한 안장에 애를 먹고 있었다. 그녀의 오빠는 이런 야외에 나오자 비참해졌다. 애초에 오지 말았어야 했다. 마지스터 일리리오가 펜토스의 자기 저택에서 환대를 받으며 기다리라고 설득했지만, 비세리스는 듣지 않았다. 그는 빚을 받아낼 때까지, 약속받은 왕관을 쓰는 날까지 드로고와 함께 있겠다고 했다. "혹시라도 날 속이려고 했다간, 드래곤을 깨운다는 게 무슨 뜻인지 배우게 될 거야." 비세리스는 빌린 검에 손을 얹고 맹세했다. 일리리오는 눈을 껌벅이며 행운을 빌었다.

대니는 지금 오빠의 불평불만을 듣고 싶지 않았다. 오늘은 날이 너무나 완벽했다. 하늘은 짙은 파란색이었고, 높은 곳에서 사냥매 한 마리가 맴을 돌았다. 풀 바다는 바람의 숨결에 맞추어 흔들리다가 한숨을 내쉬었고, 얼굴에 닿는 공기는 따스했으며, 대니는 평화로운 기분이었다. 비세리스가 기분을 망치게 둘 생각은 없었다.

"여기에서 기다려요." 대니는 조라 경에게 말했다. "모두 기다리라 일러요. 내 명령이라고."

기사는 미소 지었다. 조라 경은 잘생긴 남자가 아니었다. 목과 어깨는 황소 같았고, 팔과 가슴에는 저래서 머리에 남은 털이 없나 싶을 정도로 굵고 검은 털이 빽빽했다. 그래도 그의 미소는 대니에게 위안을 주었다.

"왕비답게 말하는 법을 익히고 계시는군요, 대너리스."

"왕비가 아니라, 칼리시요." 대니는 말을 돌려 홀로 산등성이를 달려 내려갔다.

내려가는 길은 가파르고 바위투성이였으나, 대니는 두려움 없이 말을 달렸고, 그 즐거움과 위험이 심장을 울리는 노래 같았다. 비세리스는 평생 그녀가 공주라고 말했지만, 은마를 타기 전까지 대너리스 타르가르옌은 공주 같은 기분을 느껴보지 못했다.

처음에는 쉽지 않았다. 칼라사르는 그녀의 혼인 다음 날 아침에 야영지를 철수하고 동쪽에 있는 바에스 도트락을 향해 움직였고, 이동 셋째 날에 대니는 이러다가 죽겠다고 생각했다. 엉덩이에는 안장이 끔찍한 피투성이 상처를 남겼다. 허벅지는 까졌으며, 두 손은 고삐에 쓸려 물집이 잡혔고, 다리와 등 근육은 거의 앉을 수 없을 만큼 심한 통증으로 그녀를 괴롭혔다. 해가 질 무렵이면 시녀들이 도와줘야 말에서 내릴 수 있었다.

밤이 와도 안심할 수 없었다. 칼 드로고는 말을 달리는 동안에는 혼인식 때처럼 그녀를 무시했고, 저녁 시간에는 전사와 혈맹기수들과 함께 술을 마시고, 귀한 말들로 경주를 시키고, 여자들이 춤을 추고 남자들이 죽어 나가는 모습을 지켜보았다. 그의 삶에서 이런 부분에는 대니가 낄 자리가 없었다. 대니는 혼자, 아니면 조라 경과 오빠와 함께 저녁을 먹고 울다가 잠들었다. 하지만 매일 밤, 해가 뜨기 조금 전이면 드로고가 천막으로 찾아와서 어둠 속에서 그녀를 깨우고, 종마를 몰 때처럼 가차 없이 그녀에게 올라탔다. 그는 언제나 도트락 방식으로 뒤에서 그녀를 취했는데, 대니에게는 고마운 일이었다. 그렇게 하면 남편이 그녀의 얼굴을 적시는 눈물을 볼 수 없었고, 그녀는 베개를 이용해 고통스러운 비명을 억누를 수 있었다. 일이 끝나면 그는 눈을 감고 조용히 코를 골기 시작했고, 대니는 멍

들어 아픈 몸으로 옆에 누워 있곤 했다. 너무 아파서 잠을 잘 수가 없었다.

낮이 왔다가 가고, 밤이 왔다가 가고, 대니가 도저히 더 견딜 수 없을 때까지 그런 날이 이어졌다. 어느 날 밤 그녀는 계속 이렇게 사느니 죽어버리겠다고 결심했다…….

그러나 그날 밤 잠들었을 때, 그녀는 다시 드래곤 꿈을 꾸었다. 이번에는 비세리스가 나오지 않았다. 그녀와 드래곤뿐이었다. 그 드래곤의 비늘은 밤처럼 새까맸고, 피에 젖어 반드르르했다. 대니 자신의 피였다. 그녀는 알 수 있었다. 드래곤의 눈은 용암 구덩이였고, 입을 열자 뜨거운 불길이 뿜어져 나왔다. 대니는 자신을 향한 드래곤의 노랫소리를 들을 수 있었고, 두 팔을 벌려 불을 끌어안고, 불이 그녀를 온전히 집어삼켜 그녀를 정화하고 단련하고 윤을 내게 했다. 살이 시커멓게 타서 벗겨지는 것을 느낄 수 있었고, 피가 끓어올라 증기로 변하는 것을 느낄 수 있었지만, 그래도 고통은 없었다. 오히려 강하고 새롭고 억세지는 기분이었다.

그 다음 날, 이상하게도 몸이 전처럼 많이 아프지 않았다. 마치 신들이 그녀의 기도를 듣고 애처롭게 여긴 것 같았다. 시녀들조차 변화를 알아차렸다. 지키가 물었다. "칼리시, 무슨 일이죠? 어디 아프세요?"

"아팠지." 대니는 일리리오가 혼인식에서 준 드래곤 알들 앞에 서서 대답했다. 셋 중에 제일 큰 알에 손을 대고 가볍게 표면을 쓸어보았다. '검은색과 진홍색. 내 꿈속에 나온 드래곤 같구나.' 손가락에 닿는 돌이 이상하게 따뜻했다……. 아니면 아직 꿈을 꾸고 있는 걸까? 대니는 불안해져서 손을 뗐다.

그 이후로는 갈수록 편해졌다. 다리는 튼튼해졌고, 물집이 터져 손에는 굳은살이 박였다. 부드럽던 허벅지는 가죽처럼 탄력 있고 단단해졌다.

칼은 시녀 이리에게 대니에게 도트락 방식으로 말 타는 방법을 가르치라고 명령했지만, 대니의 진짜 스승은 은빛 암말이었다. 그 말은 마치 이

심전심으로 그녀의 기분을 아는 것 같았다. 날이 갈수록 대니는 더 안정감을 느꼈다. 도트락인은 냉정하고 감상에 빠지지 않는 사람들이어서 짐승에게 이름을 붙이는 관습이 없었기에, 대니는 그녀의 암말을 은마라고 마음에만 담았다. 평생 무엇인가를 그렇게 사랑해본 적이 없었다.

말타기의 시련에서 벗어나자, 주위 자연의 아름다움이 눈에 들어오기 시작했다. 대니는 드로고와 그의 혈맹기수들과 함께 칼라사르 선두에서 말을 달렸기에, 언제나 망가지지 않은 산뜻한 땅을 보았다. 뒤쪽에서는 대군단이 땅을 뜯어내고 강을 진흙탕으로 만들고 숨 막히는 먼지구름을 일으키겠지만, 앞쪽 들판은 언제나 파릇파릇한 초록색이었다.

그들은 노보스의 너울거리는 언덕들을 가로지르고, 계단식 농장들과, 주민들이 하얀 회반죽을 바른 벽 위에서 불안한 눈으로 그들을 바라보는 작은 마을들을 지나쳤다. 넓고 잔잔한 강 세 개를 건너고 물살이 빠르고 좁고 발밑이 불안한 네 번째 강도 건넌 다음, 높고 푸른 폭포 옆에서 야영을 하고, 까맣게 타버린 대리석 기둥 사이에서 유령들이 신음한다는 죽어버린 큰 도시의 폐허를 빙 둘러 갔다. 천 년이나 묵고도 도트락 화살처럼 곧게 뻗은 발리리아의 도로를 달리기도 했다. 반달 동안은 머리 위로 잎사귀들이 금빛 차양을 쳐주고 나무등치가 도시 성문만큼 폭이 넓은 코호르의 숲을 통과했다. 그 숲에는 거대한 엘크며 점박이범, 은빛 털과 보랏빛 큰 눈을 가진 여우원숭이들이 있었지만 모두 칼라사르의 접근 앞에 달아나버렸기에 대니는 보지 못했다.

그때쯤 대니가 겪은 괴로움은 희미해져갔다. 아직도 하루 종일 말을 달리고 나면 몸이 아팠지만, 어째서인지 이제는 그 통증에 달콤함이 있었고, 매일 아침 그녀는 또 어떤 경이로움이 앞에 기다리고 있을지 알고 싶어서 기꺼이 안장에 올랐다. 이제는 밤에서도 기쁨을 알기 시작하여, 아직도 드로고가 그녀를 취할 때 소리를 지른다면 그것이 늘 고통 때문만은 아니었다.

산등성이를 내려가자 높고 탄력 있는 풀들이 주위를 에워쌌다. 대니는 속도를 줄이고 평원 위를 천천히 달려 녹색에 홀로 행복하게 파묻혔다. 칼라사르에서는 혼자 있을 때가 없었다. 칼 드로고는 해가 진 후에만 찾아왔지만, 시녀들이 식사와 목욕 시중을 들고 천막 문간에서 잤으며, 드로고의 혈맹기수들과 대니의 카스에 속한 남자들은 결코 멀리 떨어지지 않았고, 오빠는 낮이고 밤이고 달갑지 않은 그림자로 존재했다. 대니는 산등성이 위에서 성을 내며 조라 경에게 소리를 지르는 오빠의 새된 목소리를 들을 수 있었다. 대니는 말을 달려 도트락의 바다에 더 깊이 잠겨 들었다.

녹색 초원이 그녀를 삼켰다. 공기 중에는 흙과 풀 냄새가 말 냄새와 대니의 땀 냄새, 머리에 바른 기름 냄새와 뒤섞여 진하게 풍겼다. 도트락의 냄새였다. 도트락인들은 여기에 속한 것 같았다. 대니는 소리 내어 웃으며 그 모든 냄새를 들이마셨다. 갑자기 발아래에 땅을 느끼고, 두꺼운 검은 흙에 발가락을 밀어 넣고 싶다는 충동이 솟았다. 대니는 안장에서 훌쩍 뛰어내려, 은마가 풀을 뜯게 놓아두고 장화를 벗었다.

그때 비세리스가 여름 폭풍처럼 갑작스럽게 그녀를 덮쳤다. 고삐를 너무 세게 당기는 바람에 말이 앞다리를 들어 올릴 정도였다. "감히!" 그가 소리를 질렀다. "네가 나에게 명령을 해? 나에게?" 그는 말에서 뛰어내리다가 휘청거렸다. 제대로 서려고 애쓰는데 얼굴이 붉어져 있었다. 그는 대니를 붙잡고 흔들었다. "네가 누구인지 잊은 거냐? 널 봐. 널 보라고!"

굳이 볼 필요도 없었다. 대니는 맨발에 기름 바른 머리로 도트락의 기마용 가죽옷을 입고 신부 선물로 받은 색칠 조끼를 걸쳤다. 대니는 이곳에 속한 사람처럼 보였다. 비세리스는 흙투성이에 얼룩진 도시의 비단옷과 고리 갑옷 차림이었다.

그는 계속 소리를 질렀다. "드래곤에겐 명령하는 게 아니다. 알겠느냐? 난 칠왕국의 주인이다. 어느 기마전사의 창녀 따위에게 명령받지 않는단 말이다. 알았나?" 그의 손이 대니의 조끼 안으로 들어가서 가슴을 아프게 움켜쥐었다. "알았냐고?"

대니는 그를 세게 떠밀었다.

비세리스는 연보라색 눈동자에 믿지 못하겠다는 빛을 띠고 그녀를 노려보았다. 대니는 그에게 반항한 적이 없었다. 맞서 싸운 적이 없었다. 비세리스는 격노해서 얼굴을 일그러뜨렸다. 이제 그는 대니를 아프게 할 것이다. 그것도 심하게.

철썩.

채찍에서 천둥 같은 소리가 났다. 채찍이 비세리스의 목을 휘감고 뒤로 잡아당겼다. 그는 놀라고 숨이 막혀서 풀밭에 나뒹굴었다. 비세리스가 채찍을 풀어내려고 애쓰는 동안 도트락의 기마인들이 야유를 퍼부었다. 채찍을 든 젊은 조고가 거친 소리로 질문을 뱉었다. 대니는 그 말을 이해하지 못했지만, 그 무렵에는 이리와 조라 경과 나머지 카스가 다 도착해 있었다. 이리가 내용을 옮겼다. "조고가 거지를 죽일지 묻습니다, 칼리시."

"아니다." 대니는 대답했다. "아니야."

조고는 그 말을 이해했다. 다른 기마인 하나가 짖듯이 말했고, 도트락인들은 웃음을 터뜨렸다. 이리가 대니에게 말했다. "쿠아로는 저자에게 존경을 가르치기 위해 한쪽 귀를 베셔야 한다고 생각합니다."

대니의 오빠는 무릎을 꿇고 가죽 채찍 아래로 손가락을 넣은 채 숨을 쉬려 애쓰면서 알아들을 수 없는 소리로 울부짖고 있었다. 채찍은 그의 숨통을 꽉 조였다.

"해치고 싶지 않다고 전해라." 대니가 말했다.

이리는 도트락어로 그 말을 전했다. 조고가 채찍을 잡아당겨 비세리스를 줄에 매달린 꼭두각시처럼 돌렸다. 비세리스는 가죽 채찍으로부터 벗어나서 다시 드러누웠다. 턱 아래로 채찍이 깊이 파고든 자리에 가느다랗게 피의 선이 남았다.

"저는 무슨 일이 일어날지 경고했습니다. 명령하신 대로 산등성이에 있으라고 했지요." 조라 모르몬트 경이 말했다.

"그랬을 줄 알아요." 대니는 비세리스를 바라보며 대답했다. 비세리스는 바닥에 누운 채, 시뻘건 얼굴로 흐느끼면서 야단스레 공기를 들이마시고 있었다. 한심한 존재였다. 그는 언제나 한심한 존재였다. 왜 전에는 그점을 알아보지 못했을까? 내면에 공포가 도사리고 있던 자리가 텅 비고 말았다.

"말을 빼앗아요." 대니는 조라 경에게 명령했다. 비세리스가 입을 딱 벌리고 그녀를 보았다. 자기가 들은 말을 믿을 수 없어 했다. 대니도 자기가 한 말을 완전히 믿을 수 없었다. 그럼에도 말이 흘러나왔다. "내 오라버니는 걸어서 칼라사르로 돌아오게 해요." 도트락인들 사이에서 말을 타지 않는 남자는 남자가 아니요, 명예도 자존심도 없는 천민 중의 천민이었다. "모두가 그 모습을 보게 해요."

"안 돼!" 비세리스는 비명을 질렀다. 그는 조라 경에게 돌아서서 기마인들이 이해하지 못할 말을 골라 공용어로 애원했다. "저 애를 때려, 모르몬트. 아픔을 줘. 네 왕이 명령한다. 이 도트락의 개들을 죽이고 저것에게 가르침을 줘라."

망명 기사는 대니와 그 오빠를 번갈아 보았다. 맨발에 흙을 묻히고 머리에는 기름을 바른 대니와 비단과 강철을 입은 비세리스를. 대니는 기사의 얼굴에 떠오른 결심을 알아볼 수 있었다. "오라버님은 걸을 겁니다, 칼리시." 그가 오빠의 말을 맡자 대니는 은마에 다시 올랐다.

비세리스는 그들을 망연히 보다가 흙 속에 주저앉았다. 그는 침묵을 지켰지만, 움직이지도 않았고, 달려가는 그들을 보는 눈에는 독이 가득했다. 그는 곧 키 큰 풀 사이로 사라졌다. 더는 비세리스가 보이지 않게 되자 대니는 두려워졌다. "오빠가 길을 찾아 돌아올까요?" 그녀는 달리면서 조라 경에게 물었다.

"오라버님처럼 눈이 먼 사내라도 우리의 흔적은 따라올 수 있을 겁니다."

"오빠는 자존심이 강해요. 너무 부끄러워서 돌아오지 않을지도 몰라."

조라는 웃음을 터뜨렸다. "달리 어디로 가겠습니까? 직접 칼라사르를 찾아내지 못한다 해도, 칼라사르 쪽에서는 분명히 찾아낼 겁니다. 도트락의 바다에 빠져 죽기는 어려운 일이랍니다."

대니가 보기에도 사실이었다. 칼라사르는 행진하는 도시와 같았지만, 눈먼 행진을 하지는 않았다. 언제나 별동대가 본대 양 옆을 지키는 한편, 척후대가 사냥감이나 적을 경계하여 한참 앞까지 정찰을 나갔다. 이곳, 이 땅, 그들이 난 땅에서 그들은 아무것도 놓치지 않았다. 이 평원은 그들과 한 몸이었다……. 이제는 그녀와도 한 몸이었고.

"내가 오빠를 때렸어." 대니는 놀란 목소리로 말했다. 다 끝나고 보니 마치 예전에 꾼 이상한 꿈 같았다. "조라 경, 혹시…… 돌아왔을 때 오빠가 너무 화가 나서……." 대니는 몸서리를 쳤다. "내가 드래곤을 깨운 셈이지요?"

조라 경은 코웃음을 쳤다. "시체를 깨울 수 있나요? 마지막 드래곤은 라에가르였고, 트라이던트에서 죽었어요. 비세리스는 뱀의 그림자도 못 됩니다."

그 직설에 대니는 소스라쳤다. 마치 언제나 믿었던 모든 것에 갑자기 의문이 드는 기분이었다. "경은…… 경은 비세리스에게 충성을 맹세했는데……."

"그랬지요. 오빠 되는 분이 뱀의 그림자라면, 그 하인은 뭐가 되겠습니까?" 쓸쓸한 목소리였다.

"그래도 비세리스는 진정한 왕이에요. 오빠는……."

조라는 말을 당겨 세우고 그녀를 보았다. "이제 진실을 말하시죠. 정말로 비세리스가 왕좌에 앉는 꼴을 보고 싶나요?"

대니는 잠시 생각했다. "별로 좋은 왕이 되진 않겠지요. 안 그런가요?"

"더 나쁜 왕도 있었지만…… 많지는 않았지요." 기사는 말을 걷어차 다시 달리기 시작했다.

대니는 그 옆에 바싹 붙어 달렸다. "그래도 평민들은 비세리스를 기다려요. 마지스터 일리리오는 평민들이 드래곤 깃발을 만들면서 비세리스가 협해를 건너 돌아와서 자기들을 해방시켜주길 기도한다고 했어요."

"평민들은 비와 건강한 자식과 끝나지 않는 여름을 기도합니다. 높으신 나리들이 왕좌의 게임을 하든 말든, 자기들만 평화롭게 내버려둔다면 상관없지요." 조라 경은 어깨를 으쓱였다. "신경 쓴 적도 없습니다."

대니는 퍼즐 상자를 다루듯 그 말을 풀어내며 조용히 말을 달렸다. 사람들은 진정한 왕이 다스리든 찬탈자가 다스리든 별로 신경 쓰지 않는다는 말은 비세리스가 이제까지 한 모든 말과 맞지 않았다. 그럼에도 조라의 말을 생각하면 할수록 진실성이 느껴졌다.

"당신은 무엇을 기도하지요, 조라 경?" 그녀가 물었다.

"고향." 그의 목소리에는 그리움이 가득했다.

"나도 고향에 대해 기도해요." 그녀가 진심으로 말했다.

조라 경이 소리 내어 웃었다. "그렇다면 주위를 보시지요, 칼리시."

그러나 그때 대니의 눈에 보인 것은 초원이 아니었다. 킹스랜딩과 정복자 아에곤이 지은 거대한 레드킵이었다. 그녀가 태어난 드래곤스톤이었다. 마음의 눈에 비친 그곳은 창문마다 불길이 일고, 천 개의 빛으로 타올랐다. 마음의 눈에 비친 그곳은 모든 문이 붉은 색이었다.

"오빠는 결코 칠왕국을 되찾지 못할 거예요." 대니가 말했다. 깨닫고 보니 그녀는 오래전부터 그 사실을 알고 있었다. 평생 동안 알고 있었다. 다만 속삭임으로도 그 말을 꺼내놓지 못했을 뿐. 이제 그녀는 조라 모르몬트와 온 세상이 들도록 그 말을 했다.

조라 경은 그녀를 재어보는 눈빛이었다. "그렇게 생각합니까."

"내 남편이 군대를 준다 해도 이끌 수 없을 거예요. 비세리스에겐 동전 한 푼 없고, 유일하게 따르는 기사는 그를 뱀보다 못하다고 매도하지요. 도트락인들은 약한 자를 비웃어요. 오빠는 결코 우릴 고향에 데려가지 못할 거예요."

"현명한 아이로군요." 기사가 미소 지었다.

"난 아이가 아니오." 그녀는 사납게 말했다. 대니의 발꿈치가 말의 옆구리를 누르자 은마는 달리는 속도를 높였다. 그녀는 조라와 이리와 다른 이들을 멀리 따돌리고 점점 더 빨리 질주했다. 따뜻한 바람에 머리카락이 흩날리고 지는 해가 얼굴을 붉게 물들였다. 칼라사르에 합류했을 때는 땅거미가 졌다

노예들이 샘물 웅덩이 가까이에 대니의 천막을 세워두었다. 그녀는 언덕 위에 세운 풀 궁전에서 흘러나오는 거친 목소리들을 들을 수 있었다. 곧 그녀의 카스에 속한 자들이 오늘 초원에서 일어난 일을 말하고 웃음소리가 터져 나오리라. 비세리스가 절뚝거리며 돌아왔을 때는 야영지의 모든 남자, 여자, 아이들이 다 그를 걸어 다니는 놈으로 알게 될 터였다. 칼라사르에 비밀은 없었다.

대니는 은마를 손질할 노예들에게 넘기고 천막 안으로 들어갔다. 비단 천막 아래는 서늘하고 어두웠다. 천막 문이 등 뒤로 떨어져 닫히는데, 대니의 눈에 흐릿한 붉은 빛의 손가락이 드래곤 알을 어루만지려는 게 보였다. 잠시 동안 수많은 진홍빛 불꽃이 눈앞에 방울져 빙빙 돌았다. 대니가 눈을 깜박이자 불꽃은 사라졌다.

'돌이야. 돌에 불과해. 일리리오도 그렇게 말했어. 드래곤은 다 죽었다고.' 대니는 검은 알에 손바닥을 대고, 둥근 껍질 위로 부드럽게 손가락을 폈다. 돌은 따뜻했다. 거의 뜨겁기까지 했다. 대니는 속삭였다. "햇빛 때문이야. 달리는 동안 햇빛에 달아오른 거야."

대니는 시녀들에게 목욕물을 준비하라 명했다. 도리아가 천막 바깥에 불을 지피는 한편, 이리와 지키는 신부 선물로 받은 커다란 구리 욕조를 짐말에서 내려 웅덩이 물을 채웠다. 목욕물에서 김이 오르자 지키가 대니를 도와 앉히고 뒤따라 욕조에 들어갔다.

"드래곤을 본 적이 있어?" 대니는 이리가 등을 문지르고 지키가 머리카락에 붙은 모래를 씻어내는 동안 물어보았다. 최초의 드래곤은 동쪽에서, 아사이 너머 그림자 땅과 비취해의 섬들에서 왔다고 들었다. 어쩌면 아직도 기묘한 야생의 땅에는 드래곤이 살아 있을지도 몰랐다.

"드래곤은 없어졌어요, 칼리시." 이리가 말했다.

"죽었어요. 오래, 오래선에요." 지기기 맞장구를 쳤다.

비세리스는 마지막 타르가르옌 드래곤은 1세기 반쯤 전에 '드래곤의 파멸'이라 불리던 아에곤 3세 통치기에 죽었다고 했다. 대니에게는 별로 오래전 같지 않았다. 대니는 실망해서 말했다. "어디에서나? 동쪽에서도?" 서쪽에서는 발리리아와 긴 여름의 땅에 파멸이 내렸을 때 마법이 죽어버렸고, 주문으로 벼린 강철도 폭풍을 노래하는 자도 드래곤도 그것을 막을 수 없었지만, 대니는 언제나 동쪽은 다르다고 들었다. 비취해의 섬들에는 만티코어가 돌아다니고, 이-티의 밀림에는 바실리스크가 우글거리며, 아사이에서는 주술사도, 흑마법사도, 날씨술사도 공공연히 기술을 쓰는 한편 그림자술사와 혈마법사도 캄캄한 밤에 끔찍한 마법을 행한다고들 했다. 왜 드래곤은 없단 말인가?

"드래곤은 없어요. 용감한 남자들이 죽여요. 드래곤은 끔찍하고 사악한 짐승이니까요. 다들 알아요." 이리가 말했다.

"다들 알아요." 지키가 맞장구를 쳤다.

"예전에 콰스에서 온 무역상이 드래곤은 달에서 왔다는 이야기를 해줬어요." 금발의 도리아가 불 위에 수건을 데우며 말했다. 지키와 이리는 대니와 같은 나이로, 드로고가 그 아비들의 칼라사르를 무너뜨렸을 때 노예로 잡혀 온 도트락 소녀들이었다. 도리아는 그보다 나이가 많아서 거의 스무 살이었다. 마지스터 일리리오는 도리아를 리스의 윤락업소에서 찾아냈다.

대니가 호기심에 고개를 돌리자 젖은 은빛 머리가 눈 위로 떨어졌다. "달이라고?"

"그 사람이 달은 알이라고 했답니다, 칼리시. 옛날에는 하늘에 달이 두 개 있었는데, 하나가 태양에 너무 가까이 갔다가 열 때문에 깨졌대요. 수천수만 마리 드래곤이 쏟아져 나와서 태양의 불을 마셨죠. 그래서 드래곤들이 불은 뿜는 거랍니다. 언젠가는 다른 달도 태양에 입을 맞출 테고, 그러면 알이 깨지고 드래곤들이 돌아올 거예요."

도트락 소녀들은 키득거리며 웃었다. 이리가 말했다. "밀짚 머리 바보 노예. 달은 알이 아니야. 달은 신이야. 태양의 아내 신. 다들 알아."

"다들 알아." 지키가 맞장구를 쳤다.

욕조에서 나왔을 때 대니의 피부는 달아오른 분홍빛이었다. 지키가 그녀를 눕히고 몸에 기름을 바르고 모공에서 때를 긁어냈다. 그 후에는 이리가 향신화와 계피 향을 뿌렸다. 도리아가 그녀의 머리카락이 은실처럼 빛나도록 빗는 동안, 대니는 달과 알과 드래곤에 대해 생각했다.

저녁 식사는 간단하게 과일과 치즈와 구운 빵에 꿀을 탄 와인 한 병이었다. "도리아, 남아서 같이 먹자." 대니는 다른 시녀들을 물리면서 명했다. 리스 출신의 도리아는 꿀색 머리에 눈동자는 여름 하늘 같았다.

둘만 남게 되자 도리아는 그 눈을 내리깔았다. "영광입니다. 칼리시." 말은 그렇지만 그건 영광이 아니라 시중이었다. 그들은 달이 뜨고도 오랫동안 같이 앉아서 이야기를 나눴다.

그날 밤, 칼 드로고가 왔을 때 대니는 그를 기다리고 있었다. 그는 천막 문간에 서서 놀란 눈으로 그녀를 보았다. 대니는 천천히 일어나서 비단 잠옷을 풀어헤쳐 바닥에 떨구었다. "오늘 밤에는 밖으로 나가야 합니다, 나의 주인이여." 도트락인은 남자의 일생에서 중요한 일은 반드시 창공 아래에서 이루어져야 한다고 믿기 때문이었다.

칼 드로고는 머리카락에 달린 종을 조용히 울리며 그녀를 따라 달빛 속으로 나갔다. 대니의 천막에서 얼마 떨어지지 않은 곳에 푹신한 풀밭이 있었고, 대니는 그곳에 드로고를 끌어내렸다. 그가 대니의 몸을 뒤집으려 하자, 그녀는 그의 가슴에 한 손을 댔다. "안 돼요. 오늘 밤에는 당신 얼굴을 보겠어요."

칼라사르 중심부에 사생활이란 없었다. 대니는 드로고의 옷을 벗기면서 그녀에게 꽂히는 눈길들을 느꼈고, 도리아가 가르쳐준 방법대로 하면서 소곤거리는 목소리들을 들었다. 아무것도 아니었다. 그녀는 칼리시가 아니던가? 중요한 것은 드로고의 눈뿐이었고, 그의 몸에 올라탔을 때 그녀는 그 눈에서 한 번도 보지 못한 것을 보았다. 그녀는 은마를 탈 때처럼 격렬하게 그의 몸을 탔고, 칼 드로고는 쾌락의 순간에 이르러 그녀의 이름을 외쳤다.

그들이 도트락의 바다 끝에 이르렀을 때 지키는 손가락으로 대니의 부푼 배를 쓸며 말했다. "칼리시, 아이를 배셨습니다."

"나도 안다." 대니는 말했다.

대니의 열네 번째 명명일이었다.

브랜

아래 마당에서는 리콘이 늑대들과 같이 뛰고 있었다.

브랜은 창가 자리에서 그 모습을 지켜보았다. 리콘이 어디로 가든 그레이윈드가 먼저 가서 앞길을 막았고, 리콘은 그레이윈드를 보고 즐거운 비명을 지르며 다른 방향으로 달아났다. 새끼독은 리콘의 발치에서 날리다가 다른 늑대들이 너무 가까이 오면 획 돌아서 이를 딱딱 부딪쳤다. 새끼독의 털은 색이 짙어지다 못해 시커메졌고, 눈은 녹색 불덩이였다. 그리고 브랜의 서머가 있었다. 서머는 은과 연기 색깔에, 보아야 할 것은 모두 보는 노란 금색 눈동자를 지녔다. 그레이윈드보다 몸집은 작지만, 더 경계심이 강했다. 브랜은 서머가 늑대 형제 중에서 제일 똑똑하다고 생각했다. 리콘이 아기 다리로 단단한 땅을 달리면서 터트리는 숨찬 웃음소리가 들려왔다.

눈이 따끔거렸다. 저 아래에 내려가서 웃으며 뛰고 싶었다. 그 생각에 화가 난 브랜은 눈물이 떨어지기 전에 손마디로 눈을 비볐다. 여덟 번째 명명일이 벌써 지났다. 이제 어른이나 다름없었고, 울 나이가 아니었다.

"그냥 거짓말이었어." 브랜은 꿈속의 까마귀를 떠올리며 쓰게 말했다.

"난 날 수 없어. 뛸 수조차 없어."

"까마귀야 다 거짓말쟁이지요." 낸 할멈이 의자에 앉아 바느질을 하며 맞장구를 쳤다. "내가 까마귀에 대한 이야기를 하나 아는데……"

"이야기는 더 듣고 싶지 않아." 브랜은 심통 난 목소리로 말했다. 예전에는 낸 할멈도, 할멈이 해주는 이야기도 좋았다. 하지만 이제는 달랐다. 이제는 브랜을 살피고 씻기고 외롭지 않게 말벗이 되라고 하루 종일 낸 할멈을 붙여놓았는데, 할멈 때문에 더 기분이 나빠지기만 했다. "할멈의 그 바보 같은 이야기들 질색이야."

늙은 여인은 이가 다 빠진 입으로 웃었다. "내 이야기라니? 아니지, 내 이야기가 아니에요, 도련님. 내 앞에도 있었고 내 뒤에도 이어질 테고, 도련님보다도 먼저 있는 이야기지."

브랜은 할멈이 정말 못생긴 노파라고 심술궂게 생각했다. 쪼글쪼글한 주름투성이에, 눈도 거의 보이지 않았고, 계단을 오르기도 힘들 만큼 약했으며, 얼룩덜룩한 분홍색 두피에는 허연 머리카락 몇 가닥만 남았다. 아무도 낸 할멈이 얼마나 오래 살았는지 알지 못했지만, 브랜의 아버지가 어렸을 때도 낸 할멈이라고 불렀다고 했다. 윈터펠에서 제일 나이가 많은 사람임은 물론이고, 어쩌면 칠왕국에서 제일 나이가 많은 사람일지도 몰랐다. 낸은 태어나면서 어머니를 잃은 브랜던 스타크의 유모로 윈터펠에 왔다. 그 브랜던은 브랜의 할아버지인 리카드 공의 형님 혹은 동생, 아니면 리카드 공의 아버지의 형제였다. 낸 할멈은 이렇게도 말했다가 저렇게도 말했다. 그 모든 이야기 속에서 문제의 어린 브랜던은 세 살에 여름 오한으로 죽었지만, 낸 할멈은 자식들과 함께 윈터펠에 남았다. 아들 둘은 로버트 왕이 왕좌를 차지한 전쟁에서 잃었고, 손자는 발론 그레이조이의 반란 당시 파이크 성벽에서 죽었다. 딸들은 오래전에 결혼해서 멀리 떠났고 죽었다. 낸 할멈의 핏줄 중에 남은 사람은 마구간에서 일하는 단순한 거인 호도뿐이었지만, 낸 할멈만은 살고 또 살면서 바느질을 하고 이야기를 풀어 놓았다.

"누구의 이야기든 상관없어. 다 싫어." 브랜은 이야기도 듣기 싫었고 낸 할멈도 싫었다. 어머니와 아버지가 보고 싶었다. 서머와 함께 뛰어다니고 싶었다. 무너진 탑을 기어올라서 까마귀들에게 먹이를 주고 싶었다. 다시 조랑말을 타고 형제들과 함께 달리고 싶었다. 모든 게 예전처럼 돌아가기를 원했다.

"내가 이야기를 싫어하는 소년에 대한 이야기를 하나 알지." 낸 할멈이 바보 같은 미소를 지으며 말했다. 그동안에도 내내 바늘은 달각 달각 달각 움직이며 브랜을 소리 지르기 직전까지 몰아넣었다.

다시는 예전처럼 살지 못한다는 사실은 알고 있었다. 까마귀는 브랜을 속여서 날게 만들었지만, 깨어났을 때 그는 망가진 몸이었고 세상은 변했다. 아버지도 어머니도 누나들도 심지어는 이복형인 존마저도 브랜을 버리고 떠났다. 아버지는 킹스랜딩으로 가는 길엔 신싸 날을 타게 될 거라고 약속했으면서, 브랜을 두고 가버렸다. 루윈 학사가 에다드 공에게 전언을 묶은 새를 보냈고, 어머니에게도 한 마리, 장벽에 있는 존에게도 한 마리 보냈지만, 지금까지는 아무 답도 오지 않았다. 루윈 학사는 브랜에게 말했다. "새들은 없어질 때도 많지요. 여기에서 킹스랜딩까지는 거리도 멀고 매도 많으니, 전언이 닿지 않았을지도 몰라요." 그러나 브랜으로서는 마치 자고 있는 사이에 모두 다 죽어버린 느낌이었……. 아니면 그 자신이 죽었고, 다들 그를 잊어버렸거나. 조리와 로드릭 경과 바욘 풀도 떠났고, 헐렌과 하윈과 뚱보 톰과 위병대의 4분의 1도 사라졌다.

롭과 리콘만 여전히 남아 있었는데, 롭은 변해버렸다. 이제는 '롭 영주님'이거나, 그렇게 되려고 했다. 진검을 차고 다녔고 웃지도 않았다. 낮이면 롭은 병사들을 훈련시키고 검술을 연습하면서 훈련장에 쇳소리를 울렸고, 브랜은 창가에서 쓸쓸히 그 모습을 내려다보았다. 밤이면 롭은 루윈 학사와 틀어박혀서 대화를 나누거나 회계장부를 검토했다. 가끔은 할리스 몰렌과 함께 말을 타고 며칠씩 나가서 먼 성채들을 방문하기도 했다. 롭이 하루 이상 성을 비우면 리콘은 울면서 브랜에게 롭이 돌아오긴 할지 물었다. 윈터펠에 있을 때도 롭 영주님은 동생들보다 할리스 몰렌과 테온 그레이조이에게 더 많은 시간을 할애하는 것 같았다.

"건설자 브랜던에 대한 이야기를 해줄 수도 있어요. 도련님이 언제나 제일 좋아하는 이야기였지." 낸 할멈이 말했다.

건설자 브랜던은 수천 년 전에 윈터펠을 세웠다. 장벽도 그가 세웠다는 말이 있었다. 브랜은 그 이야기를 알고 있었지만, 제일 좋아했던 적은 없었다. 아마 다른 브랜던이 그 이야기를 좋아했으리라. 낸 할멈은 가끔 브랜을 그 옛날 키웠던 아기 브랜던처럼 대했고, 가끔은 브랜이 태어나기도 전에 미친 왕에게 살해당한 브랜던 백부와 혼동하기도 했다. 어머니는 낸 할멈이 너무 오래 살다 보니 모든 브랜던 스타크가 머릿속에서 하나로 섞여버린 거라고 했다.

"그건 내가 제일 좋아하는 이야기가 아니야. 난 무서운 이야기를 제일 좋아했어." 바깥에서 소란스러운 소리가 들렸고 브랜은 창문으로 고개를 돌렸다. 리콘이 늑대들을 이끌고 문루 쪽으로 달려가고 있었는데, 탑의 방향 때문에 무슨 일이 일어나는지 보이지 않았다. 브랜은 좌절감에 주먹으로 허벅지를 내리쳤고, 아무것도 느끼지 못했다.

낸 할멈은 조용히 말했다. "아, 우리 귀여운 여름 아이가 두려움에 대해 뭘 알까? 두려움이란 눈이 30미터씩 쌓이고 북쪽에서 얼음 같은 바람이 울부짖는 겨울을 위한 거라오, 귀여운 도련님. 두려움이란 태양이 한 번에 몇 년씩 얼굴을 숨기고, 어린아이들이 어둠 속에서 태어나고 살다가 죽는 동안 다이어울프는 굶주리고 여위어가고, 백귀들이 숲 속을 돌아다니는 긴 밤을 위한 거지."

"백귀란 건 '다른자'들 말이지." 브랜은 짜증을 내며 말했다.

"다른자들이지요." 낸 할멈은 동의했다. "수천수만 년 전에, 사람의 모든 기억을 넘어설 만큼 춥고 혹독하고 끝이 없는 겨울이 왔지요. 밤이 한 세대를 이어졌고, 돼지치기가 돼지우리에서 죽는 동안 왕들은 성에서 떨다가 죽었지. 여자들은 자식들이 굶어 죽는 꼴을 보느니 질식시켜 죽였고, 절규했지. 그러면 뺨에 눈물이 얼어붙었다오." 할멈의 목소리와 바늘이 같이 침묵에 빠졌고, 낸 할멈은 희부연 눈을 들어 브랜을 보고 물었다. "그래서, 이런 이야기가 좋다고?"

"음." 브랜은 어쩔 수 없이 말했다. "그렇긴 한데⋯⋯."

낸 할멈은 고개를 끄덕였다. 할멈은 바늘로 달각 달각 달각 소리를 내면서 말했다. "그 어둠 속에서 '다른자'들이 처음 나타났지요. 차가운 자들, 죽은 자들이었고, 철과 불과 태양의 손길과 뜨거운 피가 흐르는 모든 생물을 증오했지. 그들은 창백히 죽은 말을 타고 죽은 사들의 무리를 이끌고 다니면서 성채와 도시와 왕국들을 휩쓸고, 수많은 영웅과 군대를 쓰러뜨렸어. 어떤 남자들의 검도 그들의 진격을 막을 순 없었고, 처녀들과 젖먹이 아기들도 그들에겐 연민을 사지 못했지. 그들은 얼어붙은 숲 속에서 처녀들을 사냥하고, 죽은 하인들에게 인간 아이의 살을 먹였다오."

낸 할멈의 목소리는 속삭임에 가깝게 낮아졌고, 브랜은 잘 들으려고 저도 모르게 몸을 내밀었다.

"자, 이건 안달인이 오기 전, 로인의 도시에서 여자들이 협해를 건너 도망쳐 오기 한참 전이고, 그 시절에 있던 백 개의 왕국은 숲의 아이들에게서 이 땅을 빼앗은 최초인들의 왕국이었다오. 하지만 여기저기 요새 같은 숲이 있었고 숲의 아이들은 여전히 나무 도시와 언덕 구덩이 속에 살고 있었고, 나무의 얼굴들도 계속 지켜보았지. 그래서 추위와 죽음이 지상을 채웠을 때, 마지막 영웅은 숲의 아이들을 찾아 나서기로 했다오. 그들의 오래된 마법이 인간의 군대가 잃어버린 것을 되찾아줄 수 있을지 모른다는 희망에서 말이야. 영웅은 검 한 자루, 말 한 마리, 개 한 마리, 십여 명의 동료들과 함께 죽음의 땅으로 출발했다오. 몇 년 동안을 찾아 헤매다가 결국엔 비밀 도시에 숨어버린 숲의 아이들을 찾을 수 없다는 절망에 빠졌어. 친구들도 하나씩 죽어갔고, 말도 죽었고, 마침내는 개도 죽었고, 검도 단단히 얼어붙은 나머지 써보려고 했더니 칼날이 뚝 부러지지 않았겠나. 그리고 다른 자들이 영웅의 뜨거운 피 냄새를 맡고는 소리 없이 따라왔고, 사냥개만큼 커다란 하얀 거미 떼를 보내어—"

문이 쾅 소리를 내며 열리고, 브랜은 갑작스러운 공포에 심장이 입까지 뛰어오르는 기분이었지만, 루윈 학사와 그 뒤 계단참에 선 호도일 뿐이었다. "호도!" 마구간지기는 버릇대로 함박웃음을 지으며 말했다.

루윈 학사는 웃지 않았다. "방문객들이 찾아왔는데, 브랜도 참석해야겠습니다."

"지금 옛날이야기를 듣고 있는데요." 브랜이 투덜거렸다.

"귀여운 도련님, 이야기는 기다릴 테고, 돌아오면 그대로 있을 거라오. 방문객들은 그렇게 인내심이 깊지 않고, 자기들만의 이야기를 가져올 때도 많지요." 낸 할멈이 말했다.

"누군데요?" 브랜은 루윈 학사에게 물었다.

"티리온 라니스터와 밤의 경비대 사람 몇 명이 존이 전하는 말을 가지고 왔답니다. 롭이 지금 만나고 있어요. 호도, 브랜을 접견실까지 데려다주겠느냐?"

"호도!" 호도는 행복하게 명을 따랐다. 그는 크고 덥수룩한 머리를 문안으로 넣기 위해 고개를 숙여야 했다. 호도는 키가 2미터가 넘었다. 낸 할멈과 같은 핏줄이라고는 믿기 힘들었다. 브랜은 호도가 늙으면 자기 증조할머니처럼 작게 쪼그라들까 궁금했다. 호도가 천 살을 산대도 그렇게 될 것 같지는 않았다.

호도는 브랜을 건초 더미처럼 쉽게 들어 올려 커다란 가슴팍에 안았다. 호도에게선 언제나 희미하게 말 냄새가 났지만, 나쁜 냄새는 아니었다. 그의 팔뚝에는 근육이 두툼했고 갈색 털이 빽빽했다. "호도." 호도가 다시 말했다. 언젠가 테온 그레이조이는 호도가 많이 알지는 못해도, 자기 이름을 안다는 사실은 아무도 의심할 수 없노라고 말했다. 브랜이 그 말을 전하자 낸 할멈은 암탉처럼 클클거리더니, 호도의 본명은 왈더라고 고백했다. 아무도 "호도"가 어디에서 나온 말인지 모르지만, 그가 호도라고 말하기 시작하자 사람들도 그를 호도라고 불렀다고 했다. 그게 그가 하는 유일한 말이었다.

그들은 낸 할멈을 바늘과 추억 속에 남겨두고 탑 방을 떠났다. 호도는 이상한 음조로 흥얼거리며 브랜을 안고 계단을 내려가서 회랑을 통과했고, 루윈 학사는 뒤에서 호도의 긴 다리에 보조를 맞추려고 서둘러 걸었다.

롭은 고리 갑옷과 가죽 방호복을 입고, '롭 영주님'의 엄한 얼굴로 아버지의 권좌에 앉아 있었다. 테온 그레이조이와 할리스 몰렌이 그 뒤에 섰다. 십여 명의 병사들은 높고 좁은 창문 아래 회색 돌벽에 줄지어 섰다. 방 한가운데에는 하인들을 거느린 난쟁이와 밤의 경비대를 뜻하는 검은 옷을 입은 낯선 남자 네 명이 있었다. 브랜은 호도에게 안겨 문을 통과하자마자 접견실 안에 감도는 분노를 감지할 수 있었다.

"밤의 경비대 사람이라면 누구나 여기 윈터펠에 머물고 싶은 만큼 머물러도 환영이오." 롭이 롭 영주님의 목소리로 말했다. 검은 온 세상이 볼 수 있게 칼날을 드러낸 채 무릎 위에 올려져 있었다. 브랜도 검집에서 뺀 검으로 손님을 맞이한다는 게 어떤 의미인지는 알았다.

"밤의 경비대 사람이라면 누구나라." 난쟁이가 그 말을 따라 했다. "하지만 나는 안 된다는 뜻 맞나, 아이야?"

롭은 일어서서 검으로 난쟁이를 가리켰다. "어머니와 아버지가 안 계신 동안에는 내가 이곳 영주다, 라니스터. 아이가 아니야."

"네가 영주라면 영주의 예절을 배워야겠군." 난쟁이는 얼굴을 겨눈 검 끝을 무시하고 대꾸했다. "네 아버지의 품위는 네 이복형제가 다 가져갔나 보다."

"존." 브랜은 호도의 품에서 숨을 들이켰다.

난쟁이는 몸을 돌려 브랜을 보았다. "그러니까 애가 살았다는 말이 사실이었군. 믿을 수가 없을 정도야. 너희 스타크는 목숨 줄이 질기군."

"너희 라니스터는 잘 기억해두는 게 좋을걸." 롭은 검을 내리며 말했다. "호도, 내 동생을 이리 데려와라."

"호도." 호도는 그렇게 말하고, 미소 띤 얼굴로 종종걸음 쳐서 브랜을 스타크가의 권좌에, 윈터펠의 주인들이 스스로를 북부의 왕으로 칭했을 때부터 앉던 자리에 내려놓았다. 그것은 차가운 돌 의자로, 수많은 자들이 앉은 덕분에 반질반질했다. 거대한 양쪽 팔걸이 끝에는 이빨을 드러낸 다이어울프 머리통을 새겨놓았다. 브랜이 팔걸이의 다이어울프를 움켜쥐고 앉자 쓸모없는 다리가 대롱거렸다. 그 거대한 의자에 앉으니 반쯤은 아기가 된 기분이었다.

롭이 그의 어깨에 한 손을 얹었다. "브랜과 볼일이 있다고 했지. 자, 여기 브랜이 왔다, 라니스터."

브랜은 불편한 기분으로 티리온 라니스터의 눈동자에 주목했다. 한쪽은 검은색, 한쪽은 녹색이었고 두 눈 모두 브랜을 똑바로 보며 이리저리 살피고 가늠하고 있었다. 작은 남자가 마침내 말했다. "넌 벽을 타는 실력이 대단했다고 들었다, 브랜. 말해봐라. 그날은 어쩌다가 떨어졌지?"

"떨어지지 않았어요." 브랜은 주장했다. 그는 떨어지지 않았다. 절대, 절

대, 절대로.

"이 아이는 추락에 대해서도, 그 전에 벽을 타고 올라갔던 일에 대해서도 기억하지 못합니다." 루윈 학사가 조용히 말했다.

"그거 이상하군." 티리온 라니스터가 말했다.

"내 동생은 질문에 대답하려고 온 게 아니다, 라니스터." 롭이 퉁명스럽게 말했다. "할 일이나 하고 갈 길 가도록."

난쟁이는 브랜에게 말했다. "너에게 줄 선물이 있다. 말타기를 좋아하나, 꼬마?"

루윈 학사가 앞으로 나섰다. "티리온 공, 이 아이는 다리를 쓰지 못하게 됐습니다. 말에 앉을 수 없습니다."

"말도 안 되는 소리. 딱 맞는 말과 안장만 있으면, 불구라도 말을 탈 수 있어."

그 말은 칼날처럼 브랜의 심장을 꿰뚫었다. 눈에 뜻밖의 눈물이 차올랐다. "난 불구가 아니야!"

"그렇다면 나도 난쟁이가 아니겠지." 난쟁이는 입가를 비틀며 말했다. "내 아버지가 그 말을 들으면 크게 기뻐하겠어." 그레이조이가 소리 내어 웃었다.

"어떤 말과 안장을 제안하시는 겁니까?" 루윈 학사가 물었다.

"영리한 말. 아이가 다리를 써서 명령을 내릴 수 없으니, 말을 기수에게 맞춰서 고삐와 목소리에 반응하게 가르쳐야지. 나라면 예전 훈련을 잊게 만드느니 길들이지 않은 한 살배기로 시작하겠소." 라니스터는 허리띠에서 돌돌 말린 종이를 꺼냈다. "이걸 마구 제조인에게 주시오. 그러면 나머지는 알아서 할 거요."

루윈 학사는 작은 회색 다람쥐처럼 호기심에 차서 난쟁이의 손에 들린 종이를 받았다. 그는 종이를 펴서 살펴보더니 말했다. "그렇군요. 그림을 잘 그리셨습니다. 그래요, 이거라면 되겠어요. 진작 이런 생각을 했어야 하는데.”

“나에게는 더 쉬운 일이었다오, 내 안장과 그다지 다를 것도 없거든.”

“정말로 말을 탈 수 있는 건가요?” 브랜이 물었다. 그 말을 믿고 싶었지만, 두려웠다. 어쩌면 이것도 거짓말일지 몰랐다. 까마귀는 날 수 있다고 약속하지 않았던가.

난쟁이가 말했다. “탈 수 있다. 그리고 내가 장담하는데, 말 등에 타면 너도 누구 못지않게 커질 거야.”

롭 스타크는 어리둥절한 얼굴이었다. “이건 무슨 함정이지, 라니스터? 브랜이 당신에게 뭐라고? 왜 브랜을 돕고 싶어 하지?”

“네 형제인 존이 부탁했거든. 그리고 내 마음속엔 불구와 서자와 망가진 것들에게 약한 구석이 있다네.” 티리온 라니스터는 가슴에 한 손을 올리고 히죽 웃었다.

마당으로 봉하는 문이 확 열렸다. 햇빛이 접견실 안쪽까지 흘러드는 가운데 리콘이 숨을 몰아쉬며 뛰어들었다. 다이어울프들과 함께였다. 리콘은 눈을 동그랗게 뜨고 문가에 멈춰 섰지만, 늑대들은 계속 움직였다. 그들의 눈은 라니스터를 찾아냈다. 혹은 그의 냄새를 맡았을지도 모르겠다. 서머가 제일 먼저 으르렁거리기 시작했다. 그레이윈드가 이어받았다. 둘은 각각 오른쪽, 왼쪽에서 난쟁이에게 접근했다.

“늑대들이 당신 냄새를 좋아하지 않는군, 라니스터.” 테온 그레이조이가 말했다.

“이제 가봐야 할 시간인가 보군.” 티리온이 말하면서 뒤로 한 걸음을 딛는데…… 새끼독이 뒤쪽 그림자 속에서 이빨을 드러내고 튀어나왔다. 라니스터가 움찔하자, 반대편에서 서머가 달려들었다. 라니스터는 불안정한 다리로 비틀거렸고, 그레이윈드가 그의 팔을 물어 이빨로 소맷자락을 한 움큼 뜯어냈다.

"안 돼!" 브랜은 라니스터의 하인들이 검에 손을 뻗자 권좌에 앉은 채로 소리쳤다. "서머, 이리 와. 서머, 나한테 와!"

다이어울프는 그 목소리를 듣고 브랜을 보았다가, 다시 라니스터를 보았다. 서머는 라니스터 난쟁이에게서 슬금슬금 물러나서 브랜의 발아래에 엎드렸다.

롭이 멈춘 숨을 내뱉더니 외쳤다. "그레이윈드." 롭의 다이어울프는 빠르고 조용하게 부름에 응했다. 이제는 섀기독만 눈을 녹색 불처럼 빛내며 난쟁이에게 으르렁거리고 있었다.

"리콘, 오라고 해." 브랜이 어린 동생에게 외쳤고, 리콘도 정신을 차리고 빽 소리를 질렀다. "이리 와, 섀기, 이제 돌아와." 검은 늑대는 라니스터에게 마지막으로 한 번 더 으르렁거리고 리콘에게 뛰어갔고, 리콘은 늑대의 목을 꽉 끌어안았다.

티리온 라니스터는 스카프를 풀어서 이마를 닦더니 밍밍한 목소리로 말했다. "이것 참 재미있군."

"괜찮으십니까, 나리?" 하인 하나가 손에 검을 든 채 물었다. 그는 말하면서 불안한 눈으로 다이어울프들을 보았다.

"소매가 찢어졌고 바지가 어째 축축하네만, 내 품위 말고 다친 데는 없군."

롭조차도 동요한 얼굴이었다. "늑대들이…… 우리 늑대들이 왜 그랬는지 모르겠군……."

"날 저녁 식사로 오해한 모양이지." 라니스터는 뻣뻣하게 브랜에게 고개를 숙였다. "덕분에 늑대들이 물러났군, 어린 기사. 장담하는데, 나는 별로 소화가 잘되진 않았을 거야. 그럼 이제 정말로 가보겠네."

"잠시만 기다리십시오." 루윈 학사가 말하더니, 롭에게 다가갔다. 두 사람은 끌어안다시피 한 자세로 소곤거렸다. 브랜은 두 사람의 대화를 들어보려고 했지만, 목소리가 너무 작았다.

롭 스타크가 마침내 검을 검집에 넣고 말했다. "내가…… 그대에게 경솔했는지도 모르겠소. 그대는 브랜에게 친절을 베풀었고, 음……." 롭은 애써 마음을 가라앉혔다. "혹시 원한다면 윈터펠의 환대는 그대의 것이오, 라니스터."

"거짓 예의는 아껴두지. 넌 날 좋아하지 않고 여기 있게 하고 싶지도 않잖아. 성벽 바깥 겨울 마을에 여관이 하나 있던데. 내가 그쪽에서 잠자리를 찾으면 우리 둘 다 더 편하게 자겠지. 동전 몇 푼이면 날 위해 이불을 데워줄 예쁜 계집도 찾을지 모르고." 그는 이어서 같이 온 검은 형제들 중에서 등이 굽고 수염이 헝클어진 노인에게 말했다. "요렌, 우린 동 틀 녘에 남쪽으로 가네. 길에서 날 찾을 수 있을 거야, 분명히." 그 말을 끝으로 그는 떠났다. 짧은 다리로 힘겹게 접견실을 가로지르고, 리콘 옆을 지나서 문밖으로 나갔다. 그의 하인들이 뒤따라갔다.

밤의 경비대 네 명은 남았다. 롭은 머뭇거리며 그들을 돌아보았다. "방을 준비해두었고, 길에서 묻은 먼지를 씻어낼 뜨거운 물은 부족하지 않을 것이오. 오늘 밤 식탁에서 자리를 빛내주길 바라오." 어찌나 어색하게 말하던지, 브랜마저도 그게 롭이 배운 말이지 마음에서 나온 말이 아니라는 사실을 알아차릴 정도였지만, 검은 형제들은 그래도 고마워했다.

호도가 탑 계단을 올라 브랜을 침대로 다시 데려가는 길을 서머가 뒤따랐다. 낸 할멈은 의자에 앉은 채로 잠들어 있었다. 호도가 "호도"라고 말하더니 조용히 코를 고는 증조할머니를 안아 들었고, 브랜은 침대에 누워서 생각했다. 롭은 브랜이 대연회장에서 열릴 만찬에 참석해도 좋다고 약속했다. "서머." 브랜이 부르자 늑대가 침대 위로 뛰어올랐다. 브랜은 뺨에 뜨거운 입김이 느껴질 만큼 힘껏 늑대를 끌어안았다. 그리고 친구인 늑대에게 속삭였다. "이젠 말을 탈 수 있어. 우린 곧 같이 숲에 사냥을 나갈 수 있어. 기다려봐." 이윽고 브랜은 잠들었다.

꿈속에서 브랜은 다시 벽을 기어오르고 있었다. 검게 탄 돌 사이에 손가락을 끼우고 발 디딜 곳을 찾아 허우적거리며 창문도 없는 오래된 탑을 올랐다. 높이 더 높이, 구름을 뚫고 밤하늘로 올라가는데도 여전히 더 올라야 했다. 잠시 멈춰 아래를 내려다보자 머리가 빙빙 돌았고 손가락이 미끄러지는 느낌이 들었다. 브랜은 소리를 지르고 살고자 매달렸다. 땅은 천 킬로미터 아래에 있었고 브랜은 날 수 없었다. 날 수 없었다. 브랜은 쿵쾅거리는 심장이 진정되고 숨을 쉴 수 있게 될 때까지 기다려서 다시 벽을 기어올랐다. 올라가는 길밖에 없었다. 까마득히 위에, 창백한 큰 달을 배경으로 가고일들의 그림자가 보이는 것 같았다. 팔이 아프고 쑤셨지만 감히 쉴 수 없었다. 브랜은 억지로 힘을 내어 더 빨리 올라갔다. 가고일들은 브랜이 오르는 모습을 지켜보았다. 그들의 눈은 화로에 담긴 석탄처럼 붉게 빛났다. 어쩌면 그들은 예전에 사자였다가, 지금은 뒤틀리고 일그러졌는지도 몰랐다. 브랜은 가고일들이 돌이 낼 듯한 끔찍한 소리로 서로에게 속삭이는 말을 들을 수 있었다. 듣지 말아야 했다. 듣지 말아야 했다. 듣지 않는 한 안전했다. 하지만 가고일들이 붙어 있던 돌에서 벗어나 브랜이 매달린 탑 옆면으로 내려왔고, 그는 자신이 전혀 안전하지 않다는 사실을 알았다. "난 못 들었어." 가고일들이 점점 다가오는 동안 브랜은 눈물을 흘렸다. "난 못 들었어. 못 들었다고."

브랜은 헉 하고 숨을 들이켜며 깨어나, 어둠 속에서 갈피를 잡지 못하다가, 우뚝 선 거대한 그림자를 보았다. "난 못 들었어." 브랜은 두려움에 몸을 떨며 속삭였지만, 그림자는 "호도"라고 말하면서 침대 옆에 촛불을 켰다. 브랜은 안도의 한숨을 내쉬었다.

호도는 따뜻하게 적신 천으로 브랜의 땀을 닦아주고 능숙하고 부드러운 손길로 옷을 입혔다. 시간이 되자 호도는 브랜을 안고 대연회장으로 내려갔다. 불 가까이에 긴 가대 식탁이 설치되어 있었다. 영주가 앉는 식탁 상석은 비워두었지만, 롭이 그 오른쪽에 앉고 브랜을 맞은편에 앉혔다. 그날 밤 그들은 새끼 돼지 요리와 비둘기 파이, 버터에 적신 순무를 먹었고 그 후에는 요리장이 벌집을 내오겠다고 예고했다. 서머는 브랜의 손에서 음식 부스러기를 받아먹었고, 그레이윈드와 새끼독은 한쪽 구석에서 뼈다귀를 두고 다퉜다. 윈터펠의 개들은 이제 연회장 근처에 오지 않았다. 처음에는 브랜도 그게 이상했지만, 이제는 익숙해졌다.

요렌이 검은 형제들 중 가장 연장자였기에, 집사는 그를 롭과 루윈 학사 사이에 앉혔다. 그 노인은 오랫동안 씻지 않은 듯 쉰내를 풍겼다. 그는 이로 고기를 찢고, 갈비뼈를 부수어 골수를 빨아 먹고, 존 스노우에 대한 언급에는 어깨를 으쓱였다. "알리서 경의 골칫거리지." 요렌이 툴툴거리며 말하자 동료 두 명이 브랜은 이해할 수 없는 웃음을 나눴다. 하지만 롭이 벤젠 숙부에 대해 묻자, 검은 형제들은 기분 나쁜 침묵에 빠져들었다.

"무슨 일이에요?" 브랜이 물었다.

요렌은 손가락을 조끼에 문질러 닦았다. "힘든 소식이 있습죠. 고기와 벌꿀 술에 대한 답례로는 잔인하지만, 질문을 한 사람은 답도 감내해야 하는 법. 스타크는 떴습니다."

다른 남자 하나가 말했다. "늙은 곰이 웨이마르 로이스를 찾으라고 보냈는데, 귀환이 늦어지고 있습니다."

"너무 늦어요. 거의 죽었다고 봐야죠." 요렌이 말했다.

"내 숙부는 죽지 않았소." 롭 스타크는 노기를 띠고 큰 소리로 말했다. 그는 자리에서 일어나서 칼자루에 손을 올렸다. "내 말 알겠소? 숙부님은 죽지 않았단 말이오!" 롭의 목소리가 돌벽에 메아리쳤고, 브랜은 갑자기 겁이 났다.

쉰내를 풍기는 늙은 요렌은 시큰둥하게 롭을 올려다보았다. "나리가 그렇다면 그런 거죠." 요렌은 잇새에 낀 고기 조각을 빨아 먹었다.

검은 형제들 중에서 제일 어린 남자가 앉은 자리에서 불편하게 움직였다. "장벽에서 귀신 들린 숲을 벤젠 스타크보다 더 잘 아는 사람은 없습니다. 돌아올 겁니다."

요렌이 말했다. "뭐, 돌아올지도 모르고 아닐지도 모르지. 전에도 훌륭한 사내들이 그 숲에 들어가고 다시는 나오지 않았으니까."

브랜이 생각할 수 있는 것이라곤 낸 할멈이 해준 '다른자'들과 마지막 영웅에 대한 이야기뿐이었다. 영웅은 하얀 숲 속에서 죽은 자들과 사냥개만큼 큰 거미들에게 쫓겼다. 브랜은 한순간 두려움에 사로잡혔다가, 그 이야기가 어떻게 끝나는지 기억하고 불쑥 말했다. "아이들이 도와줄 거예요. 숲의 아이들이!"

테온 그레이조이는 키득거렸고, 루윈 학사는 말했다. "브랜, 숲의 아이들은 수천 년 전에 죽어 없어졌어요. 남은 것은 나무에 새겨진 얼굴들뿐이지요."

그러자 요렌이 말했다. "학사님, 이 아래에서는 그게 사실일지도 모르지만, 장벽 너머 위에서야 누가 알겠습니까? 거기선 뭐가 살고 뭐가 죽었는지 늘 가려낼 수가 없답니다."

그날 밤, 식사 자리가 정리된 후에 롭은 직접 브랜을 침대로 데려갔다. 그레이윈드가 앞장을 서고, 서머가 바싹 뒤따랐다. 형은 나이에 비해 힘이 셌고, 브랜은 헝겊 더미처럼 가벼웠지만, 그래도 계단이 가파르고 어두워서 꼭대기에 도착했을 때쯤 롭은 숨을 힘겹게 몰아쉬고 있었다.

롭은 브랜을 침대에 눕히고, 담요를 덮어준 다음 촛불을 껐다. 롭은 잠시 동안 어둠 속에서 옆에 앉아 있었다. 브랜은 형에게 말을 하고 싶었지만, 무슨 말을 해야 할지 몰랐다. "네게 맞는 말을 찾아줄 거야. 약속할게."

마침내 롭이 속삭였다.

"다들 돌아오기는 할까?" 브랜이 물었다.

"그럼." 롭의 목소리에 담긴 간절한 희망을 듣고 브랜은 지금 롭 영주님이 아니라 형의 말을 듣고 있음을 알았다. "어머니는 곧 집에 오실 거야. 오실 때 우리가 말을 타고 맞이하러 나갈 수도 있겠지. 그러면 말에 탄 널 보고 놀라시지 않을까?" 어두운 방에서도 브랜은 형의 미소를 느낄 수 있었다. "그리고 그 후엔, 말을 타고 장벽을 보러 가는 거야. 존에게 간다고 말하지도 말고, 그냥 어느 날 너랑 내가 가는 거지. 모험이 될 거야."

"모험." 브랜은 동경을 담아 그 말을 되뇌었다. 형이 흐느끼는 소리가 들렸다. 방 안이 너무 어두워서 롭의 얼굴에 흐르는 눈물을 볼 순 없었기에, 브랜은 손을 뻗어 그의 손을 잡았다. 두 사람의 손가락이 꽉 얽혔다.

에다드

"어린 공의 죽음은 우리 모두에게 크나큰 슬픔이었습니다." 대학사 파이셀이 말했다. "그분이 어떻게 가셨는지에 대해서 제가 아는 바야 기꺼이 말씀드리지요. 앉으십시오. 다과라도 드시겠습니까? 대추야자라도? 아주 맛이 좋은 감도 있습니다. 안타깝게도 와인은 이제 속에 맞질 않습니다만, 꿀을 더한 차가운 우유는 드릴 수 있습니다. 이런 더위에는 그게 제일 원기를 북돋더군요."

덥다는 사실은 부인할 수 없었다. 네드는 가슴팍에 달라붙는 비단 튜닉의 감촉을 느낄 수 있었다. 습기 찬 공기가 젖은 모직 담요처럼 도시를 뒤덮었고, 가난한 사람들이 덥고 답답한 토끼 굴 같은 거처에서 달아나서 그나마 바람의 숨결이라도 느낄 수 있는 물가에 잠자리를 펴려고 다투는 통에 강변은 점점 통제 불능이 되어갔다. "더없이 친절한 제안이십니다." 네드는 앉으면서 말했다.

파이셀은 엄지와 집게손가락으로 자그마한 은종을 집어 들고 살짝 흔들었다. 젊고 날씬한 하녀가 서둘러 방으로 들어왔다. "괜찮다면 왕의 수관과 나에게 차가운 우유를 좀 가져다 다오. 달콤하게 해서."

하녀가 마실 것을 가지러 나가자, 대학사는 두 손을 깍지 껴서 배 위에 올렸다. "평민들은 여름의 마지막 해가 언제나 제일 더운 해라고 말하지요. 실제로 그렇지는 않지만, 그렇게 느껴지곤 해요. 안 그렇습니까? 이런 날이면 여름 눈이 내리는 북부의 사람들이 부럽습니다." 노인이 앉은 자세를 바꾸자 그 목을 휘감은 보석 달린 무거운 사슬이 조용히 쟁그랑거렸다. "확실히 마에카르 왕의 여름은 이번 여름보다 더 더웠고, 비슷하게 길었지요. 그때는 시타델에도 마침내 결코 끝나지 않는 여름, 크나큰 여름이 왔다고 믿는 바보들이 있었습니다만, 그 여름은 7년째에 갑자기 끝났고 짧은 가을과 끔찍하게 긴 겨울이 왔습니다. 그렇다곤 해도 여름이 이어지는 동안은 더위가 맹렬했지요. 올드타운은 낮이면 김을 올리며 무더위에 시달리다가 밤에만 살아났습니다. 우린 강가 정원을 걸으며 신들에 대해 언쟁하곤 했습니다. 그런 밤의 향기가 기억이 납니다. 향수와 땀 냄새, 터질 듯이 무르익은 멜론 냄새, 복숭아와 석류, 까마중과 달꽃 향기⋯⋯. 그때는 저도 아직 목걸이 사슬을 벼리는 젊은이였지요. 그때는 지금만큼 더위에 지치지 않았어요." 파이셀의 눈은 반쯤 잠이 들었나 싶을 만큼 게슴츠레했다. "죄송합니다, 에다드 공. 부친께서 태어나기도 전에 잊힌 여름에 대해 두서없이 읊조리는 소리나 듣자고 오신 게 아닌데, 부디 늙은이의 헛소리를 용서하십시오. 안타깝게도 정신이란 검과 같아, 늙은 정신은 녹슬기 마련이랍니다. 아, 이제 우유가 왔군요." 하녀가 두 사람 사이에 쟁반을 내려놓았고, 파이셀은 하녀에게 미소를 던졌다. "착한 아이로구나." 그는 잔을 들어 맛을 보고 고개를 끄덕였다. "고맙다. 가봐도 좋아."

하녀가 나가자, 그는 눈물을 찔끔거리는 흐릿한 눈으로 네드를 바라보았다. "어디까지 했지요? 아, 그래요. 아린 공에 대해 물으셨지요⋯⋯."

"그랬습니다." 네드는 정중하게 차가운 우유를 마셨다. 반갑도록 차가웠지만, 그의 입맛에는 지나치게 달았다.

"사실대로 말씀드리자면, 수관께선 한동안 본인답지 않은 모습을 보이셨습니다. 그분과 여러 해 동안 협의회에 함께 앉았고, 징후를 읽어야 마땅했건만, 저는 그게 그분이 오랫동안 무거운 짐을 충실히 짊어진 탓이라 여겼습니다. 그분의 넓은 어깨는 왕국의 온갖 문제에 짓눌려 있었고, 그것만이 아니었지요. 아드님은 자주 아팠고, 아린 부인께선 불안한 나머지 아이에게서 한시도 눈을 떼지 않았습니다. 튼튼한 사람이라도 지칠 만한 상황인데, 존 공은 젊지도 않았지요. 우울하고 지쳐 보이셨던 것도 놀랍지 않습니다. 아니, 어쨌든 당시에 저는 그렇게 생각했습니다. 지금은 그렇게 확신할 수가 없군요." 그는 무겁게 고개를 저었다.

"마지막 병세에 대해서는 어떤 말씀을 해주실 수 있겠습니까?"

대학사는 두 손을 펼쳐 무력한 슬픔을 표현했다. "존 아린 공이 어느 날 어떤 책에 관해 물어보려 찾아오셨는데, 언제나처럼 건강하고 정정하셨으되, 무엇인가 깊이 심란해하는 모습이었습니다. 다음 날 아침에는 통증에 몸을 비틀고 계셨고, 아픔이 심하여 침대에서 일어나지도 못하셨습니다. 콜먼 학사는 배에 한기가 들었다고 생각했습니다. 날씨는 더웠고, 수관께선 와인을 차갑게 드실 때가 많았는데, 그러면 소화에 문제가 생기기 쉽지요. 존 공은 계속 쇠약해졌고 제가 직접 가봤습니다만, 신들은 제게 그분을 구할 힘을 주시지 않았습니다."

"콜먼 학사를 나가게 하셨다 들었습니다."

대학사의 고갯짓은 빙하의 움직임처럼 느리고 신중했다. "그랬지요. 그 문제로 라이사 부인은 절 용서하지 않을 것 같습니다. 제가 틀렸을지도 모르지만, 당시에는 그게 최선이라 생각했습니다. 콜먼은 제게 아들과 같은 사람이고, 그 능력에 대한 평가에는 조금도 굽힘이 없으나, 젊은 사람들은 늙은 몸의 허약함을 이해하지 못할 때가 많지요. 콜먼 학사는 하제와 고추즙으로 아린 공의 몸을 정화하려고 했는데, 그러다가 오히려 해하지 않았나 저어됐습니다."

"아린 공이 마지막에 한 말이라도 있습니까?"

파이셀은 이마에 주름을 잡았다. "수관께선 마지막으로 열병에 시달리며 로버트라는 이름을 몇 번 외치셨지만, 아들을 부르셨는지 왕을 부르셨는지는 모르겠습니다. 라이사 부인은 아들까지 아플까 두려워서 아이가 병실에 들어오지 못하게 했지요. 왕은 찾아오셨고, 몇 시간이고 침대 옆에 앉아서 오래전 이야기를 하고 농담을 하시며 존 공의 기운을 북돋우려 하셨습니다. 보기에도 애정이 극진하셨지요."

"다른 것은 없었습니까? 유언이나?"

"모든 희망이 사라졌음을 알았을 때, 고통을 덜기 위해 제가 수관께 양귀비즙을 드렸습니다. 마지막으로 눈을 감으시기 직전에 왕과 아린 부인에게 뭔가 속삭이시고, 아들에게 축복을 내리셨지요. '씨가 강하다'고 하셨습니다. 마지막에 가서는 발음이 뭉개져서 이해하기가 어려웠습니다. 죽음은 다음 날 아침까지 찾아오지 않았습니다만, 양귀비즙을 드신 후에는 평화로우셨고, 말씀은 더 없었습니다."

네드는 우유를 한 모금 더 삼키면서, 달큰한 맛에 구역질을 하지 않으려고 애썼다. "혹시 아린 공의 죽음에 부자연스러운 구석이 있어 보였습니까?"

"부자연스럽다니요?" 나이 든 학사의 목소리는 속삭이듯 가늘었다. "아니, 그렇게 말씀드리진 못하겠습니다. 분명히 슬픈 일이야 하지요. 하나 죽음이란 일면 가장 자연스러운 일입니다, 에다드 공. 아린 공은 이제 겨우 짐을 내려놓고 편히 쉬고 계십니다."

"아린 공의 병세 말인데, 다른 사람에게서 비슷한 병을 보신 적이 있습니까?" 네드가 물었다.

"저는 40년 가까이 칠왕국의 대학사로 있었습니다. 우리 훌륭하신 로버트 왕과 그 전의 아에리스 타르가르옌, 그리고 그 전에는 그 부왕이신 재해리스 2세도 모신 데다가 재해리스의 부왕이신 '행운 왕' 아에곤 5세 치하에서도 몇 달을 있었지요. 저는 기억할 수도 없을 만큼 많은 병증을 보았습니다. 이렇게 말씀드리지요. 모든 증상이 다르고, 모든 증상이 비슷하다고요. 존 공의 죽음은 다른 죽음보다 이상할 게 없었습니다."

"그 부인은 다르게 생각하던데요."

대학사는 고개를 끄덕였다. "이제 기억이 납니다. 미망인께서 스타크 부인과 자매 지간이시지요. 늙은이의 직설을 용서받을 수 있다면, 비탄은 가장 강하고 잘 훈련받은 정신조차 어지럽힐 수 있거니와, 라이사 부인은 그런 정신조차 아니었다고 말하겠습니다. 마지막 사산 이후로 그늘진 데마다 적을 보며 살았는데, 남편의 죽음까지 경험하니 엄청난 충격에 갈피를 못 잡으셨어요."

"그렇다면 존 아린이 갑작스러운 병으로 죽었다고 확신하십니까?"

"그렇습니다." 파이셀은 근엄하게 내납했다. "훌륭하신 수관님, 병이 아니라면 달리 무엇일 수 있겠습니까?"

"독." 네드는 조용히 제안했다.

파이셀의 게슴츠레하던 눈이 반짝 뜨였다. 나이 든 학사는 불편한 듯 자세를 바꿨다. "심란한 생각입니다. 그런 일이 흔히 일어나는 자유도시가 아니지 않습니까. 대학사 애셀무어께서 모든 인간은 그 마음속에 살인자를 품고 있다 적으셨습니다만, 그렇다 해도 독살범은 경멸할 가치조차 없는 존재이지요." 파이셀은 생각에 빠진 눈으로 잠시 침묵했다. "말씀하신 의견도 가능하기는 합니다만, 저는 그렇게 생각하지 않습니다. 속한 곳 없는 떠돌이 학사라도 누구나 보통의 독들에 대해 아는데, 아린 공은 징후를 보이지 않았습니다. 그리고 만인에게 사랑받는 수관이셨지요. 대체 어떤 사람 거죽을 쓴 괴물이 그렇게 고결한 분을 살해한단 말입니까?"

"독은 여인의 무기라 들었습니다만."

파이셀은 생각에 잠겨 수염을 쓸었다. "그렇게들 말하지요. 여자들, 비겁자들…… 그리고 내시들." 그는 헛기침을 하더니 골풀 깔개에 걸쭉한 가래를 뱉어냈다. 머리 위 까마귀 방에서 까마귀 한 마리가 큰 소리로 울었다. "바리스 공이 리스에서 노예로 태어났다는 점을 알고 계셨습니까? 거미들을 믿지 마십시오."

네드가 굳이 들을 필요도 없는 이야기였다. 바리스에게는 어딘가 소름이 끼치는 구석이 있었다. "기억하겠습니다, 대학사. 그리고 도움에 감사드립니다. 시간을 많이 빼앗았군요." 네드가 일어섰다.

대학사 파이셀은 천천히 의자를 밀어내고 일어서서 네드를 문까지 배웅했다. "미력하나마 마음을 편하게 해드렸다면 좋겠군요. 제가 할 수 있는 다른 일이 있다면 말씀만 하십시오."

"한 가지만. 발병하기 전날에 존에게 빌려주셨다는 책을 검토해보고 싶습니다."

"별로 재미있진 않을 겁니다. 말레온 대학사께서 대가문들의 혈통에 대해 적은 두꺼운 책이랍니다."

"그래도 보고 싶습니다."

노인은 문을 열었다. "알겠습니다. 여기 어딘가에 있을 겁니다. 찾아내면 바로 거처로 보내드리지요."

"정말 고맙습니다." 네드는 말하고 나서 뒤늦게 생각이 나 덧붙였다. "마지막으로 한 가지만 더. 아린 경이 죽음을 맞을 때 왕이 침대 옆에 있었다고 하셨는데, 왕비도 함께 있었습니까?"

"아니, 아닙니다. 왕비님과 자녀분들은 왕비의 아버님과 동행하여 캐스털리록에 여행을 가 계셨습니다. 직전에 타이윈 공께서 수행단을 이끌고 조프리 왕자님의 명명일 마상 시합에 참여하러 오셨거든요. 분명 아드님이신 제이미가 우승자의 왕관을 받는 모습을 기대하셨겠습니다만, 안타깝게도 실망하셨지요. 제가 왕비님께 아린 공의 갑작스러운 죽음을 전했습니다. 그렇게 무거운 마음으로 새를 날린 적이 없었답니다."

"어두운 날개에, 어두운 소식." 네드가 중얼거렸다. 어렸을 때 낸 할멈이 가르쳐준 속담이었다.

"입이 건 여자들이 그런 말을 하지요. 하지만 늘 그렇진 않습니다. 루윈 학사의 새가 아드님인 브랜에 대한 소식을 전했을 때는 성안에 사는 모든 충직한 이들의 마음을 가볍게 해주지 않았습니까?"

"말씀대롭니다, 대학사."

"신들은 자비로우십니다." 파이셀은 고개를 숙였다. "원하시는 만큼 자주 찾아주십시오, 에다드 공. 저는 섬기기 위해 있는 몸이니."

'그렇지. 하지만 누구를?' 네드는 닫히는 문을 뒤로 하고 생각했다.

거처로 돌아가는 길에 그는 수관의 탑을 오르는 구불구불한 계단에서 한쪽 다리로만 균형을 잡으려고 애쓰며 팔을 풍차처럼 돌리고 있는 아리아와 마주쳤다. 거친 돌이 맨발에 상처를 냈다. 네드는 멈춰 서서 딸을 보았다. "아리아, 뭘 하는 거냐?"

"시리오가 물의 춤꾼은 발가락 하나로만 몇 시간씩 서 있을 수 있어야 한대요." 아리아는 균형을 잡으려고 두 팔을 허공에 휘둘렀다.

네드는 웃을 수밖에 없었다. "어느 발가락으로?" 그는 놀리며 물었다.

"어느 발가락이든지요." 아리아는 짜증을 내며 대답했다. 아리아는 폴짝 뛰어 오른발에서 왼발로 중심을 바꾸었고, 균형을 다시 찾기 전까지 위험하게 휘청거렸다.

"꼭 여기에 서야겠느냐? 이 계단에서 넘어지면 한참 힘들게 떨어질 텐데."

"시리오가 물의 춤꾼은 절대 넘어지지 않는대요." 아리아는 다리를 내리고 두 발로 섰다. "아버지, 이제 브랜이 와서 우리랑 살아요?"

"한동안은 무리일 게다, 아가야. 브랜은 힘을 다시 되찾아야 해."

아리아는 입술을 깨물었다. "브랜이 나이가 차면 뭐가 되는 거죠?"

네드는 아리아 옆에 무릎을 꿇었다. "그 답을 찾을 시간은 몇 년이나 있단다, 아리아. 지금은 브랜이 살았다는 사실만 알면 충분해." 윈터펠에서 새가 날아온 날, 에다드 스타크는 이 성에 있는 신의 숲으로 딸들을 데려갔다. 느릅나무와 오리나무와 검은 미루나무들이 강을 내려다보는 숲이었다. 그 숲의 심장 나무는 거대한 참나무로, 늙은 가지마다 스모크베리 덩굴이 뒤덮여 있었다. 그들은 영목을 대하듯 그 나무 앞에 무릎을 꿇고 감사를 바쳤다. 달이 뜨는 사이 산사는 잠들었고, 아리아는 몇 시간 후에 네드의 망토를 덮고 풀밭에 몸을 말고 잤다. 그는 어두운 시간 내내 홀로 기도했다. 도시 위로 동이 텄을 때는 딸들이 누운 자리 주위로 검붉은 용의 입김(dragon's breath) 꽃이 피어 있었다. 산사가 그에게 속삭였다. "브랜 꿈을 꿨어요. 그 애가 웃는 얼굴을 봤어요."

지금은 아리아가 말하고 있었다. "브랜은 기사가 되려고 했어요. 킹스가드의 근위기사요. 여전히 기사가 될 수 있나요?"

"아니." 네드는 말했다. 딸에게 거짓말을 해봐야 소용없었다. "하지만 브랜은 언젠가 큰 성채의 주인이 되어 왕의 협의회에 앉을 수도 있지. 건설자 브랜던처럼 성들을 지을 수도 있고, 아니면 배를 몰아 일몰해(海)를 가로지르거나, 네 어머니의 신앙을 따라 종단에 들어가서 최고성사가 될 수도 있어." 하지만 결코 늑대 옆에서 달리지는 못하겠지. 네드는 말로 꺼내기엔 너무나 깊은 슬픔을 느끼며 생각했다. 여인과 함께 눕지도, 아들을 품에 안지도 못하겠지.

아리아는 고개를 한쪽으로 기울였다. "저도 왕의 협의회에 들어가고 성을 짓고 최고성사가 될 수 있어요?"

"너는……." 네드는 딸의 이마에 가볍게 입을 맞추며 말했다. "왕과 결혼하여 그 성을 통치할 것이고, 네 아들들은 기사와 왕자와 영주들이 되고…… 그래, 어쩌면 최고성사가 될지도 모르지."

아리아는 얼굴을 찌푸렸다. "아니, 그건 산사죠." 아리아는 오른쪽 다리를 접어 들고 다시 균형을 잡았다. 네드는 한숨을 내쉬고 딸 곁을 떠났다.

거처에 들어선 네드는 땀에 젖은 비단옷을 벗고 침대 옆에 놓인 수반 찬물로 머리를 씻었다. 네드가 얼굴을 닦는데 알린이 들어왔다. "영주님, 베일리시 공이 접견을 청합니다."

"내 개인 방으로 안내하게." 네드는 새 옷 중에서 그나마 가장 가벼운 리넨 튜닉에 손을 뻗으며 말했다.

네드가 들어갔을 때 리틀핑거는 창가 자리에 앉아서 아래 훈련장에서 검술 연습을 하는 킹스가드 기사들을 지켜보고 있었다. 그는 아쉬운 듯이 말했다. "늙은 셀미의 머리가 그 칼만큼 빨리 움직이기만 한다면, 우리 회의가 훨씬 활기 넘칠 텐데 말입니다."

"바리스탄 경은 킹스랜딩에서 가장 용맹하고 명예로운 분이오." 네드는 킹스가드 단장인 흰머리의 노기사에게 깊은 존경심을 품게 된 바 있었다.

"그리고 가장 지루하지요." 리틀핑거가 덧붙였다. "하지만 시합에서는 잘할 겁니다. 작년에는 '사냥개'를 말에서 떨어뜨렸고, 겨우 4년 전만 해도 우승자였죠."

누가 마상 시합에서 이길까 하는 문제는 에다드 스타크의 흥미를 전혀 끌지 못했다. "이 방문에 이유가 있는 거요, 아니면 그냥 내 창문으로 보이는 풍경을 즐기러 온 거요, 피터 공?"

리틀핑거는 미소 지었다. "캣에게 당신의 조사를 돕겠다고 약속했기에, 약속대로 했습니다."

네드는 그 말에 깜짝 놀랐다. 약속을 했든 안 했든, 그는 지나치게 약삭

빨라 믿음이 가지 않았으니 말이다. "뭔가 찾은 거요?"

"사람을 찾았지요. 정확히는 네 명입니다. 예전 수관의 하인들에게 질문을 할 생각은 해봤습니까?"

네드는 얼굴을 찌푸렸다. "할 수만 있다면야 했겠지. 아린 부인은 가솔을 이끌고 이어리로 돌아가버렸소." 라이사는 그 점에 있어서 그에게 전혀 도움을 주지 않았다. 존 아린에게 가장 가까이 있었던 이들은 라이사가 달아날 때 모두 함께 가버렸다. 존의 학사, 집사, 위병대장, 기사와 가신들 모두.

"대부분의 가솔이지, 다는 아닙니다. 남은 사람이 몇 명 있어요. 임신하고 서둘러 렌리 공의 마부 하나와 결혼을 한 부엌데기, 도시 경비대에 들어간 마구간지기, 도둑질을 했다는 이유로 해고당한 잡일꾼, 그리고 아린 공의 종자."

"종자?" 네드는 반갑게 놀랐다. 종자라면 오간 일에 대해 많이 알 법했다.

리틀핑거가 이름을 거론했다. "아린 협곡의 휴 경입니다. 아린 공이 숨은 후에 왕이 기사로 서임했지요."

"휴 경을 불러야겠군. 다른 이들도."

리틀핑거가 움찔했다. "스타크 공, 괜찮다면 이쪽 창가로 와보시죠."

"왜 그러시오?"

"오면 보여드리겠습니다."

네드는 찌푸린 얼굴로 창가에 다가갔다. 피터 베일리시가 짐짓 자연스럽게 움직였다. "저기, 훈련장 건너편 무기고 문 앞에, 계단 옆에 쪼그리고 앉아서 기름 숫돌에 검을 갈고 있는 소년이 보입니까?"

"그게 어떻다는 거요?"

"저 아이는 바리스에게 보고합니다. '거미'는 당신과 당신이 하는 모든 일에 크나큰 관심을 두고 있지요." 그는 창가 자리에서 자세를 바꿨다. "이 제 벽 쪽을 슬쩍 보십시오. 서쪽으로 더 멀리, 마구간 위로. 성곽에 기대어 선 근위병 보입니까?"

네드는 그 남자를 보았다. "또 그 내시의 첩보원이오?"

"아니요, 저자는 왕비 쪽입니다. 저자가 이 탑의 문이라는 아름다운 풍 경을 즐기고 있는 걸 보십시오. 누가 당신을 찾아오는지 알기 좋겠지요. 다른 자들도 있습니다. 내가 모르는 자들도 많습니다. 레드킵에는 지켜보 는 눈이 가득해요. 내가 왜 캣을 매음굴에 숨겼다고 생각합니까?"

에다드 스타크는 이런 간계에 아무런 경험이 없었다. "일곱 지옥이여." 그는 탄식했다. 성곽에 선 남자가 그를 바라보는 것 같았다. 갑자기 불편 해진 네드는 창가에서 멀어졌다. "이 저주받은 도시에선 모두가 누군가의 정보원인가?"

"그렇지도 않지요." 리틀핑거가 손가락을 꼽으며 말했다. "어디 보자, 내 가 있고, 당신이 있고, 왕이 있고……. 아니, 생각해보니 왕은 왕비에게 지 나치게 많은 말을 하고, 당신에 대해서도 확신은 못하겠군요." 그는 일어 섰다. "당신 부하 중에 완벽하게 믿는 사람이 있습니까?"

"있소." 네드가 말했다.

"그렇다면 나는 발리리아에 공에게 기꺼이 팔고 싶은 쾌락의 궁전이 있 겠습니다." 리틀핑거는 비웃음을 띠고 말했다. "그보다는 없다는 대답이 현명했겠습니다만, 일단 그렇다고 치지요. 그 모범적인 부하를 휴 경과 다 른 이들에게 보내세요. 직접 오가는 길은 모두 주목을 받지만, 아무리 거 미 바리스라도 당신을 섬기는 모든 사람을 늘 감시할 순 없습니다." 그는 문 쪽으로 걸음을 옮겼다.

"피터 공." 네드는 그 뒤에서 말했다. "도와줘서 고맙소. 당신을 불신한 게 잘못이었을지도 모르겠구려."

리틀핑거는 작은 뾰족 수염을 만지작거렸다. "배움이 늦군요, 에다드 공. 날 믿지 않은 게 말에서 내린 후에 당신이 취한 제일 현명한 행동이었습니다."

새로운 대원이 훈련장에 들어섰을 때, 존은 대리언에게 측면 공격을 잘하는 방법을 가르쳐주고 있었다. "두 발을 더 넓게 벌려야 해. 균형을 잃으면 안 되거든. 잘했어. 이제 공격하면서 몸을 회전해, 온몸의 무게를 칼에실어."

대리언이 동작을 멈추더니 면갑을 들어 올리고 중얼거렸다. "일곱 신이시여. 저것 좀 봐, 존."

존은 고개를 돌리고, 투구 눈 구멍을 통해 이제까지 본 중에 가장 뚱뚱한 소년이 무기고 문 앞에 선 모습을 보았다. 몸무게가 130킬로그램이 넘어 보였다. 턱살이 자수가 들어간 전포의 모피 옷깃을 다 가렸다. 커다란 보름달 같은 얼굴에 색이 옅은 눈동자가 불안하게 움직였고, 통통하고 땀에 젖은 손가락을 벨벳 더블릿에 문질렀다. "여…… 여기로 와서…… 훈련을 받으라던데요." 그는 누구에게랄 것 없이 말했다.

핍이 존에게 말했다. "귀족인데. 남부 사람, 하이가든 근처쯤일 거야." 핍은 유랑극단에서 칠왕국을 여행하고 다녔고, 누구든 말하는 소리만 들으면 어디 출신의 어떤 사람인지 알 수 있다고 자랑했다.

뚱뚱한 소년의 가장자리에 모피를 덧댄 전포 가슴팍에는 걸어가는 사냥꾼의 모습이 진홍색으로 수놓여 있었다. 존은 그 문장을 알지 못했다. 알리서 쏜 경이 새로 맡은 소년을 보더니 말했다. "남쪽에서 보낼 밀렵꾼과 도둑이 떨어졌나 보군. 이젠 돼지를 보내서 장벽을 지키라니. 모피와 벨벳이 네가 생각하는 갑옷인가, 햄덩이 나리?"

곧 신병이 자기 갑옷을 가져왔음이 드러났다. 속을 푹신하게 채운 더블릿, 가죽 방호복, 사슬 갑옷과 철판 갑옷과 투구에 심지어는 나무와 가죽으로 만들어서 전포와 똑같은 사냥꾼 문장을 과시하는 거대한 방패까지 있었다. 하지만 죄다 검은색이 아니었고, 알리서 경은 소년이 무기고에서 장비를 다시 갖춰야 한다고 고집했다. 그러느라 오전의 절반이 지나갔다. 소년의 허리둘레 때문에 도날 노이는 쇠사슬 갑옷을 분리한 다음 옆면에 가죽 조각을 대어 수리해야 했다. 소년의 머리에 투구를 씌우기 위해서는 면갑을 떼어내야 했다. 가죽 방호구가 다리 주위와 팔 아래를 너무 꽉 죄는 바람에 움직이기도 힘들었다. 새로 온 수년은 전투복을 입자 너무 구워서 터지기 직전이 된 소시지처럼 보였다. 알리서 경이 말했다. "네가 겉보기만큼 엉망은 아니길 빌어보자. 할더, 돼지 경이 뭘 할 수 있나 알아봐라."

존 스노우는 얼굴을 찌푸렸다. 할더는 채석장에서 태어나서 석공 견습일을 했었다. 열여섯 살에 키가 크고 근육질이었고, 존이 이제까지 겪어본 그 누구 못지않게 매서운 공격을 퍼부었다. "이건 창녀 엉덩이보다 더 흉해지겠는데." 핍이 중얼거렸고, 실제로 그랬다.

시합한 지 1분도 되기 전에 뚱뚱한 소년은 바닥에 쓰러졌고, 깨진 투구와 통통한 손가락 사이로 피를 흘리며 온몸을 떨었다. 소년은 새된 소리로 외쳤다. "항복. 그만해요, 항복할 테니 때리지 마." 래스트와 다른 몇몇이 낄낄거리며 웃었다.

그래도 알리서 경은 끝을 선언하지 않았다. "일어서라, 돼지 경. 검을 집어라." 소년이 계속 바닥에 붙어 있자 쏜은 할더에게 손짓했다. "저 녀석이 일어설 때까지 칼등으로 쳐라." 할더는 머뭇거리며 위로 쳐든 상대의 뺨을 찰싹 때렸다. "그보다는 세게 칠 수 있을 텐데." 쏜이 비웃었다. 할더는 양손으로 장검을 쥐고, 칼등으로 쳤는데도 가죽이 갈라질 정도로 세게 내리쳤다. 새로 온 소년은 고통스러운 비명을 질렀다.

존 스노우가 한 발 앞으로 나섰다. 핍이 무장한 손으로 그의 팔을 잡았다. "존, 안 돼." 몸집 작은 소년은 불안한 눈으로 알리서 쏜 경을 슬쩍 보며 속삭였다.

"일어서라." 쏜이 다시 말했다. 뚱뚱한 소년은 일어서려고 버둥거리다가 미끄러져서 다시 주저앉았다. "돼지 경이 이제 좀 알아들으려고 하는군." 알리서 경이 평했다. "다시."

할더는 다시 검을 들어 올렸다. "우리한테 햄을 잘라줘!" 래스트가 낄낄거리며 부추겼다.

존은 핍의 손을 떨쳐냈다. "할더, 그만해."

할더는 알리서 경을 보았다.

"서자께서 말씀하시니 백성들이 덜덜 떠는구먼." 훈련대장이 특유의 날카롭고 차가운 목소리로 말했다. "여기 훈련대장은 나라는 점을 다시 알려주마, 스노우 나리."

"저 녀석을 봐, 할더." 존은 쏜을 최대한 무시하면서 설득을 시도했다. "쓰러진 상대를 때리는 건 명예로운 일이 아니야. 항복했잖아." 존은 뚱뚱한 소년 옆에 무릎을 꿇었다.

할더는 검을 내리고 존의 말을 따라 했다. "항복했지."

알리서 경의 마노석 같은 눈이 존 스노우를 노려봤다. "우리 서자께서 사랑에 빠지셨나 보군." 그는 존이 뚱뚱한 소년을 부축해 일으키는 동안 말했다. "칼을 보여라, 스노우 나리."

존은 장검을 뽑았다. 그는 알리서 경을 거역하는 위험을 무릅썼고, 이제는 정도를 넘은 게 아닌가 두려웠다.

쏜은 미소 지었다. "서자가 사랑하는 여인을 지키고 싶다 하니, 그러게 해줘야지. 쥐새끼, 여드름, 여기 돌머리를 도와줘라." 래스트와 알벳이 할더에게 합류했다. "너희 셋이면 돼지 아가씨가 끽끽거리게 만드는 데 충분하겠지. 서자의 방어를 뚫기만 하면 된다."

"내 뒤에 있어." 존은 뚱뚱한 소년에게 말했다. 알리서 경은 이전에도 그에게 상대를 둘씩 붙여준 적이 있었지만, 세 명을 붙인 적은 없었다. 오늘 밤에는 피멍이 들어 잠들 가능성이 높았다. 존은 마음을 다잡았다.

갑자기 핍이 옆에 서 있었다. "3대 2가 좀 더 낫겠지." 몸집 작은 소년은 쾌활하게 말하더니 면갑을 아래로 내리고 검을 뽑았다. 존이 말릴 생각을 하기도 전에, 그렌이 걸어 나와 세 번째 자리를 차지했다.

훈련장이 고요해졌나. 존은 알리서 경의 시선을 느낄 수 있었다. "뭘 기다리고 있나?" 알리서 경이 언뜻 부드러운 목소리로 래스트와 다른 두 소년에게 물었지만, 먼저 움직인 쪽은 존이었다. 할더는 겨우 늦지 않게 검을 쳐냈다.

존은 할더를 뒤로 밀어내고, 연이어 공격을 가하면서 이 손위 소년을 계속 몰아붙였다. '네 적을 알아라.' 로드릭 경은 그렇게 가르쳤다. 존은 할더를 알았다. 할더는 난폭하고 강하지만 인내심이 부족하고, 방어를 좋아하지 않았다. 할더에게 좌절감을 주면 틈을 보일 게 불을 보듯 뻔했다.

주위에서 다른 이들이 싸움에 합류하면서 쇳소리가 훈련장을 울렸다. 존은 머리를 노리고 들어오는 맹렬한 공격을 막아냈는데, 검과 검이 부딪칠 때 받은 충격이 팔을 따라 올라왔다. 존은 측면 공격으로 할더의 갈비뼈를 때렸고, 그 보상으로 고통을 꾹 삼키는 소리를 들었다. 반격은 존의 어깨로 들어왔다. 사슬 갑옷이 으스러졌고, 통증에 목이 확 달아올랐지만, 할더가 한 순간 균형을 잃었다. 존은 아래로 할더의 왼쪽 다리를 베었고, 할더는 욕설을 뱉으며 요란하게 쓰러졌다.

그렌은 존이 가르친 대로 물러서지 않고 공격을 견디며 생각보다 알벳을 잘 상대했지만, 핍은 애를 먹고 있었다. 래스트는 핍보다 두 살 위였고 20킬로그램은 더 나갔다. 존은 래스트의 뒤로 다가가서 이 강간범의 투구를 종처럼 울렸다. 래스트가 비틀거리자 핍이 그 방어를 뚫고 들어가서 쓰러뜨리고는, 목에 칼날을 댔다. 그때쯤 존은 이미 이동해 있었다. 두 명을 상대하게 된 알벳은 물러서며 외쳤다. "항복한다."

알리서 쏜 경은 역겹다는 표정으로 그 장면을 살폈다. "오늘의 익살극은 충분히 길었다." 그는 자리를 떠났다. 훈련은 끝났다.

대리언이 할더를 도와 일으켰다. 채석공의 아들은 투구를 비틀어 벗더니 훈련장 저편으로 던졌다. "잠깐이지만 드디어 널 이긴 줄 알았어, 스노우."

"잠깐이지만 그랬어." 존이 대꾸했다. 사슬 갑옷과 가죽 방호구 아래 어깨가 욱신거렸다. 존은 검을 검집에 넣고 투구를 벗으려 했지만, 팔을 들어 올리자 통증에 이를 악물어야 했다.

"내가 할게." 누군가가 말하더니, 굵은 손가락이 목가리개에서 투구를 풀어 가만히 들어 올렸다. "다쳤어?"

"멍 드는 정도야 처음도 아니지." 존은 어깨를 만져보고 얼굴을 찌푸렸다. 훈련장이 텅 비어갔다.

뚱뚱한 소년의 머리카락에 피가 엉겨 붙어 있었다. 할더가 투구를 박살 낸 자리였다. "내 이름은 샘웰 탈리이고, 혼⋯⋯." 소년은 말을 멈추고 입술을 핥았다. "그러니까, 혼힐(Horn Hill, 뿔 언덕) 출신이라고. 이제는⋯⋯ 떠나왔지만. 난 검은 옷을 입으러 왔어. 아버지는 하이가든의 티렐 가문 휘하 영주인 랜딜 공이야. 내가 후계자였는데, 다만⋯⋯." 소년은 말끝을 흐렸다.

"난 존 스노우, 윈터펠의 네드 스타크의 서자야."

샘웰 탈리는 고개를 끄덕였다. "어…… 원한다면 날 샘이라고 불러도 돼. 어머니는 샘이라고 부르셔."

핍이 다가오며 말했다. "이 녀석은 스노우 나리라고 불러도 돼. 어머니가 뭐라고 부르는지는 알고 싶지 않을 테고."

"이 둘은 그렌과 피파야." 존이 말했다.

"그렌이 못생긴 놈이지." 핍이 말했다.

그렌은 험상궂은 얼굴로 대꾸했다. "네가 나보다 못생겼거든. 최소한 난 박쥐 같은 귀는 안 달렸어."

"모두에게 고맙다." 뚱뚱한 소년이 진지하게 말했다.

"왜 일어나서 싸우지 않았어?" 그렌이 물었다.

"그러고 싶었어. 정말이야. 다만…… 그럴 수가 없었어. 또 맞고 싶지 않았어." 그는 바닥을 보았다. "아…… 안타깝지만 난 겁쟁이야. 아버지가 언제나 그랬어."

그렌은 벼락이라도 맞은 얼굴이었다. 원래 모든 일에 할 말이 있는 핍조차도 할 말을 찾지 못했다. 대체 어떤 남자가 자진해서 겁쟁이라고 선언한단 말인가?

샘웰 탈리는 모두의 얼굴을 보고 생각을 읽은 모양이었다. 그는 존과 눈을 마주쳤다가, 겁먹은 짐승처럼 재빨리 시선을 돌렸다. "미…… 미안해. 나…… 나라고 이런 사람이고 싶어서 이런 건 아니야." 그는 무거운 걸음으로 무기고를 향해 걸어갔다.

존이 그 뒤에 대고 외쳤다. "넌 다쳤잖아. 내일이면 더 나아질 거야."

샘은 음울하게 한쪽 어깨 너머로 그를 돌아보더니, 눈을 깜박여 눈물을 밀어 넣으며 말했다. "아니, 아닐 거야. 난 절대 나아지지 않아."

샘이 사라지자 그렌이 얼굴을 찌푸렸다. 그렌은 마뜩지 않다는 듯 말했다. "비겁자를 좋아하는 사람은 없어. 도와주지 말 걸 그랬다. 다들 우리도 비겁자라고 생각하면 어쩌지?"

"넌 너무 멍청해서 비겁자가 못 돼." 핍이 그렌에게 말했다.

"아니거든." 그렌이 말했다.

"맞거든. 숲 속에서 곰이 널 공격하면, 넌 너무 멍청해서 도망치지도 못할걸."

"아니야. 내가 너보다 빨리 도망칠 거야." 그렌은 우기다가, 핍의 히죽거리는 얼굴을 보고서야 방금 무슨 말을 했는지 깨닫고 험상궂은 얼굴로 말을 멈췄다. 굵은 목이 시뻘겋게 달아올랐다. 존은 말다툼을 하는 두 사람을 두고 무기고로 돌아가서 검을 걸고, 낡은 갑옷을 벗었다.

캐슬블랙의 삶은 단조롭게 흘러갔다. 오전은 검술 연습, 오후는 일이었다. 검은 형제들은 신병들을 다양한 작업에 투입하여, 어디에 재주가 있는지 알아내려 했다. 존은 고스트와 함께 나갔다가 사령관의 식탁에 오를 사냥감을 가지고 돌아오는 드문 오후를 소중히 여겼다. 하지만, 사냥을 나가는 날이 하루 찾아올 때마다, 무기고에서 외팔이 대장장이 도날 노이가 날이 무뎌진 도끼를 가는 동안 숫돌을 돌리거나 새로운 검을 단조하는 동안 풀무질하는 날이 십여 일씩은 있었다. 그 밖에도 심부름을 하거나, 보초를 서거나, 마구간을 청소하거나, 화살에 깃을 붙이거나, 아에몬 학사를 도와 새들을 돌보거나, 보웬 마시를 도와서 회계와 재고 조사를 하기도 했다.

그날 오후 파수대장은 존을 막 부순 돌 조각이 담긴 통 네 개와 함께 권양기 우리에 들여보냈고, 장벽 위 얼어붙은 통로에 돌 조각을 뿌리는 일을 시켰다. 옆에 고스트가 있다고는 해도 외롭고 지루한 작업이었지만, 존은 그 일이 싫지 않았다. 맑은 날이면 장벽 꼭대기에서 세상 절반을 볼 수 있었고, 공기는 언제나 차갑고 상쾌했다. 여기에서는 생각을 할 수 있었고,

존은 저도 모르게 샘웰 탈리를 생각하고 있었다……. 그리고 묘하게도 티리온 라니스터가 떠올랐다. '대부분 사람들은 힘든 진실을 직시하느니 부인해버리지.' 그 난쟁이는 웃으면서 그렇게 말했었다. 세상에는 영웅인 척하는 비겁자가 가득했다. 샘웰 탈리처럼 비겁함을 인정한다는 건 이상한 종류의 용기였다.

아픈 어깨 때문에 작업이 더뎠다. 존은 오후 늦게야 길에 돌 조각 뿌리기를 끝냈다. 그는 높은 곳에 남아서 해가 지며 서쪽 하늘을 핏빛으로 물들이는 광경을 지켜보았다. 마침내, 북부에 땅거미가 지는 가운데 존은 빈 통들을 우리 안에 굴려 넣고 권양기 담당자에게 내려달라는 신호를 보냈다.

존과 고스트가 휴게실에 도착했을 때는 저녁 식사가 거의 끝난 상태였다. 검은 형제들 한 무리가 불 가까이에서 멀드와인을 마시며 주사위를 굴리고 있었다. 존의 친구들은 서쪽 벽 제일 가까이 있는 자리에 앉아서 웃고 있었다. 핍이 이야기 중이었다. 이 귀가 큰 배우 아들은 타고난 거짓말쟁이였고, 다른 목소리를 백 개는 낼 수 있어서 이야기를 한다기보다는 보여주었다. 한 순간은 왕이었다가, 다음 순간에는 돼지치기가 되었고, 술집여자나 순결한 공주로 변할 때는 높은 가성을 써서 모두가 주체하지 못하고 웃다가 눈물을 흘리게 만들었으며, 내시 연기로 언제나 으스스할 정도로 알리서 경을 정확히 희화화하는 등 필요한 모든 배역을 연기했다. 존도 누구 못지않게 핍의 익살을 좋아했지만…… 그날 밤 존은 몸을 돌려 자리 끝으로 향했다. 샘웰 탈리가 다른 사람들과 최대한 멀리 떨어져서 혼자 앉아 있었다.

존이 맞은편에 앉았을 때 그는 요리사들이 저녁 식사로 내놓은 돼지고기 파이를 다 먹어가는 중이었다. 고스트를 보고 뚱뚱한 소년은 눈을 휘둥그레 떴다. "그거 늑대야?"

"다이어울프야. 이름은 고스트. 다이어울프는 내 아버지 가문의 문장이지."

"우리 문장은 걷는 사냥꾼인데." 샘웰 탈리가 말했다.

"사냥 좋아해?"

뚱뚱한 소년은 몸서리를 쳤다. "싫어해." 마치 다시 울기라도 할 듯한 얼굴이었다.

존은 물었다. "이번엔 뭐가 문제야? 왜 넌 늘 겁에 질려 있어?"

샘은 마지막으로 남은 돼지고기 파이를 바라보며, 말을 꺼내기도 무섭다는 듯 고개만 약하게 저었다. 터져 나온 웃음소리가 휴게실을 채웠다. 존은 핍이 내는 높고 날카로운 목소리를 듣고 일어섰다. "밖으로 나가자."

둥글고 뚱뚱한 얼굴이 의심에 차서 존을 올려다보았다. "왜? 나가서 뭘 하려고?"

"대화. 장벽은 봤어?"

"난 뚱보지, 장님이 아니야. 물론 봤지. 높이가 200미터가 넘는데." 그래도 샘웰 탈리는 일어서서 모피를 댄 망토를 어깨에 걸치고, 마치 바깥에서 자신을 기다리는 잔인한 속임수를 의심하는 깃처럼 경계를 늦추지 않은 채 존을 따라 휴게실을 나섰다. 고스트가 두 사람 옆을 터벅터벅 걸었다. "이럴 거라곤 생각 못 했어." 걸으면서 샘이 말을 하자 차가운 공기 속에 김이 올랐다. 샘은 존을 따라잡느라 벌써 헉헉거리고 있었다. "건물은 다 무너져가고, 너무…… 너무……."

"춥고?" 된서리가 성을 뒤덮었고, 존은 신발 아래로 회색 잡초가 부서지는 조용한 소리를 들을 수 있었다.

샘은 비참하게 고개를 끄덕였다. "난 추위가 싫어. 어젯밤엔 어둠 속에서 깨어났는데 불이 꺼져 있어서 틀림없이 아침이 오기 전에 얼어 죽겠구나 했지."

"네가 살던 곳은 더 따뜻했겠지."

"지난달까지는 눈을 본 적도 없어. 아버지가 날 북부까지 데려가라고 보낸 남자들과 같이 고분 지대를 지나고 있었는데, 웬 하얀 게 비처럼 떨어지기 시작한 거야. 처음에는 하늘에서 내려오는 깃털 같다고, 정말 아름답다고 생각했지만 그게 내리고 또 내리더니 뼛속까지 얼어붙겠더라. 사람들 수염에도 눈이 쌓이고, 어깨에는 더 쌓이는데 그래도 계속 오는 거야. 영영 그치지 않는 걸까 무서웠어."

존은 미소 지었다.

반달 빛에 창백하게 번득이는 장벽이 두 사람 앞에 우뚝 섰다. 그 위 하늘에는 별들이 선명하게 타올랐다. "나보고 저 위로 올라가라고 할까?" 샘이 물었다. 거대한 나무 계단을 바라보는 샘의 얼굴이 얼어붙었다. "저길 올라가야 한다면 난 죽고 말 거야."

존이 손가락으로 가리키며 말했다. "권양기가 있어. 우리에 실어 끌어올릴 수 있지."

샘웰 탈리는 코를 훌쩍였다. "난 높은 곳을 좋아하지 않아."

이건 너무 심했다. 존은 믿을 수기 없어서 얼굴을 찡그렸다 "너 다 무서워? 이해가 안 가는데. 네가 정말 그렇게 겁쟁이라면 왜 여기 있지? 왜 겁쟁이가 밤의 경비대에 들어오고 싶어 했어?"

샘웰 탈리는 오랫동안 존을 쳐다보았고, 그의 둥근 얼굴은 저절로 무너져 내리는 것 같았다. 그는 서리 덮인 땅에 앉아서 울기 시작했다. 숨이 꺽꺽 넘어가고 온몸이 다 흔들리는 통곡이었다. 존 스노우는 서서 지켜볼 수밖에 없었다. 고분 지대에 내렸다는 눈처럼, 샘의 눈물도 그치질 않을 것 같았다.

어떻게 해야 할지 아는 쪽은 고스트였다. 하얀 다이어울프는 그림자처럼 조용히 다가가서 샘웰 탈리의 얼굴에 흐른 따뜻한 눈물을 핥기 시작했다. 뚱뚱한 소년은 놀라서 소리를 질렀다가…… 어째서인지 다음 순간에는 흐느낌이 폭소로 변해버렸다.

존 스노우도 같이 웃었다. 그 후에 둘은 고스트를 사이에 두고 얼어붙은 땅바닥에 앉아서 망토를 둘러썼다. 존은 어떻게 롭과 함께 늦여름 눈밭에서 갓 태어난 늑대 새끼들을 찾았는지 이야기했다. 이제는 천 년 전의 일 같았다. 존은 이윽고 윈터펠에 대해서도 이야기했다.

"가끔 꿈을 꿔. 난 길고 텅 빈 홀을 걷고 있지. 내 목소리가 사방에 울려 퍼지는데 아무도 답을 하지 않아서, 난 더 빨리 걸으면서 문마다 열어젖히고 이름을 부르지. 내가 누굴 찾고 있는지조차 몰라. 대부분은 아버지이지만, 가끔은 롭일 때도 있고, 여동생 아리아, 아니면 숙부일 때도 있어." 벤젠 스타크를 생각하자 슬퍼졌다. 숙부는 아직 실종 상태였다. 늙은 곰이 그를 찾으라고 순찰대를 보냈다. 제레미 라이커가 두 번 수색을 이끌었고, 섀도타워에서 반쪽 손 쿼린도 나섰지만, 그들은 숙부가 길을 표시하기 위해 나무에 남겨둔 자국 몇 개밖에 찾지 못했다. 그 자국들은 북서쪽으로 뻗은 돌투성이 고원 지대에서 뚝 끊겼고, 벤젠 스타크의 흔적은 사라졌다.

"꿈속에서 누굴 찾아낸 적은 있어?" 샘이 물었다.

존은 고개를 저었다. "아무도. 성은 언제나 비어 있어." 그는 아무에게도 그 꿈에 대해 말한 적이 없었고, 왜 지금 샘에게 말하고 있는지 이해할 수 없었지만, 어째서인지 이야기를 하니 기분이 좋았다. "까마귀 방에도 까마귀들이 없고, 마구간에는 뼈만 가득해. 그게 언제나 무서워. 난 이제 뛰기 시작해서 문마다 열어젖히고, 한 번에 세 계단씩 탑을 올라가면서 누군가를 부르지. 누구라도. 그러다가 정신을 차려보면 지하묘지로 가는 문 앞에서 있어. 안은 캄캄하고, 나선형으로 내려가는 계단을 볼 수 있어. 어째서인지 그리로 내려가야 한다는 걸 알지만, 가고 싶지 않아. 무엇이 날 기다릴지 두려워. 그 밑에는 옛 겨울의 왕들이 발치에 돌로 만든 늑대를 두고 무릎에는 강철검을 둔 채 왕좌에 앉아 있지만, 내가 무서워하는 건 그들이 아니야. 나는 스타크가 아니라고, 여기는 내가 있을 곳이 아니라고 소리치지만 소용없어, 그래도 난 가야 해. 그래서 난 길을 밝힐 횃불 하나 없이 벽을 더듬으면서 내려가기 시작하지. 내려갈수록 어두워지고 결국 난 비명을 지르고 싶어져." 존은 민망해서 얼굴을 찌푸리며 말을 멈췄다. "언제나 그 대목에서 깨어나." 차갑게 젖은 피부로 어두운 방 안에서 벌벌 떨면서 말이다. 그러면 고스트가 옆에 뛰어올랐고, 그 온기는 새벽만큼 위로가 되었다. 존은 다이어울프의 텁수룩한 하얀 털에 얼굴을 묻고 다시 잠들곤 했다. "넌 혼힐에 대해 꿈을 꿔?" 존이 물었다.

"아니." 샘의 입매가 확 굳었다. "난 거기가 싫었어." 샘은 생각에 잠겨 고스트의 귀 뒤를 긁었고, 존은 침묵이 숨을 쉬게 내버려두었다. 샘웰 탈리는 한참 후에 입을 열었고, 존 스노우는 어쩌다가 겁쟁이라 자인하는 소년이 장벽에 오게 되었는지에 조용히 귀를 기울였다.

탈리 가문은 하이가든의 주인이자 남부의 관리자인 메이스 티렐의 휘하에 있는 명예롭고 오래된 집안이었다. 랜딜 탈리 공의 큰아들인 샘웰은 부유한 영지와 견고한 성, 그리고 발리리아 강철로 만들어 500년 가까이 아버지에게서 아들로 전해진 '심장의 파멸(Heartsbane)'이라는 역사적인 양손 대검의 계승자로 태어났다.

샘웰의 탄생으로 아버지가 느꼈을지 모르는 자랑스러움은 아이가 통통하고, 나약하고, 서툰 아이로 자라면서 자취를 감췄다. 샘은 음악을 듣고 노래를 짓고, 부드러운 벨벳 옷을 입고, 성의 주방에서 요리사들 주변을 노닐며 레몬 케이크와 블루베리 타르트를 집어 먹고 주방의 풍성한 향기를 들이마시기를 좋아했다. 샘의 열정은 책과 고양이, 그리고 서툴기는 해도 춤에 있었다. 반면 피를 보면 속이 뒤집혔고, 닭을 잡는 장면만 봐도 울었다. 샘웰을 그 아버지가 원하는 기사로 바꾸기 위해 혼힐에는 훈련대장이 열 명 넘게 왔다가 갔다. 소년은 욕을 먹고 회초리질을 당하고 언어맞고 굶었다. 어떤 사람은 샘을 더 군인답게 만든다고 사슬 갑옷을 입고 자게 했다. 또 어떤 사람은 수치심을 줘서 용맹을 불러일으키겠다고 어머니의 옷을 입혀서 안뜰을 행진시켰다. 샘은 점점 더 뚱뚱해지고 더 겁에 질리기만 했으며, 랜딜 공의 실망은 분노로 변했다가 끝내는 혐오로 변했다. "한번은······." 샘은 속삭이듯 낮은 목소리로 털어놓았다. "두 남자가 성에 왔는데, 하얀 피부에 입술이 파란 콰스의 흑마법사들이었어. 그 사람들은 들소 수컷을 도살해서 뜨거운 피에 날 목욕시켰지만, 그 사람들 장담대로 내가 용감해지진 않았어. 구역질만 했지. 아버지의 명으로 그 사람들은 채찍질을 당했고."

마침내, 긴 세월 동안 딸만 셋 낳은 후에 탈리 부인이 남편에게 두 번째 아들을 낳아주었다. 그날부터 랜딜 공은 샘을 무시하고, 더 마음에 드는 씩씩하고 사나운 어린 아들에게 모든 시간을 쏟았다. 샘웰은 몇 년 동안 음악과 책을 향유하며 달콤한 평화를 누렸다.

열다섯 번째 명명일 새벽에 깨어나서, 안장을 얹은 말이 준비된 광경을 접하기 전까지는 그랬다. 병사 셋이 혼힐 근처 숲 속으로 샘을 데려갔고, 그곳에서는 아버지가 사슴 가죽을 벗기고 있었다. "넌 이제 거의 어른이고, 내 후계자다." 랜딜 탈리 공은 긴 칼로 사슴 시체를 벗겨내며 큰아들에게 말했다. "너와 절연할 이유는 없다만, 그렇다고 네가 디콘의 것이 되어야 할 영지와 지위를 물려받게 두진 않겠다. '심장의 파멸'은 휘두를 수 있을 만큼 강한 사내에게 가야 하고, 너는 그 손잡이도 건드릴 주제가 못 된다. 그러니 오늘부로 너는 검은 옷을 입고 싶다고 선언해야겠다. 모든 권리를 네 동생에게 넘기고 저녁이 오기 전에 북쪽으로 떠나라.

가지 않는다면, 우린 내일 사냥을 할 것이고, 이 숲 어딘가에서 네 말이 발을 헛디딜 것이며, 너는 안장에서 떨어져 죽을 거다······. 적어도 네 어머니에게는 그렇게 말할 거다. 네 어머니는 여인의 심성을 지녀 너 같은 자식마저 소중히 여기니, 굳이 고통을 주고 싶진 않다. 내게 거역하기는 쉽지 않을 테니 부디 그런 생각은 거둬라. 널 돼지답게 사냥하는 것만큼 즐거운 일은 없을 테니까." 가죽 해체용 칼을 옆에 내려놓는 아버지의 팔이 팔꿈치까지 시뻘겠다. "그래서. 네 선택이다. 밤의 경비대냐……." 그는 사슴 시체에 손을 넣어 심장을 뜯어내더니, 붉은 피가 뚝뚝 떨어지는 심장을 주먹에 쥐고 말을 이었다. "……이거냐."

샘은 그런 이야기를 마치 본인이 아니라 다른 누군가에게 일어난 일처럼 차분하고 덤덤하게 말했다. 그리고 존이 보기에는 이상하게도 샘은 그 이야기를 하면서 한 번도 눈물을 흘리지 않았다. 이야기가 끝나자 두 사람은 한동안 같이 앉아서 바람 소리에 귀를 기울였다. 온 세상에 다른 소리라곤 없었다.

마침내 존이 말했다. "휴게실로 돌아가야지."

"왜?" 샘이 물었다.

존은 어깨를 으쓱였다. "뜨끈한 사과주나 멀드와인이 있을 거야. 어쩌다가 기분이 내키는 밤이면 대리언이 노래를 부르지. 대리언은 예전에 가수였어……. 음, 정확히 하자면 아니지만 거의 그랬다고 봐야지. 수습 가수였으니까."

"어쩌다가 이리로 왔대?" 샘이 물었다.

"골든그로브(Goldengrove, 금 숲)의 로완 공이 딸의 침대에서 대리언을 발견했지. 그 아가씨가 두 살 위였고, 대리언은 그 아가씨가 창문을 넘어오게 해줬다고 맹세하고 있지만, 아버지가 보는 앞에서 그 여자는 강간이라고 주장했고, 그래서 대리언은 여기 오게 됐어. 아에몬 학사는 대리언의 노랫소리를 듣더니 천둥에 꿀을 부은 목소리라고 하셨지." 존은 미소 지었다. "토드도 가끔 노래를 불러. 그걸 노래라고 해준다면 말이지만. 아버지네 싸구려 술집에서 배운 술자리 노래들이지. 핍은 그걸 두고 방귀에 오줌을 부은 목소리라고 해." 둘 다 웃었다.

"둘 다 들어보고 싶네. 하지만 다들 내가 거기 있길 바라지 않을 거야." 샘은 괴로운 얼굴로 말했다. "내일도 나더러 싸우라고 하겠지?"

"그렇겠지." 존은 그렇게 말할 수밖에 없었다.

샘은 어색하게 일어섰다. "자러 가는 게 낫겠다." 샘은 망토 속에 몸을 옹송그리고 느릿느릿 걸어갔다.

존이 고스트와 둘이서만 돌아갔을 때 휴게실에는 아직 다른 사람들이 있었다. "어디 있다 왔어?" 핍이 물었다.

"샘과 이야기 좀 하느라."

그렌이 말했다. "그 녀석 진짜 겁쟁이야. 파이를 받았을 땐 아직 우리 쪽 의자에 자리가 있었는데, 겁에 질려서는 와서 앉지도 못하더라."

"햄 나리는 우리 같은 놈들과 같이 먹기엔 너무 잘났나 봐." 제렌이 말했다.

"그 녀석이 돼지고기 파이 먹는 걸 봤는데, 그건 형제를 먹는 거 아냐?" 토드는 느물거리면서 말하더니 꿀꿀거리는 소리를 냈다.

"그만해!" 존이 화가 나서 쏘아붙였다.

소년들은 존이 별안간 화를 내자 놀라서 조용해졌다. "내 말을 들어봐." 존은 조용한 가운데 말을 꺼냈고, 어떻게 했으면 하는지 이야기했다. 핍이 지지해줄 줄은 알았지만, 할더가 변호하고 나선 건 놀랍고도 반가웠다. 그렌은 처음에 불안해했지만, 존은 어떤 말을 하면 그렌을 움직일 수 있는지 알았다. 나머지도 하나씩 넘어왔다. 존은 몇 명은 설득하고, 몇 명은 좋은 말로 꾀고, 다른 몇 명에게는 부끄러움을 주고, 위협이 필요할 때는 위협을 했다. 마지막에는 모두가 동의했다……. 래스트만 빼고.

래스트가 말했다. "계집애들끼리 좋을 대로 해. 하지만 쏜이 나보고 돼지 아가씨와 싸우라고 하면, 난 베이컨을 얇게 저며놓을 거야." 래스트는 존의 면전에서 웃고 나가버렸다.

몇 시간 후, 성안이 다 잠들자 세 명이 래스트의 방에 찾아갔다. 그렌이 두 팔을 잡고 핍이 다리 위에 앉았다. 존은 고스트가 가슴팍으로 뛰어오르자 래스트의 호흡이 빨라지는 것을 들을 수 있었다. 다이어울프는 잉걸불처럼 빨갛게 눈을 빛내며 래스트의 부드러운 목을 살짝, 피가 나올 만큼만 깨물었다. "기억해. 우린 네가 어디에서 자는지 알아." 존이 조용히 말했다.

다음 날 아침에 존은 래스트가 알벳과 토드에게 면도하다가 손이 미끄러졌다고 말하는 소리를 들었다.

그날부터는 래스트도 다른 누구도 샘웰 탈리를 해치지 않았다. 알리서 경이 대결을 시키면, 다들 그대로 서서 샘의 느리고 서툰 공격을 쳐냈다. 훈련대장이 공격을 하라고 소리를 지르면 춤추듯 들어가서 샘의 가슴판이나 투구나 다리를 가볍게 때렸다. 알리서 경은 격노하고 위협하고 다들 비겁자에 여자들이고 그 이하라고 외쳤지만, 샘은 해를 입지 않았다. 몇 밤이 더 지나자 샘은 존의 권고대로 저녁 식사 자리에 끼어서 할더 옆자리에 앉았다. 다시 2주가 지나자 샘은 모두의 대화에 끼어들 용기를 냈고, 시간이 지나자 모두와 함께 핍의 얼굴을 비웃고 그렌을 놀리게 되었다.

뚱뚱하고 서툴고 겁에 질렸을지는 몰라도, 샘웰 탈리는 바보가 아니었다. 그는 어느 날 밤 존의 방을 찾았다. "어떻게 했는지는 몰라도, 네가 한 일이라는 거 알아." 샘은 쑥스러워하며 시선을 돌렸다. "난 친구를 둔 적이 없었어."

"우린 친구가 아니야." 존은 샘의 넓은 어깨에 한 손을 올렸다. "우린 형제야."

그 말대로였다. 존은 샘이 나간 후에 스스로에게 말했다. 롭과 브랜과 리콘은 그의 아버지의 아들들이었고, 여전히 그들을 사랑했지만, 존은 자신이 결코 그들과 같지 않았다는 것을 알고 있었다. 캐틀린 스타크가 그렇게 만들었다. 윈터펠의 회색 벽이 여전히 꿈에 나올지는 몰라도, 이제는 캐슬블랙이 그의 삶이었고, 그의 형제는 샘과 그렌과 할더와 핍과 밤의 경비대의 검은 옷을 입은 다른 추방자들이었다.

"숙부님 말대로였어." 존은 고스트에게 속삭였다. 다시 벤젠 스타크를 보고 그 말을 하는 날이 올까 궁금했다.

에다드

"수관의 마상 시합이 모든 말썽의 근원입니다." 도시 경비대장이 왕의 협의회에 불평했다.

"왕의 마상 시합일세." 네드는 얼굴을 찡그리며 바로잡았다. "단언하는데, 수관은 이 일을 전혀 원하지 않는다네."

"원하는 대로 부르십시오. 기사들이 왕국 사방에서 오고 있고, 기사 한 명당 자유기수 둘, 기능공 셋, 병사 여섯, 상인 열둘, 창녀 스물넷, 그리고 차마 추측할 수도 없이 많은 도둑들이 들어옵니다. 애초에 이 저주받을 더위로 도시의 반이 미쳐 있었는데, 이젠 이 방문객들까지⋯⋯. 어젯밤에만 익사 한 건, 선술집 싸움 한 건, 칼싸움 세 건, 강간 한 건, 화재 두 건, 헤아릴 수 없이 많은 강도 사건에다가 술 취한 말 한 마리가 자매들의 거리를 질주했습니다. 그 전날 밤에는 대성소의 무지개 연못에 여자 머리통이 떠다니는 걸 발견했고요. 그게 어쩌다가 거기 들어갔는지, 누구 머리통인지 아는 사람이 없습니다."

"그런 끔찍한 일이." 바리스가 몸을 떨며 말했다.

렌리 바라테온 공은 그만큼 동정을 표하지 않았다. "자노스, 자네가 왕의 평화를 유지할 수 없다면, 할 수 있는 다른 사람이 도시 경비대를 지휘해야 할지도 모르겠군."

군턱이 진 땅딸한 자노스 슬린트는 성난 개구리처럼 부풀어서 대머리를 시뻘겋게 물들였다. "드래곤 군주 아에곤 본인이라 해도 평화를 유지하긴 무렵니다, 렌리 공. 부하가 더 필요합니다."

"얼마나 많이?" 네드가 몸을 앞으로 기울이며 물었다. 언제나처럼 로버트는 굳이 협의회에 참석하지 않았기에, 왕을 대변하는 역할은 수관에게 떨어졌다.

"많을수록 좋습니다, 수관님."

"50명을 새로 뽑게. 돈은 베일리시 공이 해결해줄 걸세."

"내가요?" 리틀핑거가 말했다.

"귀공이야 우승자 상금으로 드래곤 금화 4만 닢도 찾아냈으니, 왕의 평화를 유지할 동화 몇 닢이야 긁어낼 수 있겠지." 네드는 다시 자노스 슬린트를 돌아보았다 "그리고 내 집안 위병대에서 실력 있는 검사 스무 명을 내주어 사람들이 떠날 때까지 경비대에서 일하도록 하겠네."

"감사드립니다, 수관님." 슬린트는 절을 하며 말했다. "적소에 쓰겠다고 약속드립니다."

경비대장이 떠나자, 에다드 스타크는 나머지 사람들을 돌아보았다. "이 어리석은 짓이 빨리 끝날수록 좋겠군요." 비용과 말썽만으로도 충분히 귀찮았건만, 모두가 "수관의 마상 시합"이라고 불러대면서 네드의 상처에 소금을 뿌렸다. 마치 그가 원인이라는 듯이 말이다. 게다가 로버트는 진심으로 네드가 그것을 영예로 여겨야 한다고 생각하는 모양이었다!

대학사 파이셀이 말했다. "이런 행사가 있어야 나라가 번성합니다. 높은 이들에게는 영광을 얻을 기회요, 낮은 이들에게는 고뇌를 잠시 잊을 시간이니까요."

"많은 주머니에 동전이 들어가기도 합니다." 리틀핑거가 덧붙였다. "도시 안 모든 여관이 꽉 찼고, 창녀들이 어기적거리며 발을 뗄 때마다 짤랑거리는 소리가 나지요."

렌리 공이 소리 내어 웃었다. "스타니스 형이 없어서 다행이군요. 스타니스 형이 매음굴을 금지하자고 제안했을 때 기억하십니까? 왕이 먹고 싸고 숨 쉬는 일도 금지하고 싶으냐고 물었죠. 솔직히 말하면, 스타니스가 그 못생긴 딸을 어떻게 얻었는지 궁금할 때가 많아요. 전장으로 나아가는 사나이처럼 엄숙한 눈빛에 의무를 다하겠다는 굳은 의지를 품고 혼인 침대에 들 사람이라."

네드는 같이 웃지 않았다. "나도 귀공의 형인 스타니스가 궁금하오. 언제쯤 드래곤스톤 방문을 끝내고 이 협의회 자리로 돌아올 생각인지 모르겠군."

"우리가 저 창녀들을 모조리 바다에 쓸어 넣자마자 올 테지요." 리틀핑거의 대꾸는 웃음을 더 불러 일으켰다.

"하루에 창녀 이야기는 이 정도 들었으면 됐소." 네드가 일어서며 말했다. "그럼 내일까지 이만."

네드가 수관의 탑으로 돌아갔을 때 하윈이 문 앞을 지키고 있었다. "조리를 내 방으로 부르고 자네 아버지에게 내 말에 안장을 얹으라 전하게." 네드는 무뚝뚝하게 말했다.

"분부대로 하겠습니다."

네드는 탑을 오르면서 레드킵과 '수관의 마상 시합'이 그를 갉아먹고 있다고 생각했다. 캐틀린의 편안한 품, 롭과 존이 훈련장에서 검을 겨루는 소리, 북부의 서늘한 낮과 차가운 밤이 절실히 그리웠다.

그는 방에 들어가서 회의용 비단옷을 벗고 잠시 동안 조리의 도착을 기다리며 책을 들고 앉았다. '칠왕국 대가문들의 혈통과 역사, 많은 대영주와 귀부인과 그 자손들에 대한 설명을 붙여— 대학사 말레온 지음.' 파이셀의 말대로였다. 그 책은 지루하고 장황했다. 그러나 네드는 존 아린이 그 책을 요청했다면 분명히 이유가 있다고 생각했다. 여기에 뭔가가 있었다. 이 부서지기 쉬운 노란 종이 속에 어떤 진실이 묻혀 있었다. 알아볼 수만 있다면……. 하지만 무엇을? 그 책이 나온 지 1세기가 넘었다. 말레온이 혼인과 탄생과 죽음에 대한 이 무미건조한 기록을 편찬했을 때 태어난 사람 중에서 지금 살아 있는 사람은 거의 없었다.

그는 라니스터 가문에 대한 부분을 다시 펴고, 뭔가가 튀어나올지도 모른다는 희망 아닌 희망을 품고 천천히 책장을 넘겼다. 라니스터는 오래된 가문으로, 그 혈통은 영웅 시대의 트릭스터 '영리한 란'까지 거슬러 올라갔다. 란은 건설자 브랜과 마찬가지로 전설 속의 존재이지만 가수와 이야기꾼들에게 훨씬 사랑받는 인물이었다. 노래 속에서 란은 무기 없이 재치만으로 캐스털리 가문을 캐스털리록에서 쫓아냈으며, 태양으로부터 황금을 훔쳐 제 곱슬머리를 빛냈다. 네드는 지금 란이 여기에 있어서 이 저주받을 책에서 진실을 알아내기를 빌 지경이었다.

문을 두드리는 선명한 소리가 조리 카셀의 도착을 알렸다. 네드는 말레온의 책을 덮고 들어오라 일렀다. "도시 경비대에 마상 시합이 끝날 때까지 우리 병사 스무 명을 빌려주겠다고 약속했네. 사람은 자네가 고르게. 지휘는 알린에게 맡기고, 모두에게 싸움을 막아야지, 싸움을 시작해선 안 된다는 점을 확실히 이해시키게." 네드는 일어서서 삼나무 궤짝을 열고 가벼운 리넨 튜닉을 꺼냈다. "그 마구간지기는 찾았나?"

"지금은 경비대원입니다. 말을 다시는 돌보고 싶지 않다고 맹세하더군요."

"무슨 말을 하던가?"

"아린 공을 잘 알았다고 합니다. 각별한 사이였다고요." 조리는 코웃음을 쳤다. "수관께선 언제나 그 친구들의 명명일에 돈을 주셨다고 합니다. 말을 잘 다루셨다는군요. 말을 너무 심하게 모는 일이 없었고, 당근과 사과를 갖다주셔서 말들이 언제나 그분을 보면 기뻐했답니다."

"당근과 사과라." 네드는 그 말을 되뇌었다. 이 청년은 다른 사람들보다 더 쓸모가 없는 듯했다. 그리고 그가 리틀핑거가 알려준 네 명 중 마지막이었다. 조리가 차례차례 모두와 이야기를 나눴다. 휴 경은 퉁명스러웠고 정보를 내주지 않는 데다가, 막 기사가 된 청년이라서 가능한 오만함을 보였다. 수관이 대화를 나누고 싶어 한다면야 기쁘게 맞이했겠지만, 한갓 위병대장에게 질문을 받을 생각은 없었다. 그 위병대장이 자기보다 열 살은 위인 데다가 백배는 더 뛰어난 검사라 해도 그랬다. 하녀는 그래도 기분 좋게 대하기는 했다. 그녀는 존 공이 몸에 좋지 않을 만큼 책을 읽었고, 어린 아들의 병약함에 대해 근심하고 우울해했으며, 부인과 사이는 썩 좋지 않다고 했다. 지금은 구둣방을 하고 있는 심부름꾼은 존 공과 몇 마디 나눠본 적도 없지만, 너절한 부엌 소문은 잔뜩 알고 있었다. 존 공이 왕과 다퉜다거나, 음식을 조금밖에 먹지 않았다거나, 아들을 드래곤스톤에 대자로 보내려고 했다거나, 사냥개 교배에 관심이 컸다거나, 무기 제조 장인을 찾아가 하얀 은에 파란 벽옥으로 매를 새기고 진주층으로 달을 새겨 가슴팍을 장식한 새 판금 갑옷을 주문하려 했다거나 하는 소문이었다. 심부름꾼 소년은 도안을 고르는 데 도움을 주려고 왕의 동생이 함께 갔다고 말했다. 아니, 렌리 공이 아니라 다른 동생, 스타니스 공이라고.

"우리 경비대원이 달리 주목할 만한 기억을 해내던가?"

"존 공이 나이가 절반밖에 안 되는 젊은이 못지않게 건강하셨다고 맹세하더군요. 스타니스 공과 자주 말을 타고 나가셨다고요."

또 스타니스였다. 네드는 기묘한 일이라고 생각했다. 존 아린과 스타니스는 서로 진심으로 대하는 관계였으나, 결코 친하지는 않았다. 그리고 로버트가 북부 윈터펠로 달려간 사이에 스타니스는 형의 이름으로 정복한 타르가르옌의 섬 요새 드래곤스톤으로 물러났다. 언제 돌아올지에 대한 말도 한 마디 없었다. "말을 타고 어딜 다녔다던가?" 네드는 물었다.

"그 아이 말로는 매음굴에 갔다고 합니다."

"매음굴? 이어리의 영주이자 왕의 수관이 스타니스 바라테온과 함께 매음굴을 찾았다고?" 네드는 믿을 수가 없어서 고개를 저었다. 렌리 공이 이 소식을 들으면 뭐라고 할까. 로버트의 색욕은 왕국 전역에서 상스러운 술자리 노래로 불릴 정도였으나, 스타니스는 전혀 다른 사람이었다. 왕보다 한 살밖에 어리지 않지만, 하나도 닮지 않아서 엄격하고, 농담을 모르며, 용서가 없고, 의무감이 강했다.

"그 아이는 정말이라고 주장합니다. 이전 수관께서 위병을 세 명 데리고 갔는데, 나중에 그 아이가 말고삐를 받을 때 위병들이 그 일을 두고 농담을 했다나요."

"어느 매음굴이라던가?" 네드가 물었다.

"그 아이는 모릅니다. 위병들은 알 테지요."

"라이사가 다들 어린 협곡으로 데리고 가서 안타깝군." 네드는 건조하게 말했다. "신들께서 우리를 괴롭히려고 최선을 다하시는 모양이야. 라이사 부인, 콜먼 학사, 스타니스 공……. 존 아린에게 무슨 일이 일어났는지 알지도 모르는 사람은 하나같이 만 리 밖에 있군."

"스타니스 공을 드래곤스톤에서 소환하실 겁니까?"

"아직은 아닐세. 이게 다 무슨 일인지 좀 더 감이 잡히고 스타니스가 어디에 서 있는지 알게 될 때까지는." 그 문제는 계속 그의 신경을 긁었다. 스타니스는 왜 떠났을까? 존 아린 살해에 어떤 역할을 수행하기라도 했나? 아니면 두려웠나? 네드는 스타니스 바라테온이 무서워할 만한 게 무엇인지 상상하기 힘들었다. 그는 예전에 1년 동안 스톰스엔드 포위전을 버텨

내면서, 그의 성벽에서 보이는 곳에 티렐과 레드와인의 군대가 나와 앉아서 잔치를 여는 동안 쥐와 신발 가죽을 먹고 살아남은 사람이었다.

"내 더블릿을 좀 가져다 주겠나. 다이어울프 문장이 들어간 회색 옷으로. 이 무기제조인에게 내가 누구인지 알려야겠네. 그러면 좀 더 순순히 말을 할지도 모르니."

조리는 옷장으로 가면서 말했다. "렌리 공은 왕의 동생일 뿐만 아니라 스타니스 공의 동생이기도 한데요."

"그런데도 두 사람의 방문에 초대되진 않았던 모양이고." 네드는 렌리의 우호적인 태도와 편안한 미소를 어떻게 해석해야 할지 확신이 없었다. 며칠 전에는 렌리가 네드를 한쪽으로 데리고 가더니 정교한 붉은 금갑을 꺼냈다. 금갑 안에는 선명한 미르 화풍으로 그린, 크고 아름다운 갈색 눈에 부드러운 갈색 머리를 길게 늘어뜨린 사랑스러운 젊은 여인의 작은 초상화가 담겨 있었다. 렌리는 그 여인을 보고 네드에게 떠오르는 사람이 없는지 알고 싶어 안달을 냈고, 네드가 어깨만 으쓱이자 실망하는 것 같았다. 렌리는 그 처녀가 로라스 티렐의 누이인 마저리이지만, 리안나를 닮았다고 말하는 사람들이 있다고 고백했다. "아니오." 네드는 어안이 벙벙해서 그렇게 말했다. 젊은 날의 로버트와 꼭 닮은 렌리 공이 리안나라고 상상하며 어떤 처녀에게 열정을 품다니. 기이한 일이었다.

조리가 더블릿을 내밀었고, 네드는 팔 구멍에 손을 끼웠다. "어쩌면 스타니스 공이 로버트의 마상 시합에 맞춰서 돌아올지도 모르지." 그는 조리가 등 뒤에서 더블릿 끈을 매는 동안 말했다.

"그렇다면 굉장한 행운이겠지요." 조리가 말했다.

네드는 장검을 찼다. "다시 말해, 그럴 리가 없다는 거군." 네드의 미소는 음울했다.

조리는 망토를 네드의 어깨에 걸고 수관의 휘장으로 목 부근을 고정했다. "그 무기제조인은 자기 가게 위층에 삽니다. 강철 거리 꼭대기에 있는 큰 집이죠. 알린이 가는 길을 압니다."

네드는 고개를 끄덕였다. "그 심부름꾼 녀석이 환영을 쫓게 시킨 거라면 신들의 도움을 빌어야 할 걸세." 몸을 기대기엔 너무 가느다란 지팡이 같은 단서였지만, 네드 스타크가 아는 존 아린은 보석을 박고 은세공을 한 갑옷을 입을 사람이 아니었다. 그에게 무기는 무기, 갑옷은 장식이 아니라 보호를 위한 물건이었다. 물론 존 아린의 시각이 변했을 수도 있었다. 궁정에서 몇 년을 보낸 후에 사물을 달리 보게 된 사람이 처음도 아니었고……. 하지만 그 정도 변화라면 네드가 의아해할 만한 수준이었다.

"제가 또 수행해야 할 일이 있습니까?"

"사창가를 방문해보는 게 좋겠군."

"힘든 임무로군요, 영주님." 조리가 히죽 웃었다. "부하들이 기꺼이 도울 겁니다. 포터는 이미 착수했더군요."

네드가 가장 아끼는 말이 안장을 얹고 기다리고 있었다. 그가 말을 몰아 마당을 나서자 발리와 잭스가 옆에 붙었다. 철모와 사슬 갑옷 셔츠 때문에 푹푹 찔 테지만, 둘 다 불평은 한 마디도 하지 않았다. 에다드 공이 회색과 흰색의 망토를 어깨 너머로 휘날리며 왕의 문을 지나 도시의 악취 속으로 들어서자 사방에 깔린 눈들이 보였고, 그는 말을 걷어차 속도를 높였다. 위병들이 그 뒤를 따랐다.

그는 북적이는 시내를 통과하면서 자주 뒤를 돌아보았다. 토마드와 데스몬드가 아침 일찍 성을 떠나서 그들이 지나야 하는 길에 자리를 잡고, 누가 따라오는지 감시하고 있었지만, 그렇다 해도 네드는 확신할 수 없었다. 왕의 거미와 그의 작은 새들이 드리운 그림자 때문에 혼인날 밤 처녀처럼 초조해졌다.

강철 거리는 지도에 적힌 이름으로는 강의 문, 흔히 부르기로는 진흙 문 옆에 있는 시장 광장에서 시작되었다. 죽마를 탄 배우 하나가 거대한 곤충처럼 군중들 사이를 걸어가고, 맨발의 아이들이 우우 소리를 내며 그 뒤를 따라가고 있었다. 다른 곳에서는 브랜보다 나이가 많지 않을 남루한 소년 둘이 나무 막대기로 결투를 벌이는데, 어떤 사람들은 큰 소리로 부추기고 또 어떤 사람들은 분노에 차서 욕을 퍼부었다. 늙은 여인 하나가 창문 밖으로 몸을 내밀더니 두 아이의 머리 위에 음식물 찌꺼기를 쏟아부어 싸움을 끝냈다. 성벽 그림자 속에서는 농부들이 수레를 세워놓고 외쳤다. "사과요, 끝내주는 사과를 아주 싸게 팔아요.", "블러드멜론이 꿀처럼 달아요", "순무, 양파, 근채가 왔어요. 순무, 양파, 근채가 왔어요."

진흙 문은 열려 있었고, 올려놓은 쇠창살문 아래에 금빛 망토를 두른 도시 경비대원 한 분대가 창에 몸을 기대고 서 있었다. 서쪽에서 말을 탄 기수들의 대열이 나타나자, 경비대원들은 자세를 바로 하고 소리쳐 명하고 기사가 일행과 함께 들어올 수 있도록 수레와 인파를 옆으로 이동시켰다. 첫 번째로 성문을 통과한 기수는 긴 검은색 깃발을 들고 있었다. 비단 깃발은 살아 있는 생물처럼 바람에 휘날렸다. 그 천 위로 자주색 번개가 내리친 밤하늘이 드러났다. 기수가 외쳤다. "베릭 공 앞에 물렀거라! 베릭 공 앞에 물렀거라!" 그 뒤를 바짝 쫓아서 젊은 귀족 본인이 달려왔다. 검은색 준마를 타고, 적금색 머리카락에 별을 흩뿌린 검은색 새틴 망토를 걸친 늠름한 인물이었다. "수관의 시합에서 싸우러 오셨습니까?" 경비대원 한 명이 외쳤다. "수관의 시합에서 이기러 왔네." 베릭 공은 군중들의 환호 속에서 마주 외쳤다.

네드는 광장에서 강철 거리의 시작점으로 접어들어, 긴 언덕 위로 구불구불 이어지는 거리를 따라가며 열린 대장간에서 일하는 대장장이들, 사슬 갑옷 셔츠를 두고 흥정하는 자유기수들, 마차에서 오래된 칼과 면도날을 파는 반백의 철물상들을 지나쳤다. 위로 올라갈수록 건물들이 커졌다.

그들이 원하는 인물은 언덕 꼭대기, 좁은 거리를 굽어보는 여러 층짜리 거대한 목재와 석고 건물에 있었다. 양여닫이 문에는 흑단과 영목으로 조각한 사냥 장면이 보였다. 입구 양쪽에는 기사 석상 한 쌍이 보초를 섰는데, 별나게 생긴 반짝이는 붉은 철 갑옷을 입혀 그리핀과 유니콘으로 탈바꿈시켜 놓았다. 네드는 잭스에게 말을 맡겨두고 안으로 들어갔다.

날씬하고 어린 하녀가 네드의 휘장과 더블릿에 새겨진 문장을 바로 알아보았고, 장인이 만면에 웃음을 머금고 굽실거리며 달려 나왔다. "왕의 수관께 와인을 내오거라." 그는 네드에게 푹신한 의자에 앉으라는 시늉을 하며 하녀에게 말했다. "저는 토보 모트라고 합니다. 부디, 편히 앉으십쇼." 그는 소매에 은사로 망치를 수놓은 검은색 벨벳 겉옷을 입었고, 목에는 묵직한 은사슬에 비둘기 알만큼 큰 사파이어를 걸었다. "수관의 마상시합에 쓰실 새 갑옷이 필요하시다면 제대로 찾아오셨습니다요." 네드는 굳이 시합 이름을 바로잡지 않았다. "제 작품은 비싸고, 그 점에 대해서는 미리 양해를 부탁드립니다." 그는 한 쌍의 은잔에 와인을 채우면서 말했다. "장담하는데 칠왕국 어디에서도 제게 필적하는 장인 정신은 찾지 못하실 겁니다. 원하신다면 킹스랜딩의 대장간마다 가서 직접 비교해보십시오. 어느 마을 대장장이라도 사슬 갑옷 셔츠는 만들 수 있지요. 제가 만드는 건 예술 작품입니다."

네드는 와인을 마시며 장인이 계속 말을 하게 놓아두었다. 토보는 '꽃의 기사'가 무기와 갑옷을 다 여기에서 샀다고 큰소리를 쳤고, 질 좋은 강철을 알아보는 대귀족들이 많이 온다고, 왕의 동생인 렌리 공도 온다고 말했다. 수관께서도 초록색 가슴판에 금색 뿔이 들어간 렌리 공의 새 갑옷을 보셨을지도 모르겠습니다만? 이 도시에서 다른 어떤 무기제조인도 그렇게 깊이 있는 초록색은 못 만들어냅니다, 저는 강철 자체에 색을 입히는 비밀을 알지요, 물감과 법랑은 갓 수습생을 벗어난 직인들이나 쓰는 물건입니다, 아니면 혹시 수관께서 칼을 원하시는지? 저는 어렸을 때 코호르의 대장간에서 발리리아 강철 다루는 법을 배웠지요, 오직 주문을 아는 사람만이 옛 무기를 가져다가 새로 만들 수 있고…….

"다이어울프가 스타크 가문의 문장 아닙니까? 제가 길거리 아이들이 달아날 정도로 진짜 같은 다이어울프 투구를 만들 수 있습니다." 그는 장담을 늘어놓았다.

네드는 미소 지었다. "아린 공을 위해서는 매 투구를 만들었나?"

토보 모트는 한참 동안 말이 없다가 와인 잔을 내려놓았다. "옛 수관께서는 왕의 동생이신 스타니스 공과 함께 저를 찾아오셨지요. 안타깝게도 제 작품을 주문하는 영광을 베풀진 않으셨습니다."

네드는 그를 차분히 바라보며, 말없이 기다렸다. 그는 지난 세월 동안 때로는 질문보다 침묵이 항복을 더 잘 끌어낸다는 사실을 배웠다. 이번에도 그랬다.

"그 아이를 보자고 하시기에, 대장간으로 모셔 갔습니다."

"그 아이라." 네드는 그 아이가 누굴 말하는지 전혀 몰랐다. "나도 그 아이를 보고 싶군."

토보 모트는 서늘하고 조심스러운 표정을 지었다. "분부대로 합지요." 이전의 우호적인 태도는 간 데 없었다. 그는 네드를 뒷문으로 안내하여 좁은 안마당을 지나, 작업이 이루어지는 동굴 같은 석조 헛간으로 들어갔다. 무기제조인이 문을 열자 마치 드래곤의 입안으로 걸어 들어가는 듯 열기가 뿜어져 나왔다. 안에는 구석마다 노(爐)가 타올랐고, 공기 중에는 연기와 유황 냄새가 배어 있었다. 직인들이 망치와 부젓가락에서 눈을 들었다가 이마의 땀만 닦고 하던 일로 돌아갔고, 맨가슴을 드러낸 수습생 소년들은 계속 풀무질을 했다.

장인은 팔과 가슴에 근육이 두드러진 롭 또래의 키 큰 소년을 불렀다.

"이분은 왕의 새로운 수관이신 스타크 공이시다." 소년은 그 말을 들으며 무뚝뚝한 푸른 눈으로 네드를 보고 손가락으로 땀에 젖은 머리를 쓸어 넘겼다. 숱이 많고 텁수룩하고 너저분한 데다가 잉크처럼 검은 머리였다. 갓 올라온 수염 자국에 턱이 거무스름했다. "이 녀석은 젠드리입니다. 나이에 비해 힘이 세고, 일도 열심히 하죠. 수관님께 네가 만든 투구를 보여드려라." 소년은 수줍은 듯 자기 작업대로 안내하더니, 커다랗고 굽은 뿔이 둘 달린 황소 머리 모양의 강철 투구를 보여주었다.

네드는 투구를 두 손으로 잡고 살폈다. 가공하지 않은 강철로, 광택은 없어도 전문가답게 모양을 지었다. "훌륭한 작품이군. 나에게 판다면 기쁘겠구나."

소년은 네드의 손에서 투구를 낚아챘다. "파는 게 아닙니다."

토보 모트는 공포에 질린 얼굴이었다. "이 녀석아, 이분은 왕의 수관이시다. 나리께서 이 투구를 원하신다면 선물로 드려야지. 물어보신 게 영광이란 말이다."

"제가 쓰려고 만든 거예요." 소년이 고집스럽게 말했다.

"송구합니다요." 장인은 네드에게 급히 말했다. "새로 만든 강철같이 거친 녀석이라, 새로 만든 강철처럼 두드려줘야 쓰겠습니다. 저 투구는 기껏해야 직인 정도 수준입니다요. 용서해주시면 제가 보신 적도 없을 만한 투구를 만들어드리겠습니다."

"용서할 일은 아무것도 없네. 젠드리, 아린 공이 널 보러 왔을 때, 무슨 이야기를 했느냐?"

"이것저것 물어본 게 다였습니다, 나리."

"무슨 질문을 하셨나?"

소년은 어깨를 으쓱였다. "어떻게 지내냐, 취급은 괜찮냐, 일은 좋아하느냐 그런 거랑, 어머니에 대해 물어보던데요. 뭐 하는 사람이었고 어떻게 생겼냐고."

"뭐라고 대답했지?" 네드가 물었다.

소년은 다시 이마에 흘러내린 검은 머리를 걷어 올렸다. "제가 어렸을 때 죽었다고요. 노란 머리였고, 가끔 노래를 불러줬던 게 기억납니다. 맥줏집에서 일했죠."

"스타니스 공도 네게 질문을 하더냐?"

"대머리 쪽요? 아뇨, 안 했어요. 아무 말도 안 하고, 자기 딸을 강간한 놈이라도 보는 눈으로 노려보기만 하던데요."

"그 지저분한 입 조심해라. 이분은 왕의 수관님이시란 말이다." 장인이 말했다. 소년은 눈을 내리깔았다. "똑똑한 녀석이긴 한데 다루기 힘들어서요. 저 투구는…… 다른 녀석들이 이놈 보고 소 대가리라고 부르니까, 아예 저런 걸 만들지 뭡니까."

네드는 소년의 머리에 손을 대더니 숱 많은 검은 머리를 만졌다. "날 봐라, 젠드리." 수습생이 얼굴을 들어 올렸다. 네드는 소년의 턱선과 파란 얼음 같은 눈동자를 찬찬히 보았다. '그래, 알아보겠다.' 그는 생각했다. "하던 일로 돌아가거라. 귀찮게 해서 미안하구나." 그는 장인과 함께 집으로 돌아갔다. "저 아이의 도제 비용은 누가 냈나?" 그는 가볍게 물었다.

모트는 초조한 얼굴이었다. "보셨다시피 좀 튼튼한 녀석이어야지요. 저런 손이야말로 망치를 쥐라고 만들어진 겁니다. 장래가 워낙 미더워서 제가 공짜로 받아들였습지요."

"사실대로 말하게." 네드가 강조했다. "튼튼한 사내아이는 거리에 넘쳐나지. 자네가 공짜로 견습을 받는 날은 장벽이 무너지는 날일 거야. 누가 지불했나?"

장인은 마지못해 말했다. "어떤 높으신 나리였습니다. 이름은 알려주지 않았고, 옷에 문장도 없었지요. 금으로 통상 비용의 두 배를 내고는, 반은 아이의 수습 비용이고 반은 제 침묵을 사는 비용이라고 했습니다."

"외모를 말해보게."

"풍채가 좋고, 어깨가 둥근데, 수관님만큼 키가 크진 않았습니다. 갈색 수염을 길렀는데 붉은 색이 좀 감돌았지요. 값비싼 망토를 걸쳤던 게 기억납니다, 은사를 넣은 무거운 자주색 벨벳이요. 한데 두건에 얼굴이 가려서 제대로 보이진 않았습니다." 장인은 잠시 망설였다. "저는 말썽을 원치 않습니다."

"말썽을 원하는 사람은 없으나, 안타깝게도 시절이 뒤숭숭하네, 모트 장인. 자네는 저 아이가 누군지 알지."

"전 무기제조인에 불과합니다요. 제가 들은 말만 알지요."

"자넨 저 아이가 누군지 알아. 그건 의문의 여지가 없네." 네드는 끈기 있게 되풀이했다.

"저 아이는 제 도제입니다." 장인이 말했다. 그는 오래된 철처럼 고집스러운 눈으로 네드를 마주 보았다. "제게 오기 전에 누구였느냐는 알 바가 아닙니다."

네드는 고개를 끄덕였다. 그는 무기제조 장인 토보 모트가 마음에 들었다. "젠드리가 검을 만들기보다 휘두르고 싶어 하는 날이 오면 나에게 보내게. 그 아이에겐 전사의 모습이 있어. 그날까지는 내 감사 인사와 내 약속을 받아두게, 모트 장인. 보는 것만으로 겁이 날 만한 투구를 갖고 싶어 진다면 여길 제일 먼저 오겠네."

위병은 말과 함께 밖에서 기다리고 있었다. "뭐라도 찾으셨습니까?" 네드가 말에 오르자 잭스가 물었다.

"찾았지." 네드는 말하면서 생각했다. 존 아린은 왕의 서자에게 뭘 원했으며, 왜 그게 그의 목숨을 앗아갔을까?

캐틀린

"마님, 머리를 가리셔야 합니다." 로드릭 경이 북쪽으로 말을 몰며 말했다. "한기 드시겠습니다."

"물일 뿐이오, 로드릭 경." 캐틀린이 대답했다. 머리채가 젖어서 무겁게 늘어졌고, 몇 가닥이 이마에 들러붙어서 얼마나 엉망으로 보일지 상상이 갔지만, 이번만은 상관없었다. 남부의 비는 부드럽고 따뜻했다. 캐틀린은 어머니의 입맞춤처럼 온화하게 얼굴에 닿는 빗줄기가 좋았다. 어린 시절, 리버런에서 보낸 길고 흐린 날들로 돌아가는 기분이었다. 나뭇가지가 습기에 무겁게 늘어져서 물방울을 떨어뜨리던 신의 숲, 젖은 잎 무더기 사이로 그녀를 쫓아다니던 남동생의 웃음소리가 떠올랐다. 라이사와 진흙 파이를 만들던 기억, 진흙의 무게, 손가락 사이로 미끌거리던 갈색 빛깔이 떠올랐다. 그들은 까르륵거리며 진흙 파이를 리틀핑거에게 내밀었고, 리틀핑거는 진흙을 너무 많이 먹은 나머지 일주일이나 배탈이 났다. 그때는 다들 얼마나 어렸던가.

캐틀린은 거의 잊고 있었다. 북부에서 비는 차갑고 세게 내렸고, 밤이면 얼음으로 변하기도 했다. 그곳에서 비는 작물을 키울 뿐 아니라 죽이기도

했고, 다 큰 어른들도 가까운 피신처로 뛰어가게 했다. 어린 여자애들이 나가서 놀 만한 날씨가 아니었다.

"전 흠뻑 젖었습니다. 뼛속까지 젖었네요." 로드릭 경이 불평했다. 숲이 사방을 조여왔고, 잎사귀 위로 뚝뚝 떨어지는 빗방울 소리에 두 사람의 말이 진흙에서 발굽을 빼낼 때마다 나는 쩍쩍 소리가 섞여 들렸다. "오늘 밤에는 불이 있었으면 좋겠군요. 뜨거운 식사도 도움이 되겠습니다."

"저 앞 교차로에 여관이 하나 있어요." 캐틀린이 말했다. 어린 시절 아버지와 함께 여행하며 그 여관에서 묵는 일이 많았다. 호스터 툴리 경은 한창때에 가만히 있질 못하는 성격이었고, 언제나 어딘가로 말을 달렸다. 그녀는 아직도 낮이고 밤이고 초엽(sourleaf)을 씹으며 아이들에게 끝없이 웃음과 케이크를 퍼주던 마샤 헤들이라는 뚱뚱한 여자 주인을 기억했다. 꿀을 흠뻑 적신 단 케이크는 혀에 호사였고 배가 불렀지만, 캐틀린은 그 웃음을 무척 무서워했다. 초엽에 검붉게 물든 이 때문에 마샤가 웃으면 섬뜩했다.

"여관이요." 로드릭 경이 아쉽다는 듯이 말했다. "그것도 좋지만…… 위험을 무릅쓰진 말아야지요. 정체를 드러내지 않으려면 작은 성채를 찾아가는 게 최선이라고 생각합니다만……." 그는 길 앞쪽에 나는 소리를 듣고 말을 끊었다. 물 튀기는 소리, 사슬 짤랑이는 소리, 말 울음소리였다. "기수들입니다." 로드릭 경은 칼자루에 손을 내리며 경고했다. 왕의 가도라 해도 조심해서 나쁠 것은 없었다.

완만하게 굽은 길을 돌아 소리를 따라가자 그들이 보였다. 무장한 남자들의 대열이 불어난 개울을 시끄럽게 건너고 있었다. 캐틀린은 고삐를 당기고 그들을 옆으로 지나쳐 보냈다. 제일 앞에 선 기수의 손에 들린 깃발은 물에 젖어 축 늘어졌지만, 위병들은 짙은 남색 망토를 걸쳤고 어깨에는 시가드(Seagard)의 은색 매가 날고 있었다. "말리스터로군요." 로드릭 경은 캐틀린이 뻔히 아는 사실을 속삭였다. "마님, 두건을 쓰시는 게 좋겠습니다."

캐틀린은 아무 움직임도 취하지 않았다. 제이슨 말리스터 영주 본인이 기사들에게 둘러싸여 말을 달렸고, 그 아들인 파트렉이 옆에 있었고 종자들은 뒤에 바짝 붙어 있었다. 캐틀린은 그들이 수관의 마상 시합에 참여하러 킹스랜딩으로 간다는 사실을 알았다. 지난 주 내내 왕의 가도에는 여행자들이 파리처럼 들끓었다. 기사와 자유기수들, 하프와 북을 진 가수들, 홉이나 옥수수나 꿀통을 실은 무거운 짐마차들, 상인과 기능공과 창녀들, 모두가 남쪽으로 향했다.

캐틀린은 대담하게 제이슨 공을 살폈다. 마지막으로 보았을 때 그는 캐틀린의 결혼 축하연에서 그녀의 외숙부와 농담을 나누고 있었다. 말리스터 가문은 툴리 가문의 휘하 봉신이었고, 그의 선물은 호화로웠다. 이제는 갈색 머리가 희끗희끗해졌고 얼굴은 시간에 깎였지만, 세월도 그의 긍지를 건드리지 못했다. 그는 무서울 게 없는 사람처럼 말을 달렸다, 캐틀린은 질투가 났다. 그녀는 너무나 많은 두려움을 알게 되었으니. 기수들이 지나갈 때 제이슨 공은 가볍게 고개를 끄덕여 인사했지만, 그것은 대귀족이 길에서 마주친 낯선 이들에게 베푸는 예의일 뿐이었다. 그 매서운 눈동자에 그녀를 알아보는 빛은 없었고, 그 아들은 아예 그녀 쪽을 쳐다보지도 않았다.

"마님을 알아보지 못했군요." 로드릭 경이 나중에 의아해하며 말했다.

"말리스터 공은 젖고 지쳐서 길옆에 선 진흙투성이 여행자 두 명을 봤을 뿐이에요. 그중 한 명이 자기 주군의 딸이라는 생각은 하지도 못했겠지. 우린 여관에서도 안전할 것 같군요, 로드릭 경."

그들이 트라이던트 강의 대합류점 북쪽에 있는 교차로에 도착했을 때는 날이 어두워지고 있었다. 마샤 헤들은 캐틀린의 기억보다 더 뚱뚱하고 더 머리가 셌으며, 여전히 초엽을 씹고 있었지만, 그들을 대충 보고 넘길 뿐, 그 끔찍한 붉은 미소는 보이지 않았다. "계단 꼭대기에 방 두 개가 다요." 그녀는 내내 초엽을 씹으며 말했다. "종탑 아래라 밥때 놓칠 일은 없는데, 너무 시끄럽다고 생각하는 사람도 있지. 어쩔 수 없수다. 방이 거의 다 차서. 그 방들 아니면 길바닥이우."

그 방이란 것은 비좁고 갑갑한 계단 위쪽에 있는 천장이 낮은 먼지투성이 다락방이었다. "신발은 여기 벗어놔요." 마샤가 동전을 받고 나서 말했다. "심부름하는 놈이 닦아놓을 거요. 댁들이 내 계단에 진흙을 끌고 다니게 둘 순 없어요. 종 신경 쓰고. 식사에 늦게 오면 못 먹는 거예요." 미소도 없었고, 단 케이크 이야기도 없었다.

저녁 식사 종이 울렸을 때는 그 소리에 귀가 멀 것 같았다. 캐틀린은 마른 옷으로 갈아입고 창가에 앉아서 유리판에 흘러내리는 비를 보고 있었다. 창유리는 뿌옇고 기포가 많았고, 바깥에는 젖은 땅거미가 깔리고 있었다. 캐틀린은 두 개의 큰 길이 만나는 진흙투성이 교차로를 산신히 알아볼 수 있었다.

그 교차로를 보다 그녀는 멈칫했다. 여기에서 서쪽으로 방향을 튼다면, 리버런까지는 수월한 길이었다. 그녀의 아버지는 가장 필요한 순간마다 현명한 조언을 해주는 분이었고, 아버지에게 다가오는 폭풍을 경고하고 의논하고 싶은 마음도 간절했다. 윈터펠이 전쟁에 대비해야 한다면, 킹스랜딩에도 훨씬 가깝고, 서쪽에 우뚝 솟은 캐스털리록이 그림자처럼 힘을 드리운 리버런은 어떻겠는가. 아버지만 더 건강했어도 찾아갔을지 몰랐다. 그러나 호스터 툴리는 벌써 2년 넘게 병석에 누워 있었고, 캐틀린은 지금 아버지에게 부담을 더 얹기 싫었다.

동쪽 길은 더 황량하고 위험해서, 바위투성이 구릉지와 빽빽한 삼림을 뚫고 '달의 산맥'으로 들어가 높은 고개와 깊은 골을 지나 아린 협곡과 그 너머의 돌투성이 핑거스까지 이어졌다. 아린 협곡 높은 곳에 하늘로 탑을 뻗은 난공불락의 이어리가 서 있었다. 그곳으로 가면 여동생을 만나고…… 어쩌면 네드가 찾고 있는 해답 일부도 찾을 수 있으리라. 라이사는 편지에 쓴 것보다 많이 알고 있을 게 분명했다. 네드가 라니스터 가문을 무너뜨리기 위해 필요로 하는 증거를 가지고 있을지도 몰랐고, 혹시 전쟁이 터진다면 그들에게는 아린 가문과 아린 가문을 도울 의무가 있는 동부의 영주들이 필요할 터였다.

그러나 그쪽 산길은 위험했다. 고갯길에는 그림자삵이 돌아다녔고, 낙석이 흔했으며, 산의 족속들은 법을 모르는 도적들이라 고지에서 내려와서 강탈하고 죽이다가 아린 협곡에서 기사들이 달려 나와 찾으면 눈 녹듯이 사라지곤 했다. 이어리 역사상 가장 강대한 영주로 손꼽히는 존 아린조차도 그 산맥을 가로지를 때는 병력을 갖췄다. 캐틀린의 병력이라고는 충성심으로 무장한 나이 든 기사 한 명뿐이었다.

아니다. 리버런과 이어리는 기다려야 했다. 그녀가 갈 길은 북쪽 윈터펠로, 그녀의 아들들과 그녀의 의무가 기다리는 곳으로 향했다. 넥 지역만 무사히 통과하고 나면 네드의 휘하 봉신 누군가에게 정체를 밝히고, 기수들을 앞질러 보내어 왕의 가도를 감시하라 명령할 수 있을 것이다.

비 때문에 교차로 너머 들판은 보이지 않았지만, 캐틀린은 기억 속에서 그 땅을 선명하게 볼 수 있었다. 길 바로 건너편에 장터가 있었고, 2킬로미터도 떨어지지 않은 곳에 작은 석조 성소를 50여 개의 하얀 집이 둘러싸고 선 마을이 있었다. 여름이 길고 평화로웠으니, 지금은 인가가 더 늘었을 터였다. 왕의 가도는 여기에서부터 북쪽으로, 트라이던트 중에서도 그린포크 지류를 따라 달리며 비옥한 계곡과 녹색 삼림 지대를 통과하고 번화한 마을과 튼튼한 요새와 강역 영주들의 성채들을 지났다.

캐틀린은 그들을 모두 알았다. 그녀의 아버지가 분쟁을 해결해줘야 하는 앙숙들인 블랙우드와 브라켄 가문, 가문에 남은 마지막 사람으로 유령들과 함께 하렌홀(Harrenhal, 하렌의 성채)의 휑뎅그렁한 둥근 천장 아래 사는 휀트 부인, 일곱 아내를 먼저 떠나보내고 자식과 손주들과 증손주들, 서자와 그 자식들로 쌍둥이 성을 가득 채운 성미 급한 프레이 공. 다들 리버런에 검을 바치겠노라 맹세한 툴리 가문 휘하 봉신들이었다. 캐틀린은 전쟁이 일어난다면 이들로 충분할까 궁금했다. 그녀의 아버지는 따를 자가 없이 충실한 남자였고, 당연히 휘하를 소집할 테지만…… 과연 모두가 올까? 대리와 라이거와 무튼도 리버런에 충성을 맹세했으나 트라이던트에서는 라에가르 타르가르옌과 함께 싸웠고, 프레이 공은 전투가 끝나고 한참 지나서야 소집한 군세를 데리고 도착하여 본래 어느 쪽 군대에 합세하려 했는지 의혹을 남겼다. (이쪽이었다고, 프레이 공이야 승자들에게 진지하게 맹세했으나, 그 후로 캐틀린의 아버지는 쭉 그를 늦장 프레이 공이라고 불렀다.) 절대 전쟁이 되어서는 안 된다고, 캐틀린은 강하게 생각했다. 절대로.

종소리가 잦아들자 로드릭 경이 찾아왔다. "오늘 밤에 식사를 하려면 서두르는 게 좋겠습니다, 마님."

"넥을 지날 때까지는 기사와 귀부인 티를 내지 않는 편이 안전할지도 모르겠소. 평범한 여행자가 주목을 덜 끌지요. 가족 일로 길에 나선 아버지와 딸로 해요."

"분부대로 하겠습니다, 마님." 로드릭 경이 동의했다. 그는 캐틀린이 웃음을 터뜨리고 나서야 자기가 뭘 했는지를 깨달았다. "너무 오랜 습관이라서……, 따, 딸아." 그는 없어진 구레나룻을 잡아당기려 했다가 짜증을 내며 한숨을 쉬었다.

캐틀린은 그의 팔을 잡았다. "가요, 아버지. 마샤 헤들이 맛있는 식사를 준비했을 테지만, 칭찬을 하려고 하진 말아요. 그 여자의 웃는 얼굴은 보지 않는 편이 좋을걸요."

휴게실은 길고 통풍이 잘되는 방으로, 한쪽 끝에는 커다란 나무통이 줄줄이 놓였고 반대쪽 끝에는 불이 타올랐다. 마샤가 초엽을 질겅거리면서 통에서 맥주를 뽑는 동안 하인 한 명은 고기 꼬챙이를 들고 이리저리 뛰어다녔다.

마을 사람들과 농부들이 온갖 여행자들과 자유로이 뒤섞여서 장의자를 채웠다. 교차로는 묘한 짝을 만들었다. 손이 검은색과 자주색으로 물든 염색업자들이 생선 냄새 풍기는 강 사나이들과 같은 의자에 앉았고, 근육이 우람한 대장장이 한 명은 쭈글쭈글한 늙은 성사와 산전수전 겪은 용병들, 소식을 나누는 통통한 상인들 옆에 좋은 친구 사이처럼 끼어 앉았다.

캐틀린으로서는 마뜩지 않게 검사가 많이 보였다. 불가에 앉은 세 명은 브라켄의 붉은 종마 휘장을 했고, 파란 강철 고리 갑옷에 은회색 케이프를 걸친 큰 무리도 있었다. 그들의 어깨에는 역시 익숙한 문장인 프레이 가문의 쌍둥이 탑이 보였다. 캐틀린은 그 무리의 얼굴을 살폈지만, 그녀를 알기에는 하나같이 너무 젊었다. 그중에 제일 연장자라도 캐틀린이 북부로 떠났을 때는 브랜보다 나이가 많지 않았을 터였다.

로드릭 경이 부엌 가까운 장의자에 빈자리를 찾아냈다. 탁자 건너편에 앉은 잘생긴 청년은 나무 하프를 만지작거리고 있었다. "일곱 신의 축복을 빕니다, 선량한 분들." 그는 두 사람이 앉자 인사를 건넸다. 앞에는 빈 와인 잔이 놓여 있었다.

"당신에게도요." 캐틀린이 화답했다. 로드릭 경은 당장 가져오라는 뜻이 담긴 말투로 빵과 고기와 맥주를 주문했다. 열여덟 살쯤 되어 보이는 젊은 가수는 두 사람을 보더니 서슴없이 어디로 가느냐, 어디에서 왔느냐, 어떤 소식을 가지고 있느냐 등등 답은 기다리지도 않고 질문을 화살처럼 계속 날렸다. "2주 전에 킹스랜딩을 떠났지요." 캐틀린은 제일 안전한 질문을 골라서 대답했다.

"제가 갈 곳이로군요." 청년이 대답했다. 캐틀린이 생각한 대로 그는 남들 이야기를 듣는 것보다는 자기 이야기를 푸는 데 관심이 많았다. 가수들이란 자기 목소리를 세상에서 제일 사랑하는 법이니. "수관의 마상 시합이란 지갑이 두툼한 부자 영주님들을 뜻하죠. 지난번 시합에서는 들고 다닐 수도 없을 만큼 많은 은화를 벌었습니다……. 아니, 킹슬레이어가 우승자가 될 거라는 데 걸었다가 다 잃지만 않았어도 그랬을 거란 얘깁니다만."

"신들은 도박꾼을 보고 얼굴을 찌푸리시네." 로드릭 경이 엄하게 말했다. 그는 북부인이었고, 마상 시합에 대해서 스타크 가문과 의견을 같이했다.

"저한테 얼굴을 찌푸리시긴 했죠. 잔인한 신들과 꽃의 기사가 같이 절 수렁에 밀어 넣었어요."

"좋은 교훈이 되었겠군." 로드릭 경이 말했다.

"그랬죠. 이번에는 로라스 경이 우승한다는 데 걸 겁니다."

로드릭 경은 없어진 수염을 당기며 그를 더 힐책하려 했지만 그 전에 하인이 서둘러 달려왔다. 하인은 빵이 담긴 나무 쟁반을 내려놓고 뜨거운 육즙이 뚝뚝 떨어지는 갈색 고깃덩어리를 꼬챙이에서 빼내어 쟁반에 채웠다. 다른 꼬챙이에는 작은 양파와 불고추, 통통한 버섯이 끼워져 있었다. 하인이 맥주를 가지러 돌아가자 로드릭 경은 기세 좋게 식사에 달려들었다.

"제 이름은 마릴리언입니다." 가수는 나무 하프를 퉁기며 말했다. "분명 어디선가 제 연주를 들어보셨을 텐데요?"

그의 태도에 캐틀린은 웃고 말았다. 윈터펠처럼 북쪽까지 찾는 방랑가수는 거의 없었지만, 그녀는 리버런에서 소녀 시절을 보낸 덕분에 그런 이들을 알았다. "안타깝지만 못 들어봤네요."

그는 나무 하프로 구슬픈 곡조를 뜯었다. "그거 손해네요. 이제까지 들어본 가장 훌륭한 가수가 누구였습니까?"

"브라보스의 알리아." 로드릭 경이 바로 대답했다.

"아, 그 늙은이보다야 제가 훨씬 낫죠. 노래에 베풀 은화만 있으시다면 기꺼이 보여드리겠습니다."

"동화 한두 닢 있을지도 모르겠네만, 그걸 자네가 울부짖는 데 내느니 우물에 던져버리겠네." 로드릭 경이 투덜거렸다. 가수들에 대한 로드릭 경의 견해는 유명했다. 여자애들에게야 음악이 매력적이지만, 건강한 사내아이가 칼을 쥘 수 있을 때 하프를 잡는다는 건 그로서는 이해할 수 없는 일이었다.

"당신 할아버지는 심술이 사나우시네요." 마릴리언이 캐틀린에게 말했다. "당신에게 경의를 표하려던 건데 말이에요. 당신의 아름다움을 찬미하려고요. 사실 전 왕과 대귀족들을 위해 노래할 몸이랍니다."

"아, 확실히 그래 보여요. 툴리 공은 노래를 좋아하신다고 들었어요. 리버런에는 가봤겠군요."

"백 번은 가봤죠." 가수는 대수롭지 않다는 듯이 말했다. "제가 묵을 방도 따로 있어요. 젊은 영주님은 제게 형제나 다름없답니다."

캐틀린은 남동생 에드무어가 어떻게 생각할까 궁금해하며 미소를 지었다. 에드무어는 예전에 어떤 가수가 자기가 좋아하는 여자와 잠자리를 한 이후로 방랑가수들을 싫어했다. "그럼 윈터펠은요? 북쪽으로도 여행해봤나요?"

마릴리언이 되물었다. "제가 왜 그러겠어요? 저 위쪽은 눈보라와 곰 가죽뿐인 데다가, 스타크 가문은 늑대 울음소리 말고 다른 음악은 모르는걸요." 캐틀린은 멀리 방 끝에서 문이 쾅 열리는 소리를 들었다.

캐틀린 뒤에서 웬 하인의 목소리가 울렸다. "여관 주인, 마구간에 넣어야 할 말이 몇 마리 있고, 라니스터 공께서 방과 뜨거운 목욕물을 원하시네."

"이런 세상에." 캐틀린은 로드릭 경이 말해버린 후에야 손을 뻗어 조용히 시켰다. 그녀의 손가락은 그의 팔뚝을 단단히 파고들었다.

마샤 헤들이 절을 하며 끔찍한 붉은 미소를 던졌다. "이거 죄송해서 어쩝니까, 나리. 방이 다 찼습니다요. 모조리요."

모두 네 명이었다. 밤의 경비대를 뜻하는 검은 옷을 입은 노인 하나와 하인 두 명…… 그리고 작고 대담한 모습으로 선 라니스터 본인. "내 하인들이야 마구간에 들어가면 될 테고, 나로 말하자면 보다시피 큰 방이 필요한 몸은 아니라네." 그는 조롱을 담아 씩 웃었다. "불만 따뜻하고 짚에 벼룩만 없다면 행복한 몸이지."

마샤 헤들은 어찌할 바를 몰랐다. "나리, 방이 정말 없습니다. 마상 시합 때문에 어쩔 수가 없어서요, 아이고……."

티리온 라니스터는 지갑에서 동전을 하나 꺼내더니 머리 위로 던졌다가 받고, 다시 던져 올렸다. 캐틀린이 있는 방 반대편에서도 금빛이 또렷이 보였다.

색 바랜 파란색 망토를 두른 자유기수 한 명이 벌떡 일어났다. "제 방을 얼마든지 쓰십시오. 환영합니다."

"영리한 사람이 있구먼." 라니스터는 동전을 던지며 말했다. 말을 꺼낸 자유기수가 허공에서 금화를 낚아챘다. "게다가 잽싸기도 하고." 난쟁이는 마샤 헤들을 돌아보았다. "음식은 차려줄 수 있겠지?"

"뭐든 원하시는 대로요, 나리. 무엇이든 내오지요." 여관 주인이 다짐했다. 캐틀린은 그 음식에 목이나 막히라고 생각했지만, 눈앞에는 티리온이 아니라 브랜이 목이 막힌 모습만 떠올랐다. 그것도 자기 피에…….

라니스터는 제일 가까운 탁자를 흘긋 보았다. "내 부하들은 자네가 여기 사람들에게 제공하는 음식을 먹을 걸세. 오랫동안 힘든 길을 달려왔으니 두 배로 주게나. 난 구운 새 요리를 먹겠네. 닭이든 오리든 비둘기든 상관없어. 그리고 제일 좋은 와인을 한 병 올려주게. 요렌, 같이 저녁 들겠소?"

"아무렴, 그러지요." 검은 형제가 대꾸했다.

난쟁이는 멀리 방 반대편에 눈길도 주지 않았고, 캐틀린은 난쟁이와 그녀 사이에 사람이 북적이는 의자들이 놓여 있어 얼마나 고마운지 모른다고 생각하고 있었는데, 갑자기 마릴리언이 벌떡 일어서서 외쳤다. "라니스터 나리! 드시는 동안 제가 즐겁게 해드리고 싶군요. 부친께서 킹스랜딩에서 거두신 대승을 노래하게 해주시지요!"

"그보다 더 내 저녁을 망칠 만한 이야기는 없겠군." 난쟁이는 건조하게 말했다. 그의 짝짝이 눈이 가수를 잠시 보고 시선을 돌리려다가…… 캐틀린을 발견했다. 그는 잠시 어리둥절한 얼굴로 그녀를 보았다. 캐틀린은 얼굴을 돌렸지만, 너무 늦었다. 난쟁이는 미소 짓고 있었다. "스타크 부인, 이런 뜻밖의 기쁨이 있을까요. 윈터펠에서 뵙지 못해 유감이었습니다."

마릴리언은 입을 딱 벌리고 그녀를 보았고, 캐틀린이 천천히 일어서자 혼란스럽던 얼굴에 분한 기색이 서렸다. 캐틀린은 로드릭 경이 욕하는 소리를 들었다. 라니스터가 장벽에 남아 있기만 했더라도. 그랬더라면…….

"스타크…… 부인?" 마샤 헤들이 쉰 목소리로 말했다.

"마지막에 여기에 묵었을 때는 아직 캐틀린 툴리였지." 그녀는 여관 주인에게 말했다. 웅성거리는 소리가 들렸고, 그녀는 자신을 보는 눈길들을 느낄 수 있었다. 캐틀린은 방 안을 둘러보며 기사와 맹약검사들의 얼굴을 보다가 심호흡을 해서 미친 듯이 뛰는 심장을 진정시켰다. 정말로 위험을 감수할 것인가? 찬찬히 생각할 시간은 없었고, 오직 그 순간 그녀의 귀에는 자신의 목소리만 울려 퍼졌다. "거기 구석에 있는 사람." 그녀는 아까는 알아차리지 못했던 나이 든 남자에게 말했다. "그 전포에 수놓인 문장이 하렌홀의 검은 박쥐 맞소, 경?"

그 남자는 일어서서 답했다. "맞습니다."

"그리고 휀트 부인은 내 아버지인 리버런의 호스터 툴리 공과 진실하고 정직한 친구시지요?"

"그렇습니다." 남자는 결연히 대답했다.

로드릭 경이 조용히 일어서서 검집을 느슨하게 풀었다. 난쟁이는 무표정한 얼굴에 짝짝이 눈에만 어리둥절한 감정을 띤 채 그들을 보고 눈을 깜박였다.

캐틀린은 불가의 삼인조를 향해 말했다. "리버런에서는 붉은 종마를 언제나 환영했소. 내 아버지는 조노스 브라켄을 가장 오래되고 가장 충성스러운 휘하 영주로 여기시지."

세 명의 병사는 확신 없는 눈빛을 교환했다. 그중 한 명이 머뭇거리며 말했다. "저희 영주님께서는 그분의 믿음을 명예롭게 여기십니다."

"부친께서 이렇게 훌륭한 친구들을 두셨다니 질투가 납니다만, 이러시는 목적을 모르겠군요, 스타크 부인." 라니스터가 빈정거렸다.

캐틀린은 그를 무시하고 파란색과 회색 옷을 입은 큰 무리를 돌아보았다. 그들이 핵심이었다. 스물이 넘는 수였다. "그대들의 문장 또한 잘 아오. 프레이의 쌍둥이 탑이지. 훌륭하신 영주님은 어떻게 지내시오, 경들?"

대장이 일어섰다. "왈더 공은 잘 지내십니다. 90번째 명명일에 새 아내를 얻으실 계획이라, 부인의 아버님께 결혼식에 와서 자리를 빛내주십사 요청하셨지요."

티리온 라니스터가 키득거렸다. 그 순간 캐틀린은 그를 손에 넣었음을 알았다. "이 남자는 내 집에 손님으로 와서, 내 아들을 살해할 음모를 꾸몄소. 겨우 일곱 살짜리 아이를 말이오." 그녀는 그를 가리킨 채 방 전체에 대고 선언했다. 로드릭 경이 검을 들고 옆에 섰다. "로버트 왕과 여러분이 섬기는 훌륭한 영주들의 이름으로, 저자를 포박하여 왕의 정의가 기다리는 윈터펠로 데리고 돌아가도록 도와주기를 청하오."

　캐틀린은 어느 쪽이 더 만족스러운지 알지 못했다. 십여 개의 검이 한 몸처럼 뽑히는 소리인지, 티리온 라니스터의 얼굴에 떠오른 표정인지.

산사

산사는 모르데인 성사와 제인 풀과 함께 수관의 마상 시합장으로 향했다. 타고 가는 가마에 드리운 노란색 비단 장막은 밖이 다 비쳐 보일 정도로 얇았다. 온 세상이 금빛으로 변했다. 도시 성벽을 나서자 강 옆에 천막 구조물이 백 개는 세워져 있었고, 평민들 몇천 명이 시합을 구경하러 나와 있었다. 모든 것이 숨이 멎을 만큼 찬란했다. 반짝이는 갑옷, 은과 금이 들어간 호화로운 천을 씌운 군마들, 군중들의 고함, 바람에 펄럭이는 깃발들…… 그리고 기사들. 무엇보다도 기사들이 눈이 부셨다.

"노래에 나오는 것보다 더 대단해." 산사는 아버지가 대귀족들 사이에 마련해둔 자리를 찾아가며 속삭였다. 산사는 그날 적갈색 머리가 돋보이는 초록색 가운을 아름답게 차려입었고, 귀족들이 자기를 보고 있다는 사실을 알고 미소 지었다.

그들은 수많은 노래 속에 나오는 영웅들이 달려 나오는 모습을 지켜보았다. 갈수록 더 굉장한 사람들이 나왔다. 킹스가드의 일곱 기사가 출진했는데, 제이미 라니스터만 빼면 모두가 우윳빛 미늘 갑옷을 입고 갓 내린 눈처럼 하얀 망토를 휘날렸다. 제이미 경도 하얀 망토를 두르기는 했으나,

망토 아래는 머리부터 발끝까지 번쩍이는 금빛이었고 사자머리 투구를 쓰고 금을 입힌 검을 찼다. '달리는 산더미' 그레고르 클리게인 경이 질주하는 모습은 산사태가 밀려드는 듯했다. 산사는 2년 전에 윈터펠에 손님으로 왔던 욘 로이스 경을 기억했다. "로이스 경의 갑옷은 수천 년 된 청동인데, 해를 입지 않도록 보호해주는 마법 문자가 새겨져 있다." 산사는 제인에게 소곤거렸다. 모르데인 성사는 은색이 들어간 남색 옷을 입고, 투구에는 독수리 날개를 단 제이슨 말리스터 공을 가리켰다. 그는 트라이던트에서 라에가르의 휘하 기사 세 명을 쓰러뜨린 사람이었다. 산사와 제인이 붉은 로브를 휘날리는 대머리 전사 사제, 미르의 토로스를 보고 키득거리자 성사는 그가 예전에 불타는 검을 손에 들고 파이크의 성벽을 기어올랐다고 일러주었다.

다른 기수들은 산사도 알지 못했다. 핑거스와 하이가든과 도르네 산맥에서 온 방랑기사들, 유명해지지 못한 자유기수들과 갓 기사 서임을 받은 종자들, 대귀족의 상사가 아닌 자식들과 고소 가문의 후계자들. 나이가 어린 남자들은 대개 아직 대단한 일을 하지 못했지만, 산사와 제인은 언젠가 칠왕국에 그들의 이름이 울려 퍼지리라는 데 생각을 같이했다. 발론 스완 경. 도르네 변경 지역의 브라이스 카론 공. 청동 욘의 후계자로, 은도금한 판금 갑옷에 아버지를 보호하는 것과 같은 고대 문자를 청동으로 세공해 넣은 안다르 로이스 경과 그 동생인 로바르 로이스 경. 파란색 바탕의 방패에 진홍색으로 레드와인 가문의 포도송이 문장을 집어넣은 쌍둥이 호라스 경과 호버 경. 제이슨 공의 아들인 파트렉 말리스터. 크로싱(the Crossing, 건널목)에서 온 여섯 명의 프레이, 늙은 왈더 프레이 공의 아들과 손자들인 제러드 경, 호스틴 경, 댄웰 경, 에몬 경, 테오 경, 퍼윌 경, 그리고 서자인 마틴 리버스까지.

제인 풀은 밤처럼 까만 피부에 초록색 케이프와 진홍색 깃털을 두른 여름 군도의 망명 왕자 잘라바르 쇼의 모습을 보고는 겁을 먹었다고 고백했으나, 붉은 금 같은 머리카락에 번개가 그려진 검은색 방패를 든 젊은 베릭 돈다리온 경을 보았을 때는 당장이라도 결혼하고 싶은 사람이라고 선언했다.

'사냥개'도 이름을 올렸고, 왕의 동생인 스톰스엔드의 잘생긴 렌리 공도 있었다. 윈터펠과 북부에서는 조리, 알린, 하윈이 참여했다. "이 사람들 사이에서는 조리가 거지처럼 보이네요." 조리가 나오자 모르데인이 코를 훌쩍였다. 산사도 동의할 수밖에 없었다. 조리의 갑옷은 아무 장식도 장치도 없는 청회색 판금 갑옷이었고, 어깨에 늘어뜨린 얇은 회색 망토는 때 묻은 넝마 같았다. 그래도 조리는 첫 번째 창 시합에서 호라스 레드와인을 말에서 떨구고 두 번째 시합에서는 프레이 한 명을 떨어뜨리며 자신을 증명했다. 세 번째 시합에서 그는 자신 못지않게 갑옷이 칙칙한 로소르 브룬이라는 자유기수와 세 번 말을 달렸다. 둘 다 말에서 떨어지지는 않았지만, 브룬의 창이 더 흔들림 없었고 타격도 더 잘 들어갔기에, 왕이 그쪽에 승리를 선언했다. 알린과 하윈은 성적이 그보다 못했다. 하윈은 첫 번째 시합에서 킹스가드의 메린 경에게 떨어졌고, 알린은 발론 스완 경에게 졌다.

마상 창시합은 땅거미가 지도록 이어졌고, 덩치 큰 군마들의 발굽은 들판 흙이 파헤쳐져 울퉁불퉁한 황무지가 될 때까지 시합장을 두드렸다. 평민들이 응원하는 자의 이름을 연호하는 가운데 기수들이 충돌하고, 창이 터져 나가는 동안 제인과 산사는 열 번도 넘게 한목소리로 비명을 질렀다. 제인은 사람이 떨어질 때마다 겁에 질린 어린아이처럼 눈을 가렸지만, 산사는 좀 더 의젓하게 처신했다. 훌륭한 귀족 숙녀라면 마상 시합에서 어떻게 행동할지 아는 법이었다. 모르데인 성사도 산사의 평정심에 주목하고 고개를 끄덕였다.

킹슬레이어는 눈부시게 말을 달렸다. 그는 안다르 로이스 경과 도르네 변경 지역의 브라이스 카론 경을 고리 꿰기 시합을 하듯 쉽게 거꾸러뜨렸고, 첫 번째와 두 번째 시합에서 30, 40년씩 어린 남자들을 이기고 올라온 백발의 바리스탄 셀미와는 힘든 싸움을 치렀다.

산도르 클리게인과 그의 어마어마한 형, 산더미 그레고르 경도 가히 막을 자가 없이 흉포하게 상대를 하나씩 쓰러뜨렸다. 그날 가장 끔찍한 순간은 그레고르 경의 두 번째 시합 중에 일어났는데, 그의 창이 날아가서 아린 협곡 출신 젊은 기사의 목가리개 밑을 엄청난 힘으로 때리는 바람에 창이 목을 관통하면서 즉사시키고 말았다. 젊은 기사는 산사가 앉은 자리에서 3미터도 떨어지지 않은 곳에 쓰러졌다. 그레고르 경의 창끝이 부러진 채 목에 꽂혀 있었고, 그의 생명이 담긴 피가 서서히 약해지는 맥박에 맞추어 흘러나왔다. 그의 갑옷은 반짝이는 새것이었는데, 쭉 뻗은 팔을 따라 선명한 불줄기가 흘러내리는 듯했다. 청명한 여름날의 하늘 같은 파란색에 가장자리를 초승달로 장식한 그의 망토는 피로 물들면서 색이 점점 어두워지고 초승달은 하나씩 하나씩 붉은 색으로 변했다.

제인 풀이 어찌나 발작적으로 우는지 결국에는 모르데인 성사가 진정시키려고 데리고 나가야 했지만, 산사는 두 손을 무릎에 모으고 앉아서 묘한 매혹을 느끼며 그 광경을 지켜보았다. 전에는 사람이 죽는 모습을 본 적이 없었다. 울어야 한다고 생각했지만, 눈물이 나오지 않았다. 어쩌면 눈물은 레이디와 브랜에게 다 써버렸는지도 몰랐다. 산사는 조리나 로드릭 경이나 아버지였다면 달랐을 거라고 스스로에게 말했다. 파란 망토를 두른 젊은 기사는 그녀에게 아무도 아니었고, 듣자마자 이름도 잊어버린 아린 협곡 출신의 낯선 사람일 뿐이었다. 그리고 이제는 세상도 그의 이름을 잊으리라. 산사는 문득 깨달았다. 그에 대한 노래는 불리지 않을 터였다. 그건 슬펐다.

시체를 실어 나간 후, 삽을 든 소년이 경기장으로 뛰어와서 기사가 쓰러졌던 자리에 흙을 옮겨 핏자국을 덮었다. 그다음에는 마상 창시합이 재개되었다.

발론 스완 경도 그레고르에게 졌고, 렌리 공은 사냥개에게 졌다. 렌리는 말에서 거칠게 떨어진 나머지 발을 허공에 들고 군마에서 뒤로 튕겨 날아가는 것처럼 보일 정도였다. 렌리의 머리가 땅에 부딪치면서 사방에 들릴 정도로 날카롭게 딱 소리가 나는 바람에 군중들이 헉 하고 숨을 들이켰지만, 다행히 그것은 투구에 달린 황금 뿔에서 난 소리였다. 부러진 가지 하나가 렌리의 몸 아래에 떨어져 있었다. 렌리 공이 일어서자 평민들이 미친 듯이 환호했다. 로버트 왕의 잘생긴 어린 동생은 대단히 인기 있는 인물이었다. 그는 우아하게 허리를 굽히며 부러진 뿔을 승자에게 내밀었다. 사냥개는 콧방귀를 뀌고 부러진 뿔을 군중 속으로 내던졌고, 평민들은 작은 금 부스러기라도 손에 쥐려고 때리고 할퀴다가 렌리 공이 걸어 들어가고 나서야 겨우 평화를 되찾았다. 그 무렵에는 모르데인 성사가 혼자 돌아와 있었다. 제인은 아파서 성으로 돌려보냈다고 했다. 산사는 제인에 대해 거의 잊어버리고 있었다.

나중에는 격자무늬 망토를 입은 방랑기사 한 명이 베릭 돈다리온의 말을 죽여서 실격패하고 자격을 박탈당했다. 베릭 경은 안장을 새 말로 옮겨서 출전했으나, 바로 미르의 토로스에게 떨어졌다. 아론 산타가르 경과 로소르 브룬은 세 번 서로에게 말을 달렸으나 승패를 내지 못했다. 그 후에 아론 경은 제이슨 말리스터 공에게, 브룬은 욘 로이스의 아들 로바르에게 패했다.

마지막에는 네 명만 남았다. 사냥개와 그의 괴물 같은 형 그레고르, 킹슬레이어 제이미 라니스터, 그리고 사람들이 꽃의 기사라 부르는 젊은 로라스 티렐 경.

로라스 경은 하이가든의 영주이자 남부의 관리자인 메이스 티렐의 막

내 아들이었다. 그는 열여섯 살로 시합장에서 가장 나이가 어린 기수였으나, 그날 오전 처음 나간 세 번의 시합에서 킹스가드의 기사 세 명을 말에서 떨어뜨렸다. 산사는 그렇게 아름다운 남자를 본 적이 없었다. 정교하게 만든 판금 갑옷은 천 가지 다채로운 꽃의 다발처럼 칠했고, 눈처럼 흰 종마에는 붉은색과 흰색 장미 덮개를 씌웠다. 로라스 경은 이길 때마다 투구를 벗고 말을 몰아 울타리 주변을 천천히 돌다가, 말 덮개에서 하얀 장미꽃을 하나 뽑아서 군중 사이에서 눈에 띄는 아름다운 처녀에게 던졌다.

그날 로라스 경의 마지막 시합 상대는 로바르 로이스였다. 로라스 경에게 방패가 쪼개지고 안장에서 떨어져서 쿵 소리와 함께 흙바닥에 처박히면서 로바르의 고대 문자는 보호력이 변변치 않음이 드러났다. 로바르는 승자가 시합장을 도는 동안 신음하며 누워 있었다. 결국에는 가마를 불러다가 움직이지 못하는 로바르를 천막으로 실어 가야 했다. 산사는 그 모습을 보지 못했다. 산사의 눈은 오직 로라스 경을 향하고 있었다. 하얀 말이 앞에 멈춰 있을 때, 산사는 심장이 터질 것 같다고 생각했다.

다른 처녀들에게는 흰 장미를 줬지만, 로라스 경이 산사에게 뽑아 준 상미는 붉은색이었다. "사랑스러운 아가씨, 어떤 승리도 당신의 반만큼도 아름답지 않군요." 산사는 그의 정중함에 말문이 막힌 채 수줍게 꽃을 받았다. 로라스 경의 머리카락은 굽이치는 갈색 곱슬머리였고, 눈은 녹인 황금 같았다. 산사는 로라스 경이 말을 달려 멀어진 후에도 오래도록 장미꽃을 꼭 쥐고 앉아서 달콤한 향기를 들이마셨다.

산사가 마침내 고개를 들었을 때는, 어떤 남자가 가까이 서서 그녀를 응시하고 있었다. 그는 키가 작았고, 뾰족한 수염을 길렀으며 머리가 희끗희끗하여 그녀의 아버지만큼 나이가 많아 보였다. "넌 분명히 캣의 딸이겠구나." 남자의 회녹색 눈동자는 입이 웃을 때도 웃지 않았다. "툴리 가문의 외모가 보이는군."

"전 산사 스타크예요." 산사는 거북한 기분으로 말했다. 모피 옷깃이 달린 묵직한 망토를 두르고 은으로 만든 흉내지빠귀를 단 남자는 노력하지 않고도 대귀족의 풍모를 보였지만, 산사는 그 남자를 몰랐다. "만나 뵙는 영광을 누리지 못했습니다만."

모르데인 성사가 얼른 끼어들었다. "귀여운 아기씨, 이분은 왕의 소협의회에 계신 피터 베일리시 공이랍니다."

"네 어머니는 예전에 나에게 미의 여왕이었지." 남자는 조용히 말했다. 숨결에서 박하 향이 풍겼다. "어머니의 머리카락을 물려받았구나." 남자의 손가락이 산사의 적갈색 머리채를 쓰다듬다가 그녀의 뺨을 스쳤다. 그는 돌연히 몸을 돌려 걸어가버렸다.

그 무렵에는 달이 중천에 떴고 군중들도 지쳤기에, 왕이 마지막 세 시합은 다음 날 아침, 난전 이전에 벌이겠다고 선언했다. 평민들이 그날의 마상 창시합과 내일 있을 대결에 대해 떠들며 집으로 걸어가는 동안, 궁정 사람들은 강변으로 자리를 옮겨 진치를 시작했다. 괴불같이 큰 들소 여섯 마리가 나무 꼬챙이에 꿰여 몇 시간째 구워지고 있었다. 취사 담당들은 꼬챙이를 천천히 돌리며 고기가 바삭바삭해지고 지글거릴 때까지 버터와 향초를 끼얹었다. 경기장 바깥으로 단풀과 딸기와 갓 구운 빵을 높이 쌓아 올린 식탁들과 장의자가 마련되었다.

산사와 성사 모르데인은 명예롭게도 왕과 왕비가 나란히 앉은 높은 단 왼쪽에 자리를 배정받았다. 조프리 왕자가 오른쪽에 앉자 산사는 목이 메었다. 그는 그 끔찍한 일이 일어난 후 그녀에게 한 마디도 하지 않았고, 그녀는 감히 그에게 말을 걸 수가 없었다. 처음에는 레이디에게 한 짓 때문에 그가 밉다고 생각했지만, 울 만큼 울고 눈물이 마르자 산사는 조프리가 한 짓이 아니라고 스스로를 타일렀다. 왕비가 한 짓이었다. 미워할 사람은 왕비였다. 왕비와 아리아. 아리아만 아니었으면 나쁜 일은 하나도 일어나지 않았으리라.

오늘 밤 산사는 조프리를 미워할 수 없었다. 미워하기엔 조프리가 너무 아름다웠다. 그는 황금으로 만든 사자 머리가 두 줄로 박힌 짙은 파란색 더블릿을 입었고, 이마에는 금과 사파이어로 만든 가느다란 관을 얹었다. 머리카락은 금처럼 빛났다. 산사는 그를 보고 몸을 떨었다. 조프리가 그녀를 무시하거나, 그보다 더 나쁜 경우에는 다시 혐오스럽게 변해서 그녀가 눈물을 흘리며 자리를 뜨게 만들지 않을까 두려웠다.

그러나 조프리는 미소를 지으며 산사의 손에 입을 맞췄고, 노래 속에 나오는 왕자처럼 잘생기고 정중한 모습으로 말했다. "로라스 경에겐 아름다움을 알아보는 눈이 있지."

"그분은 정말 친절하셨어요." 산사는 애써 차분하고 겸손한 모습을 유지하려 했지만, 그녀의 심장은 노래를 부르고 있었다. "로라스 경은 진정한 기사세요. 내일 그분이 이길까요?"

"아니. 내 개가 이길 서요. 아니면 제이미 삼촌일 수도 있고. 그리고 몇 년만 지나서 내가 참여할 나이가 되면 내가 모두 이길 거요." 조프리는 손을 들어 차가운 여름 와인 병을 든 하인을 부르더니 산사에게 와인을 한 잔 따랐다. 산사가 불안한 눈으로 모르데인 성사를 보고 있으려니, 조프리가 몸을 기울여 성사의 잔까지 채웠고, 성사는 고개를 끄덕이며 우아하게 감사 인사를 하고 다른 말을 더 하지 않았다.

하인들은 밤새도록 잔을 채웠으나, 산사는 나중에 와인의 맛을 기억할 수 없었다. 와인이 필요하지도 않았다. 산사는 그날 밤의 마법에 취했고, 화려함에 들떴으며, 평생 꿈꿔오면서 감히 알기를 바라지는 못했던 아름다움에 휩쓸렸다. 가수들은 왕의 천막 앞에 앉아서 땅거미를 음악으로 채웠다. 곡예사 하나가 불붙은 곤봉을 허공에 흐르는 폭포처럼 돌렸다. 왕의 전속 광대인 '문보이(Moon Boy)'라는 이름의 얼굴이 둥근 얼간이가 얼룩덜룩한 옷을 입고 죽마를 타고 춤을 추면서 모든 사람을 비웃는데, 어찌나 능란하고 잔인한 솜씨인지 산사는 어수룩한 게 맞나 싶을 정도였다. 모르데인마저도 그 앞에서는 속수무책이 되어, 문보이가 최고성사에 대한 짧은 노래를 부르자 심하게 웃다가 와인을 엎지르고 말았다.

그리고 조프리는 예절의 화신이었다. 그는 밤새 산사에게 말을 걸며 칭찬을 퍼붓고, 웃음을 끌어내고, 궁정 소문을 말해주고 문보이의 농담을 설명했다. 산사는 넋이 나간 나머지 예의도 잊고 왼쪽에 앉은 모르데인 성사에게는 신경도 쓰지 않았다.

그동안 요리는 차례차례 나왔다가 들어갔다. 보리와 사슴 고기로 만든 걸쭉한 수프. 단풀과 시금치와 자두 위에 잘게 부순 견과류를 뿌린 샐러드. 꿀과 마늘에 잰 달팽이. 산사는 달팽이를 먹어본 적이 없었다. 조프리가 달팽이를 껍질에서 빼내는 방법을 가르쳐주고, 달콤한 첫 조각을 직접 먹여줬다. 그다음에는 강에서 잡은 신선한 송어에 진흙을 발라 구운 요리였다. 왕자님은 딱딱한 진흙을 깨고 부슬부슬한 살을 써내도록 도와줬다. 그리고 고기 요리가 나오자 직접 큰 덩어리를 잘라, 미소 띤 얼굴로 산사의 접시에 덜어줬다. 산사는 조프리가 움직이는 모습을 보고 아직도 오른팔이 성치 않다는 사실을 알 수 있었지만, 그는 불평 한 마디 하지 않았다.

후식으로는 달콤한 빵과 비둘기 파이와 계피 향이 풍기는 구운 사과와 설탕을 입힌 레몬 케이크가 나왔지만, 그때쯤에는 너무 배가 불러서 산사는 제일 좋아하는 작은 레몬 케이크 두 개만 먹었다. 산사가 세 번째 케이크를 먹을까 고민하고 있으려니 왕이 고함을 지르기 시작했다.

안 그래도 로버트 왕의 목소리는 요리가 나올 때마다 점점 커졌다. 산사는 한 번씩 음악 소리와 식기 부딪치는 소리 너머로 왕의 웃음과 호령을 들을 수 있었지만, 무슨 말인지 알아듣기에는 너무 멀었다.

그런데 이제는 모두가 그의 말을 들었다. "아니." 다른 모든 소리를 떠

내려 보내는 천둥 같은 소리였다. 산사는 왕이 시뻘건 얼굴로 비틀거리며 일어서는 모습에 깜짝 놀랐다. 왕은 한 손에 술잔을 들고, 더할 수 없이 심하게 취해 있었다. "나더러 이래라저래라 하지 말게, 여자." 그는 세르세이 왕비에게 소리쳤다. "여기 왕은 나야, 알겠나? 내가 여길 통치하고, 내가 내일 싸우겠다면 싸우는 거야!"

모두가 그쪽을 보고 있었다. 산사는 바리스탄 경, 왕의 동생 렌리, 그리고 그녀에게 묘하게 말하고 머리카락을 매만진 키 작은 남자를 보았지만, 아무도 끼어들려 하지 않았다. 왕비의 얼굴은 눈으로 조각한 것처럼 핏기 없는 가면이었다. 왕비는 일어서서 치맛자락을 모으더니 하인들을 거느리고 말없이 자리를 떴다.

제이미 라니스터가 왕의 어깨에 손을 얹었지만, 왕은 그를 세게 밀어냈다. 라니스터는 비틀거리다가 넘어졌다. 왕은 시끄럽게 웃어젖혔다. "대단한 기사여. 난 아직도 자넬 흙바닥에 넘어뜨릴 수 있다네. 그걸 기억하게나, 킹슬레이어." 그는 모식이 빅힌 뻘잔으로 가슴을 쳤고, 새틴 튜닉에 와인을 다 쏟았다. "내 망치만 쥐여주면 이 왕국 어떤 놈도 내 앞에 버텨 서지 못하지!"

제이미 라니스터가 일어서서 흙을 털었다. "말씀대로입니다, 전하." 경직된 목소리였다.

렌리 공이 미소를 지으며 앞으로 나섰다. "와인을 다 쏟았잖아요, 로버트 형. 새 잔을 갖다 드리죠."

산사는 조프리가 팔에 손을 얹자 화들짝 놀랐다. "밤이 늦었소." 왕자는 산사를 전혀 보고 있지 않은 듯한 기묘한 얼굴이었다. "성까지 돌아가는 데 호위가 필요할까?"

"아니……." 산사는 말하며 모르데인 성사를 찾다가, 성사가 탁자에 고개를 박고 숙녀답게 조용히 코를 골고 있는 모습에 놀랐다. "그러니까…… 네, 고맙습니다. 정말 친절한 제안이세요. 전 피곤하고, 가는 길은 너무 어두우니까요. 경호가 있다면 기쁘겠습니다."

조프리가 외쳤다. "개!"

산도르 클리게인은 마치 밤으로 빚어낸 인물처럼 빠르게 나타났다. 갑옷을 벗고 앞섶에 가죽으로 만든 개 머리를 꿰매 넣은 붉은색 모직 튜닉으로 갈아입은 모습이었다. 횃불 빛에 화상 입은 얼굴이 칙칙한 붉은색으로 비쳤다. "예, 저하?"

"내 약혼녀를 성까지 모셔다 드리고, 어떤 해도 입지 않게 해라." 왕자는 퉁명스럽게 말했다. 그리고 조프리는 작별 인사 한 마디 없이 산사를 두고 걸어가버렸다.

산사는 사냥개가 바라보는 눈길을 느낄 수 있었다. "조프리가 직접 바래다줄 줄 알았나?" 그는 소리 내어 웃었다. 마치 구덩이에서 개가 으르렁대는 것 같은 웃음소리였다. "그럴 리가 있나." 그는 산사를 가뿐히 일으켜 세웠다. "가자, 잠이 필요한 건 너만이 아니야. 난 술을 너무 많이 마셨고, 내일은 형을 죽여야 할지도 모르거든." 사냥개는 다시 웃었다.

갑자기 겁에 질린 산사는 깨울 수 있지 않을까 하며 모르데인의 어깨를 흔들었지만, 성사는 코만 더 크게 골았다. 로버트 왕은 비틀거리며 떠났고 자리도 반이 순식간에 비었다. 잔치는 끝났고, 아름다운 꿈도 끝났다.

사냥개는 횃불을 하나 낚아채어 앞길을 밝혔다. 산사는 그 옆에 바짝 붙어서 따라갔다. 땅바닥은 돌투성이로 울퉁불퉁했고, 너울거리는 불빛 때문에 발밑에서 이리저리 움직이는 것처럼 보였다. 산사는 눈을 내리깔고, 발 디딜 곳을 살피면서 걸었다. 그들은 바깥에 깃발과 갑옷을 걸어놓은 천막들 사이를 걸었고, 한 걸음 디딜 때마다 정적이 무거워졌다. 산사는 사냥개의 모습을 참을 수가 없었고, 너무나 겁이 났지만, 그럼에도 모든 예절을 다하도록 컸다. 산사는 진정한 숙녀라면 그의 얼굴에 신경 쓰지 않을 거라고 스스로에게 말했다. "오늘 용맹하게 달리셨어요, 산도르 경." 산사는 용기를 내어 말했다.

산도르 클리게인은 이를 드러내고 으르렁거렸다. "그 속 빈 칭찬은 아껴둬라……. 경이라는 소리도 집어치우고. 난 기사가 아니야. 난 기사들과 기사의 맹세에 침을 뱉지. 내 형은 기사다. 오늘 그놈이 달리는 모습을 봤나?"

"네." 산사는 떨면서 속삭였다. "그분은……."

"용맹하던가?" 사냥개가 말을 가로챘다.

산사는 사냥개가 그녀를 비웃고 있음을 깨달았다. "아무도 이겨내지 못하겠더군요." 산사는 겨우 말을 맺은 스스로가 자랑스러웠다. 그건 거짓말이 아니었다.

산도르 클리게인은 어둡고 텅 빈 들판 한가운데에서 갑자기 걸음을 멈췄다. 산사도 옆에 걸음을 멈출 수밖에 없었다. "어떤 성사가 잘도 훈련시켰군. 넌 여름 군도에 있는 그 새 같아. 사람들이 읊으라고 가르쳐준 귀엽고 예쁜 말만 되풀이하는 귀엽고 예쁜 앵무새."

"불쾌한 말씀이네요." 산사는 심장의 들썩임을 느낄 수 있었다. "제게 겁을 주고 계세요. 이제 갔으면 좋겠는데요."

사냥개는 쉰 목소리로 말했다. "아무도 이겨내지 못할 거라. 맞는 말이다. 아무도 그레고르를 이겨내지 못했지. 오늘 두 번째 시합에서 그 꼬마, 아, 좀 볼 만했지. 너도 봤겠지? 불쌍한 놈, 그 녀석은 여기서 말을 달릴 주제가 못 됐다. 돈도 없고, 종자도 없고, 갑옷을 입을 때 도와줄 사람도 없었지. 그 목가리개는 제대로 채워져 있지 않았어. 그레고르가 그걸 몰랐을 것 같나? 그레고르 경의 창이 우연히 날아갔다고 생각하나? 귀엽고 예쁘게 말하는 아가씨, 그걸 믿는다면 넌 정말로 새처럼 머리가 텅 빈 거다. 그레고르의 창은 그레고르가 원하는 곳으로 가거든. 날 봐. 날 보란 말이다!"

산도르 클리게인은 커다란 손으로 산사의 턱을 잡고 얼굴을 들어 올렸다. 그는 산사 앞에 몸을 숙이고 횃불을 가까이 갖다 댔다. "여기 볼 만한 게 있지. 제대로 한번 봐라. 너도 보고 싶을걸. 왕의 가도를 내려오는 내내 네가 외면하는 모습을 봤지. 집어치우고 제대로 봐."

그의 손가락은 산사의 턱을 쇠덫처럼 단단히 잡았다. 그의 눈이 산사의 눈을 들여다봤다. 술에 취하고, 분노에 찬 눈. 산사는 마주 보아야 했다.

얼굴 오른쪽은 수척해서 광대뼈가 날카롭게 도드라졌고, 두꺼운 이마 밑에 회색 눈이 움푹했다. 코는 크고 굽었으며, 숱이 적은 머리카락은 색이 어두웠다. 그는 머리를 길게 길러서 옆으로 넘겼는데, 얼굴 반대쪽에는 머리털이 자라지 않기 때문이었다.

얼굴 왼쪽은 엉망이었다. 귀는 타서 없어지고, 구멍밖에 남지 않았다. 눈은 멀쩡했지만, 눈 주위는 온통 흉터로 일그러졌다. 가죽처럼 질기고 반들반들한 검은 살에 구멍이 여기저기 패었고 깊게 갈라진 틈이 움직일 때마다 짓은 붉은 빛이 보였다. 턱 아래로는 살이 타서 벌어져 나간 자리에 뼈의 형태가 보였다.

산사는 울고 말았다. 그는 산사를 놓아주고 횃불을 흙에 비벼 껐다. "여기다 대고 할 만한 예쁜 말은 없나? 성사가 가르쳐준 귀여운 칭찬 뭐 없어?" 대답이 돌아오지 않자 그는 말을 이었다. "대부분은 이게 전투 탓이겠거니 하지. 공성전이라든가, 불타는 탑이라든가, 횃불을 든 적이라든가. 어떤 바보는 드래곤의 입김이었냐고 묻기도 했고." 이번에는 웃음소리가 좀 더 부드러웠지만, 씁쓸하기는 마찬가지였다. "뭐였는지 말해주지." 밤에서 흘러나오는 목소리, 이제는 산사가 그 입김에서 풍기는 시큼한 와인 냄새를 맡을 수 있을 정도로 가까이 몸을 기울인 그림자가 내는 목소리였다. "난 너보다 어렸다. 여섯 살, 일곱 살쯤이었을까. 목각사(木刻師) 하나가 내 아버지의 아성 밑에 있는 마을에 가게를 차리고는, 호의를 사려고 우리에게 선물을 보냈지. 그 노인은 굉장한 장난감을 만들었어. 내가 뭘 받았는지 기억나진 않지만, 내가 갖고 싶었던 건 그레고르가 받은 선물이었다. 색칠한 나무 기사였는데, 모든 관절을 따로 고정하고 줄을 달아서, 이리저리 움직여서 싸우게 만들 수 있었지. 그레고르는 나보다 다섯 살 위라서 그런 장난감은 아무것도 아니었다. 벌써 기사의 종자였고, 키가 180센티에 황소 같은 근육질이었으니까. 그래서 난 그레고르의 기사를 가져갔지만, 재미는 하나도 없었어. 난 내내 겁에 질려 있었고, 과연 그레고르는 날 찾아냈지. 그 방엔 화로가 하나 있었는데, 그레고르는 한 마디 말도 하지 않고 그냥 한 팔로 나를 들어 올리더니 내 얼굴을 타는 석탄에다가 처박고는, 내가 비명을 지르고 또 지르는데 계속 붙잡고 있었다. 너도 그놈이 얼마나 힘이 센지 봤지. 그 시절에도 그놈을 나한테서 떼어내는 데 어른 남자 셋이 필요했다. 성사란 놈들은 일곱 지옥에 대해 설교를 하지. 그놈들이 뭘 알겠나? 불에 타본 사람만이 진짜 지옥이 뭔지 알지.

아버지는 모든 사람에게 내 침구에 불이 붙었다고 말했고, 우리 하사는 나에게 연고를 줬지. 연고라! 그레고르도 약을 받았다. 4년 후에 그놈은 일곱 향유를 부음받고 기사 서약을 읊었고, 라에가르 타르가르옌은 그놈의 어깨를 두드리며 말했지. '일어나게, 그레고르 경.'"

쉰 목소리가 잦아들었다. 그는 산사 앞에 말없이 웅크리고 앉아 있었다. 거대한 검은 형체가 밤에 에워싸여, 모습을 감췄다. 산사는 그의 고르지 않은 숨소리를 들을 수 있었다. 어쩐지 그에게 안타까운 마음이 들었다. 어째서인지는 몰라도 두려움은 사라졌다.

정적은 계속 이어졌고, 정적이 너무 오래 이어져서 다시 걱정이 커졌지만, 이제는 자기 자신이 아니라 그가 걱정스러웠다. 산사는 그의 거대한 어깨를 건드렸다. "그자는 진정한 기사가 아니었어요." 산사가 속삭였다.

사냥개는 고개를 뒤로 젖히고 울부짖었다. 산사는 비틀거리며 뒷걸음질을 쳤지만, 그가 산사의 팔을 잡고 으르렁거렸다. "그래. 그래, 작은 새야. 그놈은 진정한 기사가 아니었어."

도시 안으로 들어가는 나머지 길에서 산도르 클리게인은 한 마디도 하지 않았다. 그는 산사를 이끌고 마차들이 기다리는 곳으로 갔고, 어느 마부에게 레드킵까지 가자고 말한 다음, 산사를 먼저 태우고 뒤따라 탔다. 그들은 말없이 왕의 문을 통과하여 횃불 밝힌 도시의 거리를 올라갔다. 그는 화상 입은 얼굴을 씰룩거리고 눈을 내리깐 채로 샛문을 열고 산사를 성안에 들여보냈고, 한 발자국 뒤에서 탑의 계단을 올랐다. 그는 산사를 그녀의 침실 밖 복도까지 안전하게 데려다줬다.

"고맙습니다." 산사는 얌전하게 말했다.

사냥개는 그녀의 팔을 잡고 얼굴을 가까이 가져갔다. "내가 오늘 밤에 한 말." 그의 목소리가 평소보다 더 거칠었다. "조프리에게 말했다간……네 여동생이나 아버지나, 누구한테든 말하면……."

"말 안 해요. 약속한게요." 산사는 속삭였다.

그 말만으로는 부족했다. "누구한테든 말하면……." 그는 말을 맺었다. "죽여버린다."

에다드

"마지막 기도는 제가 직접 했습니다." 바리스탄 셀미 경은 수레에 실린 시신을 내려다보면서 말했다. "달리 맡을 사람이 없었어요. 아린 협곡에 모친이 있다고 들었습니다."

희미한 새벽빛 속에서 젊은 기사는 잠든 것처럼 보였다. 잘생긴 얼굴은 아니었지만 죽음이 거친 이목구비를 다듬었고, '침묵의 자매들'이 입힌 제일 좋은 벨벳 튜닉의 높은 옷깃에 창이 남긴 목의 상처가 가렸다. 에다드 스타크는 그 얼굴을 보면서 혹시 이 아이가 죽은 게 자기 탓일까 생각했다. 네드가 대화를 나눌 기회를 얻기 전에 라니스터 휘하 기사에게 죽다니. 그게 한갓 우연일 수 있을까? 영영 알 수 없을 일이었다.

"휴는 4년 동안 존 아린의 종자로 있었지요." 셀미가 말을 이었다. "왕께서 북부로 가시기 전에 존을 기리며 기사 서임을 하셨습니다. 기사가 되기를 간절히 원했는데, 안타깝게도 준비가 안 됐던 것 같군요."

네드는 지난밤에 잠을 설쳤고 나이에 걸맞지 않은 피곤을 느꼈다. "누군들 준비가 되어 있겠습니까."

"기사 서임에 말입니까?"

"죽음에요." 네드는 가만히 시신에 망토를 덮어주었다. 가장자리에 초 승달 문양을 넣은 피에 젖은 파란 망토였다. '아들이 왜 죽었는지 묻는다 면, 왕의 수관인 에다드 스타크를 드높이기 위해 싸우다가 죽었다고 하겠 지.' 그는 쓸쓸하게 생각했다. "이럴 필요가 없는 일이었어요. 전쟁은 놀이 가 되어선 안 됩니다." 네드는 수레 옆에 선 여자에게 고개를 돌렸다. 여 자는 회색 옷으로 온몸을 감추고 얼굴에서도 눈만 내놓고 있었다. 침묵의 자매들은 장례 준비를 도맡았고, 죽음의 얼굴을 보면 불운이 닥치는 법이 었다. "갑옷을 협곡에 있는 집으로 보내시오. 모친이 간직하고 싶어 할 테 니."

"은화를 꽤 썼을 갑옷입니다. 이번 마상 시합에 맞춰서 특별히 만들었 더군요. 평범하지만 좋은 솜씨예요. 대장장이에게 값을 다 지불했는지 모 르겠습니다."

"값은 어제 치렀습니다. 아주 비싸게 치렀지요." 네드는 바리스탄 경에 게 답하고, 침묵의 자매에게 말했다. "모친에게 갑옷을 보내시오. 대장장 이는 내가 해결하리라." 침묵의 자매는 고개를 숙였다.

그 후에 바리스탄 경은 네드와 함께 왕의 천막으로 걸어갔다. 야영지가 깨어나고 있었다. 통통한 소시지가 불구덩이 위에서 지글거리며 마늘과 후추 향을 풍겼다. 어린 종자들은 주인이 깨어나서 하품을 하고 기지개를 켜며 하루를 맞이하는 사이 심부름을 다니느라 바빴다. 거위 한 마리를 옆 구리에 낀 하인이 두 사람을 보고 무릎을 굽혔다. "나리님들." 그는 거위가 꽥꽥거리며 손가락을 쪼는 가운데 중얼거렸다. 천막마다 바깥에 내놓은 방패들이 누가 들어가 있는지를 알렸다. 시가드의 은빛 매, 브라이스 카론 의 나이팅게일 떼, 레드와인의 포도송이, 그 밖에도 얼룩무늬 멧돼지, 붉 은 황소, 불타는 나무, 하얀 숫양, 세 개의 소용돌이, 자주색 유니콘, 춤추 는 처녀, 흑살무사, 쌍둥이 탑, 뿔이 달린 올빼미, 그리고 마지막으로 뜨는 해처럼 빛나는 킹스가드의 순백색 문장까지.

"왕께선 오늘 난전에서 싸울 작정입니다." 바리스탄 경이 메린 경의 방패를 지나면서 말했다. 그 방패는 로라스 티렐의 창이 메린 경을 안장에서 떨구면서 나무에 남긴 깊은 흉터 때문에 칠이 벗겨진 상태였다.

"그래요." 네드는 음울하게 말했다. 지난밤에 조리가 그를 깨워서 전해 준 소식이었다. 잠을 설친 것도 당연했다.

바리스탄 경은 심란한 얼굴이었다. "밤의 아름다움은 새벽이 오면 사라지고, 와인의 아이들은 아침 햇살에 버림받기 쉽다고 하지요."

"그런 말이 있지요." 네드가 수긍했다. "하지만 로버트는 다릅니다." 다른 사람이라면 취해서 내뱉은 허세를 다시 생각할지도 모르지만, 로버트 바라테온은 기억할 테고, 기억하면 결코 물러지지 않았다.

왕의 큰 천막은 물가에 있어, 강에서 피어오른 아침 안개의 회색 줄기가 휘감고 있었다. 온통 금빛 비단으로 만들었고, 야영지에서 가장 크고 웅장한 가설물이었다. 입구 바깥에는 로버트의 전투 망치가 바라테온 가문의 왕관을 쓴 수사슴 문장이 들어간 거대한 철방패 옆에 놓여 있었다.

네드는 왕이 와인에 절어서 아직까지 자고 있기를 기대했지만, 운이 따르지 않았다. 로버트는 반짝이는 뿔잔으로 맥주를 마시면서 그에게 갑옷을 입히려고 애쓰고 있는 두 어린 종자에게 불만의 호통을 터뜨리고 있다. 종자 한 명이 울먹이는 얼굴로 말했다. "전하, 너무 작아서 맞질 않습니다." 종자가 손을 더듬거렸고 로버트의 굵은 목에 끼우려고 애쓰던 목가리개가 바닥에 떨어졌다.

"일곱 지옥이여!" 로버트가 욕을 했다. "내가 직접 해야 하나? 망할 녀석들. 주워라. 입만 벌리고 서 있지 말고 얼른 주워, 란셀!" 종자는 펄쩍 뛰어올랐고, 왕은 네드와 바리스탄 경을 알아차렸다. "이 멍청이들 좀 보게, 네드. 아내가 이 두 놈을 종자로 거느리라고 우겼는데, 도통 쓸모가 없군. 갑옷도 제대로 입히지 못하다니 말이야. 종자 좋아하시네. 비단옷을 입은 돼지치기겠지."

네드는 흘긋 보고도 곤란함을 바로 이해할 수 있었다. 그는 왕에게 말했다. "저 아이들 잘못이 아닙니다. 갑옷에 비해 너무 뚱뚱해요, 로버트."

로버트 바라테온은 맥주를 쭉 들이켜더니 빈 뿔잔을 잠자리 모피에 내던지고, 손등으로 입가를 닦은 다음, 험악하게 말했다. "뚱뚱하다? 뚱뚱하단 말이지? 그게 왕에게 하는 말버릇인가?" 그는 폭풍처럼 갑작스럽게 웃음을 터뜨렸다. "아, 젠장, 네드. 자넨 왜 늘 옳은 거야?"

종자들이 불안하게 미소를 짓고 있으려니 왕이 그들을 돌아보았다. "너희들. 그래, 너희 둘 다. 수관 얘기 들었겠지. 왕이 갑옷에 비해 너무 뚱뚱하시다. 가서 아론 산타가르 경을 찾아라. 가서 내가 흉갑을 늘려야 한다고 해. 당장! 뭘 기다리고 섰나?"

두 소년은 서둘러 천막을 나서다 서로의 발에 걸려 넘어질 뻔했다. 로버트는 두 종자가 나갈 때까지 용케 엄한 얼굴을 유지하고 있나가, 몸이 흔들리도록 웃어대며 의자에 주저앉았다.

바리스탄 셀미 경도 같이 웃었다. 에다드 스타크마저도 미소를 지었다. 하지만 언제나처럼 심각한 생각이 기어들었다. 그는 두 종자의 생김새를 알아차릴 수밖에 없었다. 둘 다 잘생겼고, 금발에 흰 피부에 날씬했다. 하나는 산사 나이 또래에 금빛 곱슬머리가 길었다. 또 하나는 열다섯 살쯤에 머리카락은 모래색이었고, 엷게 콧수염이 자랐으며 눈은 왕비와 똑같은 에메랄드빛이었다.

"아, 가서 산타가르의 얼굴을 봤으면 좋겠군. 그 녀석들을 다른 사람에게 보낼 만한 재치는 있었으면 좋겠는데. 저 녀석들을 하루 종일 뛰어다니게 해야지!" 로버트가 말했다.

"저 아이들, 라니스터인가요?" 네드는 왕에게 물었다.

로버트는 눈물을 닦으며 고개를 끄덕였다. "사촌들이지. 타이윈 공 동생의 아들들이야. 죽은 동생 쪽. 아니, 다시 생각해보니 살아 있는 동생 쪽이었나. 기억이 나질 않는군. 내 아내는 굉장한 대가족 출신이라네, 네드."

'굉장히 야심 찬 집안이기도 하지요.' 네드는 생각했다. 종자들에 대해서는 아무런 악감정이 없었지만, 로버트가 낮이고 밤이고 왕비의 친척들에게 둘러싸여 있는 모습은 걱정스러웠다. 지위와 명예에 대한 라니스터 가의 욕구에는 한계가 없는 것 같았다. "듣자 하니 어젯밤에 왕비와 성난 대화가 오갔다면서요."

로버트의 얼굴에서 웃음이 얼어붙었다. "그 여자가 나보고 난전에서 싸우는 건 어림도 없다잖나. 지금은 성안에서 꽁해 있겠지. 자네 누이라면 그런 식으로 나에게 창피를 주는 일은 없었을 거야."

"저만큼 리안나를 잘 알지는 못했잖습니까, 로버트. 그 아이의 아름다움만 보고, 그 밑에 있는 무쇠는 못 봤지요. 그 애라도 난전에 나가선 안 된다고 했을 겁니다."

"자네까지 이러긴가?" 왕은 얼굴을 찌푸렸다. "하여간 재미없기는, 스타크. 북부에 너무 오래 있어서 피도 다 얼어붙었나 보네. 나는 아직 피가 돌거든." 그는 가슴을 쳐서 그 점을 증명했다.

"당신은 왕입니다." 네드가 환기시켰다.

"그래서 필요할 때는 그 망할 철왕좌에 앉지. 그렇다고 나에게 다른 사내들과 같은 허기가 없다는 뜻인가? 나라고 가끔 와인도 마시고, 침대에서 꺅꺅거리는 계집도 안고, 말을 타고 달리고 싶지 않겠나? 일곱 지옥이여, 네드, 난 누굴 좀 때리고 싶단 말이야."

바리스탄 셀미 경이 나섰다. "전하, 왕이 난전에 참여하는 것은 곤란합니다. 공정한 경쟁이 되지 않습니다. 감히 누가 전하를 공격하겠습니까?"

로버트는 정말로 깜짝 놀란 얼굴이었다. "누구라니, 다들 하겠지. 할 수만 있다면. 그리고 마지막에 서 있는 자는⋯⋯."

"⋯⋯전하가 되겠지요." 네드가 말을 맺었다. 그는 셀미가 정곡을 찔렀음을 바로 알아보았다. 난전의 위험은 로버트의 흥을 돋울 뿐이지만, 이 지적은 그의 긍지를 건드렸다. "바리스탄 경 말이 맞습니다. 칠왕국에 감히 전하에게 해를 입혀 불쾌감을 사려 할 자는 없습니다."

왕은 붉어진 얼굴로 일어섰다. "비겁한 놈들이 내가 이기게 둘 거라는 말인가?"

"확실합니다." 네드가 말했고, 바리스탄 셀미 경은 고개를 숙여 말없이 긍정했다.

로버트는 잠시 동안 너무 화가 나서 말도 하지 못했다. 그는 천막 안을 성큼성큼 가로지르더니, 몸을 홱 돌려서 다시 돌아왔다. 화가 나서 어두워진 얼굴이었다. 그는 격분해서 입을 다문 채 바닥에 놓인 흉갑을 낚아채더니 바리스탄 셀미에게 내던졌다. 셀미는 피했다. "나가게." 왕이 차갑게 말했다. "내 손에 죽기 전에 나가."

바리스탄 경은 얼른 자리를 떠났다. 네드도 뒤따라 나가려는데, 왕이 다시 외쳤다. "네드, 자네는 말고."

네드가 몸을 돌렸다. 로버트는 뿔잔을 다시 집어 들더니, 구석에 놓인 통에서 맥주를 따라서 네드에게 내밀었다. "마셔." 그는 퉁명스럽게 말했다.

"목이 마르지 않ㅡ"

"마셔. 왕의 명령이야."

네드는 뿔잔을 받아서 마셨다. 걸쭉하고 검은 맥주는 눈이 따가울 정도로 독했다.

로버트는 다시 주저앉았다. "저주받을 네드 스타크. 자네와 존 아린 말이야. 난 두 사람을 사랑했어. 둘이 나한테 무슨 짓을 한 거지? 자네나 존이 왕이 됐어야 했어."

"전하에게 더 자격이 있었습니다."

"마시랬지, 말대꾸하랬나. 날 왕으로 만들었으면 내가 말할 때 듣는 예절은 발휘할 수 있잖나, 망할. 날 보게, 네드. 왕 노릇이 나에게 무슨 짓을 했는지 좀 봐. 맙소사, 뚱뚱해서 갑옷도 못 입다니, 어쩌다가 이런 꼴이 됐지?"

"로버트……."

"조용히 마시기나 해. 왕이 말하고 있잖나. 맹세코 이 왕좌를 얻을 때처럼 살아 있었던 적이 없고, 왕좌에 앉은 지금만큼 죽은 목숨 같았던 적도 없네. 그리고 세르세이는…… 그 여자에 대해선 존 아린에게 참 고마워. 리안나를 빼앗긴 후로 결혼 따윈 할 마음도 없었지만, 존이 나라에는 후계자가 필요하다고 하더군. 세르세이 라니스터라면 좋은 배우자가 될 거다, 혹시 비세리스 타르가르옌이 아버지의 왕좌를 되찾으려 들어도 세르세이가 있으면 타이윈 공을 나에게 묶어둘 수 있다고 했어." 왕은 고개를 저었다. "난 그 노인장을 정말 사랑했네만, 이제 와서는 존이 문보이보다 더 바보였다는 생각이 드네. 아, 세르세이가 보기 좋은 거야 사실이지. 하지만 차가워……. 그 여자가 음부를 지키는 모습을 보면 다리 사이에 캐스털리록의 황금을 다 숨겨놨나 싶을걸. 맥주 안 마실 거면 나한테 주게." 그는 뿔잔을 받아서 끝까지 마시고는 트림을 하고 입을 닦았다. "자네 딸에 대해선 미안하네, 네드. 정말이야. 그 늑대 말이야. 내 아들이 거짓말을 했다는 거야 뻔한 일이지. 내 아들은…… 자넨 자식들을 사랑하지?"

"온 마음으로." 네드가 말했다.

"비밀 하나 말해줄까, 네드. 난 왕관을 버릴 꿈을 한두 번 꾼 게 아니야. 말과 망치만 가지고 자유도시로 가는 배를 타서, 남은 시간을 나한테 꼭 맞는 전쟁과 계집질로 보내는 꿈이지. 용병 왕이라니, 가수들이 얼마나 좋아하겠나. 그런데 뭐가 날 막는지 알아? 조프리가 왕좌에 앉고, 세르세이가 뒤에 서서 그 녀석 귀에 속살거리는 그림이라네. 내 아들. 어떻게 나한테서 그런 아들이 나올 수가 있지, 네드?"

"아직 어릴 뿐입니다." 네드는 어색하게 말했다. 네드도 조프리 왕자를 별로 좋아하지는 않았지만, 로버트의 목소리에 밴 고통을 들을 수 있었다. "그 나이 때 전하가 얼마나 거칠었는지 잊었습니까?"

"그 녀석이 거칠다면야 심란하지도 않겠네, 네드. 자넨 그 녀석을 나만큼 알지 못해." 왕은 한숨을 내쉬고 고개를 저었다. "아, 자네 말이 맞을지도 모르지. 존도 나에 대해 꽤 자주 절망했지만, 그래도 난 좋은 왕이 되지 않았나." 로버트는 네드를 쳐다보더니 침묵만 돌아오자 험상궂은 표정을 지었다. "이젠 큰 소리로 맞장구를 쳐도 될 텐데."

"전하……." 네드는 조심스럽게 입을 열었다.

로버트는 네드의 등을 철썩 때렸다. "아, 아에리스보다는 나은 왕이라고 하고 끝내. 자넨 사랑을 위해서든 명예를 위해서든 거짓말을 할 줄 모르지, 네드 스타크. 난 아직 젊고, 이젠 자네도 나와 같이 있으니 상황이 달라질 기세. 우린 찬란한 빛난 치세를 만들 거고, 라니스터는 일곱 지옥에나 떨어지라지. 베이컨 냄새가 나는군. 오늘 우승자는 누가 될 것 같나? 메이스 티렐의 아들놈 봤나? 꽃의 기사라고들 부르더구먼. 어떤 남자라도 자랑스러워할 만한 아들이지. 그 녀석은 지난번 마상 시합에서 킹슬레이어의 황금 엉덩이를 바닥에 처박았어. 자네도 세르세이 표정을 봤어야 해. 난 옆구리가 아프도록 웃었지 뭔가. 렌리 말로는 그 녀석에게 열네 살짜리 동생이 있다던데, 해돋이처럼 아름답다던가……."

그들은 강가에 마련한 가대 식탁에서 검은 빵과 삶은 거위 알, 양파와 베이컨을 곁들여 구운 생선으로 아침을 먹었다. 왕의 비애는 아침 안개와 함께 녹아버렸고, 오래지 않아서 로버트는 오렌지를 먹으며 두 사람이 어렸을 때 이어리에서 보낸 어느 아침에 대해 웅변하고 있었다. "……존이 오렌지를 나무 통 가득 받았던 거 기억하나? 다만 그 오렌지가 다 썩어버려서, 내가 탁자 너머로 내 오렌지를 던져서 댁스의 코를 정통으로 맞혔지. 기억하지? 레드포트의 마맛자국 난 종자 녀석. 그 녀석이 다시 나한테 오렌지를 던졌고, 존이 뭐라고 하기도 전에 '하늘회랑(High Hall)'에 온통 오렌지가 날아다녔지." 로버트는 배꼽을 잡고 웃었고, 네드조차도 기억을 떠올리며 미소를 지었다.

네드는 이 사람이 그와 함께 자란 그 소년이라고 생각했다. 이 사람이 그가 잘 알고 사랑하는 로버트 바라테온이었다. 라니스터가 브랜에 대한 공격 뒤에 있다는 사실을 증명하고, 존 아린을 살해했다는 사실만 증명할 수 있다면 이 사람은 들을 것이다. 그러면 세르세이도 몰락하고, 킹슬레이어도 함께 몰락할 것이며, 타이윈 공이 감히 서부에서 반란을 일으킨다 해도 로버트가 트라이던트에서 라에가르 타르가르옌을 박살 냈듯이 타이윈을 박살 내리라. 그는 또렷하게 알 수 있었다.

그 아침 식사는 에다드 스타크가 한동안 먹은 그 어떤 식사보다 맛있었고, 그 후부터 마상 시합이 새개될 때까지는 웃음도 더 쉽게, 더 자주 떠올랐다.

네드는 왕과 함께 시합장으로 걸어갔다. 결승은 산사와 함께 보겠다고 약속한 터였다. 모르데인 성사는 아팠고, 그의 딸은 마상 창시합의 결말을 보겠다고 결심하고 있었다. 그는 로버트가 자리에 앉는 모습을 보면서 세르세이 라니스터가 나타나지 않았음을 알았다. 왕 옆자리가 비어 있었다. 이것 또한 네드에게 희망의 이유가 되었다.

그는 그날의 첫 시합을 알리는 뿔 나팔 소리 속에서 딸이 앉은 자리로 밀고 들어갔다. 산사는 어찌나 시합에 몰두했는지 그의 도착도 알아차리지 못하는 것 같았다.

처음 나타난 기수는 산도르 클리게인이었다. 그는 흑회색 갑옷 위에 황록색 망토 차림이었다. 장식이라고 할 만한 것은 그 망토와 사냥개 머리 모양의 투구뿐이었다.

"킹슬레이어에게 드래곤 금화 백 닢." 제이미 라니스터가 우아한 적갈색 군마를 타고 입장하자 리틀핑거가 큰 소리로 선언했다. 군마는 도금한 고리 갑옷 덮개를 했고, 제이미는 머리끝부터 발끝까지 번쩍거렸다. 창까지 여름 군도의 금빛 나무로 만든 것이었다.

"받겠소." 렌리 공이 마주 외쳤다. "오늘 아침에는 사냥개가 굶주린 얼굴이군요."

"굶주린 개라 해도 먹이를 주는 손은 물지 않는 법이지요." 리틀핑거가 건조하게 말했다.

산도르 클리게인은 절그렁 소리가 나게 면갑을 내리고 자리를 잡았다. 제이미 경은 평민들 사이에 보이는 어떤 여자에게 입맞춤을 날리고 부드럽게 면갑을 내린 후, 목책 끝으로 달려갔다. 둘 다 창을 낮게 겨눴다.

네드 스타크로서는 둘 다 지는 모습을 보고 싶은 기분이었지만, 산사는 젖은 눈으로 열심히 지켜보고 있었다. 두 미리 말이 딜리기 시작하사 급하게 세운 관람석이 흔들렸다. 사냥개는 달리면서 몸을 앞으로 숙이고 창을 흔들림 없이 겨눴지만, 제이미는 충돌 직전에 자리에서 교묘히 움직였다. 클리게인의 창끝은 사자 문장이 들어간 금빛 방패가 피해 없이 받아낸 반면, 제이미의 타격은 정통으로 들어갔다. 나무가 부서졌고, 사냥개는 떨어지지 않으려고 애쓰며 비틀거렸다. 산사는 숨을 들이켰다. 평민들 사이에서 들쑥날쑥 환호가 일었다.

"귀공의 돈을 어떻게 써야 할지 궁리 중입니다." 리틀핑거가 렌리 공에게 외쳤다.

사냥개는 간신히 안장에 머물 수 있었다. 그는 말을 왹 돌리더니 두 번째 교차를 위해 목책으로 다시 달려갔다. 제이미 라니스터는 부러진 창을 던지고, 종자와 농담을 나누며 새 창을 받아 들었다. 사냥개가 박차를 가해 달렸다. 라니스터도 그를 맞이하러 달려 나갔다. 이번에는 제이미가 자리에서 움직였을 때, 산도르 클리게인도 같이 움직였다. 두 개의 창이 다 터졌고, 파편들이 다 가라앉았을 때는 기수를 잃은 붉은 말은 풀을 찾아 달려가는 반면, 제이미 라니스터 경은 찌그러진 금빛 갑옷을 입고 흙 속에 뒹굴고 있었다.

산사가 말했다. "사냥개가 이길 줄 알았어요."

리틀핑거가 그 말을 듣고 외쳤다. "두 번째 시합에서 누가 이길지 안다면 렌리 경이 날 벗겨먹기 전에 지금 말을 해다오." 네드는 미소 지었다.

렌리 공이 말했다. "꼬마 악마가 이 자리에 없어서 안타깝군요. 내가 두 배로 돈을 딸 기회였는데."

제이미 라니스터는 일어섰지만, 떨어지면서 화려한 사자 투구가 움푹 패고 찌그러져서 벗을 수가 없었다. 평민들은 야유하며 손가락질을 했고, 귀족들은 웃음을 참으려 애쓰다가 실패했으며, 그 모든 소란 속에서 네드는 누구보다 더 크게 웃는 로버트 왕의 목소리를 들을 수 있었다. 결국에는 사람들이 앞이 보이지 않아 비틀거리는 라니스터의 사자를 데리고 대장장이에게 가야 했다.

그 무렵에는 목책 끝에 그레고르 클리게인 경이 자리를 잡고 있었다. 그는 에다드 스타크가 이제까지 본 누구보다 더 컸다. 로버트 바라테온과 그 동생들은 모두 덩치가 컸고, '사냥개'도 그랬으며, 윈터펠에는 그들 모두를 난쟁이로 만드는 호도라고 불리는 바보 마구간지기가 있었지만, '달리는 산더미'라 불리는 기사는 호도도 압도했다. 키는 2미터 10센티를 웃돌았고, 어깨는 거대했으며 팔은 작은 나무둥치만큼 굵었다. 군마도 그의 무장한 다리 사이에서는 조랑말처럼 보였고, 들고 있는 창은 빗자루처럼 작아 보였다.

동생과 달리 그레고르 경은 궁정에 살지 않았다. 그는 전쟁과 마상 시합

때가 아니면 영지를 떠나지 않고 혼자 지냈다. 그는 킹스랜딩이 함락됐을 때 갓 서임받은 열일곱 살의 기사로 타이윈 공과 함께 있었고, 그 무렵에도 몸집과 인정사정없는 흉포함으로 눈에 띄었다. 어떤 사람들은 아기 왕자 아에곤 타르가르엔의 머리통을 벽에 부순 사람이 그레고르였다고 했고, 그 후에 그 어머니인 도르네의 공녀 엘리아를 강간하고 찔러 죽였다고 소곤거렸다. 그레고르가 듣는 곳에서 말하는 사람은 없었다.

네드 스타크는 그 남자와 말을 해본 기억이 없었지만, 그레고르는 발론 그레이조이의 반란 당시에도 수천 명의 기사 중 한 명으로 참전했다. 네드는 불안한 마음으로 그자를 지켜보았다. 네드는 소문을 별로 신뢰하지 않았지만, 그레고르 경에 대한 이야기들은 불길한 정도가 아니었다. 그는 곧 세 번째로 결혼할 예정이었고, 이전의 두 아내가 어떻게 죽었는가에 대해서는 음울한 수군거림이 들렸다. 그의 아성은 하인들이 설명할 길 없이 사라지고 개들조차 들어가기를 두려워하는 음산한 곳이라고 했다. 그리고 기묘한 상황에서 어린 나이에 죽은 여동생이며, 남동생의 얼굴을 흉하게 망쳐놓은 화재, 부친을 죽인 사냥 사고도 있었다. 그레고르는 부친의 성과 황금과 가문의 영지를 물려받았는데 그의 남동생 산도르는 같은 날에 집을 떠나 라니스터 가문에 맹약검사로 들어갔고, 다시는 돌아가지 않았다고 알려졌다. 잠시 들르는 일조차 없었다고.

꽃의 기사가 입장하자 군중들 사이에 웅성임이 퍼졌고, 네드는 산사가 열렬히 속삭이는 소리를 들었다. "아, 너무 아름다워요." 로라스 티렐 경은 갈대처럼 늘씬했고, 눈부시게 광채를 낸 은도금 판에 휘감긴 검은 덩굴과 자그마한 파란색 물망초를 세공해 넣은 아름다운 갑옷을 입었다. 평민들은 네드와 동시에 그 파란 꽃잎이 사파이어라는 사실을 알아차렸다. 수많은 목에서 헉 소리가 났다. 로라스는 어깨에 망토를 무겁게 둘렀는데, 진짜 물망초로 짠 망토였다. 신선한 물망초 꽃 수백 송이를 무거운 모직 케이프에 바느질해 붙인 형태였다.

타고 있는 준마는 기수와 마찬가지로 늘씬했고, 속도를 내기에 걸맞은 아름다운 회색 암말이었다. 그레고르의 거대한 종마는 암말의 냄새를 맡고 울부짖었다. 하이가든에서 온 소년이 다리로 뭘 했는지 말이 무용수처럼 날렵하게 옆 걸음질을 쳤다. 산사가 네드의 팔을 꼭 붙잡았다. "아버지, 그레고르 경이 저분을 해치게 두지 마세요." 네드는 산사가 어제 로라스 경에게 받은 장미를 달고 있음을 알았다. 역시 조리에게 들은 바였다.

그는 딸에게 말했다. "이건 마상 시합용 창이야. 충격을 받으면 쪼개지게 만드니까, 아무도 다치지 않는단다." 그러나 그는 초승달이 들어간 망토에 싸여 수레에 실려 가던 죽은 청년을 기억했고, 그렇게 말은 하면서도 목이 껄끄러웠다.

그레고르 경은 말을 통제하는 데 애를 먹고 있었다. 종마는 소리를 지르고 바닥을 발로 긁고 머리를 흔들었다. '산더미'는 쇠장화로 말을 무자비하게 걷어찼다. 말이 뒷발로 일어서면서 그를 떨어뜨릴 뻔했다.

꽃의 기사는 왕에게 경례를 하고, 목책 반대쪽 끝으로 달려가서 창을 낮게 겨누고 준비 자세를 갖췄다. 그레고르 경은 고삐와 씨름하며 말을 세웠다. 그리고 갑자기 시합이 시작되었다. 산더미의 종마는 거칠게 앞으로 튀어 나가며 힘차게 달리는 반면, 꽃의 기사의 암말은 비단 자락처럼 매끄럽게 돌진했다. 그레고르 경은 방패를 비틀어 자세를 잡고, 창으로 가히 곡예를 하면서 내내 다루기 힘든 말을 똑바로 달리게 하느라 애썼는데, 갑자기 로라스 티렐이 앞에 들이닥치더니 창끝을 정확하게 겨누었고, 눈 깜짝할 사이에 산더미가 떨어지고 있었다. 워낙 몸집이 거대하다 보니 떨어지면서 말도 같이 쓰러졌다. 강철과 살덩이가 한데 얽혔다.

네드는 갈채, 환호, 휘파람, 충격에 숨을 들이키는 소리, 흥분한 웅성임을 들었고 그 모든 소리 위로 사냥개의 듣기 싫은 웃음소리가 시끌벅적하게 울렸다. 꽃의 기사는 목책 끝에서 고삐를 당겼다. 그의 창은 부러지지도 않은 상태였다. 그가 웃으면서 면갑을 들어 올렸고 사파이어는 햇빛을 받아 반짝였다. 평민들은 열광했다.

시합장 한가운데에서는 그레고르 클리게인 경이 겨우 얽힌 몸을 풀고 일어섰다. 그는 투구를 비틀어 벗더니 바닥에 내던졌다. 얼굴은 분노로 어두웠고 머리카락은 눈 위로 쏟아져 내렸다. "내 검." 그는 종자에게 고함을 질렀고, 소년은 얼른 뛰어갔다. 그때쯤에는 그의 종마도 일어섰다.

그레고르 클리게인은 한칼에 말을 죽여버렸다. 기세가 얼마나 흉포했던지 말의 목이 반쯤 잘려 나갔다. 환호성이 한순간에 새된 비명으로 변했다. 종마는 날카롭게 울며 무릎을 꿇고 죽어갔다. 그레고르는 피가 떨어지는 검을 쥔 채 목책을 따라 로라스 티렐 경 쪽으로 걸어갔다. "막아라!" 네드가 외쳤지만, 그의 목소리는 아우성 속에 파묻혀버렸다. 다른 모두가 고함을 치고 있었고, 산사는 울고 있었다.

모든 일이 순식간에 일어났다. 꽃의 기사기 검을 달라고 외치는 사이에 그레고르 경은 그의 종자를 걷어내고 말고삐를 잡았다. 암말은 피 냄새를 맡고 뒷걸음질 쳤다. 로라스 티렐은 간신히 말에서 떨어지지 않았다. 그레고르 경이 검을 휘둘렀다. 난폭한 양손 검격이 로라스 경의 가슴을 치고 안장 밖으로 날려버렸다. 암말은 겁에 질려 달려가고 로라스 경은 흙바닥에 기절해 누웠다. 하지만 그레고르가 그를 죽이려고 검을 들어 올렸을 때, 쉰 목소리가 "그만해둬"라고 경고하더니, 갑주로 무장한 손이 그를 소년 기사에게서 떼어냈다.

산더미는 말이 나오지 않을 만큼 격노한 채로 몸을 획 돌리고, 무시무시한 힘을 실어서 장검을 내리쳤지만, 사냥개는 그 검격을 받아넘겼고, 두 형제가 영원 같은 시간 동안 서로를 때려대는 사이에 정신을 잃은 로라스 티렐은 안전한 곳으로 옮겨졌다. 네드는 세 번이나 그레고르 경이 사냥개

머리 투구에 난폭한 타격을 먹이려 드는 모습을 보았지만, 산도르는 한 번도 형의 투구 없는 얼굴을 찌르지 않았다.

소동을 끝낸 것은 왕의 목소리였다. 정확히는 왕의 목소리와 스무 명의 검이었다. 존 아린은 지휘관에게는 훌륭한 전쟁터 목소리가 필요하다고 했고, 로버트는 트라이던트에서 그게 사실임을 증명한 바 있었다. 로버트는 지금 그 목소리를 써서 호통을 쳤다. "너희 왕의 이름으로 명한다. 이 미친 짓을 멈춰라!"

사냥개는 한쪽 무릎을 꿇었다. 그레고르 경의 타격이 허공을 갈랐고, 그도 마침내 제정신을 찾았다. 그는 킹스가드와 십여 명의 다른 기사와 위병들에게 둘러싸여서 검을 떨구고 로버트를 노려보았다. 그는 말없이 몸을 돌려, 바리스탄 셀미를 밀치고 걸어 나갔다. "보내줘라." 로버트가 말했고, 순식간에 상황이 끝났다.

"이젠 사냥개가 우승자인가요?" 산사가 네드에게 물었다.

"아니다. 사냥개와 꽃의 기사 사이에 결승전이 있어야지."

하지만 결국에는 산사가 옳았다. 몇 분 후에 로라스 티렐 경이 단순한 리넨 더블릿을 입고 시합장으로 걸어 돌아오더니 산도르 클리게인에게 말했다. "경에게 제 목숨을 빚졌습니다. 오늘의 승자는 경입니다."

"난 경이 아니야." 사냥개는 그렇게 대꾸했지만 승리와 우승자의 상금, 그리고 아마도 평생 처음으로 평민들의 사랑을 받았다. 사람들은 시합장을 떠나 천막으로 돌아가는 사냥개에게 환호했다.

네드가 산사를 데리고 궁술 대회장으로 걸어가자, 리틀핑거와 렌리 공과 다른 몇 명이 합류했다. 리틀핑거가 말했다. "티렐은 그 암말이 발정기라는 사실을 분명히 알고 있었어요. 전부 다 계획한 일이었다고 장담합니다. 그레고르는 언제나 머리보다 투지가 앞서는 크고 성질 나쁜 종마를 선호했지요." 그는 그 생각에 재미있어하는 것 같았다.

바리스탄 셸미 경은 재미있어하지 않았다. "속임수는 명예롭지 않은 일이오." 노인은 딱딱하게 말했다.

"명예도 모자라고 상금도 2만 냪이 적지요." 렌리 공이 미소 지었다.

그날 오후에는 도르네 변경 지역에서 온, 앤가이라는 무명의 평민 소년이 궁술 대회에서 이겼다. 그는 다른 활잡이들이 더 짧은 거리 과녁에서 탈락한 후, 백 보 거리에서 발론 스완 경과 잘라바르 쇼보다 잘 쏘아서 우승했다. 네드는 알린을 보내어 그에게 수관의 위병 자리를 제안했으나, 와인과 승리와 꿈도 꾸지 못한 부에 취한 소년은 그 제안을 거절했다.

난전은 세 시간 동안 이어졌다. 마흔 명 가까이 참여했고, 자유기수와 방랑기사와 갓 서임받은 종자들이 명성을 얻으려 했다. 그들은 진흙과 피의 수라장 속에서 날이 무딘 무기로 싸웠고, 작은 무리를 이루어 함께 싸우다가 서로에게 칼끝을 돌리고 동맹을 깨뜨리며, 한 명만 남을 때까지 싸웠다. 승자는 머리를 밀고 불타는 검으로 싸우는 미치광이 붉은 사제, 미르의 토로스였다. 그는 이전에도 난전에서 이긴 경험이 있나. 불타는 검은 다른 기수들의 말에게 겁을 줬고, 토로스는 그 무엇에도 겁먹지 않았기 때문이었다. 최종 기록은 부러진 팔다리가 셋, 부서진 쇄골이 하나, 짓이겨진 손가락이 십여 개, 안식을 줘야 했던 말이 두 마리, 그리고 상처 입고 멍들고 삔 걸로는 헤아릴 수도 없었다. 네드는 로버트가 난전에 뛰어들지 않아서 얼마나 기쁜지 몰랐다.

그날 밤 연회에서 에다드 스타크는 오랜만에 그 어느 때보다 희망에 찼다. 로버트는 유쾌하고 기분이 좋았고, 라니스터는 어디에도 보이지 않았고, 딸들도 착하게 굴었다. 조리가 아리아를 데려왔고, 산사는 동생에게 기분 좋게 말을 걸었다. "마상 시합은 굉장했어." 산사는 한숨을 내쉬었다. "너도 보러 왔어야 했는데. 춤 수업은 어땠니?"

"온몸이 아파." 아리아는 다리에 생긴 커다란 자주색 멍을 자랑스럽게 내보이며 행복하게 말했다.

"넌 정말 춤을 형편없이 추나 보다." 산사가 의심스럽다는 듯 말했다.

나중에, 산사가 가극단이 발라드 여러 곡을 엮어 부르는 "드래곤들의 춤"이라는 공연에 간 사이 네드는 직접 그 상처를 살펴보았다. "포렐이 너무 심한 건 아니었으면 좋겠구나."

아리아는 한쪽 다리로 섰다. 지난번보다 훨씬 균형을 잘 잡고 있었다. "시리오는 상처는 다 교훈이고, 교훈을 새길수록 나아진대요."

네드는 얼굴을 찌푸렸다. 시리오 포렐이라는 남자는 평판이 훌륭했고, 그의 화려한 브라보스 검술은 아리아의 가느다란 검에 잘 맞았지만, 그래도……. 며칠 전에는 아리아가 검은색 비단으로 눈을 가리고 돌아다녔다. 시리오가 귀와 코와 피부로 보는 방법을 가르쳐주고 있다고 했다. 그 전에는 앞뒤로 공중제비도 시켰다. "아리아, 이 수업을 계속하고 싶은 건 확실하냐?"

아리아는 고개를 끄덕였다. "내일은 고양이를 잡으러 다닐 거예요."

"고양이라." 네드는 한숨을 내쉬었다. "그 브라보스인을 고용한 건 실수였는지도 모르겠구나. 너만 원한다면 조리에게 수업을 해달라고 청해보마. 아니면 바리스탄 경과 따로 말을 해볼 수도 있다. 바리스탄 경은 젊은 날 칠왕국 최고의 검사였단다."

"필요 없어요. 전 시리오가 좋아요." 아리아가 말했다.

네드는 머리를 쓸어 넘겼다. 어떤 훈련대장이라도 눈가리개며 재주넘기, 한쪽 발로 뛰어다니기 같은 말도 안 되는 짓 없이 아리아에게 베고 막는 기초를 가르칠 수 있을 테지만, 그는 둘째딸이 이렇게 고집을 세울 때는 옥신각신해봐야 소용없다는 사실을 잘 알았다. "네가 원한다면야." 그는 말했다. 분명히 아리아도 곧 싫증을 내리라. "조심하기만 하거라."

"그럴게요." 아리아는 진지하게 약속하면서 자연스럽게 오른발에서 왼발로 바꿔 섰다.

그날 밤, 딸들을 데리고 도시로 돌아와서 산사는 꿈과 함께, 아리아는 명과 함께 안전하게 침대에 드는 모습을 본 후, 네드는 수관의 탑 꼭대기에 있는 자기 처소로 올라갔다. 날은 따뜻했고 방은 답답하고 후덥지근했다. 네드는 창가로 가서 무거운 덧문을 풀고 서늘한 밤공기를 들였다. 큰 마당 너머로 리틀핑거의 방 창문에 깜박이는 촛불 빛이 보였다. 자정이 훌쩍 넘어간 시각이었다. 강가의 흥청거림은 이제야 잦아들기 시작했다.

그는 단검을 꺼내어 찬찬히 뜯어보았다. 리틀핑거의 것이었다가, 티리온 라니스터가 마상 시합 내기에서 따내어, 자고 있는 브랜을 죽이려고 보낸 칼. 왜? 왜 그 난쟁이가 브랜을 죽이고 싶어 할까? 누구든 왜 브랜을 죽이고 싶어 한단 말인가?

단검, 브랜의 추락, 모든 것이 존 아린의 살해와 어떻게든 연관되어 있다는 사실을 직감했지만, 존의 죽음에 대한 진실은 처음과 마찬가지로 오리무중이었다. 스타니스 공은 마상 시합에도 킹스랜딩으로 돌아오지 않았다. 라이사 아린은 이어리의 높은 성벽 속에서 침묵을 지켰다. 종자는 죽었고, 조리는 아직도 매음굴을 뒤지고 있었다. 로버트의 서자 외에 나온 게 무엇인가?

그 무기제조인의 뚱한 도제가 왕의 아들이라는 데는 의심의 여지가 없었다. 얼굴에, 턱에, 눈에, 검은 머리에 바라테온 가문의 외모가 찍혀 있었다. 렌리는 그만 한 나이의 아들을 두기에 너무 젊었고, 스타니스는 너무 냉정하고 명예에 대한 자부심이 높았다. 겐드리는 로버트의 아들일 수밖에 없었다.

그러나 그것을 안다 한들, 무엇을 얻었단 말인가? 왕은 칠왕국 전역에 사생아를 뿌려놓았다. 브랜의 나이 또래로 어미가 귀족이었던 서자 하나는 공공연히 인정하기도 했다. 그 아이는 스톰스엔드에서 렌리 공의 수호

성주가 돌보고 있었다.

네드는 로버트의 첫 자식도 기억했다. 로버트가 소년이나 다름없었을 때 아린 협곡에서 낳은 딸이었다. 사랑스럽고 귀여운 여자아이였고, 당시 스톰스엔드의 젊은 영주였던 로버트는 딸을 무척 사랑했다. 그는 아이 어머니에게 흥미를 잃은 후로도 오랫동안 매일 찾아가서 아기와 놀아주곤 했다. 좋건 싫건 네드도 끌려갈 때가 많았다. 그는 그 아이가 이제 열일곱에서 열여덟은 되었으리라는 사실을 깨달았다. 로버트가 처음 아버지가 되었을 때보다 더 많은 나이였다. 생각하면 이상했다.

세르세이가 남편의 사생아들에 대해 좋아할 리야 없겠지만, 결국에는 왕이 서자를 하나 두었건 백을 두었건 중요하지 않았다. 법과 관습은 서출에게 권리를 거의 부여하지 않았다. 겐드리나 협곡의 여자애나 스톰스엔드에 있는 남자애나 로버트의 적통 자식들을 위협할 수는 없었…….

그의 생각은 가만히 문을 두드리는 소리에 끊겼다. 하윈이 말했다. "뵙자는 자가 있는데, 이름을 밝히지 않습니다."

"들여보내게." 네드는 의아해하며 말했다.

방문자는 진흙투성이에 터진 장화를 신고 거친 천으로 얼기설기 짠 무거운 갈색 로브를 두른 건장한 남자였는데, 얼굴은 두건에 가리고 두 손은 폭이 넓은 소매 안에 넣고 있었다.

"당신은 누구요?" 네드가 물었다.

"벗이지요." 두건을 쓴 남자는 낮고 묘한 목소리로 말했다. "단 둘이 이야기해야겠습니다, 스타크 공."

호기심이 조심성보다 강했다. "하윈, 나가보게." 그는 명했다. 방문자는 문이 닫히고 둘만 남게 되자 그제야 두건을 젖혔다.

"바리스 공?" 네드가 놀라서 말했다.

"스타크 공." 바리스는 앉으면서 정중하게 말했다. "마실 것을 한 잔 청하면 실례일까요?"

네드는 여름 와인을 두 잔 채워서 한 잔을 바리스에게 건넸다. "코앞에서 스쳐 지나갔어도 못 알아봤겠소." 그는 의아해하며 말했다. 그는 내시 바리스가 비단과 벨벳과 값비싼 다마스크 직물 외에 다른 천을 걸친 모습을 본 적이 없었고, 눈앞에 있는 남자에게서는 라일락 향이 아니라 땀 냄새가 났다.

"제가 희망하는 바였습니다. 어떤 이들이 우리가 따로 이야기를 나눴다는 사실을 알게 되어서는 곤란하거든요. 왕비는 당신을 엄중히 감시하고 있습니다. 이 와인 아주 좋군요. 고맙습니다."

"다른 위병들은 어떻게 통과한 거요?" 네드가 물었다. 포터와 케인이 탑밖에 서 있었고, 알린이 계단에 보초를 서고 있었다.

"레드킵에는 유령과 거미들만 아는 길들이 있지요." 바리스는 미안하다는 듯 미소 지었다. "오래 붙잡진 않겠습니다. 당신이 알아야 할 일이 있습니다. 당신은 왕의 수관이고, 왕은 비보니까요." 내시가 늘 쓰던 억겨운 말투는 사라졌다. 지금 그의 목소리는 가늘면서도 채찍처럼 날카로웠다. "당신의 친구인 줄은 알지만, 그렇다 해도 바보입니다…… 그리고 당신이 구하지 않는다면 파멸하겠지요. 오늘도 아슬아슬했습니다. 그자들은 난전중에 왕을 죽이려 했습니다."

네드는 잠시 동안 충격으로 말을 잇지 못했다. "누가?"

바리스는 와인을 마셨다. "그것까지 말해줘야 한다면 당신은 로버트보다 더 심한 바보고 전 편을 잘못 고른 거겠지요."

"라니스터." 네드가 말했다. "왕비가…… 아니, 아무리 세르세이라도 그건 못 믿겠소. 로버트에게 싸우지 말라고 하지 않았소!"

"왕의 동생과 기사들과 궁정 절반 앞에서 싸움을 금했지요. 솔직히 말해보십시오. 로버트 왕을 난전에 밀어 넣는 데 그보다 더 확실한 방법이 있을까요? 어떻습니까."

네드는 속이 뒤집히는 기분이었다. 내시가 정곡을 찔렀다. 로버트 바라테온에게 무엇인가를 할 수 없다고, 하지 말아야 한다고, 해선 안 된다고 말한다면 그 일은 이루어진 것이나 다름없었다. "설령 싸우러 나갔다 해도, 누가 감히 왕을 공격했겠소?"

바리스는 어깨를 으쓱였다. "난전에는 마흔 명의 기수가 있었습니다. 라니스터에게는 친구가 많지요. 말들은 비명을 지르고 뼈가 부러지고 미르의 토로스가 그 어처구니없는 불 칼을 휘두르는 난리통 속에서 어떤 우연한 타격이 전하에게 떨어진들 누가 알 수 있었겠습니까?" 그는 와인병 쪽으로 가서 잔을 다시 채웠다. "일이 터지고 나면, 시해자는 슬픔에 어찌할 바를 몰랐겠지요. 울음소리가 다 들릴 지경입니다. 슬프기도 해라. 하지만 품위 있고 자애로우신 미망인께서는 그 운 나쁜 자를 가엾게 보시고 일으켜 세운 후에 부드러운 용서의 입맞춤으로 신들의 가호를 빌어주셨겠지요. 훌륭한 소프리 왕으로서는 그자를 용서할 수밖에 없었을 테고요." 내시는 자기 뺨을 쓸었다. "아니면 세르세이가 일린 경을 시켜 그자의 목을 날렸을지도 모르겠군요. 라니스터의 친구 녀석에게는 불쾌한 놀라움이 되겠습니다만, 라니스터에게야 그게 위험이 적겠지요."

네드는 분노가 치솟았다. "이런 계획을 알면서도 그대는 아무것도 하지 않았군."

"저는 첩자들을 지휘하지, 전사들을 거느리지 않습니다."

"더 일찍 나에게 올 수도 있었소."

"아, 그래요. 그건 맞습니다. 그리고 당신은 곧장 왕에게 달려갔겠지요? 그리고 로버트 왕이 신변의 위험에 대해 들으면 어떻게 했을까요? 궁금하네요."

네드는 생각해보았다. "아무 조치도 취하지 않고 싸웠겠지. 아무도 두려위하지 않는다는 걸 보여주려고."

바리스는 양손을 펼쳤다. "한 가지 더 고백하지요, 에다드 공. 전 당신이 어떻게 할지 궁금했습니다. 왜 나에게 오지 않았느냐 물으시니, 대답하자면 귀공을 믿지 못했기 때문입니다."

"날 믿지 못했다고?" 네드는 진심으로 놀랐다.

"레드킵에는 두 부류의 사람이 있습니다, 에다드 공. 왕국에 충성하는 사람들, 그리고 오직 자기 자신에게만 충성하는 사람들이지요. 오늘 아침까지는 당신이 어느 쪽인지 판단할 수 없었습니다……. 그래서 기다려봤지요……. 그리고 이제는 확실히 압니다." 바리스는 통통한 얼굴에 긴장된 미소를 살짝 지었고, 순간적으로 그의 사적인 얼굴과 공적인 가면이 하나가 되었다. "이제야 왕비가 왜 당신을 그렇게 두려워하는지 이해할 것 같습니다. 정말 그래요."

"왕비가 두려워해야 할 사람은 그대요." 네드가 말했다.

"아니요. 저는 그냥 접니다. 왕은 저를 이용하지만, 그 점을 부끄럽게 여기지요. 우리의 로버트는 막강한 전사이며, 그런 남자다운 남자는 고자질쟁이와 첩자와 내시를 좋아하지 않는 법입니다. 세르세이가 '저자를 죽여요' 하고 속삭이는 날이 오면 눈 깜짝할 사이에 일린 페인이 제 목을 따버릴 테고, 그때 누가 불쌍한 바리스를 애도하겠습니까? 북부에서든 남부에서든 아무도 거미들을 위한 노래를 부르지 않아요." 바리스는 부드러운 손을 뻗어 네드를 잡았다. "하지만 스타크 공, 당신은…… 왕은 아무리 왕비를 위해서라 해도 당신을 죽이진 않을 거예요. 추측이 아니라 사실입니다. 거기에 우리의 구원이 있을지도 모릅니다."

버겁고도 버거웠다. 잠시 동안 에다드 스타크는 윈터펠로, 겨울과 장벽 너머 야인들만이 적인 북부의 투명하고 단순한 세계로 돌아가고 싶은 마음만 간절했다. 그는 반발했다. "분명히 로버트에게는 다른 충성스러운 친구들이 있소. 동생들이라든가……."

"……아내라든가요?" 바리스는 칼날 같은 미소를 지으며 말을 끊었다. "로버트 왕의 동생들이 라니스터를 싫어하는 건 사실이지만, 왕비를 싫어한다고 왕을 사랑한다는 뜻은 아니지요. 바리스탄 경은 명예를 사랑하고, 대학사 파이셀은 자기 직위를 사랑하고, 리틀핑거는 리틀핑거를 사랑합니다."

"킹스가드는—"

"종이 방패예요. 그렇게 충격받은 표정 짓지 마십시오, 스타크 경. 제이미 라니스터만 해도 서약을 한 하얀 기사입니다만, 우리 모두 그 서약에 어떤 가치가 있는지 알지요. 리암 레드와인과 드래곤 기사 아에몬 왕자 같은 사람들이 하얀 망토를 입던 시절은 먼지와 노래만 남기고 사라졌습니다. 지금 일곱 명 중에서는 바리스탄 셀미 경만 신뢰할 만하고, 셀미는 늙었습니다. 보로스 경과 메린 경은 뼛속까지 왕비의 작품이고, 다른 이들에 대해서노 상딩히 의심이 갑니다 아니요, 스타크 공. 정말로 검을 뽑게 되는 날, 로버트 바라테온의 진정한 친구는 귀공뿐일 겁니다."

"로버트에게 알려야 하오. 그대의 말이 사실이라면, 아니 일부분만이라도 사실이라면 왕이 직접 들어야 해."

"그리고 우리가 왕 앞에 내놓을 증거가 뭡니까? 제 말만으로 그 사람들에게 맞설까요? 제 작은 새들로 왕비와 킹슬레이어, 왕의 동생들과 협의회, 동부와 서부의 관리자들, 캐스털리록의 세력에 맞설까요? 차라리 일린 경을 바로 부르는 편이 시간을 아끼는 길이겠네요. 전 그 길이 어디에서 끝나는지 압니다."

"하나 그대의 말이 사실이라면, 그자들은 때를 기다려 다시 시도할 거요."

"그럴 겁니다. 그리고 차라리 빨리 일을 벌이려 들까 두렵습니다. 에다드 공이 그자들을 불안하게 만들고 있어요. 하지만 제 작은 새들이 귀를 기울이고 있을 테고, 귀공과 제가 함께라면 음모를 미연에 방지할 수 있을지도 모릅니다." 바리스는 일어서서 두건으로 다시 얼굴을 가렸다. "와인 잘 마셨습니다. 다시 이야기하지요. 다음에 협의회에서 절 보시거든 늘 하던 대로 경멸을 드러내주시기 바랍니다. 어렵진 않을 겁니다."

바리스가 문까지 갔을 때 네드가 외쳤다. "바리스." 내시는 몸을 돌렸다. "존 아린은 어떻게 죽은 거요?"

"언제 물어보시나 했습니다."

"말해보시오."

"리스의 눈물, 그렇게들 부르지요. 희귀하고 값비싼 물건으로, 물처럼 맑고 투명하며, 흔적을 남기지 않습니다. 아린 공에게 제가 시식할 사람을 쓰시라고, 바로 이 방에서 그렇게 빌었습니다만 제 말을 듣지 않았지요. 남자도 못 되는 작자나 그런 생각을 할 거라고 하시면서요."

네드는 나머지 부분을 알아야 했다. "독을 준 사람은 누구요?"

"그야 아린 공과 함께 고기와 술을 먹는 일이 잦은 다정한 친구였겠지요. 아, 하지만 어느 친구일까요? 그런 사람은 많았으니 말입니다. 아린 공은 친절하고 사람을 믿는 분이었습니다." 내시는 한숨을 내쉬었다. "소년이 하나 있었습니다. 그 아이는 모든 것을 존 아린 덕분에 얻었지만, 미망인이 가솔을 이끌고 이어리로 도망칠 때 그 아이는 킹스랜딩에 남아서 영화를 얻었습니다. 젊은이가 출세하는 모습을 보면 언제나 기쁩니다만." 그의 목소리에 다시 채찍이 깃들었고, 한 마디 한 마디가 살벌하게 울렸다. "분명히 마상 시합에서 눈부신 새 갑옷을 입고, 초승달을 넣은 망토를 휘날리며 용맹스러운 모습을 뽐냈을 테지요. 그렇게 때 이른 죽음을 맞다니 안타깝습니다. 귀공이 이야기를 나눌 기회가 오기도 전에……."

네드는 반쯤 독살당한 기분이었다. "그 종자. 휴 경." 바퀴 안에 바퀴가 돌고 또 그 바퀴 안에 바퀴가 돌았다. 네드의 머리가 쿵쿵 울렸다. "왜? 왜 지금? 존 아린은 14년 동안 수관이었소. 대체 존이 무슨 일을 했기에 죽여야 했던 거지?"

"질문을 하고 다녔지요." 바리스는 문밖으로 나가면서 말했다.

티리온

티리온 라니스터는 동트기 전 추위 속에서 치겐이 그의 말을 도살하는 광경을 지켜보며 스타크에게 진 빚을 하나 더 추가했다. 땅딸막한 용병이 가죽 벗기는 칼로 배를 가르자 시체에서 김이 모락모락 올랐다. 용병은 칼질 한 번 낭비하는 법 없이 손을 재게 놀렸다. 피 냄새를 맡은 그림자삵들이 높은 곳에서 내려오기 전에 빨리 작업을 마쳐야 했다.

"오늘 밤엔 아무도 배를 곯지 않겠군." 브론이 말했다. 브론은 그림자 같은 사내였다. 뼈밖에 없는 몸에 뼈처럼 단단했고, 눈도 검고 머리카락도 검고 수염 자국이 까칠했다.

"곯는 사람도 있을지 모르지. 난 말고기를 좋아하지 않아. 내 말이라면 특히나." 티리온이 말했다.

"고기는 고기지." 브론이 어깨를 으쓱였다. "도트락인들은 소고기나 돼지고기보다 말고기를 더 좋아한다오."

"내가 도트락인으로 보이나?" 티리온은 쏘아붙였다. 도트락인이 말을 잡아먹는 것은 사실이었지만, 그들은 또한 기형으로 태어난 아이들을 칼라사르를 뒤쫓아 달리는 들개 떼에게 두고 갔다. 도트락인들의 관습은 그에게 맞지 않았다.

치겐이 시체에서 피투성이 고기 조각을 얇게 썰어내어 들고 살폈다. "맛을 보겠소, 난쟁이?"

"제이미 형이 내 스물세 번째 명명일에 준 암말이었어." 티리온은 무미 건조하게 말했다.

"우리 대신 고맙다고 전해주쇼. 다시 보게 된다면 말이야." 치겐이 누런 이를 드러내고 웃더니, 날고기를 두 번 만에 씹어 삼켰다. "좋은 혈통 맛이 나는데."

"양파와 같이 구우면 더 맛있겠지." 브론이 끼어들었다.

티리온은 말없이 절뚝이며 그 자리를 떠났다. 추위가 뼛속 깊이 스몄고, 다리는 제대로 걷기 힘들 만큼 아팠다. 죽은 암말이 운이 좋은지도 몰랐다. 티리온은 앞으로 몇 시간을 또 말을 타고, 음식을 몇 입 먹고, 딱딱하고 찬 땅바닥에서 잔 다음 또 같은 밤을 보내고, 또 보내고, 또 보낼 터였고 그 여정이 어떻게 끝날지는 신들만 알 노릇이었다. "망할 여자." 그는 포획자들과 합류하기 위해 힘겹게 길을 오르면서 되새기고 중얼거렸다. "망할 여자와 망할 스타크."

그 기억은 아직도 쓰라렸다. 저녁 식사를 주문하다가 눈을 한 번 감았다 뜨니 방 안 가득 무장한 남자들을 마주하고 있었고, 지크는 검에 손을 뻗었으며, 뚱뚱한 여관 주인은 새된 소리를 질러댔다. "칼은 안 돼요. 여기선 안 됩니다, 제발요, 나리님들."

티리온은 둘 다 난도질당하기 전에 서둘러 지크의 팔을 잡아 내렸다. "예의는 어디에 뒀나, 지크? 우리 선량한 주인이 칼은 안 된다지 않나. 부탁대로 해야지." 그는 불안함이 드러날 게 뻔한 억지 미소를 지었다. "안타까운 실수를 저지르고 계시는군요, 스타크 부인. 저는 아드님에 대한 공격에 아무 관련도 없습니다. 제 명예를 걸고—"

"라니스터의 명예 말이지." 그녀는 그렇게만 답했다. 그러고는 방 전체가 볼 수 있게 두 손을 들어 올렸다. "저자의 단검이 이 흉터를 남겼소. 내 아들의 목을 베기 위해 보낸 칼이 말이오."

티리온은 스타크 부인의 손에 깊이 팬 흉터를 보고 사방에 끓어오르는 짙고 자욱한 분노를 느꼈다. "죽여." 뒤쪽에서 어느 술 취한 매춘부가 야유를 했고, 다른 목소리들이 믿기지 않을 만큼 빨리 기세를 더했다. 조금 전까지만 해도 우호적이었던 낯선 이들 모두가 지금은 추적에 나선 사냥개들처럼 그의 피를 요구했다.

티리온은 목소리를 떨지 않으려고 노력하며 큰 소리로 외쳤다. "스타크 부인이 정말로 나에게 책임져야 할 범죄가 있다고 믿는다면, 기꺼이 같이 가서 답을 하겠소."

택할 수 있는 길은 그것뿐이었다. 뚫고 나가려다간 일찌감치 무덤에 들어갈 게 뻔했다. 스타크 부인의 도와달라는 호소에 열 명이 넘는 검사가 응답했다. 하렌홀 출신 한 명, 브라켄 세 명, 금방이라도 그를 죽여버릴 기세인 기분 나쁜 용병 두 명, 그리고 자기가 무슨 짓을 하고 있는지도 모를 게 뻔한 멍청한 농장 노동자 몇 명. 그들을 상대로 티리온이 가진 것은? 허리띠에 찬 단검과 하인 둘뿐이었다. 지크는 꽤 검을 잘 다뤘지만, 모렉은 셈에 넣기 힘들었다. 그는 마부와 요리사와 몸종을 섞어놓은 존재였지, 병사가 아니었다. 요렌으로 말하자면, 본인 감정이 어떨지는 몰라도 검은 형제들은 왕국의 다툼에 일절 관여하지 않는다고 맹세한 몸이었다. 요렌은 아무것도 하지 않을 터였다.

실제로 검은 형제는 조용히 옆으로 물러났고, 캐틀린 스타크 옆에 선 노기사가 "저들의 무기를 빼앗게"라고 말하자 용병 브론이 나서서 지크의 손에서 검을 빼앗고 모두의 단검을 가져갔다. 노기사는 휴게실의 긴장감이 뚜렷하게 줄어들자 말했다. "좋아. 잘했네." 티리온은 그 걸걸한 목소리를 알아들었다. 구레나룻이 사라진 윈터펠의 훈련대장이었다.

뚱뚱한 여관 주인이 진홍색 침을 튀기며 캐틀린 스타크에게 애걸했다. "여기서 죽이진 마세요!"

"어디서든 죽이지 말라고." 티리온이 거들었다.

"어디 다른 데로 데려가세요. 여기서 피 흘리지 마시고요, 전 대귀족 나리들의 싸움에 끼고 싶지 않습니다요."

"우린 이자를 윈터펠로 데리고 돌아갈 걸세." 캐틀린이 말했고, 티리온은 생각했다. '글쎄, 어쩌면…….' 그때쯤에는 티리온도 방 안을 둘러보고 상황을 더 제대로 가늠할 수 있었다. 보인 대로라면 그가 완전히 배척받는 상황은 아니었다. 아, 스타크 부인이 영리했다는 점은 확실했다. 이자들이 섬기는 영주들이 그녀의 아버지에게 서약한 바를 공공연히 확인하게 만든 다음, 스스로 여자라는 점을 강조하며 구조를 요청하다니, 그래, 훌륭했다. 그러나 그녀가 만족할 만큼 완벽한 성공은 아니었다. 휴게실에는 대충만 세어도 50명 가까운 사람이 있었다. 캐틀린 스타크의 호소에 일어선 사람은 십여 명에 불과했다. 나머지는 어리둥절하거나, 겁에 질렸거나, 뚱한 얼굴이었다. 그는 프레이 병사들 중에서 두 명만 움직였고, 대장이 움직이지 않자 얼른 다시 앉는 모습을 보았다. 티리온은 감히 미소를 지을 수도 있을 것 같았다.

"그럼 윈터펠로 갑시다." 그는 미소 짓는 대신 그렇게 말했다. 막 반대 방향으로 달려온 만큼 그 길이 멀다는 점은 누구보다 잘 알았다. 그러니 가는 길에 일어날 수 있는 일도 많았다. 그는 아까 방을 내주겠다고 했던 용병과 눈을 마주치고 덧붙였다. "내 아버지가 내가 어떻게 되었나 궁금해하실 거요. 누구든 오늘 여기에서 일어난 일을 전해드리면 큰 보상을 내리겠지." 타이윈 공이 정말 그럴 리야 없었지만, 풀려나기만 한다면 티리온이 직접 보상해줄 생각이었다.

무리도 아니지만 로드릭 경은 걱정스러운 얼굴로 스타크 부인을 보더니, 선언했다. "저자의 하인들은 우리와 함께 갈 거요. 그리고 나머지 분들은 이 자리에서 본 바에 대해 조용히 해주면 고맙겠소."

티리온은 웃지 않으려고 노력해야 했다. 조용히? 늙은 바보 같으니라고. 여관 전체를 데려가지 않는 한은 그들이 떠나자마자 말이 퍼질 터였다. 금화를 주머니에 넣은 자유기수는 화살처럼 캐스털리록으로 날아가리라. 그자가 아니라면 다른 누군가가. 요렌은 이 이야기를 남쪽으로 가져갈 것이고, 멍청한 가수는 노래를 지어 부를지도 몰랐다. 프레이 병사들은 자기네 영주에게 보고할 것이고, 프레이가 어떻게 할지는 신들만 알았다. 왈더 프레이 공은 리버런에 충성을 맹세했을지 모르나, 언제나 이기는 쪽에 섬으로써 오랜 시간을 살아낸 조심스러운 남자였다. 최소한 킹스랜딩으로 새들을 보내기는 할 테고, 어쩌면 그 이상의 일을 할 수도 있었다.

캐틀린 스타크는 시간을 낭비하지 않았다. "즉시 말을 달려야겠소. 새 말과 여행 식량이 필요하오. 여러분, 여러분은 영원히 스타크 가문의 감사를 받을 겁니다. 누구든 우리의 포로를 지키며 안전하게 윈터펠까지 가도록 도와준다면 후한 보상을 약속하지요." 그것으로 충분했다. 바보들이 앞다투어 달려들었다. 티리온은 그들의 얼굴을 찬찬히 보며 속으로 다짐했다. 그들은 실제로 보상을 잘 받을 테지만, 상상한 보상은 아닐 것이라고.

그자들이 그를 둘러싸고 밖으로 내몰고, 빗속에서 말에 안장을 얹고, 조잡한 밧줄로 손을 묶었을 때에도 티리온 라니스터는 정말로 겁을 먹지는 않았다. 그는 결코 윈터펠까지 가지 못하리라 자신했다. 그날 중으로 기수들이 그들을 쫓아오고, 새들이 날개를 펴고 날아갈 것이며, 분명히 강역의 영주들 중 한 명쯤은 그의 아버지와 손을 잡을 만한 호의를 사두고 싶어 할 터였다. 티리온은 누군가가 그의 눈 위로 두건을 씌우고 안장 위에 들어 앉힐 때에도 스스로의 교묘함을 자축하고 있었다.

그들은 빗속을 뚫고 힘차게 달렸고, 오래지 않아 티리온은 허벅지에 경련이 나고 아픈 데다가 엉덩이가 쑤셨다. 여관에서 충분히 멀어지고 캐틀린 스타크가 속도를 줄인 다음에도 거친 땅 위에서 요동치는 여정은 비참했고, 눈이 보이지 않으니 더 나빴다. 그는 방향을 틀거나 길이 구부러질 때마다 말에서 떨어질 위험에 처했다. 두건 때문에 소리가 죽어서 주위에서 하는 말을 알아들을 수가 없었고, 비 때문에 천이 흠뻑 젖어서 얼굴에 달라붙는 바람에 숨 쉬기도 힘들어졌다. 밧줄에 손목이 쓸렸고 갈수록 더 심하게 죄는 것 같았다. '난 따뜻한 불가에 앉아서 구운 새 요리를 먹을 예정이었는데, 저 가증스러운 가수가 입을 열고 말았지.' 그는 서글프게 생각했다. 그 가증스러운 가수는 그들을 따라왔다. "이 일로 굉장한 노래가 만들어질 텐데, 제가 지어야죠." 가수는 이 "훌륭한 모험"이 어떻게 될지 보기 위해 같이 가겠다면서 캐틀린 스타크에게 그렇게 말했다. 라니스터의 기수들이 따라잡은 다음에도 가수가 이 모험이 훌륭하다고 생각할까 궁금했다.

마침내 비가 그치고 새벽 햇살이 젖은 천을 뚫고 들어오자 캐틀린 스타크가 말에서 내리라는 명령을 내렸다. 거친 손들이 티리온을 말에서 끌어내리고, 손목을 풀어주고, 두건을 벗겼다. 좁은 돌투성이 길과 사방에 높고 험하게 솟아오른 산, 먼 지평선에 삐죽삐죽 솟은 눈 덮인 봉우리들을 보자 모든 희망이 단숨에 빠져나갔다. "이건 하늘 가도로군." 티리온은 비난하는 눈으로 스타크 부인을 보며 숨을 들이켰다. "동쪽 길이잖소. 윈터펠로 간다더니!"

캐틀린 스타크는 엷은 미소를 보이며 인정했다. "여러 번, 큰 소리로 그렇게 말했지. 당신 친구들이 우리를 쫓아올 때는 분명히 그 길로 달려갈 거요. 그자들에게 행운을 비오."

며칠이 흐른 지금도 그 기억을 떠올리면 쓰디쓴 분노에 사로잡혔다. 티리온은 평생 자신의 교활함을 자랑스럽게 생각했고, 그것이 신들이 그에게 내리기에 적합하다고 본 유일한 선물이었건만, 이 일곱 번 저주받을 암늑대 캐틀린 스타크는 매번 그를 한 수 앞서지 않았는가. 그 점이 납치당했다는 사실보다 더 짜증스러웠다.

그들은 말에게 물과 밥을 먹일 시간만큼만 멈췄다가 다시 떠났다. 이번에는 티리온에게 두건을 씌우지 않았다. 두 번째 밤을 보내고 나서부터 손을 묶지 않았고, 높은 곳으로 올라온 후에는 굳이 지키려고 들지도 않았다. 티리온이 도망칠까 봐 걱정하지 않는 모양새였다. 그리고 왜 걱정하겠는가? 이 고지대는 가혹한 황무지였으며, 하늘 가도는 돌투성이 오솔길만 간신히 면한 길이었다. 도망친다 한들, 혼자서 식량도 없이 얼마나 멀리 가겠는가? 그림자삵들이 한 입 거리로 삼을 테고, 산속 요새에 사는 패거리들은 칼 외에는 어떤 법도 따르지 않는 강도 살인자들이었다.

스타크 부인은 아직도 그들을 쉼 없이 내몰았다. 그는 어디로 가는지 알고 있었다. 두건을 벗은 순간부터 알았다. 이 산맥은 이런 가문의 영역이었고, 고인이 된 전 수관의 미망인은 툴리 가문 출신으로 캐틀린 스타크의 여동생이었으며…… 라니스터의 친구가 아니었다. 티리온은 킹스랜딩에 있을 때 라이사 부인을 약간 알았는데, 다시 만나는 순간이 기대되지는 않았다.

포획자들은 길에서 조금 아래에 있는 개울가에 모여 있었다. 말들은 얼음처럼 차가운 물을 양껏 마시고, 바위 틈에 자란 갈색 풀을 뜯고 있었다. 지크와 모렉은 시무룩하고 비참한 얼굴로 가까이 앉아 있었다. 그 옆에는 머리통에 그릇을 쓴 것처럼 보이는 둥근 철모를 쓴 모호르가 창에 기대어 서 있었다. 근처에서 가수 마릴리언은 나무 하프에 기름칠을 하며, 습기 때문에 현이 망가진다고 불평했다.

"조금 쉬어야 합니다, 마님." 티리온이 다가가는 동안 방랑기사 윌리스 워드가 캐틀린 스타크에게 말했다. 그는 휀트 부인의 사람으로, 완고하고 둔했으며 여관에서 캐틀린 스타크를 도우려고 제일 먼저 일어난 사람이기도 했다.

로드릭 경이 말했다. "윌리스 경 말이 맞습니다, 마님. 이것으로 세 번째 말을 잃었고—"

"라니스터에게 따라잡힌다면 말이 아니라 그 이상을 잃을 거요." 캐틀린 스타크가 상기시켰다. 그녀는 얼굴이 바람에 상하고 여위었지만, 투지는 조금도 잃지 않았다.

"여기서 그럴 가능성은 별로 없지." 티리온이 끼어들었다.

"네 의견을 묻지 않으셨다, 난쟁이." 머리는 짧게 깎았고 얼굴은 돼지 상인 크고 뚱뚱한 얼간이 컬리켓이 끼어들었다. 그는 조노스 브라켄 공을 섬기는 병사 중 하나였다. 티리온은 나중에 그들의 다정한 대우에 고마움을 표할 수 있도록 모두의 이름을 익혀두었다. 라니스터는 언제나 빚을 갚지. 컬리켓은 언젠가 그 사실을 알게 되리라. 그 친구인 라리스와 모호르도, 훌륭한 윌리스 경도, 용병 브론과 치겐도. 나무 하프와 달콤한 테너 음성을 지니고, 이 잔학 행위로 노래를 짓겠다며 대담하게도 '꼬마 악마(imp)'와 '불구자(gimp)'와 '절름발이(limp)'로 운을 맞추려고 애쓰고 있는 마릴리언에게는 특별히 따끔한 교훈을 줄 계획이었다.

"그냥 두게." 스타크 부인이 명령했다.

티리온 라니스터는 바위에 앉았다. "지금쯤 추격대는 부인의 거짓말에 따라 왕의 가도를 타고 넥 지역을 질주하고 있을 거요. 추격이 있다고 가정하면 말이지. 그 부분이 확실친 않으니까. 아, 그야 내 아버지에게 말이 전해지긴 했을 테지만…… 아버지는 날 별로 사랑하지 않으니, 군이 움직이실까 확신할 수 없군." 반은 거짓말이었다. 타이윈 라니스터 공은 기형 아들에게 조금도 신경 쓰지 않았지만, 가문의 명예에 대한 모욕은 결코 참지 않았다. "여긴 혹독한 땅이오, 스타크 부인. 아린 협곡에 도착할 때까지 원조는 구할 수 없을 테고, 말을 한 필 잃을 때마다 다른 말들에겐 더 부담이 가지요. 더 나쁜 건, 날 잃을 위험이 있다는 거요. 난 몸집도 작고, 튼튼하지도 않아요. 내가 죽는다면 대체 무슨 소용이오?" 아예 거짓말은 아니었다. 티리온은 이 진행 속도를 얼마나 더 견딜 수 있을지 자신이 없었다.

"당신의 죽음 자체가 소용일지도 모르지, 라니스터." 캐틀린 스타크가 대꾸했다.

"아닐걸요. 날 죽이고 싶었다면야, 한 마디만 했으면 여기 부인의 충실한 친구들 중 누군가가 기꺼이 나에게 붉은 웃음을 선사했을 텐데." 그는 컬리킷을 쳐다보았지만, 그 남자는 비아냥을 알아듣기엔 너무 둔했다.

"스타크는 아무데서나 살해하지 않소."

"나도 그래요. 다시 한 번 말하는데, 난 부인의 아들을 죽이려던 시도에 아무 관련이 없습니다."

"암살자가 든 무기는 당신의 단검이었어."

티리온은 울컥 열이 받았다. "내 단검이 아니라니까. 몇 번을 맹세해야 듣겠소? 스타크 부인, 날 뭐라고 믿는지 모르겠는데, 난 바보가 아니오. 바보만이 평민 노상강도에게 자기 칼을 들려 보낼 거요."

잠깐이지만 그녀의 눈에 의심의 빛이 스쳤다고 생각했는데, 그녀가 한 말은 이랬다. "피터가 나에게 왜 거짓말을 한단 말이오?"

"곰이 왜 숲에 똥을 쌀까? 그게 본성이니까. 리틀핑거 같은 남자에게는 거짓말이 숨 쉬듯 쉽게 나온다오. 다른 사람은 몰라도 부인은 그걸 알아야지요."

그녀는 굳은 얼굴로 그에게 한 발자국 다가섰다. "그게 무슨 의미지, 라니스터?"

티리온은 고개를 기울였다. "그야 궁정 사람이라면 누구나 그자가 부인의 처녀성을 가졌다고 말하는 소리를 들었으니까요."

"거짓말!" 캐틀린 스타크가 말했다.

"아, 못된 꼬마 악마여." 마릴리언이 충격을 받아서 말했다.

컬리켓이 검은 철로 만든 살벌한 비수를 뽑았다. "말씀만 하시면 이놈의 거짓말하는 혓바닥을 발치에 던져드리겠습니다." 컬리켓의 돼지 눈이 흥분에 촉촉해졌다.

캐틀린 스타크는 티리온이 한 번도 보지 못한 냉담함이 서린 얼굴로 그를 노려보았다. "피터 베일리시는 예전에 나를 사랑했소. 그때는 소년에 불과했지. 피터의 열정은 우리 모두에게 비극이었지만, 그건 진짜였고, 순수했으며, 비웃음거리가 아니었소. 피터는 내 손을 잡고 싶어 했지. 그게 진실이오. 그대는 정말 사악한 자요, 라니스터."

"그리고 당신은 정말 바보로군요, 스타크 부인. 리틀핑거는 리틀핑거 외에는 누구도 진심으로 사랑한 적이 없고, 장담하는데 그자가 자랑하고 다니는 건 당신의 손이 아니라 무르익은 가슴과 달콤한 입, 다리 사이의 열기라오."

컬리켓이 그의 머리카락을 쥐고 뒤로 확 잡아당겨서 목을 젖혔다. 티리온은 턱 아래에 차가운 강철의 입맞춤을 느꼈다. "피를 낼깝쇼, 마님?"

"날 죽이면 진실도 같이 죽는 거요." 티리온이 헐떡였다.

"말을 하도록 두게." 캐틀린 스타크가 명했다.

컬리켓은 마지못해 티리온의 머리를 놓았다.

티리온은 깊이 숨을 들이마셨다. "리틀핑거가 내가 자기 단검을 어쩌다가 갖게 되었다고 했지요? 그걸 말해주시오."

"조프리 왕자의 명명일에 열린 마상 시합에서 내기에 이겨 땄다고 했지."

"제이미 형이 꽃의 기사와 싸우다가 말에서 떨어졌을 때라고 했겠군. 맞소?"

"그렇소." 그녀는 인정했다. 이마에 한 줄 주름이 잡혔다.

"기수들이다!"

바람에 깎인 위쪽 산등성이에서 새된 소리가 울렸다. 로드릭 경이 쉬는 동안 길을 감시하라고 암벽 위로 올려 보낸 라리스였다.

길게만 느껴지는 한 순간, 아무도 움직이지 않았다. 제일 처음 반응한 사람은 캐틀린 스타크였다. "로드릭 경, 월리스 경, 말에 오르시오." 그녀는 소리쳤다. "다른 말들은 뒤로 끌고 와요. 모호르, 죄수들을 지키고—"

"우리에게 무기를 줘요!" 티리온은 벌떡 일어나서 그녀의 팔을 잡았다. "쓸 수 있는 칼은 다 필요할 거요."

그녀는 그 말이 옳다는 사실을 알았다. 티리온은 알 수 있었다. 산악 부족들은 대가문의 적대감 따위에 신경 쓰지 않았다. 그들은 스타크든 라니스터든 상관하지 않고, 서로를 죽일 때와 똑같은 열정으로 도륙할 것이다. 캐틀린 하나는 살려둘 수도 있었다. 아직 아들을 낳을 수 있을 만큼 젊은 나이였으니까. 그래도, 그녀는 망설였다.

"소리가 들립니다!" 로드릭 경이 외쳤다. 티리온이 고개를 돌리고 귀를 기울여보니, 과연 들렸다. 십여 마리 이상의 말발굽 소리가 다가오고 있었다. 갑자기 모두가 움직여 무기에 손을 뻗고 말을 향해 달려갔다.

라리스가 뛰어 일어나서 산등성이를 미끄러져 내려오는 통에 사방에 자갈이 쏟아졌다. 그는 숨을 헐떡이며 캐틀린 스타크 앞에 내려섰다. 고깔 모양의 강철 모자 아래로 녹슨 금속 빛깔의 머리카락이 뻗친 볼품없는 외모의 사내였다. "스무 명. 어쩌면 스물다섯 명쯤." 그는 숨을 몰아쉬며 말했다. "제 추측으로는 우유뱀 부족 아니면 달 형제들입니다. 길을 감시하고 있었던 게 분명합니다……. 파수꾼들을 감춰놓고……. 놈들은 우리가 여기 있다는 걸 압니다."

로드릭 카셀 경은 이미 말에 올라 장검을 뽑아 들고 있었다. 모호르는 철촉이 달린 창을 양손으로 쥐고, 입에 단검을 문 채 바위 뒤에 몸을 웅크렸다. 윌리스 워드 경이 외쳤다. "거기, 가수. 이 흉갑 좀 도와주게." 마릴리언은 나무 하프를 끌어안고 우유처럼 창백한 얼굴로 앉아 있기만 했지만, 티리온의 하인 모렉이 잽싸게 일어나서 갑옷을 입는 기사를 도우러 갔다.

티리온은 계속 캐틀린 스타크를 잡고 있었다. "선택의 여지가 없어요. 우리 셋에다 우리를 지키느라 낭비할 사람까지……. 네 명이면 여기서 죽느냐 사느냐가 달라질 수 있어요."

"싸움이 끝나면 검을 다시 내려놓겠다고 맹세하시오."

"맹세?" 발굽 소리가 더 커졌다. 티리온은 삐딱하게 웃었다. "아, 그거야 물론이지요……. 라니스터의 명예를 걸고."

그는 순간 그녀가 침을 뱉을 줄 알았지만, 그 대신 그녀는 "이들에게 무기를 주게"라고 외치고는 잽싸게 움직였다. 로드릭 경이 지크에게 검과 검집을 던져주고는 적을 맞이하러 방향을 돌렸다. 모렉은 알아서 활과 화살통을 챙기고 길옆에 한쪽 무릎을 꿇었다. 그는 검보다 활에 더 능했다. 그리고 브론은 달려와서 티리온에게 양날 도끼를 건넸다.

"도끼로 싸워본 적이 없는데." 손에 잡힌 무기가 어색하고 낯설었다. 자루가 짧고, 머리는 무겁고, 윗부분에는 섬뜩한 대못이 박힌 도끼였다.

"장작 쪼갠다 생각하쇼." 브론이 등에 진 검집에서 장검을 뽑으며 말했다. 그는 침을 퉤 뱉더니, 치겐과 로드릭 경 사이에 자리를 잡으러 갔다. 말에 오른 윌리스 경이 눈 구멍이 가늘게 뚫리고 긴 검은색 비단 깃털이 달린 금속 통 같은 투구를 매만지며 그들에게 합류했다.

"장작은 피를 흘리지 않지." 티리온은 누구에게랄 것 없이 말했다. 갑옷이 없으니 벌거벗은 느낌이었다. 그는 바위를 찾아 주위를 둘러보다가 마릴리언이 숨은 곳으로 달려갔다. "옆으로 가."

"저리 가요!" 청년은 마주 소리를 질렀다. "난 가수라고요. 이런 싸움엔

끼고 싶지 않아요!"

"왜, 모험에 흥미를 잃어버렸나?" 티리온은 청년을 걸어차서 옆으로 가게 했다. 아슬아슬했다. 바로 다음 순간에 말을 탄 자들이 들이닥쳤다.

선전 포고도, 깃발도, 뿔 나팔이나 북소리도 없었다. 그저 모렉과 라리스가 활시위를 퉁기는 소리가 나더니 새벽하늘에 천둥 같은 소리를 울리며 산악민들이 덮쳤다. 얼굴 가리개가 달린 반투구를 쓰고, 가죽옷에 짝이 맞지 않는 갑옷을 걸친 마르고 가무잡잡한 사내들이었다. 장갑을 낀 손에는 장검과 창과 날을 세운 낫, 대못이 박힌 곤봉과 단검과 무거운 쇠메까지 온갖 무기가 잡혀 있었다. 양손 대검으로 무장하고 줄무늬 그림자 가죽 망토를 두른 덩치 큰 사내가 선두를 달렸다.

로드릭 경은 "윈터펠!"이라고 외치고 그들을 맞이하러 말을 달렸고, 브론과 치겐은 알아들을 수 없는 전투 함성을 지르며 그 옆을 달렸다. 윌리스 워드 경이 머리 주위로 가시 철퇴를 휘두르며 뒤따랐다. "하렌홀! 하렌홀!" 그는 노래하듯 외쳤다. 티리온은 도끼를 휘두르며 뛰어올라 "캐스털리록!"이라고 외치고 싶은 충동을 느꼈지만, 미친 충동은 곧 지나갔고 그는 몸을 더 낮게 웅크렸다.

겁에 질린 말의 울음소리와 금속 부딪는 소리가 들렸다. 치겐의 검이 어느 사슬 갑옷 입은 기수의 맨얼굴을 긁었고 브론은 회오리바람처럼 산악민들 사이로 뛰어들어서 좌우로 적들을 베었다. 로드릭 경은 그림자 가죽 망토를 걸친 덩치 큰 사내를 쳤고, 두 남자가 타격을 주고받는 동안 두 마리 말은 춤추듯 서로의 주위를 돌았다. 지크는 안장도 없이 말에 뛰어올라 난투극 속으로 말을 몰았다. 티리온은 그림자 가죽 망토를 입은 사내의 목을 뚫고 나온 화살을 보았다. 그 남자가 비명을 지르려고 입을 열자 피만 쏟아져 나왔다. 그자가 쓰러졌을 때, 로드릭 경은 이미 다른 적과 싸우고 있었다.

갑자기 마릴리언이 나무 하프로 머리를 가리며 비명을 질렀다. 말 한 마리가 그들이 숨은 바위를 뛰어넘었다. 티리온은 기수가 말 머리를 돌리고, 못이 박힌 쇠메를 들어 올리며 돌아오는 사이에 허둥지둥 일어서서 두 손으로 도끼를 휘둘렀다. 그가 올려 친 도끼날은 퍽 하는 둔탁한 소리를 내면서 달려오는 말의 목을 찍었고, 티리온은 말이 비명을 지르며 쓰러지는 통에 손을 놓칠 뻔했다. 그는 가까스로 도끼를 뽑고 휘청거리며 옆으로 비켰다. 마릴리언은 그보다 운이 나빴다. 말과 기수는 한데 얽혀서 마릴리언 위로 쓰러졌다. 티리온은 산적의 다리가 아직 쓰러진 말에 깔려 움직이지 못하는 사이에 돌아가서 어깨뼈 바로 위에 도끼를 박아 넣었다.

티리온은 도끼날을 잡아 빼려고 낑낑거리다가 마릴리언이 시체 밑에서 신음하는 소리를 들었다. 가수는 숨을 제대로 쉬지 못했다. "누가 좀 도와 줘요. 신들이여 자비를 베푸소서, 피가 나요."

"그건 말피일걸." 티리온이 말했다. 가수의 손이 죽은 짐승 아래에서 기어 나오더니, 다리 다섯 개 딜린 기미처럼 흙바닥을 허우적거렸다. 티리온은 흙을 긁는 손가락에 발뒤꿈치를 올리고 만족스러운 으스러짐을 느꼈다. "눈 감고 죽은 척해." 그는 가수에게 충고를 던진 다음 도끼를 올리고 몸을 돌렸다.

그 후에는 모든 일이 섞여 돌아갔다. 고함과 비명이 새벽을 채웠고 피 냄새가 진동했으며, 온 세상이 혼돈에 휩싸였다. 화살이 귓가를 스치고 날아가서 바위를 때렸다. 브론이 말에서 떨어져서 양손에 검을 하나씩 들고 싸우는 모습이 보였다. 티리온은 싸움의 가장자리를 돌며, 바위에서 바위로 이동하다가 그림자 속에서 튀어 나가서 지나가는 말의 다리를 잘랐다. 그는 부상을 입은 산악민 하나를 발견해서 죽이고, 그자가 쓰고 있던 반투구를 머리에 썼다. 꽉 끼었지만, 보호구가 뭐라도 하나 있어서 기뻤다. 지크는 앞에 있는 남자를 베다가 뒤에서 칼에 찔렸고, 나중에 티리온은 컬리켓의 시신에 걸려 넘어졌다. 돼지 같은 얼굴은 철퇴에 맞아 뭉개졌지만, 죽은 손에서 비수를 빼내면서 누군지 알아볼 수 있었다. 티리온이 비수를 허리띠에 찔러 넣는데 여자 비명 소리가 들렸다.

캐틀린 스타크가 세 명에게 둘러싸여 바위 절벽 앞에 갇혀 있었다. 한 명은 아직 말을 타고 있었고 다른 두 명은 서 있었다. 그녀는 다친 손으로 서툴게 단검을 쥐고 있었으나, 등이 바위에 닿았고 남자들은 삼면에서 그녀를 몰아갔다. '저년은 놈들이 가지라지. 잘됐잖아.' 티리온은 그렇게 생각하면서도 어째서인지 움직이고 있었다. 그는 상대가 눈치를 채기 전에 첫 번째 남자의 무릎 뒤를 공격했고, 무거운 도끼날은 살과 뼈를 썩은 나무처럼 쪼갰다. '장작은 피를 흘리지 않아.' 티리온이 공허히 생각하고 있는데 두 번째 남자가 달려들었다. 티리온은 몸을 숙여 검을 피하면서 도끼를 후려 갈겼고, 그 남자는 뒤로 비틀거렸으며…… 캐틀린 스타크가 그 뒤로 다가와서 목을 그었다. 말을 탄 세 번째 남자는 급한 약속이라도 생각났는지 뛰어가버렸다.

티리온은 주위를 둘러보았다. 적은 다 완파당하거나 사라졌다. 그가 보지 못한 사이에 싸움이 끝났다. 사방에서 죽어가는 말과 부상을 입은 남자들이 비명을 지르거나 신음하고 있었다. 자신이 그중 하나가 아니라는 사실이 놀라웠다. 손을 펴서 도끼를 바닥에 떨어뜨리는데, 두 손이 다 피로 끈적거렸다. 그는 반나절은 싸웠다고 맹세라도 할 수 있었지만, 태양은 거의 움직이지도 않은 상태였다.

"첫 전투신가?" 나중에 브론이 지크의 시체 위로 몸을 굽히고 장화를 벗겨내면서 물었다. 타이윈 공의 하인답게 좋은 장화였다. 무거운 가죽에, 기름을 먹여 탄력 있었으며, 브론이 신고 있는 것보다 훨씬 질이 좋았다.

티리온은 고개를 끄덕였다. "아버지가 정말 자랑스러워하시겠군." 제대로 설 수도 없을 만큼 다리가 아팠다. 이상하게도 전투 중에는 한 번도 알아차리지 못한 통증이었다.

"여자가 필요하겠구먼." 브론이 검은 눈을 빛내며 말했다. 그는 벗겨낸 장화를 안낭에 밀어 넣었다. "남자가 피를 흘린 다음엔 여자만 한 게 없지. 믿어보쇼."

치겐이 죽은 산적들의 몸을 뒤지다가 멈추고 코웃음을 치며 입술을 핥았다.

티리온은 로드릭 경의 상처를 돌보고 있는 스타크 부인 쪽을 슬쩍 보았다. "여자가 할 마음만 있다면야." 그의 말에 두 용병은 웃음을 터뜨렸고, 티리온은 씩 웃으면서 생각했다. '이제 시작이야.'

그 후에 티리온은 개울가에 무릎을 꿇고 앉아서 얼음처럼 찬물로 얼굴에 묻은 피를 씻어냈다. 절뚝거리며 다른 사람들에게 돌아가던 그는 다시 한 번 죽은 자들을 보았다. 죽은 산악민들은 마르고 남루했고, 그들의 말은 갈비뼈가 다 보이게 앙상하고 몸집이 작았다. 브론과 치겐이 남겨놓은 무기는 보잘것없었다. 서메, 곤봉, 낫…… 그는 양손 대검을 쥐고 로드릭 경과 맞붙었던 그림자 가죽 망토의 덩치 큰 사내를 기억했지만, 돌바닥에 대자로 누운 시체를 찾고 보니 별로 크지도 않았고, 망토는 사라졌으며, 군데군데 녹이 슨 싸구려 강철 칼날은 심하게 이가 빠져 있었다. 산악민들이 바닥에 아홉 구의 시체를 남긴 것도 당연한 일이었다.

그들 쪽에서는 세 명밖에 죽지 않았다. 브라켄 공의 병사인 컬리켓과 모호르, 그리고 안장도 없이 돌진하는 대담한 모습을 보였던 티리온의 하인 지크였다. '끝까지 바보였군.' 티리온은 생각했다.

"스타크 부인, 서둘러야 합니다." 월리스 워드 경이 투구에 뚫린 가느다란 눈 구멍으로 조심스럽게 산등성이를 살피며 말했다. "잠시 물리치기는 했지만, 멀리 가진 않을 겁니다."

"죽은 이들을 묻어야 해요, 월리스 경. 용감한 이들이었소. 이들을 까마귀와 그림자삵에게 넘겨주진 않겠어요."

"여기는 땅을 파기엔 너무 돌이 많습니다." 윌리스 경이 말했다.

"그렇다면 돌을 모아서 무덤을 만들지요."

브론이 말했다. "돌이야 원하는 대로 모으십쇼. 하지만 저나 치겐은 빼주시죠. 죽은 놈들 위에 돌을 쌓는 것보다는 나은 일을 해야겠소……. 숨을 쉰다거나요." 브론은 나머지 생존자들을 훑어보았다. "밤이 올 때까지 살아 있고 싶거든 같이 말을 달립시다."

"마님, 유감이지만 맞는 말입니다." 로드릭 경이 지친 목소리로 말했다. 노기사는 싸움에서 왼팔을 깊게 베이고 목을 창이 스치고 지나가는 부상을 입은 탓인지 목소리에 나이가 드러났다. "여기에서 꾸물거리다간, 놈들이 다시 올 테고 두 번째 공격에서는 살아남지 못할지도 모릅니다."

티리온은 캐틀린의 얼굴에서 분노를 볼 수 있었지만, 그녀에게는 다른 선택지가 없었다. "그렇다면 신들이 용서하시길. 즉시 떠납시다."

이제는 말이 부족하지 않았다. 티리온은 안장을 적어도 사나흘은 더 버틸 만큼 튼튼해 보이는 지크의 점박이 거세마로 옮겼다. 티리온이 말에 오르려는데 라리스가 나서서 말했다. "그 비수는 가져가겠소, 난쟁이."

"그냥 두게." 캐틀린 스타크가 말 위에서 그를 내려다보았다. "그리고 도끼도 돌려주게. 다시 공격을 받으면 필요할지도 모르니."

"감사드립니다, 부인." 티리온은 말에 오르면서 말했다.

"감사는 아껴두시오." 그녀는 냉담하게 말했다. "전보다 조금이라도 믿게 된 건 아니니." 그녀는 티리온이 대꾸할 틈도 없이 가버렸다.

티리온은 훔친 투구를 바로잡고 브론에게 도끼를 받았다. 그는 이 여정을 시작했을 때 손목을 묶이고 머리 위로 두건을 뒤집어썼던 기억을 떠올리고, 이건 확실히 발전이라는 결론을 내렸다. 스타크 부인의 믿음은 그대로라 해도 상관없었다. 도끼를 가지고 있을 수 있는 한, 그는 이 게임에서 앞서고 있다고 여길 터였다.

월리스 워드 경이 앞장을 섰다. 브론이 후위를 맡았고, 스타크 부인은 안전하게 가운데에 섰으며 로드릭 경이 그림자처럼 옆에 붙었다. 마릴리언은 달리면서 티리온에게 뚱한 시선을 계속 던졌다. 갈비뼈 몇 대와 나무 하프와 그것을 연주할 손가락 네 개까지 부러졌지만, 어디선가 훌륭한 그림자 가죽 망토를 얻은 것을 보면 그도 완전히 손해만 보지는 않은 셈이었다. 하얀 사선 줄무늬가 보이는 두꺼운 검은 모피였는데, 그는 그 망토 아래에 조용히 몸을 웅크렸고 이번만큼은 할 말이 없는 상태였다.

그들은 1킬로미터도 가기 전에 뒤에서 그림자삵들이 내는 낮은 소리를, 곧 이어서는 뒤에 남기고 온 시신을 두고 그놈들이 으르렁거리며 싸우는 소리를 들었다. 마릴리언은 눈에 띄게 창백해졌다. 티리온은 그 옆으로 말을 달렸다. "비겁자(craven)는 까마귀(raven)와 멋지게 운이 맞지." 티리온은 그렇게 말하고 말에 박차를 가하여 가수 옆을 지나치고 로드릭 경과 개틀린 스타크에게 다가갔다.

그녀는 그를 보고 입술을 꾹 다물었다.

티리온은 입을 열었다. "무례하게 방해받기 전에 하려던 말인데, 리틀핑거의 이야기에는 심각한 결함이 있어요. 내 말을 믿든 안 믿든, 스타크 부인, 장담하는데…… 난 절대 가족이 지는 쪽에 걸지 않습니다."

아리아

귀가 한쪽밖에 없는 검은색 수고양이가 등을 올리며 쉭 소리를 냈다.

아리아는 심장이 두근거리는 소리에 귀 기울이며 느리고 깊게 숨을 쉬면서 맨발로 발꿈치를 들고 사뿐히 골목길을 걸어갔다. '그림자처럼 조용히, 깃털처럼 가볍게.' 아리아는 스스로에게 다짐했디. 수고양이는 경계하는 눈으로 아리아가 다가오는 모습을 보고 있었다.

고양이 잡기는 어려웠다. 아리아의 두 손은 반쯤 아문 생채기에 뒤덮였고, 두 무릎은 구르다가 쓸린 자리마다 딱지가 앉았다. 처음에는 요리사의 크고 뚱뚱한 부엌 고양이마저도 아리아를 피할 수 있었는데, 시리오는 낮이고 밤이고 같은 훈련을 시켰다. 아리아가 두 손이 피투성이가 되어서 달려오자 시리오는 이렇게만 말했다. "그렇게나 느린가? 더 빠르게 움직이거라, 소녀. 네 적들은 생채기만 주고 끝내지 않을 테니." 그는 아리아의 상처에 '미르의 불'을 발라주었는데, 비명을 지르지 않으려고 입술을 깨물어야 할 만큼 뜨거웠다. 그런 다음 그는 고양이를 더 쫓아다니라고 아리아를 내보냈다.

레드킵에는 고양이가 우글거렸다. 햇볕 아래에서 조는 게으르고 늙은 고양이들, 꼬리를 씰룩거리는 차가운 눈의 쥐잡이들, 발톱이 바늘 같은 잽싼 새끼 고양이들, 빗질이 되어 있고 사람을 잘 믿는 귀부인의 애완 고양이들, 두엄 더미를 돌아다니는 남루한 그림자 같은 고양이들까지. 아리아는 그런 고양이들을 하나씩 하나씩 뒤쫓아서 낚아채어 자랑스럽게 시리오 포렐에게 들고 갔다……. 이 녀석, 이 귀가 한쪽만 달린 악마 같은 검은색 수고양이만 빼고 모두. 금빛 망토를 두른 병사 하나가 말해주었다. "그 녀석은 이 성의 진짜 왕이지. 엄청나게 나이가 많은 데다 두 배로 사나워. 한 번은 왕이 왕비의 부친께 연회를 베풀고 있었는데, 저 검은색 잡종이 식탁에 뛰어오르더니 타이윈 공의 손에서 메추라기 구이를 낚아챘지 뭐야. 로버트 왕은 배가 터지도록 웃어댔지. 저 녀석은 건드리지 말아라."

그 녀석은 아리아를 끌고 성의 절반을 가로질렀다. 수관의 탑 주위를 두 바퀴 돌고, 내벽 안뜰을 가로지르고, 마구간을 통과하고, 구불구불한 계단을 내려가서, 작은 부엌과 돼지우리와 황금 망토들의 막사를 지나, 강 쪽 성벽 아래를 따라가다가 다시 계단을 올라서 '반역자의 길'을 왕복하더니 다시 내려가서 문을 하나 통과하고 우물을 돈 다음, 아리아가 지금 있는 곳이 어디인지 알 수 없을 때까지 낯선 건물들을 들락날락했다.

이제 겨우 그 녀석을 몰아넣었다. 양쪽으로 높은 벽이 서 있었고, 앞은 창문도 없는 맨돌덩어리였다. '그림자처럼 조용히. 깃털처럼 가볍게.' 아리아는 되뇌면서 앞으로 미끄러지듯 움직였다.

아리아가 세 걸음 떨어진 곳까지 다가가자 수고양이가 달아났다. 왼쪽, 오른쪽으로 움직였다. 아리아는 오른쪽, 왼쪽으로 움직여서 탈출을 막았다. 고양이는 다시 쉭 소리를 내더니 아리아의 다리 사이로 달아나려고 했다. '뱀처럼 빠르게.' 아리아는 생각했다. 아리아의 손이 고양이를 잡았다. 그녀는 고양이를 가슴에 안고, 고양이 발톱이 가죽조끼 앞면을 긁는 가운데 빙빙 돌면서 큰 소리로 웃었다. 그녀는 잽싸게 고양이의 눈 사이에 입을 맞추고, 발톱이 얼굴을 긁기 직전에 고개를 뒤로 뺐다. 수고양이는 울부짖으며 침을 뱉었다.

"저 아이가 고양이에게 무슨 짓을 하는 거지?"

아리아는 깜짝 놀라서 고양이를 떨어뜨리고 목소리 쪽으로 몸을 돌렸다. 수고양이는 눈 깜짝할 새 뛰어가버렸다. 골목 끝에 금빛 곱슬머리를 늘어뜨리고, 파란 새틴으로 인형처럼 예쁘게 차려입은 여자애가 서 있었다. 그 옆에는 진주로 수사슴을 수놓은 더블릿을 입고 허리에는 작은 검을 찬 통통한 금발의 소년이 보였다. 미르셀라 공주와 토멘 왕자였다. 두 사람 위로 짐말처럼 몸집이 큰 여자 성사 한 명이 보였고, 그 뒤에는 진홍색 망토를 걸친 덩치 큰 라니스터 위병 두 명이 있었다.

"그 고양이에게 무슨 짓을 하고 있었지?" 미르셀라가 다시 한 번, 엄하게 물었다. 그리고 자기 남동생에게 말했다. "남루한 사내아이로구나, 그렇지 않니? 저 애 좀 보렴." 미르셀라가 키득거렸다.

"남루하고 지저분하고 냄새나는 아이야." 토멘이 맞장구를 쳤다.

'날 못 알아봐.' 아리아는 깨달았다. '내가 여자애라는 사실조차 못 알아봐.' 놀랄 일은 아니었다. 아리아는 맨발에 지저분했고, 오랫동안 성안을 뛰어다녀서 머리는 헝클어졌으며, 고양이 발톱에 찢긴 조끼와 딱지투성이 무릎 위로 잘린 거친 갈색 바지 차림이었다. 고양이를 잡으러 다니면서 비단옷에 치마를 입지는 않는 법이다. 아리아는 얼른 고개를 숙이고 한쪽 무릎을 꿇었다. 아마 알아보지 못하리라. 혹시 알아본다면 이 일로 잔소리를 얼마나 들을지 몰랐다. 모르데인 성사는 말도 못하게 당황할 테고, 산사는 부끄럽다며 다시는 말을 걸지 않을 터였다.

늙고 뚱뚱한 성사가 앞으로 나섰다. "꼬마야, 어쩌다가 여기까지 왔지? 넌 여기에 올 일이 없을 텐데."

"이런 녀석들을 다 쫓아낼 수가 없지요." 붉은 망토 한 명이 말했다. "쥐를 쫓는 것과 비슷하다니까요."

성사가 물었다. "어느 집 아이냐? 대답하거라. 뭐가 잘못됐느냐, 말을 못 하는 게냐?"

아리아는 목소리가 나오지 않았다. 대답을 했다간 토멘과 미르셀라가 알아볼 게 분명했다.

"고드윈, 저 애를 이리 데려오게." 성사가 말했다. 위병 중에서 키가 큰 쪽이 골목으로 들어섰다.

공포가 거인의 손처럼 아리아의 목을 틀어쥐었다. 목숨이 달렸다 해도 입을 열 수가 없었다. '잔잔한 물처럼 침착하게.' 아리아는 소리 없이 중얼거렸다.

그리고 고드윈이 손을 뻗자 움직였다. '뱀처럼 빠르게.' 아리아는 왼쪽으로 몸을 기울여서 손가락이 팔을 스치게만 하고는 그의 몸 주위를 돌았다. '여름 비단처럼 매끄럽게.' 고드윈이 몸을 돌렸을 때, 아리아는 골목길을 날려고 있었다. '사슴처럼 날래게.' 성사가 소리를 질러댔다. 아리아는 대리석 기둥처럼 굵고 하얀 다리 사이로 미끄러진 후에 뛰쳐 일어났고, 자신과 부딪쳐서 엉덩방아를 찧으며 "아야" 소리를 내는 토멘 왕자를 훌쩍 뛰어넘은 다음, 몸을 빙그르르 돌려 두 번째 위병을 피하고, 모두를 지나쳐서 전력으로 달렸다.

고함 소리가 들리더니, 쿵쾅거리며 바짝 다가오는 발소리가 들렸다. 아리아는 엎드려서 몸을 굴렸다. 달리던 붉은 망토가 그녀를 지나치더니 비틀거렸다. 아리아는 다시 튀어 일어났다. 머리 위 높은 곳에 화살구와 크게 다르지 않은 좁은 창이 하나 보였다. 아리아는 펄쩍 뛰어서 창틀을 잡고 몸을 끌어 올렸다. 숨을 참고 꿈틀꿈틀 창을 통과했다. '뱀장어처럼 미끄럽게.' 아리아는 화들짝 놀란 청소부 앞에 떨어졌다가 폴짝 뛰어 일어나서 옷에 묻은 골풀을 털어내고, 다시 몸을 움직여 문을 빠져나가서 긴 복도를 통과하고, 계단을 내려가고, 숨겨진 안마당을 지나 모퉁이를 돌고 벽을 넘고 낮고 좁은 창문을 통과해서 깜깜한 지하실로 들어갔다. 뒤따르던 소리들이 점점 멀어졌다.

아리아는 숨이 찼고 완전히 길을 잃었다. 혹시 사람들이 알아보았다면 골치 아프게 생겼지만, 그랬을 것 같지는 않았다. 아리아가 워낙 빨리 움직였으니까. '사슴처럼 날래게.'

아리아는 어둠 속에서 축축한 돌벽에 기대어 몸을 웅크리고 추적 소리에 귀를 기울였지만, 들리는 소리라곤 심장 뛰는 소리와 멀리서 떨어지는 물소리뿐이었다. '그림자처럼 조용히.' 아리아는 스스로에게 말했다. 여기가 어디일까 궁금했다. 처음 킹스랜딩에 왔을 때는 성안에서 길을 잃는 악몽을 꾸곤 했다. 아버지는 레드킵이 윈터펠보다 작다고 했지만, 아리아의 꿈속에서 이 성은 어마어마하게 컸고, 등 뒤에서 벽이 움직이고 바뀔 것 같은 끝없는 돌 미로였다. 꿈속에서 아리아는 색 바랜 태피스트리들이 걸려 어둡고 큰 방을 헤매고, 끝도 없이 이어지는 원형 계단을 내려가고, 안마당을 가로지르거나 다리를 건너 뛰어다녔고 아리아의 고함 소리는 대답도 없이 메아리쳤다. 어떤 방은 붉은 돌벽에서 피가 떨어지는 것 같았고, 창문은 어디에서도 찾을 수 없었다. 아버지의 목소리가 들릴 때도 있었지만 언제나 먼 곳에서 들렸고, 아무리 열심히 그쪽으로 달려도 목소리는 점점 더 희미해지다가 사라져버렸다. 아리아는 어둠 속에 혼자 남았다.

'지금도 굉장히 어둡구나.' 아리아는 맨무릎을 가슴에 꽉 끌어안고 몸을 떨었다. 조용히 기다리면서 만까지 셀 작정이었다. 다 셀 때쯤이면 다시 기어 나가서 집으로 돌아갈 길을 찾아도 안전하리라.

여든일곱까지 세자 눈이 어둠에 적응하면서 방이 보이기 시작했다. 주위 그림자가 서서히 형태를 띠었다. 거대하고 텅 빈 눈이 어둠을 뚫고 굶주린 눈으로 아리아를 바라보았고, 삐죽빼죽한 긴 이빨 그림자가 희미하게 보였다. 아리아는 숫자를 잊어버렸다. 눈을 꽉 감고 입술을 깨물면서 공포를 떨쳤다. 다시 눈을 떠보면 괴물들은 사라지고 없으리라. 처음부터 없었다. 아리아는 어둠 속에서 시리오가 옆에 서서 귓가에 속삭이고 있다고 상상했다. '잔잔한 물처럼 침착하게.' 자신을 타일렀다. '곰처럼 강하게. 큰족제비처럼 사납게.' 아리아는 다시 눈을 떴다.

괴물들은 여전히 그곳에 있었지만, 공포는 사라졌다.

아리아는 조심스럽게 일어섰다. 사방에 머리통이 보였다. 진짜일까 호기심에 건드려보았다. 손가락 끝이 거대한 턱을 쓸었다. 충분히 진짜 같았다. 손에 닿는 뼈는 매끄러웠으며, 차갑고 단단했다. 아리아는 어둠으로 만든 단검처럼 까맣고 날카로운 이빨 하나를 만져보았다. 몸이 떨렸다.

"죽었어." 아리아는 큰 소리로 말했다. "해골일 뿐이야. 날 해칠 수 없어." 그럼에도 어쩐지 괴물은 아리아가 그 자리에 있음을, 아는 것 같았다. 아리아는 텅 빈 눈구멍이 어둠을 뚫고 자신을 지켜보고 있음을, 그 어두운 동굴 같은 방에는 자신을 좋아하지 않는 무엇인가가 있음을 느낄 수 있었다. 아리아는 그 해골에게서 슬금슬금 물러나다가 그보다 더 큰 두 번째 해골에 부딪쳤다. 순간적으로 해골의 이빨이 어깨를 파고드는 느낌이 들었다. 마치 살을 물어뜯고 싶다는 듯이……. 아리아는 몸을 홱 돌리다가 거대한 송곳니에 걸려 조끼가 찢겼고, 다음 순간 달리고 있었다. 앞에 또다른 해골이, 제일 큰 해골이 나타났지만 아리아는 속도를 늦추지도 않았다. 장검처럼 높이 솟은 검은 이빨을 훌쩍 뛰어넘고, 굶주린 턱을 단숨에 통과해서 문으로 몸을 던졌다.

두 손이 나무에 박힌 묵직한 쇠고리를 찾아냈고, 아리아는 그 고리를 잡아당겼다. 문은 잠시 저항하다가, 온 도시에 다 들리겠다 싶을 만큼 큰 소리를 내며 천천히 안쪽으로 돌아갔다. 아리아는 딱 몸이 빠져나갈 만큼만 열고 문 너머 복도로 들어갔다.

괴물들이 있던 방이 어두웠다면, 복도는 일곱 지옥에서 가장 어두운 구덩이처럼 캄캄했다. '잔잔한 물처럼 침착하게.' 아리아는 스스로를 타일렀지만, 잠시 눈이 적응할 시간을 둔 후에도 보이는 것이라고는 방금 들어온 문의 흐릿한 회색 윤곽뿐이었다. 얼굴 앞에서 손가락을 흔들어보았더니, 공기의 흐름은 느껴져도 보이는 것은 없었다. 눈이 먼 것과 다름없는 상태였다. '물의 춤꾼은 모든 감각으로 보는 거야.' 아리아는 스스로에게 상기시켰다. 눈을 감고 하나, 둘, 셋 숨을 고르며 정적을 들이마신 다음, 두 손을 뻗었다.

손가락이 왼쪽에 있는 마감이 안 된 거친 돌을 쓸었다. 아리아는 벽면을 손으로 쓸면서 어둠 속을 작은 걸음으로 미끄러지듯 움직였다. '모든 복도는 어딘가로 이어진다. 들어오는 길이 있다면 나가는 길도 있다. 공포가 칼보다 더 위험하다.' 아리아는 무서워하지 않으려 했다. 긴 길을 걷는 것 같더니 갑자기 벽이 끝나고 차가운 바람이 뺨을 때렸다. 헝클어진 머리카락이 희미하게 흔들렸다.

한참 아래 어딘가에서 소리가 들렸다. 장화 스치는 소리, 아득한 목소리들. 깜박이는 빛이 어렴풋이 벽을 스쳤고, 아리아는 땅속으로 쑥 꺼지는 지름이 6미터는 될 거대한 검은 구멍 위에 서 있음을 알았다. 곡선 벽에 거대한 돌을 박아 만든 층계가 원을 그리며 아래로 아래로, 낸 할멈이 말하곤 하던 지옥으로 가는 계단처럼 어둠 속으로 내려갔다. 그리고 그 어둠 속, 땅속에서 무엇인가가 올라오고 있었다…….

구멍 안으로 고개를 내밀자 얼굴에 차갑고 검은 숨결이 느껴졌다. 한참 아래로 횃불 빛 하나가 촛불처럼 작게 보였다. 남자 두 명이 있었다. 구멍 옆면에 거인처럼 크게 비친 두 개의 그림자가 꿈틀거렸다. 아리아는 구멍 위까지 메아리치는 목소리를 들을 수 있었다.

"……서자 하나를 찾아냈습니다. 나머지도 곧 나오겠지요. 하루, 이틀,

2주…….”

“그리고 진실을 알게 되면, 그 사람은 어떻게 할까?” 자유도시의 억양이 뚜렷한 두 번째 목소리가 물었다.

“신들만 아시겠지요.” 첫 번째 목소리가 답했다. 아리아는 횃불에서 뱀처럼 꿈틀거리며 피어나는 회색 연기를 볼 수 있었다. “그 멍청이들이 그 사람 아들을 죽이려고 든 데다가, 더 나쁜 건 그걸로 소동극 한 편을 만들었어요. 그 문제를 제쳐놓을 사람이 아니에요. 경고하는데, 우리가 바라든 않든 간에 곧 늑대와 사자가 서로의 목을 물 겁니다.”

“너무 일러, 너무 일러.” 자유도시 억양의 목소리가 불평했다. “지금 전쟁을 해서 좋을 게 뭐 있나? 우린 준비가 되지 않았네. 지연시키게.”

“저더러 시간을 멈추라고 하시지요. 제가 마법사로 보입니까?”

상대방이 쿡쿡거렸다. “그보다 못하지 않지.” 불빛이 차가운 공기를 핥았다. 키 큰 그림자들이 거의 아리아 위까지 올라왔다. 바로 다음 순간, 횃불을 쥔 남자가 동행을 옆에 세우리고 아리아가 볼 수 있는 곳까지 올라왔다. 아리아는 살금살금 뒤로 물러나서 배를 벽에 붙이고 섰다. 그리고 두 남자가 층계 끝까지 올라오는 동안 숨을 참았다.

“저더러 어쩌란 겁니까?” 횃불을 든 남자가 물었다. 짧은 가죽 케이프를 걸친 통통한 남자였다. 무거운 장화를 신고도 바닥을 미끄러지듯 소리 없이 움직였다. 강철 모자 아래로 흉터가 있는 둥근 얼굴과 검은 수염 자국이 보였고, 가죽옷 위에 사슬 갑옷을 걸쳤으며, 허리띠에는 비수와 짧은 검을 찼다. 아리아는 그 남자가 이상하게 낯이 익다고 생각했다.

“수관 하나가 죽을 수 있다면, 두 번째는 왜 안 되겠나?” 끝이 갈라진 노란 수염에 자유도시 억양이 묻어나는 남자가 대꾸했다. “처음 해보는 일도 아니지 않은가, 친구.” 아리아가 본 적이 없는 사람이라는 건 확실했다. 지독하게 살이 쪘는데, 그런데도 물의 춤꾼처럼 발 앞쪽에만 무게를 싣고 가볍게 걸었다. 붉은 금과 하얀 은에 루비, 사파이어, 가늘게 자른 노란색 호안석(虎眼石, tiger eyes)을 올린 반지들이 횃불 빛에 반짝였다. 모든 손가락에 반지가 하나씩은 있었고, 두 개를 낀 손가락도 있었다.

"예전은 지금이 아니고, 이 수관은 그 수관이 아니지요." 흉터가 난 남자가 복도에 들어서면서 말했다. '돌처럼 가만히, 그림자처럼 조용히.' 아리아는 스스로에게 말했다. 그들은 횃불 빛에 눈이 멀어서 1미터도 떨어지지 않은 돌에 딱 붙은 아리아를 보지 못했다.

"그럴지도 모르지만." 갈래 수염이 긴 오르막길이 끝나자 잠시 멈춰서 숨을 고르며 대꾸했다. "그래도 시간이 필요해. 공주는 아이를 뱄네. 칼은 아들이 태어날 때까지 움직이지 않을 거야. 그 야만인들이 어떤지 알지 않나."

횃불을 든 남자가 무엇인가를 밀었다. 낮게 우르릉거리는 소리가 들렸다. 횃불 빛을 받아 붉게 빛나는 거대한 돌판이 아리아가 소리를 지르고 싶을 정도로 요란한 굉음을 울리며 천장에서 내려왔다. 계단으로 내려가는 입구가 있었던 곳에 흠 없이 단단한 돌바닥만 남았다.

"곧 움직이지 않는다면 너무 늦을지도 모릅니다." 강철 모자를 쓴 통통한 남자가 말했다. "예전엔 어땠을지 몰라도 이제는 선수가 둘만 있는 게임이 아니에요. 스타니스 바라테온과 라이사 아린은 제 손이 닿지 않는 곳으로 달아났고, 첩자들의 말에 따르면 군사를 모으고 있다고 합니다. 꽃의 기사는 하이가든에 편지를 써서 부친에게 누이를 궁정으로 보내달라고 하고 있습니다. 귀엽고 아름다우며 다루기 쉬운 열네 살 처녀인데, 렌리 공과 로라스 경은 로버트가 그 처녀와 잠자리를 하고 결혼해서 새로운 왕비로 삼게 하려 합니다. 리틀핑거는…… 리틀핑거가 어떤 게임을 하고 있는지는 신들만이 아실 겁니다. 하나 제 잠을 방해하는 사람은 스타크 공입니다. 그 서자도 손에 넣었고, 그 책도 손에 넣었으니 곧 진실을 알게 되겠지요. 그리고 이제 리틀핑거의 간섭 덕분에 스타크 부인이 티리온 라니스터를 납치했습니다. 타이윈 공은 격노할 테고, 제이미는 꼬마 악마에게 묘한 애정을 품고 있지요. 라니스터가 북쪽으로 움직인다면, 툴리도 끌어들이게 됩니다. 지연시키라고 말씀하시지만, 저는 서두르라고 답하겠습니다. 최고의 곡예사라 해도 백 개의 공을 언제까지나 허공에 띄워놓을 수는 없습니다."

"자네는 곡예사 정도가 아니지, 오랜 친구여. 자네는 진정한 마법사야. 나는 자네의 마법을 조금만 더 오래 끌어달라고 요청할 뿐이네." 그들은 아리아가 괴물들이 있는 방을 지나서 들어왔던 방향으로 걷기 시작했다.

"제가 할 수 있는 일은 하지요." 횃불을 든 남자가 조용히 말했다. "금이 필요합니다. 새도 50마리 더 필요하고요."

아리아는 그들이 한참 앞서 가게 놓아둔 후 살금살금 뒤따라갔다. '그림자처럼 조용히.'

"그렇게 많이?" 빛이 앞쪽으로 멀어지면서 목소리도 희미해졌다. "자네가 요구하는 이들은 찾기가 힘들이   . 긋가를 알기엔 너무 어리고⋯⋯ 더 나이가 많으면⋯⋯ 그렇게 쉽게 죽지 않을 테고⋯⋯."

"안 됩니다. 어릴수록 안전해요⋯⋯. 부드럽게 다루시고⋯⋯."

"⋯⋯혀를⋯⋯."

"⋯⋯위험이⋯⋯."

그들의 목소리가 사라지고 한참 후에도 아리아는 횃불 빛을 볼 수 있었다. 따라오라고 연기를 피워 올리는 별 같았다. 두 번은 그 별이 사라진 것 같았다. 그래도 그녀는 계속 앞을 향했고, 두 번 다 좁고 가파른 계단 위에서 멀리 아래에서 빛나는 횃불 빛을 찾아냈다. 아리아는 그 불빛을 따라 급히 내려가고 또 내려갔다. 한 번은 돌에 걸려서 비틀거리다가 벽을 짚었는데, 목재가 흙을 받치고 있다는 것을 알 수 있었다. 그 전까지 통로는 연마한 돌이었다.

두 사람 뒤를 따라 몇 킬로미터는 갔을 것이다. 마침내 두 사람은 사라졌지만, 앞으로 계속 갈 수밖에 없었다. 아리아는 다시 벽을 찾아내어 따라갔다. 앞을 보지도 못하고 길을 잃은 채, 어둠 속에서 니메리아가 옆에 있다고 상상하면서 걸었다. 마지막에는 악취가 나는 물에 무릎까지 잠겨서 시리오라면 물 위에서 춤을 출 수 있을지도 모른다고 생각하며, 자신도 그랬으면 좋겠다고 빌었고, 다시 빛을 보게 되기는 할까 걱정했다. 아리아가 마침내 밤공기 속으로 빠져나왔을 때는 완전히 어두워진 시간이었다.

아리아는 강으로 물을 쏟는 하수관 입구에 서 있었다. 몸에서 나는 악취가 어찌나 심한지 그 자리에서 지저분한 옷을 벗어 강둑에 떨구고 깊고 검은 물속으로 뛰어들었다. 아리아는 깨끗해진 기분이 들 때까지 헤엄을 친 다음, 벌벌 떨면서 물 밖으로 기어 나왔다. 아리아가 옷을 빠는 동안 말을 탄 기수 몇 명이 강변길을 지나갔지만, 달빛 속에서 넝마를 문지르고 있는 깡마른 벌거숭이 소녀를 보았다 해도 신경 쓰지 않았다.

성까지는 몇 킬로미터나 떨어져 있었지만, 킹스랜딩 어니에서는 시선을 올리면 아에곤 언덕 높이 솟은 레드킵을 볼 수 있었기에, 길을 잃을 위험은 없었다. 문루에 이르렀을 때는 옷이 거의 말라 있었다. 창살문을 내리고 성문에 빗장을 질러놓은 상태였기에, 아리아는 샛문으로 돌아갔다. 아리아가 들여보내달라고 말하자 샛문을 지키던 황금 망토가 비웃었다. "꺼져라. 부엌에 남은 음식도 없고, 어두워진 후에는 거지를 받지 않는다."

"난 거지가 아니야. 여기 살아요."

"꺼지라고 했다. 귀싸대기를 한 방 맞아야 듣겠나?"

"우리 아버지를 보고 싶어요."

병사들이 눈짓을 주고받았다. "경을 쳐도 좋으니 나는 왕비랑 한판 뜨고 싶은데." 젊은 쪽이 말했다.

나이 든 쪽은 무서운 얼굴로 쏘아보았다. "이놈, 네 아버지가 누구냐?

도시의 쥐잡이꾼?"

"왕의 수관요." 아리아가 말했다.

두 남자 다 웃음을 터뜨리더니, 나이 든 쪽이 개를 쫓는 사람처럼 가볍게 아리아에게 주먹을 휘둘렀다. 아리아는 남자의 주먹이 날아오기도 전에 알아챘다. 그리고 털끝 하나 다치지 않고 춤추듯 물러서서 피했다. 아리아는 침을 뱉듯 말했다. "난 남자애가 아니야. 난 윈터펠의 아리아 스타크이고, 나한테 손끝이라도 댔다간 우리 아버지가 당신들 머리통을 창에 매달 거야. 내 말이 믿기지 않으면 수관의 탑에서 조리 카셀이나 바욘 풀을 데려와." 아리아는 허리에 두 손을 올렸다. "이제 문을 열 거야, 아니면 귀싸대기를 한 방 맞아야 듣겠어?"

하윈과 뚱보 톰이 아리아를 데리고 개인 방으로 들어갔을 때, 아버지는 팔꿈치 옆에 부드럽게 빛나는 기름등을 놓고 아리아가 본 것 중에 제일 큰 책 위로 몸을 구부리고 있었다. 부서질 듯한 노란 종이에, 읽기 힘든 가죽 장정은 색이 마랜 매우 두꺼운 책이었다. 그는 하윈의 보고를 듣고 책을 덮었다. 고맙다는 말을 하고 두 사람을 내보내는 얼굴이 엄했다.

"널 찾느라 위병 절반을 내보냈다는 건 알고 있느냐?" 둘만 남자 에다드 스타크가 말했다. "모르데인 성사는 공포에 질려서 제정신이 아니다. 성소에서 네가 안전하게 돌아오기를 기도하고 있지. 아리아, 너도 나 없이 성문 밖으로 나가선 안 된다는 걸 알 텐데."

아리아는 불쑥 말했다. "성문 밖으로 나간 게 아니에요. 음, 그러니까 일부러 그런 건 아니었어요. 지하감옥에 내려갔는데, 그게 터널로 변한 거예요. 완전 깜깜한데 횃불도 촛불도 없어서 통로를 따라갈 수밖에 없었어요. 괴물들 때문에 갔던 길을 돌아갈 순 없었고요. 아버지, 그자들이 아버지를 죽이겠다고 얘기하고 있었어요! 괴물들 말고, 두 남자가요. 제가 돌처럼 가만히, 그림자처럼 조용히 있어서 절 보진 못했는데, 전 둘이 하는 소릴 들었거든요. 아버지한테 책이 있고 서자가 있다는 소리도 하고, 수관 하나가 죽을 수 있으면 두 번째는 왜 안 되겠느냐고 했어요. 저게 그 책이 에요? 서자라는 건 존 얘기죠."

"존이라니? 아리아, 무슨 소릴 하는 거냐? 누가 그런 얘길 했다고?"

"그자들이요. 반지를 잔뜩 끼고 갈라진 노란 수염을 기른 뚱뚱한 사람 이랑, 사슬 갑옷을 입고 강철 모자를 쓴 사람이 있었는데, 뚱뚱한 사람은 지연시켜야 한다고 했고 다른 사람은 곡예를 계속할 순 없다고 늑대와 사자가 서로를 잡아먹을 거라고 소동극이라고 그랬어요." 아리아는 나머지를 기억해내려고 애썼다. 들은 말을 제대로 다 이해하지 못했더니, 이제는 머릿속에서 다 뒤섞여버렸다. "뚱뚱한 남자는 공주가 아이를 뱄다고 했어요. 강철 모자를 쓴 남자, 그 남자가 횃불을 들고 있었는데, 그 사람은 서둘러야 한다고 했고요. 그 사람은 마법사 같아요."

"마법사라." 네드가 웃지 않고 말했다. "길고 하얀 수염을 기르고 별무늬가 박힌 뾰족모자를 썼더냐?"

"아니에요! 낸 할멈의 이야기 같은 게 아니었어요. 마법사처럼 보이진 않았는데, 뚱뚱한 남자가 그렇다고 했어요."

"아리아, 경고하는데 지어낸 이야기라면—"

"아니에요, 지하감옥에, 비밀 벽으로 된 장소였다니까요. 고양이를 쫓아다니고 있었는데, 음……." 아리아는 얼굴을 찌푸렸다. 토멘 왕자를 넘어뜨렸다는 것을 실토하면 아버지가 정말로 화를 낼 터였다. "……음, 그러다가 어떤 창문으로 들어갔거든요. 거기서 괴물들을 찾았어요."

"괴물에 마법사라. 대단한 모험을 한 것 같구나. 네가 들었다는 이야기, 그 남자들이 곡예와 소동극 얘길 했다고?"

"네." 아리아는 인정했다. "그치만—"

"아리아, 그 사람들은 배우들이었을 게다. 지금 킹스랜딩엔 마상 시합으로 모인 군중들에게 돈을 벌어보려고 찾아온 극단이 십여 개는 있지. 그두 사람이 성안에서 뭘 하고 있었는지는 모르겠다만, 왕이 공연을 청했을지도 모르겠구나."

"아니에요." 아리아는 고집스럽게 고개를 저었다. "그 사람들은 그런 게—"

"어쨌든 사람들을 따라다니면서 염탐해선 안 된다. 내 딸이 떠돌이 고양이를 따라서 웬 창문으로 기어 올라갔다니 그것만 해도 마음에 들지는 않는구나. 네 모습을 보렴, 아가야. 팔이 생채기투성이로구나. 이만하면 오래 참았다. 시리오 포렐에게 내가 얘기 좀 하자고—"

그의 말은 문을 두드리는 갑작스러운 소리에 끊겼다. "에다드 영주님, 실례합니다." 데스몬드가 문을 빠끔 열고 외쳤다. "검은 형제 한 명이 접견을 청하는데요. 긴급한 문제랍니다. 알고 싶어 하실 것 같아서요."

"내 문은 밤의 경비대에게 언제나 열려 있네." 아버지가 말했다.

데스몬드가 남자를 안으로 들였다. 허리가 굽고 못생긴 데다가 빨지도 않은 옷을 입고 수염은 헝클어진 몰골이었지만, 아버지는 그 남자에게 기분 좋게 인사하고 이름을 물었다.

"요렌입니다, 나리. 이런 시간에 실례합니다." 그는 아리아에게도 인사를 했다. "이쪽은 아드님이시겠군요. 닮았습니다."

"난 여자애예요." 아리아는 화가 나서 말했다. 그 노인이 장벽에서부터 내려왔다면, 분명히 윈터펠을 거쳤을 터였다. 아리아는 다시 흥분해서 물었다. "제 형제들을 알아요? 롭과 브랜은 윈터펠에 있고, 존은 장벽에 있는데요. 존 스노우라고, 밤의 경비대에 들어갔으니까 분명히 알 거예요. 눈이 빨갛고 털이 하얀 다이어울프를 데리고 다녀요. 존은 아직 순찰자가 안 됐나요? 난 아리아 스타크예요." 냄새나는 검은 옷을 입은 노인은 묘한 눈으로 아리아를 보았지만, 아리아는 말을 멈출 수가 없었다. "혹시 편지를 쓰면, 장벽으로 돌아갈 때 존에게 갖다 줄 수 있나요?" 지금 여기에 존이 있었으면 좋을 텐데. 존이라면 지하감옥과 갈래 수염을 기른 뚱뚱한 남자와 강철 모자를 쓴 마법사 이야기를 믿을 텐데.

"내 딸은 예의를 잊을 때가 많다오." 에다드 스타크는 희미한 미소로 애써 부드럽게 말했다. "용서하기 바라오, 요렌. 내 동생 벤젠이 보냈소?"

"아무도 보내지 않았습니다. 다만 늙은 모르몬트의 명에 따라 장벽에 갈 사내들을 찾으러 왔고, 로버트 왕이 알현을 허락하면 무릎을 꿇고 저희의 부족함을 호소하며 왕과 수관께서 치워버리고자 하는 지하감옥 쓰레기가 없는지 알아볼 겁니다. 그래도 지금 이야기를 나누는 건 벤젠 스타크 때문이라고 할 수 있겠군요. 벤젠의 피는 검게 흐르지요. 나리의 형제일 뿐만 아니라 제 형제이기도 합니다. 제가 온 것도 벤젠을 위해서예요. 어찌나 열심히 말을 몰았는지, 오다가 말을 죽일 뻔했습니다만, 그래도 다른 사람들을 멀찍이 따돌리고 왔습니다."

"다른 사람들이라니?"

요렌은 침을 뱉었다. "용병과 자유기수와 쓰레기 같은 놈들이지요. 그 여관엔 그런 놈들이 우글거렸고, 다들 냄새를 맡았습니다. 피 냄새든 돈 냄새든, 결국엔 같은 냄새를 풍기지요. 그놈들 모두가 킹스랜딩으로 달리진 않았습니다. 몇 놈은 캐스털리록으로 달려갔고, 그쪽이 더 가깝지요. 타이윈 공은 지금쯤 소식을 접했을 겁니다. 그렇게 생각하셔도 됩니다."

아버지는 얼굴을 찌푸렸다. "무슨 소식 말이오?"

요렌은 아리아를 보았다. "실례가 안 된다면 둘이 이야기하는 게 좋겠습니다, 나리."

"그럽시다. 데스몬드, 내 딸을 방으로 데려다주게." 그는 아리아의 이마에 입을 맞췄다. "내일 마저 이야기하자."

아리아는 그 자리에 못 박힌 듯 서서 요렌에게 물었다. "존에게 나쁜 일이 생긴 건 아니죠? 벤젠 숙부에게나?"

"글쎄, 벤젠에 대해서는 말 못하겠군요. 스노우 녀석은 제가 장벽을 떠나올 때 잘 지냈습니다. 제 걱정거리는 그쪽이 아닙니다."

데스몬드가 아리아의 손을 잡았다. "가세요, 아가씨. 아버님 말씀 들으셨지요."

아리아는 따라갈 수밖에 없었다. 뚱보 톰이었다면 좋았을 텐데. 톰과 같이 가야 했다면 무슨 핑계든 대고 문 앞에 남아서 요렌이 하는 말을 들을 수도 있었을 텐데, 데스몬드는 너무 외골수여서 속일 수가 없었다. "아버지께 위병이 몇 명이나 있지?" 아리아는 침실로 내려가면서 물었다.

"여기 킹스랜딩에요? 50명이지요."

"아무도 아버지를 죽이지 못하게 할 거지, 그치?" 아리아가 물었다.

데스몬드는 소리 내어 웃었다. "그 점은 걱정 안 해도 돼요, 아가씨. 에다드 공은 밤이고 낮이고 경호를 받으시니까요. 아무 해도 입지 않을 겁니다."

"라니스터에겐 사람이 50명 넘게 있잖아." 아리아가 지적했다.

"그야 그렇지만, 북부인 한 명이 여기 남부 검사 열 명 몫은 하니까요, 편히 자도 괜찮아요."

"아버지를 죽이려고 마법사를 보내면 어떻게 해?"

"흠, 그런 경우라면……." 데스몬드가 장검을 뽑으며 대답했다. "마법사도 머리만 자르면 다른 사람과 똑같이 죽는답니다."

에다드

"로버트, 부탁입니다. 지금 본인이 하는 말을 들어봐요. 어린아이를 살해하자는 이야기 아닙니까." 네드가 호소했다.

"그 창녀가 임신을 했단 말이네!" 왕의 주먹이 회의 탁자를 때리자 천둥 같은 소리가 들렸다. "이런 일이 일어나리라 경고했지, 네드. 고분 지대에서 내가 경고했는데, 자넨 들으려고 하질 않았어. 자, 이번에는 듣게. 난 어미와 자식 둘 다, 그리고 그 멍청한 비세리스까지 다 죽이길 원하네. 이만하면 분명한가? 다 죽이길 원한단 말이야."

다른 협의회원들은 모두 최선을 다해서 이 자리에 없는 사람처럼 굴었다. 그들이 그보다 현명하다는 점은 확실했다. 에다드 스타크는 그 어느 때보다 더 고독했다. "이 일을 실행한다면 언제까지나 전하의 명예를 더럽힐 겁니다."

"일만 해결된다면 그러라지. 나도 내 목 위에 매달린 도끼 그림자를 보지 못할 만큼 눈이 멀진 않았네."

"도끼 같은 건 없습니다. 20년 전에 제거된 그림자의 그림자에 불과해요……. 만약 그게 존재하기나 한다면 말입니다." 네드는 왕에게 말했다.

"만약요?" 바리스가 분을 바른 손을 모아 비틀며 부드럽게 물었다. "수관께서 저를 오해하시는군요. 제가 왕과 협의회에 거짓 소식을 가져오겠습니까?"

네드는 내시를 차갑게 바라보았다. "공은 세상 저편에 있는 배신자의 속삭임을 가져왔지요. 모르몬트가 틀렸을지도 모르오. 거짓말을 하고 있을지도 모르고."

"조라 경은 감히 절 속이지 않을 겁니다." 바리스는 의뭉스러운 미소를 지었다. "그 점은 믿으세요. 공주는 아이를 가졌습니다."

"공의 말에 따르면 그렇지. 공이 틀렸다면, 우린 걱정할 필요가 없소. 유산하면 걱정할 필요가 없소. 아들이 아니라 딸을 낳으면 걱정할 필요가 없소. 아기가 어려서 죽는다면 역시 걱정할 필요가 없소."

"만일 아들이라면? 산다면?" 로버트가 고집했다.

"그래도 여전히 협해가 있습니다. 도트락인들에 대해서는 그놈들이 말에게 물 위를 달리는 방법을 가르치는 날에나 걱정하겠습니다."

왕은 와인을 들이켜고 회의 탁자 너머로 네드를 노려보았다. "그러니까 드래곤의 씨앗이 내 나라 해변에 군대를 상륙시키기 전까지는 아무것도 하지 말라는 조언인가?"

"그 '드래곤 씨앗'은 제 어미의 배 속에 있습니다. 아에곤이라 해도 젖을 떼기 전에 정복에 나서진 못했습니다."

"신들이시여! 자넨 들소만큼 완고하군, 스타크." 왕은 협의회를 둘러보았다. "나머지 당신들은 혀를 다른 데 두고 왔나? 아무도 이 얼어붙은 낯짝의 바보에게 이치에 닿는 말을 하지 않을 건가?"

바리스는 왕에게 번지르르한 미소를 던지고 네드의 소매에 부드러운 손을 올렸다. "꺼림칙해하시는 바는 이해합니다, 에다드 공. 정말이에요. 이 통탄할 소식을 협의회에 가져오는 건 제게도 즐거운 일이 아니었습니다. 우리가 고려하는 것은 끔찍한 일이고, 불쾌한 일이지요. 그렇다 해도 통치하는 사람으로서 우리는 왕국을 위해 불쾌한 일도 해야 합니다. 아무리 고통스럽다 해도요."

렌리 공이 어깨를 으쓱였다. "내가 보기에는 충분히 간단한 문제인데요. 우린 벌써 몇 년 전에 비세리스와 그 누이동생을 죽였어야 했는데, 우리 형님 전하께서 존 아린의 말에 귀를 기울이는 실수를 저지르셨지요."

"자비는 결코 실수가 아니오, 렌리 공." 네드가 응수했다. "트라이던트에서 여기 계신 바리스탄 경은 훌륭한 사내들을 십수 명이나 죽였지. 로버트의 친구도 있었고 내 친구도 있었소. 심각한 부상을 입고 죽음에 직면한 바리스탄 경을 사람들이 우리에게 데려왔을 때, 루스 볼턴은 목을 그으라고 부추겼지만, 공의 형님께선 '나는 충성심 때문에 사람을 죽이진 않겠다, 잘 싸웠다고 죽일 생각도 없다'라고 하시고 학사를 보내어 바리스탄 경의 상처를 치료하게 했소." 네드는 서늘한 눈으로 오랫동안 왕을 보았다. "원컨대 그분이 오늘 이 자리에도 계시길."

로버트는 얼굴을 붉히지 않을 수 없었다. "그건 같지가 않아. 바리스탄 경은 킹스가드의 기사였잖나." 그는 불평했다.

"대너리스는 열네 살짜리 여자애입니다." 네드는 이 문제를 지혜롭지 않은 수준까지 밀어붙이고 있음을 알았지만, 도저히 입을 다물고 있을 수 없었다. "로버트, 묻건대 어린아이들이 살해당하는 일을 끝내기 위해서가 아니라면 우린 무엇 때문에 아에리스 타르가르옌에게 항거했던 겁니까?"

"타르가르옌을 끝장내기 위해서지!" 왕이 으르렁거렸다.

"전하, 전하께서 라에가르를 두려워했던가요." 네드는 목소리에 경멸을 싣지 않으려고 애를 썼고, 실패했다. "지난 세월 얼마나 무기력해졌기에 태어나지도 않은 아이의 그림자에 떨 정도가 되셨단 말입니까?"

로버트의 얼굴이 자주색으로 변했다. "그만하게, 네드." 그는 삿대질을 하며 경고했다. "한 마디도 더 하지 마. 여기서 왕이 누군지 잊은 건가?"

"아닙니다, 전하. 전하는 잊으셨습니까?" 네드가 대꾸했다.

"그만!" 왕이 노호했다. "논의도 신물이 나네. 여기서 끝내지 않으면 내가 뭐가 되겠군. 다들 의견은?"

"그 아이는 죽어 마땅합니다." 렌리 공이 선언했다.

"다른 선택지가 없습니다. 슬프고 안타깝게도……." 바리스가 중얼거렸다.

바리스탄 셀미 경은 옅은 푸른 눈을 들고 말했다. "전하, 전장에서 적을 마주하는 데에는 명예가 있으나, 어미 배 속에 있는 적을 죽이는 데에는 없습니다. 용서하십시오. 저는 에다드 공과 의견을 같이해야겠습니다."

대학사 파이셀이 헛기침을 했다. 그러느라 몇 분은 걸리는 느낌이었다. "교단은 통치자가 아니라 왕국을 섬깁니다. 저는 지금 로버트 왕에게 충실히 조언하듯 예전에는 아에리스 왕에게 충실히 조언했기에, 이 소녀에게 아무런 나쁜 뜻이 없습니다. 하나 여러분께 묻겠습니다. 다시 전쟁이 벌어진다면, 얼마나 많은 병사가 죽겠습니까? 얼마나 많은 마음이 불타겠습니까? 얼마나 많은 아이들이 어머니 품에서 떨어져 나와 창끝에 비명횡사하겠습니까?" 그는 지극히 슬프고, 지극히 피곤한 얼굴로 풍성한 하얀 수염을 쓰다듬었다. "대너리스 타르가르옌이 지금 죽어서 수만 명이 살 수 있다면, 그 편이 더 현명할뿐더러, 더 자애로운 행위가 아니겠습니까?"

"더 자애롭다." 바리스가 말했다. "아, 더할 나위 없이 말씀해주셨습니다, 대학사. 정녕 맞는 말입니다. 신들께서 대너리스 타르가르옌에게 아들을 점지하신다면, 왕국은 피를 흘리게 되겠지요."

리틀핑거가 마지막이었다. 네드가 쳐다보자 피터 공은 하품을 누르며 선언했다. "추녀와 잠자리에 들게 되면 눈 딱 감고 일을 치르는 게 최선이지요. 기다린다고 그 여자가 더 예뻐지진 않아요. 입 맞추고 끝내버립시다."

"입을 맞추다니?" 바리스탄 경이 경악해서 말했다.

"강철의 입맞춤요." 리틀핑거가 말했다.

로버트는 수관에게 고개를 돌렸다. "자, 이렇게 됐네, 네드. 이 일에 반대하는 쪽은 자네와 셀미뿐이야. 남은 질문은 이것뿐이로군. 대너리스를 죽이기에 적합한 자가 누굴까?"

"모르몬트는 왕의 사면을 간절히 원하죠." 렌리 공이 상기시켰다.

"필사적이지요." 바리스가 말했다. "하나 자기 목숨은 그보다 더 간절합니다. 지금쯤 공주는 바에스 도트락에 가까이 갔을 테니, 무기를 뽑기만 해도 죽을 겁니다. 칼리시에게 칼날을 댄 불쌍한 남자에게 도트락인들이 무슨 짓을 하는지 말씀드리면 다들 오늘 밤 한숨도 주무시지 못할 겁니다." 바리스는 분을 바른 뺨을 쓰다듬었다. "그러니 독으로…… 리스의 눈물로 하지요. 칼 드로고는 자연사가 아니었다는 사실을 알 필요가 없습니다."

대학사 파이셀의 졸린 눈이 번쩍 뜨였다. 그는 가늘게 뜬 눈으로 내시를 의심스럽게 노려보았다.

"독은 비겁자의 무기야." 왕이 불평했다.

네드는 더 들을 수가 없었다. "열네 살짜리 여자애를 죽이라고 자객을 보내면서 아직도 명예 운운하는 겁니까?" 그는 의자를 뒤로 밀고 일어섰다. "직접 하십시오, 로버트. 선고를 내리는 사람이 검을 휘둘러야 합니다. 그 아이의 눈을 보고 죽이세요. 그 아이의 눈물을 보고, 마지막 말을 들어요. 최소한 그 정도는 해줘야 합니다."

"맙소사." 왕의 입에서 도저히 분노를 담고 있을 수가 없다는 듯 말이 터져 나왔다. "자네 진심이군. 빌어먹을." 그는 팔꿈치 옆에 놓인 와인병에 손을 뻗었다가, 비어 있음을 발견하고 벽에 집어 던져 산산조각을 냈다. "와인도 떨어졌고 내 인내심도 바닥을 쳤네. 이만하지. 그냥 해치워."

"전 살인에 가담하지 않겠습니다, 로버트. 원하는 대로 하시되, 저에게

인장을 찍으라고는 하지 마십시오."

로버트는 잠시 동안 네드의 말을 이해하지 못하는 것 같았다. 반항은 그가 자주 맛보는 요리가 아니었다. 서서히 이해가 찾아오면서 그의 얼굴도 변했다. 눈이 가늘어졌고, 벨벳 옷깃 위로 목이 붉어졌다. 그는 네드를 향해 매섭게 손가락질을 했다. "자넨 왕의 수관이야, 스타크 공. 내가 명하는 대로 하든지, 아니면 내 말대로 할 수관을 찾겠네."

"그 사람의 성공을 빕니다." 네드는 망토 주름을 잡은 무거운 잠금쇠를 풀었다. 그의 직무 표지인 화려한 은제 손이었다. 그는 그 휘장을 달아준 남자, 그가 사랑했던 친구에 대한 기억에 슬퍼하며 휘장을 왕 앞에 내려놓았다. "이보다는 나은 남자인 줄 알았습니다, 로버트. 우리가 이보다는 고결한 왕을 세운 줄 알았어요."

로버트의 얼굴은 자줏빛이었다. "나가." 그는 격노한 나머지 목이 메어서 쉰 목소리로 말했다. "나가, 저주받을 놈. 너와는 끝이다. 뭘 기다리고 있나? 가, 윈터펠로 돌아가라고. 그리고 내가 네놈 얼굴을 다시 보는 일이 없도록 해라. 다시 보면 네놈 머리통을 창에 매달아줄 테니!"

네드는 한 마디도 더하지 않고 절을 한 다음 몸을 돌렸다. 등에 꽂히는 로버트의 시선을 느낄 수 있었다. 네드가 회의실에서 걸어 나가는 동안 거의 사이를 두지 않고 논의가 재개되었다. "브라보스에는 '얼굴 없는 자들'이라는 단체가 있습니다." 대학사 파이셀이 제안했다.

"그 단체가 얼마나 비싼지 알기나 하십니까?" 리틀핑거가 불평했다. "그 가격의 반만 내도 평범한 용병 한 부대는 고용할 수 있을 텐데. 그것도 상인에 대한 의뢰비입니다. 공주에 대해서라면 얼마를 부를지 짐작도 못하겠군요."

뒤에서 문이 닫히면서 목소리들이 사라졌다. 긴 흰색 망토를 걸치고 킹스가드의 갑옷을 입은 보로스 블런트 경이 밖을 지키고 서 있었다. 그는 네드를 보고 곁눈질로 짧게 호기심 어린 시선을 던졌지만, 질문은 하지 않았다.

안뜰을 가로질러 수관의 탑으로 돌아가려니 날이 무겁고 숨 막혔다. 공기 속에서 비가 올 징후를 느낄 수 있었다. 네드는 비를 환영하고 싶었다. 비가 내리면 조금이라도 덜 더러운 기분이 될지 몰랐다. 개인 방에 도착한 그는 바욘 풀을 불렀다. 집사는 즉시 찾아왔다. "부르셨습니까, 수관님?"

"이젠 수관이 아닐세. 왕과 싸웠거든. 우린 윈터펠로 돌아가네."

"즉시 준비에 착수하겠습니다, 영주님. 여행 준비를 모조리 마치려면 2주는 필요합니다."

"그 정도 시간이 없을지도 몰라. 하루도 없을지 모르지. 왕이 내 머리를 창에 매달겠다는 소리를 했거든." 네드는 얼굴을 찌푸렸다. 왕이, 로버트가 정말로 그를 해치리라 믿지는 않았다. 지금은 화가 나 있지만, 일단 네드가 충분히 멀어지면 분노도 식을 터였다. 늘 그랬듯이.

늘? 문득, 거북하게도 라에가르 타르가르옌이 떠올랐다. 죽은 지 15년이 지났건만 로버트는 아직도 변함없이 그를 증오했다. 심란한 생각이었다……. 그리고 다른 문제, 요렌이 어젯밤에 경고해준 캐틀린과 난쟁이 문제도 있었다. 그 문제가 곧 터질 것은 해가 뜨듯 확실했고, 왕이 저렇게 분노에 사로잡힌 상태라면…… 로버트가 티리온 라니스터를 안중에 두지 않는다 해도 자존심은 상할 터였고, 왕비가 무슨 짓을 할지도 알 수 없었다.

"내가 먼저 가는 게 더 안전할지도 모르겠군. 딸들과 위병 몇 명을 데리고 가겠네. 나머지는 준비가 되면 따라올 수 있겠지. 조리에게 알리되, 그 밖의 누구에게도 말하지 말고, 딸아이들과 내가 떠나기 전까지는 아무것도 하지 말게. 이 성에는 눈과 귀가 가득하고, 내 계획을 알리고 싶지 않아."

"분부대로 하겠습니다."

집사가 나가자 에다드 스타크는 창가에 앉아서 생각에 잠겼다. 로버트는 그에게 가능한 선택지를 남겨주지 않았다. 그 점에 대해서는 고마워해야 했다. 윈터펠로 돌아가면 좋을 것이다. 애초에 떠나지 말았어야 했다. 아들들이 윈터펠에서 기다리고 있었다. 돌아가면 캐틀린과 함께 아들 하나를 더 볼 수도 있으리라. 둘 다 아직 그렇게 늦지 않았으니. 그리고 최근 들어서 그는 눈을 꿈꾸고, 밤이 내린 늑대 숲의 깊은 고요를 꿈꿀 때가 많았다.

그럼에도 떠난다는 생각을 하면 화가 나기도 했다. 아직 하지 못한 일이 너무 많았다. 로버트와 로버트가 거느린 비겁자와 아첨쟁이들의 협의회는 내버려두면 왕국을 거지로 만들리라……. 더 나쁘게는 빚을 갚느라 라니스터에게 팔아넘길지도 몰랐다. 그리고 존 아린의 죽음을 둘러싼 진실은 아직도 잡히지 않았다. 아, 존이 정말로 살해당했다고 믿을 만한 증거 몇 조각이야 찾았지만, 숲 바닥에 남은 짐승의 자취 같은 것에 불과했다. 위험한 짐승이 그곳에 몸을 숨기고 있다는 사실은 느껴졌으나, 아직 그 짐승을 직접 보지는 못했다.

문득 네드는 바다를 이용해서 윈터펠로 돌아갈 수도 있다는 생각이 떠올랐다. 그는 뱃사람이 아니었고, 평소에는 왕의 가도를 더 좋아했지만, 배를 탄다면 드래곤스톤에 들러서 스타니스 바라테온과 이야기를 나눌 수 있을지 몰랐다. 파이셀이 그동안 바다 저편으로 까마귀를 보내어 스타니스 공이 소협의회에 돌아오기를 청하는 네드의 정중한 편지를 전했으나, 아직까지는 아무 답이 없었다. 그 침묵 때문에 네드의 의심은 더 깊어지기만 했다. 스타니스 공은 존 아린의 죽음을 부른 비밀을 공유했던 게 확실했다. 네드가 찾는 진실은 타르가르엔 가문의 옛 섬 요새에서 그를 기다리고 있을지도 몰랐다.

'그래서 알게 되면, 그때는 어쩌려고? 어떤 비밀은 감춰져 있는 편이 더 안전해. 어떤 비밀은, 네가 사랑하고 믿는 사람과 공유하기에도 너무 위험하지.' 네드는 허리띠에 찬 칼집에서 캐틀린이 가져온 단검을 뽑았다. 꼬마 악마의 칼. 대체 그 난쟁이가 왜 브랜이 죽기를 원했을까? 물론 입을 다물게 하려던 거겠지. 또 다른 비밀일까, 아니면 같은 거미집의 다른 줄일까?

로버트도 포함된 일일까? 그렇게 생각하지는 않았지만, 예전에는 로버트가 여자와 아이들을 살해하라는 명령을 내릴 리도 없다고 생각했었다. 캐틀린이 경고하려고 했었다. '당신은 예전 그 사람을 알지요. 지금 왕은 당신이 잘 모르는 사람이에요.' 킹스랜딩을 빨리 벗어날수록 좋았다. 내일 북쪽으로 올라가는 배가 있다면 그 배를 타는 게 좋으리라.

그는 바욘 풀을 다시 불러, 부두에 나가서 은밀하면서도 서둘러 알아보도록 시켰다. "노련한 선장이 모는 빠른 배를 찾아주게. 빠르고 안전하기만 하다면 선실 크기나 시설은 상관없어. 즉시 떠나고 싶네."

풀이 부두로 떠나기가 무섭게 토마드가 방문객을 일렸다. "베일리시 공이 찾아오셨습니다."

네드는 물리치고 싶은 유혹을 느꼈지만, 그러지 않기로 했다. 그는 아직 자유의 몸이 아니었다. 벗어날 때까지는 그들의 게임을 해야 했다. "안내하게, 톰."

피터 공은 아침에 무슨 일이 있었냐는 듯이 느긋하게 네드의 개인 방에 들어왔다. 그는 크림색과 은색의 길게 트인 벨벳 더블릿을 입고, 검은색 여우 털로 가장자리를 두른 회색 비단 망토를 걸치고, 으레 보이는 조소를 입에 걸고 있었다.

네드는 차갑게 그를 맞이했다. "이 방문의 이유를 물어도 되겠소, 베일리시 공?"

"오래 붙들진 않겠습니다. 탠다 부인과 식사를 하러 가는 길이거든요.

장어 파이와 새끼 돼지 구이를 먹겠지요. 탠다 부인은 저를 둘째 딸과 결혼시킬 생각이라, 식탁을 언제나 놀랍게 차려 내지요. 솔직히 말하자면야 차라리 돼지와 결혼하겠습니다만, 부인에겐 말하지 마세요. 장어 파이는 좋아하거든요."

"지체할 것 없이 장어를 먹으러 가시오." 네드는 얼음장 같은 경멸을 담아서 말했다. "지금 이 순간에 그대보다 더 함께 있고 싶지 않은 사람을 생각할 수 없으니."

"아, 잘 생각해보면 이름을 몇 개 떠올릴 수 있을걸요. 바리스라든가. 세르세이. 아니면 로버트도 있군요. 전하께선 당신에게 격노했어요. 아침에 당신이 나간 후에도 한참 동안 화를 냈지요. 불손하다든가 은혜를 모른다든가 하는 말이 자주 나왔던 것 같군요."

네드는 그 말에 굳이 대꾸하지 않았다. 손님에게 자리를 권하지도 않았지만, 리틀핑거는 알아서 의자에 앉았다. 그는 쾌활하게 말을 이었다. "공이 뛰쳐나간 후에 '얼굴 없는 자들'을 고용하지 않도록 사람들을 설득하는 건 내 몫이었지요. 그 대신 바리스는 타르가르옌 계집을 해치우는 자를 영주로 만들어주겠다는 말을 조용히 퍼트릴 겁니다."

네드는 혐오감을 느꼈다. "그러니까 이젠 암살자에게 작위를 주는군."

리틀핑거는 어깨를 으쓱였다. "작위는 쌉니다. '얼굴 없는 자들'은 비싸고요. 솔직히 말하면 명예에 대한 말만 늘어놓은 당신보다는 내가 타르가르옌 아이에게 더 좋은 일을 해준 겁니다. 영주가 되겠다는 꿈에 취한 용병이 죽이려고 해본다 칩시다. 그자는 일을 망치기 쉽고, 그 후에 도트락인들은 감시를 철저히 할 겁니다. 얼굴 없는 자를 보낸다면 그 아이는 땅에 묻힌 것과 진배없습니다."

네드는 얼굴을 찌푸렸다. "협의회에 앉아서는 추녀와 강철 입맞춤에 대해 지껄이더니, 이제는 나더러 공이 그 여자애를 지켜주려 했다고 믿으라는 거요? 날 얼마나 바보로 아는 거요?"

"흠, 사실 굉장한 바보라고 생각하긴 하지요." 리틀핑거는 웃으면서 말했다.

"그대는 언제나 살인이 그렇게 재미있소, 베일리시 공?"

"제가 재미있어하는 건 살인이 아니라 당신입니다, 스타크 공. 당신의 정치는 녹아가는 얼음 위에서 춤을 추는 것 같거든요. 아마 고귀한 물보라를 일으키며 떨어지겠지요. 오늘 아침에 첫 번째 금이 가는 소릴 들은 것 같군요."

"첫 번째이자 마지막이오. 난 이제 질렸소."

"언제 윈터펠로 돌아갈 작정입니까?"

"가능한 한 빨리. 그게 무슨 상관이오?"

"상관은 없지요……. 다만 저녁때까지 여기 있다면, 당신 부하인 조리가 너무나 비효율적으로 찾아다니던 그 매음굴에 데려다드리겠습니다." 리틀핑거는 미소 지었다. "캐틀린 부인에게는 비밀로 해드리시오."

캐틀린

도넬 웨인우드 경은 말을 타고 고개를 오르면서 말했다. "오신다는 전 언을 보내지 그러셨습니까. 호위대를 보내드렸을 텐데요. 이렇게 소규모 일행에게 하늘 가도는 예전처럼 안전하지 않습니다."

"우리도 슬픔을 겪으며 배웠어요, 도넬 경." 캐틀린이 말했다. 때로 그녀 는 심장이 돌로 변해버린 게 아닐까 생각했다. 그녀를 여기까지 데려오기 위해 용감한 사내 여섯 명이 죽었는데, 그들을 위해 울 마음조차 찾을 수 없었다. 그들의 이름마저 희미해져갔다. "산악민들이 낮이고 밤이고 우리 를 괴롭혔지요. 첫 번째 공격에서 세 명을, 두 번째 공격에서 두 명을 잃었 고 라니스터의 하인은 상처가 곪아 열병으로 죽었어요. 경의 병사들이 다 가오는 소리를 들었을 때는 이제 끝인 줄 알았어요." 그들은 손에 무기를 들고 바위에 등을 댄 채 마지막으로 필사적인 싸움을 준비하고 있었다. 난 쟁이가 도끼날을 세우며 신랄한 농담을 던지는데 브론이 기수들이 앞세 운 깃발을 발견했다. 하늘색과 흰색, 아린 가문의 달과 매 깃발이었다. 캐 틀린은 그보다 더 반가운 광경을 본 적이 없었다.

"놈들은 존 공이 돌아가신 후에 점점 대담해졌습니다." 도넬 경이 말했다. 그는 스무 살쯤 된 다부진 청년으로, 코가 넓고 숱 많은 갈색 머리는 헝클어진 성실하고 수수한 외모였다. "제 뜻대로 할 수 있다면 백 명을 산속에 들여보내어 산채를 뿌리 뽑고 놈들에게 따끔한 교훈을 주겠습니다만, 부인의 동생께서 금지하셨습니다. 기사들이 수관의 마상 시합에서 싸우는 일도 허락하지 않으셨지요. 모든 군사력이 가까이 머물면서 협곡을 방어하길 원하십니다……. 누구에 대한 방어인지는 아무도 모릅니다만. 어떤 이는 그림자라고도 말합니다." 그는 퍼뜩 그녀가 누구인지 기억해낸 듯 불안한 눈으로 그녀를 보았다. "제가 경솔한 말을 한 건 아니지요. 기분을 상하게 하려는 뜻은 없었습니다."

"솔직한 말에 기분이 상하지는 않아요, 도넬 경." 캐틀린은 동생이 무엇을 두려워하는지 알았다. '그림자가 아니야. 라니스터지.' 그녀는 브론 옆을 달리는 난쟁이를 흘끗 돌아보며 혼자 생각했다. 그 둘은 치겐이 죽은 후부터 아주 친해졌다. 난쟁이는 마음에 들지 않을 만큼 교활했다. 산맥에 들어섰을 때 그는 손이 묶이고 무력한 죄수였다. 지금은? 여선히 그녀의 죄수이긴 하지만, 허리띠에는 비수를 꽂고 안장에는 도끼를 비끄러매고 가수와 주사위 놀이를 해서 따낸 그림자 가죽 망토를 두르고 치겐의 시신에서 벗겨낸 사슬 갑옷을 입고 말을 달리고 있었다. 그녀의 동생인 라이사와 존 아린의 어린 아들을 섬기는 기사와 병사들 40명이 난쟁이와 나머지 초라한 일행을 에워싸고 있건만, 그래도 티리온은 두려워하는 기색도 비치지 않았다. '혹시 내가 틀린 걸까?' 캐틀린이 처음 하는 생각도 아니었다. 그가 브랜과 존 아린과 나머지 모든 일에 대해 결백할 수도 있을까? 만약 그렇다면 그녀는 어떻게 되는 걸까? 티리온을 여기까지 데려오기 위해 여섯 명이 죽었다.

캐틀린은 단호하게 의심을 밀어냈다. "도착하면 바로 콜먼 학사를 불러준다면 고맙겠군요. 로드릭 경이 부상으로 열이 심해서." 그녀는 용맹한 노기사가 이 여정에서 살아남지 못할까 봐 노심초사했다. 끝에 다다를수록 그는 말에 제대로 앉아 있지도 못했고, 브론은 그를 운명에 맡기고 가자고 부추겼지만, 캐틀린은 그 말을 듣지 않았다. 대신 그들은 로드릭 경을 안장에 묶었고, 그녀는 가수 마릴리언에게 로드릭 경을 지켜보라고 명령했다.

도넬 경은 머뭇거리다가 대답했다. "라이사 부인께서는 학사에게 상시 로버트 공을 돌볼 수 있게 이어리에 머물라 명하셨습니다. 성문에 저희 부상자들을 돌보는 성사가 있습니다. 그분이 상처를 봐줄 수 있습니다."

캐틀린은 성사의 기도보다는 학사의 학식을 더 믿었다. 그렇게 말하려던 캐틀린은 앞에 선 흉벽을 보았다. 양쪽 산맥의 암벽에 직접 건설한 긴 난간 벽이었다. 산길이 네 명이 나란히 달릴 만한 좁은 폭으로 줄어드는 곳에서 바위 비탈에 쌍둥이 감시탑이 붙어 있었고, 풍파에 바랜 회색 돌로 이루어진 지붕 다리가 길 위로 호선을 그리며 둘을 연결했다. 탑과 성가퀴, 다리에 난 화살구마다 말 없는 얼굴들이 밖을 내다보았다. 일행이 거의 꼭대기까지 올라가자 기사 한 명이 말을 달려 나왔다. 그의 말과 갑옷은 회색이었지만, 망토는 리버런의 파란색과 빨간색으로 물결쳤고 금과 흑요석으로 세공한 반짝이는 검은 물고기로 어깨 주름을 고정했다. "누가 '피의 관문'을 지나려 하는가?" 남자가 외쳤다.

"도넬 웨인우드 경이 캐틀린 스타크 부인과 그 동행과 함께 왔습니다." 젊은 기사가 대답했다.

관문의 기사는 면갑을 들어 올렸다. "어쩐지 낯이 익더라니. 집에서 먼 곳까지 왔구나, 캣."

"숙부님도요." 그녀는 이제까지 겪은 모든 일에도 불구하고 미소 지으며 말했다. 그 연기를 쐰 듯한 쉰 목소리를 다시 듣자 20년 전 어린 시절로 돌아가는 기분이었다.

"내 집은 내 등 뒤에 있다." 그는 무뚝뚝하게 말했다.

"숙부님의 집은 제 마음속에 있지요. 투구를 벗으세요. 다시 얼굴을 보고 싶네요." 캐틀린이 말했다.

"세월에 상하기만 했을 텐데." 브린덴 툴리는 그렇게 말했지만, 그가 투구를 벗자 캐틀린은 그 말이 거짓임을 보았다. 이목구비는 주름지고 거칠어졌으며 시간이 머리카락의 붉은 빛깔을 빼앗아가고 회색빛만 남겨두었을지언정, 그의 미소는 그대로였고, 송충이처럼 굵고 무성한 눈썹과 짙은 푸른 눈에 깃든 웃음기도 그대로였다. "라이사는 네가 오는 걸 알고 있었나?"

"전언을 미리 보낼 시간이 없었어요." 캐틀린이 말했다. 다른 사람들이 뒤따라 올라오고 있었다. "저희가 폭풍에 앞서 달려왔을지도 몰라요, 숙부님."

"협곡에 들어가도 되겠습니까?" 도넬 경이 물었다. 웨인우드 가문은 언제나 격식을 차렸다.

"이어리의 영주이며 협곡의 밧어자, 동부의 진정한 관리자인 로버트 아린의 이름으로 그대들은 자유로이 들어오되, 그분의 평화를 지킬 책임을 부여하노라." 브린덴 경이 대답했다. "들어오게."

그렇게 해서 캐틀린은 브린덴 경을 따라 피의 관문 그림자 속을 달렸다. 영웅 시대에 십여 개의 군대가 밀려왔다가 부서진 곳이었다. 석조 건축물을 통과하자, 산맥이 갑자기 열리면서 숨이 멎을 만큼 아름다운 초록색 들판과 파란 하늘, 눈 쌓인 산들이 나타났다. 아린 협곡이 아침 햇살에 잠겨 있었다.

눈앞에 비옥한 검은 흙으로 이루어진 평온한 대지, 천천히 흐르는 넓은 강, 햇빛을 받아 거울처럼 반짝이는 작은 호수 수백 개가 사방을 에워싼 봉우리들에 보호받으며 안개 속으로 뻗어나갔다. 밭에는 밀과 옥수수와 보리가 높이 자랐고, 하이가든이라 해도 여기보다 더 큰 호박이나 더

단 과일이 열리지는 않았다. 그들은 협곡 서쪽 끝, 하늘 가도가 마지막 고갯길을 올라왔다가 3킬로미터 아래 저지대로 구불구불 내려가기 시작하는 지점에 서 있었다. 협곡은 이쪽에서는 폭이 좁아서 말을 달려 반나절이면 가로지를 수 있었고, 북쪽 산맥은 캐틀린이 손을 뻗으면 닿을 듯 가까워 보였다. 그 모든 풍경 위로 '거인의 창'이라 불리는 삐죽빼죽한 봉우리가 치솟았는데, 산맥조차 올려다보아야 할 산으로 그 꼭대기는 협곡 바닥에서 6킬로미터 가까이 올라가서 얼음 같은 안개 속으로 사라졌다. 산의 거대한 서쪽 어깨에는 '알리사의 눈물'이라는 환영 같은 급류가 흘렀다. 이 거리에서도 캐틀린은 검은 돌 위로 반짝이는 급류의 은빛 줄기를 알아볼 수 있었다.

브린덴 숙부는 캐틀린이 멈춰 선 모습을 보고 말을 가까이 몰고 와서 손가락으로 가리켰다. "저기, 알리사의 눈물 옆에 있다. 여기에서는 가끔 번득이는 하얀색 광채밖에 볼 수 없지. 그것도 열심히 보고, 햇빛이 성벽을 정통으로 때릴 때만."

네드가 그녀에게 말하기로는 '일곱 개의 탑이 하얀 단검처럼 하늘의 배를 찌르고 서 있는데, 어찌나 높은지 탑 난간에 서면 구름을 내려다볼 수 있다'고 했다. 캐틀린이 물었다. "얼마나 달려야 하죠?"

"저녁때쯤이면 산에 다다를 수 있지만, 올라가는 데 또 하루가 들겠지."

로드릭 카셀이 뒤에서 말했다. "마님, 아무래도 저는 오늘 더 가지 못하겠습니다." 그의 얼굴은 새로 자란 너덜너덜한 구레나룻 아래로 축 늘어졌고, 너무 지쳐 보여서 말에서 떨어지지 않을까 두려웠다.

"아무렴요. 내가 요청한 바를 모두 다 수행하고도 백배는 더 해줬어요. 이어리까지 남은 길은 숙부님이 안내해주실 거예요. 라니스터는 나와 같이 가야겠지만, 경과 다른 이들이 여기 남아서 힘을 회복하지 못할 이유가 없군요."

"저희도 여러분을 손님으로 맞이한다면 영광이겠습니다." 도넬 경이 젊은이다운 진지하고 공손한 태도로 말했다. 로드릭 경을 제외하면, 교차로 여관에서 함께 달려온 일행 중에 남은 사람은 브론, 윌리스 워드 경, 그리고 가수 마릴리언밖에 없었다.

마릴리언이 앞으로 나서며 말했다. "스타크 부인, 저도 이어리까지 동행하여 제가 시작을 본 이야기의 끝을 보게 해주시길 간청합니다." 목소리가 상하기는 했지만, 이상할 정도로 단호했다. 눈에는 열병 같은 광채가 번득였다.

캐틀린은 그 가수에게 같이 오자고 말한 적이 없었다. 그가 직접 내린 선택이었고, 그가 더 용감한 남자들이 죽어서 묻히지도 못한 여행에서 어떻게 살아남았는지는 알 수가 없었다. 그럼에도 그는 여기에 있었고, 꾀죄죄한 수염 덕분에 어른처럼 보였다. 어쩌면 그가 이렇게 멀리까지 온 데 대해 무엇인가는 해줘야 할지도 몰랐다. "알겠네." 그녀는 말했다.

"나도 갑니다." 브론이 선언했다.

이쪽은 달갑지 않았다. 분명 브론 없이는 협곡에 도착하지 못했다. 이 용병은 캐틀린이 본 어떤 전사보다도 사나웠고, 그의 검은 일행이 안전하게 길을 뚫을 수 있게 도왔다. 그래도 캐틀린은 이 남자가 마음에 들지 않았다. 그는 용기와 힘을 갖췄으되 자비롭지 않았고, 충성심도 별로 없었다. 그리고 캐틀린은 브론이 라니스터 옆에서 말을 달리면서 낮은 소리로 대화를 나누고 사사로운 농담에 웃는 모습을 너무 자주 보았다. 기왕이면 지금 이 자리에서 난쟁이와 떼어놓고 싶었지만, 마릴리언에게 이어리까지 가도 좋다고 해놓고 브론에게 같은 권리를 허용하지 않을 정중한 방법이 보이지 않았다. "원한다면." 캐틀린은 그렇게 말했지만, 브론이 자신의 허락을 구하지 않았다는 사실에 주목했다.

윌리스 워드 경은 로드릭 경과 함께 남았고, 목소리가 상냥한 성사 하나가 두 사람의 부상을 두고 소란을 떨었다. 지칠 대로 지친 불쌍한 말들도 뒤에 남았다. 도넬 경은 이어리와 '달의 관문'에 새를 날려 그들이 간다는 전언을 보내두겠다고 약속했다. 마구간에서 새로 털이 덥수룩하고 발 디딤이 단단한 산악 말이 끌려 나왔고, 그들은 한 시간만에 다시 출발했다. 캐틀린은 숙부와 나란히 말을 달려 협곡 바닥으로 내려가기 시작했다. 그 뒤로 브론, 티리온 라니스터, 마릴리언, 그리고 브린덴 숙부의 부하 여섯 명이 따랐다.

브린덴 툴리는 산길을 3분의 1 정도 내려가서, 다른 사람들이 듣지 못할 만큼 거리를 벌린 후에야 캐틀린을 돌아보고 말했다. "그래서, 그 폭풍에 대해 말해보겠니, 아이야."

"전 아이가 아닌 지 오래됐어요, 숙부님." 캐틀린은 그러면서도, 이야기를 꺼냈다. 라이사의 편지와 브랜의 추락, 암살자의 단검과 리틀핑거와 교차로 여관에서 우연히 티리온 라니스터를 만난 일까지 모두 이야기하려니 생각보다 너 오래 걸렸다.

숙부는 무성한 눈썹으로 눈에 그늘을 드리우고 점점 심하게 얼굴을 찌푸리면서 말없이 귀를 기울였다. 브린덴 툴리는 언제나 귀 기울이는 법을 아는 사람이었다……. 캐틀린의 아버지만 빼고 누구에게라도 그랬다. 그는 호스터 공의 다섯 살 아래 동생이었는데, 두 사람은 캐틀린이 기억하는 한 언제나 전쟁 상태였다. 캐틀린이 여덟 살 때 한번은 유난히 시끄럽게 싸우다가 호스터 공이 브린덴을 "툴리 집안의 검은 양"이라고 불렀다. 브린덴은 껄껄 웃으며 그들의 집안 문장은 뛰어오르는 송어이니, 검은 양이 아니라 검은 물고기여야 마땅하다고 대꾸했고, 그날부터 검은 물고기를 개인적인 상징으로 삼았다.

그 전쟁은 라이사가 결혼하는 날까지 끝나지 않았다. 라이사의 결혼 축하연에서 브린덴은 형에게 리버런을 떠나 라이사와 이제 막 라이사의 남편이 된 이어리의 영주를 섬기겠노라 말했다. 호스터 공은 그날 이후로 동생의 이름을 거론하지 않았다. 에드무어는 캐틀린에게 가끔 보내는 편지에서 그렇게 썼다.

그렇다 해도 캐틀린의 어린 시절 내내, 아버지는 너무 바쁘고 어머니는 너무 아팠던 그때에 호스터 공의 자식들이 눈물과 하소연을 달고 달려간 사람은 검은 물고기 브린덴이었다. 캐틀린, 라이사, 에드무어…… 그리고 호스터 공의 대자였던 피터 베일리시까지도 그랬다. 브린덴은 지금처럼 끈기 있게 그들 모두의 이야기에 귀를 기울였고, 그들의 승리에 웃어주고 그들의 어린아이다운 불행에 공감해주었다.

캐틀린이 이야기를 끝내자, 숙부는 가파른 돌투성이 길을 지나는 말 위에서 한참 동안 침묵을 지켰다. "네 아버지에게 알려야 해." 그는 마침내 말했다. "라니스터가 진군한다면, 윈터펠은 멀고 아린 협곡은 산맥에 가로막혀 있지만 리버런은 그 앞길에 바로 놓인다."

"저도 같은 걱정을 했어요. 이어리에 도착하면 콜민 학사에게 새를 날려달라고 요청해야지요." 캐틀린에게는 보낼 전언이 더 있었다. 네드가 북부에 방어 태세를 갖추라고 휘하 영주들에게 전하는 명령이 있었다. "이곳 협곡의 분위기는 어떤가요?"

"화가 나 있지. 존 공은 사랑을 많이 받았고, 왕이 아린 가문이 300년 가까이 쥐고 있던 자리에 제이미 라니스터를 지명했을 때는 모욕감이 심했어. 라이사는 우리에게 자기 아들을 '진정한 동부의 관리자'라고 부르라고 명했지만, 속는 사람은 없어. 수관의 죽음에 대해 의문을 품은 사람도 네 동생 혼자가 아니야. 공공연히 존이 살해당했다고 말할 순 없어도, 의심은 긴 그림자를 드리우고 있지." 브린덴 툴리는 캐틀린을 보고 입매를 굳혔다. "그리고 그 아이는 말이다."

"그 아이? 그 아이가 왜요?" 캐틀린은 낮게 튀어나온 바위 아래를 지나느라 고개를 숙였고, 이어서 날카롭게 방향을 틀었다.

숙부는 심란한 목소리였다. "로버트 공은……." 그는 한숨을 쉬었다. "여섯 살에, 병약하고, 인형을 빼앗으면 우는 경향이 있지. 모든 신들의 뜻에 따라 존 아린의 적통 후계자이다만, 아버지의 자리에 앉기에는 너무 약하다고 말하는 사람들이 있단다. 네스토 로이스는 존 공이 킹스랜딩에서 봉직한 지난 14년 동안 고위 집사로 일했고, 아이가 적당한 나이에 이를 때까지는 네스토가 통치해야 한다는 속삭임이 많아. 라이사가 다시, 그것도 빨리 결혼해야 한다고 믿는 사람들도 있지. 이미 구혼자들이 전장의 까마귀 떼처럼 몰려들었다. 이어리는 그놈들로 꽉 찼어."

"그럴지도 모른다는 생각은 했지만요." 캐틀린이 말했다. 당연한 일이었다. 라이사는 아직 젊고, '산과 협곡의 왕국'은 멋진 결혼 선물이었다. "라이사가 새 남편을 들일까요?"

"어울리는 남자를 찾으면 그러겠다고는 한다만, 이미 네스토 공을 비롯하여 다른 적합한 남자 십여 명을 거절했다. 이번에는 결단코 남편을 직접 고를 작정이야."

"다른 분은 몰라도 숙부님은 라이사가 그런다고 비난하실 수 없죠."

브린덴 경은 코웃음을 쳤다. "그럴 생각도 없다. 다만…… 내 눈에는 라이사가 구애를 즐기고만 있는 것 같구나. 놀이를 즐길 뿐이지, 아들이 이름만이 아니라 정말로 이어리의 영주가 될 만큼 클 때까지 네 동생이 직접 통치할 생각이지 싶어."

"여자도 남자만큼 현명하게 통치할 수 있어요." 캐틀린이 말했다.

"알맞은 여자라면 할 수 있지." 숙부는 곁눈질을 하며 말했다. "잘 들어라, 캣. 라이사는 네가 아니야." 그는 잠시 머뭇거렸다. "솔직히 말하면, 네 동생이 네 생각만큼 도움이 되지 않을지도 모른다."

캐틀린은 어리둥절했다. "무슨 말씀이세요?"

"킹스랜딩에서 돌아온 라이사는 남편이 수관으로 임명됐을 때 남쪽으로 내려갔던 라이사와 같은 여자가 아니야. 지난 세월은 그 아이에게 힘들었어. 너도 알 텐데. 아린 공은 충실한 남편이지만, 두 사람은 열정이 아니라 정치 때문에 결혼했지."

"제 결혼도 마찬가지예요."

"시작은 같았지만, 결과는 네가 네 동생보다 행복했다. 두 번의 사산, 네 번의 유산, 아린 공의 죽음……. 캐틀린, 신들은 라이사에게 자식을 하나밖에 주지 않았고, 그 불쌍한 아이는 지금 라이사가 사는 이유의 전부야. 라이사가 자식을 라니스터에게 넘겨주느니 달아난 것도 당연하지. 네 동생은 겁을 먹었고, 제일 무서워하는 게 라니스터다. 라이사는 아들을 사자 입에서 빼내려고 밤중에 도둑처럼 레드킵을 빠져나와서 협곡으로 도망쳐 왔다. 그런데 네가 지금 그 사자를 라이사의 문 앞에 데려온 거야."

"사슬에 묶어서 데려왔죠." 캐틀린이 말했다. 오른쪽에 크레바스가 어둠 속으로 떨어져 내려가는 입을 벌리고 있었다. 캐틀린은 말고삐를 당기고 조심스럽게 길을 따라갔다.

"허어?" 숙부는 뒤쪽에서 천천히 내려오는 티리온 라니스터를 흘긋 돌아보았다. "안장에는 도끼를 달고, 허리춤엔 비수를 꽂은 데다가 용병 하나가 굶주린 그림자처럼 따라다니는 모습이 보인다만. 사슬은 어디 있느냐?"

캐틀린은 불편한 마음에 안장에 앉은 자세를 바꿨다. "난쟁이는 여기에 있고, 그건 본인 선택이 아니었어요. 사슬이 있든 없든 제 죄수예요. 라이사도 저자에게 범죄의 책임을 묻고 싶을 거예요. 라니스터가 살해한 건 라이사의 남편이고, 저희에게 그 일을 처음 경고한 것도 라이사가 쓴 편지였으니까요."

검은 물고기 브린덴이 지친 미소를 지었다. "네 생각이 맞았으면 좋겠구나." 그는 틀렸다고 말하는 투로 한숨을 내쉬었다.

말발굽 아래 경사가 평평해질 무렵에는 해가 서쪽으로 꽤 기울었다. 도로가 넓고 곧아졌으며, 캐틀린은 처음으로 야생화와 풀이 자란 풍경을 의식했다. 일단 협곡 바닥에 닿자 속도는 빨라졌고, 그들은 가볍게 달려 파릇파릇한 숲과 나른한 작은 마을들을 통과하고, 과수원과 금빛 밀밭을 지나고, 햇빛을 받아 빛나는 십여 개의 개울들을 물보라 일으키며 건넜다. 캐틀린의 숙부는 두 개의 깃발을 휘날리는 깃대를 든 부하를 앞세웠는데, 아린 가문의 달과 매가 위에 달렸고, 아래에는 그의 검은 물고기가 달려 있었다. 농장의 짐마차와 상인의 수레, 더 낮은 가문의 기수들은 일행이 지나갈 수 있게 옆으로 비켜섰다.

그래도 '거인의 창' 발치에 선 견고한 성에 이르렀을 때는 완전히 어두워진 후였다. 방벽 위에는 횃불들이 가물거렸고, 해자의 검은 물에 비친 초승달이 춤을 췄다. 도개교는 올라가고 쇠창살문은 내린 상태였지만, 캐틀린은 문루에 켜진 불빛과 그 뒤에 선 네모난 탑들의 창에서 흘러나오는 빛을 보았다.

"달의 관문이다." 일행이 고삐를 당기자 캐틀린의 숙부가 말했다. 그의 기잡이는 해자 가장자리까지 달려가서 문루 사람들에게 소리쳤다. "네스토 공의 권좌지. 우릴 기다리고 있을 게다. 위를 보아라."

캐틀린은 눈을 들어 시선을 올리고 또 올렸다. 처음에는 돌과 나무, 밤에 휩싸여 별도 없는 하늘처럼 새카맣게 솟아오른 거대한 산밖에 보이지 않았다. 그러다가 위쪽 멀리 불빛이 보였다. 가파른 비탈에 지어진 탑성의 불빛이 오렌지색 눈동자처럼 아래를 내려다보고 있었다. 그 위에, 더 높고 더 먼 곳에 하나가 더 있었고, 더 높은 곳에 하늘에 깜박이는 불똥으로밖에 보이지 않는 세 번째 불빛이 또 있었다. 그리고 마지막으로 매들이 솟아오르는 높이에서 달빛 아래 하얀 섬광이 번득였다. 까마득히 높은 곳에 있는 하얀 탑들을 올려다보고 있으려니 현기증이 덮쳤다.

"이어리." 마릴리언이 경외에 차서 중얼거리는 소리가 들렸다.

티리온 라니스터의 날카로운 목소리가 끼어들었다. "아린 가문은 손님을 별로 좋아하지 않는 모양이군. 어둠 속에서 저 산을 오르게 할 계획이라면 차라리 여기서 날 죽이는 게 낫겠소."

"여기에서 밤을 보내고 내일 올라갈 거요." 브린덴이 대답했다.

"빨리 가고 싶어 좀이 쑤시네요." 난쟁이가 말했다. "저기까진 어떻게 올라갑니까? 염소는 타본 경험이 없는데."

"노새요." 브린덴이 미소 지으며 말했다.

"산에 새겨 넣은 계단이 있소." 캐틀린이 말했다. 네드가 이곳에서 로버트 바라테온과 존 아린과 보낸 어린 시절을 이야기할 때 들은 바였다.

캐틀린의 숙부는 고개를 끄덕였다. "지금은 너무 어두워서 보이지 않지만, 계단이 있지. 말이 올라가기엔 너무 가파르고 좁지만, 노새들은 거의 다 올라갈 수 있어. 저 길을 지키는 산성이 돌성과 눈성과 하늘성 세 개인데, 노새들 타고 하늘성까지 올라가게 될 거다."

티리온 라니스터는 의심스러운 눈으로 위를 보았다. "그 너머는?"

브린덴은 미소 지었다. "그 너머는 길이 노새도 오르지 못할 만큼 가파르지. 나머지 길은 걸어서 올라간다오. 아니면 바구니를 타고 싶을지도 모르겠군. 이어리는 하늘성에서 직선 위에 붙어 있고, 이어리 지하실에는 아래에서부터 물자를 끌어 올리기 위해 긴 쇠사슬이 달린 여섯 개의 큰 권양기가 있소. 라니스터 공이 원한다면 빵과 맥주와 사과와 함께 올라가게 해줄 수 있소이다."

난쟁이는 짖는 듯한 웃음을 터뜨렸다. "내가 호박이라면 좋겠군. 아아, 라니스터가의 아들이 순무 바구니와 함께 운명을 맞이한다면 우리 아버지는 더없이 원통해하겠지. 다들 걸어서 올라간다면 안타깝지만 나도 그래야겠소. 우리 라니스터에겐 특유의 자존심이 있어서."

"자존심?" 캐틀린은 날카롭게 반응했다. 그의 조롱하는 말투와 편안한 태도에 화가 났다. "혹자는 오만함이라고 부르지. 오만함과 탐욕과 권력에 대한 욕망."

티리온 라니스터가 응수했다. "내 형은 확실히 오만하지. 내 아버지는 탐욕의 화신이고, 내 사랑스러운 누나 세르세이는 깨어서 숨을 쉬는 모든 순간에 권력을 갈망해. 하지만 나는 어린 양처럼 결백하다오. 매애 하고 울어드릴까?" 그는 씩 웃었다.

캐틀린이 대답하기 전에 도개교가 삐걱거리며 내려왔고, 기름 바른 쇠사슬이 움직이는 소리가 들리며 창살문이 올라갔다. 병사들이 불붙인 나무를 들고 나와서 앞길을 밝혔고, 캐틀린의 숙부는 그들을 이끌고 해자를 건넜다. 아린 협곡의 고위 집사이자 달의 관문 책임자인 네스토 로이스 공이 안마당에서 기사들에 둘러싸여 그들을 맞이했다. "스타크 부인." 그는 허리를 굽히며 말했다. 육중한 몸에 가슴이 술통처럼 두꺼운 남자였고, 절하는 모습은 어색했다.

캐틀린은 말에서 내려서 그 앞에 섰다. "네스토 공." 그녀는 그 남자를 그 명성으로만 알고 있었다. 청동 욘의 친척으로, 로이스가에서도 방계 출신이었으나 혼자 힘으로 만만찮은 지위에 오른 남자였다. "길고 피곤한 여행이었습니다. 괜찮다면 오늘 밤 귀공의 지붕 아래에서 환대를 구합니다."

"제 지붕은 스타크 부인의 것입니다." 네스토 공이 걸걸하게 대답했다. "하지만 동생이신 라이사 부인께서 이어리에서 전언을 내려 보냈습니다. 즉시 뵙고 싶으시다고요. 나머지 일행은 여기에 묵었다가 내일 아침 해가 뜨는 대로 올라갈 겁니다."

캐틀린의 숙부가 말에서 휙 뛰어내렸다. "이 무슨 미친 짓이오?" 그는 직설적으로 말했다. 브린덴 툴리는 굳이 돌려 말하는 남자가 아니었다. "보름달도 아닌 밤에 올라가라고? 아무리 라이사라도 그게 목이 부러지라는 초대장인 줄은 알아야지."

"노새들은 길을 압니다, 브린덴 경." 열일곱, 아니면 열여덟쯤 된 강단 있는 여자가 네스토 공 옆에서 앞으로 나섰다. 검은 머리는 짧고 가지런하게 잘랐고, 가죽 승마복을 입고 은도금한 가벼운 고리 갑옷 셔츠를 걸쳤다. 그녀는 캐틀린을 향해 제 주인보다 우아하게 절을 했다. "아무 해도 입지 않으시리라 약속드립니다. 제 명예를 걸고 모시겠습니다. 전 어두운 길을 백 번은 올랐답니다. 미첼은 제 아버지가 분명 염소였을 거라고 해요."

너무나 자신만만한 말투여서 캐틀린도 웃을 수밖에 없었다. "이름이 뭐지?"

"미아 스톤이라고 합니다, 부인." 여자애가 대답했다.

그 대답은 기분 좋지 않았다. 캐틀린은 얼굴에서 미소를 지우지 않기 위해 노력해야 했다. 스톤은 북부의 스노우, 하이가든의 플라워스처럼 아린 협곡에서 쓰는 사생아 이름이었다. 일곱 개의 왕국은 저마다 관습에 따라 이름 없이 태어난 아이들에게 붙이는 성이 있었다. 캐틀린은 이 여자애에게 아무 악감정도 없었지만, 순간 장벽에 있는 네드의 서자를 생각할 수밖에 없었고, 그 생각을 하자 화가 나고 동시에 죄책감이 들었다. 캐틀린은 대답할 말을 찾으려 애썼다.

네스토 공이 대신 침묵을 메웠다. "미아는 영리한 아이고, 미아가 부인을 라이사 부인께 안전하게 데려다 드리겠다고 맹세한다면 저도 그 말을 믿습니다. 아직까지 절 실망시킨 적이 없어요."

"그렇다면 네 손에 몸을 맡기마, 미아 스톤." 캐틀린은 말했다. "네스토 공, 제 죄수를 단단히 감시해주시길 부탁드립니다."

"그리고 난 그 죄수가 굶어 죽기 전에 와인 한 잔과 바삭하게 구운 수탉을 갖다 주시기를 부탁합니다. 여자도 있으면 좋겠지만, 그것까지 청하는 건 과하겠지요." 라니스터의 말에 용병 브론이 큰 소리로 웃었다.

네스토 공은 그 농담을 무시했다. "말씀대로 하겠습니다, 부인." 그는 대답한 후에야 난쟁이를 보았다. "여기 라니스터 공을 탑에 있는 감옥으로 모시고, 고기와 술을 갖다 드려라."

티리온 라니스터가 끌려가는 사이, 캐틀린은 숙부와 다른 일행을 떠나 미아 스톤이라는 서녀를 따라서 성안을 통과했다. 높은 곳에 위치한 내벽 안뜰에 안장을 얹은 노새 두 마리가 대기하고 있었다. 미아가 캐틀린을 노새에 태우는 동안 하늘색 망토를 두른 위병 한 명이 좁은 샛문을 열었다. 그 너머는 소나무와 가문비나무로 빽빽한 숲이었고, 검은 벽 같았지만, 바위에 깊이 하늘을 향해 올라가는 계단이 새겨져 있었다. "어떤 사람들은 눈을 감는 편이 더 낫다고도 해요." 미아가 노새를 이끌고 샛문을 지나 어두운 숲으로 들어서며 말했다. "겁을 먹거나 어지러우면 노새에게 너무 강하게 매달리는 경우가 있거든요. 노새들이 좋아하지 않아요."

"난 툴리로 태어나서 스타크와 결혼했지. 쉽게 겁을 먹진 않는단다. 횃불을 켤 계획이냐?" 캐틀린이 말했다. 계단은 깜깜했다.

미아는 얼굴을 찌푸렸다. "횃불이 있으면 눈이 멀 뿐이에요. 지금처럼 맑은 밤이면, 달과 별만으로도 충분해요. 미첼은 제가 올빼미 눈을 가졌대요." 미아는 노새에 올라서 첫 계단을 올라갔다. 캐틀린의 노새가 알아서 따라갔다.

"아까도 미첼 이야기를 했는데……." 캐틀린이 말했다. 노새들은 느리지만 꾸준하게 계단을 올랐다. 캐틀린이 만족할 만한 수준이었다.

미아가 설명했다. "미첼은 제 애인이에요. 미첼 레드포트요. 린 코브레이 경의 종자인데요. 저희는 내년이든, 내후년이든 그이가 기사가 되는 대로 결혼할 거예요."

너무나 행복하고 순진하게 꿈에 젖은 모습이 산사와 비슷했다. 캐틀린은 미소 지었지만, 그 미소에는 서글픔이 묻어났다. 레드포트는 아린 협곡의 오래된 가문으로, 최초인의 혈통을 이었다. 미아가 그의 사랑일지는 몰라도, 레드포트 가문에 서자와 결혼하는 사람은 없었다. 집안에서 그에게 더 어울리는 짝을 지워줄 터였다. 코브레이나 웨인우드나 로이스, 아니면 협곡 바깥에 있는 더 큰 가문의 딸일 수도 있었다. 미첼 레드포트가 이 여자애와 눕는다면 혼외 관계가 되리라.

올라가는 길은 캐틀린의 기대 이상으로 수월했다. 나무가 가까이 밀려들다 못해 길 위로 바스락거리는 초록색 지붕을 치면서 달을 가리는 바람에, 길고 캄캄한 터널을 올라가는 기분이 들었다. 하지만 노새들은 지치지 않고 안정적으로 걸었고, 미아 스톤은 정말로 밤눈이 밝았다. 그들은 구불거리는 계단을 따라 천천히 이쪽저쪽으로 비탈을 가로질렀다. 길에는 떨어진 솔잎이 두껍게 쌓여 있어서, 바위를 밟는 노새 발소리가 거의 들리지 않았다. 고요함에 마음이 가라앉았고, 부드러운 흔들림에 안장에 앉은 캐틀린도 끄떡거렸다. 캐틀린은 오래지 않아 졸음과 싸우고 있었다.

깜박 졸았던지, 두 사람 앞에 쇠테 두른 육중한 문이 불쑥 나타났다. "놀성이에요." 미아가 노새에서 내리면서 쾌활하게 말했다. 위협적인 돌벽을 따라 쇠못이 박혀 있었고, 두 개의 뚱뚱한 원형 탑이 성 위로 솟아올랐다. 미아가 소리를 치자 문이 활짝 열렸다. 안으로 들어가자 이 산성을 지휘하는 살집 있는 기사가 미아의 이름을 부르며 인사하더니 두 사람에게 불꼬챙이에서 막 꺼내어 아직 뜨거운 고기와 양파를 건넸다. 캐틀린은 그제야 얼마나 배가 고팠는지 깨달았다. 캐틀린이 마당에 서서 먹는 동안, 마구간지기들이 두 사람의 안장을 새로운 노새에 옮겼다. 뜨거운 육즙이 턱을 타고 흘러내려 뚝뚝 망토에 떨어졌지만, 캐틀린은 굶주린 나머지 신경도 쓰지 않았다.

그다음엔 새 노새를 타고 다시 별빛 속으로 나갔다. 올라가는 길의 두 번째 단계는 더 위험해 보였다. 길은 더 가팔랐고, 계단은 더 닳았으며, 여기저기에 자갈과 깨진 돌 조각이 흩어져 있었다. 미아는 대여섯 번이나 내려서 길에 흩어진 돌을 치워야 했다. "여기에서 노새 다리가 부러지면 곤란하니까요." 캐틀린은 수긍할 수밖에 없었다. 이제는 고도를 더 느낄 수 있었다. 이 위는 나무가 더 듬성듬성했고, 바람이 더 힘차게 불어서, 날카로운 돌풍이 옷을 잡아당기고 머리카락을 흩어놓았다. 가끔씩 계단이 왔던 쪽으로 방향을 틀 때면, 캐틀린은 아래에 있는 돌성과 더 아래에 있는 달의 관문을 볼 수 있었다. 그곳에 켜진 횃불 빛은 촛불 빛보다 더 희미했다.

눈성은 돌성보다 더 작아서, 요새 탑 하나와 나무로 만든 본채와 마구간이 회반죽도 바르지 않은 낮은 바위 벽 뒤에 숨어 있는 게 다였다. 그래도 '거인의 창'에 절묘하게 둥지를 틀어, 아래 산성에서 위로 올라오는 돌계단 전체를 통제할 수 있는 위치였다. 이어리에 들어가려는 적은 돌성에서부터 한 계단 한 계단을 싸워 올라야 하고, 그동안에도 위에 있는 눈성에서는 돌과 화살이 쏟아질 터였다. 지휘관은 얽은 얼굴에 불안해 보이는 젊은 기사였는데, 그들에게 빵과 치즈와 불가에서 몸을 데울 기회를 제공했다. 그러나 미아는 거절했다. "괜찮으시다면 계속 가지요, 부인." 캐틀린은 고개를 끄덕였다.

그들은 다시 한 번 새로운 노새로 갈아탔다. 캐틀린의 노새는 흰 색이었다. 미아는 그 노새를 보고 미소 지었다. "흰둥이는 좋은 노새예요. 얼음 위에서도 발 디딤이 확실하죠. 그래도 조심하셔야 해요. 마음에 안 드는 사람은 걷어차거든요."

하얀 노새는 캐틀린이 마음에 들었는지, 고맙게도 걷어차지 않았다. 얼음도 없었고, 그것 역시 고마운 일이었다. 미아가 말했다. "어머니 말로는 수백 년 전에는 여기에서 눈이 시작됐대요. 이 위는 언제나 하얗고, 얼음이 녹을 때가 없었다고요." 미아는 어깨를 으쓱였다. "전 이렇게 산 아래쪽에서 눈을 본 기억이 없지만, 옛날에는 그랬을지도 모르죠."

'정말 어리구나.' 캐틀린은 자신이 저와 같았던 시절을 기억해보려 애쓰며 생각했다. 미아는 인생의 절반을 여름에 살았고, 여름밖에 몰랐다. '겨울이 오고 있단다, 얘야.' 그렇게 말해주고 싶었다. 입술까지 말이 밀려 나왔고, 거의 말할 뻔했다. 캐틀린도 마침내 스타크가 되어가는 모양이었다.

눈성 위에서는 바람이 살아 움직였고, 황야의 늑대처럼 두 사람 주위에서 울부짖다가 안심하라고 꾀듯이 확 잦아들곤 했다. 이 위에서는 별도 더 밝게 빛나는 것 같았고 손을 뻗으면 닿을 듯 가까워 보였으며, 깨끗한 검은 하늘에 뜬 초승달은 거대했다. 올라가면서 캐틀린은 아래보다 위를 보는 쪽이 낫다는 사실을 알았다. 계단은 몇 세기 동안 얼어붙었다가 녹고 수없이 많은 노새가 밟고 다니면서 갈라지고 깨졌고, 어둠 속에서도 높이를 실감하면 심장이 목까지 뛰어올랐다. 미아는 두 개의 바위 첨탑 사이에 걸친 등마루에 이르자 노새에서 내렸다. "노새를 이끌고 가는 편이 좋아요. 여긴 바람이 좀 무서울 수 있답니다, 부인."

캐틀린은 어둠 속에서 뻣뻣하게 올라가서 앞에 놓인 길을 바라보았다. 길이가 6미터에 폭은 1미터 가까웠지만, 양쪽이 깎아지른 벼랑이었다. 귀를 찢는 바람 소리가 들렸다. 미아는 가볍게 걸어갔고, 그녀의 노새는 성안뜰을 가로지르는 것처럼 차분하게 따라갔다. 이제 캐틀린 차례였다. 하지만 캐틀린은 첫걸음을 내딛자마자 공포의 아가리에 잡혀버렸다. 주위에 입을 벌린 거대한 검은 공기의 심연을, 텅 빈 허공을 느낄 수 있었다. 캐틀린은 떨면서 멈춰 서고 말았다. 움직이기가 두려웠다. 바람이 그녀에게 비명을 질러대고 망토를 비틀어 가장자리로 끌어당기려 했다. 캐틀린은 자신 없이 뒷걸음질을 쳤지만, 노새가 뒤에 있어서 물러설 수도 없었다. '난 여기에서 죽을 거야.' 캐틀린은 등을 따라 흐르는 차가운 땀방울을 느꼈다.

"스타크 부인." 미아가 심연 너머에서 외쳤다. 만 리 밖에서 들려오는 소리 같았다. "괜찮으세요?"

캐틀린 툴리 스타크는 남은 자존심을 삼키고 외쳤다. "나…… 난 못하겠구나."

"하실 수 있어요. 하실 수 있다는 걸 알아요. 길이 얼마나 넓은지 보세요."

"보고 싶지 않아." 주위 세상이 빙빙 도는 것 같았다. 산과 하늘과 노새가 팽이처럼 회전했다. 캐틀린은 거친 숨을 안정시키려고 눈을 감았다.

"제가 돌아갈게요. 움직이지 마세요." 미아가 말했다.

캐틀린도 움직일 생각은 전혀 없었다. 그녀는 새된 바람 소리와 가죽이 돌에 스치는 소리에 귀를 기울였다. 다음 순간, 미아가 와서 그녀의 팔을 부드럽게 잡았다. "눈을 감고 계셔도 괜찮아요. 이제 밧줄은 놓으세요. 흰둥이는 알아서 올 거예요. 좋아요, 부인. 제가 모시고 갈게요. 쉬워요. 아시게 될 거예요. 이제 한 걸음 내디디세요. 그렇죠, 발을 움직여서 살짝만 앞으로 미끄러뜨리는 거예요. 자. 또 한 걸음요. 쉽죠. 뛰어서 건널 수도 있어요. 다시 한 번, 계속 걸으세요. 그래요." 그렇게 한 걸음, 한 걸음씩 사생아 처녀는 앞을 보지 못하고 떠는 캐틀린을 이끌고 다리를 건넜고, 하얀 노새는 얌전히 뒤따라왔다.

하늘성이라고 불리는 산성은 산비탈에 초승달 모양으로 세운, 회반죽도 바르지 않은 높은 돌벽에 지나지 않았지만, 그때는 정상이 보이지 않는 발리리아의 탑이라 해도 캐틀린 스타크에게 그보다 더 아름다워 보일 수 없었다. 여기까지 오자 마침내 눈이 보이기 시작했다. 비바람에 닳은 하늘성의 돌들에는 서리가 내렸고, 위쪽 경사면에는 긴 창 같은 고드름이 매달려 있었다.

미아 스톤이 병사들에게 인사를 하고 성문이 열리는 사이 동쪽에서는 새벽이 밝았다. 돌벽 안에는 일련의 경사로와 온갖 크기의 바위와 돌멩이만 있었다. 여기에서 산사태를 일으키기란 세상에서 제일 쉬운 일일 터였다. 앞에 입을 쩍벌린 바위 면이 보였다. 미아가 말했다. "마구간과 막사는 저 안에 있어요. 마지막 길은 산 안에 나 있죠. 조금 어두울 순 있지만, 그래도 바람은 없을 거예요. 노새들은 여기까지밖에 못 와요. 여기 너머로는 바위틈을 오른달까, 제대로 된 계단이라기보다는 돌 사다리 같아서요. 그래도 아주 나쁘진 않아요. 한 시간만 더 가면 도착할 거예요."

캐틀린은 위를 올려다보았다. 희미한 새벽빛 속에서 바로 머리 위에 있는 이어리의 토대를 볼 수 있었다. 위로 200미터도 떨어져 있지 않았다. 아래에서 보면 작고 하얀 벌집 같았다. 캐틀린은 숙부가 바구니와 권양기에 대해 했던 이야기를 기억하고 미아에게 말했다. "라니스터에겐 자존심이 있을지 모르지만, 툴리는 분별력을 타고 났지. 난 하루 종일 말을 달리고 밤도 거의 샜다. 바구니를 내리라고 하거라. 순무와 함께 올라가련다."

캐틀린 스타크가 마침내 이어리에 도착했을 때는 태양이 산맥 위로 떠오른 지 한참이었다. 망치로 두들겨 편 달과 매 문양의 흉갑을 입고 하늘색 망토를 걸친 다부진 백발 남자가 바구니에서 내리도록 도와줬다. 존 아린 집안의 위병대장인 바디스 이겐 경이었다. 그 옆에는 머리숱은 너무 없고 목은 너무 긴, 마르고 불안해 보이는 콜먼 학사가 서 있었다. 바디스 경이 말했다. "스타크 부인, 예기치 못한 만남인 만큼 뵙게 되어 더 기쁩니다." 콜먼 학사는 고개를 주억거리며 맞장구를 쳤다. "정말 그렇습니다, 정말 그래요. 동생분께 말씀 전하라 하였습니다. 부인께서 도착하시면 바로 깨우라는 명을 남기셔서요."

"라이사가 잘 잤다면 좋겠군요." 캐틀린은 신랄함을 숨기지 않고 대답했다.

캐틀린은 인도를 받아 권양기 방에서 나선 계단을 올라갔다. 이어리는 대가문의 기준으로 따지면 작은 성이었다. 거대한 산등성이 위에 가느다란 하얀 탑 일곱 개가 화살통에 꽂힌 화살처럼 빼곡하게 무리 지어 서 있었다. 마구간도 대장간도 견사도 필요 없었지만, 네드는 이어리의 곡물 저장고가 윈터펠의 저장고 못지않게 크고, 탑에는 500명을 수용할 수 있다고 했다. 그러나 캐틀린이 통과하면서 보니 이어리 성안은 이상하게 휑했고, 하얀 돌로 만들어진 복도는 텅 빈 반향을 울렸다.

라이사는 개인 방에서 기다리고 있었다. 아직 잠옷 차림이었다. 풀어놓은 긴 적갈색 머리카락이 드러난 흰 어깨를 지나 등까지 쏟아져 내렸다. 하녀 하나가 그 뒤에 서서 밤에 헝클어진 머리를 빗어 내리고 있었는데, 캐틀린이 들어서자 라이사는 미소 지으며 일어섰다. "캣. 오, 캣. 언니를 보니 얼마나 좋은지 몰라. 사랑하는 언니." 라이사는 달려와서 캐틀린을 끌어안았다. "얼마나 오랜만인지 몰라." 라이사는 그녀를 안고 중얼거렸다. "아, 너무나 오랜만이야."

5년 만이었다. 라이사에게는 실로 잔인한 5년이었고, 그만한 타격이 있었다. 라이사는 캐틀린보다 두 살 아래였으나, 지금은 더 나이가 많아 보였다. 캐틀린보다 키가 작은 라이사는 몸이 두툼해졌고, 얼굴은 창백하게 부었다. 툴리 가문의 파란 눈을 물려받기는 했지만 색이 엷었으며, 고요할 때가 없었다. 작은 입은 심통스러워졌다. 캐틀린은 동생을 끌어안으며 결혼식 날 리버런의 성소에서 자기 옆에 서서 기다리던 날씬하고 가슴 봉긋한 소녀를 떠올렸다. 그 아이는 얼마나 사랑스럽고 희망 가득했던가. 이제 동생에게 남은 아름다움은 허리까지 쏟아지는 숱 많은 적갈색 머리뿐이었다.

"좋아 보이는구나." 캐틀린은 거짓말을 했다. "하지만…… 지쳐 보여."

라이사는 포옹을 풀었다. "지쳤지. 그래. 아, 그래." 라이사는 그제야 다른 사람들을 알아차린 것 같았다. 하녀와 콜먼 학사와 바디스 경이 있었다. "나가 보게. 언니와 둘이 이야기하고 싶네." 라이사는 다들 나가는 동안 캐틀린의 손을 잡고 있다가……

……문이 닫히자마자 손을 놓았다. 캐틀린은 동생의 얼굴이 바뀌는 것을 보았다. 태양이 구름 뒤에 숨는 광경과 같았다. "정신이 나갔어?" 라이사는 날카롭게 말했다. "그놈을 이리로 데려오다니, 허락도 구하지 않고, 경고도 해주지 않고 우릴 라니스터와 언니의 싸움에 끌어들이다니……."

"내 싸움?" 캐틀린은 지금 듣고 있는 말을 믿을 수가 없었다. 난로에는 기세 좋게 불이 타고 있었지만, 라이사의 목소리에는 온기라곤 없었다. "원래는 네 싸움이었어. 나에게 그 저주받을 편지를 보내고, 라니스터가 네 남편을 살해했다고 쓴 사람은 너였잖아."

"언니에게 경고하려고 그랬지. 라니스터를 멀리할 수 있게! 난 그놈들과 싸울 생각이 없었어! 세상에, 캣, 무슨 짓을 한 건지 알아?"

"어머니?" 작은 목소리가 들렸다. 라이사는 무거운 로브를 휘저으며 몸을 휙 돌렸다. 이어리의 영주인 로버트 아린이 너덜너덜한 헝겊 인형을 꼭 쥐고 문가에 서서 커다란 눈으로 두 사람을 보고 있었다. 보기 괴로울 만큼 말랐고, 나이에 비해 몸집이 작은 데다 늘 앓고, 가끔 한 번씩 발작을 일으키는 아이였다. 학사들은 그것을 떨림병이라고 불렀다. "목소리가 들렸어요."

캐틀린은 놀랄 일도 아니라고 생각했다. 라이사가 거의 고함을 치고 있었다. 그런데도 라이사는 캐틀린에게 칼이라도 꽂을 듯한 눈길을 던졌다. "이쪽은 캐틀린 이모란다, 아가. 내 언니인 스타크 부인이야. 기억하니?"

아이는 멍한 얼굴로 캐틀린을 보았다. "그런 것 같아요." 캐틀린이 마지막으로 본 게 한 살도 안 되었을 땐데, 아이는 눈을 깜박이며 그렇게 대답했다.

라이사는 불가에 앉아서 말했다. "우리 사랑스러운 아들, 어미에게 오렴." 그녀는 아이의 잠옷을 바로잡고 가느다란 갈색 머리카락을 두고 야단을 떨었다. "예쁘지 않아? 그리고 튼튼하기도 하지. 들리는 말을 다 믿지 마. 존은 알고 있었어. '씨가 강하다'고 그랬지. 마지막에 남긴 말이야. 계속 로버트의 이름을 말하면서 내 팔을 손자국이 남을 정도로 세게 움켜쥐었어. '사람들에게 말해요. 씨가 강하다고.' 그이의 씨야. 그이는 우리 아기가 얼마나 훌륭하고 튼튼한 사내아이가 될지 모두에게 알리고 싶어 했어."

캐틀린은 말했다. "라이사, 네가 라니스터에 대해 한 말이 맞는다면, 더더욱 우리가 빨리 행동해야 해. 우리—"

"아가 앞에서는 안 돼. 성품이 예민하단 말이야. 안 그러니, 사랑스러운 아가야?"

"그 아이는 이어리의 영주이자 협곡의 방어자야." 캐틀린은 동생에게 상기시켰다. "예민한 데 마음 쓸 때가 아니야. 네드는 전쟁이 터질 수도 있다고 생각해."

"조용히 해!" 라이사가 날카롭게 딱딱거렸다. "애한테 겁을 주고 있잖아." 어린 로버트는 어깨 너머로 캐틀린을 슬쩍 돌아보고 덜덜 떨기 시작했다. 헝겊 인형이 깔개에 떨어졌고, 로버트는 어머니에게 몸을 바싹 붙였다. 라이사가 속삭였다. "겁먹지 말아라, 우리 귀여운 아가. 엄마가 여기 있어. 아무것도 널 해치지 못해." 라이사는 로브 자락을 열고, 끄트머리가 붉은 희고 무거운 젖가슴을 꺼냈다. 아이는 젖가슴을 쥐고 어미의 가슴에 얼굴을 묻고는, 빨기 시작했다. 라이사는 아이의 머리를 쓰다듬었다.

캐틀린은 할 말을 잃었다. '존 아린의 아들이······.' 그녀는 아연한 채 생각했다. 세 살배기 아들 리콘이 떠올랐다. 나이는 이 아이의 반밖에 안 됐지만 다섯 배는 더 사나웠다. 이 협곡의 영주들이 들썩이는 것도 당연했다. 캐틀린은 이제 처음으로 왕이 그 아이를 어머니에게서 떼어내어 라니스터에게 대자로 보내려고 했던 이유를 이해했······.

"여긴 안전해." 라이사가 말하고 있었다. 캐틀린은 자신에게 하는 말인지, 아이에게 하는 말인지 잘 알 수 없었다.

"바보같이 굴지 마." 캐틀린은 분노가 차올라서 말했다. "아무도 안전하지 않아. 여기 숨어 있다고 라니스터가 널 잊어버릴 거라 생각한다면, 서글픈 착각이야."

라이사는 손으로 아들의 귀를 막았다. "설령 놈들이 군대를 끌고 산맥을 통과해서 피의 관문을 지난다 해도, 이어리는 난공불락이야. 언니도 봤잖아. 어떤 적도 이 위까지 도달하진 못했어."

캐틀린은 동생을 한 대 치고 싶었다. 브린덴 숙부가 경고하려고 했었는데. "어떤 성도 함락이 불가능하지는 않아."

라이사는 고집을 꺾지 않았다. "이 성은 그래. 다들 그렇게 말해. 다만, 언니가 데려온 꼬마 악마는 어떻게 해야 할까?"

"나쁜 사람이에요?" 이어리의 영주가 붉게 젖은 어머니의 젖꼭지를 뺄어내며 물었다.

"아주 나쁜 남자란다." 라이사는 옷을 여미면서 대답했다. "하지만 엄마는 그 남자가 우리 귀여운 아가를 해치게 두지 않을 거야."

"날게 해요." 로버트가 열렬히 말했다.

라이사는 아들의 머리를 쓰다듬으며 중얼거렸다. "그리 해줄 수도 있지. 딱 그렇게 해버릴지도 몰라."

에다드

리틀핑거는 매음굴의 휴게실에서, 잉크처럼 검은 피부에 깃털 가운을 입은 키가 크고 우아한 여인과 사근사근하게 대화를 나누고 있었다. 불가에서는 휴어드와 풍만한 처자 하나가 벌칙 놀이를 하고 있었다. 휴어드는 지금까지 허리띠와 망토, 사슬 갑옷 셔츠, 오른쪽 장화를 잃었고 여자는 원피스 단추를 허리까지 풀어야 했다. 조리 카셀은 빗줄기가 떨어지는 창가에 서서 능글맞은 웃음을 지으며 휴어드가 타일을 뒤집는 모습을 지켜보고 벌어지는 광경을 즐기고 있었다.

네드는 계단 발치에 멈춰 서서 장갑을 꼈다. "떠날 때가 됐네. 여기서 볼일은 끝났어."

휴어드가 튕겨 일어나면서 황급히 물건을 챙겼다. 조리가 말했다. "분부대로 하겠습니다. 윌을 도와서 말을 데려오지요." 그는 성큼성큼 문으로 걸어갔다.

리틀핑거는 느긋하게 작별 인사를 나눴다. 그는 검은 여인의 손에 입을 맞추고, 몇 마디 농담을 속삭여 여인이 큰 소리로 웃게 만든 후에 느릿느릿 네드 쪽으로 걸어왔다. 그는 가볍게 말했다. "귀공의 볼일입니까, 로버트의 볼일입니까? 수관은 왕의 꿈을 꾸고, 왕의 목소리로 말하고, 왕의 칼로 통치한다고 하지요. 혹시 그렇다면 왕의 여자도—"

"베일리시 공." 네드가 말을 끊었다. "가정이 지나치군. 도움에 감사하지 않는 건 아니오. 당신이 없었다면 이 매음굴을 찾는 데 몇 년이 걸렸을지도 모르니. 하나 그렇다고 당신의 조롱을 참아줄 생각은 없소. 그리고 난 이제 왕의 수관이 아니오."

"다이어울프는 가시가 돋은 짐승인가 봅니다." 리틀핑거는 입매를 날카롭게 비틀며 말했다.

그들이 마구간으로 걸어가는 동안 별도 없이 캄캄한 하늘에서는 따뜻한 비가 퍼붓고 있었다. 네드는 망토의 두건을 뒤집어썼다. 조리가 그의 말을 끌고 나왔다. 젊은 윌은 한 손으로 리틀핑거의 암말을 이끌고 반대쪽 손으로는 허리띠와 바지 끈을 더듬거리며 바로 따라 나왔다. 맨발의 창녀 하나가 마구간 문으로 몸을 내밀고 윌에게 키득거렸다.

"지금 성으로 돌아갑니까?" 조리가 물었다. 네드는 고개를 끄덕이고 인장 위에 올라탔다. 리틀핑거가 옆에서 말에 올랐다. 조리와 다른 이들이 뒤따랐다.

리틀핑거는 말을 달리면서 말했다. "차타야는 질 좋은 시설을 운영하지요. 반쯤은 살 마음도 있습니다. 매음굴은 선박보다 훨씬 견실한 투자처더군요. 창녀들은 가라앉는 일이 드물고, 해적들이 올라타더라도 뭐, 해적들 역시 다른 모두와 마찬가지로 제대로 돈을 지불하니까요." 피터 공은 자기 재담에 혼자 쿡쿡거렸다.

네드는 그가 지껄이게 내버려두었다. 조금 지나자 리틀핑거도 조용해졌고 그들은 말없이 말을 달렸다. 킹스랜딩의 길거리는 어둡고 휑했다. 비가 모두를 지붕 아래로 몰아넣었다. 빗줄기는 피처럼 따뜻하고 오랜 죄책감처럼 끈질기게 네드의 머리를 두드렸다. 굵은 물방울이 얼굴을 타고 흘러내렸다.

"로버트는 절대 한 침대에 머물지 않을 거야." 오래전, 그들의 아버지가 스톰스엔드의 젊은 영주에게 리안나의 손을 내어주겠다고 약속한 밤에, 윈터펠에서 리안나가 그렇게 말했었다. "아린 협곡의 어떤 여자한테도 아이를 뒀다면서." 네드는 그 아기를 품에 안기도 한 몸이었다. 그 말을 부인할 수도, 동생에게 거짓말을 할 마음도 없었던 그는 약혼 이전에 로버트가 한 일은 중요하지 않다고, 로버트는 훌륭한 남자이고 온 마음으로 리안나를 사랑한다고 장담했다. 리안나는 미소만 지었다. "네드 오빠, 사랑은 달콤하지만, 남자의 천성을 바꾸진 못해."

그 여자아이는 네드가 차마 나이를 묻지 못할 만큼 어렸다. 그 아이는 숫처녀였을 것이 분명했다. 지갑만 두툼하다면, 수완이 좋은 매음굴은 언제나 숫처녀를 찾아낼 수 있었다. 그 아이는 옅은 붉은 머리에 콧등에 주근깨가 잔뜩이었고, 아기에게 젖을 물리려고 옷을 푸는데 가슴에도 주근깨가 보였다. 그녀는 이이에게 젖을 먹이며 말했다. "딸아이 이름은 배라라고 지었어요. 그분을 많이 닮았어요, 그렇지 않나요, 나리? 그분의 코도 닮았고, 머리카락도……."

"그렇군." 에다드 스타크는 아기의 가느다란 검은 머리를 만져보았다. 검은 비단처럼 그의 손가락 사이를 흐르는 머리카락이었다. 기억에 로버트의 첫 자식도 똑같이 고운 머리카락을 갖고 있었던 것 같았다.

"뵙게 되시면 그분께 말씀해주세요, 나리. 꽤, 괜찮으시다면요. 아기가 얼마나 예쁜지 말씀 좀 해주세요."

"그러마." 네드는 약속했다. 그것이 그가 받은 저주였다. 로버트는 변치 않는 사랑을 맹세하고 저녁이 오기도 전에 잊겠지만, 네드 스타크는 맹세를 지켰다. 그는 리안나가 죽어갈 때 했던 약속을 생각했고, 그 약속을 지키기 위해 치른 대가를 생각했다.

"그리고 제가 다른 사람 아무와도 자지 않았다고 말씀 좀 해주세요. 옛 신들과 새로운 신들에 걸고 맹세합니다, 나리. 차타야는 반년은 아기를 돌 보면서 그분이 돌아오시길 빌 수 있댔어요. 그러니까 제가 기다리고 있다 고 말씀해주세요. 네? 보석도 그 무엇도 원하지 않아요. 그분만 원합니다. 그분은 언제나 제게 잘해주셨어요. 정말로요."

'잘해줬겠지.' 네드는 공허하게 생각했다. "그리 전하마. 그리고 약속하 는데, 배라는 부족하게 자라지 않을 게다."

아이는 그제야 미소를 지었다. 너무 심약하고 달콤해서 네드의 심장을 찌르는 미소였다. 비 오는 밤거리를 달리며, 네드는 자신의 어릴 때를 꼭 닮은 존 스노우의 얼굴을 보았다. 그는 멍하니 생각했다. 신들이 사생아를 못마땅하게 여긴다면, 왜 남자들에게 욕정을 가득 채웠을까? "베일리시 공, 로버트의 사생아들에 대해 얼마나 아시오?"

"흠, 일단 당신보다는 많이 됐지요."

"얼마나 많이?"

리틀핑거는 어깨를 으쓱였다. 습기가 개울을 이루며 망토 위를 구불구 불 흘러내렸다. "그게 중요한가요? 많은 여자와 동침하면 그중에 몇은 선 물을 주기 마련이고, 전하는 여자를 삼가는 법이 없었습니다. 스타니스 공 의 결혼식 밤에 스톰스엔드에서 만든 사내아이를 서자로 인정한 건 압니 다. 그러지 않을 수 없었겠지요. 아이 어머니가 플로렌트 가문이었고, 셀 리스 부인의 조카딸이자 시녀였으니. 렌리 말로는 로버트가 연회가 열리 는 동안 그 여자애를 위층으로 데려가서, 스타니스와 그 신부가 아직 춤을 추는 동안에 혼인 침대에 들어갔다고 하더군요. 스타니스 공은 그 일이 부 인 가문의 명예에 오점이 되었다고 생각했는지, 아이가 태어나자 배에 태 워 렌리에게 보내버렸습니다." 그는 네드를 곁눈질했다. "또 로버트가 3년 전 타이윈 공의 마상 시합을 보러 서쪽으로 갔을 때 캐스털리록의 하녀에게 쌍둥이를 두었다는 소문도 들었지요. 세르세이가 아기들을 죽이고 어미는 지나가는 노예선에 팔아버렸다나요. 라니스터의 자존심에는 큰 상처였을 겁니다."

네드 스타크는 인상을 찌푸렸다. 그런 지저분한 이야기는 어떤 대귀족에게나 있었다. 세르세이야 그럴 만도 하다고 믿을 수 있었지만…… 왕이 비켜서서 내버려두었단 말인가? 네드가 알았던 로버트라면 그러지 않았겠지만, 그가 알았던 로버트는 보고 싶지 않은 일에 눈을 감는 데에도 능숙하지 못한 사람이었다. "왜 존 아린이 왕의 서출 자식들에게 갑자기 관심을 둔 거요?"

키 작은 남자는 비에 흠뻑 젖은 어깨를 으쓱였다. "왕의 수관이었으니까요. 분명히 로버트가 아이들이 부양을 잘 받고 있는지 알아보라고 했겠지요."

네드는 뼛속까지 젖었고, 영혼까지 차가워진 상태였다. "그보다는 더한 이유가 있어야지. 그렇지 않고서야 왜 존을 죽였겠소?"

리틀핑거는 머리카락에서 빗물을 털어내고 웃었다. "이제 알겠습니다. 아린 공은 전하께서 창녀와 천한 여자들의 배를 불리셨다는 사실을 알아냈고, 그래서 입막음을 당해야 했던 거죠. 당연한 일 아니겠습니까. 그런 사람을 살려두면 다음에는 태양이 동쪽에서 뜬다는 사실을 발설할 테니까요."

네드 스타크로서는 얼굴을 찌푸릴 뿐, 대답할 말이 없었다. 그는 몇 년 만에 처음으로 라에가르 타르가르옌을 회상했다. 라에가르도 매음굴에 자주 드나들었을까. 어쩐지 아니었을 것 같았다.

이제는 비가 더 거세게 내려서, 눈을 찌르고 바닥을 세차게 두드리고 있었다. 검은 물이 언덕에서 강을 이루어 흘러내리는데, 조리가 경계심에 쉰 목소리로 외쳤다. "영주님." 다음 순간 길거리에는 병사들이 가득했다.

네드는 가죽 방호복에 겹쳐 입은 고리 갑옷, 손목가리개와 정강이받이, 꼭대기에 황금 사자가 올라간 강철 투구들을 보았다. 망토는 비에 젖어서 등에 달라붙어 있었다. 수를 셀 시간은 없었지만, 최소한 열 명이 장검과 철촉이 달린 창을 들고 줄지어 서서 길을 막고 있었다. "뒤에!" 윌의 외침이 들렸고, 말을 돌려보니 뒤에서도 병사들이 퇴로를 막고 있었다. 조리의 검이 스릉 소리를 내며 뽑혔다. "길을 열지 않으면 죽는다!"

"늑대들이 울부짖는군." 무리의 수장이 말했다. 네드는 그의 얼굴을 타고 흘러내리는 빗물을 볼 수 있었다. "하지만 너무 작은 무리야."

리틀핑거가 조심스럽게 말을 몰고 앞으로 나섰다. "이게 무슨 뜻이오? 이분은 왕의 수관이시오."

"예전에 수관이었지." 진흙이 적갈색 종마의 발굽 소리를 죽였다. 그 앞에서 병사들이 갈라졌다. 금빛 흉갑에서 라니스터의 사자가 반항적인 포효를 내질렀다. "이제는 솔직히 말해서 뭔지 잘 모르겠군."

리틀핑거가 말했다. "라니스터, 이건 미친 짓이오. 시나가게 해주시오. 성에서 우리가 돌아오기를 기다리고 있어요. 무슨 짓을 하고 있다고 생각하는 거요?"

"저자는 무슨 짓을 하는지 알고 있소." 네드가 차분하게 말했다.

제이미 라니스터는 미소 지었다. "맞는 말이야. 난 동생을 찾고 있지. 내 동생 기억할 텐데, 스타크 공? 우리와 같이 윈터펠에 갔었지. 금발에 짝짝이 눈에 독설이 심하고, 키가 작고."

"잘 기억하네." 네드가 대답했다.

"그 녀석이 길에서 말썽을 만난 모양이라, 우리 아버지는 상당히 짜증이 나셨지. 혹시 누가 내 동생을 해치고 싶어 할지 짐작 가는 바 있으신가?"

"경의 동생은 내 명으로 잡았네. 범죄에 책임을 묻기 위해서." 네드 스타크가 말했다.

리틀핑거가 낭패하여 신음소리를 냈다. "여러분—"

제이미 경은 장검을 뽑아 들고 종마를 앞으로 몰았다. "칼을 뽑으시지, 에다드 공. 꼭 해야 한다면 아에리스처럼 도살할 수도 있지만, 기왕이면 손에 칼을 들린 채로 죽이고 싶군." 그는 리틀핑거에게 서늘하고 경멸 어린 시선을 던졌다. "베일리시 공, 비싼 옷에 핏자국을 묻히고 싶지 않다면 서둘러 이 자리를 뜨는 게 좋겠소."

리틀핑거를 재촉할 필요는 없었다. "도시 경비대를 데려오지요." 그는 네드에게 약속했다. 라니스터의 포위선이 갈라져서 그를 통과시킨 후 다시 닫혔다. 리틀핑거는 말에 박차를 가하더니 모퉁이를 돌아 사라졌다.

네드의 부하들은 검을 뽑아 들고 있었지만, 세 명 대 스무 명이었다. 가까운 창문과 문에서 내다보는 눈들이 있었으나, 아무도 끼어들려 하지 않았다. 네드 일행은 말을 탔고, 라니스터는 제이미 외에는 서 있었다. 돌격하면 자유를 찾을 수 있을지도 모르지만, 에다드 스타크는 더 확실하고 안전한 전술이 있다고 생각했다. 그는 킹슬레이어에게 경고했다. "날 죽이면 캐틀린이 티리온을 죽일 가능성이 높네."

제이미 라니스터는 마지막 드래곤 왕의 피를 마셨던 금빛 검으로 네드의 가슴팍을 가리켰다. "그럴까? 고결한 리버런의 캐틀린 툴리가 인질을 살해한다고? 내 생각은…… 다른데." 그는 한숨을 내쉬었다. "하지만 여인의 명예에 동생의 목숨을 걸 생각은 없어." 제이미는 금빛 검을 칼집에 넣었다. "그러니 로버트에게 달려가서 내가 어떻게 겁을 줬는지 일러바치게 돼야겠지. 로버트가 신경이나 쓸지 궁금하군." 제이미는 손가락으로 젖은 머리를 걷어내고 말을 획 돌렸다. 그는 병사들의 포위선 너머로 나간 후에 수하 지휘관을 돌아보았다. "트레가, 스타크 공에게 어떤 해도 입히지 말도록."

"분부대로 하겠습니다."

"그렇지만…… 아무 벌도 받지 않고 떠나게 둘 수야 없지. 그러니……" 네드는 밤과 빗줄기 사이로 하얗게 번득이는 제이미의 미소를 보았다. "부하들을 죽이게."

"안 돼!" 네드 스타크는 검을 잡으며 외쳤다. 월의 고함 소리가 들렸을 때 제이미는 이미 빠른 속도로 거리를 달려가고 있었다. 병사들이 양쪽에서 포위를 좁혀왔다. 네드는 한 놈을 짓밟고 붉은 망토들을 향해 칼을 휘두르며 앞을 열었다. 조리 카셀은 박차를 가해 돌진했다. 강철을 씌운 말굽이 소름 끼치는 소리를 내며 라니스터 위병 한 명의 얼굴을 으깼다. 두번째 병사가 비틀거리며 물러서고 한순간 조리는 자유로워졌다. 월은 놈들이 죽은 말에게서 떼어내자 저주를 내뱉었고, 검들이 빗속을 갈랐다. 네드는 그리로 말을 몰고 가서 트레가의 투구에 장검을 내리쳤다. 팔에서부터 전해지는 충격에 이를 사리물어야 했다. 트레가는 사자 장식이 두 동강난 채로 얼굴에 피를 흘리며 무릎을 꿇었다. 휴어드는 말의 굴레를 붙잡은 손들을 난도질하다가 창에 배를 뚫렸다. 갑자기 조리가 다시 돌아와서, 검에서 붉은 빗방울을 날리고 있었다. 네드는 소리쳤다. "안 돼! 조리, 가게!" 네드의 말이 미끄러져서 진흙탕에 쓰러졌다. 눈이 멀 듯한 고통이 그를 사로잡았고 입안에 피맛이 났다.

그는 놈들이 조리가 탄 말의 다리를 자르고 조리를 땅에 끌어내린 후, 에워싸고 검을 들어 올렸다가 내리치는 모습을 보았다. 네드의 말이 휘청거리며 일어서자 그도 일어서려고 했지만, 비명을 물고 다시 쓰러질 뿐이었다. 부러져서 튀어나온 정강이 뼈를 볼 수 있었다. 그 장면을 마지막으로 한동안 그는 아무것도 보지 못했다. 비는 내리고 내리고 또 내렸다.

다시 눈을 떴을 때, 에다드 스타크 공은 시체들과 홀로 남아 있었다. 그의 말이 다가왔다가, 피 냄새를 맡고 달아나버렸다. 네드는 다리의 고통에 이를 악물고 진흙탕에서 몸을 끌기 시작했다. 몇 년은 걸리는 기분이었다. 촛불을 켠 창문에서 내다보는 얼굴들이 있었고, 골목길과 문에서 사람들이 나타나기 시작했지만, 아무도 도우려고 하지는 않았다.

리틀핑거와 도시 경비대가 왔을 때 그는 길바닥에서 조리 카셀의 시체를 끌어안고 있었다.

금빛 망토들이 어딘가에서 들것을 찾아냈지만, 성으로 돌아가는 길은 고통으로 흐릿했고, 네드는 몇 번 의식을 잃었다. 동이 트는 회색빛 속에서 앞에 나타난 레드킵을 본 기억이 났다. 육중한 벽의 분홍색 돌이 비에 젖어 핏빛이 되어 있었다.

그다음에는 대학사 파이셀이 잔을 하나 들고 그를 굽어보면서 속삭이고 있었다. "마시도록 하세요. 자. 통증을 다스릴 양귀비즙입니다." 네드는 자신이 그 액체를 삼키고, 파이셀이 누군가에게 와인을 끓이고 깨끗한 비단 천을 가져오라고 말한 것을 기억했다. 거기까지밖에 알지 못했다.

부록

— 주요 가문과 인물 —

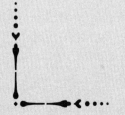
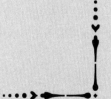

바라테온 가문

정복 전쟁 당시에 탄생하여, 대가문 중에서 가장 역사가 짧다. 설립자인 오리스 바라테온은 드래곤 아에곤의 이복형제였다는 소문이 있다. 오리스는 승진을 거듭하여 아에곤의 제일가는 맹장이 되었다. 오리스가 마지막 '폭풍의 왕(Storm King)'이었던 오만한 아르길락을 패퇴시켜 베고 나자, 아에곤은 그에게 아르길락의 성과 영지와 딸을 내려 보상했다. 오리스는 그 여자를 신부로 삼고, 그 가문의 기치와 명예와 가언을 취했다. 바라테온의 문장은 황금색 바탕에 왕관을 쓴 검은 수사슴이다. 가언은 '맹위는 우리의 것'.

로버트 바라테온 왕 로버트 1세

세르세이 왕비 라니스터 가문

자녀
조프리 왕자 철왕좌의 후계자, 12세
미르셀라 공주 8세
토멘 왕자 7세

형제
스타니스 바라테온 드래곤스톤의 영주
 ─셀리스 부인 아내, 플로렌트 가문
 ─시린 딸, 9세
렌리 바라테온 스톰스엔드의 영주

소협의회
대학사 파이셀

피터 베일리시 공 일명 '리틀핑거', 재무관

스타니스 바라테온 공 해군관

렌리 바라테온 공 법률관

바리스탄 셀미 경 킹스가드 단장

바리스 내시, 일명 '거미', 첩보관

신하와 가신

일린 페인 경 왕의 심판관, 처형 집행인

산도르 클리게인 일명 '사냥개', 조프리 왕자에게 충성을 맹세한 경호원

자노스 슬린트 평민, 킹스랜딩 도시 경비대장

잘라바르 쇼 여름 군도에서 망명한 왕자

문보이 어릿광대

란셀 라니스터, 타이렉 라니스터 왕의 종자이며 왕비의 사촌

아론 산타가르 경 훈련대장

킹스가드

바리스탄 셀미 경 기사단장

제이미 라니스터 경 일명 '킹슬레이어'

보로스 블런트 경

메린 트랜트 경

아리스 오크하트 경

프레스턴 그린필드 경

맨던 무어 경

스톰스엔드에 충성을 맹세한 주요 가문: 셀미, 와일드, 트랜트, 펜로즈, 에롤, 에스터몬트, 타스, 스완, 돈다리온, 카론

드래곤스톤에 충성을 맹세한 주요 가문: 셀티가르, 벨라리온, 시워스, 바르 에몬, 선글라스

⚜ 스타크 가문 ⚜

스타크는 건설자 브랜던과 고대 겨울의 왕(King of Winter)들로부터 이어지는 혈통이다. 수천 년 동안 윈터펠에서 북부의 왕으로 통치하다가, '무릎 꿇은 왕' 토르헨 스타크에 이르러 싸우지 않고 드래곤 아에곤에게 충성을 맹세했다. 문장은 얼어붙은 흰색 바탕에 회색 다이어울프이다. 스타크 가언은 '겨울이 오고 있다'.

에다드 스타크 윈터펠의 영주, 북부의 관리자

캐틀린 부인 아내, 툴리 가문
자녀
롭 윈터펠의 후계자, 14세
산사 맏딸, 11세
아리아 둘째딸, 9세
브랜던(브랜) 7세
리콘 3세
존 스노우 서자, 14세
테온 그레이조이 대자, 강철 군도의 후계자
형제
{브랜던} 형, 아에리스 타르가르엔 2세의 명으로 살해당함
{리안나} 여동생, 도르네 산맥에서 사망
벤젠 남동생, 밤의 경비대 소속

가신들

루윈 학사 조언자, 치료사, 교사

바욘 풀 윈터펠의 집사

　─**제인** 그의 딸이자 산사의 제일 친한 친구

조리 카셀 위병대장

　─**할리스 몰렌, 데스몬드, 잭스, 포터, 퀜트, 알린, 토마드, 발리, 휴어드, 케인, 윌** 위병들

로드릭 카셀 경 훈련대장, 조리의 숙부

　─**베스** 어린 딸

모르데인 성사 에다드 공의 딸들을 가르치는 교사

차일 성사 성의 성소와 도서관 책임자

헐렌 거마장

　─**하윈** 그의 아들, 위병

조세스 마구간지기이자 조마사

팔렌 견사장

낸 할멈 예전에 유모였던 이야기꾼

　─**호도** 그녀의 증손자, 머리가 둔한 마구간지기

게이지 요리사

미켄 대장장이 겸 무기제조인

휘하의 주요 영주와 봉신

헬만 톨하트 경

리카드 카스타크 카홀드의 영주

루스 볼턴 드레드포트의 영주

존 엄버 일명 '그레이트존'

갤버트 글로버, 로벳 글로버

와이먼 맨덜리 화이트하버의 영주

매기 모르몬트 곰 섬의 여영주

윈터펠에 충성을 맹세한 주요 가문: 카스타크, 엄버, 플린트, 모르몬트, 혼우드, 세르윈, 리드, 맨덜리, 글로버, 톨하트, 볼턴

라니스터 가문

금발에 키가 크고 용모가 준수한 라니스터 가문은 서부의 언덕과 계곡들에 강력한 왕국을 개척했던 안달인 모험가들의 혈통이다. 모계로는 영웅 시대에 있었다는 전설적인 트릭스터, '영리한 란'의 후손임을 자랑한다. 캐스털리록과 골든투스의 황금으로 대가문 중에서도 가장 부유한 가문이 되었다. 문장은 진홍색 바탕에 황금 사자이다. 라니스터의 가언은 '내 포효를 들으라!'.

타이윈 라니스터 캐스털리록의 영주, 서부의 관리자, 라니스포트의 방패

{조안나 부인} 아내, 사촌으로도 출산 중에 사망

자녀
제이미 경 일명 '킹슬레이어', 캐스털리록의 후계자, 세르세이와 쌍둥이
세르세이 왕비 로버트 바라테온 1세의 아내, 제이미와 쌍둥이
티리온 일명 '꼬마 악마'로 불리는 난쟁이

형제
케반 경 첫째 동생
  – **도르나** 아내, 스위프트 가문
  – **란셀** 맏아들, 왕의 종자
  – **윌렘, 마틴** 쌍둥이 아들
  – **제이네** 어린 딸
젠나 누이, 에몬 프레이 경과 혼인
  – **클레오스 프레이 경** 아들
  – **티온 프레이** 아들, 종자
{타이겟 경} 둘째 동생, 매독으로 사망

- **달레사** 아내, 마브랜드 가문
- **타이렉** 아들, 왕의 종자
{제리온} 막냇동생, 바다에서 실종
- **조이** 그의 서녀, 10세
스태퍼드 라니스터 경 사촌, 고 조안나 부인의 남자 형제
- **세레나, 미리엘** 딸들
- **대븐 라니스터 경** 아들
크렐린 학사 조언자

주요 기사와 휘하 영주
레오 레퍼드 공
아담 마브랜드 경
그레고르 클리게인 경 일명 '달리는 산더미'
하리스 스위프트 경 케반 경의 장인
안드로스 브락스 공
폴리 프레스터 경
아모리 로치 경
바고 호트 자유도시 코호르 출신의 용병

캐스털리록에 충성을 맹세한 주요 가문: 페인, 스위프트, 마브랜드, 리든, 베인포트, 레퍼드, 크레이크홀, 세렛, 브룸, 클리게인, 프레스터, 웨스털링

⚜ 아린 가문 ⚜

아린 가문은 산과 협곡의 왕(King of Mountain and Vale)들로부터 내려오는, 안달 귀족 중에서도 가장 오래되고 순수한 혈통 중 하나이다. 문장은 하늘색 바탕에 하얀 달과 매이다. 아린의 가언은 '명예만큼 드높게'.

{존 아린} 이어리의 영주, 협곡의 방어자, 동부의 관리자, 왕의 수관, 최근 사망

{제인 부인} 첫 번째 아내, 로이스 가문, 출산 중 사망, 딸은 사산
{로웨나 부인} 두 번째 아내, 아린 가문, 사촌으로 겨울 오한으로 사망, 자식 없음
라이사 부인 세 번째 아내, 툴리 가문
　자녀
로버트 아린 6세의 병약한 소년, 현재 이어리의 영주이자 협곡의 방어자

가신과 하인
콜먼 학사 조언자, 치료사, 교사
바디스 이겐 경 위병대장
브린덴 툴리 경 일명 '검은 물고기', 관문의 기사이자 라이사 부인의 삼촌
네스토 로이스 공 협곡의 고위 집사
　-알바르 로이스 경 아들
　-미아 스톤 그를 섬기는 사생아
이언 헌터 공 라이사 부인의 구혼자
린 코브레이 경 라이사 부인의 구혼자
　-미첼 레드포트 그의 종자

아냐 웨인우드 부인 미망인

 −**모턴 웨인우드 경** 아들, 라이사 부인의 구혼자

 −**도넬 웨인우드 경** 아들

모드 잔혹한 간수

이어리에 충성을 맹세한 주요 가문: 로이스, 베일리시, 이겐, 웨인우드, 헌터, 레드포트, 코브레이, 벨모어, 멜컴, 허시

⚜ 툴리 가문 ⚜

툴리 가문은 왕으로 통치한 적은 없으나, 천 년 동안 리버런에서 풍요한 땅과 강대한 성을 유지했다. 정복 전쟁 중에 강 유역 땅은 '섬들의 왕(King of the Isles)' 검은 하렌에게 속해 있었다. 하렌의 조부인 하르윈 하드핸드 왕은 트라이던트 강역을 폭풍의 왕 아렉에게서 빼앗았고, 아렉의 조상들은 그보다 300년 전에 옛 '강의 왕(River King)' 혈통의 마지막 왕을 베고 넥 지역까지 정복했었다. 자만심 강하고 피비린내 나는 폭군이었던 검은 하렌은 다스리는 이들에게 사랑받지 못했고, 강역의 영주들 다수가 이탈하여 아에곤의 군대에 합류했다. 그중 첫 번째가 리버런의 에드민 툴리였다. 하렌과 그 혈통이 불타는 하렌홀에서 죽자, 아에곤은 에드민 공을 트라이던트 영역의 지배자로 격상하고 다른 강역 영주들에게 충성을 맹세시켜 툴리 기문에 보상했다. 툴리의 문장은 푸른색과 붉은색 물결 바탕에 은색으로 뛰어오르는 송어이다. 툴리의 가언은 '가족, 의무, 명예'.

호스터 툴리 리버런의 영주

{미니사 부인} 아내, 휀트 가문, 출산 중 사망

자녀
캐틀린 맏딸, 에다드 스타크 공과 혼인
라이사 둘째딸, 존 아린 공과 혼인
에드무어 경 리버런의 후계자

형제
브린덴 경 동생, 일명 '검은 물고기'

가신
바이먼 학사 조언자, 치료사, 교사

데스몬드 그렐 경 훈련대장
로빈 라이거 경 위병대장
유세리데스 웨인 리버런의 집사

기사와 휘하 영주
제이슨 말리스터 시가드의 영주
　－**파트렉 말리스터** 아들이자 후계자
왈더 프레이 크로싱의 영주
　－무수히 많은 아들, 손자, 서자
조노스 브라켄 스톤헤지의 영주
타이토스 블랙우드 레이븐트리의 영주
레이먼 대리 경
캐릴 밴스 경
마크 파이퍼 경
셀라 휀트 하렌홀의 여주인
　－**월리스 워드 경** 그녀를 섬기는 기사

리버런에 충성을 맹세한 가문: 대리, 프레이, 말리스터, 브라켄, 블랙우드, 휀트, 라이거, 파이퍼,
밴스

⚜ 티렐 가문 ⚜

티렐은 도르네 변경 지역과 블랙워터 급류에서 남서쪽으로 일몰해(海) 바닷가에 이르는 비옥한 평원을 포함하는 영토를 거느렸던 '리치 평원의 왕(King of the Reach)' 집사 가문으로 일하면서 권세를 얻었다. 모계로는 최초인으로 덩굴과 꽃으로 만든 왕관을 쓰고 땅을 꽃피웠다고 하는 정원사 왕(Gardner King) 가스 그린핸드의 혈통을 주장한다. 옛 혈통의 마지막 후손이었던 머른 왕이 불의 들판에서 죽자, 그의 집사였던 할렌 티렐이 아에곤 타르가르옌에게 항복하여 하이가든을 바치고 충성을 맹세했다. 아에곤은 그에게 하이가든 성과 리치 평원의 지배권을 허락했다. 티렐 문장은 풀색 바탕에 황금색 장미이다. 가언은 '강하게 자라리'.

메이스 티렐 하이가든의 영주, 남부의 관리자, 변경의 방어자, 리치의 고위 원수

알러리 부인 아내, 올드타운의 하이타워 가문

자녀
윌라스 맏아들, 하이가든의 후계자
갈란 경 둘째아들, 일명 '용사'
로라스 경 막내아들, '꽃의 기사'
마저리 딸, 14세

형제
미나 누이, 팍스터 레드와인 공과 혼인
잔나 누이, 존 포소웨이 경과 혼인

부모
올레나 부인 홀어머니, 일명 '가시 여왕', 레드와인 가문

가스 하이가든의 대집사

 -**가아스 플라워스, 가렛 플라워스** 서자

모린 경 올드타운의 도시 경비대장

고르몬 학사 시타델의 학자

가신

로미스 학사 조언자, 치료사, 교사

이곤 바이어웰 위병대장

보티머 크레인 경 훈련대장

휘하 기사와 봉신

팍스터 레드와인 아버의 영주

 -**미나 부인** 아내, 티렐 가문

 -**호라스 경** 아들, '호러(골칫덩이)'라고 놀림받음, 호버와 쌍둥이

 -**호버 경** 아들, '슬로비(칠흘리개)'라고 놀림받음, 호라스와 쌍둥이

 -**데스메라** 딸, 15세

랜딜 탈리 혼힐의 영주

 -**샘웰** 큰아들, 밤의 경비대 소속

 -**디콘** 작은아들, 혼힐의 후계자

아윈 오크하트 올드오크의 여주인

마티스 로완 골든그로브의 영주

레이톤 하이타워 올드타운의 목소리, 항구의 주인

존 포소웨이 경

하이가든에 충성을 맹세한 주요 가문: 바이어웰, 플로렌트, 오크하트, 하이타워, 크레인, 탈리, 레드와인, 로완, 포소웨이, 멀런도어

그레이조이 가문

파이크의 그레이조이 가문은 영웅 시대의 '회색 왕(Grey King)' 혈통이라고 주장한다. 전설에 따르면 회색 왕은 서쪽 섬들만이 아니라 그 바다 전체를 지배했고, 인어를 아내로 맞이했다.

수천 년 동안 강철 군도의 약탈자들—약탈당하는 이들이 "강철인"이라고 이름 붙인—은 이벤 항구와 여름 군도까지 항해하는 바다의 공포였다. 그들은 사나운 전투 실력과 신성한 자유를 자랑스럽게 여겼다. 원래는 각 섬마다 "소금 왕(salt king)"과 "바위 왕(rock king)"이 있어, 그들 중에서 군도 전체를 다스리는 고위 왕을 선택했는데, 우론 왕이 선택을 위해 모인 다른 왕들을 살해하여 왕좌를 세습제로 만들었다. 우론의 혈통은 천 년 후 안달인이 군도를 휩쓸면서 끊어졌다. 그레이조이 가문은 다른 섬 영주들과 마찬가지로 정복자들과 결혼하여 혈통을 섞었다.

강철 왕들은 군도 자체에서 한참 벗어난 곳까지 통치를 확장, 불과 검으로 본토에 왕국을 세웠다. 코러드 왕은 자신의 명령서가 "소금물 냄새를 맡을 수 있거나 파도 소리를 들을 수 있는 곳이라면 어디든" 통한다고 뽐낼 수 있었다. 최근 몇 세기 동안 코러드의 후손들은 아버, 올드타운, 곰 섬, 그리고 서부 해안 대부분을 잃었다. 그럼에도 정복 전쟁 당시 검은 하렌은 넥에서 블랙워터 급류까지, 산맥 사이에 있는 모든 땅을 지배했다. 하렌과 그 아들들이 하렌홀 함락과 함께 죽자, 아에곤 타르가르옌은 강역을 툴리 가문에 허락하고, 살아남은 강철 군도 영주들에게는 고대의 관습을 되살려 자기들 중에서 으뜸을 선택하도록 했다. 그들은 파이크의 영주 비콘 그레이조이를 선택했다.

그레이조이의 문장은 검은 바탕에 금색 크라켄이다. 가언은 '우리는 씨를 뿌리지 않는다'.

발론 그레이조이 강철 군도의 영주, 소금과 바위의 왕, 바닷바람의 아들, 파이크의 사신

알라니스 부인 아내, 할로우 가문

자녀

{로드릭} 맏아들, 그레이조이 반란 당시 시가드에서 참살

{마론} 둘째아들, 그레이조이 반란 당시 파이크 성벽에서 참살

아샤 딸, '검은 바람'호의 선장

테온 유일하게 살아남은 아들, 파이크의 후계자, 에다드 스타크 공의 대자

형제

유론 일명 '까마귀 눈', 사일런스호의 선장, 무법자, 해적, 약탈자

빅타리온 강철 함대의 함대장

아에론 일명 '젖은 머리', 익사한 신의 사제

파이크에 충성을 맹세한 가문: 할로우, 스톤하우스, 멀린, 선덜리, 보틀리, 타우니, 윈치, 굿브러더

✦≈❀❀≈✦ 마르텔 가문 ✦≈❀❀≈✦

로인족의 전사 여왕 니메리아는 1만 척의 배를 몰고 칠왕국 최남단인 도르네에 도착하여, 모스 마르텔 공을 남편으로 맞이했다. 그는 여왕의 도움을 받아 경쟁자들을 완파하고 도르네 전체를 지배하게 되었다. 로인 여왕의 영향은 지금도 강하게 남아 있다. 그리하여 도르네의 통치자들은 스스로를 '왕(king)'이 아니라 '대공(prince)'이라고 부른다. 도르네의 법에서 영지와 작위는 맏아들이 아니라 맏자식에게 상속된다. 칠왕국 중에서 유일하게 도르네만은 드래곤 아에곤에게 정복당하지 않았다. 200년이 지나도록 칠왕국에 영구 통합되지 않았으며, 그때도 검에 굴복한 것이 아니라 혼인과 조약으로 병합되었다. 평화로운 왕 다에론 2세는 도르네의 공녀 미리아와 혼인하고 자신의 누이를 통치자인 도르네 대공과 혼인시킴으로써 전사들이 실패한 일을 성공시켰다. 마르텔의 문장은 금빛 창이 꿰뚫은 붉은 태양이다. 가언은 '굽히지 않고, 휘지 않고, 꺾이지 않으리'.

도란 니메로스 마르텔 선스피어의 영주, 도르네 대공

멜라리오 아내, 자유도시 노보스 출신

자녀
아리안느 공녀 맏딸, 선스피어의 후계자
쿠엔틴 공자 맏아들
트리스탄 공자 둘째아들

형제
{엘리아 공녀} 누이, 라에가르 타르가르옌 왕자와 혼인, 킹스랜딩 점령 중에 참살
 −**{라에니스 공주}** 어린 소녀, 킹스랜딩 점령 중에 참살
 −**{아에곤 왕자}** 아기, 킹스랜딩 점령 중에 참살
오베린 공자 남동생, 일명 '붉은 독사'

아레오 호타 노보스 출신의 용병, 위병대장

칼레오트 학사 조언자, 치료사, 교사

휘하 기사와 영주
에드릭 데인 스타폴의 영주

선스피어에 충성을 맹세한 주요 가문: 조데인, 산타가르, 알리리온, 톨랜드, 이론우드, 윌, 파울러, 데인

⚜ 옛 왕조 타르가르옌 가문 ⚜

타르가르옌가는 고대 발리리아의 프리홀드에 거하던 대귀족들로부터 이어지는 드래곤 혈통으로, 연보라색이나 보라색 또는 짙은 남색 눈동자에 은발 또는 백금발의 빼어난, 혹자는 인간 같지 않다고도 말하는 아름다움이 특징이다. 드래곤 아에곤의 조상들은 발리리아의 파멸과 뒤따른 혼란과 살육으로부터 도망쳐서 협해에 위치한 바위 섬 드래곤스톤에 정착했다. 아에곤과 그 누이들은 그곳에서부터 배를 타고 칠왕국을 정복하러 나섰다. 왕가의 혈통을 순수하게 유지하기 위해 타르가르옌 가문은 남매끼리 혼인하는 발리리아의 관습을 따를 때가 많았다. 아에곤 본인은 누이동생 둘을 아내로 맞이했고, 양쪽에 각각 아들들을 두었다. 타르가르옌의 문장은 검은 바탕에 붉은색 삼두룡으로, 세 개의 머리는 아에곤과 그 누이들을 나타낸다. 타르가르옌의 기인은 '불과 피'.

타르가르옌 계보

(아에곤의 상륙을 원년으로)

1~37 **아에곤 1세** 정복자 아에곤, 드래곤 아에곤

37~42 **아에니스 1세** 아에곤과 라에니스의 아들

42~48 **마에고르 1세** 잔혹 왕 마에고르, 아에곤과 비세니아의 아들

48~103 **재해리스 1세** 늙은 왕, 조정자, 아에니스의 아들

103~129 **비세리스 1세** 재해리스의 손자

129~131 **아에곤 2세** 비세리스의 맏아들

[아에곤 2세의 즉위는 한 살 위인 누이 라에니라의 이의에 직면, 음유시인들이 '드래곤들의 춤'이라고 부른 내전으로 둘 다 사망했다.]

131~157 **아에곤 3세** 드래곤의 파멸, 라에니라의 아들

[타르가르옌의 마지막 드래곤들이 아에곤 3세 통치기에 죽었다.]

157~161 **다에론 1세** 어린 드래곤, 소년 왕, 아에곤 3세의 맏아들

[다에론은 도르네를 점령했지만, 점령을 유지하지 못하고 젊은 나이에 죽었다.]

161~171 **바엘로르 1세** 사랑받은 왕, 성왕, 성사이자 왕, 아에곤 3세의 둘째아들

171~172 **비세리스 2세** 아에곤 3세의 남동생

172~184 **아에곤 4세** 자격 없는 왕, 비세리스의 맏아들

[그의 동생인 드래곤 기사 아에몬 왕자는 나에리스 왕비의 대전사였으며, 혹자는 연인이었다고도 한다.]

184~209 **다에론 2세** 나에리스 왕비의 아들, 아버지는 아에곤 또는 아에몬

[다에론은 도르네 공녀 미리아와 혼인하여 도르네를 왕국에 병합했다.]

209~221 **아에리스 1세** 다에론 2세의 둘째아들(자녀 없음)

221~233 **마에카르 1세** 다에론 2세의 넷째아들

233~259 **아에곤 5세** 뜻밖의 왕, 마에카르의 넷째아들

259~262 **재해리스 2세** 뜻밖의 왕 아에곤의 둘째아들

262~283 **아에리스 2세** 미친 왕, 재해리스의 유일한 아들

아에리스 2세가 권좌에서 쫓겨나 살해당하고, 후계자인 왕세자 라에가르 타르가르옌도 트라이던트에서 로버트 바라테온에게 참살당하면서 드래곤 왕가의 계보는 끝난다.

마지막 타르가르옌

{아에리스 타르가르옌 왕} 아에리스 2세, 킹스랜딩 점령 중 제이미 라니스터에게 참살

{라엘라 왕비} 그의 누이이자 아내, 타르가르옌 가문, 드래곤스톤에서 출산 중 사망

자녀

{라에가르 왕자} 철왕좌의 후계자, 트라이던트에서 로버트 바라테온에게 참살

　-**{엘리아 공녀}** 아내, 마르텔 가문, 킹스랜딩 점령 중에 참살

　-**{라에니스 공주}** 어린 소녀, 킹스랜딩 점령 중에 참살

　-**{아에곤 왕자}** 아기, 킹스랜딩 점령 중에 참살

비세리스 왕자 스스로는 칠왕국의 주인 비세리스 3세라 자칭, 통칭 '거지 왕'

대너리스 공주 통칭 폭풍의 딸 대너리스, 13세

왕좌의 게임 1

얼음과 불의 노래 제1부

1판 1쇄 발행 2000년 12월 15일
2판 1쇄 발행 2005년 4월 12일
2판 22쇄 발행 2015년 10월 16일
개정판 1쇄 발행 2016년 7월 1일
개정판 13쇄 발행 2023년 11월 15일

지은이 · 조지 R. R. 마틴
옮긴이 · 이수현
펴낸이 · 주연선

책임편집 · 이경란
편집 · 이진희 심하은 백다흠 강건모 윤이든 강승현
디자인 · 이승욱 김서영 권예진
마케팅 · 장병수 김한밀 정재은 김진영
관리 · 김두만 유효정 신민영

(주)은행나무
04035 서울특별시 마포구 양화로11길 54
전화 · 02)3143-0651~3 ㅣ 팩스 · 02)3143-0654
신고번호 · 제 1997-000168호(1997. 12. 12)
www.ehbook.co.kr
ehbook@ehbook.co.kr

ISBN 978-89-5660-899-0 04840
ISBN 978-89-5660-898-3 (세트)